国家社会科学基金资助项目
项目批准号：06BWW013

天津师范大学学术出版基金
资助出版

19世纪俄国唯美主义文学研究

理论与创作

A STUDY OF AESTHETICISM IN THE 19TH-CENTURY RUSSIAN LITERATURE: Theory and Writing

曾思艺 等 著

北京大学出版社
PEKING UNIVERSITY PRESS

图书在版编目(CIP)数据

19世纪俄国唯美主义文学研究：理论与创作 / 曾思艺等著. —北京：北京大学出版社，2015.10
（文学论丛）
ISBN 978-7-301-23765-6

Ⅰ. ①1… Ⅱ. ①曾… Ⅲ. ①唯美主义—文学流派研究—俄罗斯—19世纪 Ⅳ. ①I512.06

中国版本图书馆CIP数据核字(2015)第223205号

书　　名	19世纪俄国唯美主义文学研究——理论与创作
	19 Shiji Eguo Weimei Zhuyi Wenxue Yanjiu——Lilun yu Chuangzuo
著作责任者	曾思艺　等著
责任编辑	张　冰　朱房煦
标准书号	ISBN 978-7-301-23765-6
出版发行	北京大学出版社
地　　址	北京市海淀区成府路205号　100871
网　　址	http://www.pup.cn　新浪微博：@北京大学出版社
电子信箱	zhufangxu@yeah.net
电　　话	邮购部 62752015　发行部 62750672　编辑部 62754382
印刷者	北京宏伟双华印刷有限公司
经销者	新华书店
	720毫米×1020毫米　16开本　30.25印张　673千字
	2015年10月第1版　2015年10月第1次印刷
定　　价	68.00元

未经许可，不得以任何方式复制或抄袭本书之部分或全部内容。
版权所有，侵权必究
举报电话：010-62752024　电子信箱：fd@pup.pku.edu.cn
图书如有印装质量问题，请与出版部联系，电话：010-62756370

目 录

绪 论 俄罗斯与中国的俄国唯美主义研究概述 ………………… 1
    一、俄罗斯的俄国唯美主义研究 ………………………………… 1
    二、中国的俄国唯美主义研究 …………………………………… 17
    三、本书的基本思路、方法和意义 ……………………………… 36

第一章 俄国唯美主义产生的社会文化背景及异域与本国渊源 …… 38
    一、社会文化背景 ………………………………………………… 38
    二、异域渊源 ……………………………………………………… 49
    三、本国渊源 ……………………………………………………… 58

第二章 唯美主义文学理论 ………………………………………… 69
    一、德鲁日宁 ……………………………………………………… 69
    二、鲍特金 ………………………………………………………… 75
    三、安年科夫 ……………………………………………………… 83
    四、俄国纯艺术论背后的社会政治意义 ………………………… 89

第三章 唯美主义诗歌 ……………………………………………… 97
    一、丘特切夫 ……………………………………………………… 97
    二、费特 …………………………………………………………… 163
    三、迈科夫 ………………………………………………………… 216
    四、波隆斯基 ……………………………………………………… 279
    五、阿·康·托尔斯泰 …………………………………………… 333
    六、谢尔宾纳、麦伊 ……………………………………………… 368

第四章 俄国唯美主义文学的特点及影响 ………………………… 405
    一、俄国唯美主义文学的特点 …………………………………… 405
    二、纯艺术派诗歌对同时代诗歌的影响 ………………………… 425
    三、纯艺术理论与俄国现代主义和形式主义文艺思想 ………… 444
    四、纯艺术诗歌对俄国现代主义及当代诗歌的影响 …………… 449

结 语 俄国唯美主义在文学史上的地位 ………………………… 465

参考文献 ·· 470
    一、俄文文献 ·· 470
    二、英文文献 ·· 472
    三、中文文献 ·· 472

后　记 ·· 478

绪　论
俄罗斯与中国的俄国唯美主义研究概述

唯美主义（Эстетизм，一译"艺术至上主义""为艺术而艺术主义"）是 19 世纪中后期流行于欧美的一种文艺思潮，它主张"为艺术而艺术"，强调超现实、无功利的纯粹美，否定文艺的道德意义和社会教育作用，致力于追求艺术技巧和形式美。俄国唯美主义文学就是在这一大潮中形成并发展的，又称"纯艺术派"（Школа « Чистого искусства »或 Школа « Искусства для искусства »或 Школа « Искусства ради искусства »），兴起于 19 世纪 40 年代，繁盛于 50—70 年代，80 年代开始衰落，包括文学理论与诗歌创作两个方面。前者是纯艺术理论、纯艺术批评（Эстетическая критика），由德鲁日宁、鲍特金、安年科夫"三巨头"组成；后者是纯艺术诗歌（Поэзия чистого искусства），由费特、迈科夫、波隆斯基"三驾马车"和丘特切夫、阿·康·托尔斯泰、谢尔宾纳、麦伊等组成。俄国唯美主义是在与革命民主主义文学理论家及作家的论战中形成的，受到古希腊罗马哲学、德国古典哲学、西欧唯美主义以及本国茹科夫斯基、普希金等的影响，他们高举"为艺术而艺术"的旗帜，捍卫艺术的独立，强调艺术是崇高和永恒的，与生活中那些"肮脏"的现实和人们所关注的时代问题无关，重视文学的艺术性，极力追求文学的形式美，在艺术形式方面有诸多新的探索，虽不无偏颇之处，但取得了相当突出的艺术成就，推进了俄国文艺理论和诗歌的发展，在 19 世纪后期的俄国文坛曾经占有令人瞩目的地位，并且对别林斯基、车尔尼雪夫斯基、杜勃罗留波夫等的文学理论偏颇有一定的矫正；在 20 世纪，又对俄国诗歌尤其是现代主义和"静派"（亦译"悄声细语派"）的诗歌以及现代主义与形式主义文论产生了较大的影响。但由于多方面的原因，在俄罗斯、英美及我国，俄国唯美主义至今仍未受到应有的重视，得到应有的研究。

一、俄罗斯的俄国唯美主义研究

俄罗斯对俄国唯美主义的研究具有不重视、不充分、不系统的特点。20 世纪 50 年代以前，由于政治影响和注重文学的社会批评，别林斯基、车尔尼雪夫斯基、杜勃罗留波夫等革命民主主义者的文论被定为文学理论至尊，其文学理论受到空前的重视，甚至绝对压倒和取代了其他一切文学批评话语，与革命民主主义者美学观念相左甚至反对其把文学过于政治化、工具化的唯美主义文论与诗歌被打入冷宫，根本不受重视。50 年代开始，随着"解冻"思潮的出现，文学界、理论界、学术界的观念出现了改变。伴随着"静派"的崛起和此后时代的发展，俄国唯美主义诗歌受到一定程度的重视。但学者们重点关注的还是丘特切夫、费特这两位唯美主义诗人，发表了一定数量的论文，出版了数十部论著，对"纯艺术派"其他诗人迈科夫、波隆斯基、阿·康·托尔斯泰、谢尔宾纳、麦伊等重视不够，仅仅从 50 年代至今分别出版了他们的一些诗选、选集或文集,深入、系统的研究很少;对唯美主义理论"三巨头"德鲁日宁、鲍特金、安年科夫,则直到 60 年代才开始出版其部分作品,80 年代中期才出版了他们的文集,进行了初步的研究。但是,对纯艺术诗歌或纯艺术理论两者分别进行全面、系统、深入研究的著作迄今似还未见,把整个纯艺术派诗歌和纯艺术派理论作为整体进行研究的论文或专著更是一个空白。因此,其研究呈现出不充分更不系统的特点。

具体来看,俄罗斯对俄国唯美主义文学的出版与研究大约分为两个阶段。

第一阶段是 19 世纪末至 20 世纪 30 年代初。这个阶段基本上是俄国象征派从兴起、繁盛到衰落的时期,我国学界现在一般称之为俄国文学的白银时代。丘特切夫、费特、波隆斯基等纯艺术派诗人的诗歌地位,在某种程度上,可以说是俄国象征派树立的。正是俄国象征派,发现了他们的诗歌对俄国诗歌的重要意义与价值。经过勃留索夫、索洛维约夫、梅列日科夫斯基、别雷、勃洛克、伊万诺夫等著名学者型诗人的一再阐发,丘诗、费诗、波诗的现代意义与独特贡献彰显在人们面前。在这个时期,几乎所有俄国唯美主义诗人的作品都得以大量出版,甚至出版其创作全集:1893 年《迈科夫创作全集》(三卷本,1901 年重版),1896 年《波隆斯基诗歌全集》(五卷本),1901 年《费特诗歌全集》(1912 年重版),1910—1911 年《麦伊创作全集》(两卷本),1912 年《丘特切夫作品全集》(1913 年重版)。值得一提的是,这个时期还出版了几部关于丘特切夫及其诗歌的研究著作。1927 年,特尼亚诺夫的《摹古者和创新者》在列宁格勒出版,其中的《关于丘特切夫的问题》《普希金、丘特切夫、莱蒙托夫》等文章从摹古与创新的角度,指出丘特切夫是一个在摹古的基础上创新的诗人。1928 年丘尔科夫的《丘特切夫的最后的爱情(E. A. 杰尼西耶娃)》(莫斯科),则首次比较详尽地向世人介绍了诗人晚年和杰尼西耶娃既甜蜜又痛苦的最后的爱情,介绍了"杰尼西耶娃组诗"。1933 年莫斯科-列宁格勒出版的丘尔科夫的《丘特切夫的生平和创作年鉴》,则是俄国第一部丘特切夫的生平与创作年鉴,为此后的丘诗研究提供了一份比较翔实可靠的材料。与此同时,也发表了一些关于费特的文章和著作,如 1903 年勃留索夫的文章《费特:艺术与生活》(《艺术世界》1903 年第 1—2 期)探讨了费特的艺术与生活的关系,并指出其致力于艺术却又精于世俗生活。1917 年尼科利斯基的《费特和波隆斯基的一段友谊史》(《俄罗斯思想》1917 年)则介绍了费特与波隆斯基相识相知、结成深厚友谊的过程。1924 年 Г. П. 勃洛克出版《诗人的诞生:费特青年时代的故事》(列宁格勒),介绍了费特青年时代的经历:大学、军队生活,尤其是创作和恋爱。对于迈科夫、波隆斯基、阿·康·托尔斯泰、谢尔宾纳、麦伊等诗人,这个时期每个人也都有几篇介绍和研究的文章。

但是,对俄国唯美主义的"左"的观点在 20 世纪初也开始抬头。1912 年普列汉诺夫在《艺术与社会生活》一文中继承并发展了车尔尼雪夫斯基强调人的一切事业必须为人的利益服务,艺术也应该为人的某种重大利益服务的实用主义观点,特别强调指出:艺术家和对艺术创作有浓厚兴趣的人们的为艺术而艺术的倾向,是在他们与周围社会环境之间的无法解决的不协调基础上产生的;只注重形式的作家的作品,总是表现出这些作家对他们周围的社会环境的一定的态度……一种绝望的否定的态度。而在现在的社会条件下,为艺术而艺术不会结出什么美好的果实来,而只会导致三大消极影响:第一,使其一部分拥护者变成了剥削制度的有意识的保卫者;第二,使一些艺术家陷入形式主义的泥坑,因而损害了其作品的价值;第三,导致"为金钱而艺术"的现象泛滥。① 20 世纪 30 年代以后,极"左"思潮甚嚣尘上,俄国象征主义等现代派诗歌被当作批判的对象,而俄国象征派又把丘特切夫、费特等奉为祖师,俄国唯美主义因此在长达 20 多年里受到冷遇,基本没有研究著作和论文,就是文学史也往往避而不提他们,即便提到也往往是当作反面教材,进行对比和批判,如产生于 1952—1954 年间布罗茨基主编的比较权威的三卷本《俄国文学史》颇具代表性,因为此时正值斯大林去世前后,"解冻"思潮兴起,苏联意识形态控制稍微松动的时候,文学界和学术界的思想较为活跃,但该书在谈到俄国诗歌尤其是"纯艺术派"诗歌的时候,对丘特切夫这样思想深邃、在艺术上多有创新的诗人哲学家却没有任何介绍,而只简单提了一句②,谈到费特和迈科夫,则依然是否定的:

> 五十年代末和六十年代初,革命民主主义者同政府派之间展开的猛烈斗争,在文学中得到了鲜明的反映。诗人中的"纯艺术"派正是在这些年份形成起来的,他们跟民主主义作家,跟车尔尼雪夫斯基和杜勃罗留波夫的思想上的学生们尖锐地对立着。
>
> 如果说农民民主主义者的创作的特色是热爱人民,是渴望忠实地描写现实和严正的生活真理,那么,他们的论敌所宣传的便是叫人脱离现实及其"暴风雨",逃入那只有"特选的幸运儿"才能达到的、"迷人的神话"与诗意的幻想中的"世外桃源"去。
>
> 这一派最大的诗人之一便是费特,他是一个"积重难返的农奴制拥护者和旧式的陆军中尉",车尔尼雪夫斯基与涅克拉索夫的死敌。费特诗歌的反社会的、反动的意义,可以从他下面的声明里看出来:艺术和生活是两个截然不同的世界,除了美以外,艺术不可能对别的事物感兴趣,诗人不应当过问"可怜的世界"上的事情,诗人是耽于"诱人的梦境"的"疯子"。他认为只有特选的人物才能接近真正的诗歌。因此,他常轻蔑地谈到"愚昧的平民",以厌恶的口吻谈到涅克拉索夫那种把为人民服务看作自己的使命的诗人。
>
> 费特对于现实中的悲剧面和使他的同时代人深深痛苦的严重问题熟视无睹,而让自己的诗歌局限在三个主题之内:爱情,自然,艺术。
>
> 迈科夫也是"纯艺术"派的典型代表。他跟别林斯基和《现代人》集团接近过一段短短的时期。但他同民主主义者别林斯基等人的接近,也像同彼得拉谢夫斯基小组接近(迈科夫间或参加他们的晚会)一样,并没有持久。伟大批评家的影响仅仅表现在诗人迈科夫的某几首诗上。别林斯基说过,他曾在这

---

① [俄]普列汉诺夫:《普列汉诺夫美学论文集》,第二卷,曹葆华译,人民出版社,1983 年,第 836—890 页。

② "迈科夫不是有思想的诗人,所以他的诗不能像他同时代的前辈如丘特切夫的诗那样打动读者。"详见该书中译本第 710 页。

几首诗里作了"如实地描写生活"的尝试。当时的解放思想对迈科夫来说是生疏的。涅克拉索夫的为"时代的伟大目标"服务的号召,迈科夫称之为"虚伪的口号"。"'不要落在时代后面'是一个虚伪的口号,是群氓的《可兰经》,"他写道。迈科夫远远离开了使他的同时代人激动的生活问题,他那些充满着神话性的形象和主题的初期写作,便表明他是古希腊、罗马文化的热烈歌颂者了。对于他,正如对于费特,古代世界才是"摆脱各种生活忧患(包括公民的忧患)的避难所"。

人民的苦难的世界对迈科夫来说始终是生疏的。无怪杜勃罗留波夫要把他归入"一向与人民毫不相干"的诗人之列了。他歌颂"永恒的青春、永恒的美的王国",歌颂"至高的和谐""太虚幻境"。像他的诗中的主角一样,迈科夫"希望在人间……恢复天堂",他脱离了现实而陷入梦境和诗的幻想里面。因此,萨尔蒂科夫-谢德林曾指出迈科夫的诗的"彻头彻尾的贵族性",并且以他特有的尖刻态度称之为"小鸟的歌唱"、目的在给"有闲者消遣时光"的"悠闲的产物"。

整个说来,迈科夫的诗是脱离生活的诗,它是"纯艺术"派反对民主主义作家们的斗争的鲜明反映,民主主义作家都拥护车尔尼雪夫斯基的主张:"美就是生活!"①

季莫菲耶夫主编的《俄罗斯苏维埃文学史》1955年第2版措辞更加严厉:"文学中反动思想的代表站出来宣扬所谓'纯艺术',或者'为艺术而艺术'。'纯艺术'的代表人物,如费特、丘特切夫、德鲁席宁等,都严重地脱离人民。他们认为,人类固然不断地改变,但在对永恒的真、善、美的看法上却是永远不改变的。这是鼓吹文学完全脱离生活和俄国人民的利益,文学艺术不是为了人民,而是为特定人物,——'纯艺术'的代表们坚持他们这种错误观点。"②

不过,俄国唯美主义还没有被完全封杀,唯美主义诗歌偶尔还能出版,如1934年出版了《丘特切夫诗歌全集》(1939年重版),1937年出版了《谢尔宾纳诗选》,1939年出版了《波隆斯基诗选》,1945年出版了《丘特切夫诗选》,1947年出版了《麦伊抒情诗与悲剧》,1949年出版了《阿·康·托尔斯泰诗选》,1951年出版了《麦伊诗选》,1952年分别出版了《迈科夫选集》《阿·康·托尔斯泰诗选与戏剧选》,1954年出版了《波隆斯基诗选》。

而在这个阶段,苏联国外的俄国学者对唯美主义的评价则颇为公正。如在英国的著名俄国文学史家米尔斯基(1890—1939)在其《俄国文学史》中,谈到了俄国唯美主义的所有诗人,而且几乎对每一位诗人都有一定的很有见地的介绍。

首先,该书花专节介绍了丘特切夫。米尔斯基指出:"如今,他被毫无争议地视为俄国三位最伟大的诗人之一,或许,多数诗歌读者还将他列在莱蒙托夫之上,认为其位置仅次于普希金。"他认为丘诗的特点在于:"丘特切夫的诗歌是形而上的,

---

① 详见[俄]布罗茨基主编《俄国文学史》,中卷,蒋路、孙玮译,高等教育出版社,1957年,第705—710页。引用时文字做了大量压缩。
② [俄]季莫菲耶夫主编《俄罗斯苏维埃文学史》,殷涵译,上海文艺出版社,1962年,第253页。

其基础为对宇宙的泛神论理解","以'白昼'和'黑夜'为象征的'宇宙'和'混沌'之对立,即丘特切夫诗歌的基本主题之一","丘特切夫风格的两个元素,即雄辩的古典主义风格和形象化的浪漫主义风格,比重不同地融合于其诗","丘特切夫与杰尼西耶娃小姐相恋时写下的爱情诗,与其哲理抒情诗和自然抒情诗一样无比优美,却更富激情,更多心酸。这是俄语中最深刻、最细腻、最动人的悲剧爱情诗"。①

其次,写了专节"折中派诗人"——"他们不信赖诗歌想象的权力,试图将其与科学实证主义知识的精神相调和";而其中最典型的代表又当属"意象派","其突出表现即为对视觉对象的偏爱,在这类对象中,自然和古典遗风尤为流行",其代表人物是迈科夫、谢尔比纳(即谢尔宾纳)、波隆斯基和迈伊(即麦伊)。"迈科夫具有温和的'诗意',亦具有温和的现实主义;他具有温和的倾向性,却从来不带激情。意象永远是其诗作中的主要东西。"谢尔比纳"具有一位真正诗人的素质,他有话可说,对世界有独特看法。其母为希腊人,他对古代遗风的看法带有某种家庭般的亲切感,这只能用种族的亲缘关系来解释。他笔下的希腊姑娘没有冷漠或古典感,他具有一种真正的同情,其中渗有希腊式的分寸感与和谐感"。与上述自认是普希金"客观"传统的继承者不同,波隆斯基的"意象主义"则是莱蒙托夫浪漫主义"主观"传统的延续,"就纯粹的歌唱天赋而言,他是他那一代最伟大的诗人之一","他是唯一的俄国诗人,能营造出德国浪漫派诗人那种曼妙的、如若置身森林的效果;他是除莱蒙托夫外的唯一诗人,能够看到落日霞云之外的遥远土地。他的许多最佳抒情诗均为梦诗。他还具有莱蒙托夫的一种能力,即用日常生活和词汇的普通素材创造出最妙曼、最辛酸的诗歌。其浪漫主义是地道俄国式的,与俄国民歌和民间故事的风格十分吻合"。②

米尔斯基认为,阿·康·托尔斯泰也属折中派,但他是"折中派诗人中最为流行、最显多样、亦最具影响的诗人",因此也列专节加以介绍。他认为,阿·康·托尔斯泰诗歌的主要特征,"即某种牢牢立足于唯心主义(柏拉图)哲学的多面、多样的宁静。他在俄国诗人间最少悲剧感,最多和谐感,但他的和谐并无自得和安逸。他的诗非常纯净、高贵"。他还指出,阿·康·托尔斯泰"并非一位伟大的独创诗人,足以超越其所处时代的种种局限,他与其同时代人一样均具有某些技艺缺陷,如偶尔出现的松散结构,以及含混的节律和语言。但是,他对语词有着细腻的感觉,这种感觉最终使他不明就里地获得了风格。他具有丰富多样的题材处理和表达方式。他无疑是俄国最伟大的幽默、荒诞诗人,与此同时,在他那一代人中,他的崇高风格亦无人能比"。③

最后,用专节介绍了独立于折中派之外、"具有超常诗歌视野"的费特。他指出,费特是一位典型的拥有双重生活的诗人。在其学生时代,他如其所有同时代人一样天真开朗,乐于接受慷慨、理想的情感,但后来他却约束自己,处处谨小慎微(亦为情况使然)。他在生活中刻意自私,沉默寡言,对他人的激情持怀疑主义态

---

① [俄]米尔斯基:《俄国文学史》,上卷,刘文飞译,人民出版社,2013年,第173、178、179、180、181页。
② 同上书,第301—304页。
③ 同上书,第304—306页。

度。他竭力避免将现实生活与其作为一位诗人的理想生活相混淆。因此,他的同时代人便目睹了他奇异的两面性:一面是其自然诗歌之非物质主义的独立特性,一面是散文般的贪得无厌;一面是其晚年那种严肃刻板、秩序井然的生活,一面是他后期抒情诗作的饱满激情,其基础是对被压抑的理想情感之充分、公正的诗歌剥削。他进而指出,费特在诗歌中最早出面捍卫纯诗,他在这一方面毫不妥协,表现出众。他不是折中主义者,他完全致力于其诗歌体验方式的真实表达。其早期诗作包括一些古典主题的纯"意象"诗,它们胜过迈科夫或谢尔比纳的诗,真实的早期费特藏身于那些美妙的自然抒情诗和"歌诗"之中。而且,他很早便形成其风格,他最优秀、最典型的歌诗之一写于1842年。还有一些更为严谨、歌唱性较弱的诗,它们所描写的显然是俄国乡村风景,出现一些更为纯粹的泛神论画面,没有任何描述能够传达这些抒情诗的纯诗性质。1863年之后,尤其是80年代之后,费特日益形而上学化。他更经常诉诸哲学主题,思考一些与艺术接受和表达相关的永恒问题。其句法越来越复杂,高度压缩,晦涩难懂,有时甚至近似莎士比亚的十四行诗。费特晚年诗歌的最高峰即其爱情诗,毫无疑问,这是70岁的老人(包括歌德在内)所能写出的最非同寻常、最激情四溢的爱情诗。在这些诗中,费特的手法,即仅将其被压抑的情感用于其诗,取得最为出色的成功。这些情诗如此饱满,看上去就像一个激情生命的典范。费特的这些诗作是我们诗歌中最珍贵的瑰宝。①

从1957年开始至今,是第二个阶段,俄国唯美主义重新受到重视。他们的个人诗选曾多次发行,比较重要的主要有:迈科夫——《迈科夫诗选》(1957)、《迈科夫选集》(1977)、《迈科夫诗选》(1978)、《迈科夫诗选》(1980)、《迈科夫选集》(1982)、《迈科夫文集》两卷本(1984)、《迈科夫抒情诗与长诗》(1987)、《两个世界》(2005)、《摇篮曲》(2010);波隆斯基——《波隆斯基诗选》(1969)、《波隆斯基选集》(1977)、《太阳和月亮》(1979,1982)、《波隆斯基诗选》(1981)、《波隆斯基抒情诗与散文》(1984)、《波隆斯基的抒情诗与长诗》(1986)、《波隆斯基文集》两卷本(1986)、《波隆斯基抒情诗》(1990)、《波隆斯基诗选》(1990)、《热恋之月》(1998);阿·康·托尔斯泰——《阿·康·托尔斯泰诗选》(1957)、《阿·康·托尔斯泰诗选与戏剧选》(1958,1979)、《阿·康·托尔斯泰文集》四卷本(1963—1964,1969,1980)、《阿·康·托尔斯泰作品选》(1970,1980)、《阿·康·托尔斯泰诗选》(1967,1977)、《阿·康·托尔斯泰悲剧、诗歌》(1980)、《阿·康·托尔斯泰诗歌全集》两卷本(1981,1984,1998)、《阿·康·托尔斯泰诗选》(1985)、《阿·康·托尔斯泰选集》(1988)、《阿·康·托尔斯泰抒情诗与长诗全集》(2006)、《阿·康·托尔斯泰诗选》(2009)、《阿·康·托尔斯泰诗选集》(2009)、《阿·康·托尔斯泰诗歌与叙事谣曲》(2010)、《阿·康·托尔斯泰选集》(2010);谢尔宾纳——《谢尔宾纳选集》(1970);麦伊——《麦伊选集》(1962)、《麦伊作品选》(1972)、《麦伊诗选》(1985)。此外,还有《阿·康·托尔斯泰、波隆斯基、阿普赫京选集》(1982,1983)、《丘特切夫、阿·康·托尔斯泰、波隆斯基、阿普赫京选集》(1984)、《费特、迈科夫、尼基京抒情诗选》(1985)等出版。

---

① [俄]米尔斯基:《俄国文学史》,上卷,刘文飞译,人民出版社,2013年,第308—312页。

而丘特切夫和费特的诗歌更是在俄国长时间里深受欢迎,其多种诗选广泛印行,诗歌全集在半个多世纪里也在不同的出版社得以出版,如1957年出版《丘特切夫诗歌全集》、1959年出版《费特诗歌全集》。丘特切夫自20世纪80年代以来,几乎每年都有一个以上的诗选出版,2003年丘特切夫诞辰200周年时出版了包括创作和书信在内的6卷本全集(其中第4—6卷把丘特切夫写给亲人、朋友乃至官方交往的许多书信首次从法文翻译成俄文出版),2012年不仅出版了多种诗选,而且出版了《丘特切夫选集》三卷本。进入21世纪,费特的诗也几乎每年都有至少一个版本,2012年,为纪念费特逝世120周年,俄罗斯更是推出了费特的多种诗选:《熠熠霞光中你不要把她惊醒……》《夜莺的回声》《花园里盈满了月光》《在午夜不朽的星星间》《黄昏之火》《卡图卢斯诗选》(费特译诗选)等。

俄国唯美主义理论家的著作也从60年代开始出版,特别是80年代以来出版得更多,如德鲁日宁的《文学批评》(1983)、《中篇小说、日记》(1986)、《美与永恒》(1988);鲍特金的《关于西班牙的信》(1976)、《文学批评、政论作品、书信》(1984);安年科夫的《文学回忆录》(1960,1983,1986,1989)、《巴黎的信》(1983)、《普希金传记资料》(1984)、《亚历山大时代的普希金》(1998)、《批评随笔》(2000)、《致屠格涅夫的信(1875—1883)》两卷本(2005);唯美主义诗人论文学和艺术的一些著作也得以出版,如《阿·康·托尔斯泰论文学和艺术》①。与此同时,也出现了一些带有一定否定意味的介绍性文章和著作,如叶果罗夫就曾撰文谈到三大唯美主义批评家的美学理论②,谢布雷金娜则写有探讨德鲁日宁与19世纪40—60年代的俄国文学③。

与此同时,对俄国唯美主义的研究也逐渐展开。首先,是每位诗人每次诗选或文集乃至全集出版时学者所写的诗人及诗歌评介;其次,是一些俄国诗歌史和文学史开始花一定的版面介绍和评析该派的诗人,如苏联科学院编撰的两卷本《俄国诗歌史》在其第二卷中就有足足两章100多页的篇幅:第三章较集中地介绍了费特、迈科夫、波隆斯基、阿·康·托尔斯泰和麦伊,但把他们归入古希腊罗马风格的诗歌潮流里,只是在谈到偏离现实主义这个"发展方向"时,才从反面偶尔提到他们的"纯艺术"追求,第四章则专门评介了丘特切夫的诗歌④;再次,也发表和出版了一些专门的论文、著作,但主要集中于丘特切夫和费特,其他诗人研究较少,发表的文章也多探讨其现实主义风格的作品,如扬波利斯基的《关于迈科夫的文献资料(〈三死〉〈玛申卡〉〈罗马随笔〉)》⑤,谢尔宾纳和麦伊更是少见研究文章;最后,更重要的是,开始重新出版新的专家撰写的关于诗人的新传记,不过,迈科夫、波隆斯基、谢

---

① А. К. Толстой. О литературе и искусстве, М., 1986.

② Егоров. Б. Ф. Эстетическая критика без лака и без дегтя (В. П. Боткин, П. В. Анненков, А. В. Дружинин), Вопросы литературы, 1965, № 5.

③ Щеблыкина Л. И. Эстетическая теория А. В. Дружинина и русская литература 40 - х 60-х годов XIX века, М., 1998.

④ Академия наук СССР институт русской литературы. История русской поэзии. Том 2, Л., 1969, с. 124—226.

⑤ И. Г. Ямпольский. Из архива А. Н. Майкова ("Три смерти" "Машенька" "Очерки Рима"), Л., 1977.

尔宾纳、麦伊都找不到老的传记,也没有新的传记问世,主要是丘特切夫、费特(详后),还有阿·康·托尔斯泰,如茹科夫的《阿·康·托尔斯泰》①、科洛索娃的《阿·康·托尔斯泰》②。

但直到20世纪八九十年代,俄国还有不少学者虽然已开始承认唯美主义文学有一定的成就和文学地位,但并不认为它是俄国文学史上独立存在的文学流派,甚至还在极力试图证明这些唯美主义诗人如何背离其唯美主义立场,而转向现实主义,反映社会问题。如普里马在1984年的文章中认为:"迈科夫欣然接受了别林斯基在1842年的文章中提出的批评性意见。这一点是可以证实的:在诗集的再版过程中,诗人秉承评论中的精神对诗歌进行了修改","迈科夫在1843—1846年间的诗歌创作明显打破了古希腊罗马抒情诗的风格,在'自然派'精神的指引下,诗人在《罗马随笔》一书中创造了一系列古老城市居民的形象,他们每个人身上都表露着意大利民族性格的某种特性"。而且整篇文章都在尽力讲述诗人是如何靠拢现实主义而远离唯美主义的,最后面对铁的事实,作者仍然颇为心有不甘地说:"在迈科夫生命的最后25年里(他于1897年3月8日逝世),他的创作积极性丝毫没有消减。诗人同进步期刊失去了联系,远离日常生活之恶而转向'永恒的问题',关注宗教题材——这一切不止一次地成为世纪末批评把迈科夫列为'纯艺术'派成员的理由。"③或者含糊地认为某位唯美主义诗人没有明确的唯美主义立场,如穆希娜在1986年关于波隆斯基的文章中就宣称:"波隆斯基的名字一般被和费特、阿波罗·迈科夫还有其他诗人的名字放在一起,这些诗人因极少关注当前大众十分关心的社会问题而受到指责。同时,波隆斯基的创作中有很多接近费特及迈科夫的诗歌艺术,在俄罗斯诗歌史上占据了一个特殊的地位。当确立了艺术家音乐般地感知世界以及印象主义式的感性认知的处世态度时,波隆斯基和费特成了同道。他尝试把瞬息即逝的情绪变成具有中间色调的诗歌语言,和隐约暗示的语言。波隆斯基的创作演化没有那种清晰的特点,即判定其确为某一文学流派的拥护者的准则。1850—1870年是俄罗斯文学中意识形态阵营两极化对垒的时代,波隆斯基没有公开地与任何一个社会文学派别有内在联系。"④对于阿·康·托尔斯泰,仅有几篇公开发表的论文,却主要探讨其所受杜勃罗留波夫的影响、其爱国主义精神和他对勃洛克的影响⑤。

俄国学者苏霍娃在20世纪80年代接连出版了两本其实是专门介绍唯美主义诗歌的著作,但非常有意思的是,她在这两本书中,要么尽力简单否定唯美主义对费特等唯美诗人的重大影响,要么全书只字不提"唯美主义"这个词。

---

① *Дмитрий Жуков*. Алексей Константинович Толстой, М. ,1982.

② *Колосова Н. П.* А. К. Толстой, М. ,1984.

③ *Ф. Я. Прийма*. Поэзия А. Н. Майкова.//А. Н. Майков. Сочинения в двух томах. Том 1, М. ,1984, с. 7,12,38.

④ *И. Мушина*. Поэзия и проза Полонского.//Я. П. Полонский. Сочинения в двух томах. Том 1, М. ,1986, с. 24.

⑤ 见 *Шапир М. И.* Исторический анекдот у А. К. Толстого и Н. А. Добролюбова.//Даугава. 1990. No 6. 和 *Эткинд Е. Г.* "Против течения": О патриотизме А. К. Толстого. / / Звезда. 1991. No 4. 以及 *Колосова Н. П.* Блок и А. К. Толстой. // Лит. наследство. М. ,1987. Т. 92. Кн. 4.

其《俄罗斯抒情诗大师》，专门介绍四位诗人：费特、波隆斯基、迈科夫、阿·康·托尔斯泰。全书共五章：第一章"雕塑和优美流派"，包括俄国诗歌中古希腊罗马风格诗歌类型的命运，别林斯基谈古希腊罗马风格诗歌，迈科夫"风景画"和"风俗画"的起源，作为古希腊罗马风格传统继承人的费特；第二章"语言和心灵的音乐"，包括波隆斯基的日常生活抒情歌曲，费特旋律中难以捕捉的音乐，在歌曲和抒情诗之间的阿·康·托尔斯泰；第三章"从叙事谣曲到细密画"，包括严肃叙事谣曲和滑稽叙事谣曲，在叙事谣曲和抒情诗边缘的阿·康·托尔斯泰，波隆斯基诗歌中的"魔幻元素"，费特的叙事谣曲和"猜想"；第四章"个性的特征"，包括迈科夫、阿·康·托尔斯泰、费特对"自然的爱"，费特抒情诗中的断片和系列，费特悲歌中的进化，精巧的创新者费特；第五章"一首诗的诗学"，包括阿·康·托尔斯泰的《并非高空飘来的清风》，迈科夫的《遇雨》，波隆斯基的《到我这儿来吧，老太婆》，费特的《呢喃的细语，羞怯的呼吸》。尽管她在作者的话中指出，不重视费特、迈科夫、阿·康·托尔斯泰和波隆斯基所带给俄国诗歌的贡献，就很难呈示俄罗斯19世纪诗歌，也很难明白俄罗斯抒情诗乃至整个文学从19世纪末（"白银时代"）直至今天发展的实质；但她马上又反问道，难道这样就能公正地让人把我们很感兴趣的全部四个诗人看作"纯艺术"的传教士？更准确地看，阿·康·托尔斯泰的创作在整体上远远离开了唯美主义的框架；迈科夫最初接近别林斯基圈子，只是晚期创作才接触了一下"纯艺术"思想；波隆斯基的抒情诗更是与唯美主义思想没有直接关系，要知道他明确响应"公民的忧虑"和"心灵的惊慌"；只有费特终生忠诚于纯美，但假如其抒情诗的内容的深刻和形式的丰富不曾战胜其美学和政治纲领，他未必能进入俄国诗歌史。①

其《生命的天赋》则介绍了费特、波隆斯基和迈科夫三位诗人，全书干脆只字不提"纯艺术"，更不介绍这个在俄国文学史上一度颇有影响的"纯艺术派诗歌"，而只介绍三位诗人的创作和交往。全书分为四章：第一章"长翅膀的声音"，结合费特的回忆录等介绍诗人从童年到晚年的生平与创作概况，包括他的天赋、早年生活、青年的从军与爱情、中年的婚姻与成为奥尔洛夫省的地主，尤其是其诗歌创作的抒情的大胆；第二章"蚕斯般的音乐家"，结合波隆斯基的书信和自传性的小说介绍其生平与诗歌创作；第三章"红帆"，介绍迈科夫的生平和诗歌创作；第四章"晚霞熠熠"介绍了三位诗人晚年的创作尤其是交往活动。②

不过，进入20世纪末尤其是21世纪，随着掌握的材料更为丰富，俄国学者们在对唯美主义理论和诗歌的看法上，思想更加开放，观点更为公正，但仍很少承认这是一个独立存在的文学流派，因而往往只是泛泛提及。

格奥尔基耶娃在其1999年出版的修订版《俄罗斯文化史》中，比较客观而公正地谈道："博特金（即鲍特金——引者）、安年科夫和德鲁日宁组成了所谓的'三人联盟'，尽管这个联盟的成员的观点不完全一致，这个联盟仍然作为'纯艺术'的拥护者和创始人被载入了俄罗斯文化史册之中。……安年科夫、德鲁日宁、博特金等人

---

① Н. П. Сухова. Мастера русской лирики, М., 1982.
② Н. П. Сухова. Дары жизни, М., 1987.

的美学纲领的基本思想,就是要进行反对别林斯基和车尔尼雪夫斯基那样的趋势化和教学论的斗争。博特金和杜德什金公正地批评了车尔尼雪夫斯基,因为车尔尼雪夫斯基简单地把艺术解释为'现实生活的代用品'。①

罗森布吕姆发表于《文学问题》2003年第2期的论文《费特与"纯艺术"美学》也颇为公正地指出,费特是伟大的俄罗斯诗人中唯一一名(少数例外)坚定地、合情合理地将自己的艺术世界与社会政治问题相隔离的诗人。但是这些问题本身并没有使费特漠不关心,相反,却引起了他浓厚的兴趣,成为激烈的政论文和时事短评的主题,一直在通信集中被讨论。其实,费特1861—1871年间在期刊上发表了不少政论作品(包括诗歌),然而,直到今天也只为少数专家所知。1992年这些作品才首次被收集,随后部分得以在《新世界》1992年第5期上发表。直到2001年才出版费特的大卷政论作品,其中包括他1861—1871年期间的文章《自由雇佣劳动力札记》(《俄罗斯公报》1862年第3期、第5期)、随笔《来自乡村》(《俄罗斯公报》1863年第1期、第3期,1864年第4期;《文学图书馆》1868年第2期;《黎明》1871年第6期),同时还有在斯捷潘诺夫卡写的诗歌——诗集起初的标题为:《自由雇佣劳动力札记》《斯捷潘诺夫卡的生活,或者抒情经济》(费特所起的标题被《俄罗斯公报》的编辑做了更改)。该诗集在《俄罗斯回忆录》上系列发表。罗森布吕姆也指出,尽管如此,这些问题还是很少深入到诗歌中。费特似乎感觉到了他所发展并维护的那些社会观念不具有诗意性。因为他认为属于非诗意的作品是其中有明确表达的开放趋势思想的作品,尤其是他所陌生的现代民主主义诗歌的作品。自19世纪50年代末、19世纪60年代初及之后几年,涅克拉索夫流派的艺术原则引起费特思想上的对立和持续的、尖锐的审美疲劳。最后,罗森布吕姆十分公正且实事求是地指出:费特现象在于,其艺术天赋本身充分符合"纯艺术"的原则。②

2005年出版的一本《19世纪俄国文学史》则在第五章列专章"纯艺术"诗歌介绍该派的创作。该书首先指出,在19世纪40—50年代,费特和丘特切夫两位诗人的诗歌创作独立于当时革命民主主义的潮流之外,他们的作品赢得了迈科夫、波隆斯基、阿·康·托尔斯泰的赞同,这整个的诗人小组后来就被称为"纯艺术"诗歌,人们还通常把谢尔宾纳、麦伊列入这一行列;在此基础上,该书重点介绍了费特、丘特切夫、迈科夫、波隆斯基、阿·康·托尔斯泰的诗歌。③

在这一阶段,研究较多的是丘特切夫和费特。丘诗的研究在苏俄更是形成一个高潮:不少论文被发表,而且涉及的面颇广。下面拟分为四类择要予以介绍。

第一类是比较全面地介绍诗人的生平与创作的文章,如布赫什塔布的《丘特切夫》(1957年列宁格勒《丘特切夫诗歌全集》前言)、皮加列夫的《丘特切夫》(1957年莫斯科《丘特切夫诗选》序言)、别尔科夫斯基的《丘特切夫》(1962年莫斯科-列宁格勒《丘特切夫诗选》前言)、塔尔霍夫的《丘特切夫的创作道路》(1972年莫斯科《丘特切夫诗选》前言)、列夫·奥泽罗夫的《丘特切夫的银河系》(1985年莫斯科

---

① [俄]格奥尔吉耶娃:《俄罗斯文化史——历史与现代》,焦东建、董茱莉译,商务印书馆,2006年,第359页。

② Л. Розенблюм. А. Фет и эстетика "чистого искусства". Вопросы литературы. М.,2003, No 2.

③ В. И. Кулешов. История Русской литературы XIX века. М.,2005, с. 653—684.

《丘特切夫诗选》序言)、布拉果依的《天才的俄罗斯诗人(费·伊·丘特切夫)》(1959年莫斯科《文学与现实》)、《丘特切夫的生平和创作》(1997年莫斯科《丘特切夫诗歌全集》前言)。这些文章都写得全面、客观甚至生动,其中最为厚实、见解也颇深刻的是别尔科夫斯基的文章。这篇文章译成中文长达四万多字,全文分为五个部分:第一部分介绍了丘特切夫的生平、恋爱、婚姻、政治观念、性格与个性,以及其作为诗人的命运;第二部分论析了诗人的成长:继承了杰尔查文等思考重大哲学问题的崇高体诗歌以及卡拉姆津、茹科夫斯基的朦胧抒情诗,并加以发展,把同时代人谢林和黑格尔的哲学辩证法融化到自己的血液里,从而形成了自己的独特风格,能辩证地、双重地看待事物,因此,他直到诗歌道路的终点都保持着原始、完整的感觉——一种统一体,一切都由其中产生,同时,自然、元素、混沌又与文明、宇宙等构成其诗歌中实际具有的最重要的对立,进而指出,从气质上来说,丘特切夫是个即兴诗人;第三部分主要探讨诗人的泛神论思想,及其对人性与自由、个性和其命运的思索;第四部分阐述了丘诗中未被现实吞没的生活的可能性、夜、自然、混沌、时间等主题,并指出:从美学角度看丘特切夫动摇于美与崇高之间,丘特切夫的诗按其内在形式——是瞬间的印象;第五部分分析了丘诗在19世纪40年代末以后的变化:由于他回到俄国并贴近俄国的具体生活,其诗从埃斯库罗斯的悲剧的高度降落到屠格涅夫、列夫·托尔斯泰、冈察洛夫、涅克拉索夫的庄稼地里,表现出对日常生活及其艰难历程的兴趣、对人民大众的关心,并重点剖析了"杰尼西耶娃组诗"。

第二类是探讨丘诗的文章,主要有:奇切林的《丘特切夫抒情诗的风格》(《1974年语境》,莫斯科,1975年)、谢缅廖娃的《丘特切夫诗歌中对照的意义》(《苏联科学院通报》1977年第2期)、布哈尔金的《丘特切夫诗歌中的爱情—悲剧组诗》(列宁格勒《俄罗斯文学》1977年第2期)、列夫·奥泽罗夫的《思想,激情,语言》(《文学报》1978年第49期)。其中最有代表性的是奇切林的文章,从修饰语和词汇的审慎、动词形式的多样性和功用、比喻和对照的独特性、否定语气词的作用、韵律的作用等方面对丘特切夫抒情诗的艺术风格进行了比较具体的分析。

第三类是研究丘特切夫文学关系的文章,主要有:特尼亚诺夫的《普希金与丘特切夫》(《普希金和他的时代》,莫斯科,1969年)、科日诺夫的《关于俄罗斯抒情诗中的丘特切夫流派(1830—1860)》(《走向浪漫主义》,莫斯科,1973年)、谢缅廖娃的《谈谈19世纪俄国哲理抒情诗》(《哲学问题》1974年第5期)、米尔钦娜的《丘特切夫与法国文学》(《苏联科学院通报》1986年第4期)。特尼亚诺夫的文章指出,丘特切夫与普希金是敌对者,因为普希金在19世纪20年代至30年代末批评甚至嘲笑过丘特切夫少年时的老师拉伊奇,而且,普希金对丘特切夫的态度是冷冰冰的,甚至是敌对的,他曾在一篇文章中谈到,俄国当时由舍维廖夫、霍米亚科夫、丘特切夫等人组成的"德国诗派"里,前两者的真正天才是无可争辩的,这是普希金在直接否定丘特切夫具有真正的天才(对此,科日诺夫后来做出了全面、客观而又极有说服力的反驳[①])。科日诺夫和谢缅廖娃的文章则详细介绍了19世纪俄国哲理

---

① 详见 Кожинов В. В. Тютчев. М.,1988,с. 142—203.

抒情诗的特点及流派的形成,着重论述了丘特切夫在这一流派中的中心地位与重大影响。米尔钦娜的文章则主要结合丘氏的具体作品,阐述了法国作家拉蒙纳、梅斯特、斯达尔夫人对他的影响。

第四类是介绍丘诗出版的文章,主要是丘尔科夫的《谈谈丘特切夫诗歌的出版》(《丘特切夫诗歌全集》,莫斯科,1997年),比较详细地介绍了丘诗从19世纪中后期至20世纪中期的出版概况。

关于丘诗的研究著作主要有:皮加列夫的《丘特切夫的生平和创作》(莫斯科,1962年)、列夫·奥泽罗夫的《诗人的劳动》(莫斯科,1963年)、列夫·奥泽罗夫的《技巧与魅力》(莫斯科,1972年)、列夫·奥泽罗夫的《丘特切夫的诗》(莫斯科,1975)、阿纳特戈列洛夫的《三种命运——丘特切夫、苏霍沃-科贝林、蒲宁》(列宁格勒,1980年)、格里戈里耶娃的《丘特切夫诗歌的语言》(莫斯科,1980年)、《对俄罗斯只能信仰——丘特切夫和他的时代》(论文集,图拉,1981年)、《同时代人谈丘特切夫——回忆、评语和书信》(图拉,1984)、科日诺夫的《丘特切夫》(莫斯科,1988年)、彼得罗夫的《丘特切夫的个性和命运》(莫斯科,1992年)和谢列兹尼奥夫的《19世纪后期—20世纪初期俄国思想中的丘特切夫诗歌》(圣彼得堡,2002年)。其中,最为重要的是以下几部著作。

皮加列夫的《丘特切夫的生平和创作》①。该书除作者的话和结语外,还有六章:第一章童年和青年——1803—1821年;第二章在慕尼黑和都灵——1822—1839年;第三章重回俄国——40年代初至70年代初;第四章抒情歌手—思想家—艺术家;第五章诗歌形式的高手;第六章丘特切夫怎样创作自己的诗歌。作者是诗人的外孙,有得天独厚的研究条件。该书比较全面地介绍了丘特切夫的生平与创作:前三章介绍了诗人的生平、学习、爱情、婚姻、交游等方面的情况,及其在俄国、欧洲的文化氛围中形成的世界观尤其是社会政治观,第四章分析了诗人的自然诗、爱情诗、社会政治诗、译诗的内容,第五章从艺术方面论述了诗人与罗蒙诺索夫、杰尔查文、茹科夫斯基、卡拉姆津的关系及其诗歌格律,第六章介绍了诗人创作与诗歌修改的一些情况。该书于1978年改名为《丘特切夫和他的时代》在莫斯科出版,但只保留了前四章。

列夫·奥泽罗夫的《丘特切夫的诗》②。这是作者综合、升华此前出版的两本书《诗人的工作》《技巧与魅力》中的精华部分以及其他论文而成的一部颇为扎实的研究著作。作者是丘特切夫的同乡,在掌握资料方面有较为便利的条件,同时又是当代著名文学评论家,对艺术的把握颇为到位。该书首先介绍了诗人的生平经历,尤其是晚年与杰尼西耶娃"最后的爱情",指出俄国和它的历史这一主题是贯穿诗人整个一生的诗歌主题,对俄罗斯命运与前途的思考,随着时间的流逝,在诗人心里占据的地位越来越重要,甚至逐渐控制了诗人,但诗人同时也很早就表露出了对宇宙思考的兴趣,后来更是从谢林哲学中汲取了"宇宙灵魂"(或"世界灵魂")和辩证法的因素,形成了自己独特的哲学观念,从而使大自然和矛盾成为诗歌的主题、

---

① *Пигарев К.* Жизнь и творчество Тютчева, М., 1962.
② *Озеров Л.* Поэзия Тютчева, М., 1975.

激情和形象的思想,也成为诗歌结构的原则和语言及艺术技巧,并探讨了丘诗的夜的主题、沉默的主题、梦的主题,以及与此相关的多种双重对立形象体系(如日与夜、自然和文明、现实与梦……),同时指出,在艺术上,诗人走过了一条从古典主义转向浪漫主义的道路,而1830年的《好像海洋环抱着地面》、1836年的《大自然并不是你们想象的那样》、1834—1836年的《从城市到城市……》三首诗是其转折的标志。

格里戈里耶娃的《丘特切夫诗歌的语言》①。全书共三章,从自然诗、爱情诗、沉思体抒情诗三个方面,分别论述了丘特切夫诗歌语言的继承与创新。

科日诺夫的《丘特切夫》②。该书俄文原文厚达近500页,分四部分共9章评介了丘特切夫的生平与创作。较之以前所出的丘氏传记,这本书的主要特点有二:一是资料更为翔实,评介更为细致;二是提出了不少新的见解。

《对俄罗斯只能信仰——丘特切夫和他的时代》③。这是一本论文集,共收入论文14篇,分别论述了丘特切夫与涅克拉索夫、茹科夫斯基、19世纪后期俄国哲理抒情诗、诺瓦利斯、托尔斯泰乃至绘画、音乐的关系,以及丘特切夫哲理抒情诗的范围与诗艺、其诗中的人与自然、悲剧性自白等一系列专题。

彼得罗夫的《丘特切夫的个性和命运》④则是一本相当独特同时也极具价值的著作,它把丘特切夫的诗歌、书信以及他人谈论诗人的文字,逐年编排在一起,共同指向一个主题——显示丘特切夫的个性与命运。这种第一手材料式的著作,为研究者提供了相当可靠的资料,同时又不乏编排者的匠心与独到的学术眼光,尤其值得肯定。

谢列兹尼奥夫的《19世纪后期—20世纪初期俄国思想中的丘特切夫诗歌》⑤,显示了俄罗斯学者在新的世纪里更为开阔的新学术视野。全书共五章。第一章"19世纪后半期文学美学批评中的丘特切夫诗歌",介绍了19世纪后半期俄国文学美学批评对丘特切夫诗歌的评价;第二章"音乐中的丘特切夫诗歌",介绍了丘特切夫诗歌进入音乐的情况;第三章"丘特切夫诗歌的哲学阐释",包括从抒情诗的直觉到观念的说明、丘特切夫的抒情诗对索洛维约夫创作的影响、美——宇宙的力量、丘特切夫诗歌的形而上学热情、混沌和宇宙:丘特切夫的直觉与索洛维约夫的观念;第四章"丘特切夫诗歌中人的宇宙",包括作为微观宇宙的艺术作品、昼与夜的思想—形象、美好的南方和严峻的北方、从现象到本质从表象到本体;第五章"在两个深渊之间:无和上帝",包括丘特切夫是异教徒泛神论者自然哲学家反基督分子吗、尘世和天空自然和超自然、人的存在悲剧、两个深渊的声音、孤独:自然的沉默与人世繁华的喧嚣、爱情:人间的幸福与狂暴激情的盲目、病痛的世纪:信仰与缺

---

① *Григоьева А. Д.* Слово в поэзии Тютчева, М. ,1980.
② *Кожинов В. В.* Тютчев. М. ,1988.
③ В Россию можно только верить... ——Ф. И. Тютчев и его время(сборник статей),Тула,1981.
④ *Петров А.* Личностъ и судъба Федора Тютчева,М. ,1992.
⑤ А. И.*Селезнев*. Лирика Ф. И. Тютчева в русской мысли второй половины XIX—начала XXвв. СПБ,2002.

乏信仰。在结语中,作者介绍了丘特切夫鲜活的思想长期以来在多个方面的影响。①

费特及其诗歌也开始受到重视,学者们发表了不少论文(主要也是各种诗选的序言或前言),出版了一些研究著作。其中颇为重要的研究著作是以下几本。

布拉戈伊的《作为美的世界——论费特的"黄昏之火"》②,首先简单地介绍了费特的一生——大学生、军官、地主、宫廷高级侍从,但他从童年就热爱诗歌,尤其喜欢普希金《高加索的俘虏》《巴赫奇萨拉伊的喷泉》的甜蜜诗句。在大学期间,深受格里戈里耶夫等人的影响。在外省从军期间,与拉兹契的爱情悲剧对他的创作更是影响深远。重点讲述了茹科夫斯基、普希金、丘特切夫、格里戈里耶夫、德鲁日宁、鲍特金等人对费特的影响,使他把世界看作美的化身和美的表象,在1882年出版的晚年哲理诗集《黄昏之火》中全力描写整个世界从大到小的种种美。该书最大的不足是没有论述德国哲学,包括康德、谢林、黑格尔,尤其是费特翻译的叔本华的《作为意志与表象的世界》对其创作的巨大影响。

格里戈里耶娃、伊万诺娃的《19—20世纪诗歌语言:费特·现代抒情诗》③,包括两部分,第一部分由格里戈里耶娃撰写,从语言角度论述费特诗歌风格的特点;第二部分由伊万诺娃撰写,分析20世纪60—70年代俄国诗歌的现代语言。第一部分包括前言、结语和五章。前言"费特的语言与形象",以费特的《黄昏之火》为代表,勾勒了费特该晚年诗集的语言和形象。第一章"富有思想的丰满与修饰语的功用",探讨了《黄昏之火》中费特诗歌富有思想的内容充实、丰满,以及大量修饰语的功用。第二章"比喻——比拟",分析了《黄昏之火》的诗歌是怎样从比喻发展为比拟乃至对比的。第三章"传统象征与作者主观的象征",则认为费特诗歌既使用传统的象征,又使用自己独创的个性化的象征。第四章"换喻式地改变词性与使用句子",则分析了费特大胆、独创的艺术手法——换喻式地改变词性与使用句子。第五章"代用语的配合",则阐析了费特在诗歌中对代用语的配合使用。结语"费特的代用语词典和随意的象征",最后总结了其《黄昏之火》中常用的一些代用语及较为随意使用的、主观性极强的象征。

布赫施塔布的《费特》④,其副标题是"费特生平与创作简述"。基于此,该书只是颇为简要地介绍了费特的生平重要经历与创作概况。它简介了费特类似私生子的出生对其一生活动与创作的影响,大学生活尤其是与格里戈里耶夫的友谊和爱读德国文学特别是歌德、席勒、海涅以及本国茹科夫斯基、普希金等的影响,与玛利亚·拉兹契爱情悲剧对其诗歌创作的重大影响,与屠格涅夫、列夫·托尔斯泰、迈科夫、波隆斯基的友谊,并勾勒了费特诗歌尤其是自然风景诗和爱情诗发展的大致进程,但在德国哲学对其创作的影响方面仍旧重视不够。

布赫施塔布的《费特和其他》⑤,这是作者从事学术研究几十年的一本论文精

---

① 以上详见曾思艺:《丘特切夫诗歌美学》,人民出版社,2009年,第6—12页。
② Д. Благой. Мир как красота.(О "Вечерних огнях" А. фета.). М.,1981.
③ А. Д. Григорьева、Н. Н. Иванова. Язык поэзии XIX—XXвв. Фет · Современная лирика. М.,1985.
④ Б. Я. Бухштаб. А. А. Фет. Очерк жизни и творчества. Л.,1990.
⑤ Б. Я. Бухштаб. Фет и другие. СПБ.,2000.

选集,包括论文 21 篇,广泛论述了俄国从古代到当代的文学尤其是诗歌,其中涉及费特的只有四篇。《涅克拉索夫对费特的讽刺性模拟作品》,介绍了涅克拉索夫对费特 1854—1855 年间几首自然诗(如《春天那芬芳撩人的愉悦》《燕子飞走了》《户外的春天》等)的讽刺性模拟。《关于被看作普希金和费特诗歌的作者》,则考证了误认为是普希金的一首有争议的诗的作者就是费特。《费特文学遗产的命运》,认为费特文学遗产的命运令人感到十分忧伤,主要表现为从 1840 年他开始发表作品起,直到 1922 年他的十几种诗选乃至诗歌全集的出版,都对其诗歌有较大的改动,作者详细地比对版本,指出了种种改动乃至删节。《费特的创作道路》,则简要勾勒了费特的创作发展历程。

维罗妮卡·宪欣娜的《费特-宪欣的诗学观》①,作者是费特的后裔,有研究的相当便利条件。本书包括序言、结语和四章。序言指出费特的诗歌承上延续、发展了黄金时代的诗歌,承下影响了白银时代的诗歌。费特在创作之初曾受到丘特切夫早期哲理抒情诗的影响,后来与列夫·托尔斯泰与屠格涅夫结交,在他们的影响下迷上了叔本华哲学,也受到康德哲学的影响,其抒情笔法的大胆受到列夫·托尔斯泰的高度赞扬。第一章俄国文学批评中的费特,介绍了费特的生平、他的文学圈子(格里戈里耶夫、鲍特金、德鲁日宁、安年科夫、迈科夫、波隆斯基乃至丘特切夫、屠格涅夫、列夫·托尔斯泰)。第二章作为形而上学诗人的费特,介绍了其形而上学诗歌的渊源(贺拉斯、基督教、罗蒙诺索夫、杰尔查文、卡拉姆津、茹科夫斯基、丘特切夫、巴拉丁斯基)与宗教观、永恒观念(永恒观念的宗教哲学根据、永恒观念的诗学立场)。第三章美的世界中的费特,包括费特诗学的基本原理——"诗,或整个艺术,不是对某个对象的纯粹再现,而仅仅是对它的一个方面理想的复制。任何对象均有千面万面,决非一种具有严格限制手段的特定艺术所可再造的,况且所有的艺术合在一起也无力把整个对象再造出来","可能具有某个诗人的各种素质,可是没有诗人的敏锐性、嗅觉,而结果可能成不了诗人","让我们首先注意诗人的敏锐性以及他对美的态度吧,而其他东西则是次要的。这种敏锐性越出众、越客观(越强),哪怕带有其主观性,那么诗人就越强,他的创作就越重之久远"②——以及费特诗歌中的音乐性和音响形象法、费特抒情诗中形象的表现手法。第四章费特和象征主义者,则分别论析了象征主义诗人弗·索洛维约夫、巴尔蒙特、勃留索夫、勃洛克对费特诗歌的借鉴和学习。结语在此基础上指出了费特诗歌与诗学的价值与意义。

《费特:诗人和思想家》③,这是献给费特 175 年诞辰的一本论文集,包括 16 篇文章——11 篇论文和 5 篇与费特有关的材料。全书分为五辑:费特和我们时代,费特的世界观和诗学,费特和俄国文学,费特与外国文学,消息与报道。其中的 11 篇论义全方位、多角度地论述了费特,包括:费特在 20 世纪末的影响,费特创作在

---

① Вероника Шеншина. А. А. Фет-Шеншин Поэтическое миросозерцание. М. ,1998.

② 原文见 Вероника Шеншина. А. А. Фет-Шеншин Поэтическое миросозерцание. М. ,1998,с. 95—96. 译文见[俄]费特:《诗和艺术——论丘特切夫的诗》,张耳译,载钱善行主编《词与文化——诗歌创作论述》,中国电影出版社,1997 年,第 61、62、63 页。

③ А. А. Фет. Поэт и мыслитель. М. ,1999.

俄国文化中的地位,作为形而上学诗人的费特,费特复述的"我们在天上的父!"的祷告,费特抒情诗的梦景,费特旋律的尾声,也论俄国象征主义诗歌中费特的同感反响的表现,费特的"有机"诗学与叶赛宁的类型学观点,俄国散文语境中的费特散文,费特与朱塞佩·托马西·迪·兰佩杜萨:死亡、黑夜、星星……,欧洲印象主义语境中的费特。

《费特与俄国文学》①,也是一本关于费特的论文集,收入文章24篇,前面是关于费特的三个材料,然后是正文"文章与联系",分为四辑。第一辑费特的诗歌,第二辑费特的散文,第三辑译者费特,第四辑费特与俄国作家。其中与费特诗歌相关的只有五篇:科舍列夫的《奥菲利亚,我病了——关于抒情系列的历史》,主要探讨费特1842年发表的一组抒情诗的发展过程;杰里亚宾娜的《费特50年代的缪斯现象》则追溯了俄国19世纪以来诗歌中的缪斯现象,从茹科夫斯基、普希金以至费特,并论析了其50年代以缪斯为主题的诗歌;奥尔的《关于费特〈缪斯〉中的普希金题词的功能》;库普里亚诺娃的《费特抒情诗中的"蛇"主题》;日尔蒙斯基的《同时代人评价费特的创作》。

而俄国对于纯艺术论的讨论主要集中体现在苏联时代出版的文学史和批评史层面,而且研究者主要将其作为一种短暂的历史现象,或是一笔带过,或是视为19世纪革命民主主义的现实主义文学观的"另类"反对者,缺乏专门的深入研究。例如,在赫拉普钦科的《尼古拉·果戈理》一书中,作者就批评"'唯美派'的批评家歪曲《叶甫盖尼·奥涅金》的作者的创作面貌,把他变成一个对任何社会问题都不感兴趣的'纯'艺术诗人。……'唯美派'的批评家们对普希金的遗产的不正确的阐释和对果戈理的现实主义传统的否定,是从同一观点出发的;这一切表明,他们坚决不接受俄罗斯文学的先进思想、它的民主性质和解放的性质"②。以上看待俄国纯艺术论的观点在苏联时代的学术著作中颇具代表性,因为自从1917年以后,唯美派被视为革命民主主义者的敌人一直受到冷遇,甚至遭到批判。"纯艺术"被认为是一种"假象",一种"有意或无意的骗局",即使他们的成绩卓著的普希金研究也被说成是"用伪造普希金的艺术观点,来掩盖他们的保守主义"。③ 直到20世纪80年代,情况才开始有所好转。人们逐渐意识到,唯美派的普希金研究也许对文学的社会性有所忽视,但他们对文学的艺术性的强调却是值得肯定的。于是,他们的著作得以重版,他们的纯艺术理论和普希金研究成果开始得到公正的评价。④ 不过,直至1985—1987年,俄国学者奥夫相尼科夫在其新出的《俄罗斯美学思想史》中还没有为"纯艺术论"列专节,甚至没有介绍过三巨头中的任何一人,而只是在与革命民主主义者理论稍作对照时,作为反面例子,简单提到"纯艺术论"。⑤ 关于纯艺术理论的研究更是至今在俄国未有大的突破,也缺少较为深入、系统的研究。

---

① A. A. Фет и русская литература. Курск.,2003.
② [俄]赫拉普钦科:《尼古拉·果戈理》,刘逢祺、张捷译,上海译文出版社,2001年,第633—634页。
③ 《苏联简明文学百科全书》(1966年版)条目,见赵澧、徐京安主编《唯美主义》,中国人民大学出版社,1988年,第193页。
④ 以上观点参见张铁夫:《普希金学术史研究》,译林出版社,2013年,第56—57页。
⑤ 详见[俄]奥夫相尼科夫:《俄罗斯美学思想史》,张凡琪、陆齐华译,中国人民大学出版社,1990年。

值得一提的是,英美各国也仅有对丘特切夫、费特、德鲁日宁等某位诗人或理论家的一些论著(以论文为多,如英国学者勒尼的《丘特切夫在俄国文学中的地位》①和英国学者布里格斯的《费特诗歌中作为韵律原则的环形结构》②),迄今为止,似还未见对俄国纯艺术论或纯艺术诗歌分别进行系统研究的著作,更没有把纯艺术论和纯艺术诗歌结合起来,全面、系统、深入地研究整个俄国唯美主义理论与创作的专著。

二、中国的俄国唯美主义研究

20世纪50年代以前,我国很多读者对俄国唯美主义反倒并不陌生,因为从20世纪一二十年代开始,学者们就已在文章或当时出版的绝大多数《俄国文学史》甚至《俄国文学史》译著中多次较为详细地介绍俄国唯美主义及其代表诗人。

在我国,最早提到"纯艺术派"的是李大钊,他在1918年写的《俄罗斯文学与革命》一文中就谈道:"Nekrasof(涅克拉索夫)后,俄国诗学之进步衍为二派:一派承旧时平民诗派之绪余,忠于其所信,而求感应于社会的生活,Gemtchujnikov(热姆丘日尼科夫)(1821—1909)、Yakubovtch(雅库鲍维奇)为此派之著名作者;一派专究纯粹之艺术而与纯抒情诗之优美式例以新纪元,如 Tuttchev(丘特切夫)、Fete(费特)、Maikov(马伊可夫)(即迈科夫——引者)、Alexis Tolstoy(阿历克塞·托尔斯泰)等皆属之。但纯抒情诗派之运动,卒不得青年之赞助而有孤立之象。一般青年仍多自侪于平民诗派之列,其运动之结果,适以增长俄国诗界之社会的音调而已。"③可惜这份遗稿直到1965年才在胡适的藏书中发现,《人民文学》1979年第5期首次发表全文,未能在当时发挥应有的作用。

随后,瞿秋白在写于旅俄期间(1921—1922)的《俄国文学史》中再次提到"纯艺术派",这也应该是中国第一次公开向读者较为全面地介绍俄国唯美主义及其代表诗人:

> 纯粹艺术派的观念,虽说貌似所谓"希腊式的异教文明",而在俄国却反有偏于东方文化派的;譬如邱采夫(Tuttchev1803—1873)。他的诗恬静到极点,"一切哲理玄言——都是谎话"。纯任自然,歌咏自然——他的人生观亦偏于斯拉夫派。
>
> 亚·嘉·托尔斯泰(A. K. Tolstoy,1817—1875)(即阿·康·托尔斯泰——引者)就是纯美派的健将。他的诗离着现实生活的瀑流很远,静悄悄地美丽天真。然而亚·嘉·托尔斯泰有时亦受时代潮流的影响,而对于现实生活里的问题有热烈的诚挚的歌叹声,他固然领会:

---

① Lane, R. C. "Tyutchev's Place in the History of Russian Literature." *The Modern Language Review*, Vol. 71, No. 2 (Apr., 1976).

② Briggs, Anthony D. "Annularity as a Melodic Principle in Fet's Verse." *Slavic Review*, Vol. 28, No. 4 (Dec., 1969).

③ 详见《李大钊文集》,上,人民出版社,1984年,第587页。

> 那溪流之上的柳丝私语,
> 那美女流盼的倾倒吾人,
> 那星光闪烁,那宇宙的一切美……

他却亦深感豪杰的伟业,不是为着"声华垂誉",而是"为那穷愁的渔夫群众";他以为诗人能"奋起抗拒一切不正义和虚妄",便当受天帝的奇赏。可是他在虚无主义的"季世",否认一切真美的潮流里,实在努力为艺术,为永久的美而奋斗:

> ……我们快到岸上,是战胜波澜的凯旋者,
> 居然抱着我们的神圣,走出那千洄万漩!
> 无尽的始终胜于有尽的,
> 信仰我们神圣的义务,
> 我们就激起逆流,反抗
> 那顺流而忘返的!

亚·嘉·托尔斯泰本着这种态度反对虚无主义,拥护"纯美";他在政治上是介乎守旧与自由之间的进步派;对于宗教,亦反抗那独断论,而赞成容忍主义,宣传人道和内省;于民族问题却高张国粹文化的旗帜,同时爱和平……总之,他虽是纯美派的诗人,对于政治社会,却是不能漠然的,他的情绪,正足以表现他那唯心的高洁的贵族胸襟。

马依夸夫(Maykov,1821—1897)(即迈科夫——引者)却比亚·嘉·托尔斯泰的纯美派的色彩更浓厚了。他既是诗人,便远远地离开骚乱繁杂的生活,而从自然界里采取天赐的诗料:

> 天地间神秘的和谐,你不用想,从圣贤的书卷里去猜度;
> 梦里烟波立岸旁,独自徘徊,偶然间心灵深处试听
> 那芦苇萧瑟的低语;那声音好不寻常,
> 你须感受须了解……自然的同声相应,
> 不期然脱口吟哦,诗声和着芦声,恰好似天乐相激荡……

自然和生活的美念都受诗人的陶融,他呼吸宇宙间的奇气来助艺术家的创造。马依夸夫的作品,亦有间涉到史实的,那诗人笔下的英雄,真是包涵万象,尽情地倾出作者对于理想人格的深意。

波龙斯基(Polonsky,1820—1898)的著作大半是倾向于纯美派的;然而亦有些诗咏叹"那人生的公怨",而且诗才纵横,不见得弱于人生派诗人。再则波龙斯基能运用极自然、极简朴的诗料,取之于民间文学——因为他曾经困苦颠连,一则能和平民相近,二则经受心灵上的千锤百炼,所以"美"的纯洁确有不可及之处——他能对于人和生活都保持那漠然无动于衷的态度。

善洵(A. Shenshin,1820—1892)(即宪欣,也即费特——引者)是最纯粹的纯美派。他不顾一切人生的"尘俗"问题、"烦苦扰攘"的社会问题,而只咏叹爱情和自然之美:

> 我谨谨慎慎地保持你的自由,
> 不是神圣的,总不听他近前……

善洵对于"自然"纯粹只取他的艺术方面;对于爱情描写得恬静温柔。他的诗料似乎只限于这一点。那生活的黑暗方面,他好像闭着眼不曾看见。殊不知道,几千万万人生长在这黑暗里,何况正是那黑暗,正是反抗那黑暗的斗争里,有的是诗境!可是善洵曾经译西欧的大名家的诗(如歌德的《浮士德》等),以及其他文学作品——这亦是他在俄国文学史上的伟大功绩。①

郑振铎在其1924年完成的《俄国文学史略》中也谈到"纯艺术派":

> 除了以上三个描写实际生活的诗人外,同时还有一群"纯美"或"为艺术之艺术"派的诗人。
>
> 邱采夫(T. H. Tuttchev)(1830年生,1873年死),是"纯美派"诗人的很好的代表。屠格涅夫非常称赞他。他的诗虽受普希金时代的影响,却到处都显出独创的精神。他的诗的遗产虽少,却都是很珍贵的奇珍。他的诗一部分描写自然,一部分是哲理的。有时他也写关于政治的诗,但大家却以为是反动的,不表同情于求自由的时代的。
>
> 梅依加夫(Apollon Maykov,即迈科夫——引者)(1821年生,1897年死)常被人视为纯粹"艺术派"的诗人,但在实际上,他的诗是划分三个时期的。在他的少年时期,他是追慕古希腊罗马的人;他的主要作品《三死》(Three Deaths)是表现古代异教思想与基督教思想间的冲突的。但他的许多好诗却都是异教思想的表现。在六十年代,他被俄国及西欧的争自由运动所感化,诗里充满了这种与时代相呼应的争自由精神。他的诗在这个时候算是最好。同时还译了好些海涅(Heine)的作品。到了最后一个时期,俄国的自由运动已入终止之境,他便变了意见,开始在反对方面写文章,渐渐的失了他自己的天才与一般读者的同情。除了这个最后时期的少数作品外,梅依加夫的诗大概都是很音乐的,有力的,而且富于诗趣。有的诗实已达于"真美"之境。
>
> 萧皮那(N. Scherbina,即谢尔宾纳——引者)(1821年生,1869年死)也是一个追慕古希腊的诗人,关于这一类的诗,他有时且超越过梅依加夫。
>
> 波龙斯基(Polonsky)(1820年生,1898年死)是屠格涅夫的一个亲密的朋友。他的天才很高。他的诗音节和谐,想象丰富,风格又自然而朴质,所取的题材,也都是独创的。但他缺乏伟大的气魄,没有浓挚的情感与深切的思想,不能成一伟大的诗人。
>
> 善辛(A. Shenshin,即宪欣——引者)(1820年生,1892年死)是这一群诗人中色彩最浓的人。许多人只知道他的假名字孚特(A. Fet)。他自始至终,都保持他的"纯美派"或"艺术派"的精神。他做了许多关于经济的及社会问题的文字,但却都是用散文发表的。至于在他的诗里,则除了崇拜为美的美之外,什么东西都不掺杂过去。他的这个趋向很得到成功。他的短诗都非常美丽。他的回忆录共有二册,是一部很有趣味的书。他是托尔斯泰与屠格涅夫的很好的朋友,这部回忆录对于研究这两个大作家的人很有许多帮助。

---

① 《瞿秋白文集》,二,人民文学出版社,1953年,第531—534页。

阿利克塞·托尔斯泰（Alexei K. Tolstoi）也是这一群诗人之一。他的诗都是很音乐的。他的感情虽不甚深挚，而他的诗的形式及音节却极可爱；其风格也是独创的。没有人比阿利克塞·托尔斯泰把俄国民歌的风格运用得更好的。他在理论上是主张"为艺术的艺术"，但他也并不坚持这个目标。他的剧本是很著名的。[①]

汪倜然也在其1929年出版的《俄国文学》中谈道：

普希金莱门托夫以后，帝奥柴夫（Tyutchev1803—1873）（即丘特切夫——引者）是一个最老的诗人。他的诗多发表在1840年以前，但是直到好几年以后才得到读者底赏识。他是一个斯拉夫派，他歌颂斯拉夫民族底奋斗与光荣，他也赞美自然。

但他也错误地认为：

阿来克昔·托尔斯泰是一个比帝奥柴夫好的诗人。他是俄皇亚力山大二世之好友。他写抒情诗、叙事诗、小曲、戏剧和讽刺文章等等。他的诗有些是说说笑话开开心，没有什么意义的。但是他的短的抒情诗却很美丽，如《花间的雨珠》。他的题材是："自然"之美，乡村生活，个人情绪等等。他歌咏到雨、露、日光、雷雨之后的清朗，没有人能做得比他更好。他的诗音节很好。

并进而谈到与此同时，俄国还有三个主张"纯艺术"的诗人：

另外有三个诗人，不但年岁差不多相同，作品亦相同，所以批评家常把他们列为一群。他们是波龙斯基（Petrovich Polonsky 1819—1898）；浮特（Fet 1820—1892 即 Shenshin）；梅珂夫（Apollon Maykov18211897）。

波龙斯基底好的诗是很动人的，美丽而且和谐，浪漫而且质朴。诗中所表现的情绪诚挚而且真实；颇足以比拟普希金与莱门托夫。但是他的佳作甚少；在他那五大册的诗集中，只挑选得出十多页的好诗来。浮特是一个"纯美派"的诗家，我们可以说他是诗坛的"极右派"。他虽是一位主张"纯艺术"的诗人，但他却是一个很会赚钱的生意人。他过的是生意人底生活。他说"诗是圣庙而不是家庭。"他的诗是纯然抒情的，其中毫不掺杂不是诗的成分。他早年的诗多是情诗或歌颂"自然"的，颇有些象征的意味。他这种自成一派的诗使他成为俄国最伟大的诗人之一。梅珂夫也是纯艺术派的诗人，他在当时最受大众底欢迎。他的诗也是充满诗味，音节甚美的。他的诗很含些希腊思想。但是他的观念都很浅薄，描写亦并不深刻。所以他不及浮特伟大。[②]

以上多种俄国文学史对俄国唯美主义及每位诗人的评述，大体较为全面而准确（仅汪倜然对阿·康·托尔斯泰高于丘特切夫的评述出现较大差错），但并非文学史撰写者大量阅读每位诗人的诗歌作品后得出的结论，而是他们综合参阅外国

---

① 郑振铎：《俄国文学史略》，岳麓书社，2010年，第62—65页。
② 汪倜然：《俄国文学》，世界书局，1935年，第46—47页；又见《民国丛书》第二编63《西洋文学讲座》，方璧等著，上海书店1990年影印版相关内容。

人所撰俄国文学史的结果,因此无法更深入更到位,而且观点大致相同,由此也可见前辈学者做学问的扎实——观点和说法都有其来源。

与此同时,我国学者也致力于译介外国学者所写的俄国文学史。1933年,商务印书馆出版了英国学者贝灵(Maurice Baring,1874—1945)1915年版的《俄罗斯文学》,该书第7章较为详细地介绍了俄国唯美主义诗歌(称之为"高蹈派"):

> 五十年代,六十年代以至七十年代是高蹈派诗歌(Parnassian Poetry)的势力弥漫了全欧洲的时期。……俄罗斯的诗歌当然也逃不出这种普遍的趋势……他们的才艺是超出人生纷扰的浊流之上的,致力于情绪与技术的深入,表现出他们的灵魂的冒险,表现的不是如梦似幻的音乐即是著有颜色的精美的实体。……
>
> 可以证明这一次诗歌的长久的忽略的即是诗人狄阿特契夫(Tyutchev,即丘特切夫——引者),他的作品在1854年以前完全没人注意到,直到好久以后才收到大众的普遍的欣赏。……可以说是高蹈派诗人中第一个的诗人。政治上他是斯拉夫派,他歌颂俄罗斯民族的"忍从,乐天的特性"与"长期的忍耐",以为这些特点比西欧的倔强或是强项的气质来得好。但是他著作的价值不在于他的斯拉夫派的热忱,乃在于他的思想与抒情的情绪之深入能够和想象的阴暗的预示与状写自然的鲜艳的印象成为对照。他的诗章正像艳阳的春天给一阵呈示凶兆的雷云晦暗了的春日,那里你会看见彩虹与阳光投射到带着露水的果园,一切都呈着银色的微笑。他的诗一边充满了空虚清明的影像与人类命运的恐怖,预示,另一边它又像一只鸟在啁啾着春日的朝阳与欢乐。他把春天歌了又歌,没有一个俄国诗人像他这样能歌唱出"夜"的恐怖与惊奇,光荣与神秘的;他全部的著作即是生动的自然的描写,一个渴望世界与一些不能言说的梦的化合物。……
>
> 高蹈派以麦可夫(Maikov,1821—1897)、费狄(Fet,1826—98)与潘隆斯基(Polonsky,1820—1898)三个诗人为代表,他们三个都约在1840年才开始写诗;这三个诗人中没有一个是训诲主义者,他们一齐高高地处在政治问题与社会问题之上。
>
> 麦可夫中了古典派题旨的迷,他醉心意大利和一些古辞,不过他的才力仍在表现着他自己的结构,色彩与许多俄罗斯风景的描写;譬如有时他高兴了,他便写一篇儿童时代一天钓鱼生活的精美的回忆的故事给你欣赏。
>
> 恰恰跟麦可夫具体的有形艺术成为对照,费狄的诗歌的特点是空虚的幻境;他的抒情诗表现的是些不可捉摸的美梦与印象;明艳的颜色与影像在他的诗篇里反映着,使你想到珠光柔波,而他丰富的幻想又好比薄纱似的鲜丽:他生活在文字与音乐的交界处,他闻到地狱里震彻的回音。……
>
> 潘隆斯基的诗和费狄的温柔佚乐的旨趣也是成对照的,他的精美的幻想的曲调,完全以严肃的内容作骨子;与麦可夫的雕刻的线条相互对照,他的诗又是异样音乐的,反映着他纯美可爱的全人格。他选择题目的范围很宽;他能够写一篇单纯,透明有如Hans Anderson似的儿童诗歌——例如他的太阳与月亮的对话便是,或是追忆"希腊的光荣",如他的Aspasia一诗,听到齐声为

伯里克理斯(Pericles)欢呼,并且在狂欢中等待他归来的群众——这诗就是白朗宁也得妒羡它的生动力,史文朋(Swinburne)又得钦仰他的音节。……

惟有这时期一个诗人在另一领域里成了勒克拉索夫(即涅克拉索夫——引者)的劲敌,这就是亚里西斯·托尔斯泰(Alexis Tolstoy, 1817—1875)。亚里西斯·托尔斯泰也是高蹈派的诗人,和训诲文学也是不相干涉的……但是亚里西斯·托尔斯泰最著名的乃是他是一个诗人,一个抒情诗人。他的多才多艺使我们忆起以往的普希金,……他的充满了温情与柔意,音乐与颜色用和谐透明的体制写出来的很多抒情诗。从普希金以来,没有一个俄国诗人曾写过这样悦人的恋诗,也没有人曾用这样温柔的抒情曲调歌咏过俄国的春天,俄国的夏天与秋天的。所作初春诗——那时凤尾草是紧密地盘曲着,牧童的歌音在清晨仿佛可闻,赤杨树刚在发绿的时期——是世界文学中表现初恋,清晨,春日,露珠与黎明的最新颖,完美,又是最柔婉的作品。他的歌唱曾给与彩可夫斯基(Tchaikovsky)及别的诗人极大的灵感。能奏出他最高最强烈的音乐的当推他的《圣·约翰·达玛逊斯》;那里,你可以找到悲悼死者的壮丽的挽歌。宏伟的结构庄穆的情绪,和音节的澎湃简直可以媲美《愤怒之日》(Dies Iroe)。①

由于留日学者较多,因此,日本学者撰写的俄国文学史成为译介的重点。1933年,许亦非所译日本的俄国文学专家升曙梦(1878—1958)所著《俄国现代思潮及文学》在现代书局出版,该书介绍的是19世纪末20世纪初的俄国文学,不涉及俄国唯美主义文学;1941年,日本学者米川正夫(1891—1965)的《俄国文学思潮》出版,该书的重点是俄罗斯古典文学,对俄国唯美主义及其代表丘特切夫和费特有简要而准确的评述:

由普希金和雷芒托夫(即莱蒙托夫——引者)在形式和内容上都打下了坚固的基础的俄国近代诗,一到四十年代,就跟着具有各种卓越才能的群星之辈出,而增加了它的华丽和复杂的情调。这些诗人,个个都开拓了自己的境地,不容使用概括的标准去加以权衡;但,为着方便,却可以按照普通的文学史的方法,把他们分做艺术派和社会派这两种集团。艺术派以表现人类的内心的世界——喜欢,痛苦,一刹那间的情趣,以及深远的沉思——讴歌自然美为主,除开纯艺术的感兴之外,并不追求任何的目的;而社会派的诗人,则以诗为手段去推动社会的精神,企图在人们的胸中,唤醒一定的感情,因此,常接触到各种社会问题。属于第一种集团的诗人,计有邱特采夫(T. H. Tynttchev, 1803—1873),孚特(A. Fet, 1820—1892),马依可夫(A. Maykov, 1821—1897),朴浪斯基(Polonsky, 1820—1898),和亚莱克赛·托尔斯泰等等……

在艺术派的诗人当中,具有最崇高的天分的,恐怕就是邱特采夫。从年龄说来,他乃是一个跟普希金同时代的人物,但因为他占着外交官的重要位置,

---

① [英]贝灵:《俄罗斯文学》,梁镇译,商务印书馆,1933年,第176—190页。其中费特的生卒年有误,并非"1826—1898",而应为"1820—1892"。

没有急于发表作品,去追求声名之必要,所以当他把诗作集拢来,一跃而被认为第一流大诗人的时候,已经是五十岁以上的人了。他是个具有很好的教养的知识分子,所以,他的诗也以富于思想的要素为特色。然而,他的思想和观念,决不以抽象的赤裸裸的姿态去表现,而是有机地溶入于活生生的艺术形象当中的。在这种意义上,把邱特采夫看作俄国象征诗的先驱者,乃是一种正确的理解。在他的作品里面,歌颂自然的优秀的诗篇很不少;而形成其自然观之根底的,却是一种混沌的观念。他不能满足于自然之表面的现象,努力想要洞察其深邃的不可解的本质。这心目中的神秘的宇宙之根底,乃是无限的混沌;美丽而整齐的表面的世界,只是一张挂在这可怕的深渊上头的金色面纱罢了。

……不久,若从命运之世界的外表
扯去那遮盖着它的巧妙的薄绸,
而抛到遥远的那边去,
则充满怪物和恐怖的
深渊就给打开来了。黑暗的世界
跟我们之间便将再也没有界限。
这样,夜晚也就变得可笑了!

这几句诗,可以说,已经把邱特采夫的艺术思想之真髓表现出来。

虽然没有邱特采夫的深刻和浑厚;但,作为纤细优婉的抒情诗人而具有无比的才能的孚特,也是一个不能够加以忽视的名字。在他的诗里,充满着明朗的乐天的精神,忧愁和苦闷等等,是跟他无缘的。在自然,人生的极其平凡琐细的现象当中,他或则捉住若有若无的微妙的情趣,或则表现那种像鸟影般地掠过心灵的感触:具有着不容许他人加以模仿的手腕。这就是他之所以被称为"一刹那间的诗人"的理由。

枯萎堕地的树叶,
燃烧于永远的黄金里面而歌唱着……

就在这两行诗里面,也可以看出他的现代的诗风。①

然而,尽管在50年代前我国学者作了不少介绍工作,但从50年代到1979年,苏联把俄国唯美主义打入冷宫,俄国革命民主主义文学理论和现实主义文学获得至高无上的地位,而唯美主义被视为反动文学和反动理论,长时间遭到彻底否定,如:"俄国革命民主主义者集中了很大的注意力来讨论文学艺术问题。他们反对了'为艺术而艺术'的'纯艺术'的反动理论,要求把艺术和现实的社会政治斗争联系起来。他们创立了'批判现实主义'的美学理论。"②以致时至今日,我国对俄国唯美主义的译介和研究才刚刚起步。

而一直以来,我国学术界对于俄国纯艺术论问题缺乏全面、系统、深入的研究,究其原因主要由于我国俄苏文学研究界对于俄苏文论"有选择地"译介(尤其是在

---

① [日]米川正夫:《俄国文学思潮》,任钧译,正中书局,1941年,第213—215页。
② 苗力田:《十九世纪俄国革命民主主义者的哲学和社会政治观点》,中国青年出版社,1959年,第6页。

新时期以前)妨碍了学界对于 19 世纪俄国文艺理论的全面认识。我国俄苏文艺理论译介、研究工作的起步不能算晚,时间也并不算短,从"五四"时期开始一直到现在近一个世纪的时间里,这方面工作从未完全间断。在这一过程中,一方面,我国学者对于俄苏文艺理论在中国的传播和接受做出了巨大贡献,对于我国文艺理论建设发挥了重大作用(毕竟我国文艺学学科的总体架构都是建立在苏联文艺学的基础之上的);而另一方面,这些译介和研究又都存在着不同程度的偏颇之处。这一点集中体现为学界(主要是在新时期以前)对于别林斯基、车尔尼雪夫斯基和杜勃罗留波夫等革命民主主义文艺理论的"偏爱",以及相应地对于与其对立的理论、观念的有意忽视,因此作为革命民主主义者主要论敌的俄国纯艺术论自然被排除在研究视野之外。

新时期以来,随着思想的解放,我国学者对俄国纯艺术论者的文章有了零星译介,如在《俄国作家批评家论列夫·托尔斯泰》①中收录了德鲁日宁的《评〈暴风雪〉和〈两个骠骑兵〉》的节译;作为"外国文学研究资料丛书"出版的《普希金评论集》②中,则收录了德鲁日宁《普希金及其作品的最新版本》的节译。这在一定程度上使中国学者有机会了解到俄国文艺理论史上还存在过一个纯艺术论流派。

1999 年,上海译文出版社出版了刘宁主编的《俄国文学批评史》,首次为中国读者较为全面地介绍了俄国文艺理论和批评的发展史,其中专辟一章介绍俄国唯美主义批评(即"纯艺术"论)③。虽然文中对于俄国"'纯艺术'论三巨头"——德鲁日宁、安年科夫、鲍特金——的理论观点作了阐述和简要说明,但由于这是一部批评史,因此也注定了介绍多以背景和理论要点为主,而对于其理论来源、历史价值等不可能进行系统、深入的探究和分析。2005 年北京大学出版社出版了汪介之的《回望与沉思:俄苏文论在 20 世纪中国文坛》一书。该书在第一章第三节谈论了我国对于"19 世纪俄国文学批评接受中的遗落",其中也介绍了俄国纯艺术论的观点④,但内容与《俄国文学批评史》中的介绍大致相同,论述未能超过《俄国文学批评史》中涉及的范围。不过,此书作者已有意识地将此课题列入我国俄苏文论接受过程中的遗漏部分,这代表了学界观念的发展。

由上述译介与接受中的遗漏所造成的一个结果,就是我国非俄罗斯文艺研究者在介绍、研究纯艺术论的过程中往往无法把握西方纯艺术论的全貌,他们的研究经常是在详细介绍西欧各国纯艺术论的时候,独独缺少俄国篇章。例如,在赵澧、徐京安主编的《唯美主义》(中国人民大学出版社 1988 年版)一书中,虽然比较全面地收录了英、法、美、日等国的主要"纯艺术"理论,但没能收入俄国部分,究其原因,就在于我国缺乏相关问题的译介,尤其是没有研究专著。

当然,有学者认为:"由于大规模接受 19 世纪俄国文学理论和批评的高峰期早已过去,更少有人能以足够的耐心重新面对那一个世纪的俄罗斯文论与批评遗

---

① 倪蕊琴选编《俄国作家批评家论列夫·托尔斯泰》,中国社会科学出版社,1982 年。
② 冯春选编《普希金评论集》,上海译文出版社,1993 年。
③ 详见刘宁主编《俄国文学批评史》,上海译文出版社,1999 年,第 221—243 页。
④ 详见汪介之:《回望与沉思:俄苏文论在 20 世纪中国文坛》,北京大学出版社,2005 年,第 44—47 页。

产"①,因此并不对相关译介和研究抱有太大期待。但笔者认为,如果在介绍和分析的基础上,将俄国纯艺术论放置到西方和俄国现代主义文艺思想的大背景下予以考察,不仅大大有助于我们了解俄国纯艺术论的历史价值,而且对于国内学者全面了解我们北方邻邦的文艺理论也将有所裨益。遗憾的是,关于俄国唯美主义理论"三巨头",至今仅翻译出版了安年科夫的《文学回忆录》②,而且有所删节,删节的恰好正是俄国唯美主义的相关内容,俄国纯艺术理论的其他重要文章尤其是在理论上很有建树的德鲁日宁的文章还没有译介。

  对俄国唯美主义诗歌的译介则由 20 世纪 80 年代初到 90 年代中期的零星介绍,逐渐走向系统。1980 年,中国权威的诗歌刊物《诗刊》当年 2 月号发表了王守仁译的《丘特切夫诗三首》,向我国读者译介了三首有名的丘诗:《无题》("无怪乎冬那么肆虐",查良铮译为《冬天这房客已经到期》)、《思想与波浪》《无题》("在闷热的空气里一片沉默"),并配有丘特切夫的画像,还附有译者前记:"费奥多尔·丘特切夫(1803—1873),19 世纪俄罗斯著名抒情诗人,以风景抒情诗和爱情诗著称。列夫·托尔斯泰对丘特切夫给予很高的评价,把他称为自己'最喜爱的诗人',说他不读丘特切夫的诗就'无法生活'。丘特切夫的诗寓意深刻,富有哲理,大部分是借助大自然的景物抒情,笔触细腻,情景交融。他对俄罗斯抒情诗的发展起过很大影响。"这是新时期以来,我国广大读者第一次了解丘特切夫其人其诗,它造成了较大的影响,也拉开了新时期我国介绍丘特切夫的序幕。1982 年,飞白在《苏联文学》当年第 5 期发表了《阴影汇合了青灰的阴影》《昼与夜》《夜的天色啊多么郁闷》《昨夜,耽于迷人的幻想》《两个声音》等一组大体以夜为题材的丘诗,并撰文《丘特切夫和他的夜歌》评介丘诗。文章指出,丘特切夫厌恶文明,向往自然,越过中古而向往原始,在人性方面也总在追求人性底层被掩盖的东西,追求返璞归真,重返混沌。因此,他认为代表自然及原始粗犷的夜和混沌,比金线编织的白昼文明更富生气。这样,他一再抒写夜。进而指出,这种境界,源自德国哲学家谢林的同一哲学,不过,与同一哲学要求一切矛盾复归调和不同,丘特切夫的混沌孕育着悲剧性的叛逆精神。权威刊物《诗刊》《苏联文学》等对丘特切夫的译介,尤其是飞白等俄苏文学翻译名家一再翻译、评介丘诗,大大增加了人们对丘特切夫的兴趣,提高了人们的鉴赏水平,从而大大推进了我国丘诗的翻译与研究工作。接着,《苏联文学》1982 年第 6 期发表《费特抒情诗八首》(连铗译)、《文化译丛》1983 年第 6 期发表《费特抒情诗三首》(谷羽译)、《译林》1996 年第 2 期发表《费特抒情诗四首》(黎华译)、《国外文学》1996 年第 4 期发表《费特抒情诗选译》(9 首,曾思艺等译)、《俄罗斯文艺》1998 年第 4 期发表《阿·费特诗四首》(李之基译);《苏联文学》1985 年第 6 期发表《迈科夫抒情诗选》6 首(申力雯等译);《苏联文学》1985 年第 3 期发表《阿·康·托尔斯泰抒情诗选》(8 首,黎皓智等译)、《俄苏文学》(武汉)1986 年第 6 期发表《阿·康·托尔斯泰抒情诗选》8 首(黎皓智、黎华译)、《中国诗歌》2012 年第 7 卷发表《阿·康·托尔斯泰诗选》19 首(曾思艺、王淑凤译)、《中国诗歌》2014 年第 2 卷发

---

 ① 汪介之:《回望与沉思:俄苏文论在 20 世纪中国文坛》,北京大学出版社,2005 年,第 54 页。
 ② [俄]安年科夫:《文学回忆录》,甘雨泽译,黑龙江人民出版社,1999 年。

表《迈科夫诗选》19 首(曾思艺译)。丘特切夫的诗歌也在刊物上得到较多译介,如《西湖》1983 年第 8 期发表了丘特切夫的 6 首爱情诗(飞白译)、《苏联文学》1983 年第 4 期发表《丘特切夫诗两首》(张学增译)、《国外文学》1990 年第 1 期发表《丘特切夫诗歌五首》(张学增译)等。

20 世纪 80 年代末,丘特切夫和费特在俄国诗歌史上的大师地位在我国得到公认。人民文学出版社 1989 年出版的《致大海——俄国五大诗人诗选》一书,在我国首次正式把丘特切夫和费特列为与普希金、莱蒙托夫、茹科夫斯基齐名的俄国五大诗人之一。与此同时,徐稚芳的《俄罗斯诗歌史》、朱宪生的《俄罗斯抒情诗史》,均像对待普希金、莱蒙托夫一样,列专章介绍丘特切夫、纯艺术派诗人及其创作。丘诗和其他唯美主义诗人作品的翻译更加广泛,各种文学刊物尤其是外国文学刊物,纷纷刊载丘诗和其他唯美主义诗人的诗歌译文,各种世界抒情诗选、爱情诗选、风景诗选、哲理诗选及俄国诗选,各种世界名诗鉴赏辞典,无不选入一定数量的丘诗和唯美主义诗歌,俄国唯美主义诗歌渐渐为国人所知。

新时期以来,我国出版的《俄国文学史》对唯美主义由反面靶子或只字不提逐渐发展到做出客观、公正的评价。

1986 年出版的一本《俄国文学史》只字不提纯艺术派诗歌,但把德鲁日宁、安年科夫、鲍特金作为刮起反对现实主义"妖风"的反面角色和自由主义批评家的代表作了较为详细的介绍。①

1992 年出版的一本《十九世纪俄罗斯文学》继续把纯艺术派诗歌当作反面教材一笔带过:"保卫俄罗斯文学战斗传统的是车尔尼雪夫斯基与杜勃罗留波夫……他们对以诗人费特、玛伊可夫为代表的纯艺术理论进行了斗争。"②

1993 年出版的一本俄国文学史,尽管还沿袭苏联学者对纯艺术派的某些否定评价③,但已开始肯定其独创性和贡献:"作为 60 年代的俄国文学概述,我们不能不提到当时俄国文学界颇有才华的三位著名的贵族诗人。这就是丘特切夫、费特和迈科夫。这三位诗人都不同程度地受到'纯艺术'派唯心主义美学思想的影响。他们都错误地把现实和艺术对立起来,反对艺术反映苦难的现实。他们把诗的题材局限于描写大自然、爱情、艺术以及诗人的内心感受。显然他们这些主张是针对批判现实主义文学的创作原则的。车尔尼雪夫斯基等唯物主义美学的捍卫者尖锐地批判了'纯艺术'派的唯心主义美学思想,坚持批判现实主义文学的创作原则和批判倾向,无疑是正确的。然而不能只从一个角度评价 60 年代'纯艺术'派诗人的创

---

① 详见易漱泉等:《俄国文学史》,湖南文艺出版社,1986 年,第 286—297 页。
② 马家骏:《十九世纪俄罗斯文学》,陕西师范大学出版社,1992 年,第 36—37 页。
③ 之所以说该书这种否定性评价是沿袭苏联学者的评价,是因为另一本俄国文学史有大体相同的观点和文字:"费特、迈科夫是著名的'纯艺术'派、'唯美派'诗人,他们的诗表现了 50 至 60 年代尖锐的阶级斗争形势下企图逃避现实的倾向。这派诗人由鲍特金、安年科夫、阿·格里戈里耶夫(1822—1864)等唯心主义理论家集中表述了他们的美学思想。'纯艺术'派诗人们把现实和艺术对立起来,反对艺术反映苦难的现实。他们的诗题材狭窄,基本限于描写大自然、爱情和艺术,诗人本身的内心世界是他们的主要描写对象。但当他们在力求真实地反映人的内心感受、思考人与自然的关系、艺术的使命等问题时,有时会不自觉地走出了'纯艺术'的小天地,写下了具有现实主义气息的作品。"详见曹靖华主编《俄国文学史》,上卷(修订版),北京大学出版社,2007 年,第 180 页。

作。应该指出,'纯艺术'派中一些富有天才的诗人,如丘特切夫、费特、迈科夫等,都曾以各自的方式回答了俄国诗歌发展中的某些问题。他们以对细腻的心理活动的描写,丰富了诗歌创作;以精湛的创作技巧,赋予诗歌新的音响和韵律。他们在力求真实地反映人的内心感受、思考人与自然的关系和艺术的使命等问题上有时也会不自觉地走出'纯艺术'的小天地,写出具有现实主义气息的作品来。无疑,丘特切夫、费特、迈科夫都以各自的独特的创作为俄国诗歌的发展做出了贡献。"并对此三人的创作进行了介绍。①

1993 年出版的另一本《俄罗斯十九世纪文学》则颇为客观全面地介绍了纯艺术诗歌:"40 年代就已出现的'为艺术而艺术'的诗歌流派在这一时期依然存在,'纯艺术'派诗人反对诗歌干预社会,认为诗的表现对象是美。他们将诗歌创作内容限定在大自然、爱情、艺术三方面,认为这才是诗歌'永恒'的主题。'纯艺术'派诗人的主要代表是费特、迈科夫、波伦斯基、Л. 梅(即麦伊——引者)、阿·康·托尔斯泰等。"并简单介绍了费特、迈科夫、阿·康·托尔斯泰,还列专节介绍了丘特切夫,如它指出:"费特的诗,大自然富有生命,感情细腻真切,音韵优美,丰富了俄罗斯诗歌的表现艺术";迈科夫的诗,"布局匀整、协调,描写具体准确,比喻生动、简略,音乐性很强,不少作品被谱了曲";阿·康·托尔斯泰"善于描写人的微妙感情和俄罗斯乡村的绮丽风光,极力表达'永恒''绝对'的思想,有时也能对社会讽刺、批判。他的诗以悦耳的音调、动人的感情和可塑的意象著称,不少诗篇被柴可夫斯基等俄国作曲家谱了曲";丘特切夫"一生写了四百多篇诗,主要是哲理诗、爱情诗和歌颂自然风光的诗,因而他被看作'纯艺术'派诗人。但他的诗有现实生活的基础。他的哲理诗,表现出他对社会和生活的深入的哲学思考。他感觉到专制俄罗斯的日渐瓦解,预感到社会风暴即将到来。他把这种社会动荡理解为世界和谐的外表下隐藏着永恒混乱的现象。……他歌颂大自然的美妙,描绘各种风光景致,赋予它们灵魂,让它们来传达人的感情。他的风景诗中也往往渗透着人生的思考。在他眼中,世界充满神秘,充满费解的谜,充满矛盾;透过整个人生和人生欢乐,人们看到的是死亡;而生命在战胜着衰老和死亡"②。

2006 年出版的一本《俄罗斯文学简史》颇为矛盾,一方面依旧带有明显的旧痕迹:"诗歌发展到 40 年代已形成两大派别:民主主义派、纯艺术派。前者思想比较进步,继承了普希金和莱蒙托夫忧国忧民的传统,能够直面社会现实问题、关心社会的迫切问题,为首的诗人是涅克拉索夫。……后者仍然坚持传统的浪漫主义主题,以诗来对爱情、大自然等进行哲理思考,注重刻画人物的内心世界,代表诗人有 Я. 波隆斯基、A. 费特、A. 迈科夫、H. 谢尔宾纳、A. 托尔斯泰等。……纯艺术派诗人们在世界观、与生活的联系程度等方面各不相同,但都否定革命民主主义的世界观和美学观,对人与艺术的看法基本一致。他们把现实和艺术对立起来,不赞同艺术反映苦难的现实,而关注的是人的内心世界,思考更多的是人与自然的关系、艺术的使命等问题,诗歌题材基本限于描写大自然、爱情和艺术,但诗艺精湛,特别是

---

① 李兆林、徐玉琴编著《简明俄国文学史》,北京师范大学出版社,1993 年,第 150—152 页。
② 克冰:《俄罗斯十九世纪文学》,内蒙古教育出版社,1993 年,第 188—192 页。

描写心灵世界的诗意手法丰富了俄罗斯文学;有的作品也走出了'纯艺术'的小天地,带有现实主义的气息";另一方面,又比较大胆、新颖,如为丘特切夫、费特列专节,并指出:像费特这样一位使读者得到无限美感享受、使人心灵得到净化、情操得到陶冶的诗人却一度被归入二流诗人的行列,并且遭到贬损,但他们贬低甚至否定费特诗歌价值的深层原因在于其对文学所应该具备的社会教育功能的认识上只重视为人民利益服务这一点。进而,明确宣称:"'文以载道'是俄罗斯文学自诞生之日起就一贯遵循的根本原则,背弃这一传统、'为艺术而艺术'的费特诗歌所得到的不公正待遇虽然按照此种逻辑可以理解,但纯洁之美是人类追求的最高目标,除了应该为消灭不公正的社会现象而斗争和'为人民的利益服务'之外,人的心灵一刻也缺不了美的雨露的滋润,因而费特诗歌的美学价值和在培养人的美感方面所起的作用任何时候都是不可忽视的,几乎每一个俄罗斯人都可以随口背诵他的诗歌名篇这一现实应该让诗人感到欣慰,也证明了美的价值是不朽的。"[①]

郑体武的《俄罗斯文学简史》则完全客观、公正地介绍俄国唯美主义文学:"'纯艺术'派形成于19世纪四五十年代,在诗坛上与涅克拉索夫流派并驾齐驱,分庭抗礼。这一流派的理论家是亚历山大·德鲁日宁、鲍特金和巴维尔·安年科夫。他们均是从《现代人》的同仁中分化出来的。他们改变了对别林斯基和自然派的传统看法,极力想树立一种新的美学观念,但在民主主义一统文坛的背景下又显得势单力孤,故而他们迫切需要寻找一个权威人物来支撑自己的理论。于是他们找到了普希金,并提出所谓的普希金传统,把普希金说成是'纯艺术'的代表,以抗衡果戈理传统。纯艺术派诗人或多或少都重视现实主义传统。他们关注的不是俄罗斯面临的现实问题,而是自己的主观世界和内心体验。他们在风景诗和爱情诗方面做出了重要的贡献。'纯艺术'派的重要诗人有雅科夫·波隆斯基、列夫·麦伊、尼古拉·谢尔宾纳、阿波罗·迈科夫、阿法纳西·费特和阿·康·托尔斯泰。其中以费特最为著名。他们认为诗人应该超越日常生活,而不是服务于某一团体的功利目的。正如阿·康·托尔斯泰写的:'能够留存下来的是真正的、永恒的、绝对的东西……我要为之献出全部身心。'费特认为,诗人感兴趣的唯一对象应该是美,而不是当下现实和日常生活。如果说费特和迈科夫具有保守倾向,那么波隆斯基则对新思想抱同情态度。纯艺术派诗人之间既有共同的主张,又存在不少差别。"并在简介迈科夫、波隆斯基、阿·康·托尔斯泰三位代表诗人之后,列专节较为详细地介绍了丘特切夫和费特的诗歌。[②]

21世纪初,就连一些外国文学史也开始客观、公正地介绍俄国唯美主义文学,如李赋宁总主编的《欧洲文学史》:"19世纪50—60年代,批评家德鲁日宁(1824—1864)、安年科夫(1812—1887)、鲍特金(1812—1869)等人提出'纯艺术'理论,在诗歌创作方面,诗人费特、阿·托尔斯泰(1817—1875)、波隆斯基(1819—1898)、迈科夫(1821—1897)是这一艺术流派的突出代表。在他们之中,以费特的成就最为卓

---

① 任光宣主编《俄罗斯文学简史》,北京大学出版社,2006年,第53—54、72—83页。
② 郑体武:《俄罗斯文学简史》,上海外语教育出版社,2006年,第83—90、95—101页。

著。"并用了四千余字介绍丘特切夫、一千余字介绍费特。①

与此同时,我国一些研究西方唯美主义的著作也开始把俄国唯美主义纳入其中,加以简要介绍,如:"在唯美主义运动的风暴席卷欧美诸国的年代里,法国作为其发源地而倍受关注,英国作为其第二活动中心而后来居上,美国以爱伦·坡的《诗学原理》为运动推波助澜,俄国以'纯诗派'与英、法遥相呼应,意大利以桑克梯斯的形式主义而一枝独秀。虽然俄国的'纯诗派'是唯美主义运动的一个重要分支,但由于其艺术思想与创作活动的资料比较少见,加之我们的研究还不够深入,本节只好仅对美国爱伦·坡和意大利桑克梯斯的唯美主义思想作一简介。"②又如:"在俄国批评界,'纯艺术论'最早出现于19世纪30年代。与法国唯美主义的形成类似,它也是德国古典美学尤其是康德美学强烈影响的结果。但是与法国唯美主义从浪漫主义诗学阵营当中脱缰而出不同,俄国'纯艺术派'则是从现实主义诗学的队列当中分离出来的。……俄国'纯艺术派'真正从现实主义队列当中分离出来形成阵容,是在19世纪50—60年代。1856年,俄国'自然派'同一阵线的核心组织《现代人》编辑部发生分裂……这样,在50年代中期的俄国批评界便形成了以德鲁日宁、鲍特金、安年科夫'三巨头'为代表的'纯艺术论'文学批评流派。与此同时,在诗歌创作领域,也出现了与'纯艺术派'具有相同审美旨趣的流派,其主要代表有:阿·阿·费特(1820—1892)、与阿·尼·迈科夫(1821—1897)。而《读者文库》《祖国纪事》等刊物则是他们的主要阵地。俄国'纯艺术派'的诗学文献主要是一些论争性、评论性文章,其中最为重要的有:德鲁日宁发表于1856年的《俄国文学果戈理时期的批评及我们对它的态度》、鲍特金发表于1857年的《论费特的诗歌》及安年科夫发表于1855年的《论优美文学作品的思想》、1856年的《旧的与新的批评》……"③

值得一提的是,台湾学者也在其所撰关于俄国文学的著作中,列专节"纯艺术作家"对俄国唯美主义文学进行了较为客观的评述:"在一片写实浪潮中,这些纯为艺术的美而写作的作家,显得相当特殊。"并介绍了阿·康·托尔斯泰和费特,同时还专门单独介绍了裘契夫(即丘特切夫)。④

令人欣慰的是,就在曾思艺2006年申报成功的国家社会科学基金课题《19世纪俄国唯美主义文学研究——理论与创作》完成并通过结项的第二年(2013年),上海外国语大学的周靓完成了其博士论文《俄国"纯艺术"派研究》,并顺利通过答辩,因此而获得了博士学位。该论文包括绪论、结语和五章。绪论首先为"纯艺术"正名,然后介绍了关于俄国"纯艺术派"的历史与国内外研究现状,最后交代了该论文的目标、任务以及研究方法。第一章俄国"纯艺术"的历史文化语境,分四节从四个方面介绍了俄国"纯艺术派"产生的历史文化语境:19世纪俄国的社会政治状

---

① 详见李赋宁总主编《欧洲文学史》,第二卷,商务印书馆,2001年,第371—375页。
② 薛家宝:《唯美主义研究》,天津社会科学出版社,1999年,第77页。
③ 杜吉刚:《世俗化与文学乌托邦——西方唯美主义诗学研究》,中国社会科学出版社,2009年,第39—40页。
④ 详见欧茵西:《新编俄国文学史》,书林出版有限公司,1993年,第196—198、100—103页;或见欧茵西:《俄罗斯文学风貌》,书林出版有限公司,2007年,第188—193、97—99页。

况、社会思想、科技与生活、教育和哲学;第二章俄国"纯艺术"的产生,分三节较为全面地追溯了俄国"纯艺术派"的外国与本国渊源:第一节法国"纯艺术"论,第二节德国古典美学,第三节本土理论土壤和文学传统;第三章俄国"纯艺术"的核心问题,也包括三节,首先介绍了该派与革命民主主义美学的论战,然后介绍了"纯艺术"论的"三巨头",最后以"非纯粹的唯美主义"为标题,从自由主义者的工具、作为内在矛盾而存在、并非脱胎于浪漫主义三方面论述了俄国"纯艺术派"的复杂性;第四章俄国"纯艺术"派诗人的创作,分四节介绍了该派四位代表诗人 A. A. 费特、A. K. 托尔斯泰、Я. П. 波隆斯基、А. П. 迈科夫的"纯艺术"诗歌创作;第五章俄国"纯艺术"派和白银时代,则分三节从理论契合、创作溯源、世纪之交的"唯美派"三个方面探析了该派对白银时代文学及理论的影响。结语部分指出,虽然俄国"纯艺术"派对文学自律问题以及文学的"形式"的探索只停留在经验性的描述和讨论上,但该派诗人崇尚真善美的终极真理,他们极其热爱美,在艺术形式方面也有着执着的追求。他们善于在题材狭小的诗歌中,在秘而不宣的人类心灵世界中表达细腻真挚的情感和内心体验;力求在忠实表达自然、心灵之美的同时达到臻美的诗情画意;"纯艺术"的诗歌大都保持着俄罗斯传统诗歌的高雅格调和优美意境,即诗人饱满的诗心蕴藏在大千世界一草一木中,诗人浓烈的情绪通过精细的描绘传达给读者。诗人在自然诗、爱情诗以及哲理诗中大都通过渲染气氛来制造意境,进而或抒发感情或道出真理。而且,该派诗人都十分重视诗歌的音乐性,通过使用和创新多种音乐手法使诗歌富于强烈的音乐美。"纯艺术"派诗歌的音乐形式十分多样,丰富格律和韵脚以及旋律使得诗歌富有和弦之音,大都可以吟唱。该派诗人对新的格律形式和结构方式的创新极大丰富了俄语诗歌体系,他们的诗歌和思想对 20 世纪俄国诗歌产生了巨大影响,其中对象征派和"悄声细语派"影响最大。[①] 这篇博士论文对俄国"纯艺术派"进行了较为全面的探讨,但由于对该派理论家的理论尤其是对该派诗人的诗歌掌握不够全面,因而整体上显得较为浅显,一些译文的引文也不够准确。

但我国对俄国唯美主义诗人作品的翻译则主要集中在丘特切夫和费特身上。1985 年,外国文学出版社出版了查良铮译的《丘特切夫诗选》,精选丘诗 128 首,权威出版社的权威译本,使丘诗的知名度进一步提高。1986 年,漓江出版社出版了陈先元、朱宪生合译的《丘特切夫抒情诗选》,选译丘诗 169 首。1998 年,漓江出版社推出了朱宪生翻译的《丘特切夫诗全集》。该书包括了绝大多数丘诗,仅删除了丘特切夫所译法国、德国、英国、意大利诗人的部分诗,及个别篇幅太长、艺术性一般的诗(如《乌剌尼亚》),或格调过于低沉的晚年之作。2014 年,中国友谊出版公司出版了丁鲁翻译的《丘特切夫抒情诗选》,收入丘诗 177 首,主要特点是比较严格地复制原诗的韵脚甚至节拍,不足之处则是未能很好地体现丘诗的现代感。1997 年,上海译文出版社推出张草纫译的《费特诗选》,收入费特抒情诗 107 首,占其 800 多首抒情诗的八分之一,译文自然朴实而优美,但费特抒情诗的一些现代手法(如大量的通感手法)未能很好地体现。2011 年,台湾人间出版社出版了谷羽翻译的

[①] 周靓:《俄国"纯艺术"派研究》,上海外国语大学,2013 年博士论文。

《在星空之间——费特诗选》(2014年又在广西师范大学出版社出版),收入费特抒情诗190首,译文优美而富有韵律感,可惜诗人独特的现代手法(如通感)也基本上未能体现出来,书末另有四个附录:第一是俄国学者普拉什克维奇的《诗人音乐家——费特》,较为全面地介绍了诗人的生平经历及其诗歌的音乐特性;第二是谷羽的《意韵芳香见真纯——费特抒情诗赏析》,赏析了《我来这里把你探望》《呢喃的细语,羞怯的呼吸》《又一个五月之夜》《这清晨,这欣喜》四首诗;第三是谷羽的《艺术家心灵相通——费特与柴可夫斯基的忘年之交》,介绍了柴可夫斯基对费特诗歌的高度评价以及他们的艺术交往;第四是谷羽的《托尔斯泰赞赏费特抒情诗》,则介绍了大文豪列夫·托尔斯泰与费特的相互交往,以及他对费特抒情诗的喜爱与评价。2013年,中国友谊出版公司出版了曾思艺翻译的《自然·爱情·人生·艺术——费特抒情诗选》,收入费特抒情诗183首,译文自然优美生动,较好地体现了费特诗歌的现代手法。2014年中国友谊出版公司又推出了曾思艺翻译的《迈科夫抒情诗选》,收入迈科夫抒情诗120来首。十分遗憾的是,其他多位唯美主义诗人迄今只有零星译介,尚无诗人作品单行译本,更没有一本比较全面、集中的俄国唯美主义诗选。

迄今为止,我国还没有一部把俄国唯美主义的理论与创作结合起来,进行全面、系统、深入的研究,进而论述其互动、贡献、影响及应有地位的学术著作。我国对俄国唯美主义的研究才刚刚起步,仅有戴可可的《俄罗斯"纯艺术派"与西欧唯美主义》(《山花》2010年第6期)一篇较为全面的论文,却是一篇简介式的文章,而且对整个唯美主义发生发展的把握不够全面。该文认为:由于俄罗斯的相对封闭,"纯艺术派"与西欧唯美主义思潮虽然基本同步,二者却没有发生直接的联系,因而主要简单介绍俄国唯美主义文学与俄国浪漫主义尤其是茹科夫斯基诗歌的关系,简介了西欧唯美主义,并比较了俄国与西方唯美主义的异同。我国所有研究几乎都集中在个别诗人的研究上,但迈科夫、波隆斯基、谢尔宾纳、麦伊等人还介绍不够,有些至今尚无一篇正式的论文而只有简短的介绍性文字。关于阿·康·托尔斯泰的文章仅有两篇:王淑凤的《阿·康·托尔斯泰自然抒情诗浅析》(《名作欣赏》2011年第12期),主要论析其自然抒情诗的唯美主义特色;曾思艺的《阿·康·托尔斯泰:民歌风格的唯美主义者》(《中国诗歌》2012年第7卷),介绍了阿·康·托尔斯泰作为民歌风格的唯美主义者,其抒情诗在内容和艺术手法上所体现的民歌特色。关于迈科夫也的文章只有两篇:曾思艺的《论迈科夫的古希腊罗马风格诗歌》(《俄罗斯文艺》2013年第3期)论述了其古希腊罗马风格诗歌的五个特点:异域性、自然性、现实性、艺术性、雕塑性;曾思艺的《迈科夫:古典风格的唯美主义抒情诗人》(《中国诗歌》2014年第2卷)则介绍了其整个唯美主义诗歌的古典风格特点。关于俄国五大诗人之一费特的论文也仅10余篇:谷羽的《费特和他的抒情诗》(《文化译丛》1983年第6期),曾思艺的《试论费特抒情诗的艺术特色》(《国外文学》1996年第4期),赵桂莲的《费特与中国古典诗歌》(《文艺研究》1997年第3期),赵桂莲的《东方视角观费特》(《国外文学》1998年第3期),谷羽的《意韵芳香见真纯——费特抒情诗赏析》(《名作欣赏》1999年第1期),马永刚的《阿·阿·费特》(《俄语学习》2003年第3期),曾思艺的《意象并置 画面组接——试析丘特切夫、费特的无动词诗》(《名作欣赏》2005 年第 8 期),曾思艺的《一辈子刻骨铭心的爱——费特青年时代的爱情及其拉兹契组诗》(《世界文化》2005 年第 11 期),马卫红的《整个世界源自于美——费特自然抒情诗的诗性特征》(《天津外国语学院学报》2006 年第 1 期),罗菱的《俄罗斯诗人费特抒情诗鉴赏》(《语文学习》2006 年第 12 期),林明理的《论费特诗歌的艺术美》(《世界文学评论》第 15 辑,2013 年),陈晓菁的硕士论文《论费特抒情诗的主题和艺术特色》(上海外国语大学,2006 年)。再加上两篇具体赏析其《白桦》和《霞光》(即《呢喃的细语,羞怯的呼吸》)的短文,也就 14 篇文章。

在关于费特的 14 篇文章中,较有特色的是以下几篇。

曾思艺的《试论费特抒情诗的艺术特色》认为,作为唯美派的代表人物,费特十分重视诗歌的艺术形式,在这方面进行了多方面的探讨,形成了独具的艺术特征,达到了较高的境界,并且有突出大胆的创新,表现为:一、情景交融,化景为情;二、意象并置,画面组接;三、词性活用,通感手法。

赵桂莲的《东方视角观费特》认为,费特诗歌创作的题材一个是大自然,另一个是爱情。这两个主题在费特的诗中常常交相辉映,"借物抒情","寓情于景",感悟自然,讴歌自然,在大自然的背景衬托下抒发爱情的喜悦和忧伤。进而分析了其在俄国文学史上长期居于二流诗人地位的原因:一、脱离现实生活,回避社会矛盾,倡导"艺术为艺术"的创作美学主张;二、人格两极分化;三、不同于以往任何俄罗斯诗人的创作风格和写作技巧。最后,把费特与中国古典诗人尤其是山水田园诗人进行了比较研究,得出结论:费特同时代人对其作品的种种"指责"之中恰恰包含着中国古典诗歌,尤其是山水田园诗所固有的特点,而这种特点是由于大量使用暗示手法进行创作所必然导致的结果。中国古典诗歌历来强调使用暗示以表现语言所无法表述的感受和情感,而这些感受却可以通过语言的不确定性来表达,付诸自然事物以感情色彩,由此追求一种"象外之象","言外之意","意在不言中",费特由于受叔本华哲学的影响,同样追求这一目标。并指出:"含蓄"是中国诗歌的生命,通过含蓄的表现手法才有可能创造中国诗人极为推崇的"无我之境",而"含蓄"又必然导致朦胧和模糊。中国人珍视诗歌中的"朦胧"和"模糊",而俄罗斯人却反对费特诗歌中由"含蓄"导致的"不清晰""片断性",这种认识的不同可以解释为文化背景不同。

马卫红的《整个世界源自于美——费特自然抒情诗的诗性特征》认为,费特是 19 世纪俄国纯艺术诗歌的代表诗人,其自然抒情诗具有鲜明的印象主义特征,大自然被人格化,自然景象与人的个别心理体验相融合,达到内心世界与外部世界的和谐统一;费特的诗歌笔触细腻生动,风格清丽柔和,具有温煦的人文精神和充实的诗性价值。

陈晓菁的硕士论文《论费特抒情诗的主题和艺术特色》堪称我国目前费特研究中最为扎实、颇为全面和深入、篇幅也最大的研究文章。该论文共分五个部分。

引言部分简述费特在俄国诗坛上的地位,费特研究的历史以及国内外学术界对费诗的研究现状,提出本文的学术价值在于纠正以往费特研究的偏颇之处,对费特的诗歌成就做出相对较为公正的评价,重塑费特在俄国诗坛的重要地位。

第一章费特的创作道路,共分三节。1)19世纪四五十年代末是费特的创作初期。这一时期费特的主要作品是他的第一本诗集——《抒情诗集》(1840)。该书具有浓厚的古希腊、罗马抒情诗特点,并明显带有模仿拜伦、茹科夫斯基等浪漫主义诗人的痕迹。接下来两本《阿·费特诗集》(分别于1850年和1856年出版)中收录了如《我来向你致意》《狄安娜》等著名的诗篇,并已经初现费特自己的艺术特色。2)19世纪60年代至70年代末是费特创作的低迷期。在当时现实主义大盛其道的环境下,费特提倡"为艺术而艺术"显得有些不合时宜,受到了革命民主主义诗人的指责。3)70年代末至1892年是费特创作的又一个高潮。晚年的费特受到叔本华哲学思想的影响,诗歌中融入了哲理元素,艺术手段也运用得更为驾轻就熟。这一时期的主要诗歌集是《黄昏的火》。

第二章费特抒情诗的主题和第三章费特抒情诗的艺术特色是整篇硕士论文的主体部分。

第二章费特抒情诗的主题,也分为三节。1)爱情是费特抒情诗贯穿始终的主题。细腻的天性和特殊的情感经历造就了诗人的爱情诗。费特的爱情诗有以下几个特点:双重性,即融入诗情中的温柔和立足现实的冷酷;回忆性,即很多诗歌形象都是诗人凭记忆而描述得栩栩如生;间接性,即费特一般并不直接描写女主人公的动作、外貌、性格等,而是透过侧面描写将其映衬得更加丰满。2)风景诗是费特抒情诗中非常重要的组成部分。费特笔下鲜有对景物笼统的描写,他总能先借其独特的眼光去捕捉大自然每一个细节,并不惜重墨加以凸显,让微小的生命灵动起来。3)哲理元素是以往费特研究者所忽略的,但恰恰是费诗中不可或缺的部分。费特将叔本华奉为先知,尤其在晚年:"对我来说,叔本华不仅仅是最后一个重大的哲学发展阶段,对我来说,这是一种彻悟,是对那些自然而然地产生于每个人内心的智力问题做出的可能的,富于人性的回答。"费特的世界观受叔本华悲观主义的影响,他认为人只有克服意志、消除欲望才能得到真正的幸福。但费特的诗歌从悲观的情绪中超脱出来,进入神秘主义的领域。费特开创了俄国诗歌史上新的时间哲学观:打破传统的过去、现在、将来的时间界限,主人公自由穿梭于时空。费特在诗歌中描绘自然总是透过微观世界再现宏观世界,力求把永恒刻画在短暂的瞬间中。

第三章费特诗歌的艺术特色,则分为五节。费特认为诗的世界同平庸的散文式的现实生活是相互隔绝的,眼前的现实利益如过眼云烟,人类处于不断变化之中,只有"真、善、美"的理想才是永恒的,必须使艺术从枯燥乏味的道德说教中解脱出来。1)体裁特色:费特擅长写古希腊、罗马风格的古体诗。2)结构特色:诗歌结尾的特殊性。费特运用提喻法、内部化等艺术手段或由内到外、或由外到内描写,最后整个画面都活跃起来。3)韵律特色:费特写诗崇尚感情,崇尚音乐效果。4)修辞特色:费特诗歌语言运用灵活,惯用隐喻手法。经常可以见到整首诗全由一些展开的隐喻构成,或者至少里面有若干系列的隐喻相互映衬、相互交织。5)印象主义因素:费特的大自然是印象主义式的。他是把"印象中的东西"当作真实的东西来描写,跟印象派画家一样,运用特殊的光,特殊的比例,描绘出非同寻常的图画。

结束语部分简述了费特的艺术理念和创作风格对俄国白银时代诗人的影响,

重申在当今时代重新理解费特的现实意义。

从现有的资料来看,丘特切夫显然是我国学界对俄国唯美主义研究的重点,迄今为止,一共发表了正式的学术论文60来篇,出版专著两部近80万字。

我国对丘特切夫诗歌的研究从1982年才开始起步,仅20余年。在这20余年里,各类刊物发表丘诗研究论文60来篇。以上论文,大体可分为四大类。

第一类是对丘诗本身的研究,包括探讨丘诗的贡献。这些文章分别论述了丘特切夫的自然哲学诗与谢林哲学的关系,丘特切夫诗歌中多层次结构的具体表现,丘特切夫对俄国诗歌的独特贡献,丘特切夫的种种意象艺术,"对立—和谐"与"变化—永恒"两组哲学观念的哲学渊源及其在丘诗中的具体体现,丘诗抒情艺术的特点——完整的断片形式,丘诗中的生态观念、古语词的运用、通感手法、艺术风格、变换的多角度抒情,丘诗语言的音乐性、形象性和颜色词的运用,丘诗中早中晚期的不同月亮形象,表现为对上帝深刻而虔诚的信仰、充满了俄罗斯人作为"上帝选民"的自豪、重振乾坤舍我其谁的救世气魄的弥赛亚意识,以及混沌世界所隐含的诗人对彼岸世界的向往、对末日论的期待、对形而上那神秘悠远和虚无缥缈之未来的忧患等问题。其中须特别指出的是朱宪生的《放眼世界的"地球诗人"——纪念"世界文化名人"丘特切夫诞辰200周年》,文章在丘特切夫和普希金的多方面比较后,分析了丘诗的全球性内容的多种表现,首次眼光独到而又恰如其分地指出了丘特切夫的地位:放眼世界的"地球诗人",这标志着我国丘特切夫研究又深入了一个层次。

第二类为影响研究。它又可分为两种。一种是探讨丘特切夫所受的影响,或深入、系统地探索了丘特切夫哲理抒情诗的四个特点——深邃的哲理、独特的形象(自然)、瞬间的境界、丰富的情感,与德国文化及俄罗斯文化传统的关系;或阐析丘诗与海涅关系,论述了丘特切夫如何以独特的个性、气质,综合融化海涅早期诗歌描写内心的历史、构建精致的形式及其他影响,实现了对海涅的超越:深度与技巧上都超越了海涅,更富哲理性,更深邃,更炉火纯青,更具现代性,在俄国诗歌史上影响广泛而深远。第二种是探讨丘氏对他人的影响,分别论述了丘特切夫诗歌对俄国画家列维坦、俄国小说家屠格涅夫、列夫·托尔斯泰等的多方面影响。

第三类为中俄诗歌对照比较研究,或者在中俄文化的大背景下,分别探索了丘特切夫与李贺、陆游、王维在诗歌创作乃至人生态度等方面的异同。或者阐析了穆旦与丘特切夫多方面相同之处:寻找客观对应物,自觉抒写黑夜、苦难、死亡等主题,表现出满怀希望穿越心灵与社会的黑暗,寻求灵魂光亮的努力,体现了他们执着的诗心,其抒写在回归童年(故乡)时都有来路已逝、去路已断之感,并在望乡、祈归的姿态写作中又都寻求灵魂的拯救;也指出了他们的不同:穆旦在救赎中走向人民,有着更多的时代投影,而丘氏却倾向于构筑诗艺的"人工的天堂"。或者通过穆旦所撰的《〈丘特切夫诗选〉译后记》,论述其与穆旦本人创作极为密切的内在联系:诗歌的隐喻表达,即"消除事物之间的界限"并实现"内外世界的呼应",因为这也是穆旦在隐喻表达中体现出的感知与表达方式的核心特征。

第四类为综述类,主要有曾思艺的《20世纪中国丘特切夫翻译与研究综述》。文章认为,丘诗在中国已有近80年的译介历史,其发展大约经历了四个阶段:20

年代初期,是拉开序幕阶段,瞿秋白率先译介了两首丘诗;60年代初期,是"秘密"进行阶段,查良铮悄悄翻译了128首丘诗;1980年至1988年,是逐步展开阶段,飞白、陈先元、朱宪生等人较多地译介丘诗;1989年至1999年,是系统深入阶段,丘氏作为大师广为人知,出版了第一本丘诗全集,丘诗研究也走向深入、系统,涌现了一系列论文。该文经过适当扩展,以《中国的丘特切夫研究》为标题,成为陈建华主编之《中国俄苏文学研究史论》第五编第二十四章(重庆出版社,2007年)。①

这一阶段最重大的研究成果是曾思艺的《丘特切夫诗歌美学》(人民出版社,2009年)、《丘特切夫诗歌研究》(人民出版社,2012年)。

《丘特切夫诗歌美学》是在博士论文基础上,经过多年加工、修改后出版的,全书约30万字。导言部分综合评述了俄罗斯关于丘特切夫的研究和中国对丘氏的翻译与研究。第一章丘特切夫的哲学观,指出丘特切夫创造性地接受了谢林同一哲学的影响并以自己的人生经历与深刻思考加以融会发展,从而形成了自己独特的哲学观:建立在"对立—和谐"与"变化—永恒"基础上的一切皆变与和谐思想;带有朴素生态学意识的回归自然、顺应自然观念。第二章丘特切夫的美学观,综合诗人谈论诗歌的有关言论及有关诗歌,归纳了丘特切夫在哲学观影响下的美学观:包括奋斗与宿命感、孤独感、心灵分裂、悲悯情怀在内的悲剧意识;诗必须植根于大地、诗是心灵的表现的美学主张。第三章丘诗的抒情艺术,从第一人称主观式角度、第二人称对话式角度、第三人称客观式角度、多种人称变化式角度等方面研究了丘诗多变的抒情角度;从精致、即兴、完整等方面探讨了丘诗的完整的断片形式。第四章丘诗的结构艺术,从意象分列、意象象征、意象叠加三个方面研究了诗人个性化的意象艺术;从出现客观对应物、运用通篇象征、把思想巧妙地隐藏于风景背后等方面阐析了丘诗的多层结构与多义之美。第五章丘诗的语言艺术,从以视觉写听觉、以触觉写视觉、以嗅觉写视觉、化虚为实、多重感觉沟通等方面论述了丘诗中的多种感觉的沟通;从采用多种修辞手法、大量使用古语、大胆地以两个现有的词组合成一个新词等方面归纳了丘氏多样的语言方式。第六章丘特切夫的创作个性与艺术风格,则概括了诗人那强调诗是心灵的表现、个性的表现的创作个性,和自然中融合新奇、凝练里蕴含深邃、优美内渗透沉郁等多方面综合的艺术风格。结语部分首先论述了诗人、作家的哲学观、美学观与职业哲学家、美学家的哲学观、美学观的区别;接着分析了诗人、作家的哲学观、美学观与其创作的复杂关系;最后指出丘特切夫的哲学观与美学观对其诗歌创作的指导作用和误导作用。该书首次概括了丘特切夫的创作个性和艺术风格,比较全面、深入、具体地论述了诗人的哲学观、美学观以及抒情艺术、结构艺术、语言艺术,试图回归文学的本体研究。书后也有三个附录,第一个附录是《诗意的活自然与生命的哲理——丘特切夫的自然诗对托尔斯泰小说的影响》,主要从诗意的活自然与生命的哲理两个方面论述了丘诗对托尔斯泰小说的影响;第二个附录《费·伊·丘特切夫》为曾思艺和邱静娟译自苏联科学院俄国文学研究所1982年在列宁格勒出版的《俄国文学史》,颇全面而较深入地介绍了丘特切夫及其诗歌;第三个为丘特切夫生活与创作年表,这是作者花费

---

① 详见曾思艺:《丘特切夫诗歌研究》,人民出版社,2012年,第387—392页。

了不少精力,参照多种俄文资料,整理而成的我国第一份相当翔实、细致的丘氏生活与创作年表。

《丘特切夫诗歌研究》49万字,在导言部分简短地介绍了丘特切夫探寻人生出路的一生和社会政治思想,并对其创作进行了分期,然后分七章对丘诗进行系统、深入的研究。第一章丘诗与现代人的困惑,从自然意识中的矛盾与困惑、社会意识中的异化与孤独、死亡意识与生命的悲剧意识三个方面,论析丘诗的现代意义;第二章丘诗分类研究,分自然诗、爱情诗、社会政治诗、题赠诗、译诗五类对丘诗加以研究,指出了每类诗的发展及特点;第三章丘诗艺术研究,首先从丘诗的意象艺术、多层次结构、通感手法几方面,深入探索了丘诗具体的艺术技巧,接着论述了丘诗的总体特征及其流派归属;第四章丘特切夫与俄国诗歌和东正教,从丘特切夫与俄国传统诗歌、与茹科夫斯基、与普希金、与东正教几个方面阐析了丘诗与俄国文学、文化传统的关系及其超越;第五章丘特切夫与外国文学和哲学,从五个方面探索了丘诗对外国文学与哲学的创造性接受:丘特切夫与古希腊罗马文学和哲学、与法国等国的文学与哲学、与谢林哲学、与魏玛古典主义和德国浪漫派、与海涅;第六章丘特切夫的影响,分别论述了丘特切夫对诗人费特、涅克拉索夫、尼基京及俄苏现当代诗歌的影响,以及他对小说家屠格涅夫、列夫·托尔斯泰和画家列维坦的影响;第七章丘特切夫与中国,第一节综合分析了20世纪中国的丘诗翻译与研究,第二节探讨了丘特切夫与王维的诗歌的异同,并从文化的角度挖掘了同异的原因。在结语部分,从内容与形式两方面,论述了丘特切夫对俄国诗歌的独特贡献。书后有三个附录,第一个附录是屠格涅夫的《略谈费·伊·丘特切夫的诗》,这是现存最早专门研究丘诗的论文;第二、第三两个附录是俄国学者关于丘氏的两篇比较有见地的论文,一篇是苏联当代著名评论家、也是丘特切夫研究专家列夫·奥泽罗夫的《丘特切夫的银河系》,另一篇为丘特切夫研究者别尔科夫斯基的长达4万余字的论文《丘特切夫》。以上三个附录的文章都为该书作者所译。

综上所述,迄今为止,俄罗斯和英美学者关于俄国唯美主义,往往集中在某一两位诗人的研究上,如丘特切夫、费特,对其文学理论和诗歌创作,还没有系统、深入的研究,更未把两者结合起来研究;国内则仅仅对丘特切夫研究较多,唯美主义文学理论还只有初步的介绍,"纯艺术派"诗歌除费特有一个小小译本外,至今还很少译介,研究更是一片空白。显而易见的是,无论是俄国、英美还是我国,都缺少一部全面、系统、深入地把19世纪俄国唯美主义的纯艺术派理论和纯艺术派诗歌结合起来研究,并对这两个方面各自进行系统梳理和探讨的学术专著。本书把唯美主义理论和诗歌这相互关联的两者结合起来,进行系统、全面、深入的研究,既指出其渊源,又论述其特点,更梳理其影响,以期填补国内外此方面的一个空白。

三、本书的基本思路、方法和意义

本书的基本思路和方法是:重点论述俄国唯美主义的文学理论与诗歌创作,探溯其渊源,进而总结其特点、论述其对20世纪文学理论和诗歌创作的影响。拟运用的基本方法是美学、文化研究、新批评的文本细读、比较文学等方法。首先,将从哲学、美学与文学之间隐秘但无所不在的关联出发，综合考察俄国唯美主义所受古希腊罗马文学与哲学、德国古典哲学、西欧唯美主义的影响，进而在哲学与美学的宏观观照下，采用新批评的文本细读法，系统、深入地研究唯美主义的文学理论尤其是诗歌创作，归纳其总体特点，最后则以影响研究的方法为主，论述其对20世纪俄国现代主义和形式主义文论，以及现代主义与"静派"诗歌的影响，并指出其在文学史上应有的地位。

因此，本书将是国内外第一部全面、系统、深入地研究俄国唯美主义的著作，不仅可以填补中、俄系统研究俄国唯美主义方面的一个空白，居于中俄乃至国际唯美主义研究的领先地位，还可作为中文系学生以及俄苏文学专业、比较文学与世界文学专业、文艺学专业研究生的选修教材，也可作为广大文学爱好者的阅读参考书。这样，本书在某种程度上就具有了以下几方面的意义。

第一，完善文学史乃至文论史、美学史研究，促进学科发展。俄国唯美主义在理论和创作方面具有独特的成就，不仅在一定程度上纠正了革命民主主义文学理论家的某些偏颇，而且对20世纪的文学理论和诗歌创作产生了巨大的影响。深入、系统地研究它，可以还其在俄国乃至世界文学史、文论史、美学史上应有的地位，进而探讨19世纪中后期乃至20世纪初、中期俄国文学尤其是诗歌和理论发展的流变。这不仅符合实事求是的规律，而且有助于完善我国外国文学史、文论史、美学史的编写、教学与研究，有利于促进学科的发展。

第二，补充俄罗斯文学理论及美学思想研究的一个环节。唯美主义理论"三巨头"的美学思想至今未受到应有的重视，对此加以研究，可以补充俄罗斯文学理论及美学思想研究的一个环节。

第三，回归艺术本体研究。当前，不少文学研究，往往以社会批评或文化批评取代了艺术研究。本书则主要对唯美主义的文学理论进行系统梳理，并从美学和艺术的高度对其诗歌创作加以把握，从而回到艺术本体的研究。这样，不仅能弥补国内外此方面研究的不足，而且有助于人们对俄国唯美主义文学理论与诗歌艺术的理解与把握。

第一章
俄国唯美主义产生的社会文化背景及异域与本国渊源

19世纪俄国唯美主义并非凭空掉下来的,而是在特定的社会历史文化语境中产生的,更有着异域与本国的广阔文化尤其是哲学和文学的渊源。

一、社会文化背景

苏联时代,学者们受意识形态的制约,致力于把一切统治阶级都妖魔化(其实,并非一切统治阶级都坏透了,客观地透视历史,统治阶级也有好有坏,如中国的唐太宗、清康熙即是广受好评的明君,而秦始皇、隋炀帝等则是家喻户晓的暴君),俄国19世纪中后期的历史更因为尼古拉一世残酷镇压十二月党人而被彻底否定,如:"击败十二月党人以后,被奉为'祖国的安抚者'的尼古拉一世,在背弃了一八二五年十二月十四日的起义者、对起义者抱着轻蔑与憎恨态度的贵族反动派支持下,走上了残酷压制俄罗斯一切自由思想的道路,把他的全部精力都用来巩固帝国的'基础'。而被当作它'基础'的,便是专制政治、正教、应当保持'欧洲的绥靖者'亚历山大一世遗下的俄罗斯国际威信的军事力量和尼古拉一世认为不应废除的农奴制度——因为废除它是一件'致命的'事情,是'对社会安宁与国家福利的罪恶的侵犯'。兵营、官厅、宪警及鞭棍巩固了国家的'安泰'。尼古拉的士兵维持着俄罗斯的外部安宁,'穿浅蓝制服的人'维持着它的内部安宁,岗警则保证一般居民的安宁与睡梦。在政权的顶端上,站着'警察的警察'(照赫尔岑的说法)——全俄罗斯的皇帝本人。"① 更有人宣称:"尼古拉一世统治的特点,是最黑暗的反动势力猖獗一时。这是俄国历史上最黑暗的一个时期。"② 高尔基则用"难以名状的艰苦环境"把整个19世纪俄国社会的特点概括得更言简意赅也更为醒目:"在欧洲文学史上,年轻的俄国文学是一种惊人的现象。我并非夸大事实:没有一种西方文学像俄国文学这样有力而迅速地诞生,放射出这样强烈而耀眼的天才的光芒。在欧洲,任何人都没有写过如此伟大并为世界所公认的作品,任何人都未曾在如此难以名状的艰苦环境中创造出这样惊人的美。试比较一下西方文学史和俄国文学史,就可以得出这个不可动摇的结论:没有一个国家像俄国这样在不到一百年的时间里就出

---

① [俄]布罗茨基主编《俄国文学史》,中卷,蒋路、孙玮译,高等教育出版社,1957,第553—554页。
② [俄]卡普斯金:《十九世纪俄罗斯文学史》,上,北京大学俄语系文学教研室译,高等教育出版社,1958年,第8页。

现了灿若群星的伟大名字,没有一个国家像我们这样拥有如此之多殉道的作家。"①

因此,迄今为止,中俄绝大多数人们仍旧普遍认为 19 世纪尤其是其中后期的俄国是极端专制而黑暗的。然而,随着时代的发展和观念的更新,学者已经能更理性、更客观也更公正地认识和评价这段历史时期。俄国当代著名历史学家米罗诺夫(Борис Николаевич Миронов,1942—)指出,学者们"总是用一种悲观的调子来看待过去:民不聊生;上流社会狂热地追求一己私利,却忘记社会、国家和民族利益;专制政府只关心贵族利益和自我保全;帝国时期的所有改革几乎都是不成功的,因为它是以巩固腐朽的专制制度为唯一目的;贵族剥削农民,城市剥削农村,商人和资产阶级剥削小市民和工人,俄罗斯帝国剥削其境内的所有民族,而专制政府却支持剥削者;农奴制只有残酷和痛苦;官僚的外行和营私舞弊;权力服务于统治阶级,法庭可以贿买;社会舆论受制于专制政府,等等"②,以致人们几乎一致认为,从 18 世纪至 20 世纪初的整个帝俄时期,俄国社会越来越专制越来越黑暗,是一个独裁、保守、停滞的国家。米罗诺夫以大量的历史事实和翔实的材料证明,实际上俄国在这两百多年里并非如此,而是恰恰相反,逐渐走向并慢慢形成尊重个体和人权的民主家庭、公民社会及法制国家:"从总体上讲,帝俄时期基本实现了社会现代化:首先,人民获得了个人权利和公民权利,个人不再依附于家庭、公社和其他集体组织,人民成了独立的人,获得了自决权,脱离了集体和家族的束缚;其次,小家庭不再受集体的监督,摆脱了家族和邻里关系的束缚;第三,村社和城市公社改变了自给自足的封闭状态,不断融入大社会和国家管理机制;第四,先是各集体组织转化成等级,后来等级又转化成职业团体和阶级,最后形成了公民社会,社会不再受国家和政权机关的压制,成为实现国家权力和管理的主体;第五,随着公民公法的不断发展,国家管理机关的权力受到法律监控,俄国逐渐变成了法制国家。总之,帝俄时期社会现代化的实质在于形成了个性意识、小型民主家庭、公民社会和法制国家的雏形。在现代化过程中,市民和农民在法律、社会及政治关系上从最高政权的臣民变成了国家的公民。"③

甚至最被人们否定的沙皇尼古拉一世,作者也提出了不同看法:"他们向社会灌输这样的观念,即尼古拉一世是一个头脑简单、举止粗鲁的大兵,他统治的时期尽管也取得了很大的成就,但却是一个停滞反动的时期。这种观念影响之深,以至于一直到今天它仍然是历史著述中的主流观点,而且还得到了读者的认同。"然而,公正地说,"不管怎样,尼古拉一世执政时期应该说是改革的准备时期。正是这一时期准备了改革的方案,或者至少可以说是酝酿了改革的主要思想,并培养了一批

---

① [俄]高尔基:《个人的毁灭》,见高尔基:《论文学》,续集,冰夷、满涛等译,人民文学出版社,1983 年,第 100 页;或见[俄]高尔基:《俄国文学史》,缪灵珠译,上海译文出版社,1979 年,第 554 页。

② [俄]米罗诺夫:《俄国社会史——个性、民主家庭、公民社会及法制国家的形成(帝俄时期:十八世纪至二十世纪初)》,上卷,张广翔等译,山东大学出版社,2006 年,第 3 页。

③ [俄]米罗诺夫:《俄国社会史——个性、民主家庭、公民社会及法制国家的形成(帝俄时期:十八世纪至二十世纪初)》,下卷,张广翔等译,山东大学出版社,2006 年,第 309—310 页。

能够实现改革的人才"。① 其实,俄国著名历史学家克柳切夫斯基(Василий Осипович Ключевский,1841—1911)早就指出:"通常把尼古拉的统治认为是反动的,它不但反对12月14日人士所宣布的企望,而且反对过去的整个执政方针。可是,这种议论未必十分公正。"比如说,尼古拉一世在1847年颁布法律,允许那些因还债卖掉的领地上的农民带着土地赎身,1848年又颁布法律,赋予农民拥有不动产所有权的权利,"显而易见,所有这些法律具有多么重要的意义。在此以前,贵族阶层当中盛行的观点是,农奴同土地、工具等一样,是占有者普通的私有财产。所以,把农奴当作物品进行日常交易时往往忘掉了这样一种观念,即农民不可能成为这种私有财产……这些法律把占有农奴的权利从民法范畴划归国家法范畴,所有法律宣布一个观念,即农奴本人不是私人的普通财产,首先他是国家的臣民。这是一项重要的成果。这一成果本身就能证明尼古拉为解决农民问题所付出的一切努力是有效的。"②英国当代历史学家杰弗里·霍斯金(Geoffrey Hosking,1942—)也认为:"在尼古拉统治末期,俄国形成了一个高级法律官员的预备队伍,他们受过良好的法律教育,有资格指导并执行法庭的决定。至此,一个'规范'国家的框架第一次成型,这也为亚历山大二世的改革奠定了基础。因此,暂且不论尼古拉在个人集权问题上的倒退,就其自身而言,他仍是一个有建设性的政治家。"③

当然,尼古拉一世时期由于十二月党人起义与法国1830年和1848年两次革命的震撼,采取了相当专制、高压的政策,这也确实是不容否认的历史事实,唯美主义诗人波隆斯基在写给费特的信中就曾非常痛苦地谈道:"在尼古拉一世在位期间,写作根本就是不可能的,书刊检查机关彻底破坏了写作,我那毫无恶意的小说《春天的雕像》和《格鲁尼娅》,以及其他的作品都被书刊检查机关禁止发表,诗也被删减了,本应该为每一个词和他们去抗争。但我根本不可能在这种斗争中'收复失地'——因为作家是被列入监视范围之内的,人们建议谢尔宾纳在谈论中不要用到黑格尔和谢林的名字,否则人们将会对你表示不赞同,你什么也得不到。波戈金、霍米亚科夫、克拉耶夫斯基、萨马林,他们也都被怀疑过——语言上的怀疑,我在50年代就是过着这么可怕的、沉重的生活!"④因此,美国的俄裔历史学家马克·拉伊夫公正地指出:"年轻皇帝尼古拉一世的政府镇压十二月革命后,重新有力地控制国家。全国生活的每一个方面都受严密监视。政府的政策有积极的一面,也有消极的一面。消极的一面包括严厉禁止任何异议或不满的批评。积极的一面包括政府机关在奠定社会与经济变革的基础方面所做的努力。尼古拉统治的反动特征是众所周知的。"⑤

---

① [俄]米罗诺夫:《俄国社会史——个性、民主家庭、公民社会及法制国家的形成(帝俄时期:十八世纪至二十世纪初)》,下卷,张广翔等译,山东大学出版社,2006年,第227、228页。
② [俄]克柳切夫斯基:《俄国史教程》,第五卷,刘祖熙等译,商务印书馆,2009年,第230页,244—245页。
③ [英]杰弗里·霍斯金:《俄罗斯史》,第2卷,李国庆等译,南方日报出版社,2013年,第256页。
④ Я. П. Полонский. Сочинения в двух томах. Том 1, М. ,1986,с. 10.
⑤ [美]拉伊夫:《独裁下的嬗变与危机——俄罗斯帝国二百年剖析》,蒋学祯、王端译,学林出版社,1996年,第107页。

19世纪后期,俄国沙皇政府一方面继续采取专制、高压政策,另一方面在西欧的影响和国内的巨大压力下,随着知识分子尤其是平民知识分子越来越多,他们的地位也日渐上升,再加上具有"高度的责任感"而且锐意改革的亚历山大二世的努力①,开始进行一系列的大改革,如1861年废除了农奴制,并开始实行地方自治和司法改革等,慢慢向民主进程迈进。"'大改革'朝着改变俄国的方向大大地前进了一步。可以肯定地说,虽然俄国依然是沙皇专政,但是它在很多方面都有了变化。在这些变化中非常重要的一个方面就是政府的改革也带动了经济的发展和社会的变迁……俄国资本主义的发展,农民阶层的演变,贵族的衰落,中产阶级的上升,特别是专业团体和无产阶级的壮大,公共领域的发展——所有这一切都受到亚历山大二世立法的影响。俄国确实在向现代国家的路途中开始迈开了大步。"②

废除农奴制后,俄国的资本主义得以大大向前发展。"自19世纪60年代俄国踏上资本主义道路以来,经济增长便出现了前所未有的趋势,开始了俄国近代的工业化历程。""从19世纪60年代起,直至1913年,俄国国民生产总值的年增长率保持了2.5%的速度,这在俄国历史上是前所未有的。"③俄国的资本主义化过程,导致俄国经济发展走向的改变:"根据苏联历史学家科瓦尔钦科等人的意见,农民经济转化为独立的自由经济、商品生产占统治地位、劳动力变成商品、工业主要部门组成资本主义大生产——这一切现象大致发生在19世纪70—80年代。在19世纪60—70年代,农民经济从自然经济转化为小商品经济,小商品经济又转化为小资产阶级经济和资本主义经济。"④而这种经济走向的改变,又导致人们观念的普遍改变——唯物主义、崇拜金钱、现实主义风行一时,成为时代主流。而唯美主义思想和文学观念正是对这种时代主潮的一种反动。

在思想观念方面,19世纪中期的"俄罗斯思潮的发展轨迹就是:从爱智协会对哲学的抽象探讨和对美学特征的强调开始,经过斯拉夫派——在较次的程度上还有西方派——的制度建设,达到对于当前的紧迫问题的关注,这种关注在激进的西方派和彼得拉舍夫斯基分子那里最为典型,虽然两者关注的意义有所不同。与此同时,激进主义在有教养的俄国人中影响日增……另外,通过如赫尔岑和他的终生战友尼古拉·奥加辽夫这样的个人的努力,也通过新的皈依者组织即彼得拉舍夫斯基分子的活动,社会主义进入了俄国的历史舞台。……最后,概括说来,亚历山大一世和尼古拉一世时期的俄罗斯思想,尤其是著名的40年代的'思想解放'运动,对俄罗斯知识分子的发展和俄罗斯历史的影响巨大,这种影响一直持续到1917年,甚至更远"。而"从农奴解放到第一次世界大战期间,俄国社会、政治和哲

---

① 美国学者莫斯认为亚历山大二世具有高度的责任感,这种"责任感和时代要求的结合,促使他充满活力地在其任期的头十年中完成了改革的绝大多数工作。"详见[美]莫斯:《俄国史》,张冰译,海南出版社,2008年,第24页。
② [美]梁赞诺夫斯基、斯坦伯格:《俄罗斯史》(第七版),杨烨、卿文辉主译,上海人民出版社,2007年,第347—348页。
③ 张建华:《俄国史》,人民出版社,2004年,第112、121页。
④ 转引自刘祖熙:《改革和革命——俄国现代化研究(1861—1917)》,北京大学出版社,2001年,第33页。

学思想也经历了相当大的变革。上文已经提到,19 世纪 60 年代的激进主义者,那些屠格涅夫的子孙们,首先在'虚无主义'的思想中找到精神的家园,这种虚无主义以对激进的变化的模糊之向往的名义来反对既存的政治和社会权威。作为他们的发言人,年轻的天才文学评论家德米特里·皮萨列夫(1840—1868)说:'什么可以被打破,就应该被打破。'新的激进主义精神同时反映了时代的普遍唯物主义、现实主义特征和特殊的俄国情况,例如,知识分子对尼古拉一世统治时期令人窒息的生活的反抗、政府的专制和压迫、中产阶级的软弱、其他温和与妥协的因素,以及知识分子的民主化趋势"。①

在文学方面,19 世纪中后期出现了把文学当作社会政治斗争的工具与武器和维护艺术本体为艺术而艺术的两大思潮的争鸣乃至斗争,前者的流派主要有革命民主主义、民粹主义,后者的流派则主要是唯美主义。

革命民主主义在思想和文学方面的成就主要在文学批评和理论方面,代表人物是赫尔岑和三大文学理论家别林斯基、车尔尼雪夫斯基、杜勃罗留波夫。

赫尔岑(Александр Иванович Герцен,1812—1870),少年时代即受十二月党人的思想影响,立志走反对专制制度的道路。1829 年秋进莫斯科大学哲学系数理科学习,和朋友奥加辽夫(Николай Платонович Огарев,1813—1877)一起组织政治小组,研究社会政治问题,宣传空想社会主义与共和政体思想。1835 年,他因"对社会有极大危险的自由思想者"的罪名而被流放 6 年。"赫尔岑是个很重要的人物,因为他把知识界的唯美和哲学探索政治化了。他把知识分子在思想上的主张以及他们对社会准则的抵制情绪,转化成有力的反政府政治思想。他的反抗对尼古拉统治下的俄国实际影响很小。赫尔岑只是在流放时期才发挥真正影响。"②1842 年,他回到莫斯科,继续宣传辩证法和唯物主义,鼓吹"社会革命的必要性",很快和当时彼得堡的别林斯基齐名,成为俄国进步思想界领袖。1847 年初,赫尔岑作为政治流亡者携全家去往欧洲,寄希望于日益高涨的俄国农民斗争,认为俄国可以在保留宗法制的情况下通过农民村社实现社会主义,这为后来的民粹主义奠定了基础。1853 年,他在伦敦建立自由俄罗斯印刷所,并与好友奥加辽夫创办《北极星》《警钟》期刊,登载揭露沙皇专制制度的文学作品和各种文章,宣传解放农民的民主思想。"从 1857 年到 1862 年,赫尔岑持续地对俄国的公众舆论发挥着最重要的影响。虽然许多受过教育的人未必都同意他的看法,但没有什么人敢于轻视他。"③在文学方面,赫尔岑已经宣称:"揭开社会的病理,这是现代文学的主要性质。""凡是失去政治自由的人民,文学是唯一的讲坛,可以从这个讲坛向公众诉说自己的愤怒的呐喊和良心的呼声。"④这与车尔尼雪夫斯基等把文学变成政治斗争的工具如出一辙。

---

① [美]梁赞诺夫斯基、斯坦伯格:《俄罗斯史》(第七版),杨烨、卿文辉主译,上海人民出版社,2007 年,第 336、427 页。
② [美]拉伊夫:《独裁下的嬗变与危机——俄罗斯帝国二百年剖析》,蒋学祯、王端译,学林出版社,1996 年,第 121 页。
③ [美]莫斯:《俄国史》,张冰译,海南出版社,2008 年,第 35 页。
④ 《赫尔岑论文学》,辛未艾译,上海文艺出版社,1962 年,第 57、58 页。

别林斯基(Виссарион Григорьевич Белинский，1811—1848)，曾主办《祖国纪事》《现代人》杂志，主要作品为论文《乞乞科夫的游历或死魂灵》(1842)、《亚历山大·普希金的作品》(1843—1846，这实际上是一部包括11篇论文的专著，是俄国最早的普希金研究之一)、《一八四六年俄国文学一瞥》(1847)、《一八四七年俄国文学一瞥》(1848)等，论述了"自然派"的形成过程及其特色，提出了对俄国文学的系统看法，维护并指导了俄国自然派的文学创作，阐述了俄国文学史中现实主义的形成过程，特别强调和宣扬文学应当真实地反映现实反映社会生活和社会意识："艺术是真实的表现，而只有现实才是至高无上的真实，一切超出现实之外的东西，也就是说，一切为某一个'作家'凭空虚构出来的现实，都是虚谎，都是对真实的诽谤……"①"文学应该是社会生活的表现，应该是社会赋予它以生活，而不是它赋予社会以生活。"②这样，他坚决反对"纯艺术"论："艺术如果没有具有历史意义的合理内容，作为当代意识的表现来看，它就只能使一些根据古老传统酷爱艺术性的人们感到满足而已。我们的时代特别对于这种艺术倾向是表示敌对的。我们的时代坚决反对为艺术而艺术，为美而美。"③进而宣称："那种以为艺术是一种生活在自己小天地里、同生活的其他方面没有什么共同点的纯粹的、与世绝缘的东西的想法，是一种抽象的、虚幻的想法。这样的艺术是任何时候和任何地方都不存在的。"④但别林斯基也还颇为重视文学的艺术性："毫无疑问，艺术首先应当是艺术，然后才可能是一定时代的社会精神与倾向的表现。一首诗，无论它包含了怎么美好的思想，不论这首诗对当代问题做出多么强烈的反应，如果其中并没有诗意，那么其中就不可能有美好的思想，也没有提出任何问题。我们在其中可以见到的，那不过是执行得糟透的美好的意图而已。"⑤俄国学者布尔索夫后来认为别林斯基的文学理论主要有四个方面：第一，一贯强调俄国文学只有作为独具民族风格的文学才能发展；第二，不断号召文学要接近现实，忠实地描写现实；第三，和时代的先进思想、和人民的解放运动的联系是现实主义文学发展的最重要的条件；第四，文学面向人民群众，面向"群氓"，是文学顺利成长的保证。⑥

因此，西方学者认为："别林斯基，俄罗斯最著名的文学评论家，对俄国知识界具有十分重要和全面的影响。……别林斯基对俄罗斯作家的评论之所以享有盛名，是因为他的文字洋溢着激情，也不掩饰自己的爱憎，他决心将文学作品置于更为广泛的社会、历史和思想背景中来评论，并有意通过其评论引导和教育作者和读者。……其最大的影响是，将政治和社会标准作为评估艺术作品的尺度。……在别林斯基的强有力的榜样的带动下，在禁止直接发表政治和社会的意识形态的俄国，这些意识形态反而常常出现在文学批评中。""正因为有了别林斯基，文学批评

---

① 《别林斯基选集》，第二卷，满涛译，上海译文出版社，1979年，第197页。
② 同上书，第421页。
③ 《别林斯基选集》，第三卷，满涛译，上海译文出版社，1979年，第584页。
④ 《别林斯基选集》，第六卷，辛未艾译，上海译文出版社，2006年，第588页。
⑤ 同上书，第586页。
⑥ [俄]布尔索夫：《俄国革命民主主义者美学中的现实主义问题》，刘宁、刘保端译，中国社会科学出版社，1980年，第377—378页。

在俄国才获得了摧枯拉朽般的社会、政治以及一般意识形态方面的影响力。"① 俄国的日丹诺夫更具体地指出:"从别林斯基开始,俄国革命民主派知识界的一切优秀代表都不曾承认所谓'纯艺术''为艺术而艺术',他们主张为人民而艺术,主张艺术应具有高度的思想性和社会意义。"②

车尔尼雪夫斯基(Николай Гаврилович Чернышевский,1828—1889),主要论文有《艺术和现实的审美关系》(1855)、《果戈理时期俄国文学概观》(1855—1856)等。"车尔尼雪夫斯基是一个学识广博的人,他致力于经济学和美学,进一步发展了别林斯基关于生活重于艺术的观点。"③他提出"美是生活"的命题,认为生活不仅是死的自然界,而且也是人的生活;不仅是过去的生活,而且也是未来的生活;不仅是现实的生活,而且也是"应当如此的生活",即理想的生活。他宣称艺术的对象是美适应生活,因此他给艺术规定的第一个使命就是"再现生活",第二个使命是"解释生活""对生活现象下判断",也就是说要表明艺术家对生活的态度,是肯定还是否定,是加强它还是削弱它。由此,他提出一个著名的公式:"文学是生活的教科书",号召作家为建立理想的美好生活而斗争,只看重文学的社会功能,从而把文学变成了社会政治斗争的工具。④ 由此,他也激烈地批评"纯艺术派":"那种崇拜纯艺术理论的人,向我们强调说艺术应当和日常生活互不相谋,他们不是自欺,就是做作,'艺术应当离生活而独立'这种话,一向就只是用来掩饰反对这些人所不喜欢的文学倾向的,它的目的,就是使文学给另一种在趣味上和这些人们更为适合的倾向所驱策。"⑤由此,他强调文学作品对公众在生活方面的指导作用,因为没有实际的用处而否定纯艺术派诗歌:"费特先生的那些旋律,歌颂的是有颤抖的月光而又充满星星的静静的夜晚,歌颂或者充满羞耻和热情的早晨,'好像新婚的梦似的',或者'夜空中的暴风雨,怒海的喧闹;海上的风暴和沉思,许多令人痛苦的沉思;海上的风暴和沉思,纷至沓来的沉思的合唱;连绵不断的乌云,怒海的喧闹'——当然,这些旋律在俄国公众所关心的范围里并无任何指导的意义,也没有什么实际的用处……马伊柯夫(即迈科夫——引者)先生的亚历山大体诗歌,说的是什么——在过去的日子里,在神圣欢乐的日子里,/从神山仙境流出了奶汁和蜜糖/流向神圣的天鹅绒般的奥尼河谷。或者说的是一缕缕透明的影子怎样落在满堆着麦垛的黄澄澄的田地上,/青青的森林上,湿润的草堆上,或者是六音步诗,说什么,他(马伊柯夫君)怎样在喧闹的海滨给自己削芦苇笔,或者说什么,他在树枝权桠的山毛榉的阴影下布置花园,在寒冷的黑暗中为普里沃姆树立了雕像——当然,这些亚历山大体诗和六音步诗对俄国生活并无实践的意义……波隆斯基君的关于印度托钵僧

---

① [美]梁赞诺夫斯基、斯坦伯格:《俄罗斯史》(第七版),杨烨、卿文辉主译,上海人民出版社,2007年,第335、325页。
② [俄]日丹诺夫:《论文学与艺术》,戈宝权等译,人民文学出版社,1959年,第30页。
③ [美]梁赞诺夫斯基、斯坦伯格:《俄罗斯史》(第七版),杨烨、卿文辉主译,上海人民出版社,2007年,第428页。
④ 《车尔尼雪夫斯基文学论文选》,辛未艾译,上海译文出版社,1998年,第9—149页。
⑤ 《车尔尼雪夫斯基论文学》,上卷,辛未艾译,上海译文出版社,1978年,第406页。

或者关于占领曼姆菲斯的叙事诗是无法把我们在所谓进步的道路上推动一步的。"①因此,有学者指出:"他继承别林斯基的文学批评的战斗传统,对于当时甚嚣尘上的'为艺术而艺术'的论调给以无情的驳斥,有力地捍卫了文学自觉地为社会进步服务的崇高目的和真实地反映社会生活的现实主义创作原则。"②

杜勃罗留波夫(Николай Александрович Добролюбов,1836—1861),代表论文是评论冈察洛夫、奥斯特罗夫斯基、屠格涅夫的三篇文章:《什么是奥勃洛摩夫性格》(1859)、《黑暗王国里的一线光明》(1860)、《真正的白天何时到来》(1860)。他"往往以文学作品为依据,解释生活本身的现象",强调文学"表现人民的生活,人民的愿望",认为"不是随着生活按照文学理论而前进,而是文学随着生活的趋向而改变"③,注重描写的真实性:"我们认为艺术作品的主要价值是它的生活的真实",因而,"作为艺术家的作家,他的主要的价值,就在于他的描写的真实性",④"衡量作家或者个别作品价值的尺度,我们认为是:他们究竟把某一时代、某一民族的[自然]追求表现到什么程度。"⑤由于他认为"只有当人民群众走上与压迫者积极斗争的道路时,现实主义艺术才能顺利地发展;它是这一斗争的结果,人民的精神和道德力量在这一斗争中显示出来"⑥,而且,"艺术家所创造的形象,好像一个焦点一样,把现实生活的许多事实都集中在本身之中,它大大地推进了事物的正确概念在人民中间的形成和传布。"⑦所以,便号召作家们致力于塑造反对农奴制的新英雄人物。

杜勃罗留波夫的观点较之前两位理论家更加激进,把文学完全当成社会斗争的工具,衡量作品几乎只关注社会政治内容,而对艺术性关注较少,甚至强作解人,把一切都政治化,因此引起了冈察洛夫、屠格涅夫等人的不满,与之绝交。而"反对'为艺术而艺术'的倾向的斗争,一直是杜勃罗留波夫文艺批评活动的一个重要内容。"⑧他会在文章中随时向"纯艺术派"挑战,如在《什么是奥勃洛摩夫性格》一文中,他在谈到冈察洛夫是一个善于把生活现象的完整性表现出来的艺术家时,突然笔锋一转,写道:"在这里,我们是和那种所谓'为艺术而艺术'的信徒的意见不同的,这批人认为,能够非常美好地描写树上的叶子,是和例如能够卓越地描写人物的性格,同样重要。从主观上想,这也许是正确的:两个艺术家彼此的才能可能是一样的,只有他们的活动范围各不相同。然而,我们永远不能同意,一个把他的才能浪费在工整地描写小叶片与小溪流的诗人,可以和那个善于把同样的才力发挥在——例如说——再现社会生活现象的人,有同等的意义。"⑨

---

① 《车尔尼雪夫斯基论文学》,下卷(二),辛未艾译,上海译文出版社,1983年,第203—204页。
② 马莹伯:《别、车、杜文艺思想论稿》,文化艺术出版社,1986年,第116页。
③ 《杜勃罗留波夫选集》,第2卷,辛未艾译,上海译文出版社,1983年,第262、187、130页。
④ 《杜勃罗留波夫选集》,第1卷,辛未艾译,上海译文出版社,1983年,第281、273页。
⑤ 《杜勃罗留波夫选集》,第2卷,辛未艾译,上海译文出版社,1983年,第358页。
⑥ [俄]布尔索夫:《俄国革命民主主义者美学中的现实主义问题》,刘宁、刘保端译,中国社会科学出版社,1980年,第335页。
⑦ 《杜勃罗留波夫选集》,第1卷,辛未艾译,上海译文出版社,1983年,第273页。
⑧ 辛未艾:《关于杜勃罗留波夫的生活与创作道路》,见上书译序,第26页。
⑨ 同上书,第189页。

正因为如此,日丹诺夫总结道:"我们俄国的全部革命民主评论,都充满着对沙皇制度的不共戴天的仇恨,渗透着为人民的根本利益、为人民的教育、为人民的文化、为人民从沙皇制度枷锁下得到解放而斗争的崇高倾向。为人民的美好理想而斗争的战斗艺术——这就是俄国文学的伟大代表们所设想的文学和艺术。车尔尼雪夫斯基……教导我们说:艺术的任务,除了认识生活以外,还在于教导人们正确地评价这些或那些社会现象。"①季莫菲耶夫等更具体地指出:"以车尔尼雪夫斯基和杜勃罗留波夫为首的革命民主主义者,用自我牺牲的精神为农民的利益进行斗争。他们否定 1861 年的改革,揭发这次改革的掠夺性质;他们一致认为,只有通过革命的方法才可能改善人民的生活,力主推广革命宣传。革命民主主义者对艺术极其重视,他们反复阐明,艺术必须为人民服务,应该教育革命战士。车尔尼雪夫斯基认为,艺术应该反映生活,文学应该成为'生活的教科书',而作家则应该是公民,应该是争取人民解放的战士。杜勃罗留波夫坚决要求艺术作品必须真实地描写生活,必须对当时的既存社会制度提出批判。"②

一般认为,涅克拉索夫、谢德林的文学创作是革命民主主义文学理论的具体实践。

涅克拉索夫(Николай Алексеевич Некрасов,1821—1878),既是出色的编辑,主编了《祖国纪事》杂志,团结和培养了一大批作家和诗人,又是出色的诗人,创作了大量的抒情诗、叙事诗乃至长诗,重要作品有:叙事诗《严寒,通红的鼻子》(1863),反映了贫苦农民的悲惨命运,塑造了一个勤劳、勇敢、诚挚、谦虚、美丽的农村妇女达丽娅形象;《俄罗斯女人》(1872),描写了两位十二月党人的妻子动人形象;代表作是长诗《谁在俄罗斯能过好日子》(1863—1876),写七个刚从农奴制下获得好日子的农民争论谁在俄罗斯能过好日子,有的说是地主,有的说是官僚、神甫、富商、沙皇等,相持不下,便决定一起漫游整个俄罗斯,亲眼看看到底谁能过好日子,是幸福的人。长诗借这一情节,广泛地描写了改革前后俄国的社会生活,特别是农奴制改革后农民的艰难生活,揭露了农奴制改革的欺骗性,表现了农民的觉醒和反抗,指出农民要生活得快乐而自由,只有走革命的道路。

萨尔蒂科夫-谢德林(Михаил Евграфович Салтыков-Щедрин,1826—1889),俄国讽刺作家,主要作品有特写集《外省散记》(1856)、长篇小说《一个城市的历史》(1869—1870)、《戈洛夫廖夫一家》(1880)等。代表作是《戈洛夫廖夫一家》,通过一个贵族地主家庭成员堕落和衰亡的历史,揭示了俄国贵族地主阶级必然灭亡的历史命运。

民粹主义,指的是 1861 年至 1895 年俄国资产阶级民主解放斗争时期非贵族出身的知识分子的思想体系和社会活动。民粹主义代表农民利益,反对农奴制和资本主义在俄国的发展,主张通过农民革命推翻专制制度。民粹主义是农民村社社会主义乌托邦的变种,其创始人是赫尔岑、车尔尼雪夫斯基,思想家是巴枯宁、拉

---

① [俄]日丹诺夫:《论文学与艺术》,戈宝权等译,人民文学出版社,1959 年,第 31 页。
② [俄]季莫菲耶夫主编《俄罗斯苏维埃文学史》,殷涵译,上海文艺出版社,1962 年,第 251 页。

甫罗夫等。①

70年代初,民粹主义发起了声势浩大的"到民间去"运动,领袖人物是哲学家、社会学家拉甫罗夫(Петр Лаврович Лавров,1823—1900)。他在其著作《历史信札》(1870)中认为,受压迫的劳动人民为创造文明付出了高昂的代价,因此,享受文明的少数人,即知识分子,应该承担起自己应负的责任,向人民偿还欠债。在《前进,我们的纲领》一文中他明确指出:"俄国大多数居民的前途赖以发展的特殊基础就是农民以及村社土地所有制。在村社共同耕作土地和村社共同享用土地的产品这个意义上发展我们的村社,把米尔大会变成俄国社会制度的基本政治因素,使农民懂得自己的社会需要……这一切就是俄国人的特殊目的,一切希望祖国进步的俄国人都应该促使这些目的的实现。"②也就是说,他把社会改革的希望寄托在农民身上,希望在俄国农村公社的基础上建立社会主义。这一运动的另一领袖人物巴枯宁(Михаил Александрович Бакунин,1814—1876)更是热情洋溢地向俄国青年发出号召:"赶快抛弃这个注定要灭亡的世界吧,抛弃这些大学、学院和学校吧……到民间去吧!你们的战场,你们的生活和你们的科学就在那里。在人民那里学习如何为他们服务,如何最出色地进行人民的事业……知识青年不应当是人民的教师、慈善家和独裁的领导者,而仅仅是人民自我解放的助产婆,他们必须把人民的力量和努力团结起来。但是,为了获得为人民事业服务的能力和权利,他们必须把全部身心奉献给人民。"③

这样,1873—1874年,俄国知识青年掀起了一场声势浩大的"到民间去"运动。成千上万的热血青年,放弃舒适的城市生活,成群结队地到农村去。他们在那里身穿农民的服装,使用农民的语言,过着农民的生活,向农民传播知识,教他们读书写字,为他们解除病痛,并在此基础上进行革命宣传,号召农民起来斗争,推翻沙皇政府,建立公正的社会主义社会。运动失败后,1876年他们成立了"土地与自由社",提出要把全部土地平均分给农民、村社完全实行自治的主张。1879年,"土地与自由社"又分裂成两个独立的组织:"民意党"和"土地平分社",前者后来变成一个恐怖暗杀组织,1881年3月,他们刺杀了锐意改革的沙皇亚历山大二世,使得亚历山大三世上台后,变本加厉地强化专制高压统治,禁锢社会思想,迫害进步力量。

随着"到民间去"运动的兴起,俄国文坛出现了民粹派知识分子作家群,宣传民粹主义思想的民粹主义文学也就应运而生。民粹派作家主要有:格·乌斯宾斯基(Глеб Иванович Успенский,1843—1902)、纳乌莫夫(Николай Иванович Наумов,1838—1901)、扎索津斯基(Павел Владимирович Засодимский,1843—1912)、尼·费·巴任(Николай Федотович Бажин,1843—1908)、兹拉托夫拉茨基(Николай Николаевич Златовратский,1845—1911)、卡罗宁-彼特罗帕夫洛夫斯基(Николай Елпидифорович Каронин-Петропавловский,1853—1892)、斯捷普尼亚克-克拉夫

---

① 关于俄国民粹主义,可参见夏银平:《俄国民粹主义再认识》,中山大学出版社,2005年;林红:《民粹主义——概念、理论与实证》,中央编译出版社,2007年。
② 《俄国民粹派文选》,中共中央马克思恩格斯列宁斯大林著作编译局国际共运史研究室编译,人民出版社,1983年,第289—290页。
③ 同上书,第52页。

钦斯基(Сергей Михайлович Степняк-Кравчинский,1851—1895)、奥西波维奇-诺沃德沃尔斯基(Андрей Осипович Осипович-Новодворский,1853—1882)等,他们创作了大量的特写、中短篇小说。他们特别关心农村中出现的资本主义现象,并把村社理想化,竭力维护村社和劳动组合的原则,认为这些原则能够使俄国避开资本主义;侧重写农民的生活、农村的分化、淘金者和纺织工人的生活以及民粹派革命家的活动。其代表作家是格·乌斯宾斯基,主要作品有长篇小说:《遗失街风习》(1866),反映了工匠、小市民、小官吏等城市贫民的困苦和受压抑生活;《破产》(1869),描写一个工人的悲惨命运;《土地的威力》(1882),描写一个农民的破产史。尽管民粹派作家有限地发展了特写和短篇小说的体裁,在某种程度上把艺术地展示现实生活与政论性相结合,把数据和事实引进文艺作品,以便确切地反映现实生活,对开拓文学体裁做出了某些贡献,但总的来说,他们的作品艺术成就不是太高,完全把文学当成了说教、宣传的工具。

以上的文学理论和批评成为当时文学界的主流,影响极大,如:"车尔尼雪夫斯基等现实主义批评家对费特破口大骂和极尽讥讽,促使他作为一名作家不得不在19世纪60、70年代的大部分时间里保持沉默。"[①]

正是由于当时社会现实的政治高压和唯物主义、崇拜金钱、现实主义的盛行,以及别、车、杜等革命民主主义理论家过分重视文学的政治功用而使之变成政治斗争的工具,涅克拉索夫、谢德林等现实主义作家和民粹派作家过分注重写实,甚至完全把文学变成政治宣传的工具,唯美主义文学作为一种反拨甚至矫枉过正的力量和思潮、流派出现在俄国19世纪中后期的文坛。格奥尔基耶娃指出,与果戈理传统相对立(即与别林斯基美学思想相对立)的文学具有自己的创作传统和创作纲领,他们所遵循的传统主要是19世纪20—30年代的伦理哲学浪漫主义的传统,"19世纪40年代,一大批抒情诗人继续推崇这种传统,在这些诗人当中,有不少是老一辈文学界代表,其中包括:Н. М. 亚济科夫、С. П. 舍维廖夫、А. С. 霍米亚科夫、Ф. И. 丘特切夫;还有比较年轻和刚刚起步的诗人:А. А. 费特、А. Н. 迈科夫、Н. Ф. 谢尔比纳、Я. П. 波隆斯基、Л. А. 梅伊。这些诗人都是以描写为主,或只是描写风景、表达忧伤的爱情、抒发富有哲理的情怀为主,他们几乎既不涉及史诗,也不创作话剧,更不去创作专门描写日常生活的散文,他们想方设法也要避开社会生活问题,而去深刻挖掘个人内心的感受,同时把这些感受放在生与死这个'永恒的'背景中去探讨,或者以浪漫主义情怀去理解大自然"。因此,在德鲁日宁、鲍特金、安年科夫"三人联盟"出现后,"文艺批评家С. С. 杜德什金、诗人Я. П. 波隆斯基、А. Н. 迈科夫、А. А. 费特、И. С. 尼基金、И. З. 苏里科夫等,分别发表了与'三人联盟'基本相似的思想"[②]。于是,"纯艺术"在俄国发展成为一种思潮,形成一股抗拒把文学工具化的力量和流派。

[①] [美]梁赞诺夫斯基、斯坦伯格:《俄罗斯史》(第七版),杨烨、卿文辉主译,上海人民出版社,2007年,第419页。

[②] [俄]格奥尔吉耶娃:《俄罗斯文化史——历史与现代》,焦东建、董茉莉译,商务印书馆,2006年,第360—361、359页。

二、异域渊源

唯美主义的核心观念是纯艺术论。而纯艺术论是19世纪中前期兴起于欧洲的一种文艺理论,它是浪漫主义文艺观念发展到尾声时衍生出的一个重要支流,同时又是唯美主义文学流派的理论建树。之所以称其重要,是因为它作为现代主义文学艺术理论的早期形态之一,对于现代主义文艺及理论产生了深远影响。这种影响可谓地贯中西,时延今日。

在西方文化中,关注美、追求美、热爱美的艺术思想古已有之。古希腊毕达哥拉斯学派提出"美是和谐与比例"①及"美即形式"②的观念;古希腊哲学家德谟克利特(Democritus,前460—前370)的著作残篇中就提到,"追求美而不亵渎美,这种爱是正当的","永远发明美的东西,是一个神圣的心灵的标志"。③ 中世纪神学家托马斯·阿奎那(Thomas Aquinas,约1225—1274)在《神学大全》中也专门为美下过定义——"各种事物能使人一见即生快感即称为美"④。虽然这些论者对于"美"的见解不乏独到之处,但他们只是将其作为达到某一目的(如知识、道德、政治教化)的手段而青睐有加,可以说,"美"在西方古代文艺思想中主要是作为达到"真"(知识)和"善"(伦理道德)的手段,而非一个只用于审美观照的独立领域。

从文学渊源看,唯美的思想也具有悠久的传统。古希腊卡利马科斯(Callimachus,前305—前240)创造的"亚历山大里亚诗体",文艺复兴后期的风格主义流派,17世纪西班牙的贡戈拉(Góngora y Argote,1561—1627)派以及意大利的马里诺(Marino,1569—1625)派的文艺思想,都或多或少地包含了重想象、重形式而追求"唯美"的艺术倾向。唯美主义与浪漫主义的联系更为密切。浪漫主义的避现实、爱幻想、求荒诞、喜神秘的艺术追求,都对唯美主义文学产生了一定影响。英国柯勒律治(Samuel Taylor Coleridge,1772—1834)认为,"美感是直觉的,美本身是一切激发愉快而不管利益、避开利益、甚至违反利益的事物","诗的正当而直接的目的在于传播直接的愉快",⑤济慈(John Keats,1795—1821)追求"美即真,真即美"的艺术真谛,已近于唯美主义理论。同时浪漫主义诗歌已开始注重形式美,雪莱(Percy Bysshe Shelley,1792—1822)、济慈的诗就有很强的音乐感和画面感。浪漫主义对中世纪和异国题材的喜好,也在巴那斯派那里得到了继承。

唯美主义思想以及由此而生的纯艺术论显然是近现代社会的产物。尤其是纯艺术论所提倡的"为艺术而艺术"的观点,无疑属于"本身就是目的"的观念范畴,而这种观念并不存在于古代世界及它之外的西方各大宗教之中。在西方古代的哲学观念中,"宇宙以及人在其中的活动被视为某个统一整体模式的一部分",无论人们将这种先验模式设想为何种形式,如"时空以外的永恒和谐",或是"向某个预示世

---

① 蒋培坤、丁子霖:《古希腊罗马美学与诗学》,山西人民出版社,1987年,第24页。
② [法]戈蒂耶:《莫班小姐》,艾珉译,人民文学出版社,2008年,译本序,第7页。
③ 伍蠡甫主编《西方文论选》,上,上海译文出版社,1979年,第4页。
④ 同上书,第149页。
⑤ 刘若端编《十九世纪英国诗人论诗》,人民文学出版社,1985年,第99、106页。

界末日或超越尘世的高潮发展的一出宇宙大剧"①等,都属于指向某个客观目的的一元论学说。根据英国俄裔思想家以赛亚·伯林(Isaiah Berlin,1909—1997)的看法,"本身就是目的",或者说"只为了目标本身而追求目标,不管结果如何,不管这样的追求是否符合其他活动,自然进程或世界结构——这一观念出自新教(或许还有希伯来宗教)的一支"②,而在归属上这种思想无疑属于近代思想范畴。按照伯林的观点,美、权力、快乐、光荣、知识、个人的独特人格品性等都可获得独立的价值,人们追求它们不是因为它们是某一普遍公认的人类目标或宇宙目的的一个组成部分,而是因为它们自身就是目的。可以说,正是近代启蒙运动以来人们对于宇宙人生认识观念的变化,为追求"为艺术而艺术"的"纯艺术"提供了思想土壤。

俄国唯美主义理论的直接异域渊源主要有二:德国古典哲学和美学,法国唯美主义。

虽然相近的观念早在西方古代的文艺思想中就已产生,但是作为一种现代文艺理论,纯艺术论却是晚近的美学思想产物。与唯美主义或"纯艺术"论直接相关的美学思想率先在德国古典美学中萌芽,康德(I. Kant,1724—1804)、谢林(F. W. J. V. Schelling,1755—1854)、黑格尔(G. W. F. Hegel,1770—1831)等德国古典美学巨擘为它的产生提供了哲学依据和理论支撑。而且,与激进的法国思想相比,中庸且偏保守的德国形而上学文化似乎对害怕革命的19世纪沙俄帝国的安全更为有利。于是,自19世纪初期开始,以康德、谢林、黑格尔为代表的德国古典美学开始大规模地传入俄国,随后便在俄国40年代的知识阶层迅速扎根。

康德美学对整个西方唯美主义文学起到了至关重要的作用,他通过自己的三大批判将人的心理功能划分出知、情、意三大领域,同时又为每一领域圈定了各自范围,其中情感功能对应着审美活动,由于康德的分类将其与认知功能和道德伦理区分开来,使审美活动具有了独立性质。康德认为审美活动是一种仅仅涉及事物形式的静观性行为,而认知活动和道德伦理活动等人类实践活动均涉及功利性因素,难以纯粹静观。其中,人的艺术创造活动与其他活动的区别就在于,前者不同于一般谋生手段,由于无直接利害关联而属于一种能够使人快适的自由创作活动。应该说,康德的规定主要属于一种哲学划分,是一种学术意义上的对于研究对象范围的圈定,其对于审美独立性的规定并不等同于唯美主义者所谓的独立的美或纯艺术,毕竟审美活动具有区别于其他人类活动的特点和性质,这一点作为一个客观事实已获得了现代人的普遍认同,但完全无功利的美和纯粹没有现实利益涉及其中的纯艺术是否真的存在,这可就是一个见仁见智的问题了。不过康德美学中提及的无功利、自由艺术、审美独立等内容却成了后来唯美主义和纯艺术论的重要立论依据,无论其中带有多大程度的误读和曲解,但毕竟为唯美主义者"为美而美""为艺术而艺术"的口号提供了哲学依据。

尽管人们一般都将康德、席勒视为纯艺术论的理论支撑,但实际上就对于俄国纯艺术论的影响而言,黑格尔和谢林思想所产生的意义似乎远远大于前者。关于

---

① [英]以赛亚·伯林:《现实感》,潘荣荣、林贸译,译林出版社,2004年,第224页。
② 同上书,第224—225页。

德国哲学、美学对于俄国思想文化界影响之深远,以赛亚·伯林有言:"这些形而上学——尤其谢林——引发了人类思想一大转移,即由 18 世纪的机械范畴,变为依据美学或生物学概念解释人事。对这件实事没有相当掌握,本时期的艺术与思想,至少本时期德国以及德国思想附庸东欧与俄国的艺术与思想,即不可解。"①伯林此言非虚,因为在 19 世纪俄国美学和文学理论中常常闪现出日耳曼民族的"莱茵哲影"。其中对于 19 世纪俄国文艺思想影响最大的当属黑格尔和谢林,40 年代的俄国知识分子中就有不少人是他们的信徒,其中较为有名的研习和传播德国思想的就是斯坦凯维奇小组。俄国文学艺术活动家们对于黑格尔和谢林的艺术哲学的接受势必影响到他们对于文学艺术的理解以及理论学说的建树,而俄国纯艺术论就在相当程度上带有他们学说的烙印。

黑格尔在其学说中认为,整个现实世界的理念作为一种客观精神,犹如一个在宇宙万物之间遨游的幽灵,无所不在而又永恒不灭,而美作为"理念的感性显现"同样是自由和无限的。因此他认为"审美带有令人解放的性质,它让对象保持它的自由和无限,不把它作为有利于有限需要和意图的工具而起占有欲和加以利用"②,也正是由于这种自由和无限,美的领域才解脱了有限事物的相对性,上升到理念和真实的绝对境界③。显然,在黑格尔的观点中,反复强调的正是美的自由、无限和无外在功利性的特性,这似乎是对康德关于"美是一切无利害关系的愉快对象"的进一步发展,也是继他之后再次为纯艺术论提倡的艺术脱离现实物质世界而怡然独立的观点提供理论支撑。

除了康德的"审美无功利"原则、黑格尔关于"美是理念的感性显现"的界定外,谢林关于"美是现实中直观到的绝对""诗本身就是目的"等观点,以及席勒的"游戏说"等学说,为"纯艺术论"这一现代美学思想的产生提供了理论支撑。其中最为重要的一点,就是他们对于美的独立地位的确立。德国浪漫派美学家认为,"在人类创造并积累起来的诸般精神成果中,科学目的的本质是为了满足人的物质需求,伦理是为了把人群组织成为有序的社会,都是外在的功利目的。唯有艺术和审美是纯粹为满足人类精神需求而创造的,处于人类生存方式的最高层级"④。这样一来,"美"便摆脱了为"真"和"善"服务的附属地位,而得以与二者并驾齐驱。不仅如此,"德国唯心主义美学致力于将艺术完全置于自然与现实生活之上。它将艺术确立为美的最高层次,是感性形式中的整体思想最为完满和完善的表现。由此它将艺术的意义归结为美的创造,并希望在艺术形象的美学完善中洞见这一特性"⑤。基于此,一些德国哲学家往往在自己的"哲学大厦"即将完工之际,以对于艺术本质的探讨来为其大厦"封顶"(如谢林的《先验唯心论体系》)。这样一来,"美"在获得独立地位的同时,又被置于一个较高的层次,这便为"纯艺术"论者"审美至上"的价

---

① [英]以赛亚·伯林:《俄国思想家》,彭淮栋译,译林出版社,2003 年,第 164 页。
② [德]黑格尔:《美学》,第一卷,朱光潜译,商务印书馆,1979 年,第 147 页。
③ 见上书,第 148 页。
④ 蒋孔阳、朱立元主编《西方美学通史》,第四卷《德国古典美学》,上海文艺出版社,1999 年,第 302 页。
⑤ Г. Н. Поспелов. История русской литературы : эпоха расцвета критического реализма(40—60гг. XIX в.). М.,1958,с. 99.

值取向提供了依据。

作为与斯坦凯维奇和别林斯基小组十分接近的活动家,三位俄国纯艺术论者无疑吸纳了流行于当时知识界的黑格尔的观点,这清晰地体现在他的几点理论建树之中:

首先,如前所述,在文学描写的对象方面,基于对"教诲论"的反对,德鲁日宁认为文学艺术表现的对象应是普遍的真、善、美的永恒理念,而非日常生活中的实际目的和利益。而安年科夫同样认为,纯艺术诗歌将在世界上每个文明社会和每个时代存在,因为这是一种永恒的理想,它代表了社会的普遍精神需求,任何一个现代社会和个人都无法说自己"不再需要纯艺术"。由此我们不难发现,这种反传统现实主义的创作倾向体现了黑格尔美学对于俄国纯艺术论者的影响。在《美学》一书中,黑格尔在批判将艺术作为某种手段的"教诲论"的基础上,提出了艺术的使命。他认为"艺术的使命在于用感性的艺术形象的形式去显现真实"[①],而他所谓的真实必须包含普遍的观念,这样艺术作品的任务就成了"抓住事物的普遍性,而把这普遍性表现在外在现象之中"。不过,黑格尔还辩证地指出,"艺术作品所提供关照的内容,不应该只以它的普遍性出现,这普遍性须经过明晰的个性化,化成个别的感性的东西"[②]。很明显,黑格尔的理念美学与俄国纯艺术论者关于文学艺术应以真、善、美的永恒理念为对象的观点如出一辙,它们的共同特点就是认为文学艺术的根本出发点并非现实生活,而应该是某种抽象的理念,即使作品中必然涉及现实情况,但也应该按照黑格尔描述的绝对理念一样,是完美和永恒的。

不仅如此,在鲍特金看来,人类社会的存在和活动只是依赖于道德理念,而艺术正是道德理念运动和发展的主要的和最为有力的表现。这里鲍特金表达了艺术在他心目中的地位,同时也反映出他的观点与德意志唯心主义哲学之间的内在联系。从字面上看,虽然鲍特金认为艺术是人类精神生活和内心世界直接的和真实的表现,这与浪漫主义的观点别无二致。但他又认为,占据着人类精神生活和内心世界的不是他物,而是道德理念(Нравственная идея),而这一道德理念又是人类社会运动和发展的最终决定力量。在这里,虽然鲍特金并没有使用一套德国式的繁琐逻辑推论来阐述理念之于他物的优先性,但其观点的理论前提则是承认理念统摄万物的合理性,而艺术乃是这一理念的体现者。这样一来,我们就又看到了熟悉的德意志唯心主义美学所宣称的,神秘理念可以通过艺术美达到外在显现(如黑格尔的"美是理念的感性显现")的哲学命题。由此可见,鲍特金的纯艺术论也同德国古典美学有着某种"亲缘关系",就这一点而言,他与德鲁日宁的纯艺术论都可视为德国古典美学思想在俄国文学艺术生活中的回应。

其次,在文学是否应受外在的实用目的的局限的问题上,德鲁日宁认为诗歌世界是一个独立的世界,它独立于日常生活中的实际利益,并且只应以自身为目的,而不应为某些外在于文学的实际目的服务。持此观点的不仅德鲁日宁,鲍特金也将艺术创作的非功利性、无意识性和自由创作等概念视为有外在目的教诲论的对立

---

① [德]黑格尔:《美学》,第一卷,朱光潜译,商务印书馆,1979年,第69页。
② 同上书,第147页。

面。在鲍特金看来,纯艺术诗人的创作应该是在无意识状态下展现的心灵生活。而作为诗歌创作之首要条件的无意识性,乃是纯艺术论"为艺术而艺术"的美学理论的根基,也是与那种企图驱使艺术为实际目的服务的实用理论相对立的自由创作论的基础。因此纯艺术论是与有实际的功利主义目的蕴含于作品之中的教诲论作品背道而驰的,因为后者与无意识地表现心灵的主旨完全相悖。俄国纯艺术论者这些反对艺术为自身以外的目的服务的观点,显然是与黑格尔对教诲论的批判有关。黑格尔认为,如果诗歌以外的目的在作品中占据主要地位,就会有违诗的本质,使诗沦为一种手段,从而从其崇高的领域降入有限事物的领域。在他看来,"诗比其他一切艺术固然更能有助于实现这类目的(根据上下文应指说教劝世、宣扬道德、政治宣传乃至消遣娱乐等目的——笔者按),但是如果诗只应在它自己所特有的领域里自由活动,它就不应担负做这种助手的任务,因为在诗的艺术里应该作为明确目的而起统治作用的只有在本质上是诗的东西,而不是诗以外的东西"①。

最后,在文学与时代要求的关系方面,德鲁日宁认为只有表现了超越时代局限的"永恒之美",并且不受时代中的现实利害制约的文学作品才能流芳百世;因为美的理念是永恒的,表现了美的理念的作品也必将因不依赖于"外物"(物质利益或功利事业)而永葆"优美与永恒"。前面提到,鲍特金也同样认为只有当诗人不想去教诲和纠正他人时,不以传播这样或那样的抽象思想为己任时,才成其为真正的诗人,而真正的诗人乃是披着时代外衣的人类灵魂的永恒本性。也就是说,只有纯艺术的诗人因其无实用目的性的自由创作而得以成为人类灵魂的永恒本性(类似于绝对理念)的体现者。在这方面,我们仍可见到黑格尔学说的影子。黑格尔在《美学》中提到,人的知解力和欲念的目的总是指向其自身之外现实世界,它们受外物制约,因而是有限的,不自由的。只有以自身为目的的美(指艺术美)的理念才是无限和自由的。因此,"艺术便脱离现实世界的一切关系而超然独立"②。这显然是德鲁日宁关于文学艺术应独立于社会时代利益而只体现万世不易之永恒理念的"纯艺术"思想的哲学依据。

此外,在俄国纯艺术论中也可以见到谢林艺术哲学的影子。如前所述,英国俄裔思想家以赛亚·伯林认为谢林在俄国引发了人类思想一大转移,伯林此言非虚,在这些玄学大师之中,谢林对俄国的影响尤为独特,因为他那晚期发展为神学的先验唯心论体系与俄国东正教神学的内在精髓高度契合,因此,"既不是康德,也不是费希特,而正是谢林,成了俄国哲学思想的主宰"③。在《先验唯心论体系》一书中,谢林在探讨艺术的特点时提到:"艺术作品向我们反映出有意识活动与无意识活动的同一性。但两者的对立是一种无限的对立,而这种对立不假借自由的任何影响,也会取消。所以艺术作品的根本特点是无意识的无限性〔自然与自由的综合〕。"④在确定了艺术的特点之后,他进而又对美的概念作了规定:"既然这两种活动(有意识活动与无意识活动,作者按)可以在作品中被表现为统一的,那么这种作品就终

---

① [德]黑格尔:《美学》,第三卷,下,朱光潜译,商务印书馆,1981年,第50页。
② 参见[德]黑格尔:《美学》,第一卷,朱光潜译,商务印书馆,1979年,第148页注释③。
③ [苏]阿尔森·古留加:《谢林传》,贾泽林、周国平等译,商务印书馆,1990年,第310页。
④ [德]谢林:《先验唯心论体系》,梁志学、石泉译,商务印书馆,1976年,第269页。

于把无限的事物表现出来了。而这种终于被表现出来的无限事物就是美。"①在谢林看来,既然一切艺术品皆以表现有意识活动与无意识活动的同一性为特点,那么,其所表现的也就是美的特点,因此,他认为"没有美也就没有什么艺术作品"。

了解了谢林的观点,我们不难发现,俄国纯艺术论者对于永恒(无限)、美以及非理性(无意识)的提倡,与以上谢林美学对于艺术和美的特性的规定间存在一种源流关系。只不过这种影响是通过当时俄国知识界间接发挥作用的。可以说,谢林的观点作为一种公认的知识渗透到俄国纯艺术理论之中②。如果说,德鲁日宁和鲍特金的理论建树在很大程度上来自黑格尔的美学思想的话,那么他们对经典作家作品的阐释也同样吸收了德国哲学家的观念。例如,为了使自己的"纯艺术"论更具说服力,德鲁日宁选取了荷马、莎士比亚、歌德等经典作家的创作为例,从"纯艺术"的角度对其作了独特的解读。

基于"纯艺术"理论和对"教诲论"的反对,德鲁日宁认为荷马在作品中"从未教诲过任何人,也从未对同时代人做过任何训诫。他不向我们展示生活中的任何不足,不想象某种乌托邦,也不做任何教诲式的论断"③,他的意图不倾向于作品中任何一方的人物,也从未有意识地做过任何教诲,但他却成了全人类的导师。这是因为荷马的作品不体现任何短暂的时代利益,而只表现"无限的爱、无限的勇气、无限的温柔",而这其中包含了"真、善、美"的永恒理念。因此,只要人类文明不告终结,人们将从他的作品中永远受益。随后,德鲁日宁又引用莎士比亚的悲剧《柯里奥兰》为例,他认为作品因表现了"英雄的固执、对愚昧无知者的憎恨和隐藏在治国者甲胄之下的温柔的心"而成为一部伟大的预言,一部具有超越时代意义的政治智慧全书。关于歌德,他认为虽然诗人因为没有为全欧洲抵抗拿破仑的战争写下应时之作,而饱受"昙花一现"的教诲诗人的指责,但他的作品却具有后者无法比拟的价值和意义,当与他同时代的教诲诗人早已在文学史中消失无痕的时候,歌德的荣誉和影响却能永世长存。在德鲁日宁看来,以上三位作家的作品之所以流芳百世,是因为其中没有故意掺杂任何教诲成分(如果有也是无意识的)和时代利益,而只表现了"永恒理念"。由于"理念"是永恒的,因此这些经典作家的作品能够在历史中获得永恒的价值;他们都在重大的课题方面为后人提供了"永恒的教益",其创作为人们提供的是一种能给人以各个方面良好教益的"普遍教育"。

曾经有学者倾向于认为德鲁日宁对于上述作家作品所作"纯艺术"论的阐释是为自己"纯艺术"论寻求依据而作的主观曲解。例如,苏联学者 Ал. 奥斯波瓦特就认为德鲁日宁对于经典作家的阐释"其牵强附会之处暂且不论,这种关于'美的理念的永恒性'的论点甚至没能触及莎士比亚和歌德十分浅显的和单方面的特性"④。不过笔者坚持认为,这种"牵强附会"并非德鲁日宁本人的首创,与之类似

---

① [德]谢林:《先验唯心论体系》,梁志学、石泉译,商务印书馆,1976年,第270页。
② 关于谢林对俄国知识界的影响可以参见苏联学者阿尔森·古留加著《谢林传》。该书中提到当时的纯艺术论者对谢林的著作爱不释手。
③ А. В. Дружинин. Прекрасное и вечное, М., 1988, с. 80.
④ Ал. Осповат. Короткий день русского "эстетизма" (В. П. Боткин и А. В. Дружинин); Лит, Учёба, 1981, №3.

的阐释方式在谢林、黑格尔的美学著作中早已有之。首先,德鲁日宁关于荷马的论述很有可能源自黑格尔的观点。黑格尔从"绝对理念"的角度出发探讨诗体问题,其中关于史诗他做了如下解释:史诗之所以成为自由艺术的作品,就单凭它本身就是一个完满的整体,通过这种整体来描述一个独立自足的世界。它不同于现实世界那样时而纷纭错乱,时而依存关系和因果关系永无休止地承续流传下去。在《腊玛雅那》(现通译"罗摩衍那"——引者)、《伊利亚特》《伊涅意特》(一译《伊尼特》,现通译《埃涅阿斯纪》——引者)乃至《尼伯龙根之歌》之类民族圣经里,决不应抹杀美和艺术赋予它们的那种艺术作品的尊严和自由①。其中荷马史诗作为史诗艺术世界中的巅峰之作,其《伊利亚特》《奥德赛》"每一部都是一个具体的意味隽永的整体"。而在谢林美学名著《艺术哲学》中,作者也是站在永恒和无限的角度认为莎士比亚"作为并非将永恒者置于限制中,而是置于无限中加以领悟者,因其包罗万象而过于广博。……莎士比亚从未描述理性的世界以及世俗的世界,而始终描述现实的世界(wirkliche Welt)",他认为由于这种无限性,莎士比亚可以"轻而易举地进入任一国度和任一时代"并对其进行总体描述。② 在同一著作中谢林从同一角度描述歌德及其《浮士德》:这位卓越的思想家,将哲学的深邃与杰出诗人的才华结合起来,在这一诗作中提供了永不枯竭的知识源泉③。而鲍特金作为谢林思想在俄国的早期接受者,他的观点中更是随处可见谢林哲学的印记。关于这些内容,在之前论述鲍特金的纯艺术论思想时已经涉及,故在此不作重复的赘述。

通过上述引证我们不难发现,在德国古典美学家黑格尔和谢林的著作中,经典作家及其作品已被"挪用"为构筑自己的哲学大厦的砖石。可见,从先验唯心论出发阐释经典作家作品并将其作为论证自己观点的论据,这一做法早已有之。后来这些阐释随德国哲学一同进入俄国,并在知识界成为定论。这些阐释使当时的俄国知识分子相信,康德、黑格尔、荷马、莎士比亚、歌德是和谐的精神,是圣徒与圣哲,见人群所永不得见之境。惟研究温习,无尽的寝馈温习,能使人略窥他们的极乐世界——使残碎片段归原复一的仅有真境④。上述的俄国纯艺术论者显然受到了德国美学家的(包括经由俄国知识界改造了)阐释的影响,他选取以上作家作品为例旨在阐明:文学作品只有将"真、善、美"和"永恒人性"等永恒不易的理念作为艺术表现对象才能具有永恒的价值,而那些遵循"教诲论"创作原则的诗人,由于热衷于逼真地描写现实,偏好揭露生活中的阴暗面,并用自己的才能服务于时代利益,因而他们的作品必将随时代的逝去而丧失价值。如果我们将德鲁日宁、鲍特金等人与黑格尔、谢林的阐释的出发点稍作对比,便可发现,"永恒理念""无限""永恒"是他们阐释的共同出发点,虽然在具体论述中侧重点有所差异,但总体上都倾向于将经典作品解释为永恒的、普遍有益的艺术杰作。可以说,这种以永恒理念为出发点的阐释法是继理论建树后,俄国纯艺术论吸收德国古典美学的又一结果。

虽然德国古典美学是"纯艺术"论不容置疑的理论来源,但作为一个拥有自觉

---

① [德]黑格尔:《美学》,第三卷,下,朱光潜译,商务印书馆,1981年,第162页。
② 参见[德]谢林:《艺术哲学》,魏庆征译,中国社会出版社,2005年,第330—331页。
③ 参见上书,第340页。
④ [英]以赛亚·伯林:《俄国思想家》,彭淮栋译,译林出版社,2003年,第170页。

的口号和纲领的文艺思潮,它却是诞生于 19 世纪中前期的法兰西。① 法国,在某种程度上是俄国唯美主义更直接的渊源。上述德国古典美学思想观念随后经由斯达尔夫人(Germanie de Stael,1766—1817)及其同道传入法国,特别是经过唯美主义诗人戈蒂耶(T. Gautier,1811—1872)的创作实践后,催生出了作为现代主义文论早期形态之一的纯艺术论,并影响到俄国唯美主义。

当时,为躲避拿破仑政权的迫害,斯达尔夫人辗转于欧洲各国,其间接触到德国古典美学,她被这些德国学说"道德上的真挚"和"智力上的独立"所征服,并高度欣赏德国古典作家的浪漫精神和个人主义。于是,经由斯达尔夫人及其同伴的"传道",德国古典美学思想开始传入法国,并在法国文学、艺术界引起了震动。一时间,萨西、卡特勒梅尔·德·昆西、库辛、儒弗瓦、本杰明·贡斯当等人无不着迷于这些艺术思想观念。出于对雅各宾党的恐怖统治及其对个人行为严格控制的抗议,本杰明·贡斯当(Benjamin Constant,1767—1830)于 1804 年提出了"为艺术而艺术"的口号。当时,其反对功利主义和市侩习气的矛头直指雅各宾党、督政府以及后来拿破仑政权的所作所为,因为这些当权者都企图利用艺术家控制颠覆性思想,并试图将政治、宗教及艺术观念引入符合其意愿的轨道之上。可见,"纯艺术"思想是作为艺术家对于社会现实的一种反抗而诞生的,它是对"陈旧的、传统的、已经变得有压迫性的、至少是不再令人信服的观点的一次反动"②,它体现了现代艺术家强烈"反抗压迫他们为某个他们觉得格格不入的、束缚人的或可耻的无关目的服务的企图"③。

这些法国文艺活动家们在德国古典美学的基础上树立了对近代文艺影响深远的"纯艺术"思想,其中诗人兼小说家泰奥菲尔·戈蒂耶应算是"纯艺术"最富激情的辩护者,他真正确定了其内涵及理论系统。依据康德"美是无一切利害关系的愉快对象"的观点,戈蒂耶最早提出了艺术无用性、唯有艺术才能给人生带来快乐的观点,1832 年他在《〈阿贝杜斯〉序言》中写道:"一件东西一旦变得有用,就不再是美的了;一旦进入实际生活,诗歌就变成了散文,自由就变成了奴役。……艺术,是自由,是奢侈,是繁荣,是灵魂在快乐中的充分发展。绘画、雕塑、音乐,都绝不为任何目的服务。"④1834 年他进而在长篇小说《〈莫班小姐〉序言》中,对"为艺术而艺术"进行了较为系统的理论阐述。此后,他在一系列文章及文学创作中,进一步明确、完善并实践了自己的理论主张。

进入 20 世纪之后,相继出现的俄国形式主义、英美新批评以及结构主义等不同流派的文论成为现代主义文论的主流,它们一反传统文论强调文学外部研究的思路,而将作品的语言、形式、结构、技巧、方法等属于文学本身的因素纳入研究视野,力主将研究重心转移到"文学本身"或"文学性"问题上。这种研究重心"由外而

---

① 对此,周小仪有较为细致的论述,详见周小仪:《"为艺术而艺术"口号的起源、发展和演变》,载《外国文学》2002 年第 2 期,或见周小仪:《唯美主义与消费文化》,北京大学出版社,2002 年,第 22—34 页。
② [英]以赛亚·伯林:《现实感》,潘荣荣、林贸译,译林出版社,2004 年,第 224 页。
③ 同上书,第 225 页。
④ [法]戈蒂耶:《〈阿贝杜斯〉序言》,见赵澧、徐京安主编《唯美主义》,中国人民大学出版社,1988 年,第 16 页。

内"的转变,标志着传统文论进入了现代主义阶段,而在这一进程中起到"转折"作用的重要"关节"之一,当属兴起于 19 世纪的"纯艺术"论(或称唯美主义文论)①。可以说,源于德国、形成于法国的"纯艺术"论率先拉开了现代主义文艺思想的大幕,作为后者的早期形态之一,它们具有共同的价值取向——反社会性(它体现为对于现实的强烈质疑和逃避)。这种反社会性在"纯艺术"论层面上主要体现为以下几点主张:

其一,艺术世界独立于现实生活。"纯艺术"论都认为艺术世界是一个独立自足的世界,它与现实生活有着本质的区别。如戈蒂耶认为,一件东西一旦变得有用就不美了,一旦涉及现实诗歌就变成了散文(指变得平庸)。而王尔德说得更直白:"承认艺术家有独立的王国,意识到艺术世界和真正的现实世界之间、古典优雅与绝对现实之间的区别,这不仅构成美的魅力的根本条件,也是一切伟大的富于想象力的作品、一切伟大的艺术创作时代的特征"②。

其二,反对启蒙以来的功利主义实用理性。虽然欧洲"纯艺术"论分别产生于不同的社会、文化语境之中,但它们却都对功利主义的实用理性同仇敌忾。在《〈莫班小姐〉序言》中戈蒂耶就宣称,书本、小说、诗歌戏剧等人文成果,从本质上说可以促进文明,推动人类进步,但它们却没有任何实用性。在他看来,"真正称得上美的东西只是毫无用处的东西。一切有用的东西都是丑的,因为它体现了某种需要。而人的需要就像其可怜虚弱的天性一样是极其肮脏的、令人作呕的"③。因此,他本人为看到拉斐尔的原画或艺术品中的美人,宁愿放弃作为法国人和公民的权利;宁愿去听一个蹩脚提琴师的琴声,而不愿去听主席先生的铃声。王尔德也认为,"唯一美的事物是跟我们无关的事物。只要一件事物对我们有用或必要,或者在某种程度上影响我们,使我们痛苦或欢乐,或者强烈地引起我们的同情,或者组成了我们生活环境的极其重要的部分,它就在真正的艺术范围之外"④。这皆因为这些"与某事某物有关的"实用性的事物与他们的艺术原则和人生态度格格不入。

其三,反对现实主义传统。在西方传统文艺思想中,逼真地摹仿客观对象是获得艺术成就的不二法门,这一"教条"被浪漫主义文艺创作实践打破,而在"纯艺术"作品中则被彻底颠覆。与传统的摹仿说针锋相对,王尔德提出相反的命题:"生活模仿艺术远甚于艺术模仿生活。这不仅仅是生活的模仿本能造成的结果,也是由于这一事实:生活的自觉目的在于寻求表现;艺术为它提供了某些美的形式,通过这些形式,它可以实行它那种积极的活动。"⑤

以上有别于传统文论的三点理论主张,共同构成"纯艺术"论的理论基石,其中,无论是对艺术独立性的捍卫,还是对功利主义实用理性的反抗,抑或是对现

---

① 参见刘象愚:《韦勒克与他的文学理论》,见[美]勒纳·韦勒克、奥斯汀·沃伦:《文学理论》,江苏教育出版社,2005 年,第 9 页。
② [英]王尔德:《英国的文艺复兴》,见赵澧、徐京安主编《唯美主义》,中国人民大学出版社,1988 年,第 88 页。
③ [法]戈蒂耶:《〈莫班小姐〉序言》,见上书,第 44 页。
④ [英]王尔德:《谎言的衰朽》,见上书,第 117 页。
⑤ [英]王尔德:《谎言的衰朽》,见上书,第 143 页。

实主义传统的反拨,归于一点——都体现了"纯艺术"论的提倡者强烈的反社会倾向(这种反社会性是由政治、经济、社会生活方式的多方面原因造成的),从这个意义上说,它是早期现代文艺活动家用审美反抗社会现代性或庸人现代性的产物。而 20 世纪的现代主义艺术家们,或"自闭"于"纯艺术"的象牙塔中,或自绝于庸俗的社会生活,可以说,其种种美学极端主义的行为方式乃是继承 19 世纪"纯艺术"(或称唯美主义)反社会性的价值取向的结果。由此可见,作为现代主义文艺思想的早期形态之一的"纯艺术"论乃是审美现代性对抗启蒙现代性的第一个产物①。但与此同时,我们也应该清楚地认识到,这种反抗性也暴露了唯美主义和纯艺术论在立意方面虚伪的一面,因为其所宣扬的极具反社会色彩的文艺观念,无论就其产生的直接原因而言,还是从其充满着战斗性质的现实表现而言,都很难令人信服艺术可以只以艺术为目的,而与社会现实、思想论争,甚至政治斗争毫无关联。

俄国纯艺术论的产生稍晚于法国,受到其观念的一定影响,它主要是在 19 世纪中叶与革命民主主义者的论战中形成的,就其产生而言倒是与法国同类现象十分类似,二者都是不同思想阵营话语交锋的结果。这一点反映出一个关于唯美主义及其纯艺术论的重要"辩证法",即无论在西方还是在俄国,纯粹美和艺术的极端宣传者必须通过激烈的思想斗争和唇枪舌剑才能恰当地阐述自己的观点,最纯洁的缪斯女神的诞生往往必然伴随着硝烟弥漫的舆论大战。

三、本国渊源

我国美学家朱光潜先生在他的《西方美学史》中曾对俄国纯艺术论的源流、观点以及其与革命民主主义美学之间论战的性质做过简要的评述,他写道:"在十九世纪头二三十年,俄国文学中占主导地位的是以茹科夫斯基、马林斯基、波列伏依和早期的普希金为代表的浪漫主义。这个流派是俄国社会病态既已暴露而革命形势尚未形成的情况下在西欧文学影响之下形成的,所以消极的因素居多。特别是茹科夫斯基一派人的作品所提供的不是对腐朽现实的揭露和对革命要求的鼓舞,而是一种感伤忧郁的情调和神秘主义的幻象。与这个流派密切相联系的还有从西欧传来的'为艺术而艺术'的'纯艺术'论,认为文艺的唯一目的是在创造美,是要美化现实。"②到了 19 世纪 30 年代,随着社会矛盾的日益尖锐和思想界的活跃,以果戈理为代表的"自然派"作为"浪漫派"的文学对立阵营而出现。在俄国语境中,所谓"自然派"与西欧自然主义文学并没有什么关系,它实际上是俄国现实主义文学的又一称谓,同样也是俄国批判现实主义的前身。按照批评家别林斯基的观点,"自然派"的创作宗旨就是要使艺术完全面向现实生活,去除任何感伤的理想,不再美化现实生活,要让艺术成为现实及其全部真实性的再现。在当时,"自然派"的主要代表作家就是俄国批判现实主义文学的奠基者果戈理,他的《钦差大臣》和《死魂灵》等作品均为俄国现实主义文学精神的体现。这些作品问世之后,引发了不同阵

---

① 参见周宪:《审美现代性批判》,商务印书馆,2005 年,第 408—411 页。
② 朱光潜:《西方美学史》,人民文学出版社,1979 年,第 504 页。

营之间的争论。其中当属保守阵营和浪漫派反应最为激烈,结果,"维护封建统治和农奴制的人们骂果戈理丑化政府官吏,留恋浪漫派温情和幻想的人们骂他没有美化现实,破坏了'纯文艺'的规律。从别林斯基的《1847年俄国文学评论》以及车尔尼雪夫斯基的《果戈理时期俄国文学概观》来看,当时这场文学界的斗争是激烈的。这是现实主义与'纯艺术'的浪漫主义之间谁战胜谁的问题。这是与解放运动和农奴制之间谁战胜谁的问题密切相联系的。这两方面的斗争都进行得很长久"①。

应该说,在写作《西方美学史》的那个年代,朱光潜先生能够对革命民族主义美学与纯艺术论之争做出上述脉络较为分明的描述实属不易。不过,俄国纯艺术论的起源绝非本国浪漫派影响那么简单,其与革命民主主义者的争论也并非单纯孰是孰非的"善恶之争"。

当时,以德鲁日宁、鲍特金和安年科夫为代表的纯艺术论者(或称唯美主义批评家)站在自由主义和改良主义的社会政治立场,与革命民主主义思想家车尔尼雪夫斯基和杜勃罗留波夫等人展开了一场关于文学艺术是否应该为外在目的服务的论战。这场论战的直接导火索共有两条。

一条是安年科夫在1855年出版的《普希金传记资料》(А. С. Пушкин и последнее издание его сочинений,1855)。在这部最早的普希金研究资料集中,安年科夫主要关注的是诗人创作中的平和、宁静和与现实调和的因素,这样就颠覆了之前别林斯基从现实主义文学立场阐释诗人创作的观点。更为重要的是,这部资料汇编的出版引发了不同流派和代表思想阵营的杂志广泛加入讨论,其中包括《现代人》《祖国纪事》《读书文库》《俄国导报》等。其中,坚持捍卫别林斯基观点,仍然从现实主义传统评价普希金及其创作的只有《现代人》杂志。而安年科夫的研究资料更是引发德鲁日宁在同年发表评论文章《普希金及其文集的最新版本》,作者从纯艺术论的立场出发,尝试将俄国文学中的普希金倾向和果戈理倾向对立起来,并将前者视为纯艺术论的典范,是对抗代表自然派创作立场的果戈理倾向的力量之源。由此,也就拉开了自由主义批评家的与革命民族主义美学之间的论战,而正是前者在这一争论中提倡的观点形成了俄国文学中的纯艺术理论。

另一条导火索是车尔尼雪夫斯基在1855至1956年间陆续发表的长篇文章《俄国文学果戈理时期概观》。这篇长文可以说是继别林斯基的《关于批评的讲话》之后,又一部从理论、方法的演变以及各流派之间争论的多个角度专论俄国批评的著作,可以称得上是俄国批评史上一个光辉的里程碑。在这篇文章中,车尔尼雪夫斯基总结并论述了19世纪30至40年代以果戈理和别林斯基为代表的现实主义文学和批评的丰富经验,同时还批判了纯艺术论。车尔尼雪夫斯基还提出,在别林斯基逝世之后的九年间,俄国文学批评并没有获得什么长足进展。而在这期间,在《现代人》杂志上接替别林斯基职位的正是德鲁日宁,因此后者理所应当地将车尔尼雪夫斯基的言论视为针对其个人以及自由派文学阵营的抨击。平心而论,车尔尼雪夫斯基在此提及的纯艺术论并非由德鲁日宁、鲍特金和安年科夫"三巨头"的

---

① 朱光潜:《西方美学史》,人民文学出版社,1979年,第504—505页。

纯艺术论,因为在当时的批评界这一联盟还并未形成。他指的主要是别林斯基时代在德国美学影响下出现的那种纯艺术倾向。但是以德鲁日宁为代表的纯艺术论者将这一批评视为一种美学挑衅。为了回应车尔尼雪夫斯基的言论,德鲁日宁在 1856 年发表了一篇同样论及这一时期文学及批评状况的长文《俄国文学果戈理时期的批评以及我们对它的态度》(Критика Гоголевского периода русской литературы и наши к ней отношения,1856)。作为纯艺术论的纲领性宣言,在此文中,德鲁日宁在缅怀别林斯基的同时,反复强调要重审"40 年代的批评",因为在当时的文学语境中,这种"重审"就意味着"消解",而消解别林斯基的权威性,就意味着从源头上动摇了革命民主主义者理论的合理性。德鲁日宁提出,与伟大艺术家光耀千古的名望相比,批评家的权威往往是速朽的,"一代著名文学活动家们的导师,无论如何也无法成为后世的导师",因为"每年都会产生新的思想,民族生活的各个时代都会造就出赋予该时代以意义之人"①,"社会的前进不会顾及任何批评家的权威,文学在强盛和发展的同时,也不会去咨询任何向它展示巨大功绩之人的意见"②。这些消解别林斯基权威性的言论,显然是"项庄舞剑,意在沛公",其批判的锋芒直接指向的正是当时以车尔尼雪夫斯基为首的革命民主派的批评。此后,鲍特金于 1857 年又在《现代人》杂志上发表了《论费特的诗歌》(Стихотворения А. А. Фета)一文,这篇文章虽没有《态度》中那种紧张的论战氛围,但却更为细致地论述了纯艺术论的理论主张,认为真正的艺术其创作目的是依靠神秘的诗感表现日常生活中不可洞见之物,由此鲍特金就从理论上否定了现实主义文学的价值。可以说,德鲁日宁的这篇文章将两种美学之间的论战推向了高潮,此后两派批评家均按照上述观点,就诸多作家作品展开了一系列针锋相对的评价。其中涉及的作家包括屠格涅夫、列夫·托尔斯泰、皮谢姆斯基、奥加廖夫、奥斯特洛夫斯基、谢尔宾纳等一大批活跃于当时文坛的著名作家。论战的双方分别从自己的社会、美学立场出发,对同一作家作品做出不同的理解和阐释,其中无论是纯艺术的分析还是现实主义的评判,都不乏精到的见解。

以上简要介绍了俄国纯艺术论形成的具体社会文化语境。应该说,纯艺术论能够在 19 世纪的沙皇俄国产生,无论如何听上去都像是一种"奇谈怪论",因为在俄国,唯美主义及其纯艺术论具有不同于其西欧借主的独特性质。在西方,唯美主义在很大程度上反映了资产阶级社会中不满于市侩趣味和庸俗习气的叛逆艺术家对于本阶级、社会的反抗,我们可将其视为一种来自资本主义"体制内部"对于体制的挑战,一种来自"逆子贰臣"的"反戈一击"(当然,实际上西方唯美主义者自己并未意识到——就其时代的制约性而言也不可能意识到——其自身的产生和反抗同样体现了这一体制的力量,同样属于这一体制的组成部分)。

然而,上述对于西方唯美主义的理解似乎并不能完全适用于理解俄国同类问题。因为,从社会文化体制角度来看,沙皇俄国并未给唯美主义提供足以促成其产生、发展、壮大的社会条件和文化资源,但其独特的国家现代性诉求却的的确确为

---

① А.В.Дружинин.Прекрасное и вечное,М.,1988,с.178.
② Там же,с.179.

唯美主义的出现创造了狭小的话语空间。19世纪的俄国还远未走上资本主义发展道路,才刚刚出现持庸俗市民趣味的部分资产阶级,因为由沙皇和贵族组成的统治集团高悬于万民头顶,以不容置疑的权威统治着广大臣民和农奴,夹在二者之间的中产阶级数量十分有限,且就其出身和来源而言又分别隶属于上述两大阶级。这种二元对立的金字塔型社会结构决定了在俄国并没有唯美主义的用武之地,因此按照西方的尺度来衡量,唯美主义在俄国的出现似乎有一种"无的放矢"的感觉。然而,纯艺术论在俄国的出现却又的确有其独特的内在文化含义。这一理论的三位主要理论家均为带有贵族审美趣味和自由主义倾向的文学活动家,而在俄国社会这一阶层是夹在沙皇专制政权和平民知识分子之间的一个"多余人"阶层。他们之所以会成为"多余人"阶层是因为:一方面,具有自由主义倾向的他们尽管在言论上谨小慎微,但实际上大多对专制政权颇有微词,他们更希望俄国能够走上一条开明君主或立宪君主制之路;另一方面,在平民革命者看来,这些自由主义者又是一个隶属于沙皇政权的附庸阶级,他们的言论和行为即使对社会解放事业无害,但也无益。特别是到了面临农奴制改革的前夕,在这社会转型的重大历史关头,自由主义者们不可避免地表现出了他们根深蒂固的两面性特征——既希望有所改变,又不想彻底破坏旧有的社会秩序。当这种模棱两可的两面性碰上了革命派的激进性时,冲突就很难避免了。因此可以说,本书所探讨的纯艺术论者与革命民族主义者之间的美学论战,实际上反映了俄国社会大变革前夕,持温和立场的自由派与激进的革命派之间在文学、美学阵地上展开的思想大碰撞。这就是纯艺术论之所以在俄国得以产生的重要社会思想背景。

而在诗歌创作中,"仅仅作为一种对纯艺术的追求与唯美倾向,在古希腊'希腊化时期'和古罗马时期的诗歌中,则已可见某种端倪。及至近代,西班牙的贡戈拉派和意大利的马里诺派表现了雕琢辞藻、追求华丽形式的创作旨趣"①,也为唯美主义诗歌创作的纯艺术追求奠定了一定的基础。

然而,通过考察19世纪的俄国文化语境就会发现,俄国纯艺术论绝非西欧各国类似文艺现象在俄国语境中的简单移植。当然,如果单从反对功利主义文艺和提倡艺术自律的角度看,俄国纯艺术论与西欧纯艺术论具有相近的价值取向和理论内涵,但并不能因此就可以将其视为西欧各国类似文艺现象在俄国语境中的简单移植,我们有理由认为,来自异邦的唯美花种之所以能够在19世纪中叶的俄罗斯帝国绽放出纯艺术论之花,主要还在于其具有深刻的本国理论渊源和广阔的时代背景。

从理论渊源方面看,在茹科夫斯基、普希金、斯坦凯维奇、别林斯基、巴拉丁斯基、格里戈里耶夫的创作实践和批评话语中就已包含有与之相关的因素;从时代背景看,1855年克里米亚战争惨败后,沙皇政府实行的文化专制政策是它得以产生的客观原因,因为这种美学激进主义是以逃避来实现对现实的抗议。而以车尔尼雪夫斯基理论为代表的革命民主主义美学所提倡的具有实用主义倾向的文艺观,则直接导致了以德鲁日宁、鲍特金和安年科夫为代表的自由主义文艺批评家在俄

---

① 丁子春主编《欧美现代主义文艺思潮新论》,杭州大学出版社,1992年,第83—84页。

国语境提出纯艺术的理论主张。我们可以说,俄国"为艺术而艺术"的纯艺术论正是在同以车尔尼雪夫斯基和杜勃罗留波夫等革命民主派美学代表的论战中确立起自己的理论倾向和建树。

在本国理论渊源方面,茹科夫斯基、普希金、斯坦凯维奇、别林斯基、巴拉丁斯基、格里戈里耶夫的创作实践和理论探索中就已包含有与之相关的因素。

茹科夫斯基(Василий Андреевич Жуковский,1783—1852)在某种程度上把英国感伤主义尤其是"墓畔派"诗歌对生命的重视、对感情的推崇,与德国浪漫派尤其是耶拿派(如诺瓦利斯)对宗教的推崇,以及俄国东正教重视信仰等等结合起来,形成了自己诗歌独具的特点:生命的信仰。他从宗教的高度关注人的生存和生命的意义和价值,探索生命的哲理,强调人的精神生活。在他看来,生活充满了苦难,但人不应该抱怨,而要加强自己的修养,尤其是要充实自己的心灵,要有虔诚的信仰,服从万能的上帝的旨意,顺从命运的安排。

但生命的信仰是心灵和情感的事情,难于表达,甚至具有某种神秘性,因此茹诗中经常出现神秘的事件和神秘的东西。由此,他认为美是神秘的、瞬间的、难以表达的。他曾谈到,美是一种高于尘世的东西,是一种"纯洁的精灵",它来自天国,抚慰世人,提升其精神境界:"为了在阴暗的尘世之上,/心灵能知道天堂的存在,/有时它让我们透过帷幕/去注视那一片地方。/只在生活最纯洁的瞬息,/它才会降临到我们面前,/并且给我们的心灵带来/上天的有益的启示。"①由此,他认为一切真正的美、理想、爱情、希望乃至诗都是神秘的,像幻影一样只有瞬间的显形,这样我们独特的感受、真实的情绪以及大自然的美都是语言所难以表达的,在《难以表述的》一诗中他写道:"在不可思议的大自然面前,我们尘世的语言能有何作为?"在被别林斯基称为"茹科夫斯基最典型的诗歌"的《神秘的造访者》中,他写到希望、爱情、思绪,从"不可知的神秘的地方"翩翩降临,又缄默无言地"悄然离去","无情地昭示甜美欢乐的短暂"②。《幻影》一诗更是写出了美、理想、希望的瞬间性的存在。茹科夫斯基最终找到了传达神秘之美的办法——运用象征手法。诗人非常喜欢大自然,其诗几乎离不开大自然,正是大自然给他提供了众多而美好的象征。

格奥尔吉耶娃指出:"如果茹科夫斯基创作的叙事体诗歌非常脱离社会现实,如果在他的叙事体诗歌中给人留下的印象是'远离生活而追求空想主义、主观臆断和理想王国',那么,他在抒情诗歌中所采用的客观心理描写方法,就意味着他已经接近了在抒情诗歌中心理分析的门槛,而他最著名的赞同者,从普希金开始,必然开始运用现实主义手法去理解并表现人物的内心世界。"③

由上可见,茹科夫斯基提供给唯美主义的启示主要有:第一,远离生活而追求理想;第二,思考并表现人生哲理;第三,美是神秘的、瞬间的,可以运用象征的方法表达;第四,在抒情诗中可以采用客观心理描写方法。

---

① 转引自[俄]布罗茨基主编《俄国文学史》,上卷,蒋路、孙玮译,作家出版社,1957年,第215—216页。
② 此处所引茹诗,均出自《十二个睡美人——茹科夫斯基诗选》,黄成来、金留春译,上海译文出版社,1990年。
③ [俄]格奥尔吉耶娃:《俄罗斯文化史——历史与现状》,焦东建、董茉莉译,商务印书馆,2006年,第318页。

普希金(Александр Сергеевич Пушкин,1799—1837)的部分创作中也包含有"纯艺术"倾向。在普希金活动的时代,纯艺术曾一度颇为流行,当时不少贵族文人都将其视为一种"愉快的、有益的消遣"。受此风气影响,"在创作活动的初期,普希金也曾一度把诗歌当作贵族生活的装饰品,把骑着缪斯的飞马四处遨游当作赏心乐事"①。虽然诗人后来对于诗歌和诗人的观念有所变化,但作为一个"全面的、包罗万象的"的诗人,纯艺术思想始终在他的创作之中占据着一席之地。例如,在作于1828年的《诗人与群众》一诗中,普希金借"诗人"之口痛斥功利主义:"住嘴,荒谬绝伦的家伙,/你们这群卖工的苦力,忙于衣食的庸人!/你们无礼的怨言使我厌恶,/……对于你们,利益就是一切,/连阿波罗的雕像也要论两称斤。/你们看不出它有什么益处,/……那又怎么样?砂锅对你们更珍贵:/因为用它可以煮饭熬羹。"②(在普希金的诗歌中,反对功利主义和市侩习气的倾向几乎与戈蒂耶如出一辙,但在时间上要早于后者六个年头。)普希金又强调诗歌创作应具有超凡脱俗的独立价值:"我们不是为了追逐浊世风波而生,/也不是为了私利和战争,/而是为了心中的灵感,/为了美妙的歌声和祷文。"③为此他要求在创作中"不要重视世人的爱好",因为在他看来"热烈的赞美不过是瞬息的喧闹",真正的奖赏就在诗人心中,诗人自己就是帝王和法官。如果说这些诗文体现了普希金对功利主义和市侩习气的鄙夷的话,那么,在他未完成的文章草稿"论批评"中从批评的角度表达出他将诗歌视为艺术品的艺术态度和对于作品审美特性的偏爱。诗人认为,"除了对艺术的纯洁的爱以外,谁在批评中不论遵循什么样的原则,他都会堕落到被卑鄙自私的动机所盲目操纵的人们中去"④。这些文字虽然是谈论批评,但从一个侧面体现了诗人思想中的纯艺术倾向,即对艺术应怀有纯洁的爱,除此之外,任何其他动机、目的都是卑鄙自私的。

纵观上述普希金的诗作和文学观念,我们有理由认为,在普希金的时代,由于俄国与西欧在思想文化上的交流日益紧密,诗人完全有可能接触到法国的纯艺术思想,并且通过自己好学和善于借鉴的天性,将其体现在作品之中。笔者认为这种纯艺术思想产生的原因,一方面是由创作环境造成的,因为在他的时代,纯艺术思想"不独为普希金所有,而且是他的同道们——出生并大都植根于18世纪的才华横溢的贵族艺术爱好者群体共同持有的";另一方面,从更深层次来看,普希金对于纯艺术的提倡是和他要做一位"自由的歌手"的理想紧密联系着的。众所周知,由于受到"十二月党人事件"的牵连,普希金长期遭受沙皇尼古拉一世的变相迫害,这位沙皇希望通过限制人身自由和言论自由来消磨掉诗人的创作才华和激情,又企图以威逼利诱迫使他为政权歌功颂德,成为御用文人。出于对这些专制行径的反抗,普希金提出诗人首先要成为一个"自由的歌手"。对于普希金而言,自由就意味着摆脱政权的压制和干涉,也意味着脱离市场、书商和金钱利益的制约,正是这种要求文学艺术远离政治经济等实用、功利领域侵犯的态度,促成了诗人创作中的纯

---

① 见《普希金论文学》译本前言,张铁夫、黄弗同译,漓江出版社,1983年,第10页。
② 同上书,第33页。
③ 同上书,第34页。
④ 同上书,第150页。

艺术倾向。当然,我们不能因此而简单断定普希金是一个纯艺术诗人或是一个唯美主义者,但是我们也不能否认,在伟大诗人的部分作品中的确存在着一种与纯艺术论极为接近的创作倾向,这个不争的事实也就是以赛亚·伯林所谓的"普希金的唯美主义"。

上述普希金关于文学无功利性的观点影响了俄国纯艺术论者。作为纯艺术论"三巨头"之一的德鲁日宁所谓文学创作"不是为了日常生活中的激情,而是为了欢乐的祈祷声和灵感""诗歌本身就是对自己的奖赏、就是自己的目标和意义"等观点皆出自普希金。由此观之,普希金的创作和借诗文道出的文学观点,的确是包括德鲁日宁在内的俄国纯艺术论的理论来源之一。而过去一些苏联学者认为这是纯艺术论者对诗人的歪曲,显然是透过意识形态的眼镜而做出的有失公允、有悖事实的判断。

在普希金之后的 30 年代,在哲学艺术理论方面对纯艺术论产生影响的要首推别林斯基的导师——贵族知识分子尼古拉·斯坦凯维奇(Николай Владимирович Станкевич,1813—1840)。由于遭受"十二月党人事件"惨变的打击,这一时期的优秀人物大都沉浸到内心生活之中,"他们要设法创造自己的'美丽的灵魂',于是就在来源相近的德国唯心主义的强烈影响之下,大大偏向神秘主义方面去了"①。在这种情况下,对于当时的贵族知识青年而言,谢林、黑格尔的学说无异于"神启"。其中作为黑格尔忠实信徒的斯坦凯维奇"以他发自纯洁敏感之心的无碍辩才,加上终身拳拳不渝的坚定信心传扬他的寂静主义(quietism)的实训"②。对于刚刚遭受精神打击的斯坦凯维奇而言,德国浪漫派哲学、美学中的寂静主义确是一剂镇痛良方。经过他的阐释和传播,康德、谢林和黑格尔的学说在当时的俄国知识界中形成了这样一种对待艺术的观念:"在日常生活表面的漫无秩序、残酷、不公与丑恶之下,可以察觉永恒的美、平静与和谐。艺术家与科学家路途虽殊而目标无二:同归于此内在和谐。惟艺术不朽,泰然屹立。经验世界的混乱,不可理解,杂漫无状而顷刻泯灭遗忘的政治、社会、经济事件乱流,弗能丝毫毁损艺术。艺术与思想上的杰作是人类创造力的永久纪念,因为永恒不易的模式超乎表象流变之外,而惟有这些杰作体现人类对此永恒模式的洞识。"③

这些观点是当时遭受了"十二月党人事件"惨变的知识分子对待艺术的典型态度,因为寂静主义可以安慰他们:社会改革只能影响生活的外表,人应舍弃社会改革,转图改造自己的内在,而追逐物质价值——任何一种社会改革或政治目标——都是追逐梦幻泡影,是自取失败、挫折与悲惨④。对斯坦凯维奇而言,这无疑是借直观内在、独善其身来回避人世苦痛、纷争,慰藉心灵创伤的良方。这种加入了斯坦凯维奇个人体验的寂静主义艺术观在日后的俄国纯艺术论中得到直接体现,例如德鲁日宁在比较论述纯艺术诗人与教诲诗人的历史意义时提到:"在一切时代、一切世纪、一切国度之中,我们都能见到类似的情况:纯艺术诗人和纯艺术的仰慕

---

① [俄]卢那察尔斯基:《论俄罗斯古典作家》,蒋路译,人民文学出版社,1958 年,第 36 页。
② [英]以赛亚·伯林:《俄国思想家》,彭淮栋译,译林出版社,2003 年,第 171 页。
③ 同上书,第 169 页。
④ 详见[英]以赛亚·伯林:《俄国思想家》,彭淮栋译,译林出版社,2003 年,第 169 页。

者始终坚如磐石般屹立,他们的声音流芳百世;而那些刚刚还被某些人吹捧过的教诲者的声音,尽管同样高尚而有力,但早已沉入遗忘的泥沼。尽管由于其活动中永远不变的道德——哲学因素,尽管这些道德教诲者依靠其作品中的讽刺与讥笑也能在文学中发挥一定作用,但由于他们将自己的全部诗才都献给了所谓当代利益,因此他们也将随自己所服务的时代而衰落、逝去。……纯粹的天才有令人惊奇的事业和力量——奥林匹斯山上的诗人是静穆的诗人,他远离尘世间的烦扰,也不想去教导他人,只有在当代的炼金术士们失去作用的时候,他才会去做别人的向导、指南、导师和预言家。人们到他那里去寻找精神食粮,而当自己的灵魂被照亮后,重新踏上启蒙之路时,便又离他而去。当教诲诗人和时代服务者的观点早已被遗忘的时候,纯艺术诗人却能永受后世崇敬。"①作为具有自由主义倾向的文艺批评家,以德鲁日宁为代表的纯艺术论者既不赞同沙皇统治下的黑暗现实和文化政策的压迫,也不满于"60 年代"的革命民主主义者所主张的为现实利益服务的实用主义文学艺术和激进的社会变革思想,在这种情况下,他唯有寄希望于用吸取了寂静主义的纯艺术论指导诗人、作家成为"奥林匹斯山上的静穆诗人",而在对永恒的追寻中"照亮灵魂"也体现了俄国纯艺术论者精神和艺术信念的终极归宿。

另一位曾涉及纯艺术论的理论家是"40 年代人的导师"——别林斯基。在"与现实妥协"的 30 年代,别林斯基是一位地道的黑格尔学说的信徒,那时在他的文字中"充满了激情狂热的、新柏拉图主义式的唯美主义"。在德鲁日宁看来,别林斯基这一时期的思想最值得珍视,而到后来他却变成了一个说教者和功利主义者。其实,40 年代以后,别林斯基虽与黑格尔哲学分道扬镳,但是早年的文艺观念却并未因此完全改变,至少他从未完全彻底地放弃这一信念:"为艺术而艺术"或许是一种谬论,但如果一件艺术品不是艺术,如果它没有通过美学的检验,那么,不管有多少在道德上值得称道的情感或者智识上的敏锐都不能挽救它②。不仅如此,在别林斯基的革命民主主义美学思想成熟之后,他曾发表过许多自相矛盾的艺术观点,其主要原因就在于他在力主现实主义文艺思想的同时,仍不愿随意否认早年的纯艺术思想。

巴拉丁斯基(Евгений Абрамович Баратынский,1800—1844),俄国 19 世纪著名诗人,主要作品有:诗集《诗选》(1824)、《黄昏》(1842),长诗《舞会》(1828)、《茨冈女人》(后改名为《姘妇》,1831)等。他的大多数诗都沉浸在个人的世界里,致力于艺术的新探索与新追求。早期的诗把忧伤和人生的欢乐糅合在一起,致力于描写人的内心矛盾和心理变化过程;晚期接受德国古典哲学和美学的影响,致力于创作哲理诗。因此,他被称为"纯艺术的先驱"。

格里戈里耶夫(Аполлон Александрович Григорьев,1822—1864),俄国 19 世纪著名批评家,写有大量剧评和各种评论文章,著名的有《果戈理和他的最后一本书》(1847)、《1851 年的俄罗斯文学》(1852)、《1852 年代俄罗斯文学》(1853)、《艺术与真实》(1855)、《论奥斯特洛夫斯基喜剧及其在文学和舞台上的意义》(1855)、《论

---

① А. В. Дружинин. Прекрасное и вечное, М.,1988,с. 202—203.
② 详见[英]以赛亚·伯林:《现实感》,潘荣荣、林贸译,译林出版社,2004 年,第 235 页。

艺术中的真实与真诚……关于一个美学问题》(1856)、《对当代艺术批评原理、意义和手段的批评见解》(1858)、《普希金去世后的俄国文学概观——普希金、格里鲍耶陀夫、果戈理、莱蒙托夫》《普希金去世后的俄国文学概观——浪漫主义—批评意识对浪漫主义的态度—黑格尔主义》《屠格涅夫和他的创作活动——关于长篇小说〈贵族之家〉》(均1859)、《奥斯特洛夫斯基〈大雷雨〉之后——给屠格涅夫的信》(1860)、《艺术与道德——关于一个老问题的新争论》《文学中的西欧派》《别林斯基与文学中的否定观》《我们文学中的现实主义和理想主义》(均1861)、《论涅克拉索夫的诗歌》《为我们批评界所疏漏的当代文学现象——托尔斯泰伯爵和他的作品》(1862)《俄罗斯戏剧——戏剧舞台领域的当代状况》(系列)(均1862)、《戏剧札记》《论文学和艺术中的现实主义》(均1863)等。

  格里戈里耶夫对俄国唯美主义的影响有二：其一，组成格里戈里耶夫小组，并把艺术和美提高到与道德、上帝同等的地位。早在他的大学时代，就形成了以他为中心的文学—美学小组——格里戈里耶夫小组，主要成员有费特、波隆斯基（后成为著名诗人）、索洛维约夫（Сергей Михайлович Соловьев, 1820—1879，后成为历史学家，其子便是有名的新宗教哲学家 B. 索洛维约夫）、阿克萨科夫（Константин Сергеевич Аксаков, 1817—1860，后成为斯拉夫主义哲学家、历史学家、文艺批评家）等人①。他们一般白天听课，星期天或晚上就聚集在格里戈里耶夫家里酗酒、作诗、弹吉他，广泛热烈地争论着美学和艺术问题。据费特回忆，小组成员最喜欢听格里戈里耶夫高谈阔论艺术哲学问题：他从谢林"绝对整一"的有机生命意识出发，将艺术与道德、上帝与美同等看待，认为艺术作为感知世界的理性直觉方式，是拯救世界的最高力量。② 其二，强调艺术对生命永恒瞬间的捕捉："艺术捕捉永恒流动着的，永恒向前迸发的生命，将其生动的瞬间化作永恒的形式，将那神秘的生命进程与共同的全人类灵魂的思想连接起来。""一旦艺术最终抓住了永不停息的生命之流并把它的某个瞬间汇入永久的形式，这个形式就会由于自己理想的美而拥有令人倾倒的魅力，为自己博得近乎专横的同情，以至于整个时代都生活在某些与时代的真、善、美观念联系在一起的艺术作品的'重压'之下。"③

  此外，"爱智派"（Любомудры）对美学特征的强调也可算唯美主义重视文学的艺术性的一个先声。爱智派是莫斯科大学哲学—文学小组"爱智协会"的参加者，其成员主要有波戈金（Михаил Петрович Погодин, 1800—1875）、B. 奥陀耶夫斯基（Владимир Федорович Одоевский, 1803—1869）、韦涅维季诺夫（Дмитрий Владимирович Веневитинов, 1805—1827）、霍米亚科夫（Алексей Степанович Хомяков, 1804—1860）、马克西莫维奇（Михаил Александрович Максимович, 1804—1873）、舍维廖夫（Степан Петрович Шевырев, 1806—1864）、И. В. 基列耶夫

---

① 俄国学者苏霍娃谈到格里戈里耶夫对费特和波隆斯基的影响，详见 Н. П. Сухова. Мастера русской лирики, М., 1982, с. 7—8.
② 季明举：《艺术生命与根基——格里戈里耶夫"有机批评"理论研究》，中国文联出版社，2005年，第3—4页。
③ 转引自季明举：《艺术生命与根基——格里戈里耶夫"有机批评"理论研究》，中国文联出版社，2005年，第86、98页。

斯基（Киреевский Иван Васильевич，1806—1856）、科舍廖夫（Александр Иванович Кошелев，1806—1883）等人，他们团结在《俄罗斯通报》下，研究斯宾诺莎（Baruch de Spinoza，1632—1677）、康德、费希特尤其是谢林的著作，出版过文集《莫涅摩叙涅》（共4部，1824—1825）。他们特别喜爱谢林，深受谢林哲学的影响，探讨哲学问题，重视文学的美学特征，对俄国唯心主义辩证法和艺术哲学的发展起过显著的作用。他们中一些人后来成为影响很广的著名人物，如成为历史学家的波戈金，成为思想家的霍米亚科夫、基列耶夫斯基等，丘特切夫是他们的好友，深受其影响；他们思想观念的广泛影响也波及丘特切夫以外的俄国其他唯美主义诗人。

综上所述，纯艺术论者首次在俄国语境中将纯艺术论作为一个独立理论提出之前，在以上几位俄国诗人、哲学家和理论家的作品中就已经部分地启发或涉及了纯艺术理论的一些方面，可以说，无论是普希金的反功利主义和自由创作思想，斯坦凯维奇的寂静主义，还是别林斯基早期文艺思想中的"唯美"倾向，都为日后产生的俄国纯艺术论提供了来自本国现实土壤的思想资源和理论参照。

此外，东正教对唯美主义观念也有某些影响。英国学者杰弗里·霍斯金认为，当年弗拉基米尔大公是在多种宗教中选择了东正教，而且带有很强的审美色彩。他指出，据编年史记载，弗拉基米尔派遣使者探究伊斯兰教、犹太教、天主教和东正教的教义和宗教仪式。使者汇报说，天主教仪式欠缺美感，伊斯兰教仪式不允许喝酒……使者对犹太教只字未提，但把东正教的神圣仪式的美丽描述得无与伦比，说："我们不知道我们是在人间还是在天堂。"因此，至少在某种程度上，弗拉基米尔受到华丽的东正教礼拜仪式的影响，而华丽的东正教礼拜仪式给他臣民也留下了深刻印象。从10世纪末开始，新的基督教（即东正教——引者）在俄罗斯占有了一席之地。它融为一体被整体接受，既没有任何历史感和进化过程，也没有任何内部冲突，只是充满了美感，为人崇敬。① 俄国著名学者利哈乔夫更是明确地指出："当弗拉基米尔一世选择信仰时'美的论据'起了首要的作用"，"要注意的是，体验信仰并不是体验哪种信仰更美，而是哪种信仰是真的。而使臣们证明信仰真的主要根据却是它的美"。② 更重要的是，东正教的注重冥思灵修与神秘直觉，要求信徒以虔诚之爱沉入冥思灵修之中，在祈祷中与神沟通，产生内在的神秘体验，与神灵世界接触，成为不可见世界的参与者。而这，就是东正教徒生活理想的实现，也即在世界末日到来之前向上帝之国接近。因此，俄罗斯现代著名神学家布尔加科夫在其《东正教——教会学说概要》一书中指出："神秘体验是东正教的空气，它像大气一样在东正教周围，虽然密度不同，但总在运动。"③ 东正教十分注重形式，为此不惜财力、精力与时间。举行仪式十分隆重，教堂及有关神职人员装饰华美。东正教徒认为教堂是上帝的住所，应装扮得像天堂一样，因此，教堂的建筑和装饰十分讲究，教堂内部金碧辉煌，到处装饰着精美的圣像与壁画，外部则庄严宏伟，让人肃然起敬。举行仪式时，教堂里灯火通明，烛光万点，十分隆重肃穆。牧首、大主

---

① ［英］杰弗里·霍斯金：《俄罗斯史》，第1卷，李国庆等译，南方日报出版社，2013年，第36—38页。
② ［俄］利哈乔夫：《俄罗斯思考》，上卷，杨晖、王大伟总译审，军事谊文出版社，2002年，第15，92页。
③ ［俄］布尔加科夫：《东正教——教会学说概要》，徐凤林译，商务印书馆，2001年，第179页。

教、主教都身着仿拜占庭皇帝御袍缝制的法衣,珠光宝气,华丽富贵。盛圣酒的酒杯也十分精美,上面雕刻着基督像,并镶着珠宝。圣乐团演奏乐曲,引领信众从心里同声高唱圣歌,使参加者陶醉在圣乐和圣歌中。而"自古代一直延续到19世纪的俄罗斯教堂圣像画艺术:那华丽的线条、丰富的表情给人以鲜明的直感和对纯洁之美的热烈向往"[①]。这种重个人神秘直觉尤其是教堂、教会人员、圣像画都注重美讲究美的东正教传统,势必养成从小就上教堂的俄罗斯人从小到老对美的重视乃至热爱,从而影响俄国唯美主义。

---

① 季明举:《艺术生命与根基——格里戈里耶夫"有机批评"理论研究》,中国文联出版社,2005年,第73页。

第二章
唯美主义文学理论

19世纪俄国唯美主义文学理论是在西方影响下,在俄国特定的社会历史文化背景中与革命民主主义理论论争中产生的,其突出代表是纯艺术论"三巨头"德鲁日宁、鲍特金、安年科夫,他们共同捍卫"为艺术而艺术"、艺术的独立与自足、文学创作的非理性等美学原则,他们每人都以各自的方式为纯艺术理论做出了自己的贡献。

一、德鲁日宁

亚历山大·瓦西里耶维奇·德鲁日宁(Александр Васильевич Дружинин,1824—1864)是一位小说家、批评家和文学翻译家。在19世纪50年代中叶,以他为代表的纯艺术论者在俄国语境中首倡纯艺术论,并与鲍特金和安年科夫一道被并称为"纯艺术论三巨头"。

1824年,德鲁日宁出生于一个贵族家庭,自幼接受良好的家庭教育。少年时期的德鲁日宁曾在贵族子弟军官学校学习,毕业后到禁卫军部队服役。从1847年开始,德鲁日宁便开始在各大杂志上发表自己创作的文学作品,之后开始在《现代人》(Современник)杂志担任编辑工作,并先后与屠格涅夫、列夫·托尔斯泰等著名作家熟识。在此时他结交的这些文学活动家中,对他而言最为兴趣相投的当属安年科夫和鲍特金,这两位富家子弟与德鲁日宁在美学方面观点十分接近。经常与他们一起的还有列夫·托尔斯泰,当时,这位未来的世界大文豪完全处于德鲁日宁等人的纯艺术论的影响之下。

德鲁日宁从1847年开始为《现代人》撰稿,此后,发表了大量的文学作品,其中包括长篇、中篇、短篇小说和多种文学批评文章,如中篇小说《波利尼卡·萨克斯》(1847)、短篇小说《艺术家》(1848)、长篇小说《尤里》(1849)和喜剧《小老兄》(1849)等,还翻译了拜伦诗歌和多部莎士比亚戏剧,是当时文坛公认的英国文学专家。1856年,德鲁日宁接受В.П.佩恰特金的邀请,退出《现代人》,而转入《读者文库》(Библиотеки для чтения),并与《祖国纪事》(Отечественные записки)、《火星》(Искра)、《俄国导报》(Русский вестник)等多家杂志展开合作。在德鲁日宁转投《读者文库》的这段时间,正是车尔尼雪夫斯基负责《现代人》工作的时间。在前者退出《现代人》杂志之前,二人就因文艺思想和社会立场的差异而失和。当时,主编涅克拉索夫力排众议将车尔尼雪夫斯基留在了《现代人》,随后德鲁日宁与屠格涅夫、托尔斯泰等人一同宣告退出。由此,也拉开了纯艺术论者与革命民主主义者的斗争。

德鲁日宁的美学观点主要集中体现在《普希金及其文集的最新版本》(1855)和

《俄国文学果戈理时期的批评以及我们对它的态度》(1856)这两篇文章之中。在这两篇文章中,德鲁日宁将俄国文学中的普希金传统和果戈理传统对立起来,他认为前者代表了一种"静穆、光明"的风格和"自由、优美"的艺术风格,它致力于使作品具有永恒价值;而后者则是以描写生活中的阴暗为主,它将教诲论植入文学,使之屈从于外在社会目的。德鲁日宁的这种思想体现在他的一系列批评文章之中,这些文章论及了包括屠格涅夫、托尔斯泰、萨尔蒂科夫-谢德林、费特、冈察洛夫在内的诸多一流作家的作品,其中他不仅宣扬了纯艺术论,而且还和车尔尼雪夫斯基进行了针锋相对的论战。当时,德鲁日宁被文学界视为一位一流的文学批评家,他在评论时从不重复转述作品的情节和人物的形象,而是将精力主要集中在作品的美学思想和艺术性上,因此在评价作品的艺术方面往往具有很强的说服力。尽管德鲁日宁的批评从总体上缺乏对于社会问题的重视,但他也确实能够抓住作品的审美特征进行深入的分析、品评,而这对于历来偏重社会人生主题的俄国文学批评来说,无疑是弥足珍贵的。

19世纪中叶,以车尔尼雪夫斯基为代表的革命民主主义者大力提倡实用主义文艺观,这直接导致了以德鲁日宁为代表的自由主义文学活动家在俄国语境提出纯艺术论的理论主张。可以说,德鲁日宁的纯艺术论正是在同以车尔尼雪夫斯基为代表的革命民主派的论战中确立起自己的理论倾向并完成了自己的理论建树的。自19世纪50年代中期开始,德鲁日宁与车尔尼雪夫斯基在评价当时一系列最新文学作品时,发生了激烈的争论。在这场争论的表层之下是革命民主主义美学与纯艺术论两种趣味迥异的文艺美学之争,具体表现为三方面的分歧。

分歧之一:文学艺术与现实的关系。车尔尼雪夫斯基在费尔巴哈的影响下,提出了一元论唯物主义美学。应该说,从调转之前"头脚倒置"的德国古典哲学的角度说,车氏做出了自己的理论贡献。但是,正如朱光潜先生指出,虽然"这种用'人类学原理'所建立起来的一元论哲学是一种唯物主义,但也只是一种机械唯物主义"①。车尔尼雪夫斯基在他的论文《艺术与现实的美学关系》中提出了"美是生活""现实美高于艺术美"以及"艺术是现实的替代品"等命题,并指出"文学脱离了生活,假使也能够产生杰出的作品,这该是一般规律的奇怪例外"。② 由此可见,车尔尼雪夫斯基所主张的是能够反映现实、并在一定情况下与现实发挥同等作用的现实主义文艺观。在当时的俄国社会条件下,车尔尼雪夫斯基的观点无疑具有积极作用,但同时也存在着重大缺陷。特别是"现实美高于艺术美"的命题,明显带有过于极端和激进的因素。因为文学艺术之美虽然来源于现实,但经作者的艺术加工创造后,便与现实的美有了本质性的区别。与现实美相比,艺术美是一种理想化了的美,它源于生活又高于生活,透过它往往可以洞见得到了升华的生活之美。从这一点看,纯艺术论无疑有其正确的一面。何况,现实美与艺术美分别属于不同层面的问题,评价衡量的尺度也不尽相同,轻易断言孰高孰低未免有些草率。在这里,车尔尼雪夫斯基显然没有过多考虑现实美与艺术美的区别,基于此,他认为世

---

① 朱光潜:《西方美学史》,人民文学出版社,1979年,第551页。
② 《车尔尼雪夫斯基选集》,上,周扬、缪灵珠、辛未艾译,三联书店,1958年,第546页。

上不存在不体现某种社会利益倾向的所谓纯艺术。

纯艺术论者德鲁日宁不能同意车尔尼雪夫斯基的观点,他认为这样的观点有损害文学艺术创作的危险,他更主张文学创作应与现实利益之间保持独立性。针对车尔尼雪夫斯基的观点(其论文《艺术与现实的美学关系》发表于1855年),德鲁日宁在写于1856年的《屠格涅夫的中短篇小说》一文中提出:"诗歌世界是一个极为独特的严整世界,它具有与日常平庸世界迥然不同的规律。诗歌源自人类最隐秘的灵魂深处,表现了我们生活中最美好的色彩,它由这样或那样的作者写出,通过作品表现了他们的天赋,因此就其实质而言,诗歌不是经由冷漠的分析而得出的冷漠判断。…… 诗歌,尤其是抒情诗的根源是爱,是生活中的欢乐,它是一种难以名状的甜美感觉,沉浸其中我们的灵魂或激动或平静,它融入到了无限之中,并将世界看作一个光明的王国。"①在另一篇文章中德鲁日宁又指出:"艺术是,而且应该是以自身为目的,…… 诗人,类似于普希金所推崇的诗人,由于他们掌握了这一方法,他们认为自己的创作不是为了日常生活中的激情,而是为了欢乐的祈祷声和灵感。他坚信,趣味转瞬即逝,人类不断变动,不变的只有永恒的真、善、美的理念。因此,他将大公无私地为这些思想服务视为自己的'永恒之锚'。其诗歌中从不故意包含日常道德和可被当代人用于谋得某种利益的结论,其诗歌本身就是对自己的奖赏、就是自己的目标和意义。"②在德鲁日宁看来,社会处于不断的变动之中,社会兴趣转瞬即逝,不变的只有关于真、善、美的永恒理念。因此诗歌的任务不应是涉及外在目的,而是要表现这些永恒不易的理念。而只有这样的纯艺术作品及其作者才能流芳百世,永受后世敬仰。为达到如此境界,纯艺术诗人应该"只居住于自己的崇高世界之中,即使有时像奥林匹斯诸神降临凡间一样涉及俗务,他也应牢记,自己的家是在崇高的奥林匹斯山上"③。

分歧之二:文学艺术是否应为外在的目的服务。基于"美是生活"和"现实美高于艺术美"这两个命题,车尔尼雪夫斯基的文艺美学不可避免地带有实用的功利主义色彩。在论文中,车尔尼雪夫斯基认为艺术无法造就出"甚至像一个橙子或苹果那样的东西来,更不用说热带甜美的果子了",因为"人类的力量远弱于自然的力量,它的作品比自然的作品粗糙、拙劣、呆笨得多。"④不难发现,这些有悖于艺术特性的结论是以现实生活的尺度要求文学艺术的结果,这使他的文艺观点不可避免地带有庸俗唯物论的实用主义倾向。随后,车尔尼雪夫斯基又提出一个著名论题,即艺术的任务是说明生活,给生活下判断,也就是要求艺术发挥"生活的教科书"的作用。那么,在车尔尼雪夫斯基看来,艺术是怎样说明生活,给生活下判断的呢?他认为:"艺术对生活的关系完全像历史对生活的关系一样,…… 历史的第一个任务是再现生活,第二个任务 …… 是说明生活,担负起了第二个任务,历史家才能成为思想家,他的著作才有科学价值。对于艺术也可以同样地说。"⑤在这里,车氏要

---

① А.В.Дружинин. Прекрасное и вечное, М.,1988,с.305.
② Там же,с.200.
③ Там же,с.201.
④ 《车尔尼雪夫斯基选集》,上,周扬、缪灵珠、辛未艾译,三联书店,1958年,第41页。
⑤ 同上书,第97页。

求文学艺术作品也像社会科学教科书一样,除了说明现实生活以外,还要对它做出定论,判定优劣,即表明作者所代表的社会利益的倾向性。继上述以生活真实的标准要求艺术真实后,车尔尼雪夫斯基在这里又将历史真实与艺术真实混为一谈。可见,在他的观念中,文学艺术不是作为现实的替代品,就是成为科学、思想的"侍女",它们不能享有独立的价值和地位。

而德鲁日宁则反对艺术为自身以外的目的服务的"文学教诲论",他针锋相对地提出:"炼金术士不能手拿扫帚将大街上的灰尘扫成一堆,诗人不是宙斯,人类也不是张开双臂倒在他面前的普罗米修斯,谁也不能要求诗人能擦去当代人的眼泪,并教会他们最新的、但再过十年就会变得陈旧无用且泛皱的哲学。"[①] 在他看来,文学艺术不应具有实用性,文学艺术作品的目的和意义不在于某一外在目的,而仅仅在于其自身。纯艺术诗人的诗歌"从不故意包含日常道德和可被当代人用于谋得某种利益的结论,他的诗歌本身就是对自己的奖赏、就是自己的目标和意义"[②]。基于这种对于实用主义文艺观的反对,德鲁日宁认为文学不应成为具有教诲色彩的政论,他说:"如果诗人和艺术家想做政论家,那么他的称号能不受损害吗?他何以在这异己的领域中发挥作用,对于这些外在目的,在他那被赋予的天赋之中又能找到什么武器应对?……作为艺术家,他不应进行政论家所做的任何微小的战斗。当他在艺术作品中发表见解时,他应是完全独立的,而艺术家的意志、功绩和意义就存在于其独立的话语之中。"[③]

分歧之三:文学艺术作品与时代的关系。车尔尼雪夫斯基在他用以批判纯艺术的《果戈理时期俄国文学概观》(1855年)一文中提出:"文学不能不是某一种思想倾向的体现者。这是一种它的本性中所包含的使命,——这是一种它即使要摆脱也没有力量摆脱的使命。……只有那些在强大而蓬勃的思想底影响之下,只有能够满足时代底迫切要求的文学倾向,才能得到灿烂的发展。"[④] 在车尔尼雪夫斯基看来,每个时代都有自己的使命,而每个时代的文学艺术应是其所处时代最为迫切的社会、政治、道德问题的回应。如果作家的活动中没有贯穿这种追求,那么,"他们或者默默无闻,或者得到的不是完全有利的名声,因此也就创造不出什么值得称颂的光荣"[⑤]。应该说,回应时代要求(无论以何种形式)是文学的重要任务之一,也是其价值的体现。但是,如果将是否积极回应某一时代的迫切要求作为衡量作家、作品价值的唯一尺度,则未免失之偏颇。究其原因,是因为车尔尼雪夫斯基并不认为文学艺术作品中包含有能够稳定、持续发挥作用的审美因素。他曾说:"由于美的现象要消失而觉得惋惜,是荒唐的。——它完成了它的工作之后,就要消失,今天能有多少美的享受,今天就给多少;明天是新的一天,有新的要求,只有新的美才能满足它们。倘若现实中的美,像美学家所要求的那样,成为固定不变

---

① А.В. Дружинин. Прекрасное и вечное, М., 1988, с. 208.
② Там же, с. 200.
③ Там же, с. 426.
④ 《车尔尼雪夫斯基选集》,上,周扬、缪灵珠、辛未艾译,三联书店,1958年,第549页。
⑤ 同上书,第550页。

的,'不朽的',那它就会使我们厌倦、厌恶了。"①按照他的观点,文学艺术作品的首要任务是反映短暂的时代问题,至于其中是否含有能够稳定、持续发挥作用的审美因素则无足轻重,人类似乎也并不存在什么普遍共通、世代相传的审美追求。按此逻辑推理,则任何作品一旦远离它得以产生的时代,其意义就会丧失殆尽,这样一来,世上也就不会存在什么经典传世之作了。这一点明显体现了俄国60年代平民知识分子思想中的虚无主义倾向。

与之相对,德鲁日宁试图从独立且无功利性的"纯艺术"角度看待文学艺术与时代要求之间的关系。他认为:"对于脱离了永恒不变的优美规律的作家和(根据果戈理的美妙描述)投身于浑浊的当代生活之流的诗人而言,道路虽然宽广,但其灵感的来源却不及纯艺术的服务者那样丰富。由于他断然将自己的天赋投入到同胞暂时的利益之中,为最为迫切的政治、道德和科学目标服务,将静穆的歌手变成严厉的教导者,因此他无法在一群激愤的当代人中造就出平和的客人和奥林匹斯山的居住者,而只能造就出满足一般人利益的劳动者和工作者。……每个教诲论者都希望能够直接影响当代生活、当代风尚和当代人。他们希望在歌唱的同时进行教诲,虽然经常能达到自己的目的,不过他们的诗歌虽然之于教诲可以胜出,但之于永恒艺术却失之颇多。"②促使他做出这些论断的原因是因为他认为,满足于回应时代需求的艺术家由于将自己的全部诗才都献给了所谓当代利益,因此他们也将随自己所服务的时代的远去而衰落、逝去。"在人类社会几十年的沧桑巨变之中,整整一代人的生命不过是一粒原子、一个瞬间,不过是永恒变动的时代之中的一个短暂时期。今天还是新鲜、勇敢、有效的事物,明天就会变得陈旧无用,更为令人忧郁的是,这些早已不再为社会所需要。诗人的苦恼就在于将永恒的目的变成一时的目标"。③ 在他看来,只有表现了超越时代局限的"永恒之美",并且不受时代的现实利害制约的文学作品才能流芳百世,当教诲诗人及其应时之作早已被遗忘的时候,纯艺术诗人及其作品却能永受后世崇敬。德鲁日宁反对为现实利益服务的观点同他关于诗歌创作是非理性行为的认识紧密相连,他认为每一位伟大的诗人都是崇高的非理性者,他们并不去有意对社会施加巨大影响,或者服务于众多的社会理性目标,从这一方面看,他们总是与同时代人全然理性的需求背道而驰的。其原因在于,诗人对于同胞的同情无法通过诗情来实现,诗人所依赖的是完全不同于常人的感受,"真正的诗人必然要去回应那些普通常人漠然视之甚至敌视的需求"④。

法国诗人波德莱尔将艺术的特性划分为两重:一方面是普遍和永恒的不易之美;另一方面是个别和短暂易逝的特性。其中,艺术的永恒性是指能够稳定、持续发挥作用的审美因素,而艺术的过渡、短暂、偶然等性质则是指它的时代特点,也可表现为对于时代要求的回应,此二者处于一种辩证互动的关系之中。也就是说,一

---

① [俄]布尔索夫:《俄国革命民主主义者美学中的现实主义问题》,刘宁、刘保瑞译,中国社会科学出版社,1980年,第15页。

② А.В.Дружинин. Прекрасное и вечное, М.,1988,с.201.

③ Там же,с.202.

④ Там же,с.306.

部优秀的文学作品应是艺术性与思想性（这种思想至少在一个较长时期内不应过时）的完美结合，此二者在一部作品的审美系统中应是辩证互动，相互作用的关系。车尔尼雪夫斯基的理论是"为人生而艺术"的理论，其目的是引发社会变革，改变本国同胞的人生，因此它突出强调文学创作在"再现生活""说明生活""给生活下判断"方面的作用和意义。其文艺观点从这种实用的功利主义的角度出发，重内容而轻形式，重实用而轻审美，重个别而轻一般。特别是车氏对于作品的艺术性的忽略，使文学创作有落入单纯说教和鼓吹的危险（如车尔尼雪夫斯基本人的小说《怎么办？》就是一例），同时也使其理论的说服力大打折扣，因为再现人类的生活，以及对它作某种理解和道德评价，不仅艺术家能够这样做，而且历史学家、政论家、包括文学评论家、法官都能做到①。德鲁日宁针锋相对地强调文学作品的永恒之美和永久价值，应该说他的观点对于指正轻视艺术性的功利主义文艺观具有积极意义，但是他要求文学艺术摒除一切外在思想的观点，却有矫枉过正之嫌，也有使文学艺术因"缺乏风骨"而流于形式的危险。应该说，在这场关于文学艺术的思想性和艺术性的角力中，他更倾向于与车尔尼雪夫斯基观点相对立的另一极端。

　　虽然德鲁日宁的纯艺术论的确有所偏颇，但其中主要的几点理论主张之于俄国文艺仍具有重大意义，而以往学界对此并未予以足够重视。首先，在文学描写的对象方面，德鲁日宁与车尔尼雪夫斯基针锋相对，他认为文学作为一门艺术，源于超凡脱俗的诗人艺术家的内在心灵，而非现实生活；其表现的对象应是"爱和欢乐"，结合上下文看其实就是指某种普遍的永恒理念②——真、善、美，而非日常生活中的实际目的和利益；文学世界是一个独立的世界，它独立于日常生活中的实际利益，并且只以自身为目的。很显然，这一理论主张是对俄国传统的"为人生"的现实主义创作观念的反动。

　　其次，在文学是否应受外在的实用目的的局限的问题上，德鲁日宁认为文学世界是一个独立的世界，它独立于日常生活中的实际利益，并且只应以自身为目的，而不应为某些外在于文学的实际目的服务；文学不应成为用于说教目的的政论或科学论文，因为文学的意义和荣誉仅存在于文学艺术家"独立的话语之中"。这里，继反对现实主义传统之后德鲁日宁又提出了艺术"自律"的要求。

　　再次，文学创作是一种非理性的产物，在德鲁日宁看来，社会性的理性行为不宜于包括诗歌在内的文学的创作，纯艺术诗人的创作灵感主要来源于其天才中的非理性因素，而它又是与现实世界中的实用目的和功利行为背道而驰的。很明显，对于创作中非理性因素的推崇也是同他反对功利主义，主张艺术自律的观点紧密结合的。

　　最后，在文学与时代要求的关系方面，德鲁日宁认为只有表现了超越时代局限

---

①　见[俄]波斯彼洛夫：《文学原理》，王忠琪、徐京安、张秉真译，三联书店，1985年，第23页。

②　德鲁日宁的纯艺术论将文学艺术的表现对象规定为"真、善、美"的永恒理念，而在以康德学说为肇始的德国古典美学中此三者往往是截然分立的。这里体现了俄国人不同于西欧人的对于理念的独特理解。在俄国人的价值观中，真、善、美是密不可分的，而美在其中占据了首要地位。因为俄国人倾向于"以美启真"，在其观念中真、善、美原本就是一回事。美就是至善，就是绝对真理；美就是一切，包括世间存在的和不存在的。参见张冰：《俄罗斯文化解读——费人猜详的斯芬克斯之谜》，济南出版社，2006年。

的"永恒之美",并且不受时代中的现实利害制约的文学作品才能流芳百世;因为美的理念是永恒的,表现了美的理念的作品也必将是"优美与永恒"的,如果作家将自己的才能服务于暂时的时代利益,那么他的作品也终将随时代的变迁而失去意义。当教诲诗人及其应时之作早已被遗忘的时候,纯艺术诗人及其作品却能永受后世崇敬。

通过对以上几点理论主张的梳理,我们不难发现,无论是对于现实主义文学传统的反动,还是对于文艺自律的要求,抑或是对于文学创作中非理性因素的重视,都体现了一种与俄国"为人生而艺术"的文学传统的"唯美主义式的断裂"。尽管在时间上并未与俄国现代主义文艺复兴运动紧密衔接(二者间隔了约二十多年),但是这种断裂已经预示了一种新的文学创作走向的开端,预言了一种新的文学风向,这就是德鲁日宁纯艺术论的重要意义之所在。

二、鲍特金

瓦西里·彼得罗维奇·鲍特金(Василий Петрович Боткин,1811—1869)是俄国纯艺术论的又一旗手。他与别林斯基、赫尔岑、格拉诺夫斯基、涅克拉索夫、屠格涅夫、托尔斯泰、费特等作家、学者、诗人和文学艺术家均建立了深厚的友谊,他们中的大多数人都将鲍特金视为自己作品的最佳评论者,鲍特金则与他们保持着良好的私人关系,他在通信中将自己的许多评论、意见传递给他们,他敏锐的艺术鉴赏力对他们的创作产生了不同程度的影响。别林斯基和涅克拉索夫都认真阅读他的意见,托尔斯泰和屠格涅夫也仔细倾听他的观点。由于鲍特金观点多元,因此他往往能够吸引持不同立场、观点的文学活动家的注意。可以说,几乎在每一部论及19世纪30—60年代文学、艺术、知识分子生活的著作或回忆录中,鲍特金的名字都是不能不提及的。

鲍特金出生于莫斯科一个富裕的茶商家庭。1850年代初,鲍特金开始专门从事文学活动。此时正值尼古拉一世铁腕政策统治下的"七年长夜",因此持温和自由主义立场的鲍特金沉浸到艺术世界之中,主要探求人的内心感受。在"七年长夜"之后,鲍特金的思想明显带有了双重性特点,这一点最为鲜明地体现在当时关于艺术的意义、关于普希金倾向和果戈理倾向的争论之中。他虽然支持德鲁日宁的纯艺术论,但又规劝后者不要反对果戈理倾向,因为它对于社会利益,对于社会意识都是必要的。此外,鲍特金还积极同涅克拉索夫主持的《现代人》杂志合作。然而,车尔尼雪夫斯基的"极端性"却引起了生性谨小慎微的鲍特金的不安,他开始逐渐疏远《现代人》杂志的思想中心,并和捍卫纯艺术论的德鲁日宁越走越近。结果,鲍特金于1856年写成《论费特的诗歌》一文,该文也成为鲍特金宣扬纯艺术论的最重要的文章。应该说,这篇文章与德鲁日宁在《读者文库》上发表的那篇著名的纯艺术论论战檄文——《俄国文学果戈理时期的批评以及我们对它的态度》发表于同年,这绝非偶然。它表明鲍特金在德鲁日宁的影响下,已经成为纯艺术论的捍卫者。

晚年的鲍特金思想更趋保守。特别是在1860年代的农奴制改革之后,思想和行为更为激进的青年一代开始登上了俄国的历史舞台。此时,鲍特金在谈及他们的时候经常表现出一种蔑视的态度,因为与那些早亡的同时代的论敌相比,这些青年一代更加令他感到不快,以致屡次发表保守、甚至被视为反动的言论。尽管在晚年遭受众多的非议,但是鲍特金对于俄国知识分子生活的贡献依然是巨大的,他的老友安年科夫称他是一位"知识的仆人","是他穿过荆棘和灌木丛为后人开辟了道路"。作为一位自由主义知识分子,一位学识广博、艺术见解独到的文艺批评家,鲍特金以其独特的文化教养和深知灼见为19世纪中期俄国文学的发展做出了不小的贡献,我们在论及这一时期的文学时,理应认识到他在其中所发挥的积极作用。

与德鲁日宁一样,作为一名文学批评家和艺术鉴赏家的鲍特金并没有专门的理论著作,在其为数不多的评论文学艺术的文章中,《论费特的诗歌》可看作是他较为深入阐述纯艺术理论的作品。《论费特的诗歌》一文写于1856年,当时正值以德鲁日宁为代表的纯艺术论者与以车尔尼雪夫斯基为代表的革命民主主义者在文坛上激烈交锋之际。这两位分属不同文学阵营的活动家从捍卫各自的理论立场出发,就文学艺术是否有用、艺术与现实的关系、如何评价普希金的意义、如何看待当代作家的文学创作等问题展开了激烈的论战。值此剑拔弩张之时,鲍特金《论费特的诗歌》的发表无疑起到了为纯艺术论擂鼓助威的作用。不过,鲍特金与革命民主主义者的论战方式不像德鲁日宁那样锋芒毕露、剑拔弩张,他所采取的是一种相对比较理性的说理方式和温和的"暗辩"手法,这一点恐怕是与其温和的人道主义立场和一贯奉行的"中庸之道"分不开的。这篇分为两个部分的文章虽名为论费特的诗歌,但实际上,只是在第二部分才真正开始分析、评价诗人的作品,其第一部分则完全是鲍特金对于自己美学思想的阐释,因此,这一部分也成为我们解读鲍特金,乃至俄国纯艺术论的重要理论文献。其主要理论观点如下。

(一)诗歌(艺术)是无功利的道德理念的外在显现。

首先,同其他俄国纯艺术论者的观点一致,鲍特金也十分看重文学艺术的无目的性,或称非功利性,因为文学艺术是否具有实用性价值几乎是一切纯艺术论者与其论敌争论的焦点,而双方相互对立的观点往往构成各自理论的立论依据。对于任何纯艺术论者而言,对这一问题的回答是不可避免的,鲍特金自然不会例外。在《论费特的诗歌》中,鲍特金并未明确将俄国革命民主主义者提倡的"果戈理倾向"和实用主义美学作为批判对象,而是首先分析了当时欧洲社会流行的实用主义思潮。不过,他也没有像法国的戈蒂耶那样笼统而激进地反对实用主义,而是在肯定实用主义思潮对于人类社会具有积极意义的同时,从人类心灵需求的角度指出其局限性,并从解析这一局限性入手来阐明他的纯艺术理论。

鲍特金先是分析了实用主义思潮产生的时代背景,他认为"前所未有的机器发明、铁路与轮船、安全的海运缩短了资本的周转周期,并且无限地加快了资本的流动,这些实用的工具为人类提供了一个宽广的领域,但是人们对于这些力量和工具丝毫不加以分析便迫不及待地投身于其中。与此同时,自然科学的发展最终走上了一条注重试验和考察民族经济关系发展变化的道路——总之,这一切都刺激和支撑着当今的实用主义思潮。"① 由于身为茶商的鲍特金经常旅居欧洲,从事与欧洲(特别是英国)的商业贸易,因此他对于实用主义的产生和意义有着切身感受。他看到,在这种实用思潮的影响下,在欧洲不久前还饱受指责的"重商主义",已经日渐成为登上时代文明顶峰的民族的主要特征,而这种思潮之所以流行,完全仰仗于那些"依附于社会需求的、在可见可感的领域内活动的人",即实用主义者。在文章的开头,鲍特金在论述纯艺术理论之前先是肯定了实用主义之于现实社会的意义——欧洲社会之所以能够登上文明的顶峰,乃是依靠了实用主义者有价值的现实活动。不过,鲍特金虽然承认实用主义流行于世乃是时代风气使然,难以逆转,但他仍然坚信人类社会不会轻易沉溺于单一的物质追求,他认为"如果这个社会拥有伟大的、历史的未来的话,那么,不断发展的民族繁荣必定会向自身提出崇高的道德要求。人类的精神无论何时都不会只满足于单一的物质需求"②,人类社会并不会受实用主义者或者其反对者的影响。之所以这么说,是因为在鲍特金看来,人类社会的存在和活动只是依赖于道德理念,虽然物质利益总是存在的,但道德理念却与之不同,它完全占据的领域并非具有实用价值的外在世界,而是人类的精神世界和内心生活,而且理念能够通过人类的文学艺术创作而体现出来。而任何关注道德理念运动发展的人都会看到,"艺术正是这一运动和发展的主要的和最为有力的工具和表现。精神生活和内心世界只有在艺术之中才拥有直接的、真实的表现"③。

在将艺术确定为理念的外在表现之后,鲍特金转而论述诗歌的性质。批评家认为,随着实用主义思潮的兴起,欧洲社会就此踏上了一条崇尚理性之路,由此开始了空洞词句的统治。但是,作为人类心灵和内在生命之表现的艺术,决不能坐视实用主义对它造成危害。纵观人类历史,艺术对于理解人类生活而言,总能发挥科学著作所不具备的作用,因为"没有一部政治史能够像诗歌和一般艺术那样总能够表现民族生活。历史只能传达现实,而现实中的内心生活的力量则从这类研究中消失了。如果我们不了解古代的诗歌和雕塑,那么我们关于古代生活的知识将会何等贫乏和空泛!只有当我们开始研究中世纪诗歌遗产中的浪漫优雅时,一切内心生活才会向我们敞开。我们现在所谓的'古代的''中世纪的'以及其他时代的艺术,事实上都是表现当时民族内在精神生活的独特作品"④。这里,鲍特金所说的人类不同时期的艺术,实际上是指欧洲文明史中那些著名艺术家的杰出之作,在他看来,这些伟大的艺术作品因为表现了某种神秘的规律而皆可称之为诗,而"由于那未知的和本质的自然规律,一切内在者都力图将自身表现为外在,一切不可见者都力求将自身表现于形象之中,一切隐秘者都渴望变得明晰可见。此类内在、心灵和隐秘之物的表现和语言就是诗,即我们一般意义上所谓的艺术"⑤。我们知道,在西方文艺理论和美学中,艺术与诗往往是指同一个概念,即鲍特金在上面提到的

---

① *В. П. Боткин.* Литературная критика, публицистика, письма. М.,1984,с.193.
② Там же,с.194.
③ Там же,с.194.
④ Там же,с.196.
⑤ Там же,с.196.

"一般的艺术"。虽然鲍特金在论述中将诗歌和一般艺术并列,但是纵观全文我们不难发现,他这样做的目的并不是要将二者区分开来,恰恰相反,而是旨在强调二者为同一概念,即它们都是那神秘的不可见者的表现和语言,是其借以表现自身的外在形式。而这种将诗歌和一般艺术等而论之的情况,也并非鲍特金的"空穴来风",他熟悉的那些德意志哲学家对于此早有详尽论述。谢林在他的艺术哲学讲稿中就讲到诗歌与整体艺术的关系,他认为"诗歌的自在(An-sich),同任何艺术的毫无二致——这便是绝对者或宇宙在特殊者中的呈现。……无论何者绝不能成为艺术之作,如果它间接或直接地并不成其为无限者的反映;同样,无论何者更不能成为诗作或诗歌的,如果它并不表现某一绝对者,即就其对某一特殊性而言的绝对者本身。"①在这段引文中,谢林所说的"绝对者"或"宇宙",与黑格尔所说的"绝对理念"和鲍特金所谓"神秘的不可见者"具有近似的内在本质,它们同为先验唯心主义哲学中的作为万物本源的"客观精神"。按照谢林的同一哲学思想,诗歌与一般艺术一样,只有在自身体现出那个绝对的、永恒的"客观精神"才能成为其自身,从这个意义上说,诗歌和艺术都是这一"客观精神"的化身,因此它们从本质上讲是同一的。而黑格尔的哲学在相当程度上也是与谢林的理论沿着相似的方向发展,他们的许多观点虽然表述方式不同,所用的概念有所差异,但先验唯心主义的实质却都大同小异。只要对德国古典哲学的核心观念有所了解,也就不难理解为什么鲍特金将诗歌和一般艺术视为同一事物了。

不仅如此,鲍特金所说的在未知的和本质的自然规律的作用下,一切内在者都力图将自身表现为外在,一切不可见者都力求将自身表现于形象之中,这似乎又十分接近于黑格尔学说中那个隐秘而神秘的客观精神努力为自己寻找得以表现自身之外在形式的过程。在黑格尔关于人类历史中不同类型艺术的三种分类说中,作为绝对精神的"永恒理念"总在运动变化,它需要不断为自己寻找得以表现的外在形式,而它在发展的不同阶段所找到的适合于自我表现的形式恰恰对应了人类艺术史上三种不同的艺术类型:象征型、古典型和浪漫型。根据黑格尔的观点,这三种类型的艺术得以产生,完全是"永恒理念"运动变化的结果,是"永恒理念"表现自身的需要使然。很明显,鲍特金所说的未知的和本质的自然规律,或者隐秘无形的内在精神多少带有鲜明的德国哲学的烙印,不过其在一定程度上也确实符合诗歌(根据鲍特金的论述也可指一般艺术,下同)作品的某些特性和规律。因为已有不少事实证明,诗歌或艺术作品中那些说不清、道不明、似是而非、朦朦胧胧、难以通过日常理性加以衡量的不可名状的奇妙境界,恰恰正是诗歌艺术的魅力之所在。因此,鲍特金对于诗歌特性的论述,虽有神秘主义和唯心主义成分,但也确确实实道出了其中不少奥妙之所在。

(二) 自由创作论。

按照鲍特金的观点,既然艺术和诗歌一样,都是某种主宰着世界的那个神秘的客观精神的体现,那么杰出诗人和艺术家的创作就应该是无功利的和无意识的,因

---

① [德]谢林:《艺术哲学》,魏庆征译,中国社会出版社,2005年,第252页。

为他们的创造活动已不再是一种完全自主的行为,而是要凭借着一种上天赋予人类用于感受生活的情感和意志。对此,批评家解释道:"之所以说这种意志是上天赋予的,是因为其表现绝不是为了向他人展示或使他人理解自己的情感和观念,恰恰相反,真正的诗人是在无意识状态下讲出自己内在的心灵生活的。在作为诗歌创作之首要条件的不由自主的无意识行为中,包含有与那些表现出某种利益、日常性和实用价值的作品之本质区别,因为后者与无意识地表现心灵的主旨完全相悖,从诗歌所用材料和实质的角度来划分,此类作品应归入散文之列。"①在这里,鲍特金之所以将那些表现出某种利益、功利和实用意义的诗作都视为实用性的散文,是由于它们只是为了向他人展示什么或使他人理解什么,而这些目的恰恰是与他所谓诗歌是"无意识的心灵流露"的本质相违背。他认为这种流露只应该有一个目的,即将自身的情感、观念和思想寄于某种艺术形式(如音乐、绘画或雕塑)或语言之中,因为这一过程是无意识的,所以诗歌或纯艺术作品的目的既不是为了教诲的和社会的目的,也不是为了日常生活的目的,"而是为了那洋溢于艺术家心灵之中的情感、观念和思想",在鲍特金看来,恰恰是这种无意识的心灵的流露构成了纯艺术论"为艺术而艺术"的美学理论之基,同样,它也是"与那种企图驱使艺术为实际目的服务的实用理论相对立的自由创作论的基础"②。依照这样的逻辑关系,鲍特金就在艺术及其创作的非功利性、无意识性和自由创作的概念之间建立起了有机的联系。

关于自由创作论,我们在前面阐释德鲁日宁的纯艺术理论时曾经提到过,不过,鲍特金的自由创作论与前者相比又具有不尽相同的特点和内涵。在德鲁日宁的理论中,自由创作是指作家或艺术家完全摆脱了异己的外在实用目的,而处于一种身心完全不受外在利益羁绊的去功利化的创作状态。在德鲁日宁的理论中,自由创作论是针对"自然派"的创作倾向提出的,它要求作家在创作中保持思想的独立不羁,不要被某一先入为主的"教诲"所左右,否则会导致作品"企图通过某一个人物来表现自己对这一类人物的模糊的好感或厌恶",在人物塑造方面落入"类型化"的窠臼,从而抹杀了作为独立个体的诸人物的个性。可以说,他所反对的创作原则就是那类为表达某一观念而造成主题先行,将作品中人物类型化的作品。很显然,在德鲁日宁的理论中,自由创作论旨在呼吁作家或艺术家保持个人创作独立,不受预先规定的思想和偏见的干涉,从总体来看,它也是与革命民主主义者提倡的"果戈理倾向"相对立的。

与德鲁日宁的理论相比,雅好哲学的鲍特金的自由创作论则更具德意志思辨气质,当然也就显得复杂得多,而且这同样是与他关于无意识创作的观念紧密联系的。首先,鲍特金提出了诗感的概念。他认为诗感是人类心灵中最生动的特性,它能够帮助人类感受一切现实生活中不可触及之物,可以将人类心灵的感受、思想和直观化作生动的形象,将每一个形象都具体化为特殊,将诗歌中的各个细节连接成为一个生气贯注的整体。就这一功能来说,诗感与自然类似,因为诗歌之所以被视

---

① *В. П. Боткин.* Литературная критика, публицистика, письма. М., 1984, с. 202.
② Там же, с. 202.

为一种创作,"只不过是由于大自然的创造力转移到了人类的灵魂之中",而在人类的天性中,诗感就是创作的源泉。他由此得出结论,认为"可以说诗歌是人类的第六感觉,是最高层次的感觉"①。虽然鲍特金对诗感的评价如此之高,但他并不认为诗感只是诗人所独有的"专利",因为既然是上天对人类的赐予,那么"诗感就存在于几乎每个人的气质之中,虽然这种气质或多或少是与生俱来的,但一般很难找到一个无法激起其任何诗感的不幸的冷漠气质的人"②。遵循这一逻辑,鲍特金继而认为,既然能使诗歌得以产生的人的诗感是一种上天的赐予,那么诗歌本身就绝对不是某种符合一定语言规范的杜撰之作,也不是作者单纯把玩技巧的结果,恰恰相反,诗歌创作"乃是我们的诗感中奇特的、主要的特性之一,这种特性不取决于我们的意志和思想,而是我们精神天性中的一种无意识的神秘存在"③。关于这种"无意识的神秘存在"究竟是什么,鲍特金并没有正面回答,因为他一向认为诗歌是无法作出明确规定的,能规定的只是断定诗歌有别于散文。既然诗歌尚且无法被规定,那么作为诗歌来源的诗感,以及其中所包含的"无意识的神秘存在"也就更不可能做出规定了。不过尽管如此,鲍特金还是确定地认为,那些日常生活中的普遍现象无法激起诗感,能够唤起人类心灵中诗感的是那远处传来的手风琴的妙音,是那一阵秋风以及单纯描绘花朵的风景画,只有在类似的情境之中,诗感才能"通过我们完全来自内心的感受而在一切感官之中回应意外的、静谧的和灵魂中的迷狂"④。也就是说,能够唤起人内心中上天赋予的诗感的是诸如琴声、秋风、花卉图案等纯然诉诸形式的艺术,即康德在《判断力批判》中规定的那种纯粹美。

在对诗感进行了描述之后,鲍特金又表达了对先前浪漫派所理解的无意识创作的看法。他认为,浪漫派将诗人和艺术家理解为"不做研究、没有思想、不进行劳动而只耽于幻想的成年儿童和空虚无聊的游手好闲之徒",把节奏、韵律、韵脚都视作非诗人所能掌控的力量,视为个人无法与之抗衡的诗歌精神的成果,这些关于诗歌艺术的观点连同他们的哲学的观点都"荒谬到了可笑的程度",也"浪漫到了可笑的程度"。不过,鲍特金虽然认为浪漫派的上述观点有过分夸张的嫌疑,但他却并不否认其中包含着的某些观念仍不失为真理,因为"如果自然没有赋予人类以诗歌的方式感受内在和外在世界现象的能力……那么,任何思想、任何形象都将无法给诗人以帮助。而这一规避了各种研究的神秘者,在那与异己的、人所不知的生活进行斗争的形象和词语中,再现为内在与外在世界中的一切现象,这一过程实际上就被称为无意识创作"⑤。可见,鲍特金所说的无意识创作可以理解为,在形象和词语中借助内在和外在世界中的现象将神秘的诗感再现出来的过程。在这里,鲍特金并未讳言自己无意识创作的理论来源,他甚至引用了谢林的原话为自己的观点作注释:"早已明确,艺术并非有意识创造之物;有意识活动应联合某种无意识力量,而且只有二者完全融合并相互作用方能创造艺术中的伟大之作。艺术作品如

---

① В. П. Боткин. Литературная критика, публицистика, письма. М., 1984, с. 202.
② Там же, с. 203.
③ Там же, с. 203.
④ Там же, с. 203—204.
⑤ Там же, с. 204—205.

果缺乏这种无意识的科学,则总是一眼便可看透,因为在其中可感觉到缺乏那不依赖于作者的独立生命,相反,如果艺术中拥有这一生命,那么伴随着一种最为明晰的思想,艺术能传达给自己作品一种使其类似于自然创造之物的不可探知的现实性。"①

鲍特金十分赞同谢林的上述思想,并且认为德国思想家的观点不只适用于艺术。他感到当代的知识总量十分巨大,一个人的有限意识实际上只能掌握其中的一小部分,而且还多是机械的和浅薄的知识。在人的内心世界和外部世界中,人们能够明晰感受到的只有机械性的事物,而一切生气贯注的事物则因人类的研究而使其魅力消失殆尽。虽然这样一来,人们只能将最外在的表面现象表现在明确的思想中,"但在表面现象之下,在逻辑证明和思想的有意识表现的界限之外,尚存在着一个直观范畴。在这一直观中,在那神秘的深处存在着我们本质的生命力,在那里一切创造之物,而非简单的手工制成之物被完成。在一切诗歌领域或其他领域,真正的力量都是无意识的。一切创造性天才对于自身来说都是一种隐秘,这思想虽然陈旧,但却可以信赖。"②从以上论述中我们不难看到,鲍特金的思想中颇具古希腊柏拉图的"迷狂说"的色彩,同时还包含了近代浪漫派推崇的天才创作论。实际上,上述两种理论和鲍特金的观点所强调的,无非是文艺学中常常提到的创作中的非理性因素,它往往可以促使作家或艺术家灵感突发,使创作者的创造性思维跨越日常理性范畴和逻辑推论的步骤,瞬间达到巅峰状态,从而加速作品的完成和完善。

虽然上述非理性因素是与自由创作论紧密相连的,但鲍特金又从相反的角度辩证地看待自由创作的问题,他认为诗歌创作中除了自由因素外,还包括受到约束的因素,即他所谓的诗歌创作的"不由自主性"(Невольность)。他认为,在一切真正的诗歌作品中总包含着存在于诗人内心需求中的不由自主的基础,尽管诗人的思想、幻想和意志表面上看来任意而且随便,但诗人总是能够表现自身感受到的不可抗拒的内心趋向。"诗人只能去展现那心灵中直接的、不取决于自身意识而产生之物,因为材料、内容早已在其心灵直观中生成,而创作活动不过是参与加工那早已存在于内心之中的材料而已。"③由此我们不难看出,上述的自由创作只不过是在相对意义上而言的,鲍特金并不认为创作中存在绝对的自由,按照他的观点,诗人的心灵中早就存在着某些不以自身意志为转移的神秘趋向,诗人的所谓创作实际上就是将这些神秘的趋向表现出来,从这个意义上说,创作不过是参与加工、完成艺术品的过程,是以完善的形式使已有的神秘理念显现于外在的活动。

(三)纯艺术诗人何为。

行文至此,便又引出了鲍特金纯艺术论中的最后一个问题,即诗人的意义何在。既然只不过是创作的加工者,那么诗人岂不沦为了工匠和手艺人?而作为一

---

① В. П. Боткин. Литературная критика, публицистика, письма. М. ,1984,с. 205.
② Там же,с. 205—206.
③ Там же,с. 207.

向将诗人奉为神圣的纯艺术论者,鲍特金岂不是在贬低纯艺术的创作者吗?显然事实并非如此。

鲍特金提出的诗歌创作的"不由自主性"并不是为了贬损纯艺术论者的荣誉,而是包含着更为深刻的目的,因为诗歌创作的"不由自主性"所针对的也正是德鲁日宁所反对的革命民主主义派讲求实用目的的"教诲论"。在鲍特金看来,以普希金为代表的纯艺术诗人,正是在无意识的"不由自主"的状态下才能创作出真正具有诗性的作品。鲍特金作为一个颇具艺术气质的纯艺术论者,历来反对将诗人视为社会恶习的讨伐者、风气的感化者以及时代思想的传播者,因为这些身份都是与诗歌的实质和诗歌创作的原则相违背的,"只有当诗人不想去教诲和纠正他人时,当他不使自己负责传播这样或那样的抽象思想时,才成为诗人,因为诗人不过是披着时代外衣的人类灵魂的永恒本性"①。从反对"教诲论"和将诗人视为"人类灵魂的永恒本性"的体现者这两点来看,鲍特金显然接受了德鲁日宁的观点,因为在后者的理论中这两条线索是由始至终一以贯之的。

为了使自己的观点更具说服力,鲍特金也从俄国文学中选取了范例。不过有意思的是,他并没有像其同道那样高举普希金的旗帜,而是选取了果戈理。与自己的同道不同,鲍特金并未将果戈理看作一个单纯的社会风气的纠正者,一个破坏了纯艺术世界之和谐宁静的"教诲论者"。相反,鲍特金认为虽然《钦差大臣》中揭露了各色人物的丑行,表现了作者崇高的道德思想,但是这种思想绝不是果戈理为作品预先设定好的教诲目的,恰恰相反,"它就像存在于伟大艺术家心灵之中并通过艺术家的意志而反映在其全部作品中的崇高道德理想一样,是无意识地反映出来的"②。在这里,鲍特金并未像德鲁日宁那样将果戈理作品中崇高的道德思想等同于那些功利主义作者为作品预先植入的"教诲意图",而是将其解释为果戈理天赋中的诗感,也正是这种诗感"帮助果戈理以前所未有的敏锐看出了生活中各种鄙俗的方面",并使他的作品获得天才的戏剧效果。

当时,在纯艺术论者与革命民主主义者的论战中,早已去世的普希金和果戈理都分别被双方"抬出"作为自己流派的创作典范。在德鲁日宁的文章中,普希金被奉为俄国纯艺术论的始祖和反对"果戈理倾向"的力量之源;而杜勃罗留波夫则将普希金作为抨击对象,目的是从源头上推翻纯艺术论。可以说,论战的双方各执一词,极尽批判之能事来抨击对方的精神偶像。而鲍特金却做了一次"逆向思维"。他以果戈理为例来阐释自己的理论,这无异于给论战对手以双重打击,一方面,这是继普希金之后,又以果戈理的大名来树立纯艺术论的威信;另一方面,则从起源上破坏了"果戈理倾向"的存在依据。

以上介绍并阐释了鲍特金纯艺术论的主要观点,其中诗歌的无目的性、创作的无意识性、自由创作论等三个主要方面构成了其理论的主要支撑点。在前面介绍生平和文学活动时笔者曾经提到,自相矛盾的折中主义是鲍特金的主要特点之一,这一特点同样体现在他对上述几个论点的表述中。例如,在论及艺术的非功利性

---

① *В. П. Боткин*. Литературная критика, публицистика, письма. М., 1984, с. 207.
② Там же, с. 208.

时,鲍特金一方面认为艺术作为理念借以表现自身的外在形式是无目的的,另一方面,他又不否认艺术对于理解人类生活的作用,并坦言"没有一部政治史能够像诗歌和一般艺术那样总能表现民族生活",如果不了解古代的诗歌和雕塑,那么关于古代生活的知识将是贫乏和空泛的;在论及文学艺术的无意识性时,他一方面认为文学艺术创作是一种无意识的自由创作,是"无意识的心灵流露",另一方面,又认为诗歌创作具有一种类似于古希腊人所说的神灵附体于诗人后的"不由自主性",并反复强调真正的艺术必须表现某种隐秘不可见的"客观精神"等等。这些自相矛盾之处使人感到,鲍特金总是不断地借用对立的观点来修正、补充自己的观点,在顾及各种观念的合理性的同时,力求做到一种谨小慎微的全面性。可以说,正是鲍特金纯艺术论中体现出的这种"中庸之道"使他的理论中充溢着一种理性分析的科学精神,这一点恐怕是那些满怀论战激情的纯艺术论者很难具备的理论品格。

三、安年科夫

在俄罗斯文学史中,巴维尔·瓦西里耶维奇·安年科夫(Павел Васильевич Анненков,1812—1887)通常被评价为俄国19世纪50至60年代间活动的自由派批评家,他和德鲁日宁、鲍特金一道被视为革命民主主义批评的反对者,纯艺术理论的捍卫者。虽然也被视为纯艺术论者,但相对于前两者,他的文学批评具有很大的独特性,而这又是和他的文学活动紧密相关的。

安年科夫于1812年7月19日出生于辛比尔斯克一个富裕的地主家庭,成年后在一所矿业武备学校就读直到高等专业水平。毕业后,安年科夫进入彼得堡大学旁听哲学,这就为他日后涉足文学创作和批评事业奠定了基础。早在1832年安年科夫便与果戈理结识,并且经常参加彼得堡文学圈的朋友和熟人的活动小组。旅居国外期间,安年科夫再次与果戈理会面。1841年的春夏两季,安年科夫与果戈理都旅居在罗马。作为伟大作家最近的邻居,安年科夫为俄国文学作下了无法估价的巨大贡献——他根据果戈理的口述记录下了《死魂灵》的第一卷。在论及安年科夫的文学活动时,他与别林斯基的友谊是不能不提的。早在30年代末期,安年科夫就加入了别林斯基的小组,在后者的引导下未来的批评家开始进入30—40年代的俄国文学生活,同时也开始了他的文学活动。1841—1842年,《祖国纪事》上刊登了安年科夫的国外旅行札记《国外来鸿》。这些文章本是安年科夫寄给别林斯基的信件,其中描述了作者的旅欧见闻,并且论及了欧洲的社会生活和文学艺术状况。这些通信增强了安年科夫与别林斯基的友谊。后来,在1847年别林斯基病重期间,安年科夫亲自陪同他出国疗养,并且成为别林斯基撰写《给果戈理的一封信》的见证人。

在50年代下半叶,安年科夫做出了一项至今依然意义重大的工作——整理出版了普希金的文集并编著了首部描述伟大诗人丰富生平经历的传记,这部传记名为《普希金传记资料》(1855)。虽然这部传记资料在许多方面暴露出缺陷和不足,并且还为此遭到来自不同社会思想阵营的攻击,但是安年科夫的功绩并未因此而受到影响,因为正是他的这一工作在俄罗斯奠定了以学术方式进行普希金学的研究基础。关于这部传记资料中的缺点和不足，其实也是另有原因的。要知道，安年科夫的这一工作是在尼古拉一世实行严厉的书刊检查制度期间开始的，这也就决定了他在行文时必须使用种种策略与其进行巧妙的"斗争"。待到政府允许其出版普希金文集的增补卷时，已经是新沙皇统治了，只有此时的政治环境才允许安年科夫针对批评界的责难来为自己的作品进行辩护。对于那些责备他故意将普希金的许多剧本排除在尼古拉一世时期出版的作品集之中的言论，作者予以严正驳斥："毋庸置疑，为了保存普希金零散思想的片段，就需要将工作留到未来更为自由的时代去做，这样可以避免破坏他的一些诗节、诗行，以及他在某些时期的作品，这样他的作品中的许多片段和一些完整的作品就有可能，而且也应该能够在后世发表了。"如此看来，安年科夫编撰的普希金生平资料不仅具有普希金学上的意义，而且它在客观上还成了后世了解当年沙俄书刊检查制度的"活化石"，通过这部资料汇编后人才能真切地了解到这一制度是何等无理多疑，吹毛求疵。

　　从19世纪50年代中期起，安年科夫开始从事文学批评工作，并且大量评述了当时的文学现象，其中包括论及屠格涅夫、托尔斯泰、奥斯特洛夫斯基、皮谢姆斯基、萨尔蒂科夫-谢德林等著名作家的文字。与德鲁日宁和鲍特金的批评不同，安年科夫的文学批评往往不依赖于某一原则或某种抽象思想，而是以作品的文本为出发点，这种根据作品内容进行评论的批评方式使得他的观点有时难免自相矛盾。例如，他在批评中常常论证某个或某些人物的心理发展对于构成小说叙事的作用，或是尽力观察不同人物内心的细微差别和不同的性格特征。很明显，这种将着眼点落在作品本身上的批评方式，建立在他关于"文学作品不是思想传播工具"的观点的基础之上，同时也与德鲁日宁宣扬的"优美的批评"具有异曲同工之处。然而，安年科夫在评价屠格涅夫的创作时，大加赞美"他总能找到那些始干体现巨大智慧的词语"，并认为作家之所以拥有"这一优点除了他天才的原因外，还是由他思想所支配的宽阔视野决定的"；而在评论皮谢姆斯基的作品时，安年科夫则又指责作家的作品缺乏高尚的人物，总希望以非理性、愚昧和不道德的胜利去鼓励读者，而好的小说则应该指引读者去向往美好的事物。上述两处评论中，安年科夫在是否要求文学作品表达思想的问题上，观点的自相矛盾之处是显而易见的，不过这并不能否定他的批评观点是成熟且富有真知灼见的，所以像屠格涅夫这样严谨而苛刻的艺术家十分信赖他的意见。

　　应该说，安年科夫在1848年之前几乎没有写过正式的文学批评文章，只是到了1849年他才在《现代人》杂志上发表了自己的第一篇文学批评《1848年俄国文学札记》。在这篇文章中，安年科夫在评价发表在《祖国纪事》上的费·米·陀思妥耶夫斯基、布特科夫和米·米·陀思妥耶夫斯基等人的小说时，将这些作品与发表在《现代人》上的德鲁日宁、格里戈里耶夫、赫尔岑和屠格涅夫的作品对立起来，他认为前几位作家的作品是建立在一种"虚伪的感伤主义、幻想的观点和伪现实主义"的基础之上，它们属于一种"幻想—感伤主义的"倾向，而后几位作家作品的倾向正是与其对立的。安年科夫在文中还表现出对别林斯基的同情，他在高度评价后几位作家时，指出别林斯基对于他们的巨大影响。虽然，安年科夫在文章中表现出对于现实主义的肯定，但是他在主观上绝对无意捍卫"果戈理倾向"。到了50年代中期,安年科夫很快就与德鲁日宁和鲍特金形成了"纯艺术论"的三人联盟,并积极参与了前者与车尔尼雪夫斯基和杜勃罗留波夫等革命民主主义者的论战。如果说德鲁日宁是一位从一开始就坚决捍卫纯艺术论的唯美主义"卫道士"的话,那么之前还在复杂的社会、文艺思想之间或摇摆不定或保持中立的安年科夫和鲍特金,此时则"完全倒向了唯美主义批评的一边。他们的批评对一些作家产生了影响并且广泛刊登在《祖国纪事》《读书文库》《俄国导报》等杂志上"①。可以说,安年科夫在这一时期的文学活动是理解其纯艺术论的关键。

作为一个纯艺术论批评家,安年科夫文学批评活动的重要时期主要集中在 19 世纪 50 年代,不过平心而论,他的批评并未像德鲁日宁的批评那样在当时引起广泛的关注,也未能像鲍特金的文章那样对于同时代作家的文学创作产生深刻影响。"对于安年科夫而言,那种在他与屠格涅夫以及其他有名望的作家的通信里,在其中的谈话和文学评价中所被发现的批评的威力和洞察力,在他出版的作品中从未令人信服地表现出来过。"②这种缺点一方面是由于他的批评(与德鲁日宁和鲍特金相比)稍显业余,另一方面则可以归结为他一贯令人费解的行文风格。即便是平易近人、待人温和宽厚的屠格涅夫也不得不承认,安年科夫的批评能力总被其混乱的思想表述所笼罩,而涅克拉索夫和德鲁日宁则直接嘲笑他总是故意制造出一些"不解之谜"。

在 19 世纪 50 年代中期的批评文章中,安年科夫主要致力于探讨文学作品的审美性质,并且小心翼翼地避免讨论那些由作家在作品中有意无意提出的社会现实问题。在杜勃罗留波夫论及屠格涅夫的文章《前夜》的开始处,革命民主主义批评家曾就"审美的"批评对于社会问题的冷漠态度进行过嘲讽。而在这一方面,可以说自由主义批评家安年科夫正是杜勃罗留波夫所嘲讽的纯艺术批评风格的典型代表。而关于这种"审美的"批评方式的主要特点,安年科夫在写于 1856 的《论文艺作品对社会的意义》(1856,后来在《俄国导报》上发表时改名为《旧的与新的批评》)中曾进行过论述。在文章中,安年科夫认为艺术性是现代俄国文学中一个"具有生命力的问题",而除此之外,其他一切问题,诸如要求文学对社会现实做出说明和解释等等,都不过是一些次要的问题。在他看来,19 世纪 40 年代的批评,即以别林斯基为代表的批评将过多的注意力投向了那些次要问题,从而忽视了文学作品本身的艺术性。别林斯基虽然满怀激情地将艺术抬高到"第二现实"的地位,但他"也为那些有倾向性的作品的激增提供了可能,而后者必将使那些值得珍惜的杰作相形见绌"③。显然,安年科夫的观点是针对当时颇为流行的"果戈理倾向"而言的。在这篇文章中,安年科夫对果戈理的模仿者们提出了尖锐的批评,他说:"我们只要回忆一下我们那个开创了一种倾向的著名长篇小说作家的一长串模仿者名单,就会承认我们离文学的顽疾、对对象的粗浅理解和对生活的实利主义观点占统治地位并不遥远。……他们那些主张暴露生活的作品同样粗糙,而且仅仅暴露小

---

① Б. П. *Гродецкий*. История русской критики. Том 1, М. —Л. ,1955,c. 452.
② Offord,Derek. *Portraits of Early Russian Liberals*. Cambridge University Press,1985,p. 132.
③ Ibid. ,p. 132.

的方面或对生活作片面理解,只揭示它的外部特征,缺乏这个流派可望而不可即的榜样和奠基者所具有的那种饱含诗意的因素。"①在这里,安年科夫认为,相比于模仿那种将忏悔因素置于文学之中的"果戈理倾向",发展普希金的艺术传统对于现代俄国社会才具有更为现实的意义。与德鲁日宁一样,在阐明纯艺术论之必要性时,安年科夫也想到了普希金。他对那种认为普希金倾向已经过时、在俄国不可能再现普希金倾向的观点进行了驳斥,指出:"不仅我们的社会没有超越诗歌的艺术倾向,没有比它站得更高,相反,普希金流派作为这一倾向的代表将以新的内容和新的力量得到复兴,时间的远近要看在认清精神需要方面所取得的成就。我们坚信,俄罗斯还将会出现很多普希金,他们将怀着尊敬之情呼唤自己那个在我国率先开辟多元的、无穷无尽的艺术领域的鼻祖的名字,而除了人民固有的诗歌天性以外,这将向我们保证它那健康的思想和了解自己的精神利益的能力。"②安年科夫之所以不惜溢美之词强调普希金倾向的必要性和永恒性,是因为在他心目中普希金代表了纯艺术和自由创作的典范,是反对功利主义文艺的旗帜。而安年科夫之所以这么强调创作的自由和非功利性,是因为在他看来,如果艺术能够脱离束缚而趋向自由,那么在任何情况下,它都能够更好地回应社会的需要。显然,作为纯艺术论者,安年科夫并不完全否认文学艺术的"功利性",但与革命民主主义批评家不同的是,他并不认为文学艺术需要去解决现实中的迫切需求,而是强调作品的更为崇高的"作用",对此他写道:"由于社会思想的特殊状况,纯艺术诗歌不仅在我们这里必须延续,而且也是世界上每个文明社会和这个社会生活的每个时代所必需的。这是一种永恒的理想,它愈是频繁地在头顶上升起,就愈是清楚地证明社会的精神需求,愈是有成效地影响人民的所有道德层面,使它们不断得到更新。社会的艺术教育正是靠这些理想来完成的:它们能够提高理解水平,使心灵向所有温柔的东西开放,并且用令人喜爱的心灵的坦诚和对人的清新的爱,抑制人的意志。任何一个现代社会都不能说'我再也不需要这个东西了',而且任何个人大概也不能这么说。"③安年科夫还指出,通过阅读普希金的作品能够得到现实的利益,"对于那些希望能够'高贵地思考和高贵地感受'的人们而言,普希金永远是一个至高无上的精神导师。通过阅读他的作品,俄国读者不但能够熟悉优美的文雅,而且还能够熟悉净化了的思想和对于'最好的精神感受'的理解。"④

实际上,安年科夫一直都在支持和维护他在《新旧批评》中所提出的原则。早在1848年,在谈及当时的"自然派"作家对于现实主义的推崇时,安年科夫就曾警告说,如果作家们都致力于创作同一种风格和主题的作品,那么自由的艺术创作将会变为纯粹的机器生产,而这种"拼凑"故事的方式相当于用现成的零件组装马车。此外,在写于1853年的一些关于如何处理普通人的生活的文章中,安年科夫还呼

---

① П. В. Анненков: О значении художественных произведений для общества, русские критики о А. С. Пушкине. М., 2005, с. 64—65.
② Там же, с. 68.
③ Там же, с. 66—67. 以上安年科夫的所有文字转引自张铁夫:《普希金学术史研究》,译林出版社,2013年,第49—50页。
④ Offord, Derek. *Portraits of Early Russian Liberals*. Cambridge University Press, 1985, p. 133.

呼吁对待当代社会现实应采取适度克制的态度,并且还为这种想法进行了辩护。安年科夫声称,"'永恒的审美法则'可以将处于相互不可调和的敌对状态下的各种对立或差异纳入同一部艺术作品之中。如果存在着被调和的可能性的话,对立就能够成为'艺术的特性'。那种善与恶、黑与白、优雅与粗劣的鲜明并置,应属于科学观察的领域,而非艺术的领域,对于一个经验老到的作家而言,如果他有适度和'协调关系'的意识,那么这是很容易觉察到的"①。而在另一篇论及 C. 阿克萨科夫的《家庭纪事》的文章中,安年科夫提及了纯艺术思想,他认为"在纯艺术中没有预置的限定,它可以在治愈病痛的同时将病痛转化为光明和争辩,只有当相当比率的作家能够成功地遵循自由创作论时,俄国文学才能够在塑造社会方面发挥重要的作用"②。

  在安年科夫的批评中,还有一篇论及屠格涅夫小说《阿霞》的重要文章名为《柔弱者的文学典型》(The Literary Type of the Weak Man),与安年科夫其他的文学批评相比,这篇文章理应受到更多的关注,因为其中明显涉及了社会政治问题,并包含了与革命民主主义者的论争。安年科夫的这篇文章主要是为了回应车尔尼雪夫斯基关于《阿霞》的批评文章《约会中的俄国人》(The Russian at the rendez-vous)而作的。在文章中,车尔尼雪夫斯基认为屠格涅夫作品中主人公的软弱性体现了一种道德破产的标志,它表现出的是俄国农奴主贵族绅士不可避免的衰落命运。虽然,安年科夫并不否认屠格涅夫作品中的主人公是一类"柔弱者"的典型,并且有着缺乏行动能力、充满怀疑主义和自我主义等特点,但另一方面,与车尔尼雪夫斯基从平民知识分子立场出发所做出的判断不同,他坚信这种"柔弱者"所代表的是当代俄国社会生活中"唯一的道德典型"。安年科夫之所以这么认为是有理由的,首先"柔弱者"至少能够意识到自己的缺点并对自己做出心酸的嘲讽;其次,无论他有何种缺点,他在社会道德层面依然优于周围的其他人,因为他有教养、有人性并且理解民族性,况且,他还有许多事情可以去做。正是这种小小的超然状态使得他得以审视那令自己无法积极行动的缺点,他应该可以融入普通人的社会生活之中,并在其中开辟新的道路。当然,这些对于"柔弱者"所提出的全部要求都是非常正经的,循规蹈矩的,除此之外,安年科夫并未对"柔弱者"提出解决社会问题的"超常"任务,也并未要求他具备得以完成此类任务的能力。这就容易给人留下这样一种印象,即当时俄国所面临的诸多问题似乎都可以通过诚实、坚定和坚持不懈的工作等单纯的道德方式来解决,而那种在西方世界获得高度赞扬的"超常的、罕见的、巨大的个体"似乎并不被俄国所需要。如果说,"能够以斯多葛派的方式接受不幸,忍受贫穷和压迫,并且在普遍腐朽的情况下保持个人的道德尊严——这是'英雄主义'本身的品质,但是一种与之具有同样关联的英雄主义的'次生的、家庭式的'形式,其在西方不过被视为一种'遵守着悲剧原则'的'小型资产阶级戏剧'"③。也就是说,安年科夫并不接受悲剧式的(类似于车尔尼雪夫斯基幻想小说

---

① 见 Offord, Derek. *Portraits of Early Russian Liberals*. Cambridge University Press, 1985, p. 133.
② Ibid., p. 133—134.
③ Ibid., p. 134—135.

中的主人公所表现的那样)个人英雄主义行为,即使这种行为对于俄国社会有益。他致力于维护的是保持普遍稳定与繁荣的社会中个体的幸福。因此,安年科夫认为在当时俄国社会中"唯一的英雄行为"就是建立在"道德信念之上的诚实的工作","唯一的英勇"就是对人们进行道德教育并且使其具有责任意识。可以说,俄国纯艺术论者所捍卫的这种社会价值对作家的创作产生了巨大的影响。《罗亭》作为屠格涅夫的另一部重要小说,其主题思想是在圣彼得堡完成的,而安年科夫、德鲁日宁以及其他友人的建议对于这部作品的完成发挥了重要作用。这部小说中所展现出的人性的光芒和诚恳的理想主义也正是安年科夫所致力捍卫的道德价值。

虽然,安年科夫从崇高的道德观点出发,也承认既存秩序的非正义性,但同时他也认为,在一定的历史条件下,这些不公正、不平等的现象是无法消除的。何况,正是由于这些不公正和不平等现象的存在,才保证了社会统治阶级和有教养阶层能够获得充足的物质保障和闲暇时间,从而使他们得以充分发展自己的心灵力量、发挥智慧中的巨大天赋。而对于安年科夫本人而言,他认为正是良好的物质保障才使得他不必为生计劳碌奔波,而可以在闲暇之中享受文化、教育,致力于从事文学活动,由此出发安年科夫提出了俄国作家的任务。他认为,在俄罗斯性格和生活方式中,并不存在任何与英雄因素相类似的因素,因此俄国作家的任务不是描绘英雄的性格,而是要描写那些拥有勇气和力量"在整体堕落的情况下保持道德情操"的人们,而保持这种勇气和力量的先决条件就是"以牢固的体制使个人获得免于劳作之忧并拥有充裕闲暇的保障,这些乃是他们进行内心世界的耕耘所必需的"①。基于上述观点,安年科夫认为,俄国的作家和艺术家无论多么热衷于社会进步和社会改革事业,都不应该转变为"导师和预言家",不应该激起深刻的道德判断和社会对抗,更不应该致力于将社会力量引向改造既定生活的现实实践领域。他们的主要任务首先应该是促进社会和个体意识在精神方面,即道德和审美方面的进步和发展。

如果说上述批评话语表现了安年科夫的纯艺术思想及其由来是与其个人思想和生活阅历密切相关的话,那么另一方面,这种思想在其批评中的运用则又是与俄国文学关注现实、人生的传统以及当时迫切的社会政治问题息息相关的。在19世纪俄国文学中,自20年代起作家们就开始了对"多余人"形象的塑造和探索,在屠格涅夫的作品中这一形象又被反复描绘。"多余人"的形象体现了俄国特定历史条件下有教养者的典型特性,其身上也凝聚了作家关于其自身道德理想、精神追求等方面的诸多观念和探索。至于安年科夫所褒扬的"柔弱者的典型"不仅仅是对"多余人"这一俄国文学特有的形象谱系的辩护,他在更大的程度上维护的乃是40年代沉浸到内心进行深刻自省的俄国知识分子的功绩,他要求社会批评对那一代人能够给予公正的评价。因为无论是"多余人"还是"柔弱者"的文学形象,他们所代表的都是俄国社会中少数有幸获得启蒙教育的贵族知识分子的价值观,而不是普遍的平民大众的利益诉求,而安年科夫在捍卫这种文学典型的同时,也在暗地里维护俄国自由派所倡导的渐进主义和改良主义的政治立场,并表达对于平民知识分

---

① П. В. Анненков. Материалы для биографии А. С. Пушктн. М.,1984,с. 8.

子激进的革命思想的反对。由于当初和鲍特金一起亲历了1848年的巴黎事件,安年科夫对社会可能产生的剧变一直忧心忡忡,这也正是他在与车尔尼雪夫斯基和杜勃罗留波夫的论辩中,始终反对革命民主主义者所宣扬的那些思想观点和道德立场的主要原因。

四、俄国纯艺术论背后的社会政治意义

前面提到,1856年,为了回应革命民主主义者车尔尼雪夫斯基在《果戈理时期俄国文学概观》中对于纯艺术论的批判,德鲁日宁在《读者文库》上发表了一篇与之针锋相对的长文《俄国文学果戈理时期的批评以及我们对它的态度》(以下简称《态度》)。在这篇被视为俄国纯艺术论纲领性宣言的文章中,德鲁日宁在回顾俄国文学、批评史的基础上,归纳出了两种二元对立的创作原则,他在文中指出:"一切能促使新、旧诗歌世界激荡的批评体系、论点和观念皆可归纳为永远对立的两类:一类我们称之为'优美的理论'(артистическая теория),即以纯然'为艺术而艺术'(искусство для искусства)为口号的理论;另一类是'教诲的理论'(дидактическая теория),即通过直接训诫而力图影响风尚、生活和人的理解力的理论。"①德鲁日宁对于这两种观念的看法是:"优美的理论"就是"为艺术而艺术"的纯艺术论,它要求艺术只应该以自身为目的。纯艺术的典范就是诗人普希金,因为以他为代表的作家并不将自己的创作用于日常生活中的实用目的,"而是为了欢乐的祈祷声和灵感"。纯艺术诗人的作品只是用于表现"真、善、美"的永恒理念,他们并不期待能够从自己的创作中获得什么实际利益,因为其诗歌本身就是对自己的奖赏、就是自己的目标和意义。而且,掌握了"优美的理论"的诗人应该具有如同奥林匹斯诸神一样的超然境界,他们高高居住在自己的仙境世界之中,并且时刻牢记自己的崇高地位,而不屑于在作品中涉及世俗内容。在这里,德鲁日宁将"真、善、美"等永恒不变的理念视为"纯艺术"的主要表现对象,极力反对文学艺术涉及关乎时代症结的问题。因为他站在纯艺术论的角度认为,虽然教诲论诗人也能享有光辉的地位,但是由于他过分投入当代生活,因此脱离了纯艺术的优美规律,他为了最迫切的政治、道德和科学利益服务,因此其作品只能满足于一般的劳动者,尽管其也能达到目的,但却无益于永恒艺术的创造。通过这些论述,我们不难发现,德鲁日宁所说的"优美"和"教诲"两种倾向,分别对应着古罗马文艺思想家贺拉斯(Horatius,前65—前28)所说的文学作品的两种功能:"甜美"(dulce)和"有用"(utile)。通常在一部优秀的文学作品中,这一组对立的功能往往相辅相成,辩证地发挥作用。勒内·韦勒克(René Wellek,1903—1995)认为:"如果单独采用其中任何一个,就诗的作用而言,都要代表一种趋向极端的错误概念。"②这里,虽然德鲁日宁貌似"客观",表面上没有"单独采用其中任何一个",不过他将二者割裂开来,并"绝对化"地构成一种二元对立、水火不容的创作原则,这实际上仍是一种极端的表现。

---

① А.В.Дружинин. Прекрасное и вечное, М., 1988, с. 200.
② [美]韦勒克、沃伦:《文学理论》,刘象愚等译,江苏教育出版社,2005年,第20页。

上述两种创作原则在德鲁日宁的多篇文章中体现为一系列二元对立的范畴：果戈理倾向与普希金倾向、社会教诲论与自由创作论、教诲的原则（即功利主义文艺观）与优美的原则（即纯艺术论）。由创作倾向上的差异，到最后的纯艺术论与功利主义原则上的对立，这些二元对立范畴的形成经历了一个并不算长的发展过程，在这个过程中德鲁日宁对于这些范畴所做的规定的理论实质逐渐清晰、明确。

在1855年发表的《普希金及其文集的最新版本》一文中，德鲁日宁首次将果戈理的创作与普希金的创作规定为一组完全对立的创作倾向："研究普希金的散文，研究他描写城市和乡村生活的《奥涅金》，研究他所展示的乡村景象和乡村风情的诗作，我们便可找到那个对抗性力量的渊源，而当前的文学正十分需要这种反作用力。无论果戈理的狂热追随者说些什么，全部文学事业绝不能驻足于一部《死魂灵》。我们需要的是诗。而果戈理的追随者缺乏诗意，在由众多当下流行的活动家组成的过分求实的流派里，也缺乏诗意。……毫不隐讳地说，我们认为，当今文学由于我们自己的讽刺流派而疲惫不堪，日渐衰弱。无休止的果戈理派的仿作，将我们推向了这个讽刺流派，而普希金的诗作乃是与之抗衡的最佳工具。"①在他看来，虽然二者描写的是同样的俄国生活的现实，但在普希金的诗作中却没有果戈理式的讽刺倾向，其中"一切都是那么平静、安详和惬意"。

德鲁日宁在这篇文章中首次提出了一组二元对立的文学创作倾向，其中一方是以果戈理（Николай Васильевич Гоголь，1809—1852）的创作为代表的"自然派"的方法，它力主讽刺世态，揭露生活中的阴暗面，后来发展成为批判现实主义原则；另一方是以普希金为代表的，也是德鲁日宁所主张的结合了现实主义的浪漫主义创作方法。德鲁日宁认为这种特殊的浪漫主义方法就体现在普希金的创作之中，通过普希金的创作，"我们看到的是诗中之诗，是高翔的灵感，这不是幻想，也不是真实，而是一道迷人的线条，在这线条上现实与幻想融汇为某种整一、优美和超越实在之物"②。这种浪漫主义所表现的乃是一种"永恒不变的人类天性"。这里，德鲁日宁从纯艺术论的角度阐述普希金的创作，将其规定为一种与革命民主主义者所主张的批判现实主义相对立的创作原则。虽然其中不免有"过度阐释"之嫌，但也不乏其合理之处。诚如 М. Ф. 奥夫相尼科夫所言："评价普希金关于艺术的使命和艺术家在社会中的作用的理解，对于普希金创作的所有解释者来说都是一块试金石。关于普希金创作的本质和其创作对俄罗斯的意义的直接相互对立的观点，常常以对这个问题的不同解释为基础。"③也正是德鲁日宁所做的这种规定，奠定了俄国文艺理论中将普希金倾向与果戈理倾向解读为对立的两种不同的创作方法的基础。

在发表于1856年的《〈暴风雪〉和〈两个骠骑兵〉，论 Л. Н. 托尔斯泰伯爵的中篇小说》一文中，德鲁日宁继果戈理倾向与普希金倾向之后，又进一步提出了社会教诲论与自由创作论两种对立的创作理念。关于自由创作论，德鲁日宁认为这种

---

① А. В. Дружинин. Прекрасное и вечное, М., 1988, с. 80.
② Там же, с. 95.
③ ［俄］奥夫相尼科夫：《俄罗斯美学思想史》，张凡琪、陆齐华译，中国人民大学出版社，1990年，第167—168页。

理论要求作家独立不羁,而不要成为教诲者和当代道德家,在他们的作品中应该"既无偏见,也无先入为主的教诲",因为这二者会导致作家"企图通过某一个人物来表现自己对这一类人物的模糊的好感或厌恶",而实际上每个人都是一个个体。虽然德鲁日宁反对在作品中表现先入为主的偏见,但并不一概反对作品具有教益,他认为:"独立的和自由创作的理论……完全不排斥有益的,甚至当代的教益,这与有些艺术教诲论崇拜者所认为的并不一致。任何一部文学作品,只要它足够出色,就都会向具有智慧、想象力和能够理解作者心意的读者,传达作者的天赋。……任何一位从事自由创作的伟大天才,都具有某种庸才所无法理解的近乎魔力般的意义。如果读者想获得教益,那他可以在每一位真正诗人的作品中得到一整套生活至理。"①可见,他的自由创作论所反对的,是那类为表达某一观念而主题先行,并将作品中人物类型化的劣作。因为在他看来:"每一位天才的、有教养的和高尚的作家,无论他创作什么样的作品,其世界观都是自然而然地流露出来的。他无须以某种公认的程式或教诲意图来束缚自己:他应像一面明亮的镜子反映面前事物一样,反映出周围的世界。"②与之相对,作为果戈理倾向"化身"的社会教诲论却遭到德鲁日宁的批判:"文学中的教诲倾向无论以何种面目出现,它都表现为一种转瞬即逝性,且无法稳固地独立存在。就像大型植物的分支一样,作为自由创作论的一个附属部分,它能够为社会带来巨大利益,但是为此它应该坚固地巩固自己的基础,而不是脱离自己赖以生长的根基。"③这里,德鲁日宁将教诲论视为自由创作论的一个部分,是因为他认为这种理论"融汇了看上去不可共存的思想,因为它指导我们创作自由,永远不要去妨碍一个天才的作家在他自己真正选择的道路上发展"。也就是说,从总体上看,自由创作论可以兼容教诲论。

我们不难发现,在这篇文章中出现的社会教诲论与自由创作论的二元对立,乃是果戈理倾向与普希金倾向对立模式的进一步发展。虽然这里体现出德鲁日宁试图调和二者的尝试,但并未能根本改变这种二元对立的关系,相反,他将社会教诲论视为自由创作论的一部分,恰恰体现了二者在他心目中的地位孰高孰低。而且,他还在文章中将社会教诲论称为"否定的理论"(отрицательная теория),并认为它在教诲社会的同时却破坏了自己赖以生长的根基——社会。由此可见,德鲁日宁所主张的创作原则——无论是普希金倾向还是自由创作论——均为一种能引导作家调和社会矛盾冲突的具有肯定性质的理论。这也是他反对激进革命的、温和的自由主义立场在文艺思想中的体现。

其实,将两种创作原则作为二元对立范畴的观点在自由主义阵营中早有萌芽。在德鲁日宁以上文章发表之前的1855年6月17日,屠格涅夫(Иван Сергеевич Тургенев,1818—1883)就在致好友鲍特金的信中提到:"如果普希金现在仍然在世,他的创作就会形成与果戈理派相抗衡的力量,从几个方面来讲,都应该有这样的对抗性力量存在。"④而德鲁日宁所做的则是对屠格涅夫处于萌芽状态的想法进

---

① А. В. Дружинин. Прекрасное и вечное, М., 1988, с. 172.
② Там же, с. 172.
③ Там же, с. 175.
④ Там же, с. 79.

行理论总结,并为其所提倡的纯艺术论提供依据。这种总结就集中体现在他于同年发表的堪称俄国纯艺术论纲领性宣言的《态度》之中。在这篇文章中,他以荷马、莎士比亚和歌德的创作为例,用生动形象的笔触论述了他的纯艺术论,并且提出了两种对立性的文学艺术创作原则:教诲的原则与优美的原则。如果将德鲁日宁所描述过的一系列二元对立的原则作一梳理,我们将看到以下两组等式:1. 果戈理倾向≤社会教诲论≤教诲的原则＝(革命民主主义的)功利主义文艺观;2. 普希金倾向≤自由创作论≤优美的原则＝(自由主义的)纯艺术论。从文学史的角度来看,前一组等式体现的是俄国"自然派"的文艺观(后来此观念经萨尔蒂科夫-谢德林、涅克拉索夫等作家而发展为批判现实主义的创作原则),它要求作家在作品中勇于展现生活中的阴暗面,揭露丑恶、不公的社会现实,并表现出作家的立场倾向,它在革命民主主义者那里又发展形成为改善本国同胞命运而服务的革命实用主义文艺观;后一组等式表现的是自由主义者的文学艺术创作观念,它要求作家以表现"真、善、美的永恒理念"和"普遍人性"为创作宗旨,通过不涉及当下迫切的社会—政治问题来保持文学艺术的独立与自由,成为纯然的"为艺术而艺术"。在德鲁日宁的划分之中显然隐含了现代文学艺术之于社会的两种内在功能:否定与肯定。对于此,20世纪西方的社会理论家们作了深入而细致的分析和研究,而在19世纪中叶也已出现危机先兆的俄罗斯帝国,自由主义文学批评家德鲁日宁就已经意识到了文学艺术对于现代社会的两种不同的功能,并且对其表现形式和内在意义作出了区分和说明,尽管这在一定程度上是以一种较为简单的"二元对立"的方式模糊地表现出来的。

通过分析我们看到,上述两种二元对立的创作原则的对立乃是当时俄国社会中自由派与革命民主主义派文艺美学思想间的对立在德鲁日宁观念中的体现。实际上,上述对立并非德鲁日宁的纯艺术论所独有,在其他俄国纯艺术论者的思想中同样存在。如前所述,安年科夫就在《论文艺作品对社会的意义》中批评"果戈理倾向"的追随者,指责他们创作的那些主张暴露生活的粗糙作品,仅仅是基于对于生活的片面理解和对于其外部特征的认识,而缺乏诗意因素。与之相对,发展俄国文学中的普希金传统才对现代俄国社会更具有现实意义。因此,他针对那种认为普希金倾向已经过时、在俄国不可能再现普希金倾向的观点进行了反驳,并坚信俄国还将会出现很多普希金,而且纯艺术诗歌不仅是俄国,也是世界上每一个文明社会和每一个时代都必需的。由此可见,这种二元对立实际上是俄国纯艺术论者共有的理论思维模式,只不过它在德鲁日宁那里表现得最为全面、系统。

上述这一系列体现在俄国纯艺术论者言论中的二元对立范畴,实际上反映了俄国社会不同思想派别之间的对抗和交锋。早在19世纪三四十年代,随着农奴制的衰落和资本主义的发展,俄国国内形成了一个以斯坦凯维奇、赫尔岑、奥加廖夫等"有教养的贵族绅士阶层"为代表的社会思想派别——西欧派。后来成为"纯艺术"论"三巨头"的自由主义者鲍特金、安年科夫和德鲁日宁均属此派。西欧派推崇西方的社会发展模式,主张废除农奴制,效法西欧,走发展资本主义的道路。1848年的欧洲革命使部分西欧派成员对于效法西欧的前景倍感失望,在寻求新的出路时,成员间的分歧进一步扩大,以至最终分裂为民主派与自由派,民主派中的别林斯基以文学批评为武器,抨击农奴制,鼓吹革命,号召推翻沙皇政府。他的批评很大程度上可以说是在批评形式掩护下的社会政治思想宣传。1848年之后的"七年长夜",两个派别隔阂日甚,至1850年代后期,二者已然势同水火,终于,以车尔尼雪夫斯基和杜勃罗留波夫为代表的"19世纪60年代的平民知识分子与有教养的自由人道主义做了痛苦而难忘的决裂"①。这种决裂在文艺思想中所造成的结果,在德鲁日宁批评文章中被表述为一系列二元对立的创作倾向和原则。由此我们不难发现,俄国纯艺术论者所说的"优美"和"教诲"两种对立的原则,实际上涉及的是文学活动是"为艺术"还是"为社会"的问题,而在更深层次的社会意义上,这些原则间的二元对立关系,又体现了自由主义与革命民主主义为实现各自的国家、社会理想,而在文艺美学领域中展开的话语权争夺战。所以,这场在文艺美学领域内展开的"旷日持久的争论",其指涉范围早已超出文艺学、美学领域,其在更深层次上所隐含的是两个社会思想派别的不同社会发展前景之间的对立。

如果说,上述一系列二元对立创作原则所代表的美学争论在法国七月王朝期间只不过是一小部分批评家的事情,那么在当时的俄国"竟变成一重大道德与政治问题,演变为进步对反动,启蒙对蒙昧主义,道德操持、社会责任与人性感觉对独裁专制、虔诚、传统、妥协与服从固有权威之争"②。在俄国纯艺术论者的批评话语中,这些二元对立创作原则体现了纯艺术论与革命民主主义者的功利主义美学间的严重分歧,而这一创作原则之间的争论实质上已涉及文学艺术与现存社会之间的关系——肯定与否定——问题。

在19世纪的俄国文学中,肯定与否定的问题表现为"为艺术"还是"为社会"的矛盾。这一矛盾不仅表现为纯艺术论与革命民主主义美学这样旗帜鲜明的争论,而且还存在于同一理论家的著述中。在此方面别林斯基就是突出一例。他写于后期的《一八四七年俄国文学一瞥》真切地反映出这种矛盾性:他首先倡言"艺术首先必须是艺术,然后才能够是社会精神和倾向在特定时期中的表现。不管一首诗充满着怎样美好的思想,不管它多么强烈地反映着现代问题,可是如果里面没有诗意,那么,它就不可能包含美好的思想和任何问题"③;然而,随后,在同一篇文章中,他又断言"……艺术利益本身,不得不让位于对人类更重要的别的利益,艺术高贵地为这些利益服务,做它们的喉舌"④。尽管别林斯基在文章中努力调和这两种观点,但其矛盾性仍然显而易见。不仅如此,可以说终其一生,伟大的批评家都饱受这一矛盾的折磨。其实不仅是别林斯基,包括屠格涅夫、托尔斯泰(Лев Николаевич Толстой,1828—1910)、赫尔岑在内的众多俄国文学活动家均未能解决甚至解释清楚这一问题,因为"为艺术"与"为社会"这两种截然相反的立场不仅存在于对立的活动家之间,而且也存在于他们各自的内在思想之中。在一定程度上可以说,正是这两种矛盾的立场之间的张力构成了俄国文学的魅力。

---

① [美]马歇尔·伯曼:《一切坚固的东西都烟消云散了——现代性体验》,周宪、许均译,商务印书馆,2003年,第279页。
② [英]以赛亚·伯林:《俄国思想家》,彭淮栋译,译林出版社,2003年,第311页。
③ 伍蠡甫主编《西方文论选》,下,上海译文出版社,1979年,第388页。
④ 同上书,第389页。

如果我们将"为艺术"与"为社会"的矛盾理解为活动家对于社会的不同态度——肯定与否定——的话,那么这种矛盾同样存在于俄国纯艺术论者的观点之中。作为功利主义文艺的反对者,俄国纯艺术论者认为艺术应被提高到超越社会利益的崇高地位,它以"美的永恒理念"作为唯一对象,除此之外艺术不为任何外在目的服务。如果摆脱非此即彼的思维定势来思考,我们会发现,反对革命民主主义功利的文艺观并不完全等于为现实辩护,纯艺术论者美学上的激进主义也包含了不为统治者所容的反社会性。众所周知,起源于19世纪法国的纯艺术论,作为一种追求自律的文学艺术理论,它源自艺术家对庸俗功利的资产阶级艺术趣味的鄙夷和对雅各宾党、督政府压迫、利用艺术之行径的抗议。从这个意义上说,西欧的纯艺术论是一种具有强烈的反社会倾向的"否定的"文艺理论,虽然它具有明显的逃避现实的倾向,但其存在本身就是对所在社会的一种不满和抗议,它体现了"作为艺术主体的艺术家对其生存现状和局限的反思、批判和否定"①。而这种反社会性同样存在于俄国纯艺术中。俄国纯艺术论者的活动时间主要集中在19世纪40至60年代,而自1848至1855年间正是俄国文化史上最为黑暗的"七年长夜"。其时,较之当初的雅各宾党和督政府,沙皇政府对于进步文艺的迫害和对文化出版物的压制有过之而无不及。对于政权迫害文艺事业的行径,不仅引起革命民主主义者的憎恨,自由派的艺术家对此同样不满。这种不满很明显地体现在安年科夫在出版普希金资料汇编时的言辞中,当时安年科夫慑于书刊检查制度的监督,不得不对伟大诗人作品和言论中的激烈言辞进行删减,或者做一种含糊其辞的处理。这种处理方式被革命派指责为故意损害诗人的声名和形象,但实际上安年科夫早就说过,这样做的目的是为了保护普希金那些未经出版的手稿,等到日后政治环境改善之后再使之重新与读者见面。由此观之,兴起于此时的纯艺术论所抗议的决非仅仅是文学中的现实主义和功利主义,因为它反对的是企图干涉文学的一切外在力量,其中就包括以一种隐蔽方式抗议尼古拉政府文化暴政的激进行为。"诗歌世界是一个极为独特的严整世界,它具有与日常平庸世界迥然不同的规律";当作者在艺术作品中发表见解时,"他应是完全独立的,而艺术家的意志、功绩和意义就存在于他独立的话语之中"。这些对文学艺术独立性的规定和对自由、自主的艺术的追求,既是对车尔尼雪夫斯基"美是生活"、艺术是生活的"教科书"或"替代品"的反驳,同时又可以理解为对于沙皇政府肆意干涉文艺事业的抗议。这样,在反动的"七年长夜"里,纯艺术论成为一部分贵族文学活动家摆脱黑暗现实、在"美"的理念世界中寻求精神自由的一方净土。用崇高的美的理想和艺术反抗暴政,可以说在这种现代主义文学艺术家抗议行为背后所隐含的正是"一种本质上的政治激进主义和颠覆冲动"②。但在当时的条件下,由于俄国纯艺术论者的批判锋芒更多的是指向革命民主主义的"否定的理论",所以它更多表现出一种具有"肯定性质"的文化,这是因为俄国纯艺术论从根本上"认可必须无条件肯定的永恒美好和更有价值的世界:这个世界在根本上不同于日常为生存而斗争的实然世界,然而又可以在不

---

① 周宪:《审美现代性批判》,商务印书馆,2005年,第253页。
② 同上书,第409页。

改变任何实际情形的条件下由每个个体的'内心'着手而得以实现。只有在这种文化中,文化的活动和对象才获得那种使它们超越出日常范围的价值。接受它们,便会带来欢乐和幸福的行动。"① 在这里,马尔库塞(Herbert Marcuse,1898—1979)对"肯定的文化"(affirmative culture)所作的解释无疑是对俄国纯艺术论之"肯定性质"的最好说明。行文至此,我们不禁产生这样一个疑问:作为否定的理论而诞生于欧洲的纯艺术论,为何到了俄国会变成为一种带有肯定与否定双重性质的理论? 笔者认为主要源于以下三方面原因:

首先,俄国纯艺术论自身就包含有这种矛盾因素。俄国纯艺术论以表现"真、善、美的永恒理念"、"普遍人性"或"永恒的人类灵魂"为创作原则,它要求通过不涉及当下迫切的社会—政治问题来保持文学艺术的独立与自由,而这种纯艺术理论本身就包含了驱动其由"否定"转向"肯定"的内在动力。社会学家马克斯·韦伯(Max Weber,1864—1920)认为,现代社会的显著特征之一就是"分化"(diffrentation)。这种分化体现在艺术审美领域就表现为认知—工具理性,道德—实践理性与审美—表现理性的分离。从文艺的角度来看,分化一方面使得包括纯艺术在内的现代文学艺术得以独立于政治、哲学、道德等领域而成为只以自身为目的的自律艺术;但另一方面,纯艺术在摆脱外在束缚的同时,也为这种自由而付出了代价。因为"分化既给艺术带来了新的自由和发展,却也限制了艺术对社会的影响"②。确言之,一味寻求独立自由的纯艺术,其自身就潜藏着使艺术批判、反思社会其他领域的功能自行削弱的可能。因为文学艺术欲施加作用(反思、揭露、批判等)于社会和现实政治的企图,势必在某种程度上会引发政治对于文学艺术的"反制",而在艺术自律的要求之下则隐含着规定着双方互不干涉的"潜台词"。由此可见,作为现代文艺理论早期形态之一的纯艺术论,在要求文学艺术远离哲学、政治和道德说教的同时,其理论内部却蕴含着一种驱动纯艺术由"否定"社会转为"肯定"社会的内在矛盾性。

其次,德国古典哲学、美学(尤其是黑格尔学说)中也包含着"否定"与"肯定"的矛盾。英国俄裔思想家以赛亚·伯林认识到了包含在黑格尔、谢林学说中的双重性质,他认为其基本要义旨在说明:"世上一事一物之所以这个样子,所以生于其地,出于其时,是因为它参与一个宇宙目的。……不但个人,而且群体,不但群众,而且建制——邦国、教会、职业团体等,为了明确目的、往往为了纯属功利的目的而创设的组合——都有一'精神'附身,于此精神,这些建制自己很可能懵然不觉。"③ 而这其中所包含的思想要义又极有可能发展为两种截然相反的对待事物的态度:其一是肯定倾向,即认为既然宇宙目的作为一不可阻挡的宏大进程而客观存在,那么"你可以相信生命与历史是河流,抗拒其流动,或扭转其流向,皆属徒劳且危险之举,你只能与之合一俱往"④;其二为否定倾向,即认为既然宇宙目的作为一不可阻

---

① [美]马尔库塞:《文化的肯定性质》,见钟敬文、启功主编《二十世纪外国文论经典》,北京师范大学出版社,2004年,第229—230页。
② 周宪:《审美现代性批判》,商务印书馆,2005年,第263页。
③ [英]以赛亚·伯林:《俄国思想家》,彭淮栋译,译林出版社,2003年,第144页。
④ 同上书,第147页。

挡的宏大进程而客观存在,那么"你可以断言你感觉到地球内一个新世界挣扎着要出生的阵痛。你感到——你知道——旧有建制的壳子就要在'精神'的剧烈内在膨胀之下破碎了。如果你由衷相信此事,又,如果你是合理的人,你就会不稍迟疑而甘冒认同革命号召之险——否则革命将摧毁你"①。这些德国古典哲学中包含的激进与保守的矛盾因素,既为激进美学提供思想温床,又为与世无争的自律型艺术提供了理论支撑,由于这两种截然相反的倾向被俄国纯艺术论者一同吸纳,因而其中难免带有来自借主的矛盾性。

最后,俄国纯艺术论者带有明显西方自由主义色彩的社会、政治立场是形成其纯艺术论矛盾性的又一原因。作为封建统治社会中的自由主义者,俄国纯艺术论者的社会、政治立场既不同于抱残守缺的沙皇政权,又有别于激进的革命民主主义者。一方面,他们对俄国落后的现实不满,希望政府进行自上而下的社会改革,废除农奴制,走上西欧资本主义的发展道路,因此"他的一些观点与民主主义者密切相关,有时甚至直接表现出俄国社会生活中的民主倾向"②;另一方面,他们又对革命民主主义者激进的政治主张感到忧虑,对他们的虚无主义不满,因此俄国纯艺术论者"希望以和平的方式进行改革,因为自由主义坚决反对革命行为,不相信人民也不希望改变社会结构"③。我们知道,一切文学艺术观念在一定程度上都是一定社会意识形态的反映,俄国纯艺术论亦然。由此可见,俄国纯艺术论者在面对社会现实时表现出"肯定"与"否定"的矛盾态度,实际上就是他们的自由主义政治立场在文学艺术思想中的折射。

---

① [英]以赛亚·伯林:《俄国思想家》,彭淮栋译,译林出版社,2003年,第147—148页。
② Б. Ф. Егоров, В. А. Жданов. А. В. Дружинин: Повесть. Дневник. М.,1986,с.449.
③ Там же,с.449.

第三章
唯美主义诗歌

唯美主义诗歌主要指丘特切夫、费特、迈科夫、波隆斯基、阿·康·托尔斯泰、谢尔宾纳、麦伊这七位"纯艺术诗歌派"成员的作品,他们以独特的个性和大胆的创新,形成了鲜明的风格和各自的特色,同时又在这一过程中形成了整个流派的一些共同特征:在思想上特别重视自然、爱情、艺术、人生,在艺术上极力追求形式的创新与完美,大量使用印象主义、象征主义的手法,具有较强的现代性,并且对此后的俄国诗歌产生了颇大的影响。

一、丘特切夫

费多尔·伊万诺维奇·丘特切夫(Федор Иванович Тютчев,1803—1873)是俄国19世纪一位杰出的天才诗人,他的诗歌在普希金之外,另辟蹊径,把深邃的哲理、独特的形象(自然)、瞬间的境界、丰富的情感完美地融为一体,达到了相当的纯度和艺术水平,形成了独特的"哲理抒情诗",对俄苏诗歌的发展产生了较大的影响,在俄国诗歌史乃至俄国文学史上占有相当重要的一席地位。这在俄国已成为文学史的基本常识,在当代也得到了世界的公认。

丘特切夫是一位具有相当思想深度的诗人,他的诗歌探索人与自然的关系、心灵和生命的奥秘、人在宇宙中的位置、个体(含个性)在社会中的命运等等本质性的问题,达到了哲学终极关怀的高度。因此,他在国外被称为哲学诗人或思想诗人、思想家诗人,他的诗歌被称为哲学抒情诗(философская лирика,我国一般译为哲理抒情诗)。

丘特切夫一生流传下来近400首诗(他的实际创作数量要远远高于这一数量,原因有二:第一,丘特切夫常常即兴创作,灵感袭来马上随手抓住能到手的任何纸条、烟盒之类,匆匆写下,写完便放下不管,丢失不少;第二,早年丢失和自己毁掉不少诗歌和译诗,勒尼指出:"诗人两个主要创作时期(1812—1838,1848—1873)创作的诗歌数量大体相当,数量在3300—3400行之间。不过由于意外情况,诗人在1833年遗失了他的'大部分的'诗作。另外据诗人所说他1836年寄回俄国的至少300行、多到500行的诗作只是他创作的'极少部分'。诗人还补充说他曾毁掉了所翻译《浮士德》的第二部分第一幕,此部分若逐行翻译的话,应该包含大约2000行诗,大概可相当于诗人到1830年为止所创作和翻译的作品数量。从这些事实可以看出,我们所读到的诗人1812—1833年的作品只是诗人所创作的极少部分。我们知道诗人后期的作品保存较完整,因此,粗略估计他1838年前创作的作品要比之后多得多。"①），这些诗歌按其表述的内涵大体上可以分为四大类：自然诗、爱情诗、社会政治问题诗、题赠诗。下面，将对这四大类诗歌逐一进行初步的研究与探索。

（一）自然诗。丘特切夫是在奥甫斯图格风景如画的大自然中长大的，美丽的大自然以多姿多彩的光影声色丰富了他的感觉，培养了他童年的诗心。卢梭"回归自然"的理论，浪漫主义对自然的热爱，进一步强化了他对大自然的深情。他在《不，大地母亲啊》一诗中，抒发了对自然（诗中的"大地母亲"是其活生生的化身）的无比热爱和深情依恋：

> 不，大地母亲啊，我不能够
> 掩饰我对你的深深爱情！
> 你忠实的儿子并不渴求
> 那种空灵的、精神的仙境。
> 比起你，天国算得了什么？
> 还有春天和爱情的时刻，
> 鲜红的面颊，金色的梦，
> 和五月的幸福算得了什么？……②

从早年到晚年，丘特切夫整个一生都在不断地观察自然，描绘自然景物，探索自然与生命的奥秘，以至皮加列夫指出，"在读者的印象中，丘特切夫是个自然的歌手"③。涅克拉索夫也认为："对自然的爱，对自然的同情，对自然的充分理解和善于精巧地描绘它那千姿百态的现象——这是丘特切夫天才的主要特点。"④

在丘特切夫的400来首诗中，自然诗（包括自然哲学诗）共有110首左右，占四分之一之多。这100余首自然诗，内容相当丰富，前后变化也较大，此处拟从两个方面加以探讨。

首先，丘特切夫的自然诗中的自然形象经历了大约三个发展阶段。这三个阶段与丘诗总体发展的三个阶段有所不同，不完全吻合。

第一阶段主要是早期和中期的诗（从练笔到19世纪40年代中期），诗中的自然具有普遍性的特征。具体表现为：一般不写出具体花草树木的名称，而往往称之为"林中"（如《春雷》里"林中的小鸟叫个不停"）、"树木"（《拿破仑之墓》中"树木的周围是初开的花朵"），即使写出，整个景物也无特殊的地方色彩，而往往是比较常见的"橡树"（《恬静》中被雷击倒的巨大橡树）、"松林"（如《松软的沙子深可没膝……》中路旁的松林）。以至 Б. Я. 布赫什塔布认为："丘特切夫的力量不在描写风景的特殊敏锐性，而在于描写普通的自然现象。"⑤

---

① Lane, R. C. "Tyutchev's Place in the History of Russian Literature." *The Modern Language Review*, Vol. 71, No. 2 (Apr., 1976).
② 《丘特切夫诗选》，查良铮译，外国文学出版社，1985年，第44页。
③ 转引自 *Пигарев К.* Жизнь и творчество Тютчева, М., 1962, с. 203.
④ 转引自 *Самочатова О. Я.* Природа и человек в лирике Ф. И. Тютчева. // В Россию можно только верить…Ф. И. Тютчев и его время: Сб. статей, Тула, 1981, с. 48.
⑤ 转引自 *Пигарев К.* Жизнь и творчество Тютчева, М., 1962, с. 227.

第二阶段主要是中期的部分诗和晚期的大多数诗(约从19世纪40年代至1866年)。此时,虽然有部分诗继续保持第一阶段的特点,但更多的诗中的自然风景具有俄罗斯地方特征。皮加列夫指出:"在丘特切夫的抒情诗中,对具体细节的敏锐性明显地逐年增加。"①与第一阶段的自然诗相比,在描写对象——大自然及其一切上,有了明显的不同。前期抽象、概括而具有普遍性,此时则具体、生动而具有俄罗斯地方色彩;前期更富哲理内涵,此时虽仍不乏哲理性,但更多的是诗意的感悟。如同是写秋景,中期和晚期的两首诗就大不相同。中期的诗是1830年的《秋天的黄昏》②,晚期的诗是1857年的《初秋有一段奇异的时节》③。前者写的是"斑斓的树木,不祥的光辉",一切都"带着一种凄凉、温柔的笑容",这是泛神主义自然的拟人化;而后者则是"矫健的镰刀""谷穗""悠闲的田垄的犁沟""蛛网的游丝",完全是地方性的、带有俄罗斯民族色彩的现实生活的写照。列夫·托尔斯泰特别喜欢"悠闲的田垄""蛛网的游丝"这两行诗,他指出:"这里'悠闲的'一词仿佛是无法理解的,仿佛在诗歌中不能够这样写。然而,这个词意味着田间工作已经结束,庄稼已经收割完毕。这样它就具有了完整的印象。写诗要学会找到这样的蕴涵着艺术性的形象,在这一方面,丘特切夫是一位大师。"他还说:"我特别赞赏'悠闲的'一词,这首诗的特点就在于诗中的一个词包含着多层的意思。"④在毫无浪漫色彩的现实中能如实地发现并写出它的美来,并且通过精细观察得来的一个词体现多层意思,这不能不说是一种迥异于早期泛泛描写的现实主义的精神。同样歌颂劳动、生命的诗还有《在那夏末静谧的晚上》等。

第三阶段主要是晚期的部分诗(约从1866年至1873年)。这类诗虽然为数不多,但极具特色。主要以幻想式的手法,表现奇异的自然景物。如1871年写的一首四行诗:

> 这样一种结合我真不敢想象,
> ——虽然我迷迷糊糊地听见,
> 雪橇,在雪地上吱吱作响,
> 春天的燕子,在软语呢喃。⑤

冰天雪地却飞来了春燕,这要么是诗人的美丽幻想,要么是大自然显示的奇迹,在日常生活中,这是很难看到的,以致诗人也称自己"不敢想象"。或者,丘特切夫捕捉平常难得一见的景致,如1866年的《上帝的世界里屡见不鲜》一诗写的是五月飘雪⑥。而五月里白雪飘飘,即使在天寒地冻的俄罗斯恐怕也不多见,这种罕见的景象,诗人称之为"上帝的世界里屡见不鲜"的景象,而在人间,则指出它到来的"不合时宜"。因此,这一阶段,丘诗中的自然形象主要是一种幻想的或罕见的

---

① 《丘特切夫诗选》,查良铮译,外国文学出版社,1985年,第224页。
② 同上书,第24页。
③ 同上书,第131页。个别地方有改动。
④ 转引自《丘特切夫抒情诗选》,陈先元、朱宪生译,漓江出版社,1986年,第181页。
⑤ 曾思艺译自 *Ф. И. Тютчев.* Полное собрание стихотворений, Л., 1954, с. 291.
⑥ 见《丘特切夫诗全集》,朱宪生译,漓江出版社,1998年,第420页。

景物。

其次，丘特切夫的自然诗富有泛神论色彩，并具有颇为丰富而深刻的哲学意蕴。丘特切夫描写自然的诗，观察细致，感觉敏锐，笔触细腻，语言优美，被称为"诗中风景画"，表面上看，只是优美的风景描绘，但这优美的"诗中风景画"却包含着丰富而深刻的生命哲学意蕴。其中最明显的一点，便是表现生命的运动。为了表现生命的运动，丘特切夫在自然诗中最喜欢描绘一种现象向另一种现象的更替，或一种状态向另一种状态的转化，如《太阳怯懦地望了一望》①细致生动地描写了从晴转雨又由雨转晴的转化状态；又如《十二月的黎明》②颇为精细地写出了十二月从黑暗的黎明转变到阳光灿烂的清晨的全过程。而《黄昏》则细腻地描绘了白天向夜晚过渡的黄昏时刻，《夏晚》则写夏天傍晚炎热开始转凉快的情景。这类诗还有《东方在迟疑》等。有时，诗人致力于表现自然的某种运动过程，如《昨夜，在醉人的梦幻里》细致地描绘了晨光的流动③；有时，他通过大自然对立力量的矛盾来表现大自然季节交替的运动，如《冬天这房客已经到期》④描绘了春天这小姑娘与冬天这老巫婆的戏剧斗争过程。而这，是丘诗最常见的题材之一，萨莫恰托娃指出："特别吸引丘特切夫的是自然生命在繁荣和衰落时表现出的过渡状态。"⑤

但丘特切夫自然诗中最深刻的生命哲学意蕴还是他把自然与人结合起来写，探索人与自然的关系。丘诗往往让自然与人内心沟通，通过对自然的描绘，展示心灵的运动过程，这样，他的诗在结构上往往构成了人与自然的对比或类比，造成多层次结构（详见后面"丘诗的多层次结构"）。进而，丘特切夫在自然诗中思考人与自然的关系。他认为自然是美妙永恒的，更是强大有力的。对于自然来说，人只是瞬间的梦幻：当人已经从年轻力壮变得衰弱无力时，自然依旧年青而美丽。人一天天变老，最终来自泥土，复归于泥土，而自然则永恒地活着，并且毫无变化地年青美妙，如《白云在天际慢慢消溶》⑥。人热情洋溢，自然则冷漠无情。人试图融化于普遍的自然中，天人合一，获得和平与宁静，忘掉个体的"我"，忘掉自己的惊慌、忧伤和忙碌。但人却永远无法摆脱个体的"我"，因此，他只能面对时间的运动和生命的变化，让自己的一切慢慢流逝，不留一丝痕迹（《不眠夜》《在这儿，生活曾经如何沸腾》）。

正是对生命的关注和热爱，使丘特切夫对大自然的运动变化十分关心，尤其是对自然的时空十分敏感。科瓦廖夫指出："丘特切夫认为空间和时间对人来说是敌对的力量，正是时间把不可磨灭的皱纹刻上了亲爱的脸庞，而空间则分离了人们，

---

① 《丘特切夫诗选》，查良铮译，外国文学出版社，1985年，第84—85页。
② 曾思艺译自 Ф. И. Тютчев. Полное собрание стихотворений，Л.，1954，с. 212. 或见《丘特切夫哲理抒情诗选》，曾思艺译，载《诗歌月刊》2009年第7期下半月刊（总第104期）。
③ 《丘特切夫诗选》，查良铮译，外国文学出版社，1985年，第66—67页。
④ 同上书，第60—61页。
⑤ Самочатова О. Я. Природа и человек в лирике Ф. И. Тютчева. //В Россию можно только верить... Ф. И. Тютчев и его время: Сб. статей, Тула, 1981, с. 50.
⑥ 见《丘特切夫诗选》，查良铮译，外国文学出版社，1985年，第161页。

就像那'强大的旋风'一样,它独立于意志,夺去人们的朋友,把他们放置在四面八方。"①自然本身尽管不断地运动着,但它是永恒的,也是冷漠而和谐的,人面对时空的压力,不断思考着,抱怨着,终于懂得了现实的脆弱,过去的不可挽回,未来的难以预知,因此,只想消融于和谐宁静的大自然(《春》)……

特别要指出的是,在丘特切夫的110首左右的自然诗中,有不少属于比较典型的西方早期生态文学,在这些诗歌中,诗人表现了与西方主流的传统思想观念不同的自然观或生态观。如前所述,丘特切夫认为,一切都处于矛盾对立的冲突之中,人的心灵自然也不例外,要时时承受对立双方的冲突乃至撕扯,搞得精疲力竭,痛苦不堪,而且,一切皆变,一切都如流水,匆匆即逝,人在浩瀚无垠的宇宙中无所依傍,像无家可归、软弱无力的孤儿,而永恒和谐、年复一年青春永驻的只有大自然,因此,尽管有时对大自然这个斯芬克斯表示疑惑,丘特切夫还是形成了回归自然、顺应自然的观念。这种回归自然、顺应自然的观念,使他在某种程度上成为20世纪生态哲学、生态伦理学的先驱,至少与这一思潮相通。

首先,丘特切夫认为自然像人一样,是一个有着自己的灵魂、独立的生命的活的有机整体,如《大自然并不是你们想象的那样》:

> 大自然并不是你们想象的那样,
> 它不是图形,不是一张死板的脸——
> 它有自己的灵魂,它有自己的意志,
> 它有自己的爱情,它有自己的语言……
> ……
> 你们看看树上的枝叶、花朵,
> 难道这些都是那园丁的制作?
> 你们再看母体内孕育的硕果,
> 难道是外界异己力量的恩泽?
> ……
> 他们不会观察,也不会谛听,
> 生活在无比黑暗的小小天地。
> 他们认为,海浪中没有生命,
> 他们仅仅知道太阳不会呼吸。
>
> 光芒还没有照入他们的胸间,
> 他们心中的春天还没有开花。
> 他们四周的森林不可能交谈,
> 满天的繁星也只是一个哑巴!
>
> 河流和森林美妙神奇的语言,

---

① *Вл. А. Ковалев.* Из наблюдений над проблематикой и поэтиккой философской лирики Ф. И. Тютчева. // В Россию можно только верить... Ф. И. Тютчев и его время: Сб. статей, Тула, 1981, с. 50.

> 使滂沱大雨的心房激情洋溢，
> 这大雨和善友好的夜间聚谈，
> 没有和他们细细地一起商议。
>
> 这不是由于他们自己的错误，
> 须知他们的器官是又哑又聋！
> 唉！即使大地母亲亲自来打招呼，
> 也不会使他们的心灵受到激动！……①

  这首诗被称为丘特切夫诗歌的泛神主义宣言，是其自然诗的一首纲领性作品。它宣称大自然并非死板的图形，而是一个活生生的生命有机体，有着自己的灵魂、意志、爱情和语言，并且，直接批评那些把自然视为死板的图形的大众"生活在黑暗的小小天地"里，不会观察，也不会谛听，"他们的器官是又聋又哑"，对大自然的生命乃至生机和灵气全无感应，即使大地母亲亲自来打招呼，"也不会使他们的心灵受到激动"。诗中还有些言论可能相当激烈，以至有整整两节共八行诗被当时的书刊检察官删去了（译者以省略号代替）。面对当时普遍盛行的、占主流地位的西方传统思想观念——人类中心、把自然视为被征服的僵死物质或无生命的客体，丘特切夫挺身而出，在这首诗里以高昂的热情、激烈的言论，与之展开争论，而且有理有据，义正词严，有很强的说服力与艺术感染力。对此，俄罗斯当代学者明确指出："这首诗确立了自然主权的思想，它用来反对那些鼓吹人肆意践踏自然，使自然服从于人的意志的庸俗物质主义者，反对把自然看成是上帝意志的"图形"的教义。"②在《春水》一诗中，他更是以生动形象的语言写出了大自然的活的生命：

> 田野里还闪着积雪，
> 春天的河水已在激荡——
> 流啊，流啊，它唤醒了
> 沉睡的两岸，边流边唱：
>
> "春天来了，春天来了！
> 我们是新春的先锋，
> 她派我们先来通报。"
> 果然，紧随着这片喧声，
>
> 文静、温和的五月
> 跳起了欢快的环舞，
> 闪着红面颊，争先恐后

---

① 《丘特切夫抒情诗选》，陈先元、朱宪生译，漓江出版社，1986年，第85—86页，引用时部分地方做了改动。
② Академия Наук СССР Институт мировой литературы. История русской литературы, Т. 3., Л., 1982, c. 417.

出现在春水流过的峡谷。①

在这里,春天的河水是新春派来的先锋,它在新春到来之前,先行一步,以歌声向人们通报春天的到来,而五月(即新春——俄罗斯天寒地冻,到五月才出现新春)简直像健康美丽的淑女,她"文静、温和","闪着红面颊","跳起了欢快的环舞"。被当时的人们视为冰冷物质的春水以及仅仅代表着一个季节的春天,在此是以生机盎然的生命形式出现的。由上可见,丘特切夫眼中的自然,的确如上所述,既非古希腊人那样是众神的殿堂,也不是基督教中上帝这宇宙的惟一创造者的神庙,而是一个生气勃勃的生命有机体。苏联学者布拉戈伊指出:"在丘特切夫的意识里,自然没有任何静止的、僵死的东西,一切运动着,一切呼吸着,一切生活着。"②因此,作为一个生命有机体的大自然的一切,都为丘特切夫热爱,也在其笔下得到了广泛的描绘。列夫·奥泽罗夫在论述丘特切夫及其诗歌时指出:"他喜爱尘世的一切,喜爱现实生活的丰富多彩,渴望用自己的整个生命去了解它们。他喜爱春天的雷雨和初萌感情的汛滥,喜爱太阳下闪光的白雪和群山的顶峰,喜爱骑兵队似的海浪和当'万物在我中,我在万物中'的黄昏时候神秘的宁静,喜爱一端架在森林上,另一端隐在白云中的彩虹,喜爱天空中飞翔的鸟群和'在悠闲的犁沟里'闪闪发光的'蛛网的细丝'。世界的一切元素对他敞开:大地,水,火,空气。"③因而,"'奇异的生机'的闪光,早晨的宁静,夜的沉入幻想的宽广,春天的繁荣,'微笑在一切中,生命在一切中'的时候,夏天的正午,凉爽的灌木林,风平浪静的大海,令人狂喜的蓝色海湾,'一颗颗喷泉的珠玉',往远处浮游的白云,所有这一切充满了丘特切夫的诗。"④

进而,丘特切夫认为自然能给人以力量,能提升人的精神境界,人是自然的一部分,应该顺应自然,加入大自然的和谐之中。在《不,大地母亲啊》一诗中,他表达了对大地母亲的无比热爱和热烈赞美,也写到大地母亲能给自己以力量,使自己精神轻松,充满幻想;在《曾几何时……》一诗中,他进而写到大自然对自己精神的提升:"曾几何时,啊,在幸福的南方,/曾几何时,我与你面对着面——/你可是像敞开的伊甸园,/让我这个游子举步欲前?/尽管我还没有心醉神迷——/可心儿却被新的情感侵占——/对着面前的伟大的地中海,/我凝神倾听它波浪的歌声!"⑤面对美丽、伟大的地中海,诗人有了新的感触,不禁油然产生了新的情感,精神发生了变化。在《你,我的大海的波涛》一诗中,他进一步抒写了大自然变幻的美以及心灵在大海的静美中的沉醉:

> 你,我的大海的波涛,
> 我的任性无羁的波涛,
> 像在安息,又像在嬉戏,

---

① 《丘特切夫诗选》,查良铮译,外国文学出版社,1985年,第33页。
② Благой Д.Д. Литература и действительность, М,1959,с. 447.
③ Озеров Л. Галактика Федора Тютчева. //Тютчев Ф.И. Стихотворения, М.,1985,с. 5.
④ Там же,с.16.
⑤ 《丘特切夫诗全集》,朱宪生译,漓江出版社,1998年,第189页。

你的生命充满着奇妙!

有时你对着太阳微笑,
倒映出那高高的苍穹;
有时你又骚乱不安,
把这野性的深渊搅动。

你的呢喃使我感到甜蜜,
它里面充满温存和爱情,
那暴怒的怨言我也能听懂,
它是一种预言性的呻吟。

即使在狂暴的自然中,
你时而阴沉,时而明朗,
但在你的蓝色的夜晚,
你要把捕获的东西珍藏。

我投进你胸膛之中的,
不是作为礼品的戒指;
我藏在你心脏之中的,
不是晶莹剔透的宝石。

不,在这命定的时分,
我迷恋于你神秘的美,
我把心,一颗活的心,
埋葬在那深深的海底。①

　　大海是大自然和整个宇宙最生动的形象和象征。这神秘深沉的大海,安静时风平浪静,温和秀丽,近处浅绿,远处碧蓝,以富于变化和层次感的种种颜色使人领悟大自然的神奇;愤怒时汹涌咆哮,白浪滔天,惊涛拍岸,卷起千堆雪,以宏大的气势、雄伟的力量让人在强烈的震撼中拓展心灵。因此,诗人称它"任性无羁",认为它既有"充满温存和爱情"的甜蜜的轻轻呢喃,又有暴怒的预言性的呻吟——而它们,都能使热爱大海的人在精神上有所收获。但诗人更喜爱更陶醉的是,在那宁静的蓝色夜晚,大海一碧万顷,晶莹纯净,宁静茫茫,神秘漫漫,茫茫的宁静中漫漫的神秘与纯净的美在袅袅升腾在薄雾般弥漫,使诗人陶醉得竟然让心灵不知不觉间沉入了深深的海底。这就极其生动形象地写出了大海的美对自己精神的提升,以非常巧妙的方式为大海的美唱了一首颂歌。正因为自然之美能慰藉人的心灵,提升人的精神境界,使人陶醉于迷人的美中,因此,诗人在不少诗中一再希望人能摆

---

① 《丘特切夫诗全集》,朱宪生译,漓江出版社,1998年,第290—291页。

脱这虚幻的自我,融入作为整体的大自然之中,如《灰蓝色的影子溶和了》:

> 灰蓝色的影子溶和了,
> 声音或沉寂,或变得喑哑,
> 色彩、生命、运动都已化做
> 模糊的暗影,遥远的喧哗……
> 蛾子的飞翔已经看不见,
> 只能听到夜空中的振动……
> 无法倾诉的沉郁的时刻啊!……
> 一切在我中,我在一切中!……
>
> 恬静的幽暗,沉睡的幽暗,
> 请流进我灵魂的深处;
> 悄悄地,悒郁地,芬芳地,
> 淹没一切,使一切静穆。
> 来吧,把自我遗忘的境界
> 尽量给我的感情充溢……
> 让我尝到湮灭的存在,
> 和安睡的世界合而为一!①

丘特切夫认为,西欧高扬个性与自我,使整个社会过分追求个性与独立,最终发展成为极端的自我主义。这种极端的自我主义追求的是一种个人虚幻的自我,这种自我不仅使人与人之间的关系紧张,更使人把自然当作僵死的物质,而无法与之沟通,因此,他在诗中一再希望抛弃这虚幻的自我,而与整个大自然融为一体,在《春》一诗中,他宣称要抛开个体,投入大自然那"生气洋溢的大海",与"普在的生命"契合。在《在海浪的咆哮里》一诗中,他更是指出:"万物都有条不紊,合奏而成/一曲丰盛的大自然的交响乐,/只有在我们虚幻的自由中,/我们感到和自然脱了节。"在这首《灰蓝色的影子溶和了》中,诗人表达了同样的主题:要遗忘自我,"和安睡的世界合二为一",进入庄严而又迷人的"静穆",进入"一切在我中,我在一切中"的美好境界。《生活中会有些瞬息》则进而写出了人与自然和洽一体的动人境界:

> 生活中会有些瞬息——
> 难以言传,只能意会。
> 那是上天赐予尘世的良机,
> 让人怡然自得,忘乎所以。
> 我头顶上的树梢,
> 在发出阵阵喧哗。
> 只有天上的小鸟,
> 在和我交谈对答。

---

① 《丘特切夫诗选》,查良铮译,外国文学出版社,1985年,第50页,个别地方有改动。

一切庸俗而又虚伪的东西,
　　离我们这样遥远。
　　一切神圣而又可爱的东西,
　　与我们这样亲切。
　　我欢愉,我甜蜜,
　　世界就在我心中,
　　我真是醺醺欲醉——
　　时光啊,请停一停!①

　　人与自然融合为一、和洽一体的境界,是天人合一的最高境界,这种境界十分美妙,但往往极其短暂,只有如梦似幻并且难以言传的那么一个瞬间,我国晋代的陶渊明在"采菊东篱下,悠然见南山"的瞬间,与自然和谐一体,但旋即深感"此中有真意,欲辨已忘言"(《饮酒·其五》),宋代词人张孝祥在1166年将近中秋时经过湖南洞庭湖,面对着"玉鉴琼田三万顷"的平湖秋月的浩淼景色,霎时间觉得"素月分辉,明河共影,表里俱澄澈",甚至"不知今夕何夕",但也深感"悠然心会,妙处难与君说"(《念奴娇·过洞庭》)。和陶渊明、张孝祥一样,丘特切夫这首诗也十分生动地写出了在天人合一的瞬间自己的美妙感受:一切庸俗、虚伪的东西,远远离开了;一切神圣、可爱的东西,则显得更加亲切;此时此刻,诗人深感"世界就在我心中",觉得欢愉、甜蜜,甚至忘乎所以,醺醺欲醉,并发出了类似浮士德那样的高喊:你真美啊,请停一停!但他也指出,这美妙的瞬间,"难以言传,只能意会",这既令人满足又让人感到无比遗憾。

　　在此基础上,丘特切夫认为人在根本上与自然相通,具有自然的非理性的因素,比较早地认识到潜意识的东西深藏在人的心灵底层。如《午夜的大风啊》:

　　午夜的大风啊,你在哀号什么?
　　为什么怨怒得这样的疯狂?
　　你的凄厉的声音意味着什么?
　　忽而幽怨低诉,忽而大吼大嚷?
　　你以这心灵所熟悉的语言
　　在倾诉一种不可解的苦痛,
　　你朝它深深挖掘,从那里面
　　有时竟发出多狂乱的呼声!……

　　哦,是的,你的歌在对人暗示
　　他可怕的故乡,那原始的混沌!
　　夜灵的世界听到你的故事
　　正感到多么亲切,听得多凝神!
　　别再唱吧!不然,它就要从胸中

---

① 《丘特切夫诗全集》,朱宪生译,漓江出版社,1998年,第317页。

挣出来,与无极的宇宙合一!……
　　哦,别把这沉睡的风暴唤醒——
　　那下面正蠕动着怎样的地狱!……①

　　俄国现代宗教哲学家弗兰克(С. Л. Франк,1877—1950)指出:"夜风的呼号与灵魂深处的忧伤的倾诉,都是同一种宇宙存在本质的表现。自然的杂乱无章——我们的母亲的怀抱——隐藏在我们自己的心灵深处,因此尽管它不可得见,却仍然在每个人心中引起反响。"②午夜的大风是自然原始力量的象征,它在夜深人静的时候,唤醒了人对原始的故乡——混沌世界的记忆,搅醒了人心灵深处"沉睡的风暴"——潜意识,诗人对此既觉得欣喜又感到害怕,只得请求它别唤醒那个蠕动着的"地狱"。在《庄严的夜从地平线上升起》一诗中,他进而写到,当庄严的夜从地平线上升起后,无底的深渊显露在人们面前,心灵深处的一切涌动着,诗人发现,心灵底层那"那不可思议,幽暗和陌生的","原来是久远的继承"。在《好似海洋环绕着地面》一诗中,诗人更是明确指出生命被梦寐围抱,并写到无限、深渊、夜间的海洋,它们构成非理性的一切。关于丘特切夫诗歌中的非理性、无意识内容,俄中学者已多有论述。如弗兰克指出:"他的全部抒情诗都贯穿着诗人面对人的心灵的深渊所体验到的形而上学的颤栗,因为他直接感受到人的心灵的本质与宇宙深渊、与自然力量的混沌无序是完全等同的。"③飞白先生也认为,丘特切夫的"全部诗歌创作,仿佛就是一座沟通理性与非理性、意识与无意识的桥梁。他的诗中,汪洋梦境在生活的四周喧哗,混沌之世在我们的脚下晃动,无声的闪电在天边商议神秘的事情,秋景的微笑露出了'面临苦难的崇高的羞怯'……通过他的笔触,一切事物都获得新的神秘的光彩"④。

　　正因为如此,诗人重视梦幻、直觉乃至想象,反对以理性剥夺自然的神秘,并且具有类似于现代生态保护的某些观念。他在《致安·尼·穆拉维耶夫》一诗中指出,理性排斥大自然的神秘——神奇的想象,让宇宙中的一切全都"遵从狭窄的法规",把生活搞得四分五裂,毁灭了一切,因此,必须向古代人民学习,他们遵从神奇的想象,生活在大自然母亲的怀抱,熟悉大自然母亲的一切,在他们眼里,一切都是有生命的,并奉劝安德烈尼古拉耶维奇·穆拉维耶夫,不要过分相信科学和理性,把大自然视为无生命的僵死东西而尽力驱除神奇的想象。丘特切夫在诗中不仅一再主张像古代的人民一样,融入大自然,与自然和谐一体,而且,比较超前地提出要遵从自然规律,爱护大自然的一切生命,如《难怪仁慈的上帝……》:

　　　　难怪仁慈的上帝会
　　　　造就出胆怯的小鸟——
　　　　赐予它以敏感的胆怯,
　　　　作为危险可靠的担保。

---

① 《丘特切夫诗选》,查良铮译,外国文学出版社,1985年,第55页。
② [俄]弗兰克:《俄国知识人与精神偶像》,徐凤林译,学林出版社,1999年,第19页。
③ 同上书,第18页。
④ 飞白:《试论现代诗与非理性》,《外国文学评论》1987年第2期。

> 与人亲近,对这可怜的
> 小家伙不会有什么好处,
> 与人越亲,就越近劫运——
> 免不了要落入他们之手……
>
> 你看小姑娘养大一只小鸟,
> 从鸟巢一直到长出了绒毛,
> 她给它喂食,抚养它长大,
> 不论是抚爱,还是操劳,
> 她从不怜惜,从不计较。
>
> 但你,小姑娘,不管你怎样
> 爱它,为它焦虑,被烈日烘烤,
> 那不容怀疑的一天将会来到,
> 你的小鸟将会在你手中死掉……①

这首诗是诗人写给自己的一个女儿的。小姑娘爱鸟,养了一只小鸟,诗人对此是不赞同的,他出于一切都须遵从自然的信念,认为这样做是违背自然的:仁慈的上帝赐予小鸟"敏感的胆怯"来保护自己,落入人的手中,与人过分亲近,有悖于小鸟的天性——"敏感的胆怯",这会给它带来劫运,因此,无论小姑娘怎样为小鸟操劳,小鸟也将会被她弄死。在这首诗里,诗人一方面奉劝小鸟不要违背自己的天性,过分与人亲近,另一方面,又委婉地劝说自己的女儿,最好顺应自然的规律,让小鸟自然成长。这首诗比较含蓄地表达了诗人类似于今天爱护动物、任其自然生长的生态保护思想。此外,诗人还有比较超前的某些生态观念,如《在乡村》一诗里,诗人写到一条狗突然追逐小河中的鹅群鸭群,使它们"四处乱飞乱撞","傻乎乎地乱叫乱嚷",并且认为,"这里面有它的目的":"懒散的群体之中有血液淤积……/于是,那至善至美的上帝,/揭开胡作非为之徒的锁链,/要使鹅鸭至死都不会忘记/自己那对生死攸关的翅翼。"②当今世界,人们普遍认为,由于人工饲养和环境破坏等原因,不少动物已丧失了自己固有的生存能力(如动物园的老虎),必须让动物自然生长,以恢复其固有的生命活力和生存能力,丘特切夫的上述思想与当代的生态观念完全合拍。

丘特切夫还希求过一种十分简朴但时时与自然相处,不断追求精神升华的生活。如《漂泊者》:

> 宙斯悦纳贫穷的香客,
> 神圣的华盖在他头上煜烨!……

---

① 《丘特切夫诗全集》,朱宪生译,漓江出版社,1998年,第279—280页。
② 详见上书,第471—472页。

无家可归的流浪者
　　成了天国众神的宾客!……

　　众神手创这奇妙世界,
　　千姿百态,气象万千,
　　就在他的面前一一展现,
　　给他以启示、教益和喜悦……

　　通过村庄、田野和城市,
　　他的道路无比光明——
　　整个大地任随他步行,
　　他看见一切并称颂上帝!①

　　漂泊者尽管物质生活十分简朴甚至极其贫穷,是"无家可归的流浪者",但他的精神生活却无比富足,他受到万物之父和众神之父宙斯的悦纳,村庄、田野、城市乃至整个大地都敞开在他面前,任随他步行,他的道路无比光明,他从这美妙大千世界的千姿百态、万千气象中,随时获得"启示、教益和喜悦"。这种追求简朴生活并尽力融入自然以充分体验自然之美、丰富精神的思想,与美国著名作家梭罗(Henry David Thoreau,1817—1862)极其相似。梭罗被称为浪漫主义时代最伟大的生态作家,一生致力于生活艺术化,"追求简朴,不仅是生活上、经济上的,而且是整个物质生活的简单化",尽可能"过原始人,特别是古希腊人那样的质朴生活",同时,"全身心投入地体验田园风光","认识自然史","认识自然美学,发掘大自然的奇妙神秘的美"。从1845年7月4日开始,他在美国康科德郊外瓦尔登湖畔的一座小木屋里隐居了26个月,除少量从事为基本物质需要的劳动外,其余时间全部用于读书和与大自然沟通。② 因为在他看来,最高的美和人的发展来自个人对森林、河流、湖泊、山峦、晨雾、朝霞亦即大自然的一切的灵感和体验的升华,美好的生活是精神生活的充实和丰富,是人格的提升,它不是通过越来越多地积累知识、占有财富来达到的,而是通过对自然和人性美的敏锐感受来实现的。

　　在此基础上,丘特切夫厌弃庸俗、忙碌的物质追求,向往高洁、宁静的精神世界,厌弃短暂、纷纭的现实,追求永恒、纯净的天国,力求登上山顶,飞向天空(而山顶、天空在丘诗中是纯洁、永恒与精神境界的象征),力求忘掉自我,融入世界的整体,融入永恒、普在的生命之中,甚至希望用艺术创造一个"人工的天堂",让自己的灵魂有所安顿。③

　　以上这一切思想观念,与西方传统的思想观念颇为不同。

　　如所周知,"二希"文化是西方文化的源头。"二希"文化都有强调主客二分("主体—客体")的传统,只是古希腊文化直接强调人以其主体性认识自然这客体,

---

① 《丘特切夫诗选》,查良铮译,外国文学出版社,1985年,第19页。
② 详见王诺:《欧美生态文学》,北京大学出版社,2003年,第107—108页。
③ 详见曾思艺:《丘特切夫诗歌研究》,人民出版社,2012年,第171页。

而古希伯来文化则间接一些（通过上帝授权给人的方式）。整个古希腊文化的核心就是个体性。在社会关系上，古希腊人认为，凡是不能支配自己和由人摆布的人都是奴隶，在哲学上，则提出了以质点、个体为特征的原子论思想，力求探索自然的奥秘。这种重视个体性的思想随着文明的进步、科技的发展，在人与自然的关系上也必然表现出来，普罗泰戈拉（Protagoras，约前490或480—前420或410）宣称："人是万物存在的尺度，是存在事物存在的尺度，也是不存在的事物不存在的尺度。"①这种思想确立了人在宇宙中的中心地位，强化了主客二分的传统，把自然当作苦苦探究的客体对象。而古希伯来文化和基督教的经典《圣经·旧约》也十分强调人类中心、人与自然的对立甚至人对自然的征服，如《创世记》中上帝就公开宣布让人"管理海里的鱼、空中的鸟、地上的牲畜和全地，并地上所爬的一切昆虫"，并明确指示人："我将遍地上一切结种子的菜蔬和一切树上所结有核的果子，全赐给你们做食物"，"凡地上的走兽和空中的飞鸟，都必须惊恐、惧怕你们；连地上一切的昆虫并海里一切的鱼，都交付你们的手。凡活着的动物，都可以作你们的食物，这一切我都赐给你们，如同蔬菜一样"。因此，美国学者怀特指出："与古代异教及亚洲各种宗教（也许拜火教除外）绝对不同，基督教不仅建立了人与自然的二元论，而且还主张为了其自身的目的开发自然是上帝的意志。"②

因此，自"二希"文化合流的文艺复兴以后，人们普遍盲目自大地认为，人是"宇宙的精华，万物的灵长"，形成了突出的人类中心观念，进而把古希腊开始的对自然的穷究发展为征服自然、主宰自然。其中，英国的弗朗西斯·培根（Francis Bacon，1561—1626）在确立人类征服与统治自然的观念方面，起了相当重要的作用。他不仅明确提出人类中心论，阐述了自然只是为着人类的目的而存在："如果我们考虑终极因的话，人可以被视为世界的中心；如果这个世界没有人类，剩下的一切将茫然无措，既没有目的，也没有目标，如寓言所说，像是没有捆绑的扫把，会导向虚无。因为整个世界一起为人服务；没有任何东西人不能拿来使用并结出果实。星星的演变和运行可以为他划分四季、分配世界的春夏秋冬。中层天空的现象给他提供天气预报。风吹动他的船，推动他的磨和机器。各种动物和植物创造出来是为了给他提供住所、衣服、食物或药品的，或是减轻他的劳动，或是给他快乐和舒适；万事万物似乎都为人做事，而不是为它们自己做事。"③而且，他还指出了人类更好地支配与统治自然的方法——发展科学和技术："这一观点概括在他的名言'知识就是力量'中，这里的力量是'支配'的能力、是有效的控制的实现。这种支配和控制作为一种知识形态，就是将自然对象化，并框定在一个逻辑和理性的框架内，使我们能够准确方便地预期；作为一种实践形态，就是按照我们的意志让自然奉献出我们所需要的东西。"④

张世英先生则从哲学的角度指出，在笛卡尔及其以后的西方哲学中，主客二分

---

① 转引自北京大学哲学系外国哲学史教研室编译《古希腊罗马哲学》，三联书店，1957年，第133页。
② 转引自余谋昌：《生态哲学》，陕西人民教育出版社，2000年，第168页。
③ 转引自何怀宏主编《生态伦理学——精神资源和哲学基础》，河北大学出版社，2002年，第274—275页。
④ 同上书，第275页。

的关系模式,不仅仅是一般地指人与物的关系,而是以"我"为"主",以"物"为"对象"、为"客"的关系模式。在这一关系中,主客双方并非一种平等关系,而是一种"主动—被动"的关系,是一种"征服—被征服"的关系。在这里,只是主体(人)有主动性,客体是被动的;主体是征服者,客体是被征服者。这种关系是"客体""对象"为"我"所用的关系,有点类似黑格尔所比喻的"主人—奴隶"关系。由于主体与客体的这一不平衡的关系,就自然而然地产生出人类中心论的观点。所以,西方哲学中的主体性与人类中心论有着内在的联系。①

值得一提的是,在西方传统思想尤其是自然观发展的过程中,启蒙运动更是进一步把人对自然的征服作为主要目标。启蒙时代又叫理性时代,正是因为启蒙运动的旗帜就是理性。而"理性的优先主导性的引申之一产生了一种含糊却广泛存在的对'进步'的设定。一般知识分子认定进步之为物,无非日益有效地运用理性,以控制自然与文化的环境"②。笛福(Daniel Defoe,1660—1731)的《鲁滨孙漂流记》是极能体现启蒙精神的典型的启蒙文学作品,宣扬的主要就是流落荒岛的鲁滨孙不怕艰难,凭借自己顽强的劳动,征服自然,用自己的双手创造了一个取之于自然的新天地,极端肯定了人对大自然的征服。被斯宾格勒(Oswald Spengler,1880—1936)在其名著《西方的没落》中称为西方近代文化象征的歌德的《浮士德》,更是高度赞扬了人对大自然的征服:浮士德一生五个阶段的探寻,前四个阶段均以悲剧而告终,但最终却找到了正确的途径——发动群众,移山填海,并且得出了智慧的最后断案:"要每天每日去开拓生活和自由,然后才能做自由与生活的享受。"而这种开拓,在某种程度上就是对大自然的开拓与征服,是指人迫使大自然献出更大的空间、资源乃至财富供其占有,从而获得生活的享受,活得更加自由。

正是在上述一系列观念的影响下,人们比较普遍地认为,自然只是一个没有生命的资源宝库,是人征服的客体,而人是自然的主人,主宰着并能随心所欲地享用自然的一切。这样,理性与自然科学、科技文明的辉煌胜利,使"人再也看不到世界和自然的奥秘和神秘性,人和最高的真实失去了接触。古人经由神秘知识,诗人经由想象,哲学家经由他们整体性的理解,都和这最高的真实有所接触。今天是有史以来人类头一回除了他自己和他自己的产品外无以所对。现代人甚至和他内在的自我都失去了接触,科学和技术不再帮助人更深入一层地去寻获世界和自我内心的度向。科学和技术用人自己的构式和发明、计划和目标来阻挡人,以致于现代人只能从理性的构思和实用性的观点来看自然。今天,一条河在人看来只是推动涡轮机的能源,森林只是生产木材的地方,山脉只是矿藏的地方,动物只是肉类食物的来源。科技时代的人不再和自然做获益匪浅的对话,他只和自己的产品做无意义的独白"③。这使人们更加陶醉于感官刺激和物质享受,更尽情甚至更疯狂地掠夺大自然,终于导致了现代社会的诸多病症,尤其是生态危机和环境恶化。

与这种传统观念颇为不同的丘诗,在某种程度上可以说是现代生态文学的先

---

① 详见《哲学的问题与方向探讨——访张世英教授》,《哲学动态》1999 年第 7 期。
② [美]艾恺:《世界范围内的反现代化思潮——论文化守成主义》,贵州人民出版社,1999 年,第 9 页。
③ [德]孙志文:《现代人的焦虑和希望》,陈永禹译,三联书店,1994 年,第 67—68 页。

声。它反对把人凌驾于大自然之上肆意践踏大自然,强调人只是大自然的一个组成部分,而大自然是一个有着自己的意志、灵魂、语言和爱情的活生生的生命机体,人必须顺应自然并尽力融入自然之中。这些观念,与20世纪中后期兴起的大地伦理学和深层伦理学的观念完全一致。如大地伦理学的创立者利奥波德(Leopold,1887—1948)在《大地伦理学》(1933)中提出:"大地伦理学改变人类的地位。从他是大地—社会的征服者,转变为他是其中的普通一员和公民。这意味着人类应当尊重他的生物同伴,而且也以同样的态度尊重大地社会。"[1]深层生态学更是认为,自然是一个有机的整体,整个生物圈乃至宇宙是一个生态系统,这一系统中的一切事物都是相互联系、相互作用的,人类只是这一系统也即自然整体中的一个部分,既不在自然之上,也不在自然之外,而在自然之中。[2] 与此同时,人们也逐渐认识到,地球是有生命乃至灵性的。利奥波德在其论文《西南部资源保护的根本问题》中指出:"地球——它的土壤、山脉、河流、森林、气候、植物以及动物的个体特征,不仅从整体上把它看作是有用的东西,而且把它当作一个有生命的存在。"[3] 20世纪70年代中期,英国生态学家洛夫洛克(James Ephraim Lovelock,1919—)和美国生态学家马古利斯(Lyrm Margulis,1938—2011)提出的"盖亚假说"更是明确宣称地球系统本身是"一个有机的生命体"[4],我国著名的生态哲学家余谋昌先生赞成这一学说,并为之提出了六点理由:"1.地球经历了前生物阶段、生物阶段和人类阶段的演化,地球是'活的';2.世界有目的性,包括无机自然的目的性,动物、植物的目的性,人的目的性;3.世界有主动性,依主体的性质不同,可分为物质的主动性、生物的主动性、人的主动性;4.世界有'评价能力',明显表现在动、植物对于环境的评价上;5.自然万物都是有价值的,存在着统一的'价值进化'方向;6.自然中存在着'生态智慧',这是'仿生学'的基础。"[5]

而丘特切夫提出的热爱作为整体的大自然、爱护生物并尊重其自然成长规律等观念,也是现代生态保护和动物保护所具备的。如大地伦理学明确宣称:"大地是一个共同体。大地是可爱的且应受到尊重。"认为人类应热爱、尊重和赞美大地,尊重它的生物同伴,尊重大地共同体,并提出大地伦理学的基本道德原则:一个人的行为,当有助于维持生命共同体的和谐、稳定和美丽这三个大地共同体不可分割的要素时,就是正确的;反之,就是错误的。[6] 生物中心主义更是明确提出:人是地球生物共同体中的一个成员,人类生存依赖于其他生物,这是人的存在的最基本特点;人与自然是各种相互依赖的整体;所有有机体是生命目的的中心。[7] 此外,丘特切夫在《漂泊者》等诗中倡导的时时生活于大自然之中,不断获得启示、教益与愉悦,以提升精神的思想,也与当前兴起的精神生态学合拍。当前,美国19世纪作家

---

[1] 转引自余谋昌:《生态哲学》,陕西人民教育出版社,2000年,第157页。
[2] 详见雷毅:《生态伦理学》,陕西人民教育出版社,2000年,第165、157页。
[3] 转引自上书,第130页。
[4] 转引自马世骏主编《现代生态学透视》,科学出版社,1990年,第321页。
[5] 转引自鲁枢元:《生态文艺学》,陕西人民教育出版社,2000年,第39—40页。
[6] 详见雷毅:《生态伦理学》,陕西人民教育出版社,2000年,第132—137页。
[7] 详见余谋昌:《生态哲学》,陕西人民教育出版社,2000年,第155页。

梭罗及其《瓦尔登湖》在美国乃至整个世界受到高度的推崇,原因在于他倡导人与自然沟通,简朴、自由地生活在自然之中,追求高度的精神生活。当前的精神生态学,深受梭罗的启发,把"信仰、简朴、自然"作为生活与艺术最高和谐的美。① 其实,丘特切夫早在梭罗之前几十年就已提出了类似的观念,只是没有梭罗那样多而集中而已。

由上可见,丘特切夫具有朴素的生态学意识,他那回归自然、顺应自然的思想,表现了颇强的现代生态意识,对当前我们处理人与自然的关系不无启发性,具有很强的现代性甚至全球意义,是其诗歌美学的现代意义的集中体现之一。

(二)爱情诗。自然诗和爱情诗是丘特切夫诗歌创作中最具特色也最能体现其高超诗才的两类诗,它们在其创作中占据同等重要的地位,具有深邃的内涵,达到了相当的艺术高度。因此,丘特切夫的爱情诗,和他的自然诗一样,是俄国诗苑的瑰宝,也是世界诗歌中不可或缺的珍品。

从青年到晚年,丘特切夫大约创作了40多首爱情诗,占其全部诗歌创作的十分之一强。这些诗,部分赠献的对象无从查明,如《致尼萨》《致 N. N.》《给两姊妹》《我记得,这一天对于我……》《给——》,而绝大多数是献给诗人一生所爱的四位女性的。

第一位是阿玛莉雅·克留杰涅尔(Амалия Максимилиановна Крюденер,1808—1888)男爵夫人。她是诗人最早倾心爱恋的女性,但她后来却嫁给了诗人的同事克留杰涅尔。丘特切夫一生为她创作了好几首爱情诗:《给 H》《啊,我记得那黄金的时刻》《一八三七年十二月一日》(这一天诗人与阿玛莉雅在意大利热那亚诀别)《克·勃》。

第二位是诗人的第一位妻子艾列昂诺拉·彼得逊(Элеонора Петерсон Ботмер,1801—1838),他为她写了《捉迷藏》《多么温存,多么迷人的忧愁》《我还被思念的痛苦所折磨》等诗。诗人对她颇为热爱,在她逝世十年后,还深情如火地思念着她,回忆她的音容笑貌:

> 我还被思念的痛苦所折磨,
> 这颗心啊,依旧充满着旧情;
> 在"回忆"的暗雾中,热望的火
> 驱使我去追索着你的形影……
>
> 啊,无论何时何地,在我眼前,
> 总浮现你难忘的、可爱的面容,
> 无法抓得住,但也永远不变,
> 好似夜晚天空中的一颗星……
>
> (《我还被思念的痛苦所折磨》)②

---

① 详见鲁枢元:《生态文艺学》,陕西人民教育出版社,2000年,第351页。
② 《丘特切夫诗选》,查良铮译,外国文学出版社,1985年,第81页。

第三位是他的第二位妻子爱尔涅斯蒂娜·乔恩贝尔克（Эрнестина Дёрнберг Пфеффель，1810—1894），他为她写了《我不知美好东西能否触及》《在恋人的离别中》《我保存下来的一切东西》《她独自一人坐在地上》《严厉惩罚的上帝把我的一切夺掉》《准时到达……》等诗。诗人对她也是深情款款的，保留至今的书信中，大多数是写给她的，在诗中也有明确表白，或者说"在恋人的离别中有着高深的含义"（《在恋人的离别中》），或者称她为上帝留给自己的精神支柱，如《严厉惩罚的上帝把我的一切夺掉》：

> 严厉惩罚的上帝把我的一切夺掉：
> 健康、气质、美梦和意志的力量，
> 他又把你孤独一人留在我的身旁，
> 好让我还能继续向他默默地祈祷。①

并且，为自己爱上杰尼西耶娃而在妻子面前深感愧疚，自我反省，赞美她灵魂的纯洁、内心的美好，称她为"人间的上帝"，写了《我不知美好东西能否触及》一诗：

> 我不知美好东西能否触及
> 我那病态的和罪恶的灵魂？
> 它能否复活，并重新挺立？
> 能否经住精神昏厥的折腾？
>
> 但是假如我的灵魂在这里，
> 在这人世间能够找到安慰，
> 你就会给我带来美好东西——
> 你，你，我的人间的上帝！②

1872年诗人在垂暮之年，还深情地希望生生世世永远守在她的身边，听她说话：

> 我多么希望，当我躺在坟墓里，
> 也能像如今躺在自己的沙发上，
> 一个世纪又一个世纪似水流逝，
> 我永恒地倾听着你，一声不响。③

第四位是叶莲娜·阿列克山德罗芙娜·杰尼西耶娃（Елена Александровна Денисьева，1826—1864），他为她创作了世界爱情诗的瑰宝——"杰尼西耶娃组诗"。

丘特切夫一生多次恋爱，不断地追求自己喜爱的女性。他无视社会正统习俗和道德规范，婚后仍旧像未婚时一样，不仅追求未婚女子（如杰尼西耶娃），而且追求已婚女性，如《致N.N.》：

---

① 《丘特切夫抒情诗选》，陈先元、朱宪生译，漓江出版社，1986年，第256页。
② 同上书，第142页。
③ 曾思艺译自 Ф. И. Тютчев. Полное собрание стихотворений, Л., 1954, с. 295.

> 你爱假装,你善于假装——
> 在人群中,背开人们的目光,
> 我用腿偷偷地把你的腿触动——
> 你给我一个答复,不要脸红!
>
> 依旧是漫不经心、无情冷漠,
> 举止、目光、笑容也依然如故……
> 而你的丈夫,这可恨的守卫者,
> 欣赏玩味着你的顺从的秀色。
>
> 因为人们,也因为命运,
> 你品尝到那隐秘的快乐,
> 体验到光明:它给与我们所有
> 背叛的快乐……背叛使你快活。
>
> 不可挽回的差耻心的红晕,
> 从你年轻的面颊上一掠而逝——
> 而阿芙洛拉初开的玫瑰的光辉,
> 连同芬芳纯洁的心灵在奔驰。
>
> 可好吧! 浓烈炽热的感情
> 越是得到满足,目光越是诱人,
> 在眼神中,如同在葡萄串之间,
> 血液透过浓阴在闪耀沸腾。①

令人惊奇的是,丘特切夫能同时真诚地爱几个女性。金庸的武侠小说《天龙八部》中的大理王段正淳,见一个女性爱一个女性,但他毕竟是小说中的虚构人物,而且是见到一个才忘掉另一个而爱上这一个,丘特切夫的本领远远胜过他:"丘特切夫能真诚地爱,深挚地爱……不是一个妇女之后紧接一个,而是同时爱几个。"②如他在热恋杰尼西耶娃的同时,又深爱着爱尔涅斯蒂娜。

究其原因,大约在于:

第一,俄罗斯独特的道德观使然。"对待爱情,俄罗斯道德与西方的道德是有区别的。我们在这种关系中经常比西方人更自由些;我们认为男女之间的爱情是个人的问题,并不涉及社会。如果法国人说爱情自由,那么他指的首先是性的关系。而很少按自然来感受事物的俄罗斯人则从另一个角度,即感情的价值(它不依赖于社会法律、自由和正义)去理解爱情的自由。俄罗斯知识分子认为,以真正的爱情为基础的男女之间认真的和深刻的关系才是真正的婚姻,即使它没有经过教

---

① 《丘特切夫诗全集》,朱宪生译,漓江出版社,1998年,第83—84页。
② Кожинов В. В. Тютчев. М.,1988,c.28.

会仪式和国家法律使之神圣化。相反,男女之间的联系,即使经过教会和国家法律的神圣化,如果缺少爱情,如果是靠生育和金钱打算维系的,那也应该看作是不道德的,这种关系可能成为道德败坏的掩盖物。"①这样,丘特切夫就从感情出发、从个人出发,去追求爱情,并不断追求合意的女性。

第二,诗人不断体验新感情追求新理想的心理要求所致。"具有艺术和演员气质的细腻的病态般热情的人,往往倾向于更换自己钟情的对象。相当集中的感受使他们很快地对一种恋爱际遇的单调感到饱和。他们一心追求新的对象,追求刺激的多样性。"②丘特切夫在《我得以珍藏的一切》一诗中就明确提出要不断生活,不断体验:

> 我得以珍藏的一切:
> 希望,信念和爱情,
> 都汇进了一种祈祷:
> 体验吧,不断体验!③

而且,这种追求新的女性又与追求新的理想往往是一回事。"历史上不乏伟大人物经常更换钟情对象的事例。奥维德、洛贝·德·维加、拜伦、歌德、雨果……不胜枚举。但是,我们不要急于下结论。深入的研究说明,天才人物的这种变化无常往往表现了他们对理想的痛苦探索,同现实发生冲突所引起的失望,和试图通过不同的人来实现自己理想形象的某些特点的结合。"④

第三,孤独的需要。如前所述,丘特切夫具有十分强烈的孤独感,为了躲避孤独,摆脱孤独,他不断地追求女性,陶醉于爱情。而他能同时爱几个女性,恐怕只能说他具有超乎常人的和特别丰富、深广的感情。

丘特切夫的爱情诗依据其内容的不同,可以分为早晚两个时期,其分界点是1850年。

早期爱情诗的特点是注重对爱情的细腻深刻的体察。

初入青年,由于受古希腊、罗马文学及浪漫主义作品影响较深,再加上初涉爱河,飘飘然又茫茫然,对爱情体察不深,丘特切夫所写的爱情与一般浪漫主义诗人无异,与茹科夫斯基、普希金等尤为接近,泛泛地大写特写的是所谓"美酒""鬈发""逝去的青春,死去的爱情",但在轻飘飘中也开始体现出诗人在爱情中特别强调真纯,注意精神美的特点,如《给H》,写到H小姐真诚、纯洁的眼睛,"你充满着无邪热情的脉脉秋波,是你的圣洁感情的珍贵的黎明",对于缺乏真诚情意的心灵来说,它只是"无言的谴责",然而,"这秋波对于我是神赐厚礼,仿佛是一股生命之泉",因为"这种向上精神的光芒使人美好",以"神圣"净化和提升人的精神境界。⑤

丘特切夫是一个天性敏感、感情丰富、精于观察、善于思考的学者型诗人,一有

---

① [俄]别尔嘉耶夫:《俄罗斯思想》,雷永生、邱守娟译,三联书店,2004年,第111—112页。
② [保]瓦西列夫:《情爱论》,赵永穆译,三联书店,1987年,第294页。
③ 《丘特切夫诗全集》,朱宪生译,漓江出版社,1998年,第319页。
④ [保]瓦西列夫:《情爱论》,赵永穆译,三联书店,1987年,第293—294页。
⑤ 见《丘特切夫诗全集》,朱宪生译,漓江出版社,1998年,第43—44页。

机缘必然很快走向成熟与深刻。在德国，随着年龄的增长，见识的增广，尤其是德国哲学的影响，他在思想上成熟起来。爱情也逐步深刻，对爱情的体察转为细腻，爱情诗开始独具特点。

诗人开始注意捕捉充满情趣和诗意的生活细节来体察爱情，如新婚时献给艾列昂诺拉的《捉迷藏》就捕捉住了"捉迷藏"这一最能体现女性淘气可爱、充满诗意和欢乐情趣的生活细节[①]。诗人也善于通过人所习见而往往熟视无睹的日常生活细节来体察爱情，如《对于我，这难忘的一天》一诗，除写了"金色的爱情的表白"给自己带来了"新世界"（精神美）外，还有生动细腻、栩栩如生的对恋人形象的独到观察："她默默地站在我面前，/胸脯如波浪起伏，她的脸／泛起一片朝霞的嫣红。"《我的朋友，我爱看你的眼睛》更是细致入微地捕捉到在热吻时恋人的眼睛中所透出的"沉郁而幽暗的欲望的火焰"，这充分体现了诗人捕捉细节的非凡才华和对美的敏锐、独特的感受能力。这种细致入微的观察与感受使丘特切夫早期的爱情诗远远超越了一般因所写泛泛而显得空洞的爱情诗。

丘特切夫早期的爱情诗还善于把人与自然结合起来，构成优美动人的意境，最突出的例子便是《啊，我记得那黄金的时刻》这一早期爱情诗的代表作[②]。这首诗不同于前述爱情诗的直接感情抒发，而是把人与自然结合起来，通过回忆的、抒情的调子，向我们展开一幅美丽的画图：在暮色降临的美妙黄昏时分，在宁静宜人的多瑙河边，远方，有古堡在山顶闪着白光，眼前，心上人倚着生满青苔的花岗岩，脚踩塌毁的古老石墙，沐浴着夕阳的红辉，潇洒地眺望远方，一任向晚的轻风悄悄地顽皮地舞弄衣襟，把野生苹果的花朵一一朝肩头吹送。全诗充满着柔情蜜意盈盈溢出的生活细节，弥漫着幸福、和美、愉快的气氛。涅克拉索夫对这首满蕴诗情画意的诗非常赞赏，认为它属于丘特切夫本人，甚至是全俄罗斯最优秀的诗歌之列。值得一提的是，在这首诗的结尾，表现了诗人对人生美好易逝、时光难留的哲理感慨：幸福的时光已化为幽影从头上飞逝。在爱情诗中表现对人生的哲理感悟乃至深刻探索，是丘特切夫爱情诗的一大特点，主要表现在其晚年的"杰尼西耶娃组诗"中，但早期已开先河。除上述这首诗外，还有《给——》一诗。它一方面写"爱情展翅飞翔／轻轻送来这多情的目光"，一方面又感到"它带着一种奇异的权力／要把心灵诱入美妙的牢狱"，巧妙、独特地表达了对爱情与自由的人生哲理感悟。

总之，丘氏早期的爱情诗以细腻独特的体察为主要特点，但已开始把人与自然结合起来，并开始对人生的哲理进行某些探寻，调子明快，感情真挚，对于生活细节有着精细入微的把握，对美与精神境界有着独特的追求。

1850年，丘特切夫与他两个女儿就学的那所学院副院长的侄女叶莲娜·阿列克山德罗芙娜·杰尼西耶娃经过长久了解后（皮加列夫指出："杰尼西耶娃何时开始强烈吸引丘特切夫，已不得而知。她的名字首次出现在丘特切夫的家庭便条上，是在1846和1847年。"[③]），陷入深深的热恋，从此保持婚外同居14年，组织了另一

---

① 《丘特切夫诗全集》，朱宪生译，漓江出版社，1998年，第69—70页。
② 《丘特切夫诗选》，查良铮译，外国文学出版社，1985年，第40—41页。
③ Пигарев К. Жизнь и творчество Тютчева, М., 1962, с. 146.

个家庭,并生了三个子女(女儿叶莲娜、儿子费多尔与尼古拉),直到1864年杰尼西耶娃因肺病含恨辞世。

当时,丘特切夫虚岁48岁,杰尼西耶娃芳龄24岁。这是姗姗来迟的爱情。这一爱情,像诗人自己所说的那样,是最后的爱情,它改变了诗人生活的整个秩序。正如列夫·托尔斯泰在其名著《安娜·卡列尼娜》中所揭露的那样,上流社会允许偷鸡摸狗,却容许不得真正的爱情。一时之间,舆论大哗,道貌岸然的上流社会作正人君子状,群起而攻之,社交的大门也对诗人和杰尼西耶娃相继关闭。但舆论的压力更多地落在女方的头上。虽然两人非常痛苦,但爱情并未有丝毫的减弱。在这种情形下,诗人怀着复杂的心情,为自己挚爱的恋人写了一首首意蕴复杂、感情深沉的情诗。1864年,杰尼西耶娃去世,给诗人以沉重打击,他在出殡后的第二天给А.Н.格奥尔吉耶夫斯基写信说:"一切都完了——昨天我们把她埋葬了。这究竟是怎么回事?发生了什么事情?我这是在给您写什么——我不知道……对于我来说,一切都死了:思想,感情,记忆,一切……"①在深深的悲痛之中,他继情诗之后,创作了不少悲沉含蓄的悼亡诗。

这些献给杰尼西耶娃的诗,在文学史上被称为著名的"杰尼西耶娃组诗",从1850年至1868年共22首。它们是:《尽管炎热的正午》《我们的爱情是多么毁人》《你不止一次听我承认》《孪生子》《命数》《不要说他还像以前那样爱我》《啊,不要用公正的责备来惊扰我的心!》《你怀着爱情向它祈祷》《我见过一双眼睛》《哦,我的大海的波浪呀》《午日当空》《最后的爱情》《火光红红火焰熊熊》《北风息了》《哦,尼斯》《一整天她昏迷无知地躺着》《在我的痛苦淤积的岁月中》《到今天,朋友,十五年过去了》《一八六四年八月四日周年纪念日前夜》《在那潮湿的蔚蓝的天穹》《我的心没有一天不痛苦》《我又站在涅瓦河上了》。

苏联当代著名评论家列夫·奥泽罗夫指出:"丘特切夫的抒情自白作为世界爱情诗的高峰之一,在我们今天得到了承认。它具体体现在著名的'杰尼西耶娃'名下(这个名称不是作者取的)的组诗中,它们构成了一部独特的'诗体长篇小说'。在丘特切夫之前,还没有谁塑造出这样具有个性、心理学特征的深刻的妇女形象。'杰尼西耶娃组诗'讲述了一个高傲的年轻妇女,她向上流社会挑战,为爱情建立了功勋并且在为这一爱情的绝望的斗争中毁灭。这个形象在性格方面和陀思妥耶夫斯基的娜斯塔西雅·费里波夫娜以及托尔斯泰的安娜·卡列尼娜有共同之处。"②

我国丘特切夫诗歌的翻译者朱宪生教授在其介绍、研究丘特切夫的文章和著作中精当地指出,"如果说'杰尼西耶娃组诗'是一部交响乐的话,那它的第一乐章便是'乞求'","'乞求'显然包含有两层意思,一是乞求爱情,这种乞求与祝福、崇拜的感情交织在一起;一是乞求宽恕,这种乞求是与诗人的一种负罪感联系在一起",而"第二乐章可以说是'搏斗'","这里早已不存在'爱'或者'不爱'的问题,而只有'爱是什么'和'爱与死'的问题","交响乐的第三乐章的主题是'沉思'","交响乐的第四乐章的标题便是'怀念'了",并且为"杰尼西耶娃组诗"的深刻悲沉的内容而惊

---

① 转引自 *Пигарев К*. Жизнь и творчество Тютчева, М., 1962, с. 169.
② *Озеров Л*. Галактика Федора Тютчева. //*Тютчев Ф. И.* Стихотворения, М., 1985, с. 12.

叹:"这是怎样的一组诗啊!真诚、坦白、执着、深沉。既充满着炽烈的感情,又不乏冷静的理性;既有绵绵不断的倾诉和表白,又有严格无情的自我剖析和反省。它既是爱的颂歌,又是爱的挽曲。诗人那支饱蘸心血的笔,遨游着爱的领海,探索着爱的奥秘。"①

以上所说均有道理,且很有见地,但"杰尼西耶娃组诗"的最大特点还应该是对爱情细腻独特的体察,对人生深刻悲沉的探寻。

其细腻独特的体察表现在对日常生活细节的精细入微的捕捉上,这既是早期爱情诗细节捕捉特点的继续,更是一种发展。早期仅限于通过细节展示独特的观察,晚期则在此基础上细致地描绘了日常生活的现实图画,进而以此塑造杰尼西耶娃这一堪与陀氏笔下的娜斯塔西雅·费里波夫娜和托翁笔下的安娜·卡列尼娜媲美的形象。诗人对日常生活现实图画的描绘是如此细致,以至我们能从中看到具体的人与具体的情节,连日常琐事的细枝末节都历历如在眼前。如《我见过一双眼睛》一诗,就细致独特地描绘了杰尼西耶娃"这一个"特有的眼睛②。诗人与杰尼西耶娃虽然都是自愿进入一种"非法的"爱情关系,并因此而受到上流社会的大肆围攻,但由于男女社会地位不平等,两人所承受的压力不同:男子随时可以摆脱这种沉重的负担,女子却只能终生承受一切后果。因此,爱得真诚、爱得深挚的杰尼西耶娃的每一瞥,就不能不"温柔得有如幸福的感觉",悲哀得"又像命定的痛苦"。从诗中,我们还可知道,杰尼西耶娃有着俄罗斯人中不太多见的黑色眼睛,它"闪烁着幽黑的光波",像"热情而迷人的夜"。又如《你不止一次听我承认》一诗,具体地向我们展现了:杰尼西耶娃生了一个女儿,并在摇着婴儿的摇篮,诗人还进一步向我们暗示,由于非婚所生,未能受洗,这婴儿尚未命名(英国著名作家哈代的名作《德伯家的苔丝》中有类似情节)。而《一整天她昏迷无知地躺着》一诗更是细致入微地展示了杰尼西耶娃临死的一切细节:夏日温暖的雨,雨打树叶的声音,杰尼西耶娃在床上缓缓地醒来,凝神细听"淅淅沥沥的雨声"……总而言之,这组诗通过细腻独特的生活细节描绘,不仅为我们塑造了杰尼西耶娃这样一位栩栩如生的迷人的妇女形象——她为爱情建立了功勋,并在为爱情的幸福所做的斗争中毁灭了,而且从许多生活琐事的细节方面展示了他们之间爱情的进程。

但这组诗更重要的是,体现了诗人对爱情、对人生的深刻悲沉的探索。皮加列夫指出:"丘特切夫的爱情诗不像其他诗人那样把爱情描绘成光明和谐的感情,而是描写成带来心灵痛苦乃至毁灭的'命定的'激情。"③这与诗人独特的爱情生活经历有关,更与谢林哲学的影响密切相连④。

由于谢林哲学的影响,爱情,在思想成熟期的丘特切夫那里,已不是早期那样单纯的美好,而是混沌世界本源的外在表现形式之一——它作为一种自然初始便留下来的宿命的遗产,必然具有母体的种种特征,是一种原始的、无法控制的力量,

---

① 朱宪生:《自然世界的沉思 爱情王国的绝唱——略论丘特切夫的诗》,载《外国文学研究》1989年第1期;亦可见朱宪生:《俄罗斯抒情诗史》,陕西人民教育出版社,1993年,第245—268页。
② 《丘特切夫诗选》,查良铮译,外国文学出版社,1985年,第119页。
③ Пигарев К. Жизнь и творчество Тютчева, М.,1962, с. 232.
④ 详见《丘特切夫诗歌研究》,人民出版社,2012年,第264—278页。

因为自然界本身总是处于敌对力量的从不间断的冲突之中。这样,诗人在"杰尼西耶娃组诗"中,就深刻地展现了这种原始性,如"我认识她已经很久,还在那神话的世纪"(《我认识她已经很久》),又如《我们的爱情是多么毁人》,则表现了这种原始热情的盲目性和毁灭性:

> 我们的爱情是多么毁人!
> 凭着盲目的热情的风暴,
> 越是被我们真心爱的人,
> 越是容易被我们毁掉……①

进而,突破了一般关于爱情的心理表现,如普希金,相爱时心满意足——"等待你的只是欢快"(《窗口》),分手时痛苦不堪——产生"不幸的爱情的悲哀",勾起"种种疯狂的幻想"(《心愿》),而挖掘到某种独特的、深层的、较为现代的感情——从爱情的快乐、幸福中看到不幸、痛苦,从两颗心灵的亲近中看到彼此的敌对:"两颗心注定的双双比翼,就和……致命的决斗差不多"(《命数》),并发现在爱情中"有两种力量——两种宿命的力量",一种是死,一种是人的法庭(《两种力量》);一种是自杀,另一种是爱情(《孪生子》);一种是幸福,另一种是绝望(《最后的爱情》)。在这方面,丘特切夫超过了同时代或稍后些所有歌颂、表现爱情的诗人、作家,对人性中的爱情心理层次、爱的奥秘、生命的悲剧做了更新、更深、更现代、更富哲理的开拓。半个世纪后,英国的劳伦斯才深入这一领域,做出了类似于诗人的探索(主要体现于其著名长篇小说《彩虹》《恋爱中的妇女》等中)。无怪乎列夫·奥泽罗夫要惊呼:"无论是在丘特切夫之前,还是在他之后,在俄国文学中没有过如此突出地揭示生活的悲剧的抒情诗!"②

丘特切夫在"最后的爱情"中,对杰尼西耶娃有着极其深情的痴爱,以至在她面前深深自惭形秽,如《你不止一次听我承认》:

> 你不止一次听我承认:
> "我不配承受你的爱情。"
> 即使她已变成了我的,
> 但我比她是多么贫穷……
>
> 面对你的丰富的爱情
> 我痛楚地想到自己——
> 我默默地站着,只有
> 一面崇拜,一面祝福你……③

同时,由于杰尼西耶娃受到较之诗人过重的社会压力,诗人又产生了深深的内疚与负罪感——他为恋人饱经压抑、形容憔悴而痛心:

---

① 《丘特切夫诗选》,查良铮译,外国文学出版社,1985年,第113页。
② Озеров Л. Галактика Федора Тютчева. //Тютчев Ф. И. Стихотворения, М., 1985, с. 13.
③ 《丘特切夫诗选》,查良铮译,外国文学出版社,1985年,第107页。

> 才多久啊,你曾骄傲于
> 自己的胜利说:"她是我的了。"……
> 但不到一年,再请看看吧,
> 你那胜利的结果怎样了?
>
> 她面颊上的玫瑰哪里去了?
> 还有那眼睛的晶莹的光,
> 和唇边的微笑?啊,这一切
> 已随火热的泪烧尽,消亡……①

并且,深感自己的爱情对于杰尼西耶娃来说"成了命运的可怕的判决",认为"这爱情以无辜的耻辱/玷污她,一生都难以洗雪"(《我们的爱情是多么毁人》)②。因而诗人在这既深情痴恋,又饱含内疚与负罪感的矛盾心境中,强烈地感受到这"最后的爱情"如此"痴迷",又如此"温柔","如此幸福,而又如此绝望",于是,诗人情不自禁地大声疾呼:"行将告别的光辉,亮吧!亮吧!/你最后的爱情,黄昏的彩霞!"(《最后的爱情》)

正是上述心境,使诗人能把谢林哲学的影响与自己对爱情、人生、心灵等问题的体验与深思融为一体,写出"杰尼西耶娃组诗"这组旷世奇作来。正因为如此,诗人写这一组诗时,根本未曾考虑过发表,而只是久久盘郁内心的激情酝酿得过醇过浓,不吐不快。因此,这组诗是发自心底的情之所至的声音。

如果说在早期的爱情诗里,丘特切夫还注意词藻、巧于技巧的话,那么,到了晚期的"杰尼西耶娃组诗",则是一任真情裹挟深思而出,数十年的艺术功力已臻炉火纯青、大巧若朴之境,往往点铁成金,着手生春,通过日常生活中平凡的琐事,进行深刻的心理剖析,化平凡为神奇,不用象征而象征自现,使其诗富于心理深度,在含义上构成多层结构,并且在无须苦心经营技巧的情况下,常常出人意料之外,又在人情理之中地冒出奇绝笔法,如《我又站在涅瓦河上了》:

> 我又站在涅瓦河上了,
> 而且又像多年前那样,
> 还像活着似地,凝视着
> 河水的梦麻般的荡漾。
>
> 蓝天上没有一星火花,
> 城市在朦胧中倍增妩媚,
> 一切静悄悄,只有在水上
> 才能看到月光的流辉。

---

① 《丘特切夫诗选》,查良铮译,外国文学出版社,1985年,第113页。
② 同上书,第114页。

我是否在做梦？还是真的
看见了这月下的景色？
啊，在这月下，我们岂不曾
一起活着眺望这水波？①

　　诗人的感情竟深厚如斯！痴情的诗人并不以未亡者的身份来悼念死者，竟设想自己也死了（"还像活着似的"），然后以死者的身份与因病逝世的杰尼西耶娃一起活着赏月，这真是匪夷所思的奇绝笔法！但它又是如此的平凡、如此的质朴，显然并非绞尽脑汁，煞费苦心地杜撰而得，而是情之所至的自然流露。正如飞白先生所指出的那样："本来，以死者身份写诗是荒谬的，但诗人确实又可以写不可能发生的事（亚里士多德语）。——因为过于完美不容于世的叶莲娜已经像诗人早已预感到的那样逝去，而当年的春江月夜却和过去一样重现眼前，这时，年已垂暮的诗人怎能独自在人世赏月呢？诗人确实产生了自己也已死去的感觉，觉得与叶莲娜同赏此景已是隔世的事情了。于是，不可能发生的事发生了，荒谬化成了真实——这是情感的真实。"②

　　由上可知，丘特切夫的爱情诗，确实对爱情有着细致独特的体察，对人生进行了深刻悲沉的探寻，只不过早期偏重于前者，晚期兼有二者而又以后者为主。由此，决定了其爱情诗的又一特点，这就是真诚深挚的感情与清醒睿智的理性的密切结合。从早期的《给——》一诗对爱情与自由的警觉，《啊，我记得那黄金的时刻》对美好易逝、韶光难留的感悟，到"杰尼西耶娃组诗"中大量的沉思、反省、分析、解剖、推理（如《请看那在夏日流火的天空下》一诗，自比为乞丐，经过内心的反复思考，向所恋的人发出了大胆又迟疑的爱情恳求，而《你不止一次听我承认》《我们的爱情是多么毁人》等诗不仅充满自愧的感觉、反省的调子，而且展示了对自己的分析、解剖，均是如此）。因此，丘特切夫的爱情诗的确不愧为俄国文学乃至世界文学中的高峰之一。

　　（三）社会政治诗。丘特切夫一生关心社会政治问题，力求在政治上有所作为，并创作了不少社会政治诗。这些诗大约有70余首，如果把"杰尼西耶娃组诗"及题赠诗中涉及社会政治的诗也计算在内，则有90余首，占其全部诗歌创作的近四分之一。这些诗大体上可分为反映社会问题的诗和反映政治问题的诗两个部分。当然，这两部分诗歌有时无法截然分开，这里为了论述方便，不得不加以区分。

　　反映社会问题的诗主要包括以下内容。

　　第一，思考个人与时代的关系，反思时代存在的普遍问题。

　　如前所述，19世纪在社会生活的各个方面都发展很快，使人感到难于应付，诗人身处慕尼黑这样的西欧现代都市和文化中心，对此日新月异的变化，更感难以适应。尽管他一再努力，却还是感到难以跟上飞速发展的时代。在《我们跟着时代前行》一诗中，他写道：

---

① 《丘特切夫诗选》，查良铮译，外国文学出版社，1985年，第160页。
② 飞白：《诗国的一束紫罗兰》，载《西湖》1983年第8期。

> 我们跟着时代前行，
> 就像跟着埃涅阿斯的克瑞乌萨，
> 我们走了一会儿就觉疲乏，
> 步子渐小——最后只得停下。①

克瑞乌萨是特洛亚老王普里阿摩斯与王后赫卡柏之女，希腊神话和传说中特洛亚著名英雄埃涅阿斯的妻子，特洛亚城被希腊英雄俄底修斯用木马计里应外合攻破后，她跟随丈夫逃命，但无法跟上丈夫如飞的捷步，累得渐渐停下，终被希腊联军杀死。丘特切夫借用这一典故，形象地写出了自己对时代和社会的感情，同时又表明时代发展实在太快了，自己无法适应。在《像小鸟一样猛地一抖》一诗的结尾，他进一步表达了自己对时代的公正理解和疲于奔命的感觉：

> 你们，度过自己光阴的
> 过去了的一代的残片碎影！
> 你们在抱怨，你们在责备，
> 这既不公正但又公正！
> 我整个身心疲惫不堪，
> 犹如半睡不醒的忧郁影子，
> 迎着太阳和运动，
> 跟着新的一代艰难前进！②

这种对个人与时代关系的思考，在当时具有较为普遍的意义，反映了人们普遍的心态，因为："法国革命后的一个世纪是一个剧烈和巨大变革的时期。和这个世纪相比，以前时代的生活几乎是静止的。在这么短的一个时期里人们的生活方式所经历的激烈变化和一向受人们尊奉的传统所遭受的破坏程度是前所未有的。层出不穷的发明如此急速地加快了生活的节奏，他们会使莱昂纳多·达·芬奇和艾萨克·牛顿感到吃惊。……现代人的生活具有空前的复杂性和多样性。新的政治思想和社会思想多得眼花缭乱。整个时代是一个不断变化的时代，各种倾向互相冲突，人们对社会问题存在着尖锐的分歧。"③在高科技的信息时代，人们对社会和时代的发展，更感眼花缭乱，应接不暇，丘诗使我们备感亲切，仿佛它替我们说出了心灵深处憋得太久的话。

进而，诗人反思时代存在的普遍问题，表现个性与社会的矛盾，超前揭示了人的异化。在丘特切夫看来，当时的时代尽管发展迅速，却是一个很坏的时代。它是"犯罪的、可耻的世纪"（《愉快地睡吧……》），是"绝望的、怀疑的世纪""病痛的、没有信念的世纪"（《纪念 M. K. 波里特科夫斯基》），他甚至发现这个时代，"在广场上，在议会上，在供桌上无处不成为真理的私敌"，因此称之为"这个被叛乱教养出来的时代，这个没有心肝的恶狠狠的世纪"（《即使真理从大地上销声匿迹》），并且

---

① 《丘特切夫诗全集》，朱宪生译，漓江出版社，1998 年，第 89 页。
② 同上书，第 149—150 页。
③ [美]伯恩斯、拉尔夫：《世界文明史》，第三卷，罗经国等译，商务印书馆，1995 年，第 45 页。

感到在这样一个时代,人已没有希望,无法有所作为,最好沉默、无为、麻木不仁,得过且过:

> 不要去谈论什么,不要这样匆匆忙忙,
> 疯狂在四处寻觅,愚笨坐在审判台上,
> 白天的创伤夜间用梦去医治,
> 而那就要到来的明天又会是怎样?
>
> 活下去,就会感受一切:
> 有忧愁,有快乐,还会有恐慌。
> 有什么可希望的? 又有什么值得悲伤?
> 日子一天天过着——得感谢上苍!
>
> (《不要去谈论什么……》)①

在这样一个社会和时代里,个性被彻底压抑,人心无法沟通,人已被异化,人们只能各自沉浸在自己的内心世界里(详前)。

第二,反映乡村的贫困、下层人民的苦难与妇女的悲惨命运。

别尔嘉耶夫(Николай Александрович Бердяев,1874—1948)指出:"对于丧失了社会地位的人、被欺辱的与被损害的人的怜悯、同情是俄罗斯人很重要的特征。"②俄国知识分子更因此而形成一种十分深厚的人道情怀,对"小人物"的命运极其关注,拉吉舍夫、普希金、果戈理、屠格涅夫、陀思妥耶夫斯基、列夫·托尔斯泰等莫不如此,丘特切夫也不例外。

丘诗对"小人物"的关心,首先表现在对其贫困、凄凉的生存环境的反映上。这方面的诗歌,主要有《在这儿,只有死寂的苍天》《穷困的乡村》《归途中》等。《在这儿,只有死寂的苍天》描写了"死寂的苍天",贫瘠、疲倦的自然;《归途中》则揭示了俄罗斯的乡村已没有色彩、活力,人们屈从于命运的摆布,在疲惫的昏迷里,发出喃喃的梦呓。其次,诗人反映了"小人物"的不幸。如《世人的眼泪》通过漫天的雨与泪的交融,揭示了下层人民苦难的深重。再次,反映了俄罗斯妇女的悲惨命运。如《给一个俄罗斯女人》描写了俄罗斯妇女的一生——远离阳光和大自然,也远离社会和艺术,没有爱情,不能进入生活,在荒凉中、在默默无闻中,青春暗淡,感情熄灭,理想成灰……

值得一提的是,诗人在揭示乡村的穷困与下层人民的苦难时,也善于从中发现闪光点,以给人们精神鼓舞,如《穷困的乡村》:

> 穷困的乡村,枯索的自然:
> 这景色哪有一点点生气?
> 你长期来忍受着苦难,
> 啊,你这俄国人民的土地!

---

① 《丘特切夫诗全集》,朱宪生译,漓江出版社1998年版,第260页。
② [俄]别尔嘉耶夫:《俄罗斯思想》,雷永生、邱守娟译,三联书店,2004年,第88页。

>　　异邦人的骄傲的眼睛
>　　不会看到,更不会猜想
>　　在你卑微的荒原的底层
>　　有一些什么秘密地发光。
>
>　　祖国啊,在你辽阔的土地上,
>　　那背负着十字架的天主
>　　正把自己化作奴隶模样
>　　向你的每一个角落祝福。①

第三,描写公众普遍关注的国内重大事件。如《致反对饮酒者》一诗,对反对饮酒者进行了很有说服力的艺术性的反驳。《皇帝之子死在尼斯》《一八六五年四月十二日》则分别反映了沙皇亚历山大二世的长子尼古拉·亚历山大罗维奇患病及死后的情景与丹麦公主、沙皇的继承人——后来的亚历山大三世的新娘达格玛拉抵达俄罗斯的情况。《火灾》反映了1868年彼得堡近郊森林和泥炭沼泽地大火的情况,并在结尾从哲学高度指出人在自然灾害面前的软弱无力。这类诗中,最有名的是《一八三七年一月二十九日》②。1837年1月27日下午普希金因与丹特士决斗身负重伤,1月29日下午长辞人世。这是震惊俄国的一件大事。丘特切夫虽然身在国外,闻讯后也义愤填膺,创作了此诗,既充分肯定了普希金的文学成就,表达了对他的敬仰与悲痛之情,又愤怒地谴责杀死普希金的凶手,宣布他为"刺杀王者"的罪人,是魑魅魍魉,将受到审判。

反映政治问题的诗大体可分为以下几类。

一是关注俄国的生存与发展。丘特切夫像绝大多数俄国文化人一样,对俄国有着极其深厚的感情,认为俄国应成为第三罗马帝国,负有特殊历史使命。因此,他以极大的热情关心俄国的生存发展,并为此创作了不少诗歌。这些诗歌又可分为两个方面。

其一,揭露、讽刺王公贵族、政府机关存在的问题,希望唤起他们的注意,得到改正。当时的社会极其黑暗,陀思妥耶夫斯基仅因加入进步的彼得拉谢夫斯基小组,并在该小组的一次集会上宣读了别林斯基的一封信,信中充满了对最高当局与正教教会的"狂妄言论",而被逮捕,先是被判处死刑,然后改判服苦役,与此同时,还有不少进步人士动辄遭逮捕、被流放。丘特切夫虽为政府官员,公开批判政府与贵族,也不无风险。何况,他的笔锋直指上至沙皇下至政府各部门的俄国上层机构。如《给尼古拉一世的墓志铭》就公开指出这位沙皇从未爱国,一生作为全是谎言,全是演戏,这些言论是何等大胆、"狂妄":

>　　你不曾为上帝和俄罗斯服务过,

---

① 《丘特切夫诗选》,查良铮译,外国文学出版社,1985年,第129页。
② 《丘特切夫诗全集》,朱宪生译,漓江出版社,1998年,第182—185页。

> 你只是为你自己的虚荣,
> 你的全部行为,无论是善事还是恶行,
> 全都是谎言,全都是空虚的幻影,
> 你不是一个君王,而是一个优伶。①

《神圣的罗斯》则指出俄罗斯由"一所农民的政府机关"变成了"一个仆人",并为其前进的方向感到疑虑重重,诗意与早年的名言"俄罗斯的一切办公室和营房都随着鞭子和官僚运转"接近。当海军上将 C. A. 格列依格被委任为财政部长,诗人又大胆地写诗讽刺政府用人不当(《当这乱糟糟的财政……》)。在《这俄罗斯志愿者的印章……》《在张臂躺着的俄罗斯上空》等诗中,诗人揭露了俄国书报检查机关及其他机关所存在的问题。这类诗往往以独到的眼光,透过现象把握本质,然后以格言警句式简洁的语言,揭示毛病所在,短小精悍,生动有力。

其二,从正面关注俄罗斯的前途与命运。诗人指出俄罗斯是一个具有独特气质、性格的国家,凭理智不能理解她,用普通的尺度无法衡量她,只有对她宗教般虔诚地信仰,才能与之沟通。如《凭理智无法理解俄罗斯》:

> 凭理智无法理解俄罗斯,
> 她不能用普通尺度衡量:
> 她具有独特的气质——
> 对俄罗斯只能信仰。②

汤普逊认为:"这个诗体论断很像安东尼奥·葛兰西的辩证法命题,他说,在马克思主义的实践以外,是不能理解马克思主义的。"③他进而指出丘诗中的这类论断对俄国文化发展的意义:"正如圣愚大部分时间的行为并不神圣但依然被视为圣人那样,俄国人民即使行为不纯洁也被视为本质纯洁。诗人丘特切夫对这种辩证法贡献颇大。"④

接着,诗人通过鼓舞人心的历史事件来激励人们,如《谁满怀着信念和爱情》一诗,借讴歌1812年抗击拿破仑军队入侵的胜利,宣扬爱国主义精神,并为人们指明方向——只有卫国战争那样真正爱国的英雄,才能成为新一代的首领,号召人们向他们学习。

最终,诗人通过俄罗斯独特的文化传统,来宣扬爱国——保持俄罗斯自己的民族特色,以自立于世界民族之林。如《基立尔字母绝世的伟大日子》一诗,回顾了俄文字母的基础——基立尔字母的创造历史,宣扬"伟大的俄罗斯,不要改变自己",呼吁自己的故乡"不要相信别人虚假的智慧或者无耻的欺骗",而要"像基立尔那样",为斯拉夫做出"伟大贡献"。

这类诗还有《你,俄罗斯之星》《祖国的烟对我们甜蜜而愉快》《彼得一世栽下的

---

① 《丘特切夫诗全集》,朱宪生译,漓江出版社,1998年,第314页。
② 曾思艺译自 Ф. И. Тютчев. Полное собрание стихотворений, Л.,1954,с. 230.
③ [美]汤普逊:《理解俄国:俄国文化中的圣愚》,杨德友译,三联书店·牛津大学出版社,1998年,第284页。
④ 同上书,第283页。

树木》等等。

二是通过俄国与西方的关系,进一步思考俄国的发展方向。

丘特切夫对俄国与西方的关系问题进行过长期、系统的思考,曾撰写过政论文章《俄罗斯与西方》。在这方面,他具有得天独厚的条件。一方面,他是俄国政府的官员,既了解俄国的社会与文化,又了解政府的许多对外政策;另一方面,他又长期作为外交人员居住在西欧,这使他不仅能比较冷静地观察、思考俄国的文化与政策,而且为他深入、切实、全面、迅速地了解西欧的社会、政治、文化提供了方便。

在诗歌方面,丘特切夫往往厚积薄发,以诗人的灵敏,诗意地表现政治的主题,形象地展现自己对俄国与西方关系的思考。这类诗主要有:《看,西方的天边上》《黎明》《预言》《涅曼河》《徒劳之举》《致斯拉夫人》(一)(二)、《一八六九年五月十一日》《黑海》等。其内容包括以下几个方面。

其一,揭示俄国与西欧的矛盾。丘特切夫对西欧的极端个人主义和以资产阶级功利观为核心的资本主义文明十分不满,认为注重道德修养、重视集体、富于人道情怀的俄罗斯是与之矛盾的。在《看,西方的天边上》一诗中,他以象征的手法表现了俄国(东方)与西欧(西方)的矛盾[①]。因此,他经常将俄国与西欧对照着描写,以显示西方的不足,俄国的优越,如《两种统一》[②]一诗中,西欧靠"铁"和"血"来统一,而俄国则靠"爱"来统一,孰优孰劣,一望而知。

然而,西欧明显比俄国发达,并且形成了对俄国的思想文化乃至政治经济方面的强大冲击,诗人只好通过历史与现实中俄国与西方矛盾所获得的胜利来激励俄国人,如《涅曼河》描写了历史上打败法国侵略军的英雄业绩,《黑海》则抒发了1870年俄国在与西欧的外交中的胜利(废除了西欧禁止俄国拥有黑海舰队和要塞的条约)。

其二,谴责西欧派,号召俄国人站立起来,担当起统一整个斯拉夫人的神圣使命。

19世纪40年代初至50年代,俄国形成了"西欧派"与"斯拉夫派"。"西欧派"认为俄罗斯与西欧的历史道路是共同的,俄罗斯民族已落后于西欧,主张走西方的道路,建立君主立宪政体和议会政治,实现资产阶级自由主义的改良,其代表人物是莫斯科大学教授格拉诺夫斯基、谢·索洛维约夫和作家屠格涅夫、鲍特金等。"斯拉夫派"是与"西欧派"同时出现的一个政治派别,认为俄国是一个特殊的国家,应该走自己的特殊道路——回到彼得大帝改革以前的老路上去。他们把彼得大帝改革前的古代罗斯宗法制社会理想化,主张调整专制制度和村社制度的关系。其代表人物是霍米亚科夫、基列耶夫斯基兄弟、阿克萨科夫兄弟、萨马林等。丘特切夫与"斯拉夫派"接近(他与霍米亚科夫、基列耶夫斯基兄弟关系很好),属泛斯拉夫主义者。

因此,丘特切夫站在斯拉夫主义的立场上,谴责过分的西化,反对"西欧派"的主张,甚至对过分描写俄国落后的东西都深感不满(他因屠格涅夫的长篇小说《烟》

[①] 《丘特切夫诗全集》,朱宪生译,漓江出版社,1998年,第195页。
[②] 同上书,第493页。

而写了《烟》《祖国的烟对我们甜蜜而愉快》,批评屠格涅夫这位天才"在太阳里寻找斑点","用令人厌恶的烟熏黑了我们的祖国")。

与此同时,他呼唤俄罗斯奋起,承担统一斯拉夫人的大业。在《黎明》一诗中他号召俄罗斯人"鼓起勇气,奋起反抗",指出漫漫长夜已经过去,光明白昼即将降临。在《预言》一诗中他呼吁:"俄罗斯皇帝啊——再作为整个斯拉夫的帝王站起!"在《一八六九年五月十一日》和《致斯拉夫人》(一)(二)中,他进而倡议全体斯拉夫人在俄罗斯的旗帜下团结起来,结成强大的联盟,组成亲密友爱的大家庭。

三是反映国内外重大政治事件。

丘特切夫一生对政治有非凡的热情,即使晚年重病昏迷,稍一清醒,即询问最近的政治新闻。这种对政治的无比关心不能不在诗歌中体现出来,他创作了一定数量的反映政治问题的诗。这类诗也可分为两个方面。

其一,反映俄国国内重大政治事件及俄国对外关系。这方面的诗主要有:表现自己政治、文学观的《和普希金的〈自由颂〉》,表现自己对十二月党人和沙皇专制制度双重态度的《一八二五年十二月十四日》,因 1861 年农奴制改革而献给沙皇的《致亚历山大二世》,反映亚历山大二世被刺的《他得救了》,反映 1828—1829 年间俄土战争的《奥列格的盾牌》,表达对波兰反俄罗斯运动态度的《就像阿伽门农……》,间接描写塞瓦斯托波尔战事的《从海洋到海洋》及表现克里木战争的《一八五六年》等。

其二,及时反映国外重大政治事件。皮加列夫指出:"从 60 年代中期,他开始注意到西方的事情。"① 这种说法不够确切,因为丘特切夫长期生活在西欧,对西欧的一切都颇为关注。到 19 世纪 60 年代中期,由于泛斯拉夫主义思想的影响,出于以俄国抵制乃至战胜西欧的需要,他对西欧及其他国家的事情,尤其是重大政治事件特别关注,并在诗中有所反应。这方面的作品主要有:表达对法国 1848 年革命的态度的《什么能使智者引以为荣》,间接反映意大利被奥地利统治的《威尼斯》,因希腊克里特岛起义而写的《即使真理从大地上销声匿迹》,因意大利加里波黎爱国者与教皇政权的武装斗争事件而作的《应有的惩治得以实现》,描写 1869 年 10 月土耳其隆重庆祝苏伊士运河竣工庆典的《当代事件》。这些诗大多表达的是诗人对国外事件的关注与思考(思考其作用及俄国从中可吸取的经验、教训),有些也表达了诗人对时代弊端的反思,如《即使真理从大地上销声匿迹》指出,这是一个"被叛乱教养出来的时代","没有心肝的恶狠狠的世纪","恶毒的谎言强奸了所有的理智,整个世界都成为谎言的化身","施虐的刽子手重又成为主宰,而牺牲者——被谣言出卖!"

丘特切夫的社会政治诗早期、中期、晚期有所不同。早期这类诗较少,而且往往从艺术家以美和爱改造世界的角度来谈论社会政治问题。中期开始关注具体的重大社会政治事件,并体现出政治家的冷静、理智与敏锐。60 年代中期至 70 年代初,社会政治主题的诗在丘诗创作中占压倒优势,其他类型的诗则相对较少,此时,主要以泛斯拉夫主义者的眼光,关注并评价国内外的一切重大社会政治事件。

---

① *Пигарев К*. Жизнь и творчество Тютчева, М.,1962,с. 172.

丘特切夫的社会政治问题诗，大多采用描写、议论和象征等手法。一般来说，采用描写、议论手法的大多数诗，艺术水平颇为一般，而用象征手法创作的少数诗（如《看，在西方的天边上》《大海和悬崖》），则有较高的艺术性。

值得一提的是，丘特切夫的社会政治问题诗，一方面体现了他作为一个诗人和官员对有关问题的独特思考，另一方面也突出地表现了其思想的保守性，不少诗还反映出他的大国沙文主义观念。我们不能因为他是一位伟大诗人而神化他的一切，当然也不能因为其思想的保守与大国沙文主义而彻底否定他。必须辩证地对待他，他本来就是一个双重性十分明显的诗人。

丘特切夫的诗歌是一种哲理抒情诗，它具有以下四个显著特征。

第一，深邃的哲理内涵。丘特切夫哲理抒情诗的深邃哲理表现为对人、自然、生命、心灵之谜等本质问题进行执着、系统、终生的探索。他对人、自然、生命、心灵之谜的探索，又主要建立在对自然的热爱与对自然之谜的执着追寻上。

自然，是丘特切夫诗歌的独特形象，也是诗人最富哲理内涵的诗歌内容之一。自然，在丘特切夫那里像人一样，有着活的灵魂、个性、语言、生命和爱情，这是丘诗的决定性基础，它使诗人能与自然物我相亲，把自然人化，并进而通过追索自然而追索心灵、生命的秘密。因此，诗人描写歌德的诗《在人类这株高大的树上》同样也适合于他自己："你与雷雨交谈，做出预言，或者欢快地与轻风嬉戏。"在不少诗中，他也是常常与自然交谈的，只要看看以下几首诗的开头就一目了然了："杨柳啊，是什么使你/对奔流的溪水频频低头"（《杨柳啊……》），"这不是你吗，宏伟的涅曼河？/在我面前的不又是你那湍急的水流？"（《涅曼河》），"你，我大海中的波浪，变幻神秘，固执任性"（《飘忽不定，仿佛波浪》），"你真美丽，哦，夜晚的大海"（《你真美丽……》）。他笔下的自然，充满生气，像人一样，《春水》一诗中的"春水"是报信的人，"五月"像欢快的青年跳起环舞；《杨柳啊……》表面看去简直像一幕单相思的戏剧场面；《冬天这房客已经到期》则描绘了春天这小姑娘与冬天这老巫婆的戏剧性斗争过程；《树叶》更是让树叶像人一样直抒自己的内心激情。

丘诗中的自然具有双重性：一方面，它是实实在在的、活生生的自然风景，正如索洛维约夫所说："当然，一切真正的诗人、画家都能感觉到大自然的生命，并把它表现为生动的形象，但同他们之中许多人相比，丘特切夫的高明之处在于，他完全自觉地相信他的感觉。他不是把他所感觉到的活生生的美当作自己的幻想，而是当作真实来接受和理解。"[1]因此，丘特切夫的许多哲理抒情诗就像纯风景诗，如《山中的清晨》《恬静》《春雷》《夏晚》《十二月的黎明》《东方在迟疑》……另一方面，丘诗中的自然又是提高了的、抽象的、蕴含有哲学思想的，这不仅是因为他的每一首诗都源于思想，更主要在于：丘特切夫喜欢的自然不是过于具体的自然，也不是某一特定地方的自然（晚年的部分诗除外），而是普遍的自然、整体的自然……他把自然视为独立于人的、复杂的、活的有机整体。这样，他的自然一方面实在、真实，一方面又抽象、富有哲学内涵。同时，如前所述，丘诗中的自然还具有颇为超前的生态意识，这是其深邃的哲理内涵的最现代性的体现。

---

[1] 转引自 Маймин Е.А. Русская философская поэзия. М., 1976, с. 147.

而自然和人是在生命之中的,因此,丘特切夫对人与自然之谜的探索,在某种程度上又集中表现为对生命尖锐矛盾的反映。正是毕生对自然的爱与自然之谜的追寻,不仅使丘特切夫认识了自己心灵的历程,也使他进而认识到生命的各种尖锐矛盾。对生命各种矛盾的反映是丘诗的主要内容,包括以下几个方面:

其一,自然的强大、永恒与人生的脆弱、短暂。在丘特切夫看来,自然是和谐的、永恒的,既强大有力,又冷漠无情,她不考虑过去,也不关心未来,只为现在而生活,但她年复一年,依然如故(《春》)。而人呢,自以为是"大地之王",却连一只大鸢都不如——不能飞起,无法获得自由,只能紧贴在地上,忙忙碌碌,搞得满面污垢,汗水直淌(《丛林中草地》)。而这一切都是徒劳的,人不过只是"自然的梦"(《在这儿,生活曾经如何沸腾》)。在自然面前,人不仅是软弱无力的,而且是无足轻重、可有可无的。人对此感到恐惧,希望忘记自己那个体的"我",忘记自己的惊慌、忧伤和忙碌,化入那永恒的自然和普在的生命之中,然而,人永远不能摆脱个体的"我",因此,人与自然的矛盾永远无法解决;

其二,生与死的矛盾。诗人认为,人生在世,必须证明自己生的意义与价值。于是,他力图以自己的奋斗成果来否定死,超越死。首先,他愤怒地否定那代表永恒的上帝:

> 心啊,勇敢吧,直到生命之终;
> 在创造中没有上帝!
> 思想,也不在祈祷中!

(《你的眼睛里没有情意》)①

在此基础上,他进一步探讨人的生活目的及性格发展。在《两个声音》一诗中,他认为人生的目的在于不屈的斗争,并认为在这种意义上人高于神。在"杰尼西耶娃组诗"中,他塑造了一个深刻动人、为爱情建立了功勋的妇女形象——杰尼西耶娃,她充分证明了自己生的价值。然而,无论是斗争,无论是对爱情的执着追求,虽然证明了自己生的价值,结局却依然是:"但这一切都是死亡!"(《病毒的空气》)生与死的矛盾竟如此尖锐!可贵的是,诗人明知"一切都是死亡",还力求"蓬蓬勃勃地活一阵"(《树叶》),还

> 多么希望把心中
> 这半死的火任情烧一次
> 不再折磨,不再继续痛苦,
> 让我闪闪光——然后就死!

(《好似把一卷稿纸》)②

其三,个性与社会的矛盾及人的异化(详前)。

其四,拒绝扰攘的现实,向往永恒、纯净的天界。即厌弃庸俗、忙碌的物质追求,而向往高洁、宁静的精神世界;厌弃短暂、纷纭的现实,追求永恒、纯净的天国。

---

① 《丘特切夫诗全集》,朱宪生译,漓江出版社,1998年,第178页。
② 《丘特切夫诗选》,查良铮译,外国文学出版社,1985年,第32页。

既然自然是永恒的,人生是短暂的,人的斗争、人的个性在现实中又受到种种限制——如前所述,杨柳在其对永恒的生命之流渴求以前已为外力所定形,喷泉到一定的高度注定要降落地面,人对爱情的追求也招来社会的扼杀,人与人之间又无法沟通,这样,丘特切夫便厌倦了扰扰攘攘的现实世界而力图登上山顶,飞向天空(山顶、天空是纯洁、永恒与精神境界的象征),力求忘掉自我,和瞌睡的世界化而为一,力求融入世界的整体,投入永恒、普在的生命之中。甚至,他也像波德莱尔一样,试图用艺术创造一个"人工的天堂",让自己的灵魂有所安顿。

第二,完整的断片形式。特尼亚诺夫(Юрий Николаевич Тынянов,1894—1943)非常精辟地指出,丘特切夫在抒情诗歌创作上的一大创新是创造了断片(фрагмент)形式[1]。他在文章中一再强调,面对当时西欧和俄国诗歌的已有成就,丘特切夫力求创新,"他找到的出路是断片形式"[2],并且断言:"断片成为丘特切夫抒情诗的基础。"[3]但他并未展开论述。与此同时,他还指出:"在丘特切夫那里,与断片一起的,还有完整。"[4]本书正是由此得到启发,并因而认为,丘特切夫诗歌在抒情艺术方面的一大特点是完整的断片形式。这一完整的断片形式包括以下几方面的内容。

一是精致。丘诗的精致是其断片形式的显著标志。俄苏学者对其诗歌的精致,已有所论述。如特尼亚诺夫指出,丘特切夫的精致形式是与普遍性的主题(общая тема)联系在一起的[5],列夫·奥泽罗夫则称丘诗为"精致的抒情小晶"[6]。但他们都未对此进行深入阐发。我们认为,丘特切夫诗歌这一精致的特点又包括以下内涵,或者说由以下内涵构成:

其一,瞬间的印象。别尔科夫斯基指出:"丘特切夫的诗按其内在形式——是瞬间的印象。他渴望瞬间并把最大的希望寄托于瞬间,就像唐璜、浮士德、新文化最初的著名人物那样。瞬间的激情——同样也是即兴创作。丘特切夫的诗并非长期的收集,而需要迅速的行动,对摆在面前的任何问题,都要快速的回答。丘特切夫力图在瞬间的印象中容纳下整个自己,早已拥有的思想、感情及生活本身的所有无限性。他的诗——是为时间,为在短短的期限里有轰轰烈烈的生活而进行的特殊的斗争。"[7]屠格涅夫也指出:"丘特切夫先生诗歌的抒情情境是异乎寻常的,几乎是转瞬即逝的,这使他必须表达得凝炼、简短。"[8]我们认为,丘诗中这种瞬间印象主要得力于谢林哲学的影响。丘特切夫深受谢林哲学中非理性审美直觉观念等的影响,探索混沌,探索心灵,表现梦,挖掘潜意识,他往往运用这种非理性的审美直觉,通过"瞬间的印象"(或"永恒的瞬间")来领悟或把握自然的整体,直探自然、

---

[1] Тынянов Ю. История литературы. Критика. СПБ.,2001,с. 213.
[2] Там же,с. 385.
[3] Там же,с. 385.
[4] Там же,с. 387.
[5] Там же,с. 214.
[6] Озеров Л. Галактика Федора Тютчева. //Тютчев Ф. И. Стихотворения,М.,1985,с. 5.
[7] Берковский Н. Я. Ф. И. Тютчев. //Тютчев Ф. И. стихотворения,М.—Л.,1962,с.59.
[8] 《略谈丘特切夫的诗》,曾思艺译,见《屠格涅夫散文精选》,长江文艺出版社,2010年,第107页。

心灵、生命之谜,这样,其诗的抒情境界便是瞬息即逝的,他的诗也便有了瞬间印象的突出特点。

其二,简短的形式。正因为丘特切夫在诗歌中表现的主要是瞬间印象,其诗歌的抒情境界是瞬息即逝的,他的诗歌形式因之是短小精悍的,他的诗显得朴实、自然而简洁,没有任何多余的东西,上引屠格涅夫的话已谈到其诗具有"凝练、简短"的特点,格里戈里耶娃也指出:"在关于诗人丘特切夫的语言的意见中,常常看到指出其诗的下列特性:朴实,没有多余的修饰,诗的结构与内容紧紧联结在一起,诗歌语言的准确性,诗的修饰语的恰当性。"①这样,简短的形式便成为丘特切夫诗歌的又一突出特点。列夫·奥泽罗夫把丘诗比作一个美丽、浩瀚的银河系,而认为:"他的八行诗——十二行诗,都是汇入银河的河口。"②屠格涅夫更是宣称:"丘特切夫先生最短的诗几乎是他最成功的诗。"③我们对列宁格勒苏联作家出版社 1957 年版的《丘特切夫诗歌全集》进行了统计:丘特切夫包括译诗在内共有诗歌约 397 首(如《浮士德》片断等译诗算多首,则有 400 余首),其中四行诗 51 首,六行诗 14 首,八行诗 58 首,十行诗 11 首,十二行诗 47 首,十六行诗 67 首,二十行诗 31 首,二十四行诗 22 首,十五行诗、十八行诗、七行诗各 4 首,二行诗、五行诗、二十二行诗、二十三行诗各 2 首,三行诗、九行诗、十一行诗、十三行诗、十四行诗各 1 首,二十四行以上的诗仅 70 首。诸如《黄昏》《正午》《好似海洋环绕着地面》《恬静》《秋天的黄昏》《阿尔卑斯》《春水》《日与夜》《初秋有一段奇异的时节》《在海浪的咆哮里》《夜晚的天空是这么阴沉》《白云在天际慢慢消融》《罗马夜色》《海浪和思想》《世人的眼泪》《最后的爱情》等名诗,其诗歌形式都是短小精悍的,大多为八至十六行,可以说,丘特切夫的绝大多数好诗都在二十行以内,其诗歌的形式的确是简短的。

其三,丰美的内涵。丘特切夫把深邃的哲理、独特的形象(自然)、丰富的情感、瞬间的境界四者完美地结合起来,使其诗歌达到了超常的艺术高度。正因为如此,丘诗显得凝炼而含蓄,精致又深沉,优美而有立体感,有点类似于我国的律诗、绝句,有着相当丰美的内涵。格里戈里耶娃指出:"对读者来说,丘诗的文本总是在精致的形式里表现出惊人的容量。"④

二是即兴。俄罗斯学者一再谈到,丘特切夫的诗具有即兴诗的特点。特尼亚诺夫指出,丘诗的断片特点说明,"丘特切夫的诗就像'偶然地写成的'"⑤。别尔科夫斯基更是明确指出:"从气质上,丘特切夫是一个即兴诗人。他高度评价了人身上自然、下意识的力量。丘特切夫在自己的诗中作为艺术家,作为大师依靠的是自己心灵中'自然'这一自然因素——依靠即兴的自然力量。丘特切夫追随自己的灵感,把希望寄托在感情和思维的奇想上——它们本身应该把他引领到正途上去。在诗歌的叙述中,他进行急剧的跳跃和转折,使自己突来的精彩之处合法化——这

---

① Григорьева А. Д. Слово в поэзии Тютчева. М.,1980,с. 8.
② Озеров Л. Галактика Федора Тютчева. //Тютчев Ф. И. Стихотворения,М.,1985,с. 5.
③ [俄]屠格涅夫:《略谈丘特切夫的诗》,朱宪生译,见王智量主编《外国文学名家论名家》,华东师范大学出版社,1985 年,第 259 页。
④ Григорьева А. Д. Слово в поэзии Тютчева. М.,1980,с. 33.
⑤ Тынянов Ю. История литературы. Критика. СПБ.,2001,с. 385.

是否会成为诗的思想,是否会成为诗的语言——他并不为它们寻找证据,而是坚信自己猜测的正确性。

> 漫无目的地游荡,
> 一路上,也许会偶尔遇见
> 紫丁香的清新的芬芳
> 或是灿烂辉煌的梦幻……

在这几行诗里——有丘特切夫即兴诗歌的纲要。他醉心于生活的观感,紧随着它,感激它们提示所暗示的东西。作为真正的即兴诗人,他根据突然间冒出来的契机,不做准备,但准确无误地写起诗来。即兴诗歌的印象,赋予丘特切夫的诗一种特殊的魅力。丘特切夫所属的浪漫主义时代尊敬即兴诗人,认为他们是汲取了生活和本源的最高层次的艺术家。"①丘特切夫的创作情况充分证明了别尔科夫斯基的观点。丘特切夫的同时代人梅谢尔斯基在其《我的回忆》里写到,丘特切夫非常不重视自己的诗,只是倾吐感情和思想,他常常诗兴一来,便随手抓起身边的一张纸,写在上面,写完后便随手抛开,忘记了它们,或者口授诗歌让妻子或女儿记下来。② 阿克萨科夫曾经谈到丘特切夫《世人的眼泪》一诗的创作经过:"有一次,他在秋天的一个雨夜乘着雇来的轻便马车回家,淋得几乎全身都湿透了,他对前来接他的女儿用法语说:'我想好了一些诗句。'还没有脱下湿透了的衣服,他就口授着这首美妙的诗歌,让女儿记录下来……"③仔细研究丘特切夫的诗歌,我们发现,其诗歌的即兴特点又大约包含了两个方面。

其一,对"景"生情。丘特切夫是一个感情丰富、天性敏感而且富于想象力的诗人,他又喜欢不断追寻新的感受与体验,喜欢不断地接触新的人,甚至喜欢不断地追求女性,更喜欢到处旅游,即使身处慕尼黑、莫斯科、彼得堡这样的大都市,他也想方设法一有机会就到大自然中去,就是明证。他曾在一首诗中明确宣布了自己的这一追求:

> 我得以珍藏的一切:
> 希望,信念和爱情,
> 都汇进了一种祈祷:
> 体验吧,不断体验!④

这样,在不断出现的新的刺激面前,丘特切夫便能够不断地对"景"生情,写出新的诗篇。他可以面对美丽的女性,写出自己情感的升华,如《邂逅》:

> 无论你是谁,无论你的心
> 纯洁无瑕抑或爬满罪孽,

---

① *Берковский Н. Я. Ф. И. Тютчев. //Тютчев Ф. И. стихотворения*, М. —Л. ,1962,с. 30—31.
② Современники о Ф. И. Тютчеве, Тула,1984,с. 29.
③ 转引自《丘特切夫抒情诗选》,陈先元、朱宪生译,漓江出版社,1986 年,第 125 页注释。
④ 丘特切夫:《"我得以珍藏的一切"》,见《丘特切夫诗全集》,朱宪生译,漓江出版社,1998 年,第 319 页。

> 一旦与她相遇,你会面目一新,
> 倏然升腾到一个美妙的灵性境界。①

这首诗写的是皇后玛丽亚·亚历山德罗芙娜。诗人为她的美、她的高洁的气质所倾倒,每次遇到她,心里总有新的激情产生,并伴随着精神的升华,因此,对人生情,写下了这首诗。但诗歌的写作又很有艺术性:诗人把自己个人对皇后的美好感觉普遍化了,他非常巧妙地采用了第二人称"你"的抒情角度,让这个"你"既是诗中抒写的主人公,又像是我们每一个读者,从而使这种感情变成一种人所共有的对美好女性的感情,写出了我们每一个人在生活中都可能遇到的一种感觉,这种感觉歌德在《浮士德》中以名句"美好的女性,引领我们飞升"进行了精彩的概括。他还可以面对美好的艺术抒发自己的感情,如前述之《致阿芭查》,就生动有力地赞美了阿芭查的歌唱艺术及其对自己心灵的深深打动。丘特切夫更善于面对自然景物,触景生情,如《意大利的春天》:

> 香气氤氲,天空明丽晴朗,
> 二月,春光就已潜入花园中,
> 看,扁桃花霎时绽蕾怒放,
> 枝枝洁白缀满盈盈万绿丛。②

这首诗写于1873年,此时的丘特切夫已年届古稀。但他对美的敏感依然如旧。俄罗斯天寒地冻,春天到来得很晚,而意大利的春天来得很早,二月就已开始展示自己的美景了,年老的诗人目睹花园里万绿丛中枝枝洁白的扁桃花,心潮激荡,写下了这首对景生情、很有灵气的小诗,表达了自己对美好春天的瞬间感受("扁桃花霎时绽蕾怒放")。

丘特切夫毕生追求美,对美的东西终生有一种特别的敏感,前述《夜的海啊,你是多么的美好》是如此,早年的《山中的清晨》也是如此:

> 一夜雷雨清洗过的天空,
> 轻漾一片蓝莹莹的笑意,
> 山谷蜿蜒着,露水盈盈,
> 像一条晶带光华熠熠。
>
> 云雾弥漫的重重山岭,
> 半山腰间雾环云系,
> 仿如那由魔法建成
> 空中宫殿残留的遗迹。③

这首诗表现了青年诗人对雨后自然美景的喜悦之情,当然,在某种程度上也表达了诗人一贯的哲理思想——一切都在运动、变化,新的东西每天都在诞生:雷雨

---

① 曾思艺译自 *Тютчев Ф. И.* избранное, Ростов-на-Дону, 1996, с. 289.
② 曾思艺译自 *Тютчев Ф. И.* Полное собрание стихотворений, Л., 1957, с. 300.
③ 曾思艺译自 *Тютчев Ф. И.* избранное, Ростов-на-Дону, 1996, с. 39.

后的天空和山谷与昨天已迥然不同,就是那所谓的由魔法变成的"宫殿"也在变化着——原来的宫殿变成了废墟,而从废墟中又将矗立起新的宫殿。

其二,哲理感悟。丘特切夫是一个天性敏感、感情丰富、精于观察、善于思考,凡事都有自己独特见解,思想达到了相当深度的学者型诗人,他终生都在探寻人、心灵、自然乃至宇宙的奥秘,因此,他的即兴的特点不仅表现为对"景"生情,而且也表现为在生活中随时有诗意的哲理感悟。他可以面对自然的美好景物产生哲理感悟,如:《白云在天际慢慢消融》:

> 白云在天际慢慢消融;
> 在炎热的日光下,小河
> 带着炯炯的火星流动,
> 又像一面铜镜幽幽闪烁……
>
> 炎热一刻比一刻更烈,
> 阴影都到树林中躲藏;
> 偶尔从那白亮的田野
> 飘来阵阵甜蜜的芬芳。
>
> 奇异的日子! 多年以后,
> 这永恒的秩序常青,
> 河水还是闪烁地流,
> 田野依旧呼吸在炎热中。①

面对着眼前这奇异的美景,富有哲思的诗人不是简单地沉醉,而是对景生情,进而对景生思,想到了大自然的永恒(奇异美景的年复一年常在),从而表达了类似刘禹锡"人世几回伤往事,山形依旧枕寒流"、杨慎"青山依旧在,几度夕阳红"的对宇宙与人生的哲理思考。《在那湿润的蔚蓝的天空》则面对着彩虹这大自然的美丽奇观,表达了自己的哲理感悟:美的东西、奇迹般的东西的存在是瞬间般短暂的,必须加倍珍惜。《幻影》一诗的哲理,表现得更加巧妙、深刻:

> 在那万籁俱寂的午夜,
> 有一段神仙显灵的时间:
> 那辆灵活的宇宙马车,
> 自由自在地滑向天空的圣殿。
>
> 夜色正浓,犹如混沌与水交融一体,
> 人失去知觉,仿佛阿特拉斯压着大地,
> 只是在预言的梦境里,

---

① 《丘特切夫诗选》,查良铮译,外国文学出版社,1985年,第161页。

上帝惊扰了缪斯纯洁的灵魂！①

别尔科夫斯基对这首诗有非常精彩的阐述："他（丘特切夫——引者）在《幻影》里准确地说明，诗的使命是什么，诗的真谛在哪里。……这首诗从开头到结尾，在精神和风格上可说是古希腊式的。不仅仅一个阿特拉斯，和一些缪斯，也不仅仅是一个从古希腊世界里借用的上帝。灵活的宇宙马车——又一个古希腊式的形象，古希腊人称大熊星座为马车。可以猜测，这首诗与古希腊哲学有着某种有机的联系。赫拉克里特·艾菲斯基称熟睡者为'宇宙事件的劳动者和参与者'——即使是从著名的施莱尔马赫为这个哲学家写的一本书（出版于1807年）中，丘特切夫也能了解赫拉克里特。赫拉克里特的箴言给予丘特切夫一个占首位的启示：在自己的午夜时分人了解了世界的运行，世界的历史，这些东西在白天的意识里被削弱。同一个赫拉克里特指出，自然喜欢隐藏——它对不知情的人隐藏的正是自己永恒的运动。在'万籁俱寂'的时刻，按丘特切夫的观点，宇宙生命不愿沉默的工作显现出来了，人丧失了自己日常的支柱——因循守旧的幻想，在他面前世界处于一种力不胜任的真理中。最后的两行诗直接与诗的作用和诗的使命有关：世界在其令人害怕的深处，世界在其崇高、生动的内容里，它还站在缪斯面前，像丘特切夫在这儿说的那样，惊扰了缪斯的梦。诗不怕折磨人的情景和动荡的场面，它能用那各种各样的真理使人振奋起来。哪里一部分人'失去知觉'，昏迷不醒，丧失力量，哪里就有诗人，缪斯——进行预言的朝气和理由。"②《火灾》一诗也是面对吞噬一切的大火，深深感悟到："在天然的恶毒力量面前，/人，只能沮丧地站立，/垂下双手，茫然无言，/好像软弱无力的孩子。"③其他如《喷泉》《杨柳啊……》等诗也属这种对景的哲理感悟。他也可以由个人的离别之情，上升到对普遍的爱情乃至生命的哲理思考，如《离别中有高深的含义》：

　　离别中有高深的含义：
　　无论怎样爱着，一天，或者一世，
　　爱情都是一场梦，而梦就是一瞬，
　　或迟或早，总会清醒，
　　而人最终都该会睡醒……④

这首诗是诗人1851年写给第二个妻子爱尔厄斯蒂娜的。面对妻子对自己的一片真情与深情（具体体现为离别时的恋恋不舍之情），诗人心潮荡漾，灵感骤至，由个人的离别之情上升到对普遍的爱情乃至生命的哲理思考。男女相爱，朝朝暮暮互相厮守，当然自有它的甜蜜与意义。而离别，相对来说，更是有着高深的含义。离别产生距离，距离产生美，产生清醒的意识，能使相爱的双方更好地认识对方，从而增进情感。何况爱情本来就像一场梦，美妙而短暂，人总有睡醒并清醒的时候。这就从爱情上升到对生命的某种哲理思考了。生命因有爱情而更美妙更精彩，但

---

① 曾思艺译自 Тютчев Ф. И. избранное, Ростов-на-Дону, 1996, с. 33.
② *Берковский Н. Я. Ф. И. Тютчев.* //Тютчев Ф. И. стихотворения, М.—Л., 1962, с. 53—54.
③ 曾思艺译自 Тютчев Ф. И. избранное, Ростов-на-Дону, 1996, с. 229.
④ 《丘特切夫诗全集》，朱宪生译，漓江出版社，1998年，第273页。

生命也同爱情一样,极其短暂,而且也该有睡醒乃至清醒的时候。这首诗在艺术功效及所传达的情感上,有点类似于我国宋代词人秦观的《鹊桥仙》:"纤云弄巧,飞星传恨,银汉迢迢暗度。金风玉露一相逢,便胜却人间无数。柔情似水,佳期如梦,忍顾鹊桥归路。两情若是久长时,又岂在朝朝暮暮。"也是把个人的离别之情升华为爱情中普遍的别离之情,具有一定的哲理性。

丘特切夫更善于把经过长期的思考和生活体验后倏然间得到的哲理感悟,以极其简洁、高度概括的警句形式表达出来,如至今在俄罗斯广为传颂、广为引用的名诗《凭理智无法理解俄罗斯》(见前)。"穿越其千年的历史的俄罗斯文化最本质的特点,是其宇宙性和包罗万象性"①,这本已使俄罗斯比较难以让人理解了,而俄罗斯又是一个兼有东方与西方双重特点且一直在东方与西方之间摇摆的国家,东正教更赋予她浓厚的神秘主义色彩,这样,俄罗斯的确是最难理解的国家之一,俄罗斯民族、俄罗斯文化更加难以用理智去理解,这是世界许多国家人们普遍的感受。丘特切夫作为一个在西方生活了二十多年的俄罗斯人,较一般人更能理解俄罗斯——既能入乎其内把握其实质,又能超乎其外以一种类似于他者的眼光来审视俄罗斯,这样,他便把这许许多多人的共同感受用这样短短的一首四行诗,极具哲理性地高度概括出来,从而成为近两百年来在对俄罗斯感兴趣的人们中流行不衰、广为引用的格言警句。朱宪生先生指出:"如今,这首著名的诗已引起西方乃至全世界学者的高度重视,成为人们试图解开'俄罗斯之谜'的一把钥匙。而由这首诗引申出的一个新的话题——'想象俄罗斯',已经成为西方学术界的热门话题。"②又如《大自然——这个斯芬克司》:

> 大自然——这个斯芬克司,
> 总爱用自己的考验把人折磨,
> 也许,从开天辟地的时候起,
> 它胸中什么谜语都不曾有过。③

丘特切夫终身热爱自然,即使身处慕尼黑、彼得堡、莫斯科这样的大都市,他也总是想方设法外出旅行,以求回归自然。他对自然有细致的观察,更以一种深刻的哲学思想去理解大自然,试图从中寻找人生的安顿。然而,长期的观察、思考与探索,反而使他深感矛盾与困惑:一方面他认为自然像人一样,有着活的灵魂,有着自己的个性、语言、生命和爱情,人的生命变化与自然的变化有着同一性——像自然有春夏秋冬四季一样,人有幼年青年壮年老年,而且,大自然的阴晴冷热等境况可以引发人相应的怒喜哀乐之情,另一方面自然却又永恒、强大、青春永驻,而人却短暂、脆弱、转眼就是黑夜降临;一方面他认为尽管自然永恒人生短暂,但人总不能在这世上白走一遭,他得以奋斗的成果来证明自己的生,从而否定死,超越死,另一方面他又强烈地感到,人奋斗过了,老了,被证明了的生命的价值已随时间的流逝而

---

① [俄]利哈乔夫:《解读俄罗斯》,吴晓都等译,北京大学出版社,2003年,第37页。
② 朱宪生:《放眼世界的"地球诗人"——纪念"世界文化名人"丘特切夫诞辰200周年》,《湘潭大学社会科学学报》2003年第6期。
③ 《丘特切夫诗全集》,朱宪生译,漓江出版社,1998年,第474页。

渐渐模糊,甚至完全失去意义——成长起来的年轻一代,已把上一代连同他们的时代忘得干干净净。而且,在永恒的自然中,人的一切努力似乎都是徒劳的,人不过是自然的梦,人生则是瞬间的梦幻般短暂的,甚至无所谓的,最后剩下的,只是那茫茫的无限与永恒。这种竭力的探索,得到的结果只是矛盾与困惑,使诗人对大自然产生了疑惑,创作了这首有名的诗,怀疑自然是否存在奥秘与神秘性,表达了对自然的疏离感,而这也是经过自然科学洗礼的现代人的一个共同的感受。

丘特切夫有时还把自己的哲理感受以预言式的宣告表达出来,如《最后的剧变》:

> 当世界末日的钟声当当响起,
> 地上的万物都将散若云烟,
> 洪水将吞没可见的一切东西,
> 而上帝的圣像将在水中显现!①

丘特切夫的母亲虔信宗教,他早年受母亲的影响,有较强的宗教意识,青年时代受谢林哲学等的影响,形成了泛神论乃至近似无神论的观念,他在《我喜欢新教徒的祈祷仪式》《灵柩已经放进墓茔》等诗中对宗教进行了讽刺,但他毕竟无法彻底摆脱宗教的影响,这首诗就是一个例子。进行终极思考的诗人,思考到世界和人的极限以及人存在的意义问题,而这是科学和其他哲学无法解答的,于是,又回到惟一能解答这一问题的宗教上来——在世界末日到来之时,惟有上帝及其审判才是人生存的价值与意义。

三是完整。特尼亚诺夫指出,在丘特切夫那里,与断片一起的,还有完整,首先,出现的是矛盾状态,然后进入对照。② 实际上,这只是丘特切夫一部分诗歌的特点。的确,丘诗虽然表面看起来像是断片,但每一首丘诗都是完整的,也就是说,每一首丘诗在结构上都是完整的——具有很强的逻辑性。正因为这种逻辑性在每一首丘诗中都有体现,无法一一进行论述,因此,此处仅拟谈谈最为普遍也最为突出的几点:

其一,以自然景物与思想感情两相对照构成全诗。即:让自然景物和思想感情在诗歌中平行地、对称地共同建构全诗——或在全部两节诗中各占一节,地位相等,相互映衬;或在短短的几行中交错出现,互相沟通,共同深化主题。这可以说是丘特切夫诗歌的一个相当独特而又极其鲜明的特点,我们称之为"对喻",这在下一章的第二节有详细论述,此处不赘。

其二,用反衬营建诗歌。这是指诗人往往在诗歌中先极力铺写某种事物,然后再写出相反的事物,不仅在语意上来了个转折,而且在逻辑关系和主题上,更以前面的部分深刻地反衬了后面的部分。如《北风静息了》③,面对瑞士日内瓦湖的秋日美景——轻轻荡漾的蔚蓝湖波,缓缓飘游的小船,戏水拍浪的天鹅,熠熠闪光的斑斓树木,银光闪闪、庄严静穆像神一样威凛的白峰……一向热爱自然热爱美的诗

---

① 曾思艺译自 Тютчев Ф. И. избранное, Ростов-на-Дону, 1996, с. 43.
② Тынянов Ю. История литературы. Критика. СПБ., 2001, с. 387.
③ 《丘特切夫诗全集》,朱宪生译,漓江出版社,1998年,第374—375页。

人,几乎就要陶醉其中,并与美丽的大自然合而为一了。然而,在诗歌的最后一节,出现了与这些美景截然相反的东西——俄罗斯故土的那一座坟墓——诗人深深热爱、视为生命的杰尼西耶娃死去了,痛苦使他无法与生机盎然、欢欣无比的大自然融为一体!全诗前三段极力铺叙日内瓦湖的美景,最后一段则写出了这一美景再美,也无法减轻杰尼西耶娃的死给自己所带来的痛苦,从而以反衬的手法力透纸背地写出了杰尼西耶娃的死带给诗人的痛苦之大之深!其写法类似我国唐代诗人李白的名诗《越中览古》:"越王勾践破吴归,义士还家尽锦衣。宫女如花满春殿,至今惟有鹧鸪飞。"前三句极力叙写越王勾践破吴的辉煌,最后一句来个转折,从而以反衬的方法深刻而有力地表达了诗人的思想——霸业、功名的虚幻。可见,中外诗歌在诗心和手法方面的确有共通之处。又如《林中草地上腾起一只大鸢……》①,以大鸢能腾飞云霄甚至飞到天涯海边,反衬出人的渺小:人自以为是大地之王,却反而连一只大鸢都不如,不仅无法飞起,反而必须紧贴在大地之上,弄得"满面污垢,汗水直淌",才能生存!《灵柩已经放进墓茔》一诗同样运用的是反衬手法:以自然的永恒来反衬牧师宣教的虚幻。

  其三,以正衬的方式建构全诗。即前面极力铺写类似的多种事物或某一事物的各个方面,最后再写出另一类似的事物,它们之间形成一种递进的逻辑关系。也就是说,以前面的事物作为铺垫,进一步衬托出后面的事物,从而更生动形象地表现诗人的思想感情。如《黄昏》②,诗人首先用博喻的方法接连推出四个主导性的意象:山谷上空轻轻回荡的车铃声、飒飒树叶上鹤群的啼唤、春天泛滥的海潮、刚破晓就已站定的白天,最后,推出主导意象"夜的暗影",它比上述四个意象来临得"更静悄,更匆忙",这就使全诗在逻辑上递进一层,更生动有力地写出了夜降临的速度之快。在深受古罗马铺叙式古典诗歌影响的早期创作中,丘特切夫采用这种手法较多,《泪》先铺叙一系列东西的美:美酒、葡萄、春光和浮香中的宇宙万物、美人的妩媚等,最后点出这一切都比不上神圣的泪,这种经过层层铺垫后的递进,不仅在逻辑上把全诗串接成一个完整的整体,而且十分有力地表达了诗人所要表达的思想——歌颂在生活的雷雨的乌云间绘出一道道活泼的彩虹的眼泪的神圣与美。一直到晚年,诗人还在使用这种手法,如《午日当空》③。这首诗写于1852年。此时,诗人与杰尼西耶娃已开始恋爱并同居,上流社会群起而攻之,杰尼西耶娃饱尝打击之苦但仍勇敢地捍卫自己的爱情。诗人对此一方面深感惭愧、负疚,一方面又十分钦佩、感激恋人的举动。这种感情萦之于心已久,终于,在欣欣向荣的自然界充分展示其生命的丰盛。诗人也陶醉于这生命的丰盛的时刻,他生动形象地把这种感情表现了出来。诗歌先是极力铺写午日当空时整个大自然欣欣向荣的景象,最后,推进一层,指出这一切再动人,也无法与杰尼西耶娃忍受痛苦的心灵所发出的一丝感伤的笑意相比!从而含蓄而生动地表达了自己对杰尼西耶娃又深爱、又怜惜、又敬佩、又愧疚的复杂情感。

---

① 《丘特切夫抒情诗选》,陈先元、朱宪生译,漓江出版社,1986年,第80页。
② 《丘特切夫诗选》,查良铮译,外国文学出版社,1985年,第3页。
③ 同上书,第123页。

丘特切夫在诗中还常常比较隐蔽地使用正衬手法,如前面引述过的《好似把一卷稿纸》一诗就是以"稿纸"与"火"来正面衬托生命与"闪光"的。可以说,在诗中使用正衬,以递进的方式把各种意象或思绪、情感串接成一个逻辑整体,这是丘特切夫常用的一种手法。

值得一提的是,诗人晚年还达到了一种从心所欲的境界,能极其自如地穿越于各种事物之间而丝毫感觉不到它们之间存在的阻隔,甚至能把一些根本不可能联系在一起的事物,以诗意的方式组合在一起,从而以超逻辑的方式更灵活地体现诗意的逻辑性。如前述之《这样一种结合我真不敢想象》。俄罗斯天寒地冻,冬天没有燕子,而诗人在这首短诗里却出人意料地让冬天的雪橇与春天的燕子并列出现,因此,诗人宣称的"这样一种结合我真不敢想象",反而更进一步衬托了这种结合的神奇,使这首短短四行的诗达到了我国唐代诗人王维的画《袁安卧雪图》里雪中芭蕉的艺术高度。关于雪中芭蕉及其艺术性,我国古人多有论述。宋代沈括在其《梦溪笔谈》中谈道:"书画之妙,当以神会,难可以形器求也。世观画者,多能指摘其间形象位置、彩色瑕疵而已,至于奥理冥造者,罕见其人。如彦远画评,言王维画物,多不问四时。如画花,往往以桃杏芙蓉莲花同画一景。余家所藏摩诘画《袁安卧雪图》,有雪中芭蕉,此乃得心应手,意到便成,故造理入神,迥得天意,此难可与俗人论也。"①惠洪在其《冷斋夜话》中进而使之与诗歌创作的艺术性联系起来:"诗者,妙观逸想之所寓也,岂可限以绳墨哉!如王维作画雪中芭蕉,法眼观之,知其神情寄寓于物,俗论则讥以为不知寒暑。"②丘特切夫这首诗也完全可以称之为"妙观逸想之所寓也",诗人超脱了世俗的物物之间存在界限乃至所谓万物各有季节的偏见,自由地神行于事物之间,创作了这首以超世俗的逻辑来更好地体现诗意的逻辑的好诗。对此,别尔科夫斯基做出了高度的评价:"丘特切夫直到诗歌道路的终点都保持着原始、完整的感觉——一种统一体,一切都由其中产生,以及现象、概念、语言之间界限的相对感。丘特切夫的比喻可以在任何方面扩展力量,无须担心力量对比喻的反抗。丘特切夫的对比是冲破了一切思想障碍产生的。在1871年初丘特切夫写了一首在自己诗学的独创性方面非同寻常的四行诗(诗详见上引)……这些晚期诗极大程度表现出了丘特切夫风格的原则——否定那把物与物分离开的绝对力量。丘特切夫消除了四季的区别,在这里他根本不重视时间秩序。在这首诗里没有比喻,没有比拟,用最简单的形式观察并一个接一个地称呼这些现象,而大自然中这些现象是不可能一同出现的。透亮的远景通过整个世界,一切都是透明的,是可渗透的,整个世界从头到尾都清晰可见。"③

由上可知,丘特切夫的诗歌虽然由于简短、即兴而显得像是断片,但在整个诗歌的结构、形式上却是相当完整的,因此,他的诗歌在艺术上一个显著的特点便是:完整的断片形式。

这种完整的断片形式的出现,与诗人的哲学观、美学观密切相关。如前所述,

---

① 转引自杨文生编著《王维诗集笺注》,四川人民出版社,2003年,第819页。
② 转引自上书,第793页。
③ Берковский Н. Я. Ф. И. Тютчев. // Тютчев Ф. И. стихотворения, М.—Л.,1962,с.29—30.

诗人认为大自然乃至人的心灵,通过对立、冲突而时时刻刻都处在运动、变化之中,而人只能在运动长河中一个短短的瞬间把握其美和本质。因此,表现这一运动变化的世界和心灵的诗歌,必然是简短的断片式的。与此同时,诗人又力图有所作为,力图赋予人的生命乃至宇宙以意义,注重用诗歌描绘变化的世界表现复杂的心灵,强调在永恒的短暂瞬间,从整体上诗意地感悟、把握运动变化的宇宙和心灵的美与本质,这样,表现这种感悟与把握的诗歌的形式,又必然是以诗意的逻辑形式体现意义的,在总体上是完整的。这两方面的结合,就自然而然地构成了丘特切夫诗歌抒情艺术方面在其哲学观与美学观影响下而形成的一个突出特点——完整的断片形式。

第三,独特的多层次结构。丘特切夫被俄国象征派奉为祖师,其诗歌在艺术方面多有创新,其中最重要的一个特点,就是独特的多层次结构。既然自然是可见的精神,精神是不可见的自然,自然与人心息息相通,人的每一脉情思都可以在自然界中找到对应物,那么,丘特切夫就可以让自然景物与人的情思并列出现,形成俄国乃至世界诗歌史上的"对喻"。现代人思想复杂、混乱,心灵的活动极其复杂,具有多种层次,揭示它的方式也多种多样,既可以采取通篇象征,也可以把思想隐藏于风景背后。

象征派注重暗示、联想、对比、烘托等艺术手法,主张寻找"对应"(波德莱尔)、"对应物"(庞德)或"客观的关联物"(艾略特),认为人的精神、五官与世界万物息息相通,可见的事物与不可见的精神互相契合。而如前所述,丘特切夫的诗歌创作深受德国古典哲学家谢林"同一哲学"的影响,谢林认为,自然是可见的精神,精神是不可见的自然,自然与人的智性和意识是一回事。这样,丘特切夫在创作中就能把自然与精神融为一体,从而在无意中与象征派的诗歌理论及诗歌创作暗合。

由于自然与精神是一回事,又重视直觉,丘诗跟象征派诗歌一样,出现了客观对应物,出现了象征,形成了多层次结构,并产生了多义性,从而形成了其诗歌特有的多层结构与多义之美。

丘特切夫诗歌创作中的多层次结构大体以三种方式体现出来:出现客观对应物,运用通体(又称通篇)象征,把思想巧妙地隐藏于风景的背后。这在当时的俄国诗坛,的确是前无古人的"绝对独特的创作手法"。

在"俄国文学之父""俄罗斯诗歌的太阳"普希金的笔下,大多是客观的白描和主观的抒情,即使在诗歌中运用某物作象征,也仅仅像一颗流星,在全诗中一闪即逝,并未构成通体象征,他的某些诗,如《致大海》《囚徒》《毒树》等,象征虽出现于全文,但象征手法不够成熟,过于显露,并未构成多层次结构。茹科夫斯基喜欢用象征,他的诗作充满了朦胧的幻想,但他的象征也较为明显(如前述之《大海》),很少能构成多层次结构。莱蒙托夫则有所发展,在他那里已有较好的通体象征或多层次的诗,如《帆》:"在那大海上淡蓝色的云雾里/有一片孤帆儿在闪耀着白光!……/它寻求什么,在遥远的异地?/它抛下什么,在可爱的故乡?……//波涛在汹涌——海风在呼啸,/桅杆在弓起了腰轧轧地作响……/唉!它不是在寻求什么幸福,/也不是逃避幸福而奔向他方!//下面是比蓝天还清澄的碧波,/上面是金黄色的灿烂的阳光……/而它,不安的,在祈求风暴,/仿佛是在风暴中才有着安详!"①全诗表面上描绘的是雾海孤帆、怒海风帆、晴海怪帆三种画面,实际上,它象征性地表达了18岁的青年诗人渴望行动、渴望创造(抛下家乡远行在外、期盼风暴)但又深感前景朦胧,因而既孤独傲世又苦闷迷惘的复杂情感与抽象意绪。这本是一种难以言喻的情绪,诗人却通过"帆"这一象征性形象优美生动地传达出来。高尔基指出:"在莱蒙托夫的诗里,已经开始响亮地传出一种在普希金的诗里几乎是听不到的调子——这种调子就是事业的热望,积极参与生活的热望。事业的热望,有力量而无用武之地的人的苦闷——这是那些年头人们所共有的特征……"②由于通篇象征运用出色,"帆"的象征意义超越了个人超越了时代,概括了一切时代渴望冲破平庸与空虚的宁静生活、力求有所行动有所创造的人们的共同特征。如果说这首诗的象征手法还显得不够纯熟、稍嫌显露的话,那么,莱蒙托夫稍后创作的名篇《美人鱼》,则象征手法已用得相当纯熟:"美人鱼在幽蓝的河水里游荡,/身上闪着明月的银光;/她使劲拍打起雪白的浪花,/想把它溅泼到圆月的脸颊。//河水回旋着,哗哗流淌,/把水中的云影不停地摇晃;/美人鱼轻轻启唇——她的歌声/飞飘到陡峭两岸的上空。//美人鱼唱着:'在我所住的河底上,/白日的光辉映织成幻象;/这儿,一群群金鱼在嬉戏、游玩,/这儿,一座座城堡水晶一般。//'这儿,在闪亮细沙堆成的枕头上边,/在浓密的芦苇的清荫下面,/嫉妒的波涛的俘虏,一个勇士,/一个异乡的勇士,在安息。//'但不知为什么,对我们的狂热亲吻/他一言不发,总是冷冰冰,/他只沉睡,即使躺在我的怀里/还是既不呼吸,也不梦呓……!'//满怀莫名的忧伤,/美人鱼在暗蓝的河上歌唱,/河水回旋着,哗哗流淌,/把水中的云影不停地摇晃。"③全诗把诗人那孤独傲世而又苦闷迷惘的复杂情感,借美人鱼和死去勇士的形象,非常巧妙、含蓄、生动地传达出来,在艺术上更富感染力,难怪别林斯基要称之为俄国诗歌中不可多得的珍珠。不过,莱蒙托夫的这类诗毕竟为数极少。只有到了丘特切夫,客观对应物与通体象征才大量在诗中出现,并形成多层次结构,产生了多义之美。

首先,丘特切夫在诗歌中让自然景物作为思想与情绪的客观对应物,平行地、对称地出现,从而使内心世界与外部世界互相呼应,可见的事物与不可见的精神相互契合,在诗歌结构中形成两条平行的脉络,出现两组对称的形象。两组平行脉络的相互交错,丰富了诗歌的情感层次;两组对称形象的交相叠映,深化了诗歌的思想内涵。这种类似于音乐中的二重对位、电影中的平行蒙太奇的艺术手法,我们称之为"对喻",它是诗人把前述"对喻式意象并置"手法大量运用到艺术整体结构上的结果,从而在俄国诗歌史上,开创了一种独特新颖、别有韵味、很有艺术感染力的丘特切夫式的对喻结构。

丘诗中的"对喻"又表现为以下三种情况:

其一,前面整整一段写自然景物,后面整整一段则是思想情感,二者各自构成

---

① 《莱蒙托夫诗选》,余振译,上海译文出版社,1980年,第153页。
② [俄]高尔基:《俄国文学史》,缪灵珠译,上海译文出版社,1979年,第273页。
③ 曾思艺译自 Русские поэты. Т. 2, М., 1966, с. 340.

一幅画面,相互并列又交相叠映,互相沟通且相互深化,既描绘了特定的艺术画面,又抒发了浓厚的思想情感,并使情与思达到水乳交融的境界,如《河流迂缓了》①,第一节写河面上结了一层薄冰,但凛冽的严寒不能凝固全部的河水,水仍在冰层下面流,第二节则写生活寒冷的重压同样没法扼杀人内心的生命活力及求生的欲望。全诗以鲜明生动的画面,使自然中的严寒与生命之泉和生活中的严寒与生命的欢乐之泉相对举,深邃地表达了生命及生活的活力与欢乐是任何力量都无法扼杀的这样一种哲理思想。又如《喷泉》第一节写自然的喷泉,第二节写思想的喷泉,两相对喻,更深刻地体现了人类的思想既强大又无力这一哲理。这种对喻手法的运用,较之单有一幅自然景物的描绘,或仅有一段思想感情的流露,显然是结构更匀称,层次更复杂,感情更深厚,哲理更深邃,艺术性也更高,审美感染力也更强。

其二,前面整整一段写思想感情,后面整整一段写自然景物。它又可分为以下两种情况。

一是以情喻景,而又情景相生。既然自然是可见的精神,精神是不可见的自然,丘特切夫也就能够不仅以景写情,而且还可以以情喻景,这在当时乃至今天都无疑是大胆而独特的。如《在戕人的忧思中》②,前面一段描写生活的重压与突如其来的一丝欢欣所引起的人心情感的激荡,后面一段写大自然中有时秋天突如其来的一阵"润爽而温暖"的风所引起的恍如置身融融春光之中的瞬息感觉,以前面的情喻后面的景,但又不仅仅如此。丘特切夫诗歌的妙处与深度也正体现在这里。如前所述,丘诗往往是前后两段对举出现而形成"对喻"。"对喻"不同于一般的比喻,它的前后项并不仅仅构成简单的本体与喻体关系,前后项之间更多的是互相对比,互相衬托,前者烘托后者,后者深化前者,二者的关系如红花绿叶,互相扶持,交相辉映,共同构成一个立体的画面,并且缺一不可。《在戕人的忧思中》一诗就是如此,前面的情衬托了后面的景,后面的景又使前面的情给人留下更深刻的印象。

二是以景写情,突出所要表达的思想感情。如《你看他在广阔的世界里》③写诗人在社会中的遭遇。诗人是人,在日常生活中他一如常人,甚或比常人更痴更笨拙。诗人是天才,当灵感泉涌,他那天才的力量使平凡的一切都放射出纯美、神圣、诗意的光辉。痴拙于常人和超常的敏感、惊人的洞察力的奇异结合,使诗人性格怪异,行为举止也异于常人,成为世俗眼中十足的怪人。这样,在世俗的社会中,诗人便受到极不公平的待遇。当他痴拙于常人、行为举止不合于常规时,便遭到世俗者的冷眼相看乃至极度轻蔑。法国象征主义诗人波德莱尔的《信天翁》极其生动而深刻地写出了诗人的这种悲剧性境遇:"时常地,为了戏耍,船上的人员/捕捉信天翁,那种海上的巨禽——/这些无挂碍的旅伴,追随海船,/跟着它在苦涩的漩涡上航行。//当他们把它们一放到船板上,/这些青天的王者,羞耻而笨拙,/就可怜地垂倒在他们的身旁,/它们洁白的巨翼,像一双桨棹。//这插翅的旅客,多么呆拙委颓!/往时那么美丽,而今丑陋滑稽!/这个人用烟斗戏弄它的尖嘴,/那个人学这

---

① 《丘特切夫诗选》,查良铮译,外国文学出版社,1985年,第54页。
② 曾思艺译自 *Тютчев Ф. И.* избранное,Ростов-на-Дону,1996,с.117.
③ 同上书,第38页。

飞翔的残废者拐蹩！//诗人恰似天云之间的王君，/它出入风波间又笑傲弓弩手；/一旦堕落在尘世，笑骂尽由人，/它巨人般的翼翅妨碍它行走。"①波德莱尔的诗写于1859年，而丘特切夫这首诗写于20年代末30年代初，比波德莱尔早几十年。当然，它所写的诗人受世俗轻蔑的程度远不如《信天翁》一诗，它只是向世人指出，尽管诗人喜怒不定甚至喜怒无常，怪异、神秘，但也不能轻视他，更不能鄙视他——诗歌的第二节在第一节点出世人鄙视诗人之后，以月亮白天瘦弱不堪、毫无生气而到了夜晚则成为辉煌的上帝，让整个昏昏欲睡的世界银辉灿灿，十分生动有力地表达了作者对诗人的肯定，及其希望世人理解诗人的心绪。第二节表面上写的是景——月亮在白天和黑夜的云泥之别，实际上是围绕第一节不能轻视更不能鄙视诗人的思绪来写的，是以后面的写景进一步形象地说明和深化前面的情，同时又使全诗以写景收束，显得含蓄而有韵味，从而大大增强了诗歌的艺术魅力，给人留下无穷的余味。

有时，丘特切夫把上述两种方法混合起来使用，使诗歌更富于韵味，如《大地还是满目凄凉》②，第一节写冬春之交大地满目凄凉中浮现的"春的气息"，第二节则写在麻木中苏醒的人心里所萌发的幻想，二者交相辉映，又互相深化，但最后四行笔锋一转，既写大自然，又写人心，使二者融合为一，分不清界限，似乎自然现象已转化为人的心灵状态了——这，又具有了下面即将论述的对喻的第三类特色了。

其三，思想感情与自然景物在全诗中同时平行而又交错地出现，巧妙自然地相互过渡，使人分不出是情是景，辨不清是自然现象还是心灵状态。如《世人的眼泪》：

　　世人的眼泪，哦，世人的眼泪，
　　你总是早也流啊，晚也流……
　　你流得无声无息，没人理会，
　　你流得绵绵不断，无尽无休，
　　你流啊流啊，就像幽夜的雨水，
　　淅淅沥沥在凄凉的深秋。③

在这首诗里，雨和泪构成二重对位，同时又使二者交织融合为一，是雨？是泪？二者简直不可区分。这弥天漫地、遍布人间的雨和泪，正是下层俄国人民苦难深重的象征。《在郁闷空气的寂静中》一诗也是如此④，诗歌的第一、二、三节似乎写的是自然界突如其来的雷雨，第四、五节似乎写的是少女的激动，但最后一节巧妙地把这二者绾合起来，而且让初恋少女激动的眼泪与酝酿已久而下的雨滴二者融为一体，使你搞不清落下来的究竟是眼泪还是雨滴，从而使前面的写景变为写人，后面的写人又与前面的写景相互映衬，两者相得益彰，大大增强了诗歌的艺术表现力与情感感染力。《海浪和思想》一诗，不仅使海浪与思想二重对位，造成诗歌结构上

---

① 《戴望舒译诗集》，湖南人民出版社，1983年，第119页。
② 《丘特切夫诗选》，查良铮译，外国文学出版社，1985年，第64页。
③ 曾思艺译自 Тютчев Ф. И. избранное, Ростов-на-Дону, 1996, с. 120.
④ 《丘特切夫诗选》，查良铮译，外国文学出版社，1985年，第46—47页。

的双重结构,而且也使海浪与思想仿佛都被解剖,被还原,成为彼此互相沟通的物质。

其次,丘特切夫采用通体象征造成诗歌的多层次结构,形成诗歌内涵的多义性。

丘诗中的通体象征一般造成双重结构,如《雪山》①一诗具有表层与深层双重结构。表层结构写的是日午时的雪山风景:山谷的世界疲弱无力,睡意蒙眬,充满了芬芳的倦慵,而山巅的世界,那冰雪的峰顶,超然于垂死的大地,像一群天神,正在和火热的蓝天嬉戏。而其深层结构是:日午象征着无情的时间力量,山谷象征着短暂无力而充满欲望的人世,山顶则象征着纯洁、和谐而永恒的美,因此,诗歌表现的是诗人对人世与永恒的一种哲理思索,表现了诗人希望超脱充满欲望的、短暂的人世,而飞升永恒、纯净、和谐的精神天国的一贯追求。又如《天鹅》②,表层结构写的是天鹅比苍鹰的命运更可羡慕——它得到了神灵的爱护。而深层结构是:它表现了诗人的人生观——酷爱和平与宁静(天鹅),厌恶狂暴与斗争(鹰),情愿终身老死在纯净的美之王国中,因为在欧洲古典诗歌中,鹰与天鹅是经常出现的一对形象,取得胜利的每每是鹰,丘特切夫在这里却反其意而用之,让天鹅比苍鹰更可羡慕,以表现自己的人生观。再如《杨柳啊……》:

> 杨柳啊,是什么使你
> 对奔流的溪水频频低头?
> 为什么你那簌簌颤抖的叶子,
> 好像贪婪的嘴唇,急欲
> 亲吻那瞬息飞逝的清流?
>
> 尽管你的每一枝叶在水流上
> 痛苦不堪,颤栗飘摇,
> 但溪水只顾奔跑,哗哗歌唱,
> 在太阳下舒适地闪闪发光,
> 还无情地将你嘲笑……③

这首诗不仅具有双重结构,而且具有多义性。其表层结构是全诗在极力铺写杨柳,深层结构则具有多义性。首先,可以认为这是一幕落花有意、流水无情的单相思痴恋场面,进而可以隐喻人与人之间的某种关系;其次,更进一步考察,这里隐喻着个性的悲剧、人生的悲剧:一股溪流从身旁经过,杨柳俯身也不能触及它,可悲的是,并非杨柳想要俯身,而是某种外在的力量迫使它俯身,又使它够不到水流,在社会上、在人世间,人及人的个性不也如此?生活迫使你去渴望,迫使你去追求,而往往又注定你徒劳无功,这就是人生的悲剧!同时,这也是当时"一切办公室和军

---

① 《丘特切夫诗选》,查良铮译,外国文学出版社,1985年,第14页。
② 同上书,第12页。
③ 曾思艺译自 Тютчев Ф. И. избранное,Ростов-на-Дону,1996,с. 72.

营都围着鞭子和官僚运转"①、一切都"堕入铁一般沉重的梦里"的俄国以及当时工业文明飞跃发展、人已变成"整体中一个孤零零的断片"的欧洲社会里人的必然归宿。

由于象征运用得巧妙,丘诗往往构成三重结构。如《海驹》:

> 骏马啊,海上的神驹,
> 你披着浅绿的鬃毛
> 有时温驯、柔和、随人意,
> 有时顽皮、狂躁、疾奔跑!
> 在神的广阔的原野上,
> 是风暴哺育你长成,
> 它教给你如何跳荡,
> 又如何任性地驰骋!
>
> 骏马啊,我爱看你的奔跑,
> 那么骄傲,又那么有力,
> 你扬起厚厚的鬃毛,
> 浑身是汗,冒着热气,
> 不顾一切地冲向岸边,
> 一路发出欢快的嘶鸣;
> 听,你的蹄子一碰到石岩,
> 就变为水花,飞向半空!……②

初看,它描绘的是一匹真正的马,写了马的形体("披着浅绿的鬃毛"),马的性格("有时温驯、柔和、随人意,有时顽皮、狂躁、疾奔跑"),马的动作("不顾一切地冲向岸边,一路发出欢快的嘶鸣"),这是第一层;可诗歌的结尾两句却使我们惊醒,并点明这是海浪("听,你的蹄子一碰到石岩,就变为水花,飞向半空"),从而由第一层写实的语言转入带象征意味的诗意的第二层次,使写实与象征两种境界既相互并存,又互相转化。但诗人的一大特点是把自然现象与人的心灵状态融为一体。因此,这首诗表现的是诗人的心灵与人的个性,这是第三层。而这第三层又具有多义性:这是一个满腔热情、执着追求的人,朝着理想勇往直前地猛冲,最后达到了理想的境界,精神升华到了另一天国;这也是一个强有力的个性,宁折不弯,一往无前,结果理想被现实的礁岩撞击成一堆水花与泡沫。这一切,都是借助象征的魔力来实现的,丘特切夫不愧为俄国象征派的祖师。

再次,丘特切夫还通过把哲理思想完美地融合于美妙的自然景物之中来形成诗歌的双重结构。这类诗,往往表面上但见一片纯美的风景,风景的背后却蕴含着颇为深刻的生命哲学。如《在那夏末静谧的晚上》:

---

① 转引自 *Пигарев К*. Жизнь и творчество Тютчева, М., 1962, с. 43. 这是丘特切夫的一句话,原话为:"在俄国,一切办公室和军营都围着鞭子和官僚运转。"

② 《丘特切夫诗选》,查良铮译,外国文学出版社,1985年,第 16 页。

> 在那夏末静谧的晚上，
> 夜空中的星星淡红微吐，
> 田野身披幽幽的星光，
> 一边安睡，一边悄悄成熟……
> 它那无边的金黄麦浪
> 在夜色中渐渐平静，
> 这柔波镀上月亮的银光
> 闪着如梦的一片晶莹……①

乍看，这仅仅是自然风景的朴实描绘（表层结构），然而在这短短的八行诗中，却蕴含着深邃的哲理、丰富的思想（深层结构）：这是一片普普通通的田野，在幽幽的星光下，已不见白日的劳作与匆忙，更不见阳光的热力与明媚，在这七月的夜晚，它静静地安睡着。然而，这人类生命的源泉——粮食的诞生地，并未停止生命的进程，它一面安睡，一面在成熟中。人们辛勤劳动所培育的生命，已成为大自然的一部分，它随时间的进展而时刻成长着。虽然从表面上看不到生命的顶点，也看不到它的运动，但自然和历史却隐藏在表面下一刻不停地向前运动。这不仅是对人的劳动、人与自然那平凡而伟大的日程的赞颂，而且是对世界、自然、历史、生命的某种深刻的哲理把握！这类诗在丘特切夫的诗集中俯拾即是，最著名的有《紫色的葡萄垂满山坡》《恬静》《山中的清晨》等。

综上所述，丘诗的多层次结构的确是他大胆独创的艺术手法，为俄国诗歌开拓了新的路子，对后来的俄国象征派诗歌也有较大的影响。

第四，多样的语言方式。大自然总在变化不已，人的心灵也矛盾、复杂而幽微，各种隐秘的情思互相纠缠，剪不断，理还乱，而用通感和其他多样的语言方式却能传神入妙地表现这一切。因此，除了大量采用通感手法来对日常的语言进行变异和加工以外，丘特切夫还善于以多种方式让语言鲜活、形象起来，极其生动而形象地表现宇宙的美、复杂的情感和深刻的哲理思想。这多种语言方式都属于审美的方式，是诗人依照审美的情感的需要去运用语言，从而使语言的法则和规范，远离日常生活逻辑的法则和规范，而服从于审美的法则与规范。

一是采用多种修辞手法。修辞是创造性地使用语言的一种艺术技巧，是更美好、更形象、更生动地表达思想感情的一种语言艺术。一般认为，修辞必须遵守四条原则，即：有效原则（要求忠实有效地传达信息、交流思想感情，做到合乎事实、合乎逻辑、合乎语法）、得体原则（要求恰到好处地传达信息、表达思想感情，做到切合题旨、适合对象）、灵活原则（要求灵活多样地传达信息、表达思想感情，可以超越语法逻辑常规，创造性地运用语言）、美的原则（要求美好有趣地传达信息、表达思想感情，应根据审美要求，不断增强语言的艺术性）。而丘特切夫诗歌中的修辞手法，更多地遵守的是灵活原则和美的原则。在其所运用的修辞手法中，又以拟人、比喻、借代、反复用得最多，也最出色。

如前所述，丘特切夫的诗歌深受德国哲学家谢林"同一哲学"的影响。谢林的

---

① 曾思艺译自 Тютчев Ф. И. избранное, Ростов-на-Дону, 1996, с. 116.

"同一哲学"认为:"自然与我们在自身内所认作智性和意识的那个东西原来是一回事"①,"自然应该是可见的精神,精神应该是不可见的自然",因此,美国哲学家梯利指出:"谢林的哲学展开以后,是一种泛神论,这种泛神论认为宇宙是一活生生的、演化的体系,是一种有机体,其中每一部分都有其地位,都为促进整体而效力。"②这样,在谢林"同一哲学"的影响下,丘特切夫认为自然像人一样,是一个有着自己的灵魂、独立的生命的活的有机体,1836 年,他发表了诗歌的泛神主义宣言《大自然并不是你们想象的那样》,与同时代那种完全以科学、理性、冷静的眼光看待大自然,把自然看成一个毫无生命的客观对象的观念进行辩论,以滔滔的雄辩证明大自然有着自己的生命、意志、爱情和语言,进而宣称那些人的器官"又哑又聋",他们看不到大自然的生命! 这样,在诗歌中他就常常把自然的一切当作人来描写,即经常采用拟人手法来写诗。

但此处要谈的不是这种整体性的拟人手法,而是表现在语言上的拟人手法。这种表现在语言上的拟人手法,是指诗人往往直接把自然万物当作人,把用于人的词语直接用在自然之物上。这种方法,一方面体现了诗人那视自然为有生命之物的哲学观,另一方面,也体现了诗人服从审美规律的创新意识——超越日常生活常规,化熟悉为陌生,变静物为生命,以增强语言的艺术性。在丘特切夫的诗歌中,这种表现在语言上的拟人手法,主要有两种类型。

一种是把用于人的动词直接用于自然之物。如《在深蓝的海水的平原上》一诗,抒写的是:"我们"乘船行驶在深蓝的海水的平原上,在幽幽星光下,在神秘而醉人的月光中,在迷人的静谧里,大家都做起了亲切的美梦,而"И баюкает их море / Тихо струйною волной"(即:"大海正以轻柔的海波/哼唱着抚拍它们入眠")。在这里,"баюкать"这一意为"(唱着,摇拍着)使小孩子睡觉"且只用于人的动词,被直接用于大海(而且把人的美梦也拟人化了,"它们"可以在抚拍中入眠),这在当时是一种超越常规的大胆而新颖的用法,给人以新奇之美。在普希金的诗中,这个词还主要是常规的用法。在《斯捷卡·拉辛之歌》中,他想有所变化,但也只是:"Волга, мать родная!.../В долгу ночь баюкала, качала"("伏尔加,亲爱的母亲! ……/你在夜里久久地哼唱着抚拍,摇荡")。也就是说,他先用暗喻使伏尔加河变成人——"亲爱的母亲",然后再把用于人的动词"баюкать"用于它。两者相比,普希金较为传统,也较为费劲,而丘特切夫则相当大胆,有所推进,而且省事——直接使用这一个词就把大海给写活了。这类用法在丘特切夫的诗歌中相当多见,几乎可以说俯拾即是,如"Лазуль небесная смеется , / Ночной омытая грозой"("一夜雷雨清洗过的天空,轻漾一片蓝莹莹的笑意")(《山中的清晨》)、"Молчит сомнительно Восток"("东方令人疑惑地沉默着")(《东方令人疑惑地沉默着》)、"Звук уснул"("声音睡熟了")(《灰蓝的影子溶和了》)、"Она(指 Радуга,彩虹——引者) изнемогла"("她筋疲力尽"或"彩虹疲惫不堪")(《在那潮湿的蔚蓝的天穹》)、"Деревья поют"("树木在歌唱")(《午日当空》)、"Месяц встал"("月亮站起来了")(《归途中》之一),等

---

① 《十八世纪末—十九世纪初德国哲学》,商务印书馆,1975 年,第 164 页。
② [美]梯利:《西方哲学史》,下册,葛力译,商务印书馆,1979 年,第 222 页。

等。天空笑着,东方一声不吭,声音睡熟了,彩虹筋疲力尽,树木唱歌,月亮站了起来,这些都是人的动作,而诗人把它直接用于自然之物,不仅使自然之物获得了人的生命,也使读者读来十分亲切、新颖。

另一种是指丘特切夫以用于人的状语结构或副词来修饰一些常用的动词,使这一常用的动词更高程度地拟人化,同时使之更鲜明、更形象,这也是诗人赋予自然以生命的一个颇为独特的创新。如"Солнце раз еще взглянуло / Исподлобья на поля"("太阳皱着眉再次望了一望田野")(《太阳勉勉强强、畏畏缩缩》),就以只有人才会有的状语结构"Исподлобья"("皱着眉")来修饰常用的动词"взглянуть"("望一望"),从而使太阳完全像人一样,使诗歌也因此而更新奇、生动、有趣、充满活力。又如"Здесь великое былое ... / Дремлет сладко, беззаботно"("在这儿,辉煌的过去……/正在甜蜜地、无忧地睡着")(《金碧辉煌的楼阁》),"Деревья радостно трепещут, / Купаясь в небе голубом"("树木快乐地随风摇曳,/沐浴在一片蔚蓝之中")(《午日当空》),"Неохотно и несмело Солнце смотрит на поля"("太阳勉勉强强、畏畏缩缩地打量着田野")(《太阳勉勉强强、畏畏缩缩》),都是以形容人的副词"сладко, беззаботно"("甜蜜地、无忧地")、"радостно"("快乐地")、"Неохотно""несмело"("勉勉强强地""畏畏缩缩地")来修饰普通的动词"дремать"("打盹""打瞌睡")、"трепетать"("颤动""摆动""飘扬")、"смотреть"("看""望"),从而使之更高程度地拟人化,也使动词更鲜明、更形象地表现了诗人的思想和情感。正因为如此,别尔科夫斯基高度评价丘特切夫的诗歌语言:"对丘特切夫来说,一个生命的种类与另一种类之间不存在禁止超越的古老界限。在诗歌的语言和形象方面,丘特切夫拥有极大的自由。他从自己的时代中借用了推翻的精神。在诗人丘特切夫那里,没有事物的等级和概念的某些牢不可破的原则:低档的可以与高档的结合,它们能够互换位置,它们可以不停地重新评价。丘特切夫的诗歌语言——这是形象与形象的无穷替换,是代换和变化的无限可能。"[1]

此外,丘特切夫还善于以直接表现人的形容词用于抽象名词之前,使之拟人化,如"сумрак тихий, сумрак сонный"("恬静的幽暗,沉睡的幽暗")(《灰蓝色的影子溶和了》),"сумрак"("幽暗")本是一种比较抽象的东西,但以用于人的词"тихий"("恬静的")和"сонный"("沉睡的")加以修饰,使这一较为抽象之物顿时变得像人一样,习以为常的东西也充满了新鲜感。前述之"с моей **тупой тоскою**"("带着**呆滞的阴郁**")(《在我的痛苦淤积的岁月中》)和"**в чуткой темноте**"("**敏锐的暗影**中")(《夜晚的天空是这么阴沉》)也是让"阴郁"和"暗影"像人一样"呆滞"或"敏锐"。

丘特切夫的比喻也用得多而出色,其中又以明喻用得最多。他的明喻往往取之于大自然或日常生活现象,但又以多种美的方式,使之与日常生活疏远,从而使那些习以为常的感觉和反应产生了新意,使语言产生一种新奇的美感。这些明喻或以优美生动取胜,如"И между гор росисто вьется / Долина светлой полосой"("露水盈盈的山谷蜿蜒着,/像一条晶带光华熠熠")(《山中的清晨》)、"И вдруг,

---

[1] *Берковский Н. Я.* Ф. И. Тютчев. //*Тютчев Ф. И.* стихотворения, М. —Л., 1962, с. 25—26.

как солнце молодое, / Любви признанье золотое / Исторглось из груди ея"("而突然,像旭日初升,/从她的深心里跃出了/金色的爱情的表白")(《对于我,这难忘的一天》),把满是露水的蜿蜒山谷比作光华熠熠的晶带,把女性初恋爱情的表白比作初升的旭日,既优美又生动;或以气势宏大见长,如"И всю природу, как туман, / Дремота жаркая объемлет"("炎热的睡意似雾般浓,把大自然整个的罩笼")(《日午》)、"Как океан объемлет шар земной , / Земная жизнь кругом объята снами"("好似海洋环绕着地面,/世上的生命被梦寐围抱")(《好似海洋环绕着地面》),炎热的睡意像浓雾一般笼罩了整个大自然,像海洋环绕着地球一样梦寐围抱着世上的所有生命,这种具有宏大气势的比喻只会产生在放眼世界、思考整个人类前景的诗人那里;或以极其新颖、贴切而让人称赞,如"как первую любовь, / России сердце не забудет!"("就像铭记自己的初恋一样,俄罗斯心中不会把你遗忘!")、"Но твой, природа, мир о днях былых молчит / С улыбкою двусмысленной и тайной— / Так отрок, чар ночных свидетель быв случайный, / Про них и днем молчание хранит."("但大自然对于往事缄默不语,/只以神秘的微笑面对着人,/好像意外地看到夜宴的童子,/白天也闭着嘴,讳莫如深。")(《我驱车驰过利旺尼亚的平原》),初恋是极其美好的,也是终生难忘的,普希金是俄国文学的奠基者和俄罗斯诗歌的太阳,他的逝世是俄国文学也是俄国人民的重大损失,俄国人民将永远记得他的功绩,诗人以"初恋"做比喻,极其新颖又相当贴切地表达了俄国人民对普希金的感情,而以"意外地看到夜宴的童子"讳莫如深地保守秘密来比喻大自然,也是十分新颖而贴切的;或以出人意料的怪异而令人难忘,如"Ночь хмурая, как зверь стоокий, / Глядит из каждого куста"("黑夜好似百眼兽,皱着眉,/从每座树丛中向人窥望")(《松软的沙子深可没膝……》)、"Вот, как признак гробовой , / Месяц встал"("看,在夜空上,苍白得像幽灵,/升起了月亮")(《归途中》之一)、"Одни зарницы огневые, / Воспламеняясь чередой, / Как демоны глухонемые, / Ведут беседу меж собой"("只有火焰般闪电的光辉/不断把阴霾的天点燃,/仿佛那是聋哑的魔鬼/在天边用暗号彼此商谈")(《夜晚的天空是这么阴沉》),把黑夜比作百眼兽、把月亮比作苍白的幽灵、把天边的闪电比做聋哑的魔鬼用暗号彼此商谈,都是出人意料的怪异比喻,但又极其形象生动,从而把对我们来说已经麻木得没有感觉的现象让我们读过一次就铭刻于心。

丘特切夫也很喜欢运用暗喻和借喻。因为暗喻和借喻比明喻更简洁、更含蓄一些,很适合他那短小精悍的诗歌形式,而且,暗喻往往直接说某物就是某物,借喻甚至只出现喻体,连本体和比喻性的词语都不出现,更切合他那大自然万事万物间没有任何间隔的哲学观念。因此,他或者采用各种形式让两种完全无关的事物构成本体与喻体的关系,以隐喻的形式表达思想情感,产生新颖别致的艺术感染力,如"Душа моя—Элизиум теней"("我的心是一群幽灵的乐土")(《我的心是一群幽灵的乐土》)、"Душа хотела быть звездой"("我的心愿意作一颗星")(《我的心愿意作一颗星》)、"Любви последней, зари вечерней"("最后的爱情,黄昏的彩霞")(《最后的爱情》)。诗人用破折号的方式让"心"和"幽灵的乐土"组合在一起,又用动词"愿作"把"心"与"星"连成一体,而"最后的爱情"与"黄昏的彩霞"更是直接并列出现,这些相隔甚远的事物,本来是风马牛不相及的,诗人却把它们从远距离组合到一起,构成本体与喻体的关系,从而产生了出人意料的艺术新鲜感。他更喜欢运用借喻的手法,精炼含蓄地直接写出形象的喻体,让人耳目一新,如"Две беспредельности были во мне,／И мной своевольно играли оне"("我感到两个无极,两个宇宙,／尽在固执地把我捉弄不休")(《海上的梦》),"О, бурь заснувших не буди——／Под ними хаос шевелится!"("哦,别把这沉睡的风暴唤醒,／那下面正蠕动着怎样的地狱!")(《午夜的大风啊》),"За годом год, за веком век…／Что ж негодует человек,／Сей злак земной! …／Он быстро, быстро вянет"("一年年,一代代……／人何必愤慨?／这大地的谷禾!……／很快就凋谢")(《我独自默坐》),"Шли мы верною стезей——／Огнедышащий и бурный／Уносил на змей морской"("一条喷火的、暴怒的海蛇／把我们带上茫茫的旅途")(《在深蓝的海水的平原上》),"Толпа, нахлынув, в грязь втоптала／То, что в душе ее цвело"("匆忙的人流把她心中的／鲜艳的花朵踏成了污泥")(《我们的爱情是多么毁人》)。用"两个无极,两个宇宙"直接比喻内心矛盾双方的斗争,以"沉睡的风暴""地狱"形容昏睡的潜意识及其本能的暴乱力量,称人为"大地的谷禾"、海轮为"喷火的、暴怒的海蛇",以"鲜艳的花朵"来借喻杰尼西耶娃纯洁、美丽的爱情,都简洁而含蓄,新颖又生动,使熟悉的事物获得了新奇的魅力。

丘特切夫还常常在诗歌中把明喻与暗喻结合使用,使诗歌的语言更富有弹性与张力,也更新颖生动,如"Он не змеею сердце жалит,／Но как пчела его сосет"("他并不是毒蛇噬咬人心,／他呀,只像是蜜蜂把它吸吮")(《少女啊,别相信》)。"Он не змеею"("他不是毒蛇")属于暗喻,而"как пчела"("像蜜蜂")则是明喻,两者结合使用,既使诗歌避免了只有一种比喻的单调,显得活泼灵动,新颖奇特,又形象地从正反两个方面突出了诗中诗人的特点。

博喻最能体现一个诗人的才能——联想的丰富、观察的细致、比喻的新颖、语言的生动,因此,诗人的博喻往往得到人们高度的评价。我国宋代诗人苏东坡《百步洪》(其一)一诗中的博喻一向被论者盛加称誉:"有如兔走鹰隼落,骏马下注千丈坡。断弦离柱箭脱手,飞电过隙珠翻荷。"而宋代词人贺铸《青玉案》一词中的博喻"若问闲愁都几许?一川烟草,满城风絮,梅子黄时雨",更是使他获得了"贺梅子"的美称。宋代词人辛弃疾《沁园春·灵山齐庵赋,时筑偃湖未成》一词下阕中的"争先见面重重,看爽气、朝来三数峰。似谢家子弟,衣冠磊落,相如庭户,车骑雍容。我觉其间,雄深雅健,如对文章太史公。"也因连用三个历史上的人事来比喻眼前具体的山峰而获得很高的评价。丘特切夫的博喻也不亚于他们,甚至比他们更有深度。他在《黄昏》一诗中相当大胆而独特地运用了多种比喻:"Как тихо веет над долиной／Далекий колокольный звон,／Как шум от стаи журавлиной,——／И в звучных листьях замер он.／／Как море вешнее в разливе,／Светлея не колыхнет день..."("好像遥远的车铃声响／在山谷上空轻轻回荡,／好像鹤群飞过,那啼唤／消失在飒飒的树叶上;／／好像春天的海潮泛滥,或才破晓,白天就站定……")短短的八行诗里竟有六行属于比喻,全诗接连用了三个比喻,一个比一个更突出其静悄和快迅。然而,这三个比喻在诗中还只是铺垫,在这三者步步推进的基础上,诗人最后写道:"И торопливей, молчаливей／Ложится по долине тень。"("但比这更静悄,更匆忙,／山谷里飘下夜的暗影。")这样,全诗就以层层递进的方式,生动形象地写出了夜晚降临的静悄与匆忙。博喻的手法给读者带来了极大的形象感、新鲜感与陌生感,从而大大加强了这首小诗的艺术魅力。又如"И роковое их слиянье,／И...поединок роковой"("(爱情)既是两颗心命定的比翼连枝,／又是……命定的生死决斗")(《命数》),以博喻的方式写出了男女两性间爱情的复杂性:既有着"在天愿为比翼鸟,在地愿为连理枝"式两情相悦的甜蜜,也有着因原始的性敌对而引发的隐秘而激烈的生死争斗,这较之单纯新颖的比喻,显然是更加生动而深刻,达到了辩证的哲学高度。

值得一提的是,丘特切夫有时甚至让整首诗基本上建立在一个比喻的基础上(即以一个比喻而展开),如《好似在夏日》:"好似在夏日,有时候小鸟／从窗口突然飞到屋里来,／随着它流进了生命和光明,／使一切栩栩如生,焕发光彩;／／它从外界——从蓬勃的自然／给我们暗淡的一角带来了／碧绿的树林,淙淙的流水,／和那蔚蓝的天空的闪耀;／／和小鸟一样,她,我们的客人,／尽管来得短暂,又如此轻灵,／在我们这拘谨的小世界里,／她的莅临却把一切唤醒。／／生命突然被点燃了起来,／变得活泼、热炽,迸出火花,／连彼得堡的冰冷的夏天／也好似被她的光彩融化。／／连老成持重的都年轻了,／连博学的都要重做学童,／我们看到,那外交界的迷阵／都随着她的意愿而转动。／／连我们的房子也像活起来,／高兴有了这样的客人,／吵闹的电报不再放肆,／我们有了更安静的气氛……"①全诗的起点是一个比喻——来到外交部的少女纳杰日达·谢尔盖耶芙娜·阿金菲耶娃好像夏日从窗口飞进屋里从而给暗淡的屋子带来生命和光明的小鸟,然后在此基础上,由这一比喻展开全诗,详细描述了纳杰日达给外交部带来的青春、生气与活力,以夸张的手法表现了少女之美的力量,这也是热爱生命、热爱青春、更热爱美的诗人浪漫情怀的真实抒发。《好似把一卷稿纸》则以"好似把一卷稿纸"这一比喻而展开的,由稿纸的燃烧过渡到把心中半死的火尽情地燃烧一次——即让生命尽情地燃烧,尽情地发出光芒。应该说,这是诗人对比喻手法的相当大胆而出色的发挥,使之不仅作用于诗歌的语言,更影响甚至参与了诗歌的结构。

丘诗中也常运用借代手法,因为借代往往不直接说出要表达的人或事物,而借用与之密切相关的最有特色、最富形象感的东西来加以替代,它不仅可使语言简洁而有变化,而且可以使事物的特征更突出,形象更鲜明生动,语言更新颖有趣。如"Куда ланит девались розы,／Улыбка уст и блеск очей？／Все опалили, выжгли слезы／Горючей влагою своей"("她面颊上的玫瑰哪里去了？／还有那眼睛的晶莹的光,／和唇边的微笑？啊,这一切／已随火热的泪烧尽,消亡")(《我们的爱情是多么毁人》),借杰尼西耶娃脸上的玫瑰("розы ланит")、眼睛里晶莹的光("блеск очей")、唇边的微笑("Улыбка уст")、火热的泪("слезы горючей влагою своей")来代替杰尼西耶娃青春的健康、美、激情、欢乐以及所受的屈辱与苦楚,从而使诗歌既显得典雅,又更形象生动地写出了杰尼西耶娃的美、爱情以及所受苦楚之深。"Я

---

① 《丘特切夫诗选》,查良铮译,外国文学出版社,1985年,第142—143页。

вспомнил время золотое"("我回忆起那金色的时光")(《给 Б.》),则用金色的时光("время золотое")来代替逝去的、难忘的、温馨而美好的与阿玛莉雅的初恋时光,既富于形象性,又极有情感性。此外,他还在诗歌中用"сводом небесным"(苍穹)、"пылающей бездной"(燃烧的深渊)等代替天空,以"лазуревой равниной"(蔚蓝的平原)代替海洋,用"утренним часом"(早晨的时光)、"весной"(春天)代替青年,用"лучом Авроры"(阿弗罗拉之光)代替朝霞,在使诗歌的语言力避单调、富于变化的同时,也更生动形象。

  丘特切夫在诗歌中还大量使用反复。对此,苏联学者多有论述。蓬皮扬斯基指出:"丘特切夫诗歌的一个显著的特点,是有着大量的反复。这些反复在其创作中的作用是如此之大,以致没有它们,他的诗歌便会变得非常短小……每一个主题都带着留有它的所有一目了然的主要特点而多次反复。"① 格里戈里耶娃对此更是有着颇为深入的研究,她认为,丘诗中反复的作用是在诗语中成为富有表现力的、颇具匠心的组织的手段,它有以下几种类型:第一,同一词语的反复:"Искала слов, не находила, / И сохла, сохла с каждым днем"("想诉说可又找不到语言, / 只有一天天凋零、凋零")(《我的心没有一天不痛楚》),"Сияй, сияй, прощальный свет / Любви последней, зари вечерней!"("行将告别的光辉,亮吧! 亮吧! /你最后的爱情,黄昏的彩霞!")②;第二,语意略有变化的词语的反复:"Боль, злую боль ожесточенья, / Боль, без отрады и без слез!"("痛苦,残酷的凶恶的痛苦, /没有欢乐也没有眼泪的痛苦!")③,"Жизнь отреченья, жизнь страданья!"("被唾弃的生活,痛苦的生活!")④,"Толпа вошла, толпа вломилась / В святилище души твоей"("人群冲进来了,人群破门而入/到你心灵的圣殿")(《你怀着爱情向它祈祷》),"Еще ловлю я образ твой... / Твой милый образ, незабвенный"("我还在捕捉着你的面影…… /你那刻骨铭心的可爱面影")(《我还被思念的痛苦所折磨》);第三,同一词在矛盾情况下的反复:"Пускай скудеет в жилах кровь, / Но в сердце не скудеет нежность"("尽管血管中的血快要枯干, /然而心中的柔情却不会枯干")(《最后的爱情》),"Как ни страдай она, любя, — / Душа, увы, не выстрадает счастья, / Но может выстрадать себя"("不管她爱得有多痛苦,心儿啊,不会在苦的煎熬中获得幸福, /而只会把自己煎熬成痛苦")(《不管她爱得有多痛苦》),"Он мерит воздух мне так бережно и скудно... / Не мерят так и лютому врагу"("他为我小心翼翼地测试着周围的气氛, /就是为凶恶的敌人人们也不会这样测试")(《不要说他还像从前那样爱我》);第四,同义语的反复:"Так пламенно, так горячо любившей"("她竟爱得这么火热,这么炽烈"⑤),"Все опалили, выжгли

---

① *Пумпянский Л. В.* Поэзия Ф. И. Тютчева, 转引自 *Григорьева А. Д.* Слово в поэзии Тютчева. М., 1980, с. 149.
② 《最后的爱情》,见《丘特切夫诗选》,查良铮译,外国文学出版社,1985年,第125页。
③ 《啊,我们爱得多么致命》(即《我们的爱情是多么毁人》),见《丘特切夫诗全集》,朱宪生译,漓江出版社,1998年,第266页。
④ 同上。
⑤ 《在我的痛苦淤积的岁月中》,见《丘特切夫诗选》,查良铮译,外国文学出版社,1985年,第153页。

слезы / Горючей влагою своей"("这一切,/已随火热的泪烧尽,消亡"①),"Их тяжкий гнет, их бремя роковое / Не выскажет, не выдержит мой стих"("那沉重的压迫,致命的重负,我的诗也无法表达,无法承受")(《在我的痛苦淤积的岁月里》);第五,基本形象及语意相似的词语的反复:"Сегодня, друг, пятнадцать лет минуло / С того блаженно-нокового дня, / Как душу всю свою она вдохнула, / Как всю себя перелила в меня"("到今天,朋友,十五年过去了,/从那幸福的和不幸的日子算起。/她是怎样吸干了自己的心血,/又是怎样地把它倾注到我心里"②)"Сияй, сияй, прощальный свет / Любви последней, зари вечерней!"("行将告别的光辉,亮吧! 亮吧! /你最后的爱情,黄昏的彩霞!"③)值得一提的是,这种反复在语言方面更主要的作用是,超脱日常生活简单、实用的逻辑原则,以反复的节奏诗化语言形成诗语,表达情感。

二是大量使用古语。丘特切夫在诗歌中大量使用古语,对此,苏俄学者有不同的看法。特尼亚诺夫大力肯定,并宣称古语是丘特切夫诗歌的主要特点乃至主要风格,他认为:"丘特切夫是起源于罗蒙诺索夫和杰尔查文的俄罗斯抒情诗古老支流的典范。他是连接18世纪雄辩的颂歌体抒情诗与象征主义者的抒情诗之链的一个环节。他以杰尔查文的词汇为出发点,使之与茹科夫斯基风格的某些成分融合起来,出色地柔化了庄重的哲学颂歌的古老外形"④,进而指出,丘特切夫在杰尔查文的基础上,吸收了罗蒙诺索夫的雄辩特别是18世纪的政治颂歌和私密抒情诗(或个人抒情诗),同时他又在普希金的背景上,升起在德国浪漫主义的上空,并使之具有古老的杰尔查文形式,赋予它新的生命。⑤ 他还具体地指出:"20年代初,按诗风特点和语言,丘特切夫是一个摹古主义者"⑥,"丘特切夫不仅在词汇中,而且在风格上,都是从18世纪出发的"⑦,尤其是在语言方面,"丘特切夫选择的是他找到的特殊的古老的语言"⑧,而这又受到他的老师拉伊奇很大的影响与启发:"拉伊奇力求创造一种特别的诗歌语言:把罗蒙诺索夫的风格与意大利的悦耳的音律结合起来。"⑨ 皮加列夫则赞同日尔蒙斯基的观点,认为古语在丘诗中"充其量只居于第二位,而总的来看,从40年代末开始,它们的数量在其诗中大大减少"⑩,格里戈里耶娃基本同意他们的观点,并且认为这种古语并非整个丘诗的普遍特征,而只出现于表现系列主题的部分诗歌中⑪。我们认为,皮加列夫等人的观点比较符合客观实际,但不可否认的是,即使古语在丘诗中只居于第二位,它们也占据了一个相

---

① 《我们的爱情是多么毁人》,见《丘特切夫诗全集》,朱宪生译,漓江出版社,1998年,第113页。
② 《到今天,朋友,十五年过去了》,见上书,第401页。
③ 《最后的爱情》,见《丘特切夫诗选》,查良铮译,外国文学出版社,1985年,第125页。
④ Тынянов Ю. История литературы. Критика. СПБ., 2001, с. 368.
⑤ Там же, с. 371—378.
⑥ Там же, с. 381.
⑦ Там же, с. 391.
⑧ Там же, с. 390.
⑨ Там же, с. 382.
⑩ Пигарев К. Жизнь и творчество Тютчева, М., 1962, с. 275.
⑪ 详见 Григорьева А. Д. Слово в поэзии Тютчева. М., 1980, с. 9.

当重要的地位,对丘特切夫诗歌的风格产生了较大的影响,而且已经成为其诗歌风格的一个重要组成部分,因此,很有必要对之进行美学上的深入探讨。

那么,丘特切夫为什么要在自己的诗歌中较多地使用古语呢?首先,这与18世纪诗歌(罗蒙诺索夫、杰尔查文等)的影响有关;其次,这与诗人的语言创新有关,用古语的目的是为了以古语的深奥、典雅,具有深刻的文化内涵,尤其是极富形象性来唤起人们的新鲜感;其三,更应该指出的是,这也是丘特切夫诗歌独有的宇宙意识、人类意识乃至全球意识决定的。因为古语有以下几项绝对不可忽视的功能,它有助于诗人更生动、形象地表现自己的宇宙意识、人类意识乃至全球意识。

首先,古语能使诗歌的风格更为典雅。如前所述,丘特切夫的诗歌是一种极具独创性的哲理抒情诗,它思考的是人类的一些普遍问题,表现的是人类心灵共同的困惑,这些问题既是自古以来就存在而一直未能解决的,又是相当严肃和重大的,有着突出的宇宙意识、人类意识乃至全球意识,因此,它特别需要一种相应严肃、深沉、典雅的风格来加以表现。这样,丘特切夫便在其诗歌尤其是思考人类生存与心灵困惑、大自然的奥秘一类的诗歌中较多地使用带来崇高风格的古语。对此,特尼亚诺夫在《论文学的演变》一文中已有所论述:"在罗蒙诺索夫的体系中,古语引进高雅的风格,因为在这个体系中,词汇的色彩具有主要的作用(作者借助于教会语言的词汇组合使用古语)。"[①]格里戈里耶娃更明确地指出,丘特切夫早年比较喜欢在诗歌中使用斯拉夫教会古语和各类今天已经很少见到的古语,这是哲理性主题的需要[②],其实,还要补充一句,这也是表现宇宙意识、人类意识乃至全球意识的哲理抒情诗诗歌风格的需要。

其次,古语能更好地表现诗人的文化意识。宇宙意识、人类意识乃至全球意识说到底在某种程度上就是一种文化意识,因为人的独特性在于他所创造的文化,人是一种文化的生物。丘特切夫本身是一个知识极其渊博的人,早在大学时期,他就广泛地阅读了自然科学、社会科学、人文科学的著作,到了被称为德国的新雅典——慕尼黑以后,他更是具备了广泛涉猎以上多方面书籍的条件,而且极其勤奋地阅读。他的朋友对其博学多有评论。如他的好友加加林公爵指出:"丘特切夫大量阅读,而且善于阅读,也就是说,他善于选择阅读什么,并从阅读中吸取有益的东西。"[③]德国著名哲学家谢林更是把他誉为"一个卓越的、最有教养的人,和他往来永远给人以欣慰"[④]。正因为如此,他十分热爱人类的文化。正是他对人类文化广泛的兴趣和非同一般的热爱,使得他终身关注人类的终极问题、思考人在宇宙中的位置、探索大自然的奥秘,从而使诗歌具有突出的宇宙意识、人类意识乃至全球意识。因此,可以说,他那强烈的文化意识正是其宇宙意识、人类意识的具体体现,而这又赋予其诗歌一种极其宏大、开阔的视野和相当的深度,从而达到具有全球意义的高度。其文化意识在诗歌中又可分为三种情况:

第一,用古语来指称抽象概念(特尼亚诺夫指出:"在丘特切夫的体系中,古语

---

① [法]托多罗夫编选《俄苏形式主义文论选》,蔡鸿滨译,中国社会科学出版社,1989年,第103页。
② 详见 Григорьева А. Д. Слово в поэзии Тютчева. М.,1980,с. 41,157—158.
③ 转引自 Пигарев К. Жизнь и творчество Тютчева, М.,1962,с. 74.
④ 转引自《丘特切夫诗选》,查良铮译,外国文学出版社,1985年,第170页。

还有另外一种功能,就是常常用来代替抽象概念……"①),思考人类的本质问题,如《喷泉》(Фонтан)②。诗歌的第一节,描述的是人工的喷泉,因此诗人采用的是从外国引进的常用的、普通的工艺学名词"Фонтан"("喷泉")一词,第二节写的是思想的喷泉,因此诗人为了与这种抽象的东西协调,采用了俄罗斯民族的古语"водомет"("喷泉")和"длань"("手,手掌")一词。全诗是对人类思想的一种哲学思考,诗人认为,人类的思想既强大又无力,尽管它不断飞腾,想要凌云上溯,但只能达到一定的高度,超过这一无形的预定高度,就会被一只无形的命运巨掌打落下来,就像喷泉达到一定的高度就变成水花洒落地面。这种思考是客观、深刻而独特的,具有普遍的哲学意义。

第二,对古老文化的敬重,如前述之《罗马之夜》一诗就用了好些古语,如"град"("城市")和"прах"("尘土,灰尘")等等,是为了以此与罗马城市几千年的历史协调,造成一种悠远的时间感和历史感,而使用带敬重语气的古语"почивать"("安寝,睡觉"),则充分体现了诗人对罗马这一人类古老文化象征的敬重乃至热爱。

第三,喜欢使用原始意象(或原型意象)——神话、宗教中的古语(或称典故性的词语),以更契合其诗歌总体对人类和自然、社会深层奥秘的探求:或者以这种原始意象的古语代替日常习见的词,如以"Аврора"(阿弗罗拉,罗马神话中的司晨女神)代替朝霞(заря),以"слезы Авроры"(阿弗罗拉之泪)代替露珠(роса);或者直接使用这类词,如 Геба,Пан,Атлас,这是古希腊神话中的青春女神赫芭、牧神潘、扛天的阿特拉斯,而 Перун 是古斯拉夫神话中的雷神别隆,Фея 是西欧神话中的仙女菲雅,Элизиум 是古代神话中的乐土,Эдем 则是《圣经》中的伊甸园。这些原型意象的使用,造成了深刻而悠远的文化感,更好地揭示了人类、自然、社会乃至心理的深层奥秘。

再次,使用古语是为了回归词的本源。因为从人类语言的起源来看,原始语言在抒发情感的同时,还具有将经验构造成某种形象性的东西的功用,然而,随着人类抽象概括能力的提高,语言变得越来越抽象化、概念化,渐渐失去其与形象性的天然联系,使用古语,就是为了回归词的本源,恢复语言与形象性的天然联系。具体来看,它有以下几方面的作用。

其一,可以使诗歌语言更生动更形象。因为古人在发明或创造一个词的时候,由于当时接近于原始思维,因而词语往往具有很强的形象性,然而在长期的运用过程中,一方面由于人们经常运用,对词语的形象性已经熟视无睹,十分麻木,另一方面也由于种种引申义的不断出现,使词语更多地转向抽象和概括,人们已习惯于抽象、概括的词义而慢慢忘却了其原初形象的本意,而在大家都已对一个词语的引申

---

① [法]托多罗夫编选《俄苏形式主义文论选》,蔡鸿滨译,中国社会科学出版社,1989年,第103页。

② 此诗见 Тютчев Ф. И. избранное,Ростов-на-Дону,1996,с. 84. 中译为:"看啊,这明亮的喷泉,像灵幻的云雾,不断升腾,/它那湿润的团团水烟,/在阳光下闪闪烁烁,缓缓消散。/它像一道光芒,飞奔向蓝天,/一旦达到朝思暮想的高度,/就注定四散陨落地面,好似点点火尘,灿烂耀眼。//哦,宿命的思想喷泉,哦,永不枯竭的喷泉!/是什么样不可思议的法则/使你激射和飞旋?/你多么渴望喷上蓝天!/然而一只无形的命运巨掌,/却凌空打断你倔强的光芒,/把你变成纷纷洒落的水星点点。"(曾思艺译)

义习以为常而对其本义颇感陌生的时候,使用古语回归词的本源,这是一个既能回归传统、造成悠远的文化感又能使诗歌的语言形象生动的行之有效的好办法。表面上看,这是一种复古,其实它是一种化过分抽象、过分概括的语言为形象的诗意语言的艺术创新。这样,丘特切夫便在诗歌中较多地使用古语以恢复它的原始形象性,如"встать"这一动词在丘特切夫同时代人的观念中,是"начаться"(开始、起源、发端)、"подняться"(扬起来、升起来)之意,而且一般只用于风、暴风雨、波浪等现象,而丘特切夫却把它用于月亮:"месяц встал"(月亮站起来),这就返回了该动词的原初意义①,使这一同时代人们习以为常的动词显得形象而生动,同时也使诗歌生动而形象。

其二,由此更可以使人产生一种回归文化传统的深度感,从而体现一种真正的现代意识。1948年诺贝尔文学奖获得者、现代派著名诗人艾略特指出:"诗人,任何艺术的艺术家,谁也不能单独地具有他完全的意义。他的重要性以及我们对他的鉴赏就是鉴赏对他和已故诗人以及艺术家的关系。你不能把他单独地评价;你得把他放在前人之间来对照,来比较。"②这话说出了现当代有识之士的心声。当前,不少有识之士已认识到,作为一个文化的生物,任何一个人都无法摆脱文化传统,我们一生下来就呼吸着文化传统而长大,文化传统无时无刻不在影响我们,尤其是通过我们无法回避的、赖以传达思想的语言时时处处在深深影响我们。因此,从更高层次上回归传统,进而发展传统,便成为当代人的一个追求方向。丘特切夫回归词的本源,也就是回归文化传统,在当时及以后一段时间里,尽管有人因此认为他是一个摹古主义者,但从今天的眼光来看,他的这种做法无疑是很有远见,极富现代感的,值得肯定。而且,丘特切夫从词的角度回归文化传统为20世纪初的阿克梅派诗人尤其是其中的重要人物曼德尔施坦姆提供了可供效仿的榜样。曼德尔施坦姆写有论文集《词与文化》,并且宣称阿克梅主义就是对世界文化的眷念,这不仅是他对阿克梅派的解释,也是他给诗歌下的定义,他正是以此为指针来进行诗歌创作的。阿格诺索夫等俄罗斯当代学者对此有颇为详细的阐述:"1933年,在列宁格勒自己的诗歌朗诵会上,曼德尔施坦姆给阿克梅主义下了一个广为流传的定义:'阿克梅主义是对世界文化的眷念'。'对世界文化的眷念'这样的定义,揭示出作家本人世界观的本质,并且在很大程度上阐明了他艺术世界的特点。这是透过历史文化的比较和联想,对各个文化历史时代、对现代及其前景进行思索。为此,曼德尔施坦姆积极地将他人的艺术世界引入自己的轨道,换言之,在他的诗中,读者会看见为数众多的借自其他作者(萨福、莎士比亚、拉辛、塔索、但丁、谢尼耶、巴丘什科夫、普希金、莱蒙托夫、丘特切夫、涅克拉索夫、陀思妥耶夫斯基、巴尔扎克、福楼拜、狄更斯),或取自某个文化历史时期(古希腊、古罗马、中世纪,文艺复兴时期,古典主义、浪漫主义)的形象和语句。诗人还经常使用圣经象征。"③并且也大量使用古语词。

---

① 详见 Григорьева А. Д. Слово в поэзии Тютчева. М.,1980, с. 61—62.
② [英]艾略特:《传统与个人才能》,卞之琳译,见赵毅衡编选《"新批评"文集》,中国社会科学出版社,1988年,第26页。
③ [俄]阿格诺索夫主编《20世纪俄罗斯文学》,凌建侯等译,中国人民大学出版社,2001年,第224页。

必须指出的是,丘特切夫所使用的古语往往带有崇高体的特点。他的这一崇高体既是对杰尔查文等人崇高体的继承,又有着较大的发展。别尔科夫斯基指出:"他与献身于重大哲学问题的崇高体诗人杰尔查文相联系,同时又进行了有特色的变化。杰尔查文和他的同时代人的崇高体——其优越性是得到教会和国家赞美的官式崇高体。丘特切夫……庄严的崇高体就是生活的真实内容,它全部的热情,它的主要冲突,而不是激励着老一辈颂歌诗人们的官方提倡的信仰原则。俄国18世纪的颂体诗实际上是哲理诗,在这方面丘特切夫继承了它,并有一个非常重要的区别:他的哲学思想——是自由的,是间接地暗示事物本身的,而以前的诗人是服从从前留下的律令和众所周知的真理的。"① 在这方面,丘特切夫还启示了20世纪俄国著名女诗人茨维塔耶娃,她也像他一样,使用古语词以使诗歌具有崇高体的特点。阿格诺索夫等指出,茨维塔耶娃"将词汇复杂化的办法,是引入极少使用的、经常是陈旧的词和词形,以引起对过去时代的'崇高语体'的联想"②。

三是大胆地以两个现有的词组合成一个新的词。丘特切夫在这方面的创新,主要体现在形容词上。为了表达思想和感情的需要,也为了造成陌生化的艺术感觉,丘特切夫还大胆地对语言进行艺术加工——以两个现有的词组合成一个新的词。它又可分为两种类型:

其一,两个性质较为接近的词组合成一个新词。或以两个表颜色的词组合成一个表颜色的新词,以表现颜色层次的丰富性(在某种程度上也表现了诗人情感的细腻性与丰富性),如"темно-зеленый"就是由"接近黑色的、深色的"和"绿色的"两个词组成,"бледно-зеленой"也是由"苍白的、淡白的、浅色的"和"绿色的"两个词组成;或以一个表声音或其他状态的词和一个表颜色的词组合成一个新词,如"звучно-ясный"由表声音的词"响亮的、洪亮的"和表颜色程度的词"光亮的、明亮的"组成,"пышно-золотого"则由"华美的、豪华的"和"金色的、金黄色的"组成;或以两个表性质或状态的词组合成一个新词,如"ласково-ручной"由"温柔的、温存的"和"手的、恭顺的"组成,"грустно-сиротеющий""гордо-молодой""богохульно-добродушно""болезненно-греховной"分别由"忧郁的、愁闷的"和"孤苦无依的、冷清的""自豪的、高傲的"和"年轻的、新生的""上帝所喜悦的"和"好心肠的、温厚的""有病的、病态的、痛苦的"和"有罪恶的、罪孽的"组成。这类组合而成的新词在丘诗中最为常见。这种组合,体现了诗人对世间事物和人的情感观察的细致和体察的细腻,在语言上也新颖有趣。

其二,两个相距甚远的词组合成一个新词,这最能体现诗人的大胆独创,特尼亚诺夫曾对此做出过高度评价③。如"незримо-роковая"由"看不见的、不现形迹的"和"命中注定的、致命的"几乎风马牛不相及的两个词组合成一个新词④,其他

---

① Берковский Н. Я. Ф. И. Тютчев. //Тютчев Ф. И. стихотворения, М.—Л.,1962,с. 19.
② [俄]阿格诺索夫主编《20世纪俄罗斯文学》,凌建侯等译,中国人民大学出版社,2001年,第249页。
③ 详见 Тынянов Ю. История литературы. Критика. СПБ.,2001,с. 392—393.
④ 详见 Тынянов Ю. История литературы. Критика. СПБ.,2001,с. 393.在该页,他还列举了其他一些这类组合,如"опально-мировое""мирно-боевой""блаженно-рокового""томно-озаренны""пророчески-прощальный""радостно-родное""кроваво-роковые"等等。

如"болезненно-яркий""волшебно-немой""бешено-игривый",分别由"病态的、虚弱的"和"明亮的、光明的""魔法的、玄妙的"和"哑的、沉默的""疯狂的、激烈的"和"贪玩的、顽皮的"等相距较远的词组成。特尼亚诺夫最为击节赞赏的是丘诗中的这样两个新词:"дымно-легко"和"мглисто-лилейно",他认为它们分别是由两个相反的词"冒烟的、有烟的、像烟一般的"和"轻的、轻盈的、淡薄的""有雾的、雾沉沉的、烟雾弥漫的"和"洁白如百合的、白而嫩的"而构成,充分体现了丘特切夫的大胆创新。① 这两个词的确极其出人意料,相当大胆而极具新意,它出现在丘特切夫的《昨夜,在醉人的梦幻中》一诗中,描写黎明时光明进入室内的情景,由于极具独创性和新颖性,这两个词尤其是后一个词几乎无法以词的形式完美地译成中文,查良铮先生译为"烟一般轻""幽洁如百合"②,朱宪生先生译为"轻如烟雾""洁如百合",后者译得似乎更为准确一些。③ 这种似乎以强力把不同的词扭合成一个新词的方法,奇特而新颖,体现了诗人那万物无间的思想。

四是取消动词,以名词或名词性的词语组合成诗。如《海浪和思想》纯粹以名词性的词语组合成诗,而无一个动词。这种手法,在比较自由、最适合写诗的汉语中都不多见,中国诗史也仅寥寥数首,在向以逻辑严密著称、极其重视和讲究语法的西方,尤其是以科学的理性和逻辑的严密著称的19世纪,丘特切夫这种超越语法和常规用法的大胆创新,简直是石破天惊之举(具体阐述详见费特部分相关论述)。由此,也说明丘特切夫的确实现了自己提出的要解放语言的主张,说明他确有挑战传统语法、立意创新的过人胆识和能力。

五是大量使用通感手法。丘诗中的通感手法不仅量多,而且相当出色,充分体现了他那人与自然一体的思想,和他致力于陌生化的艺术创新——在审美情感的支配下,打破常规的感知觉经验,把各种感知觉表象相互嫁接与转换,变成想象中的变形性感知觉,并外化为诗意的语言,以更好地表现复杂、幽微的隐秘情思,从而收到反常合道的艺术功效。其通感手法大约可以分为以下几种类型。

第一,以视觉写听觉。车尔尼雪夫斯基指出:"美感是听觉和视觉不可分离地结合在一起的,离开了听觉,视觉是不可设想的。"④声音作用于人的听觉,感动了人,使人的心中产生视觉的形象,从而使听觉变成视觉形象。丘特切夫深知个中奥秘,在诗中较多地以视觉写听觉,如"Когда весенний, первый гром,／ Как бы резвяся и играя,／ Грохочет в небе голубом."("那春天的第一声轰鸣,／像孩子一路欢跳一路嬉戏,／隆隆滚过蓝莹莹的天空。")(《春雷》)轰隆隆的春雷声,清脆地滚过天空,使诗人心中产生了似乎看到一群天真活泼的儿童在相互追逐嬉戏的情景,诗人把这一情景以通感的形式借助语言表达出来,既化听觉为视觉,使熟悉的事物和熟悉的语言陌生化,增加了艺术欣赏的情趣,又含蓄地表达了诗人对春雷所带来的生命活力的欣喜之情。又如"Раздастся благовест всемирный／ Победный солнечный лучей"("太阳的光线对普世敲起了／胜利的洪亮的钟声")(《东方在迟

---

① Тынянов Ю. История литературы. Критика. СПБ., 2001, с. 393.
② 《丘特切夫诗选》,查良铮译,外国文学出版社,1985年,第66页。
③ 《丘特切夫诗全集》,朱宪生译,漓江出版社,1998年,第180页。
④ [俄]车尔尼雪夫斯基:《生活与美学》,周扬译,人民文学出版社,1957年,第42页。

疑》),太阳的光线本是视觉,但由于太阳升起,人们随之起来,经过长长黑夜而得到休息的万物也充满活力,生机勃勃,早晨的钟声"当当"敲起,在这一刻,诗人深感钟声和太阳融为一体了,于是,他以通感的方式,让太阳用光线对整个世界敲起胜利的洪亮的钟声,化视觉为听觉,变常见为陌生,从而把自己对生命的热爱、对早晨阳光的赞美,极其生动、深刻、隽永地表达出来。

  第二,以触觉写视觉。如"во мгле морозного тумана"("在寒雾的烟尘中")(《我站在涅瓦河上》),"туман"("雾")本应是眼睛所见,此处却感觉其"морозный"("寒"),这就把视觉感受变成了触觉感受,同时又点出这"寒雾"只是"мгла"(烟雾、烟尘),从而生动形象地写出了寒雾将尽、阳光即至的冬日情景。又如"чистая и теплая лазурь"("纯净而温暖的蔚蓝")(《初秋有一段奇异的时节》)。初秋时节,天高气爽,天地间有一种水晶般的透明、纯净。我国唐代诗人杜牧《长安秋望》诗云:"楼倚霜树外,镜天无一毫。南山与秋色,气势两相高。"此时,冬天的寒冷尚未到来,亮丽的阳光使人心情灿烂,水晶般的秋天使人也变得水晶起来。丘特切夫的这句诗把天空水晶般透明、"纯净"("чистая")的蔚蓝(视觉)变成了可感触的"温暖"("теплая",触觉),有力地表达了对初秋的热爱。再如"зелень свежую поит"("滋润着鲜嫩的绿意")(《浅蓝色的天空》),也是以触觉来写视觉:"绿"是眼见之物,而"鲜嫩"则全凭触觉,用"鲜嫩"修饰"绿意"则把两种感觉打通,变触觉为视觉,同时也增加了语言的陌生感与新颖感。

  第三,以嗅觉写视觉。如"Сумрак тихий, сумрак сонный, /... Тихий, томный, благовонный"("宁静的幽暗、沉睡的幽暗……/静悄悄、懒洋洋、香馥馥的幽暗")(《灰蓝色的影子溶和了》)、"елей душистый и янтарный"("芬芳的、琥珀色的光辉")(《在人群中,在不息的喧哗里》)。"сумрак"("幽暗")、"елей"("光辉")本属眼睛所见,而分别以"благовонный""душистый"(均意为"香的""芬芳的")加以修饰,仿佛能嗅到,这就让嗅觉与视觉沟通了。而"елей"本指"教堂用的橄榄油",后转意为"精神上的安慰物",此处借指"神圣的光辉",朱宪生先生译得十分精彩①,因而以"芬芳的"加以修饰,就不仅是让视觉与嗅觉沟通,更多了一层下面将要论述的使抽象之物变为具体可感的艺术功效了。

  第四,化虚为实,或变抽象为具象。一些抽象的思想、空灵的观念往往难以为人所知,诗人调动想象力,运用通感手法,充分利用通感的直觉性、审美性、情感性与语言性,化虚为实,变抽象为具象,使枯燥的东西充满情感,让熟悉的语言陌生化,从而大大增强了诗歌的审美情趣,提高了诗歌的艺术性。这是丘特切夫诗歌的惯用手法。他或是让具体动词与抽象名词结合起来,如:"Подпирает локоть белый / Много милых, сонных дум"("她们以雪白的肘支起了/亲切的、如梦的思绪")(《在深蓝的海水的平原上》),"дум"("思绪")尤其是"сонных дум"("如梦的思绪")本是抽象的、难以感知的,但以具体的动词"подпирает"("支起")与之搭配,立即使这一渺无形迹的空灵的"思绪"具有了实体的感觉,从而化抽象为神奇可感的东西,同时,这种搭配在语言上也有一种超出常规的新颖性,引人注目。这是一种

---

  ① 详见《丘特切夫诗全集》,朱宪生译,漓江出版社,1998年,第79页。

颇为现代的语言方式与技巧,在现代诗中极为常见,海外现当代诗人使用尤多,如"唐玄宗/从水声里/**提炼**出一缕黑发的**哀恸**"(洛夫《长恨歌》)、"四十多年的**思念**/四十多年的**孤寂**/全都**缝在鞋底**"(洛夫《寄鞋》)、"柳树的长发上滴着雨,/母亲啊,**滴着我的回忆**"(余光中《招魂的短笛》),就是一些女诗人写爱情诗也能信手拈来,光是新加坡华裔女诗人淡莹的《伞内·伞外》一诗中就有:"把热带的**雨季**/乍然**旋开**","共**撑**一小块晴天"("晴天"谐音"情天"),"**撑着**伞内的**春**"。由此可见,丘特切夫的这种手法,是相当大胆而且极有现代意义的。或者,他以具有实体感的词修饰抽象的名词,赋予抽象的东西以实感,如:"погрузившись в сон железный,/усталая природа спит"("疲倦了的大自然,/堕入了铁一般沉重的梦里")(《在这儿,只有死寂的苍天》),抽象的"сон"("梦")以"железный"("铁一般沉重的")来修饰,使"梦"具有重量,变得真实可感;又如:"на светлую мечту"("灿烂辉煌的梦幻")、"златые сны"("金色的梦")(《不,大地母亲啊》),则让"梦幻"和"梦"具有了明亮的颜色,给人产生一种如在眼前的感觉。这同样是现代诗歌惯用的一种手法,如淡莹的《伞内·伞外》中有"雨的**青涩年龄**",笔者的《蒙娜·丽莎》中有"几千年抑制不住的迫切探寻/怒放为一朵千古传奇万载**芬芳的神秘**"[①]。此外,丘特切夫还以通感的手法把一些感觉或抽象之物变得具体可感,如"проникнут негой благовонной"("充满了芬芳的倦慵")(《雪山》),"негой"("倦慵")本是一种只可意会难以言传的感觉,诗人用"благовонной"("芬芳的")修饰之,就使它变得具体可感了。

第五,多重感觉沟通。如:"Дымно-легко, мглисто-лилейно,/ Вдруг что-то порхнуло в окно"("烟一般轻,幽洁如百合,/有什么突然扑进窗户")(《昨夜,在醉人的梦幻里》)。如前所述,这首诗写的是黎明时阳光在卧室里渐渐出现的过程,先从触觉上写其极轻——"Дымно-легко"("烟一般轻"),再从嗅觉上写其芳香——"мглисто-лилейно"("幽洁如百合")(也包括颜色的不那么亮),从而使视觉、触觉、嗅觉沟通,细致传神地写活了黎明时分的阳光。又如:"Вдруг животрепетным сияньем / Коснувшись персей молодых,/ Румяным, громким восклицаньем / Раскрыло шлек ресниц твоих"("突然,它以颤动的光线/触着了少女的前胸,/又以洪亮的、绯红的叫喊/张开了你睫毛的丝绒")(《昨夜,在醉人的梦幻里》),阳光本属视觉所见,可它却发出了"громким восклицаньем"("洪亮的叫喊"),则转化为听觉,而"восклицаньем"("叫喊")又以"Румяным"("绯红的")来修饰,又变听觉美为视觉美。短短一节诗,把视觉同时变为听觉和视觉,构成了多重感觉变换与沟通,具有多重感觉之美,语言也因此不仅新颖,而且具有多层次的美。

丘特切夫的通感手法还往往结合一些修辞手法来展开,运用最多的,主要有以下两种。

第一种是比拟,即拟人或拟物。通感与比拟结合,是一种由我及物或由物及我的移觉、移情同时进行的审美心理活动,它不仅仅是主体内心情感的联想,而且是主体内在感觉的联系。如:"и я один, с моей тупой тоскою"("而我孤独的,带着呆滞的阴郁")(《在我的痛苦淤积的岁月中》),"вялый ,безотрадный сон"("凋残的、

---

① 曾思艺:《蒙娜·丽莎》,香港《诗双月刊》1998年4月号(总第39期)。

凄苦的梦"),"в чуткой темноте"("敏锐的暗影中")(《夜晚的天空是这么阴沉》)。"тоска"("阴郁")像人一样神情"тупая"("呆滞"),"сон"("梦")像花朵一样"вялый,безотрадный"("凋残的、凄苦的")(也可视为像人一样凄苦),"темнота"("暗影")具有人的"чуткая"("敏锐"),这种通感与比拟的结合,化抽象为具体,化空幻板滞为鲜活生动,语言也因之而活泼生动新颖。这类诗句,还有"Здесь великое былое / Словно дышит в забытьи; / Дремлет сладко, беззаботно"("**过去的辉煌的梦**/仿佛还在波光中明灭;/**它正无忧地、甜蜜地睡着**")(《金碧辉煌的楼阁》)等等。

第二种是比喻。即以比喻的方式表现通感,化抽象为具象,让人更新鲜、更形象地感知事物。如:"И всю природу, как туман, / Дремота жаркая объемлет"("炎热的睡意似雾般浓,/把大自然整个的罩笼")(《日午》)。"дремота"("睡意")本是一种可感觉但难以描述的颇为抽象的东西,此处以"как туман"("似雾般浓")比喻之,不仅化抽象为具体可见可感,而且极生动地写出了炎热的夏日正午的睡意之浓。前述"疲倦了的大自然,/堕入铁一般沉重的梦里"(《在这儿,只有死寂的苍天》),也是用比喻来表现通感,以"железный"("铁一般沉重的")来修饰抽象的"сон"("梦"),使之富有可触可感的重量。

值得一提的是,丘特切夫诗歌中的通感手法不仅量多,独特,极富现代感,而且表现了时代的精神和深邃的哲理。余国良指出,丘特切夫"通过感觉的变异,使艺术形象的有限性和无限性统一起来,以表现一种时代的精神和深邃的哲理",如他写雷声:"'听!在白色的云雾后,一串闷雷轰隆隆地滚动;飞驰的电闪到处穿绕着阴沉的天空。'(《在郁闷空气的寂静中》)这里的雷声,一扫可爱之态,像憋着一肚子气那样,闷声闷气地向'阴沉的天空'发泄。这沉闷之气,阴郁之感,正是由听觉雷声,引起了视觉对闪电飞驰穿绕的注意,从而调动了人的触觉对云雾中夹带着的湿润气流的敏感,使人感到雷声之沉闷,天空之阴郁,以及两种巨大力量的较量,如果说滚动的雷声是主将,'飞驰的闪电'就是先锋,它们一起撕破'白色的云雾',向'阴沉的天空'轰击,这恐怕就是丘特切夫寓含于诗中的哲理和时代精神。"①

丘特切夫的通感手法在俄国诗歌中是一种大胆的创新。在丘特切夫以前的俄国诗歌中,通感手法运用不多,即使运用,也往往是偶尔为之。而丘特切夫是有意大量运用通感的手法,把平淡无奇的事物变成充满诱惑力的新感知对象,把艺术形象的有限性与无限性统一起来,在多种感觉的沟通中展示自己所把握到的美的世界,同时使习以为常的语言变得新颖而有多层次意义。他的这种手法运用得极其成功,极富现代感,对后来的俄苏诗歌产生了较大的影响。

正因为上述原因,丘特切夫的词语完全被诗化了,充满了思想感情。阿克萨科夫曾精辟地指出:"在丘特切夫那里,词语的实体本身似乎失去了自己的物质性……词语的实体在某种程度上充满了崇高的精神,变得透明了。他的诗歌整个

---

① 余国良:《丘特切夫与李贺诗歌的变异感觉》,见戴剑平主编《中外文化新视野》,黄山书社,1991年,第436—437页。

儿颤动着思想和感情。"①

二、费特

  阿法纳西·阿法纳西耶维奇·宪欣-费特（Афанасйй Афанасьевич Шеншин-Фет,1820—1892）是俄国 19 世纪一位著名的天才诗人，是纯艺术派（又称"唯美派"）的最典型的代表。他出生于俄罗斯中部的"诗人之乡"奥尔洛夫省一个贵族家庭，1844 年毕业于莫斯科大学文学系，1845 年自愿进入军队，此后在军队供职 11 年。1857 年，他与大富商的女儿鲍特金娜（Мария Петровна Боткина,1828—1894,唯美主义理论家三驾马车之一鲍特金的妹妹）结婚，获得了颇为富足的一笔嫁妆。1862 年，他在自己家乡购置了两百俄亩土地，专门经营农业，过着比较富裕的日子。由于费特在世俗生活中颇为精明，家业越来越兴旺，70 年代后期在库尔斯克省购置了一个大庄园斯捷潘诺夫卡，晚年他就生活于自己的这个大庄园，从事农业、翻译及诗歌创作等活动。1873 年他终于得到沙皇的恩准，获得了贵族身份，并得到了宫廷近侍封号。费特的一生经历颇为平凡，文学事业也颇为顺利。只有两件事使他一辈子耿耿于怀。

  费特的父亲是德国人费特（Иоганн-Петер-Карл-Вильгельм Фёт,1789—1825）,是达姆施塔特市的法官，母亲是德国人夏绿蒂-伊丽莎白·贝克尔（Шарлотта-Елизавета Беккер,1798—1844）。他们于 1818 年 5 月 18 日结婚，其时夏绿蒂 20 岁，婚后生有一女（Каролина-Шарлотта-Георгина-Эрнестина Фёт,1819—?）。1820 年 9 月 18—19 日，夏绿蒂在怀上费特 7 个月时，爱上了到德国来旅行的 45 岁的俄国贵族阿法纳西·宪欣（Афанасий Неофитович Шеншин,1775—1855），并和他私奔到俄国。1820 年 11 月 23 日（一说 12 月 5 日）费特出生时，其父母尚未举行婚礼。因此，到费特 14 岁时，奥尔洛夫省宗教事务所出来干涉，不允许他用继父的姓宪欣（俄国学者也有人认为费特就是宪欣的亲生儿子②），而须改用母亲前夫的姓费特，并且不能成为世袭贵族宪欣的合法继承人。这件事使得 14 岁的少年从此由一个俄国贵族变成德国平民。这不仅剥夺了他的财产，而且使得他的"非法"身份公之于众。这使诗人大为恼火，发誓要夺回失去的一切，并且几乎终生都在为此目标奋斗："无论如何要讨回丧失的贵族身份，这成了费特生活中最强烈的愿望。"③直到晚年（1873 年），诗人名声大噪，才获得沙皇的恩准得以复姓宪欣，而众所周知的费特则作为笔名，继续使用。

  费特青年时代在赫尔松省军队服务时，1848 年曾经与年轻女子玛丽娅·拉兹契（Мария Лазич,1824—1850,费特在《回忆录》中隐去其真姓名而

---

 ① Аксаков И. С. Федор Иванович Тютчев(Биографический очерк). Тютчев Ф. И. Избранное, М., 1985, с. 345.

 ② 如普拉什克维奇就认为他的父亲是贵族地主宪欣，他的母亲是夏绿蒂-伊丽莎白·费特，详见《在星空之间——费特诗选》,谷羽译,台湾人间出版社,2011 年,第 187 页。

 ③ ［俄］普拉什克维奇：《诗人音乐家——费特》,详见《在星空之间——费特诗选》,谷羽译,台湾人间出版社,2011 年,第 188 页。

称之为叶莲娜·拉丽娜)倾心相爱,他们的恋情持续了将近两年(1849—1850)。拉兹契出生于退役将军家庭,但家道中落,家境贫寒。她"举止端庄,拘谨矜持"①,但"聪敏伶俐,博览群书,富有魅力"②,受过良好的教育,具有出众的音乐才华和文学天赋,能出色地演奏乐器,其钢琴演奏曾得到匈牙利音乐大师李斯特的高度评价和指点,还能很好地鉴赏诗歌。她"读过费特的许多诗,并且能很好地理解它们"③,她被费特的诗深深吸引了,不顾一切地爱上了他。费特也狂热地爱上了这位理解他并高度评价其诗歌的女性。他们经常一起欣赏音乐,谈论文学。但由于费特自己说的"她和我都一无所有"(费特之所以一直想复姓宪欣,除对养父感情较深外,财产和贵族地位是更重要的原因,他之所以进入军队,是因为按照当时的规定,获得一定的军衔就可以得到或恢复贵族封号,而做文职人员则很难,必须到八级文官——相当于军队中的少校——才能成为贵族),诗人曾表示无法与她结婚。1850年,正当青春年华的拉兹契死于一场火灾(一说系自焚)。诗人得知后认定是自己一时糊涂酿成了拉兹契的悲剧,因此悔恨交加,创巨痛深,并且一辈子刻骨铭心,念念不忘拉兹契的爱,一再写诗表白自己对拉兹契的爱及悔恨之情,直到临死前还写诗表示对拉兹契的怀念。

费特在40年代初即开始发表诗作,文学生涯长达50年左右,留下了颇为丰富的文学遗产:抒情诗800余首,十余首叙事长诗,三卷回忆录《我的回忆》和几十篇评论文章,还有大量的翻译,如叔本华的哲学名著《作为意志与表象的世界》、古罗马诗人贺拉斯、卡图卢斯等的诗歌、歌德的《浮士德》,甚至还把中国宋代诗人苏轼的七绝《花影》译成俄文。1884年费特获得俄国科学院颁发的普希金奖,1886年当选俄罗斯科学院通讯院士。

费特的诗在他生前就已得到一批文学家、批评家的高度评价。别林斯基早在1843年就指出:"在莫斯科所有的诗人中,费特先生是最有才华的。"④车尔尼雪夫斯基认为费特"有很多短诗,写得很可爱。谁若是不喜欢他,谁就没有诗歌的感觉"⑤,在对1856年俄罗斯文学所做的评论中他再次提到:"对费特君才能的高度认识,这种认识是一切具有优雅趣味的人所共有的",并认为"给费特君带来荣誉的作品应当是出色的"⑥。杜勃罗留波夫则认为他是"有才能的","善于捕捉寂静的大自然的瞬息间的变化,善于真实地表现大自然给人的朦胧的、微妙的印象"⑦。萨尔蒂科夫-谢德林指出:"费特的大多数诗歌真正的新颖别致,而浪漫曲几乎盛行全俄。"⑧涅克拉索夫更是把费特与普希金相提并论,并且宣称:"我们可以大胆地说,普希金之后的俄罗斯诗人之中,还没有哪一位像费特先生这样给人以如此之多的

---

① Н. Я. *Бухштаб*. А. А. Фет Очерк жизни и творчества, Л.,1990,с.28.
② Н. *Сухова*. Дары жизни, М.,1987,с.10.
③ Там же,с.25.
④ *Белинский* В. Г. Полное собрание сочинений, М.,1907,том 8,с.294.
⑤ *Чернышевский* Н. Г. Полное собрание сочинений, М.,1949,том 12,с.695.
⑥ *Чернышевский* Н. Г. Полное собрание сочинений, М.,1939—1953,том 4,с.508.
⑦ Н. А. *Добролюбов*. Полное собрание сочинений, М.,1935,том 2,с.52.或参见[俄]杜勃罗留波夫:《黑暗的王国》,见《杜勃罗留波夫选集》,第一卷,辛未艾译,上海译文出版社,1983年,第281页。
⑧ *Салтыков-Щедрин* М. Е. Избранные произведения, М.,1965—1977,с.383.

诗意的享受……"①列夫·托尔斯泰是费特的至交及其诗歌的爱好者,他们保持了长达约四分之一世纪的友谊,托尔斯泰盛赞费特才智过人,精力充沛,感谢费特为自己提供了精神食粮,并指出:"由于我们同样地如您称之为用心灵的智慧来考虑问题,所以我们彼此相爱……我不知道还有一个比您更朝气蓬勃和精力充沛的人"②,甚至在给鲍特金的信中称:"这样大胆而奇妙的抒情笔法,只能属于伟大的诗人,这个好心肠的胖军官从哪儿来的这种本领呢?"③屠格涅夫、陀思妥耶夫斯基、丘特切夫等对费特的诗歌也评价很高。

但与此同时,也不时飞来一些斥责乃至诋毁之声,如当时著名的批评家皮萨列夫声称:"随着时间流逝,他的诗集会论普特出售,连做裱糊房间的壁纸都不配,只能做壁纸下边的衬纸,再就是做包装纸,用来包蜡烛,包干酪,包熏鱼。费特先生就以这种方式沦落到卑贱的地步,他也第一次用自己的诗歌作品给人们带来了实际的用途。"④这一是由于费特那不讨人喜欢的个性,二是由于他那唯美的艺术观及某些政治见解,三是由于他创作题材较为狭窄。

象征派兴起后,把费特和丘特切夫奉为自己的先驱,受到他们较大的影响。20世纪中期,在苏联尽管人们对费特的评价毁誉参半,但费特的影响不容忽视,著名的"静派"(一译"悄声细语派")诗歌,更是深受费特的影响。时至今日,费特在俄国已是最伟大的诗人之一,人们公认"俄罗斯诗歌有过黄金时代,它是由普希金、丘特切夫、莱蒙托夫、巴拉丁斯基、费特等等诗人的名字来标志的。有过白银时代——这就是勃洛克、安年斯基、叶赛宁、古米廖夫、别雷、勃留索夫等等诗人的时代"⑤。俄国当代著名评论家科日诺夫更具体地指出:"诗人的荣誉是件非常复杂的东西。比方说,普希金在其创作的前半期里是受到异常广泛的推崇的,那时他跟十二月党人有所交往。但一旦普希金上升到世界诗坛的高峰时,他却失却了'普及性'。至于巴拉丁斯基、丘特切夫和费特等一些卓越诗人,他们是在去世之后过了许多年才真正被人承认为伟大诗人,与普希金并立而无愧。"⑥

由于多方面原因,我国 20 世纪 80 年代以前,对费特介绍甚少。近二十几年来,才把费特列为与普希金、莱蒙托夫、丘特切夫齐名的大诗人。然而,我国翻译界尤其是学术界,至今对费特诗歌的翻译、研究还不够深入,尽管人民文学出版社出版的《致大海——俄国五大诗人诗选》一书已把费特列入五大诗人之一,徐稚芳先生的《俄罗斯诗歌史》、朱宪生先生的《俄罗斯抒情诗史》也对费特作专章专节的介绍,迄今为止,费特的诗歌至今只有三个译本:张草纫的《费特诗选》仅收其诗 107 首,曾思艺的《自然·爱情·人生·艺术——费特抒情诗选》也只 183 首,谷羽的

---

① Некрасов Н. А. Полное собрание сочинений и писем, М. , 1948—1953, том 9, с. 279 .
② 《托尔斯泰文学书简》,章其译,湖南人民出版社,1984 年,第 414 页。
③ Л. Н. Толстой. Полное собрание сочинений, М. , 1949, том 60, с. 217 . 或见《托尔斯泰文学书简》,章其译,湖南人民出版社,1984 年,第 237 页。
④ [俄]普拉什克维奇:《诗人音乐家——费特》,详见《在星空之间——费特诗选》,谷羽译,台湾人间出版社,2011 年,第 192 页。
⑤ [俄]科日诺夫:《俄罗斯诗歌:昨天·今天·明天》,张耳节译,载《外国文学动态》1994 年第 5 期。
⑥ 同上。

《在星空之间——费特诗选》最多,但也只有 190 首,占其诗歌总数 800 余首的四分之一不到;对费诗的研究也只有 11 篇论文。此处拟对费特的诗歌进行较为全面、深入、系统的论述。

　　费特认为,对艺术家来说最珍贵的方面是美,并懂得美与和谐是自然及整个宇宙最原始而不可或缺的特征,因此,他认为:"……那些关于在其他人类活动中的诗歌公民权问题,其精神意义及在当今时代的现代性等问题,被认为是很久一直要摆脱的噩梦。"①他宣称:"关于诗歌的公认问题,关于它的道德意义,关于它在某一时代的现实性等等,这一切问题我认为糟糕透顶,我早已脱离了这一切并将永远脱离。"②他认为,诗歌的宗旨就是追求和表现美,把人们从"充斥无限欲望的痛苦的世界引向一个没有欲望的纯粹观照的世界"③,因为"艺术家们已使美的时刻流芳百世,把那一瞬间化为顽石一般"④。普拉什克维奇指出:"费特认为,生活中处于主宰地位的是苦难,而且永远是苦难,因此艺术的根本宗旨就是摆脱凡人的'头脑'里的庸俗想法,写作必须有充分的独立性。费特在给康斯坦丁公爵的信中写道:'艺术和美使我们摆脱无穷欲望的痛苦世界,帮助我们进入纯粹直觉的境界:人们观赏西斯廷圣母像,聆听贝多芬的乐曲,阅读莎士比亚的作品并非为了得到什么职位,或者得到什么利益……'"⑤因此,费特的艺术是唯美的艺术,从他早期的诗歌一直到晚年的创作,都表现出诗人是一个对美的执着的崇拜者。而"大地的美,人的精神与心灵的美,艺术的美,是费特信仰的象征"⑥。追求美、发现美、再现美,是费特世界观和艺术观的总体特征。

　　作为俄国诗坛"纯艺术派"的代表人物,费特在论文学的一些文章和创作的诗歌中明确提出了自己的唯美观点。他认为"对艺术家来说事物只有一个方面:即它们的美才是珍贵的",并声称"我无论如何也不能理解,艺术能对美以外的什么事物感兴趣"⑦,甚至强调:"艺术不可能有其他的目的。具有某种说教倾向的作品纯属垃圾。"⑧在《每当面对你浅笑盈盈》一诗中他更是提出:

　　　　每当面对你浅笑盈盈,
　　　　每当触到你目光如醉,
　　　　我就把爱情的歌儿唱颂,
　　　　不是为你,而是为你迷人的美。

　　　　据说每当日暮,夜的歌唱家,

---

①　Л. Розенблюм. А. Фет и эстетика "чистого искусства". Вопросы литературы. М.,2003,No 2.
②　А. А. Фет. Сочинения в 2-х томах,М.,1982,том 2,с.146.
③　Русские поэты. Детская литература.,М.,1996,с.12.
④　《托尔斯泰文学书简》,章其译,湖南人民出版社,1984 年,第 519 页。
⑤　[俄]普拉什克维奇:《诗人音乐家——费特》,详见《在星空之间——费特诗选》,谷羽译,台湾人间出版社,2011 年,第 193 页。
⑥　Н. Сухова. Дары жизни,М.,1987,с.130.
⑦　Филологический факультет МГУ. Русская литература XIX—XX веков,том 1,М.,2001,с.338.
⑧　[俄]普拉什克维奇:《诗人音乐家——费特》,详见《在星空之间——费特诗选》,谷羽译,台湾人间出版社,2011 年,第 191 页。

就用一往情深的歌唱，
把芬芳花圃里的玫瑰花，
不知疲倦地颂扬。

这年轻的花园女王纯洁又娇媚，
却总是保持沉默：
只有歌才需要美，
而美却无须歌。①

费特真是唯美得厉害，即便在爱情中，面对美丽可爱的恋人，他也敢于直说自己唱颂爱情歌曲不是为对方，而是为对方迷人的美，进而宣称："只有歌才需要美，/而美却无须歌。"就是《金刚石》，他也从超功利的唯美角度来加以赞赏：

不作女皇头上的点缀，
不去切割坚硬的玻璃，
那七彩虹霓的光辉，
在你周身亮丽地熠熠。

不！在短暂生命的更替中，
在光怪陆离的现象里，
你总是那么璀璨晶莹，
你这永恒之纯美的忠诚卫士！②

金刚石不做女皇头上的点缀，不去切割坚硬的玻璃，超脱于世俗之上，总是那么永恒，总是那么璀璨晶莹，因此，诗人称它是"永恒之纯美的忠诚卫士"。

他陶醉于春天自然界那多彩多姿的瞬间美，也往往是希望自己能"紧紧依偎那一幕幕美的幻象"，如《沿着春天牧场的草地》：

沿着春天牧场的草地，
我的马儿静静地行进，
点点灯火在牧场燃起，
照亮了春天的朵朵流云。

从那解冻的片片田野，
清爽的薄雾袅袅升起，
朝霞，幸福，幻觉——
你们使我的心充满甜蜜！

---

① 曾思艺译自 А. А. Фет. Полное собрание стихотворений, Л., 1959, c. 296—297. 或见《自然·爱情·人生·艺术——费特抒情诗选》，曾思艺译，中国友谊出版公司，2013年，第215页。
② 曾思艺译自 А. А. Фет. Полное собрание стихотворений, Л., 1959, c. 318. 或见《自然·爱情·人生·艺术——费特抒情诗选》，曾思艺译，中国友谊出版公司，2013年，第221页。

> 面对这片金灿灿的影子,
> 我柔情满怀,心潮激荡!
> 我的心多么希望紧紧依偎
> 这些转瞬即逝的美之幻象!①

综观诗人的诗集,费特所追求的美不是别的,是来自于生活又高于生活的一份灵气和诗意,它与自然、爱情、艺术、心灵、人性、人生等等紧密相连,具有较为深厚的情感内容和比较高尚的道德内涵,纯洁健康,能给人以诗意的美的享受,能净化人的心灵,陶冶人的情操,应充分肯定,不能因题材狭窄而偏颇地加以否定。费特诗歌中美的内容主要包括四个方面:自然、爱情、人生、艺术。这些,都是人类永恒的主题,能够体现永恒的人性。费特曾宣称:"人,虽然生死有期,/人性,却亘古不变!"(《整个大千世界……》)正是基于这种认识,他在诗中一再歌颂自然、爱情、人生、艺术,反映并探索亘古不变的人性,从而使其诗大体可以此分为自然诗、爱情诗、人生诗(哲理诗)、艺术诗四大类。

(一)自然诗。这是费特诗中比重最大的一类诗,也是其成就最高的一类诗。苏联著名诗人马尔夏克对费特的自然诗十分倾倒,他认为费特笔下的自然景物,就像刚刚被发现那样新颖别致,他指出:"费特能够聪颖、直接、敏锐地领悟自然界的奥妙",并称:"费特的抒情诗已进入了俄国的大自然,成为它不可分割的一部分。"②纵观费特的自然诗,大约有如下特点。

一是组诗化。费特描写大自然的面非常广泛,作品也非常多,远远超过了此前或此后的诗人,而且,他这些描写大自然的诗,往往按照所描写的对象,划分成各种大型组诗,如《春》《夏》《秋》《雪》《海》《黄昏和黑夜》等,每一组诗中均为同一题材的不同变奏(不同时候不同特征的表现),从而形成其自然诗鲜明突出的组诗化特征,而这也是此前或此后一般诗人创作中极其罕见的。此处仅以内容颇为接近的关于秋天一些诗为例,看看他是如何对同一题材从不同角度进行描写的。如《秋天——阴雨绵绵的日子》:

> 秋天——阴雨绵绵的日子,
> 抽烟吧——却似乎总不过瘾,
> 读书吧——才过一会儿,
> 就无精打采,浑身乏劲。
>
> 灰色的日子懒洋洋地爬行,
> 墙上的挂钟
> 以不知疲倦的舌头
> 在没完没了地唠叨不停。

---

① 曾思艺译自 А. А. Фет. Полное собрание стихотворений, Л., 1959, с. 286—287. 或见《自然·爱情·人生·艺术——费特抒情诗选》,曾思艺译,中国友谊出版公司,2013年,第61页。
② 转引自徐稚芳:《俄罗斯诗歌史》,北京大学出版社,1989年,第289—290页。

在热烘烘的壁炉旁，
心儿仍渐渐冷似冰，
稀奇古怪的思想，
在病痛的头脑里翻腾。

慢慢冷却的茶杯上，
依然热气蒙蒙，
感谢上帝，仿佛黑夜降临，
我已渐渐入梦……①

全诗写的是秋天的阴雨绵绵时间过长，影响了人的情绪，抽烟总感觉不够过瘾，读书没一会就无精打采浑身乏劲，总觉得一天太长且过得太慢，人就像患了病一样，头脑也有了病痛，病痛的脑子里翻腾着各种稀奇古怪的思想。又如《秋天》：

燕子飞走啦，
昨天清早，
飞来一群白嘴鸦，
网眼般密密麻麻
在山顶上空飞绕。

黄昏后一切都已入睡，
院子里一片黑漆漆。
枯叶纷纷飘坠，
夜里寒风大发淫威，
对着窗户嘭嘭敲击。

倒不如雪暴风横，
反使我心胸舒畅！
仿佛是惊魂未定，
鹤群在长空唳唳悲鸣，
飞向南方。

你情不自禁地向外拔脚，
心情沉重，潸潸泪流！
看，那风滚草
扑腾着在田野滚飘，

---

① 曾思艺译自 Афанасий Фет. Лирика, М., 2003, с. 114. 或见《自然·爱情·人生·艺术——费特抒情诗选》，曾思艺译，中国友谊出版公司，2013年，第24页。

> 好似一团团绒球。①

此诗又名《秋天》，写的是枯寂的深秋。此时，燕子飞往温暖的南方，白嘴鸦成群地飞了过来，悲戚的"哇哇"声使得天空和人心更加寒冷。到了夜里，寒风大作，枯叶飘坠，肃杀冷寂，透骨寒心，使人深感反不如雪暴风横，来得酣畅痛快，抒情主人公不禁心情沉重地跑向野外，去欣赏那在田野随风扑腾、滚飘的风滚草。又如《秋天》：

> 当闪闪发亮的蛛网
> 散布明亮白昼的丝线，
> 祈祷前的钟声从遥远的教堂，
> 飘送到农舍的窗前。
>
> 我们没有忧伤，只是惊惶，
> 为那冬日临近的嫩寒，
> 而逝去的夏日的音响，
> 我们领会得更加周全。②

这首诗写的是秋末，冬日即将临近，因为诗中有"冬日临近的嫩寒"。秋天的日子，只要晴朗，就会十分透明亮丽，诗歌巧妙地把太阳晶莹亮丽的光线比作"闪闪发亮的蛛网"在满天空散布，这么透明亮丽的秋天即将逝去，使人感到惊惶，因为那冬日的嫩寒正在临近，由此，人们也更思念那失去的可爱的夏日时光。再如《秋天》：

> 寂静而寒冷的秋天，
> 阴晦的日子多么凄清！
> 它们带着郁闷的慵倦，
> 请求进入我们的心灵！
>
> 但有些日子也这样：
> 秋天在金叶盛装的血里，
> 寻觅着灼灼燃烧的目光，
> 和炽热的爱的游戏。
>
> 羞怯的哀伤一声不响，
> 挑衅的声音充耳可闻，
> 如此华丽地萧飒凄凉，

---

① 曾思艺译自 Афанасий Фет. Лирика, М., 2003, с. 336. 或见《自然·爱情·人生·艺术——费特抒情诗选》，曾思艺译，中国友谊出版公司，2013年，第36—37页。
② 曾思艺译自 Афанасий Фет. Лирика, М., 2003, с. 295. 或见《自然·爱情·人生·艺术——费特抒情诗选》，曾思艺译，中国友谊出版公司，2013年，第75页。

秋天对什么都不怜悯。①

这首诗写的也是秋天,但内容颇为丰厚。一方面,它写了寂静而寒冷的日子,像《秋天——阴雨绵绵的日子》一样,使人深感凄清、郁闷(诗人不直接这样说,而是非常高妙地倒过来说,秋天带着郁闷的倦慵请求进入我们的心里);另一方面,写了阳光灿烂、红叶似火的秋日时光,他燃起人们心中的激情和爱意(诗人也不直说,也很有技巧地反过来说秋天在金叶盛装的血里,寻觅灼灼燃烧的目光和炽热的爱的游戏)。

由上可见,费特确实是一个观察细致入微、感受细腻独特,而且具有高超的艺术表现技巧的诗人,就像一个极其高明的音乐家,能够把同一题材变成多彩多姿的各种不同的变奏曲。

二是运动化。在费特的笔下,大自然的一切:花草虫鱼,烟石云霞,春夏秋冬,白天黑夜,无不获得生动的生命。这主要源于两个方面。第一,他经常以拟人的手法描写大自然,使大自然的一切获得生命,如《第一朵铃兰》(详后)就把铃兰拟人化了,这是泛神论影响的结果。第二,费特喜欢也善于捕捉并描绘大自然的运动。他善于把握自然在黎明、黄昏等时候的细微变化,如《黎明》:

从黑夜的前额,
柔软的烟雾轻盈地降落;
一条阴影从茫茫田原
蜷缩到附近的房舍下面;
燃烧起一片亮丽的渴望,
朝霞却羞羞答答不肯亮相;
冰凉,明亮,银白,
鸟儿把双翅抖开;
太阳虽不曾升起,
心里却早已幸福盈溢。②

全诗相当细致地描写了黎明的降临过程并伴随着诗人感情的变化。又如《草原的黄昏》:

云彩懒洋洋地在血红的晚霞中萦荡,
田野在盈盈露水中细品悠闲自在,
驿车在第三个山垭口铃声叮当,
终于不见踪影,也没扬起尘埃。

广袤无垠的草原上到处荒无人烟,

---

① 曾思艺译自 Афанасий Фет. Лирика, М., 2003, с. 61. 或见《俄罗斯抒情诗选》,曾思艺译,山西教育音像出版社,2006 年,第 69—70 页。
② 曾思艺译自 А. А. Фет. Полное собрание стихотворений, Л., 1959, с. 195—196. 或见《自然·爱情·人生·艺术——费特抒情诗选》,曾思艺译,中国友谊出版公司,2013 年,第 89 页。

远方看不见灯火,也听不到歌声!
除了草原还是草原。这一望无际的草原,
就像海洋,灌浆的黑麦沉甸甸地随风波动。

月亮在云层下面藏藏匿匿,
未到夜晚,还不敢银辉朗朗。
只有甲虫在嗡嗡怒叫,飞来飞去,
只有鹞鹰在轻扇翅膀,徐徐滑翔。

田地上空弥漫着金灿灿的烟雾,
鹌鹑在远处你歌我唱,互相呼应,
我听见,在那露珠晶莹的峡谷,
长脚秧鸡在吱吱地低声啼鸣。

好奇的目光已被重重夜幕遮断,
温暖的空气中泛起阵阵凉意。
月光皎洁,群星从高空俯视人间,
银河似江流波光流荡,分外亮丽。①

颇为细致生动地描写了草原黄昏的降临以及周围自然景象(包括动物和植物)的情形。他更善于描写夜晚的运动,如《在瓜达尔基维尔河的水面上》:

在瓜达尔基维尔河的水面上,
月光像一条长长的白练;
微风用看不见的嘴
把河水吹成闪闪发光的鳞片……

一切都沉睡了……漆黑的窗子里
只是偶尔闪过转瞬即逝的光线,
以及远处传来吉他的声音,
打破夜间寂静的黑暗,

还有一颗星星在高空
画了一道弧线……
在瓜达尔基维尔河的水面上,
月光像一条长长的白练。②

---

① 曾思艺译自 А. А. Фет. Полное собрание стихотворений, Л. ,1959,с. 212. 或见《国外文学》1996 年第 4 期。
② 《费特诗选》,张草纫译,上海译文出版社,1997年,第 23—24 页。

全诗把宁静的夜晚写得处处都充满运动:月光在河面铺成长长的白练,微风把河水吹成闪闪发光的鳞片,吉他声打破了夜的漆黑寂静,一颗星星在高空画了一道弧线。

费特也善于描写季节交替时大自然万物的特征,如《春天那芬芳撩人的愉悦》:

> 春天那芬芳撩人的愉悦,
> 还没有降临到人间大地,
> 山谷里仍铺满皑皑白雪,
> 一辆马车,碾过冰屑,
> 车声辚辚,沐浴着晨曦。
>
> 直到中午才感觉到艳阳送暖,
> 菩提树梢头一片胭红,
> 白桦林点点嫩黄轻染,
> 夜莺,还只敢
> 在醋栗丛中轻唱低鸣。
>
> 翩翩飞回的鹤群,双翅
> 捎来了春的喜讯,
> 草原美人儿亭亭玉立,
> 凝望着渐渐远去的鹤翼,
> 脸颊挂着泛紫的红晕。①

全诗描写了冬天向春天转化但春天还没有真正到来时的大自然景象,尤其是"直到中午才感觉到艳阳送暖","夜莺还只敢在醋栗丛中轻唱低鸣",相当细致而突出地把握了季节交替时自然景象的特点,令人赞不绝口。《又君临了,那股神秘的力量》也是如此:

> 又君临了,那神秘的力量,
> 又是那无形的翅膀
> 给北方驮来了融融温暖;
> 一天比一天更加明亮,
> 太阳以黑色的圆圈
> 把森林中的树木层层围环。
>
> 朝霞挥洒着盈盈红光,
> 白雪皑皑的山坡上
> 轻笼一层迷幻的嫣红;

---

① 曾思艺译自 А. А. Фет. Полное собрание стихотворений, Л., 1959, с. 136. 或见《费特自然诗选》,曾思艺译,载《诗歌月刊》2008年第8期下半月刊(总第93期)。

> 森林依然沉睡在梦乡，
> 但鸟儿们欢快的歌声
> 已越来越响亮动听。
>
> 一条条小溪弯弯曲曲地流淌，
> 彼此呼应，哗哗作响，
> 急急流进回声响亮的山谷间，
> 那汹涌澎湃的波浪
> 在白大理石般的穹隆下面，
> 带着欢快的轰隆飞扑向前。
>
> 那边，在宽广的田野旁，
> 河流辽阔浩荡如海洋，
> 在中途小溪的流水潺潺汇合，
> 河流比明镜还明亮，
> 一块块浮冰随波飘泊，
> 仿若一群群洁白的天鹅。①

全诗生动地从另一角度写出了冬春之交的自然变换：太阳一天比一天温暖、明亮，森林也开始变绿（从高空遥看则是黑色圆圈，诗歌在此处的视角有点类似于今天坐飞机遥看大地），鸟儿们的歌声越来越响亮动听，解除束缚的小溪欢快地流淌，一块块解冻了的浮冰像一群群洁白的天鹅在辽阔的河水中随波飘泊。列夫·托尔斯泰认为，这首诗整个都是很美的，特别是以下几句："在白大理石般的穹隆下面……仿若一群群洁白的天鹅。"②

三是意境化。费特是富有东方尤其是中国诗歌神韵的罕见的俄国诗人，其诗极富意境美。大自然的一切，被其妙笔摄来，构成了优美的意境。可以说，他使笔下的大自然完全意境化了。意境化的方式主要有：或如后文将要论述的情景交融、化景为情，意象并置、画面组接；或善于捕捉自然中为人所习见而未被注意的美和诗意，并以轻柔、优美的笔调描绘出来，如《夏日的黄昏明丽而宁静》：

> 夏日的傍晚明丽而宁静，
> 看，杨柳是怎样睡意沉沉；
> 西边的天空白里透红，
> 河湾的碧流波光粼粼。
>
> 微风沿着树梢轻快滑移，
> 滑过一个又一个树顶，

---

① 曾思艺译自 А. А. Фет. Полное собрание стихотворений, Л., 1959, с. 139. 或见《自然·爱情·人生·艺术——费特抒情诗选》，曾思艺译，中国友谊出版公司，2013年，第53—54页。

② 详见《费特诗选》，张草纫译，上海译文出版社，1997年，第101页注释①，部分引诗承前省略了。

你可听见峡谷里声声长嘶？
那是马群在振蹄奔腾。①

整首诗抓住夏日傍晚几个具有突出特征的自然景物：睡意沉沉的杨柳、白里透红的西方天空、波光粼粼的河湾碧流、沿着树梢在树林中滑行的微风、声声长嘶的奔腾马群，有声有色、意境优美地写出了夏日傍晚的"明丽而宁静"。据拉祖尔斯基1894年7月2日的日记："列夫·尼古拉耶维奇（托尔斯泰）停止割草。他把臂肘撑在镰刀上，望着天际，背诵起费特描写夜幕降临的一首诗来（即本诗——引者）。他说：'这首诗写得真好，这里的每一行诗都是一幅画。'"②费特更善于描绘大自然的各种色彩和不同声音，并以这些声光色影构成美妙的画面，展示优美和谐的意境，因此，俄国学者科罗文称："在他的抒情诗中，诗人善于把现实中的各种颜色、各种声音再现出来。费特重视声音、颜色、造型和气味。"③如《傍晚》：

明亮的河面上水流淙淙，
幽暗的草地上车铃叮当，
静谧的树林上雷声隆隆，
对面的河岸闪出了亮光。

遥远的地方朦胧一片，
河流弯弯地向西天奔驰，
晚霞燃烧成金色的花边，
又像轻烟一样四散飘去。

小丘上时而潮湿，时而闷热，
白昼的叹息已融入夜的呼吸——
但仿若蓝幽幽、绿莹莹的灯火，
远处电光清晰地闪烁在天际。④

这里有颜色：碧水、青草、红霞、金边、蓝光、绿闪，可谓色彩纷呈；这里有声音：水流"淙淙"、车铃"叮当"、雷声"隆隆"，还有白昼的"叹息"和夜的"呼吸"，称得上众声齐发。这一切，构成傍晚美妙的画面，展示了一个静谧的境界。其中"白昼的叹息已融入夜的呼吸"一句尤为精彩，它以拟人的手法相当简洁而生动、形象地描绘出了昼夜交替时的情景，堪称大师抒情手笔，而叹息又是一种声音。正因为如此，苏霍娃指出："费特抒情诗中的世界充满了运动，沙沙，声音，就连鲜花的芳香中也

---

① 曾思艺译自 А. А. Фет. Полное собрание стихотворений, Л.,1959,с.210.或见《费特抒情诗选》，曾思艺译，载香港《大公报》1998年4月8日第7版。
② 详见《费特诗选》，张草纫译，上海译文出版社，1997年，第36页注释①。
③ Коровин В. И. Русская поэзия XIX века, М.,1997,с.184.
④ 曾思艺译自 А. А. Фет. Полное собрание стихотворени, Л.,1959,с.212—213.或见《费特抒情诗选》，曾思艺译，载香港《大公报》1998年4月8日第7版。

有清晰的语言。"①

费特尤其喜欢描写夜,并且往往采用以动写静的方法,营造夜的柔美宁静的意境,如《湖已沉睡》:

> 湖已沉睡;青黛的森林一片寂静;
> 一条雪白的美人鱼飘然悠悠出游,
> 好像一只小天鹅,月儿滑过天穹;
> 向着自己那水中的倒影不时凝眸。
>
> 渔人们酣睡在昏昏欲睡的灯火旁;
> 淡白的船帆未曾漾起一丝皱褶;
> 芦苇边时有肥大的鲤鱼哗啦击浪,
> 荡起大圈的涟漪在水面层层远播。
>
> 多么静谧……我听得清每一种声响;
> 但它们并未打破夜的沉寂,——
> 让夜莺的啼啭热烈而嘹亮,
> 美人鱼把水草轻摇成一段韵律。②

美人鱼的出游、摇动水草,鲤鱼的哗啦击浪,夜莺的啼啭,更显出无风的夜("船帆未曾漾起一丝皱褶")的沉寂,其艺术效果近似我国古典诗歌中的名句"蝉噪林逾静,鸟鸣山更幽"(王籍《入若耶溪》)。

(二)爱情诗。爱情诗和自然诗在费特的整个创作中占据极其重要的地位,最能体现诗人的个性及创作特色。费特认为爱情"永远是诗歌构思的种子和中心"(1888年11月12日致波隆斯基信),因此,他一辈子都未曾中断爱情诗的创作。其爱情诗大约有如下特色。

其一,抽象性。费特创作爱情诗,往往去掉爱情的个性特点,并且描写了爱之旅的各个环节,这使其爱情诗极具抽象性,又富有普遍性。费特继承了普希金《致凯恩》等爱情诗的优良传统,往往只写爱情本身,而少对所爱对象形貌的具体描绘,并且像丘特切夫早期写自然诗一样,大多省略爱情产生的具体时间和特定地点,也不注意抒情主人公"我"的个性特点和心理活动。这样,他的爱情诗便能集中笔墨只写抽取出来的爱情本身,从而使这种纯真的爱情既具抽象性又具普遍性。如《多么幸福:又是深夜,又是我俩》:

> 多么幸福:又是深夜,又是我俩!
> 河流似镜,辉映着璀璨群星;
> 而那儿……你抬头看看吧,

---

① Н. Сухова. Дары жизни, М., 1987, с. 3.
② 曾思艺译自 А. А. Фет. Полное собрание стихотворений, Л., 1959, с. 231—232. 或见《费特自然诗选》,曾思艺译,载《诗歌月刊》,2008年第8期下半月刊(总第93期)。

> 天空多么深湛,又多么纯净!
>
> 啊,叫我疯子吧!随你叫什么都行,
> 此时此刻,我的理智已如此脆弱,
> 爱情的洪流在我心中澎湃汹涌,
> 我无法沉默,不能也不愿沉默!
>
> 我痛苦,我痴迷:爱之深苦之极,
> 哦,听我说,理解我,我已无法掩饰激情,
> 我要向你表白:我爱你,——
> 只有你才能完全占据我的心灵。①

这里,只有较为抽象的爱情本身,而我们从其中感觉到自己青春时的爱情——深深爱一个人,而一直难以表白,在长久的痛苦折磨中,终于在特定的时间特定的地点无法抑制、不顾一切地向对方表白!类似的诗还有《浪漫曲》等。

其二,爱情之旅。费特的爱情诗从青年一直写到晚年,尤其是对拉兹契的爱情终生不变,直到临死前不久还为她写诗。因而,他的爱情诗,既有难忘的初恋,也有最后的爱情;既有热恋的欢欣与柔情,也有深深的悔恨与苦闷,比较完整地展示了人生的爱情之旅,几乎每一个年龄层次的读者,都能在其中体会到自己所曾经历的情感。在这里,有那种尚未进入恋爱但又恋恋难忘的单相思,如《在夜间的月光下,在明亮的白天》:

> 在夜间的月光下,在明亮的白天,
> 从骏马的马背上,隔着花园的篱笆,
> 在芳香的扁桃树落下花朵的地方,
> 我看见你和你白色的面纱;
> 在泉水的潺潺声中,在夜莺的歌声中,
> 我远远地听见你弹奏吉他……
> 白天,黑夜,我远远地隔着篱笆凝望——
> 花园里是否还会闪过你雪白的面纱?②

诗歌的主题稍稍类似苏轼《蝶恋花》词的单相思:"花褪残红青杏小,燕子飞时,绿水人家绕。枝上柳绵吹又少,天涯何处无芳草。 墙里秋千墙外道,墙外行人,墙里佳人笑。笑渐不闻声渐悄,多情却被无情恼。"但抒情主人公更执着也更痴情,白天和黑夜都隔着篱笆,在锲而不舍地守望着心爱的人的出现,只求偷偷地见到她。

这里,有尚未进入恋爱但又单相思地爱着对方、费力猜测对方的话语,既想逃

---

① 曾思艺译自 А. А. Фет. Полное собрание стихотворений, Л., 1959, с. 264. 或见《俄罗斯抒情诗选》,曾思艺译,山西教育音像出版社,2006年,第38页。
② 《费特诗选》,张草纫译,上海译文出版社,1997年,第20页。

避又无法摆脱、剪不断理还乱的矛盾心理,如《啊,在寂静神秘的夜色中》:

> 啊,在寂静神秘的夜色中,
> 我将久久地把你含糊的细语,笑盈盈的神态,
> 偶尔一瞥的目光,浓密而柔软的发绺,
> 从我的头脑里驱走,然后又呼唤它们回来;
> 我由于懊恨和羞愧而涨红了脸,
> 独自一人,不被任何人看见,急促地喘着气,
> 要想从你曾经说过的那些话语中
> 哪怕寻找出一点捉摸不定的含意;
> 我低声自言自语,纠正我当年同你在一起时
> 由于激动而词不达意的交谈,
> 陶醉在幸福的回忆中,违反理智,
> 喊出一个隐藏在内心的名字,打破夜间的黑暗。①

这首描写单相思颇为出色的诗曾得到同时代人的高度评价。德鲁日宁认为,如果这首诗署上"普希金的名字,也不会引起任何读者的惊讶"。鲍特金称它是"一首优美绝伦的诗,它用简练、鲜明、明确而又飘逸的笔触表达了一种最复杂的、不可捉摸的内心感受"。俄国作曲家拉赫玛尼诺夫(1873—1943)曾把这首诗谱成著名的抒情曲。②

这里,有尚处于进入初恋前心灵微妙阶段的《柳树》:

> 让我们坐在这柳树下憩息,
> 看,树洞四周的树皮,
> 弯曲成多么奇妙的图案!
> 而在柳树的清荫里,
> 一股金色水流如颤动的玻璃,
> 闪烁成美妙绝伦的奇观!
>
> 柔嫩多汁的柳树枝条,
> 在水面弯曲成弧线道道,
> 仿如绿莹莹的一泓飞瀑,
> 细细树叶就像尖尖针脚,
> 争先恐后,活泼轻俏,
> 在水面上划出道道纹路。
>
> 我以嫉妒的眼睛,
> 凝视这柳树下的明镜,

---

① 《费特诗选》,张草纫译,上海译文出版社,1997年,第27页。
② 详见同上,第28页注释①。

捕捉到心中那亲爱的容颜……
你那高傲的眼神柔和如梦……
我浑身颤栗,但又欢乐融融,
我看见你也在水里发颤。①

一对青年男女,正处在关系微妙的阶段,女方可能对男方一直比较高傲、严肃甚至有点严厉,使之感到不敢亲近,他们在美丽的小河边的柳荫下休息,优美生动的美景,使双方都深深陶醉了,男方更感到惊喜,因为他发现平时像女王一样高傲的女子,居然"高傲的眼神柔和如梦",而且似乎也激动得浑身颤抖("我看见你也在水里发颤")。

这里,有刚刚进入初恋的爱情游戏《花语》:

我这束鲜花露珠熠熠,
我的哈里发仿若宝石一样;
我早已想和你一起
谈谈这齿颊留香的诗行。

每一朵鲜花都是一个暗语,——
我的表白请你用心领悟,
或许,这一整束花儿
将为我们开辟一条幽会的通途。②

抒情主人公送给恋人一束像伊斯兰教政教合一的领袖哈里发一般珍贵、像宝石一样美丽的鲜花,并称它为"齿颊留香的诗",而且这是一首包含丰富寓意的谜语般的诗,因为每一朵鲜花都是一个暗语,它将为我们的幽会开辟一条通途。这真是诗人式的恋爱游戏!

这里,有初恋中朦胧而纯洁的欲求和纯洁的恋情,如《人们已入睡……》:

人们已入睡;我的朋友,让我们一起走到绿树荫浓的花园。
人们已入睡;只有一颗孤星在把我们偷看。
甚至它也看不见我们,它已躲入繁枝密叶中,
没有谁听见我们——能听见的只有夜莺……
甚至夜莺也听不见我们——它正歌声悠悠,
也许能听见我们的只有心灵和双手:
心灵听见,大地是多么心满意足,
我们给这儿带来了何等的幸福;
手儿听见,心灵正在窃窃诉说,

---

① 曾思艺译自 А. А. Фет. Полное собрание стихотворений, Л., 1959, с. 269. 或见《俄罗斯抒情诗选》,曾思艺译,山西教育音像出版社,2006 年,第 38—39 页。

② 曾思艺译自 А. А. Фет. Полное собрание стихотворений, Л., 1959, с. 444. 或见《自然·爱情·人生·艺术——费特抒情诗选》,曾思艺译,中国友谊出版公司,2013 年,第 116 页。

一种陌生的东西在其中闪亮哆嗦,
从这里有什么在剧烈地震荡,
情不自禁地从一个肩膀低垂向另一肩膀……①

全诗用层递的手法,层层推进地表现了一对恋人深夜在绿树荫浓的花园里会面的情形,写出了他们青春朦胧的欲求,更写出了他们那纯洁的恋情:满足于肩膀紧挨着肩膀,满足于双方肩膀紧挨之处所产生的热流——这甜蜜的颤栗电波一般向全身闪射,向心灵深处闪射(诗人称之为"剧烈的震荡"),这种朦胧的欲求更体现了双方恋爱的纯洁。

这里,也有初涉爱河的陶醉,如《我来这里把你探望》:

我来这里把你探望,
告诉你旭日已经升起,
它那暖洋洋的金光,
在一片片绿叶上嬉戏。

告诉你森林已经苏醒,
浑身焕发着初醒的活力,
百柯齐颤,万鸟争鸣,
一切都洋溢着盎然的春意。

告诉你,我又来到这里,
满怀昨天一样的深情,
心魂依旧在幸福里沉迷,
随时准备向你奉献至诚。

告诉你,无论我在什么处所,
欢乐总从四方向我飘然吹拂,
我还不知道应歌唱什么——
可歌儿早已从心底里飞出。②

全诗把真情与自然美景尤其是充满活力的春天美景结合起来,情景交融地表达了自己沉醉的爱恋之情。高尔基在《列夫·托尔斯泰》中写道:"他说:'真正的诗是朴素的。费特写着"我还不知道应歌唱什么——/可歌儿早已从心底里飞出"的时候,他已经表示出了一般人对于诗的真正的感觉。农人也并不知道自己唱的是什么,可是,啊,唯,呀,哎——这便是一首直接从灵魂中发出来的真正的歌,就跟小

---

① 曾思艺译自 А. А. Фет. Полное собрание стихотворений, Л., 1959, c. 257. 或见《俄罗斯抒情诗选》,曾思艺译,山西教育音像出版社,2006年,第36页。
② 曾思艺译自 А. А. Фет. Полное собрание стихотворений, Л., 1959, c. 254. 或见《俄罗斯抒情诗选》,曾思艺译,山西教育音像出版社,2006年,第28—29页。

鸟的歌一样。'"①

也有刚进入恋爱两人在一起共度黄昏的甜蜜,如《天色刚有点黑下来的时候》:

> 天色刚有点黑下来的时候,
> 我就会等待着震响的钟声。
> 来吧,我的亲爱的小姑娘,
> 来吧,来和我共度黄昏。
>
> 我会吹灭镜台前的蜡烛——
> 壁炉里发出亮光和温暖;
> 我将倾听你快乐的话语,
> 心中又会感到安慰。
>
> 我将倾听你稚气的幻想,
> 幻想中充满憧憬的光辉;
> 每一次听着你娓娓诉说,
> 我总要涌出幸福的眼泪。
>
> 到了晚上,我小心地
> 给你重新系上头巾,
> 沿着被月光照亮的墙壁,
> 伴随你一直走到大门。②

一对恋人刚进入角色,两人在傍晚利用难得的一段短暂的时间会面,男方十分陶醉地听着女方快乐的话语,深感安慰;听到女方稚气的幻想和娓娓诉说,更是涌出幸福的眼泪。

也有恋爱中的甜蜜等待,如《我等待着……》:

> 我等待着……从波光粼粼的河上,
> 夜莺的歌声阵阵回荡,随风散播,
> 月色溶溶,青草似钻石闪着幽光,
> 和兰芹丛中燃起了点点萤火。
>
> 我等待着……深蓝的天空中,
> 大大小小的繁星灿若银河,
> 我听见自己心跳怦怦,
> 也听见手和脚在哆哆嗦嗦。

---

① [俄]高尔基:《文学写照》,巴金译,人民文学出版社,1978年,第9—10页。
② 《费特诗选》,张草纫译,上海译文出版社,1997年,第79—80页。

> 我等待着……南方微风轻吹，
> 无论走或停，我都深感暖意融融，
> 一颗亮星，在渐渐西坠，
> 再见，再见，啊，金星！①

恋人约会，总要等待，因此等待成为描写恋爱的重要手段之一。我国《诗经》中的《静女》早已写到恋爱中的等待："静女其姝，俟我于城隅。爱而不见，搔首踟蹰。"但费特这首诗的等待却甜蜜激动得多，也许这是姑娘第一次答应抒情主人公晚上出来约会吧，抒情主人公非常耐心、十分幸福、心潮澎湃地等待着，心跳怦怦，手和脚都在哆嗦，尽管都已金星西坠快要天亮寒意颇重了，他依旧幸福无比，而且深感暖意融融。美丽的自然景致更增强了抒情主人公的幸福感：河面波光粼粼，夜莺的歌声阵阵回荡，月色溶溶，花草都镀着银光，点点萤火在和兰芹丛中燃起，深蓝的天空中大大小小的繁星灿若银河，可谓情景交融。

也有进入热恋唯恐失去爱情，转而要求恋人在感情上与自己更心心相印的《请不要离开我》：

> 请不要离开我，
> 我的朋友，和我在一起！
> 请不要离开我，
> 和你在一起，我快乐无比！
>
> 我们应更加心心相印，——
> 我们总不能两心如一，
> 我俩的相爱相亲，
> 总不能更纯真，更动人，更深挚！
>
> 哪怕你在我面前静立，
> 头儿低垂，愁眉深锁，
> 和你在一起，我仍然快乐无比，
> 请不要离开我！②

这首诗写得情真意挚，而且富有音乐美，因此当时就由俄国作曲家瓦尔拉莫夫（1801—1848）谱成抒情曲，风行全俄。后来又被柴可夫斯基（1840—1893）谱成抒情曲。

以及热恋中的纯真举动，如《当我幻想回到往昔的良辰》：

> 我们手儿紧握，眼里光彩熠熠，

---

① 曾思艺译自 A. A. Фет. Полное собрание стихотворений, Л., 1959, c. 206. 或见《自然·爱情·人生·艺术——费特抒情诗选》，曾思艺译，中国友谊出版公司，2013年，第108页。
② 曾思艺译自 A. A. Фет. Полное собрание стихотворений, Л., 1959, c. 167. 或见《俄罗斯抒情诗选》，曾思艺译，山西教育音像出版社，2006年，第26—27页。

时而声声叹息,时而喜笑盈盈,
嘴里尽是些无关紧要的傻言傻语,
但我们四周响彻了激情的回声。①

还有热恋中的玩耍和忘却时间的絮语交谈,如《貂皮大衣上覆盖着浓霜》:

貂皮大衣上覆盖着浓霜,
你却热得脸颊通红,
你的一阵阵轻微的气息,
从鼻孔里呼出白雾蒙蒙。

作为惩罚,倔强而年轻的
头颅上已经白发点点星星……
我们已经滑够了冰,该回去了?——
家中等待着温暖和光明,

还可以继续谈情说爱,
一直晤谈到黎明时分?……
严寒在我们窗子的玻璃上
又将刻上美丽的花纹。②

一对恋人相约去滑冰玩耍,尽管天寒地冻,连女方的貂皮大衣上都覆盖着浓霜,头发上也飘满了白色雪花,但恋人由于剧烈的滑冰运动,却热得脸颊通红,男方劝女方回家,因为天已黑了,冰也已经滑够了,我们还可以到温暖而光明的家中,继续谈情说爱一直到天亮。

还写到恋爱中的两人驾船夜游,如《湖上的天鹅把脖颈伸入苇丛》:

湖上的天鹅把脖颈伸入苇丛,
　　森林仰倒在粼粼碧水,
它把起伏的峰梢沉入霞层,
　　在两重天空之间弯腰弓背。

疲惫的心胸快乐地吸吐
　　清新的空气。暮霭纷纷,
到处弥漫。——我夜间的道路
　　在远处的树木间一片红晕。

而我们——两人一起在船上落座,

---

① 曾思艺译自 А. А. Фет. Полное собрание стихотворений, Л., 1959, с. 82. 或见《俄罗斯抒情诗选》,曾思艺译,山西教育音像出版社,2006年,第 30 页。

② 《费特诗选》,张草纫译,上海译文出版社,1997年,第 6—7 页。

> 我大胆地使劲划动船桨，
> 　你默默地掌握听话的船舵。
> 　　船儿轻摇，我们就像在摇篮一样。
>
> 你孩子般的小手驾驶着船儿，
> 　让它驶向鳞波闪闪的地方，
> 沿着昏昏欲睡的湖面，像金色的蛇儿，
> 　　一条小溪，飞速流淌。
>
> 繁星已开始在天空闪烁……
> 　我不记得，为何放下了船桨，
> 也不记得，彩旗在低语些什么，
> 　　而流水把我们漂送到了何方！①

这对恋人在天鹅安睡、宁静美丽的傍晚，坐在船上，驾驶着小船在昏昏欲睡的湖面上漂游，陶醉于夜晚宁静的美景中，陶醉在双方悄悄的情话和炽热的恋情中……

更有热恋中的迷醉，如《黑夜和白昼》：

> 对于我黑夜是多么亲切，在幽幽黑暗中，
> 我臂弯里的你欣喜若狂，醉意醺醺，
> 柔情脉脉地把火热的面颊向我挨拢，
> 用你的樱唇寻找着我的嘴唇！
>
> 而我，随兴所至地用手触摸
> 你的酥胸和它那甜蜜的激动；
> 但垂靠我胸前的你白天却闪闪躲躲，
> 在阵阵热吻中双颊火红——
>
> 白天对于我更加亲切……②

这对恋人已进入热恋之中，黑夜热吻，白天也热吻，但对抒情主人公来说，白天更加亲切更有情趣，因为它能彰显恋人的甜蜜的激动、双颊的火红，尤其是羞羞答答、躲躲闪闪。

当然，也写到恋人离别的思念之情，如《我们离别了，你到远方去漫游》：

> 我们离别了，你到远方去漫游，

---

① 曾思艺译自 А. А. Фет. Полное собрание стихотворений, Л., 1959, с. 259. 或见《俄罗斯抒情诗选》，曾思艺译，山西教育音像出版社，2006年，第37—38页。

② 曾思艺译自 А. А. Фет. Полное собрание стихотворений, Л., 1959, с. 391. 或见《自然·爱情·人生——费特抒情诗选》，曾思艺译，中国友谊出版公司，2013年，第101页。

> 　　不过我们还应该
> 随时随刻在神秘的会晤中
> 　　相互表示怜爱。
>
> 当你在热闹而任性的人群中
> 　　低下头感到厌烦，
> 你带着不由自主的微笑沉默不语——
> 　　我就来同你闲谈。
>
> 晚上，当你在昏黑的林荫道上
> 　　呼吸着寂静的夜的气息，
> 这时候，要知道，白杨和星星在代替我
> 　　轻轻地抚慰你。
>
> 当你睡着的时候，在月光中
> 　　微风吹开你细纱的幔帐，
> 轻轻的、明净的梦用它的双翼
> 　　带着你飞翔，
>
> 你在无边无际的太空遨游，
> 　　"我爱你，"你轻轻地呼喊。
> 我就是这梦，我用看不见的手
> 　　摇动着你的帐幔。①

这首诗是献给未婚妻鲍特金娜的，当时她在国外旅游。费特在此时还是很爱她的，这首诗就是明证（俄国学者普拉什克维奇认为费特只是为了婚姻而娶她，并不爱她："1857年，费特结了婚，他娶了玛丽亚·鲍特金娜为妻，岳父是经营茶叶的生意的富商。新婚妻子相貌平平，还有一段讳莫如深的失败婚姻。不过，费特追求的既非美貌，也不是精神上的知己。他在给鲍利索夫的信中写道：'我的理想世界早就已经崩溃。我要找的只不过是个家庭主妇，我跟她过日子，不需要互相理解。我永远也不会抱怨这种彼此隔膜的状态，无论什么人都不会听到我诉苦或者发牢骚，这样一来我就能确信，我尽到了自己的责任，仅此而已……'"②）。诗歌写得相当温柔、细腻、深情，富有想象力。未婚妻在国外白天感到厌烦了，他愿飞去同她闲谈；傍晚，当未婚妻在林荫道上散步时，他竟委托白杨和星星轻轻地抚慰她；深夜，当她沉沉入睡，他又化作美梦，吹开她的帐幔，用双翼托着她遨游太空！《我又走进

---

① 《费特诗选》，张草纫译，上海译文出版社，1997年，第86—87页。
② ［俄］普拉什克维奇：《诗人音乐家——费特》，详见《在星空之间——费特诗选》，谷羽译，台湾人间出版社，2011年，第190—191页。

了你家的花园》也表达了同样的思念之情①。可见,此时费特对鲍特金娜确实有着爱恋之情。

由于拉兹契的爱情悲剧,费特也写了不少关于爱的不幸的诗。他写过一厢情愿的无望的爱,如《无须躲避……》:

无须躲避我,我不会用滚滚泪珠,
也不会用隐藏着痛苦的心哀求你,
我只想让自己的忧愁从心里流出,
我只想再一次对你说:"我爱你!"

我只想迅飞疾驰来到你身边,
就像在浩瀚海面奔驰的波浪,
去亲吻那冷冰冰的花岗岩,
吻一吻——然后就死亡。②

抒情主人公爱着对方,但她并不爱他,因此,他痴情地宣布:不会死乞白赖地纠缠她,只愿像海面飞驰的波浪奔向礁岩那样一闪即回地再一次说声:"我爱你!"也写过爱情产生阴影的时候,如《在树林中……》:

在树林中,在荒野里,
午夜的暴风雪吵吵嚷嚷,
我和她坐着,相互偎依,
枯枝在火焰里吱吱作响。

我们两人的巨大身影,
躺卧在红红的地板,
我们心中不曾迸发一星激情,
没有什么能驱散这一份黑暗!

墙外,白桦林在吱吱呀呀,
乌青的云杉枝啪啪直响……
哦,我的朋友,你怎么啦?
我早已知道,我是何症状!③

树林、荒野、午夜吵吵嚷嚷的暴风雪,凄冷而又嘈杂的环境,象征着恋人的心境。也许,他们刚刚才吵过架,也许他们早已因为过多的吵架再也没有一星激情!

---

① 详见《费特诗选》,张草纫译,上海译文出版社,1997年,第88—89页。
② 曾思艺译自 А. А. Фет. Полное собрание стихотворений, Л., 1959, с. 299. 或见《自然·爱情·人生·艺术——费特抒情诗选》,曾思艺译,中国友谊出版公司,2013年,第143页。
③ 曾思艺译自 А. А. Фет. Полное собрание стихотворений, Л., 1959, с. 172. 或见《自然·爱情·人生·艺术——费特抒情诗选》,曾思艺译,中国友谊出版公司,2013年,第105页。

尽管他们还坐在一起,相互依偎,但已经没有什么能驱散这一份黑暗,爱情已产生了太过浓厚的阴影。

还写过当时不知道珍惜、并不热恋后来又转而产生炽烈感情,如《多么美好的夜色!》:

多么美好的夜色!空气清朗澄澈;
大地上弥漫着芬芳的气息,
啊!现在我感到幸福,我心情激动,
啊,现在我乐意向你倾诉自己的心迹!

你可记得我们最后一次见面的时刻!
黑漆漆的夜使人感到压抑,
你等待着,你渴望我向你表白爱情,
我默默不语,因为我那时并不爱你。

热情冷下来了,心中感到愁苦:
你怀着如此深沉的悲戚;
我也为我们两人而痛苦,
可是我不忍心说出真情实意。

现在,我像奴隶似的期待着你的目光,
感到软弱无力,浑身颤栗,
我不撒谎,把你称作自己心爱的人,
并且对天发誓:我爱你!①

空气清朗澄澈的美好夜晚,抒情主人公的头脑和心境也变得清朗,他想起了那使人压抑的黑漆漆的夜晚,对方渴望着他的表白,而他那时并不懂得这份爱也不知道珍惜这份爱,感到自己并不爱对方,因此默默不语。但是,后来两人都深感痛苦,抒情主人公于是幡然醒悟,像奴隶似的期待对方的目光,并且浑身颤栗地急于表白:我爱你!

费特写得更多的是失去爱情的悔恨与痛苦,占据了其爱情诗的多数,如《一扎旧信》:

久已遗忘的旧信,蒙上了一层细尘,
我眼前又浮现出那珍藏心底的笑靥,
在这心灵万分痛苦的时分,
倏然复活了久已失却的一切。

眼里燃烧着羞愧的火焰,又一次

---

① 《费特诗选》,张草纫译,上海译文出版社,1997年,第55—56页。

面对这无尽的信任、希望和爱情
看着这些充满肺腑之言的褪色字迹，
我热血沸腾，双颊火红。

我心灵的阳春和严冬的见证人，
在无言的你们面前，我确有罪过。
你们依然如此美丽、圣洁、青春，
一如我们分手的可怕时刻。

而我竟听信那背叛的声音——
似乎在爱情之外还有别的幸福！——
我粗暴地推开了写下你们的人，
我为自己判决了永久的离分，
冷酷无情地奔向遥远的道路。

为何还像当年那样动情地微笑着，
紧盯我的双眼，细细倾诉爱情？
宽恕一切的声音无法使灵魂复活，
滚滚热泪也不能把这些字行洗净。①

很多年后，诗人突然发现了拉兹契的旧信，尽管字迹都已褪色，但都是她的肺腑之言，充满着无尽的信任、希望和爱情，依旧显得那样美丽、圣洁、青春，诗人不禁热泪滚滚，深感羞愧，并反省了当年的罪过——听信背叛的声音，为自己判决了永久的离分。

又如《你已脱离了苦海……》：

你已脱离了苦海，我还得在其中沉溺，
命运早已注定我将在困惑中生存，
我的心战战兢兢，它竭力逃避
去把那无法理解的神秘追寻。

已经是黎明！我还在反复地回忆，
那绵绵情话，朵朵繁花，深夜幽光，
在你回眸秋波的动人闪烁里，
洞察一切的五月怎能不鲜花怒放！

秋波已永逝——我不再恐惧大限临头，

---

① 曾思艺译自 Афанасий Фет. Лирика, М., 2003, с. 31. 或见《俄罗斯抒情诗选》，曾思艺译，山西教育音像出版社，2006年，第48—49页。

> 你从此沉寂无声,反倒让我羡慕,
> 我不再理会人世的愚昧和冤仇,
> 只想尽快委身于你那茫茫的虚无!①

在这首诗里,诗人甚至羡慕拉兹契已脱离了苦海,而自己还得在其中沉溺,还得在一而再再而三的回忆和忏悔中承受无尽的痛苦,想起那绵绵情话、朵朵繁花和动人秋波,因此他特别希望能尽快委身于茫茫虚无,早日与拉兹契相会于天堂。

再如《又一次翻到了这亲切的几页》:

> 又一次翻到了这亲切的几页,
> 我重又心潮澎湃,浑身震颤,
> 唯愿风儿或他人的手别碰跌
> 这只有我熟悉的枯萎的花瓣。
>
> 唉,这算得什么!她牺牲生命以酬知己,
> 这激情盈溢的牺牲和圣洁的奇功,——
> 在我孤苦伶仃的心中只有隐秘的哀思,
> 和这干枯的花瓣旁苍白的幻影。
>
> 但这一切都珍藏在我的记忆深处;
> 没有它们,往昔的一切不过是残酷的梦呓,
> 没有它们,只剩下良心的责备,心灵的痛苦,
> 既没有宽恕,也没有慰藉!②

为此,他甚至假借拉兹契来谴责自己,如《很久以来我常常在梦中听见你悲啼》:

> 很久以来我常常在梦中听见你的悲啼,
> 那是受委屈的声音,无力的哀泣;
> 很久以来,很久以来我常常梦见那个欢乐的时刻,
> 我这个残忍而不幸的人,我在苦苦地哀求你。
>
> 岁月在慢慢地过去,我们相爱,
> 我们纵情欢笑,又陷入难以忍受的忧伤;
> 岁月飞驰,到了我不得不离开的时刻,
> 命运把我带到不可知的远方。

---

① 曾思艺译自 А. А. Фет. Полное собрание стихотворений, Л., 1959, с. 96. 或见《俄罗斯抒情诗选》,曾思艺译,山西教育音像出版社,2006年,第63页。

② 曾思艺译自 А. А. Фет. Полное собрание стихотворений, Л., 1959, с. 109. 或见《俄罗斯抒情诗选》,曾思艺译,山西教育音像出版社,2006年,第72页。

你向我伸出手,问我:"你要走了?"
我看到你眼眶里含着两颗热泪;
这眼睛中的泪花,这微微的颤栗,
在不眠的夜晚成了我毕生的追悔。①

诗人确实是创巨痛深,追悔莫及。自拉兹契死后,很多年很多年,他都在梦中听见她的悲啼,良心不安,痛苦不堪。于是,他假借拉兹契来谴责自己,并幻想两人随着岁月飞驰又相爱了,拉兹契对他依旧一片深情。然而,拉兹契当年眼中的泪花和微微的颤栗,永远无法从记忆中抹去,它们在不眠的夜晚变成了诗人毕生的追悔,长久长久地啃啮他的心!

因此,即便到了暮年,费特还一再向拉兹契表白自己的爱和悔恨,如1887年的《不,我没有变心》:

不,我没有变心。直到衰迈的老年
我仍旧衷心爱你,是你爱情的仆人,
原先那种既愉快又残酷的捆住人的毒汁,
仍旧在我的血液中沸腾。

虽然记忆一再对我说,我们之间一切都结束了,
虽然现在我每天痛苦地对着另一个女人发呓语,
但既然你来到这里,站在我面前,我就不能
相信你已经把我忘记。

一瞬之间在我眼前闪过另一种美,
我感觉到,一点不错,我认出了你;
我又感到了过去柔情的吹拂,
我歌唱,我愉快地颤栗。②

全诗虽然表面上尽力表达的是对拉兹契的永不变心,但这表面的表白下掩盖着他对早年行为的懊悔和悲痛,"现在我每天痛苦地对着另一个女人发呓语"说明他对拉兹契的爱是刻骨铭心、终生不变的(在某种程度上也说明他并非真正地爱妻子鲍特金娜,尽管年轻的时候可能一度爱过),也说明他一直处于痛苦和悔恨之中,"既然你来到这里,我就不能相信你已经把我忘记"更是痛苦地害怕对方从此恨我、把我忘记,也有悔恨的成分在内。又如1890年的《梦中》:

梦中又见熟悉的面庞,
再一次目睹青春娇媚,
倾慕的语言汇成波浪,
你的形象我由衷赞美。

---

① 《费特诗选》,张草纫译,上海译文出版社,1997年,第169—170页。
② 同上书,第176—177页。

没有怀疑，没有惆怅，
　　梦境中我能尽情诉说，
　　飞行的大船驶向远方，
　　越飞越远载着你和我。

　　屈膝跪倒在你的面前，
　　神奇的变幻让我陶醉，
　　摇摇晃晃我把你追赶，
　　含糊的声音飘逝如飞。①

恋人早逝，相见无缘，诗人晚年的爱更是刻骨铭心，因此他只有寄希望于梦境，因为在梦中他又能回到青春时代，重睹恋人那熟悉的脸庞和青春的娇媚，并能尽情地诉说自己的爱情，还能自由自在地坐船飞行，或相互追赶。

其三，把爱情与自然结合起来写。费特往往把爱情放在自然的背景中加以表现，爱情因美妙的自然更动人，自然因有这爱情更丰富，这样，他的这类诗便既是自然诗，又是爱情诗，独具魅力，分外动人心魂，达到了相当的艺术高度，如《在皓月的银辉下》：

　　让我们一同出去漫行，
　　身披这皓月的银辉！
　　那神秘的寂静，
　　使心灵久久地迷醉！

　　池塘似钢铁闪着幽光，
　　青草痛哭得满脸珠泪，
　　磨坊，小河，还有远方，
　　全都沐浴着皓月的银辉。

　　我们能不伤感，能不活着，
　　面对这迷人心魂的美？
　　让我们悄悄流连不舍，
　　身披着皓月的银辉！②

在宁静而美丽的月夜，皓月朗朗，银辉遍洒，一切都镀上了一层诗意的银白，池塘闪着幽光，青草上露珠闪烁，如此迷人心魂的美，令人陶醉得甚至有点伤感，再加上是一对情投意合的恋人，就更是流连忘返了。同类的诗还有如前所述的《柳树》

---

① 《在星空之间——费特诗选》，谷羽译，台湾人间出版社，2011年，第167页。
② 曾思艺译自 А. А. Фет. Полное собрание стихотворений, Л., 1959, с. 195. 或见《俄罗斯抒情诗选》，曾思艺译，山西教育音像出版社，2006年，第76页。

《我等待着……》《湖上的天鹅把脖颈伸入苇丛》以及后面将要谈到的《呢喃的细语，羞怯的呼吸》等。

（三）人生诗（或哲理诗）。在《整个大千世界》一诗中，费特表示：

> 整个大千世界，从美，
> 从茫茫星空到细细沙粒，
> 你都要把起因穷追，
> 那真是枉费心力。
>
> 什么是一天，或一个世纪，
> 相比而言，什么是无限？
> 人，虽然生死有期，
> 人性，却亘古不变！①

在他看来，整个大千世界太过丰富多彩，你不可能把一切起因追究，然而，"人，虽然生死有期"，但"人性，却亘古不变"。因此，他试图从哲学的高度来探索人性，创作了不少人生诗或曰哲理诗。这类诗可分为两个时期。早期主要试图探寻宇宙与生命的奥秘，思考生命与生命、生命与宇宙之间的关系。不过，这类诗为数极少，而且不够成熟、深沉，也未形成独特的哲学见解。稍好者，如《繁星》：

> 为什么天空中纷纭的繁星，
> 排列成行，静止如棋，
> 是因为它们相互尊敬，
> 而不是彼此倾轧、攻击？
>
> 有时一颗火星化作一溜白光，
> 向另一颗星疾飞猛冲，
> 你便马上知道它即将消亡：
> 它已变成陨石——流星！②

表达了生命之间应相互敬爱而不能互相倾轧、攻击的哲理。又如《我静静地久久伫立》：

> 我静静地久久伫立，
> 凝望着远空的星星，——
> 透过黑暗，在我和星星之际，
> 某种联系悄悄萌生。

---

① 曾思艺译自 А. А. Фет. Полное собрание стихотворений, Л., 1959, с. 497. 或见《俄罗斯抒情诗选》，曾思艺译，山西教育音像出版社，2006年，第77页。

② 曾思艺译自 А. А. Фет. Полное собрание стихотворений, Л., 1959, с. 404. 或见《俄罗斯抒情诗选》，曾思艺译，山西教育音像出版社，2006年，第28页。

> 我沉思……但不知沉思什么，
> 神秘的合唱飘入我耳中，
> 星星们轻轻地颤动、闪烁，
> 从那时起我就迷恋上星星……①

描写了人与宇宙的神秘联系，人对宇宙（星空）的关注赢得了宇宙的回应。费特中年，继续深化这种人与宇宙的神秘联系，写得更成熟、深沉些，如1857年所写《南方的夜》：

> 南方的夜，我躺在干草垛上，
> 仰头凝望着幽幽的苍天，
> 生动、和谐的宇宙大合唱，
> 弥漫四周，在闪烁，在震颤。
>
> 沉寂的大地，就像模糊的梦痕，
> 无声无息地匆匆泯灭，
> 我，仿佛天国的第一个居民，
> 孤独地面对着茫茫黑夜。
>
> 是我朝这午夜的深渊滑溜，
> 还是无数的星星在向我潮涌？
> 似乎有一只强有力的手，
> 把我倒悬在深渊的上空。
>
> 我惶惶不安，心慌意躁，
> 用目光测量着这个深渊，
> 我觉得自己每一分每一秒
> 都在一去不返地往下坠陷。②

抒情主人公躺在干草垛上，不仅感受到了生动和谐的宇宙大合唱，而且发觉了人在浩瀚宇宙中的渺小和惊恐不安，甚至感到自己在被这无垠的深渊吞噬（坠入这无垠的深渊）。俄国作曲家柴可夫斯基在书信中称这首诗是"天才的作品"，"可以与艺术中最崇高的作品并列"，还"打算什么时候把它谱成乐曲"③。

到了晚年，费特对诗与哲学的结合产生了浓厚的兴趣，并大量阅读和翻译叔本华的哲学著作，尤其是翻译、出版了叔本华的代表作《作为意志与表象的世界》，并深受其影响。由于受德国哲学尤其是叔本华哲学的影响，诗人形成了对世界的悲

---

① 曾思艺译自 Афанасий Фет. Лирика, М.,2003, с.130. 或见《自然·爱情·人生·艺术——费特抒情诗选》，曾思艺译，中国友谊出版公司，2013年，第17页。
② 曾思艺译自 А. А. Фет. Полное собрание стихотворений, Л.,1959, с.213. 或见《俄罗斯抒情诗选》，曾思艺译，山西教育音像出版社，2006年，第47—48页。
③ 详见《费特诗选》，张草纫译，上海译文出版社，1997年，第85页注释①。

观看法。他认为人生是悲惨的,现实生活使人痛苦,只有艺术是欢乐的。他不相信科学进步,不相信人的完善。但他又不甘完全任虚无摆布,试图进行抗拒。这样,他晚期便创作了不少哲理诗(或称人生诗)。不过,这种哲理诗在观念上往往有明显的矛盾,展示了诗人悲观而又不愿屈服的复杂心理,风格凝重,艺术上达到了炉火纯青的境地。最早的一首成熟的哲理诗,大约是1876年的《在繁星中》:

> 飞驰吧,像我一样,屈服于瞬间,
> 奴隶啊,这是你们和我天生的命运,
> 只要朝这热情洋溢的天书看上一眼,
> 我就能在其中读到博大精深的学问。

> 你们头戴晶冠,钻石灿灿,一片华光,
> 就像穷困尘世那多余的哈里发一般,
> 又仿若紧抱着幻想的象形文字一样,
> 你们说:"我们属于永恒,你们属于瞬间。

> "我们无数,而你们以极度的渴望,
> 徒然地追寻那思想的永恒的幻影,
> 我们在这天庭里闪闪发光,
> 以便你在漆黑中拥有永恒白昼的光明。

> "所以,当你深感举步维艰,
> 你就会从黑暗而贫瘠的大地,
> 兴冲冲地朝我们抬头观看,
> 凝视这华丽而明亮的天宇。"①

以繁星的永恒、璀璨、自由自在反衬出人的短暂和人世的黑暗、贫瘠,十分生动而深刻地写出了人的悲剧。列夫·托尔斯泰读后,于当年12月6—7日致信诗人:"这首诗不仅无愧于是您写的,而且它写得特别好,那种哲理性的诗,我总算从您那里盼到了。最妙的是繁星在讲这些话。最后一节写得特别好。"②

依据其最重要的观念,费特晚期人生诗可分为以下几类。

第一,关于永恒、死亡。诗人深感人生短暂、自然永恒(如后述之得到托尔斯泰高度赞扬的《五月之夜》),而死亡又时时刻刻威胁着人,因此,他准备向死投降,甚至悲观地认为死才是永恒,如《死》:

> "我想活!"他勇敢无畏,声如洪钟,
> "即使被欺骗!啊,就让我受欺诳!"

---

① 曾思艺译自 А. А. Фет. Полное собрание стихотворений, Л., 1959, с. 97. 或见《费特抒情诗选》,曾思艺译,载香港《大公报》1998年4月8日第7版。

② 《托尔斯泰文学书简》,章其译,湖南人民出版社,1984年,第503页。

他没有想到,这是瞬刻即化的冰,
在它下面却是无底的海洋。

跑?跑往何处?哪里是真,哪里是假?
哪里是双手可以倚靠的支撑?
不管鲜花烂漫,还是笑满双颊,
潜伏在它们之下的死总会大获全胜。

盲人寻路,却徒劳地凭依
瞎眼的领路人导向;
如果生是上帝的喧哗的集市,
那么唯有死才是他不朽的殿堂。①

诗人深感,尽管人不想死而想活,但这只是一厢情愿而已,死神时刻在窥伺着人,最终会大获全胜,因此,生只不过是上帝喧哗的集市,喧嚣一时,十分短暂,死才是他不朽的殿堂。《微不足道的人》一诗进而写道:

我不认识你。我带着痛苦的哭喊
呱呱降生到你的世界。
人世生活的最初驿站,
对于我是那样痛苦又粗野。

希望透过婴儿的泪珠,
以骗人的微笑照耀我前额,
从此一生只是一个接一个的错误,
我不停地寻求善,找到的却只是恶。

岁月不过是劳碌和丧失的轮换交错,
(不全都一样吗:一天或许多时光)
为了忘掉你,我投身繁重的工作,
眨眼间,你又带着自己的深渊赫然在望。

你究竟是谁?这是为什么?感觉和认识沉默无语。
有谁哪怕只是瞥一眼致命的底层?
你——毕竟只是我自己。你不过是
对我注定要感觉和了解的一切的否定。

---

① 曾思艺译自 А. А. *Фет.* Полное собрание стихотворений, Л., 1959, с. 97. 或见《俄罗斯抒情诗选》,曾思艺译,山西教育音像出版社,2006 年,第 62 页。

>   我究竟知道什么？是该认清宇宙事物的背景，
>   无论面向何处，——都是问题，而非答案；
>   而我呼吸着，生活着，懂得在无知之中
>   只有悲哀，没有惊险。
>
>   然而，即便陷入巨大的慌乱之中，
>   失去控制，哪怕只拥有儿童的力量，
>   我都将带着尖喊投入你的国境，
>   从前我也曾同样尖喊着离岸远航。①

诗歌称自己是微不足道者，看透了人生的短暂和劳碌、痛苦（"岁月不过是劳碌和丧失的轮换交错"），即便你投身于繁重的工作，死亡也丝毫不会放过你，因此表示愿"带着尖喊"投入死亡。但他又十分希望能融入永恒，获得不朽，如《五月之夜》：

>   掉队的最后一团烟云，
>   飞掠过我们上空。
>   它们那透明的薄雾，
>   在月牙旁柔和地消融。
>
>   胸揣晶莹的繁星，
>   春天那神秘的力量统治着宇宙。——
>   啊，亲爱的！在这忙碌扰攘的人境，
>   是你允诺我幸福长久。
>
>   但幸福在哪里？它不在这贫困的尘世，
>   瞧，那就是它——恰似袅袅轻烟。
>   紧跟它！紧跟它！紧跟它上天入地——
>   直到与永恒融合成一片！②

列夫·托尔斯泰在1870年5月11日致诗人的信中畅谈了对此诗的感受："我激动得忍不住热泪，这是一首罕见的诗篇，它不能增删或改动任何一个字。它是活生生的化身，十分迷人，它写得如此优美……"托尔斯泰还把这首诗背熟，时常回想它。据谢尔盖延科回忆，若干年之后，他曾在托翁家中，当托翁朗读这些诗句时，"声音常被眼泪打断"。③ 然而，融入永恒只能是瞬间，死亡依旧不可免，这样费特便公开反抗死亡，如《致死亡》：

---

① 曾思艺译自 А. А. Фет. Полное собрание стихотворений, Л., 1959, с. 101. 或见《自然·爱情·人生·艺术——费特抒情诗选》，曾思艺译，中国友谊出版公司，2013年，第190—191页。

② 曾思艺译自 А. А. Фет. Полное собрание стихотворений, Л., 1959, с. 143. 或见《俄罗斯抒情诗选》，曾思艺译，山西教育音像出版社，2006年，第57页。

③ 《托尔斯泰文学书简》，章其译，湖南人民出版社，1984年，第430页，431页注释②。

> 我曾在生活中昏迷不醒,了解这种感受,
> 那里结束了一切痛苦,只有甜蜜的慵倦醉意;
> 所以我毫不畏惧地把您等候,
> 漫漫难明的黑夜和永恒的床具!
>
> 哪怕你的魔爪已触及我的发尖,
> 哪怕你从生命簿上勾除我的姓名,
> 只要心在跳动,在我的审判面前,
> 我们旗鼓相当,可我将大获全胜。
>
> 你时时刻刻仍须遵从我的主张,
> 你是无个性的幽灵,我脚下的影子,
> 只要我一息尚存——你不过是我的思想,
> 和郁闷幻想的不可靠的玩具。①

他宣称自己已看透了死亡,不过是漫漫难明的黑夜和永恒的床具而已,因此挺身反抗,并且觉得自己会大获全胜,死亡仍得时刻遵从自己的主张。

第二,关于生活的意义。由于人生短暂,自然永恒,而死亡又时时可能夺去人的生命,费特对生活感到颇为悲观,在《花炮》中他认为人的一切努力像花炮飞腾到空中炸响一样只是徒劳,人追随理想最终却落入死之黑暗,生活的意义是虚无:

> 我的心柱自熊熊燃烧,
> 却无法照亮漫漫黑夜,
> 我只在你面前腾冲云霄,
> 一路疾飞如箭,轰鸣不绝。
>
> 追随理想,却落入死之黑暗,
> 看来,我的命运便是紧抱幻想,
> 在高空,我浩然一声长叹,
> 化作点点火泪,洒向四方。②

但他又深感如此悲观,生活便会毫无意义,因此,在《蝴蝶》一诗中他反对在生活中像蝴蝶那样无目的、不努力地活着,而力求赋予生活以积极的意义:

> 你说得对。我这样可爱,
> 只是由于轻盈的体态。
> 我全身的丝绒流光溢彩,

---

① 曾思艺译自 А. А. Фет. Полное собрание стихотворений, Л., 1959, с. 104. 或见《俄罗斯抒情诗选》,曾思艺译,山西教育音像出版社,2006年,第73—74页。

② 曾思艺译自 А. А. Фет. Полное собрание стихотворений, Л., 1959, с. 317—318. 或见《俄罗斯抒情诗选》,曾思艺译,山西教育音像出版社,2006年,第79页。

全靠双翅的节拍。

不要问我:来自何处?
又去向何方?
我轻轻地在这朵花上小住,
看,我在吸吮芳香。

既无目的,又不努力,
我这样活着,能否长久?
你看你看,身子一闪,张开双翅,
我又四处悠游。①

在《我还在爱,还在苦恼……》一诗中,他更是宣称:"听命于太阳的金光,/树根扎进坟墓的深处,/在死亡那里寻求力量,/为的是加入春天的歌舞。"②表现了积极的生活观。

第三,关于自由。受西欧启蒙思想的影响,费特讴歌自由,赞美自由,在《诅咒我们吧……》一诗中,他宣称:"自由是我们的无价奇珍",在《致普希金纪念碑》一诗中他又借歌颂普希金表达了对自由的追求,称颂了自由的价值,但把希望寄托在沙皇身上:

自由诗篇的光荣作家,
我们听到了你的祈祷,人民的朋友:
沙皇一声令下,便会升起朝霞——自由,
红日东升,更将为你的青铜桂冠增添光华。③

由于当时俄国社会的黑暗、专制,自由遭到压制甚至扼杀,费特深感自由来之不易:"你看——我们现在多自由,/但是,自由必须付出代价;/为了每一瞬间的放任自流,/我们付出了生命的代价。"(《自由和奴役》)④进而,他甚至站在保守派的立场上嘲笑试图冲出牢笼、追求自由的人,如《鹌鹑》:

愚蠢的鹌鹑,你看,
一只山雀就在你身边,
它已完全习惯于铁笼,
安安静静,神态悠然。

可你却总是把自由渴想,

---

① 曾思艺译自 А. А. *Фет*. Полное собрание стихотворений, Л., 1959, с. 303. 或见《俄罗斯抒情诗选》,曾思艺译,山西教育音像出版社,2006年,第74页。
② *Афанасий Фет*. Лирика, Эксмо, М., 2003, с. 90.
③ 曾思艺译自 А. А. *Фет*. Полное собрание стихотворений, Л., 1959, с. 515. 或见《自然·爱情·人生·艺术——费特抒情诗选》,曾思艺译,中国友谊出版公司,2013年,第214页。
④ А. А. *Фет*. Полное собрание стихотворений, Л., 1959, с. 450.

用脑袋往铁笼上猛撞,
　　你不见,那铁柱上,
　　紧紧绷着一张网。

　　小山雀早已歌声悠悠,
　　它丝毫不再为铁刺犯愁,
　　可你却仍然得不到自由,
　　只是跳撞出一个秃头。①

　　诗中的鹌鹑就是试图冲出牢笼、追求自由者的象征,诗人以讥诮的笔调,嘲弄他们只能像鹌鹑一样撞出一个秃头,而无法获得自由,倒不如像笼中的小山雀那样安于命运。

　　(四)艺术诗。费特创作了不少题赠诗,其中许多涉及文学和艺术,这些诗权且称为"艺术诗",它们不仅在诗艺上技巧高明,而且也体现了诗人对文艺的审美感受、美学观点、艺术趣味乃至独特的见解。依其内容,大约可以分为关于文学、艺术、语言三类。

　　首先,关于文学。如《致列·尼·托尔斯泰伯爵——值长篇小说〈战争与和平〉出版之际》:

　　辽阔的大海啊,曾几何时,
　　你以自己那银灰色的法衣,
　　自己的游戏,使我心醉神夺;
　　无论波平浪静还是雨暴风横,
　　我都珍惜你那溶溶蔚蓝的美景,
　　珍惜你在沿岸礁岩上溅起的飞沫。

　　但如今,大海啊,你那偶然的闪光,
　　就像一种神秘的力量,
　　并不总使我感到喜欢;
　　我为这倔强刚劲的美惊奇,
　　并面对这自然的伟力,
　　诚惶诚恐地浑身抖颤。②

　　作为一个"纯艺术派"的领袖,费特虽然并不喜欢《战争与和平》所有的一切,尤其是其"倔强刚劲的美"与自己的柔美观念迥然不同,但他的艺术敏感告诉他,这是一部代表"自然的伟力"的杰作,因而,他较早地如实写出了对这一长篇巨著的感受:"诚惶诚恐地浑身抖颤",充分表现了这一巨著丰厚复杂而又特别强大的艺术魅

---

　　① 曾思艺译自 *А. А. Фет.* Полное собрание стихотворений, Л. ,1959,c.495. 或见《俄罗斯抒情诗选》,曾思艺译,山西教育音像出版社,2006 年,第 72—73 页。
　　② 曾思艺译自 *Афанасий Фет.* Лирика, М. ,2003,c.61—62. 或见《俄罗斯抒情诗选》,曾思艺译,山西教育音像出版社,2006 年,第 99 页。

力。费特对文学不仅有独特的感受,而且有着超前的预见性,体现了一个艺术家敏锐、深邃的目光,如《写在丘特切夫诗集上》:

> 这一份步入美之殿堂的通行证,
> 是诗人把它交付给我们,
> 这里强大的精神在把一切统领,
> 这里盈溢着高雅生活之花的芳馨。
>
> 在乌拉尔高原一带看不到赫利孔山,
> 冻僵的月桂枝不会五彩缤纷,
> 阿那克瑞翁不会在楚科奇人中出现,
> 丘特切夫决不会成为兹梁人。
>
> 但维护真理的缪斯
> 却发现——这本小小的诗册
> 比卷帙浩繁的文集
> 分量还沉重许多。①

全诗首先大量铺垫不可能的事情:在俄罗斯的乌拉尔一带无法看到远隔数千里的希腊赫利孔山,冻僵的月桂树枝头当然不会开满鲜花,古希腊的著名诗人阿那克瑞翁更不会出现在俄国的少数民族楚科奇人中间,本来就是俄罗斯人的丘特切夫不可能成为俄国的少数民族兹梁人,然后笔锋一转,让这些铺垫作为反衬:丘特切夫的小小诗集其分量却能远远重于卷帙浩繁的文集,从而相当有力地表现了丘特切夫诗集的艺术分量和重要价值。这首诗写于1883年12月,当时丘特切夫只在上层文学圈里有一定的影响,并未赢得广大的读者,时至今日,相隔100多年,公正的时间以事实证明了费特的预见:丘特切夫仅以400来首小诗,成为与普希金、莱蒙托夫齐名的俄国三大古典诗人,并且于1993年获得联合国教科文组织授予的"世界文化名人"的殊荣。可见,费特当时的眼光是何等的敏锐与深邃。

由上可知,费特关于文学方面的诗主要体现了他作为一个艺术家对艺术和美的敏锐感觉,以及惊人的超前预见性。

其次,关于艺术。这类诗主要写诗人对艺术和美的一种独特、细腻的感受,洋溢着诗人对艺术与美的热爱乃至崇拜之情。如《给一位女歌唱家》:

> 把我的心带到银铃般的悠远,
> 那里忧伤如林后的月亮高悬;
> 这歌声中恍惚有爱的微笑,
> 在你的盈盈热泪上柔光闪耀。

---

① 曾思艺译自 А. А. Фет. Полное собрание стихотворений,Л.,1959,с. 363—364. 或见《俄罗斯抒情诗选》,曾思艺译,山西教育音像出版社,2006年,第70页。

姑娘！在一片潺潺的涟漪之中，
把我交给你的歌声多么轻松——
沿着银色的路不停地向上浮游，
就像蹒跚的影子紧随在翅膀后。

你燃烧的声音在远处渐渐凝结，
如同晚霞在海外融入黑夜——
却不知从哪里，我真不明白，
一片响亮的珍珠潮突然涌来。

把我的心带到银铃般的悠远，
那里忧伤温柔得好似微笑一般，
我沿着银色的路不停地飞驰，
仿佛那紧随翅膀的蹒跚的影子。①

这首诗反复抒写了女歌唱家的歌唱带给自己的美的感受：它把诗人带到"银铃般的悠远"，"沿着银色的路不停地向上浮游"，并且起伏摇曳，动人心魄。其中，"你燃烧的声音在远处渐渐凝结，/如同晚霞在海外融入黑夜——/却不知从哪里，我真不明白，/一片响亮的珍珠潮突然涌来。"其艺术手法类似我国唐代诗人白居易《琵琶行》中的一段："大弦嘈嘈如急雨，小弦切切如私语。嘈嘈切切错杂弹，大珠小珠落玉盘。间关莺语花底滑，幽咽泉流冰下难。冰泉冷涩弦凝绝，凝绝不通声渐歇。别有幽愁暗恨生，此时无声胜有声。银瓶乍破水浆迸，铁骑突出刀枪鸣。"不仅化听觉为视觉（融入黑夜的晚霞和珍珠潮），更有由"无声胜有声"的凝结和停歇到"响亮的珍珠潮"的高潮。又如《狄安娜》：

我穿过河水，在明净的水面上
看见了这位女神滚圆的躯体，
她全身赤裸，庄严而美丽。
她高高地抬起宽大的前额，
有一双细长的浅色的眼睛，
她一动不动，屏息凝眸，
这敏感的石雕少女倾听着
怀着沉痛的少女们的祈求。
但早晨的清风穿过树叶——
女神明净的脸庞在水面上一晃；
我等待着——她带着箭袋走来，
在树木之间闪动着雪白的胸膛，

---

① 曾思艺译自 А. А. Фет. Полное собрание стихотворений, Л., 1959, с. 182. 或见《费特诗九首》，曾思艺译，载台湾《葡萄园》诗刊 2000 年春季号（总第 145 期）。

注视着昏睡的罗马,古老的光荣城市,
水色混浊的台伯河,一行行列柱,
一动不动地呈现在我面前,洁白而肃穆。①

狄安娜在古希腊神话中称为阿尔忒弥斯,是希腊、罗马神话中的月亮女神和狩猎女神,整个希腊神话中,只有她保持着清纯的处女之身。这首诗细致生动地描写了狄安娜女神的雕塑之美,同时代人很喜欢这首诗,对其评价很高。涅克索拉夫认为:"这首诗令人赏心悦目,对它的任何评价都不过分。"屠格涅夫宣称:"这首诗是杰作。"②陀思妥耶夫斯基指出:"这首诗的最后两句充满了强烈的生命力、苦痛和那种我们找不到任何比我们俄罗斯诗歌中更有力量、更有生命力的东西的想法。"③

《米洛的维纳斯》写雕塑更是出色,而且使之具有普遍意义:

圣洁又无羁,
腰以上闪耀着裸体的光辉,
整个绝妙的躯体,
绽放一种永不凋谢的美。

精巧奇异的衣饰,
微波轻漾的发卷,
你那天仙般的脸儿,
洋溢着超凡绝俗的安恬。

全身沾满大海的浪花,
遍体炽烈着爱的激情,
一切都拜伏在你的脚下,
你凝视着自己面前的永恒。④

全诗描绘了举世闻名的古代雕塑《米洛的维纳斯》,表达了对美的无比崇拜之情,结尾尤妙,它不仅指出美是永恒的,而且"面前的永恒"又暗含着这一美把眼前的欣赏者也提升到了永恒的境界。费特在旅行随笔《国外》(1856—1857)中,讲述了他在卢浮宫面对维纳斯雕像时令人惊叹的印象:"至于艺术家的想法,这里是没有的。艺术家不存在了,他已完全变成了一个女神。无论哪里也看不到蓄意的影子;您不经意间感受到的只有大理石在歌唱,女神在细语,而不是艺术家。只有那样的艺术才是纯粹而神圣的,其余的都是对艺术的亵渎。"⑤艺术家在创作时,变成了女神。欣赏者在欣赏时同样也被这惊人的美一瞬间惊呆成女神,从而进入了美

---

① 《费特诗选》,张草纫译,上海译文出版社,1997年,第38—39页。
② 同上书,第39页注释①。
③ Достоевский Ф. М. Полное собрание сочинений. в 30 тт. Т. 18. Л. ,1978,С. 73,97.
④ 曾思艺译自 Афанасий Фет. Лирика, М. ,2003,c. 209. 或见《俄罗斯抒情诗选》,曾思艺译,山西教育音像出版社,2006年,第44—45页。
⑤ 转引自 Л. Розенблюм. А. Фет и эстетика "чистого искусства". Вопросы литературы. М. ,2003. No 2.

的永恒。

再次,关于语言。在俄国诗歌中,茹科夫斯基较早认识到,语言难以传达独特、真实的感受以及大自然那无可名状的美,在《难以表述的》一诗中他写道:"在不可思议的大自然面前,我们尘世的语言能有何作为?"① 丘特切夫在《沉默吧》等诗中发展了茹诗对语言的思考,进一步从哲学的高度思考了语言的局限性问题,并指出"说出的思想已经是谎言"。费特对此也表示了应和。早年,他已写到"语言苍白无力",无法表达对恋人的深爱,"只有亲吻万能"(1842 年《我的朋友,语言苍白无力……》)。1844 年,在《就像蚊蚋迷恋黄昏》一诗中他希望"假如无须言辞,而用心灵诉说"。在此基础上,他进行了长久的思考与探索,最后找到了弥补或突破语言局限的一些方法。第一,是音乐:

> 请分享我的美梦,
> 对我的心细诉热忱,
> 如果用语言无法表明,
> 就用乐音对心灵低吟。②

第二,是诗人那富有弹性与象征意蕴的诗的语言:

> 我们的语言多么贫乏!所思所想难以言传!
> 对朋友的爱,对仇敌的恨,都有口难言,
> 一任它在胸中惊涛般雪浪卷云崖。
> 永恒的苦恼中心儿徒劳地困兽犹斗,
> 面对这命定的荒谬,
> 智者也只能把年高望重的头低下。
>
> 诗人,唯有你,以长翅的语言
> 在飞翔中突然捕获并栩栩再现
> 心灵模糊的梦呓和花草含混的气味;
> 就像朱比特的神鹰为了追求无限,
> 离弃贫瘠的山谷,忠实的利爪间
> 携着一束转瞬即逝的闪电,向云霄奋飞。③

此外,费特还运用象征的方式,来表达自己的艺术观点,如《山巅》:

> 高出云表,远离了山冈,
> 脚踏黑压压的森林,
> 你召唤世人必死的眼光,

---

① 《十二个睡美人——茹科夫斯基诗选》,黄成来、金留春译,上海译文出版社,1989 年,第 50 页。
② 曾思艺译自 А. А. Фет. Полное собрание стихотворений, Л., 1959, с. 447. 或见《俄罗斯抒情诗选》,曾思艺译,山西教育音像出版社,2006 年,第 34 页。
③ 曾思艺译自 А. А. Фет. Полное собрание стихотворений, Л., 1959, с. 308—309. 或见《俄罗斯抒情诗选》,曾思艺译,山西教育音像出版社,2006 年,第 78 页。

追寻晶蓝天穹的碧韵。

你不愿用银白的雪袍
去遮蔽那朽壤凡尘,
你的命运是矗立天涯海角,
绝不俯就,而是提升世人。

衰弱的叹息,你无动于衷,
人世的愁苦,你处之漠然;
白云在你脚下漫漫飘萦,
好似香炉升起的袅袅香烟。①

1876年5月3日诗人在致列夫·托尔斯泰的信中宣称:"为了要成为艺术家,哲学家,一句话,要站在高度上,就必须成为一个自由的人。"②这首诗中的山巅就是永恒的美的象征,也是自由的艺术家的象征,他站在一定的高度上,远离凡俗红尘,对人世那些世俗的愁苦无动于衷,他的使命是提升世人,让他们必死的眼光去追寻永恒的蓝天和美妙的天外世界。

又如《我讨厌老是空谈崇高和优美》:

我讨厌老是空谈崇高和优美,
　　这些议论只会引起我的厌烦……
我离开了这些学究,我的朋友,跑来同你闲谈,
　　我知道,你的眼睛,乌黑、聪明的眼睛,
比千万部鸿篇巨制更加优美,
　　我知道,我从你殷红的嘴唇吸取甜蜜生活。
只有蜜蜂能知道花朵中隐藏的蜜,
　　只有艺术家能在一切事物中感受美的踪迹。③

这首诗表达了费特的两重意思:第一,讨厌空谈美,而强调亲身去感受美、欣赏美甚至创造美;第二,突出强调了艺术家对美的敏感:只有他能在一切事物中感受美的踪迹。

诗人在大自然中也随时发现和珍惜美,如《一棵忧郁的白桦》:

一棵忧郁的白桦,
在我的窗前伫立,
严寒妙笔生花,
装扮她分外美丽。

---

① 曾思艺译自 А. А. Фет. Полное собрание стихотворений, Л., 1959, с. 311. 或见《俄罗斯抒情诗选》,曾思艺译,山西教育音像出版社,2006年,第77—78页。
② 《托尔斯泰文学书简》,章其译,湖南人民出版社,1984年,第492页。
③ 《费特诗选》,张草纫译,上海译文出版社,1997年,第16页。

仿佛葡萄嘟噜，
枝梢垂挂轻匀，
全身如雪丧服，
让人悦目欢心。

我爱看那霞光，
在她身上嬉戏，
真怕鸟儿飞降，
抖落这枝头俏丽。①

白桦是俄罗斯广袤的国土上最常见的一种树，也是很美很可爱的一种树：既有杨柳的娇柔与婀娜多姿，也有青松的秀直与刚劲挺拔，阴柔美与阳刚美和谐完美地统一于它一身。它那秀劲挺拔的树干上，诗意般地围裹着一层厚厚的、白光闪闪的银色。就像中国人喜欢松竹梅、日本人热恋樱花、加拿大人钟情红枫，俄罗斯人酷爱白桦。他们在文学作品尤其是诗歌中从各个方面、不同角度一再地描绘白桦，歌咏白桦，赞美白桦，让白桦成为美的象征，成为俄罗斯的象征，成为具有多重人生意蕴的丰美形象。但白桦作为独立形象在俄罗斯诗歌中出现，费特功不可没，可以说正是本诗使白桦这一形象在俄诗中熠熠生辉，本来既婀娜多姿又秀劲挺拔的白桦经过严寒着手成春的装扮，再加上朝霞的锦上添花，更是美不胜收，以致诗人深恐鸟儿飞降，破坏了这一份难得的俏丽。全诗以自然清新的笔调充分表现了白桦的美，以及诗人的爱美深情。从此，白桦成为美的化身，频繁地出现于俄罗斯诗歌之中。诗人们或者直接歌咏白桦之美，或者让它作为一种象征，既美，又富于人生意蕴。② 值得一提的是，本诗对叶赛宁的名作《白桦》影响极大："在我的窗前，/有一棵白桦，/仿佛裹上银装，/披着一身雪花。//雪绣的花边，/缀满毛茸茸的枝杈，/一串串花穗，/如洁白的流苏垂挂。//在朦胧的寂静中，/伫立着这棵白桦，/在灿灿的金辉里，/闪着晶亮的雪花。//徜徉在白桦四周的/是姗姗来迟的朝霞，/它向白雪皑皑的树枝，/又抹一层银色的光华。"③当然，叶赛宁的白桦更加乐观，更具斗霜傲雪的俄罗斯性格。

费特有时还颇为大胆地描写当时人们还难以接受的一些生活中的美，如女性的裸体美，他的《女浴者》就颇为超前地大胆描写了女性的裸体美：

河里顽皮的溅水声使我脚步停留。
透过幽暗的树枝，我在水面发现
她那快乐的面孔——在缓缓浮游，

---

① 曾思艺译自 А. А. Фет. Полное собрание стихотворений，Л.，1959，с.156. 或见《俄罗斯抒情诗选》，曾思艺译，山西教育音像出版社，2006年，第22页。

② 详见曾思艺：《"我的俄罗斯啊，我爱你的白桦！"——谈谈俄罗斯诗歌中的白桦形象》，载《名作欣赏》1997年第6期，或见曾思艺：《文化土壤里的情感之花——中西诗歌研究》，东方出版社，2002年，第200—207页。

③ 《叶赛宁诗选》，顾蕴璞译，译林出版社，1999年，第24页。

> 我看清了她头上沉甸甸的发辫。
>
> 我一眼就认出了那白色的衣料,
> 心里深感羞窘而惊恐,
> 而美人儿,天真无邪的小脚
> 踩进平沙,扯下了透明的披风。
>
> 顿时她全部的美展现在我眼前,
> 全身轻微而羞怯地颤栗。
> 羞涩的百合花的柔韧花瓣,
> 就这样在朝露上散发出寒气。①

男方因无意中撞见女方赤身裸体在河里游泳而深感羞窘而惊恐,女方发现后反倒颇为大方,走上岸来,扯去透明的披风,让自己裸体的美全部展现在对方眼前。

由上可见,费特确是一位颇有开拓和创新的唯美诗人。

作为唯美派的代表人物,费特十分重视诗歌的艺术形式。他认为:"诗歌和音乐不仅是亲属,而且还密不可分。"②因此,他在这方面进行了多方面的探讨,如注意选择词的音响,注重音响的变化,利用语言和词的重复来增加诗歌的韵味,达到极佳的音乐效果,具有极强的音乐性和突出的音乐美,对此,俄国著名作曲家柴可夫斯基感叹道:"费特在其最美好的时刻,常常超越了诗歌划定的界限,大胆地迈步跨进了我们的领域……这不是一个平平常常的诗人,而是一个诗人音乐家。"③

对于费特诗歌的音乐性,俄国学者已有相当充分的研究,如俄国形式主义的大将艾亨巴乌姆十分热衷于费特研究,其研究俄国诗歌的专著中有一半内容是关于费特的,他列举了费特诗歌中的许多具体细节来阐释声调和句法在其诗歌创作中的决定意义;布赫施塔布等学者则对费特诗歌的韵律手段进行了多方面的研究。④西方学者也对费特诗歌的音乐美颇为关注,英国学者布里格斯撰写了《费特诗歌中作为韵律原则的环形结构》一文,专门论析费特诗歌的音乐美。他在文中指出:"费特诗歌的意义和价值一个世纪以来一直备受争议,但对于诗人诗歌的音乐性评论界却不存在任何疑问。无论对于诗人诗歌价值的争论会有什么样的结论,他旋律优美的诗行总会勾起人们对俄国诗歌的甜蜜回想。正如在俄国诗坛几乎没有人能成功模仿一个诗人的诗风一样,也很少有人能够经常性地创作出具有音乐美的诗行。作为19世纪中期的诗人,他很受作曲家的青睐,也有很多对手,但都战胜了他们:阿·康·托尔斯泰,波隆斯基,麦伊,格里戈里耶夫,甚至是令人敬畏的涅克拉

---

① 曾思艺译自 А. А. Фет. Полное собрание стихотворений, Л., 1959, с. 294—295. 或见《俄罗斯抒情诗选》,曾思艺译,山西教育音像出版社,2006 年,第 55 页。

② Н. Сухова. Дары жизни, М., 1987, с. 7.

③ 转引自徐稚芳:《俄罗斯诗歌史》,北京大学出版社,1989 年,第 299 页。或见 Н. Сухова. Дары жизни, М., 1987, с. 7.

④ Briggs, Anthony D. "Annularity as a Melodic Principle in Fet's Verse." *Slavic Review*, Vol. 28, No. 4 (Dec., 1969).

索夫。他的诗风对音乐创作也产生了深刻的影响,以至于作曲家从中学到了创作的方法。柴可夫斯基对他诗歌的厚爱就是一个明证。一些费特研究专家一直对费特诗歌音乐性进行研究。"他在该文中指出了俄国学者在此方面研究的一些偏颇,而提出自己的独到观点:费特诗歌的音乐美的一个突出表现就是具有环形结构,表现为:诗歌的声音在诗中的重复使用——语句间隔重复,也就是在句末行重复句首行的诗歌手段,往往从终点再回到起点,形成一种环形结构。这种诗歌的情感以螺旋形发展,尾句与首句相似的形式结束,而且,诗人的视线往往由黑暗的角落延伸进漫长的回忆之路,最终又回到起点。这是诗人常有的幻想之旅,并且非常习惯于从终点回到起点,但诗歌情境发生了微妙的变化,读者进入了另一个体验层次。环形结构被用来强化诗的中心意义,或者以反讽的形式表达了精神追求的愿望与抗争,或者通过重复产生和延缓了紧张的情绪也可能消除紧张情绪。①

费特被称为"19世纪俄国诗歌中最大胆的实验者"②,由于长期对艺术形式的探索与追求,费特在其诗歌创作中形成了独具的艺术特征,达到了较高的境界,并且有突出大胆的创新,表现在以下三个方面。

第一,情景交融,化景为情。费特曾在大学时期醉心于谢林及黑格尔哲学,这种哲学是浪漫主义的哲学,它展开后是一种泛神论,再加上丘特切夫自然诗的影响,费特在其诗歌创作中便形成了一种情景交融的手法,表现为——把自然视为一个活的有机体,把自然界人化,并且让自己每一缕情思都和自然界遥相呼应。如《第一朵铃兰》:

啊,第一朵铃兰!白雪蔽野,
你就已祈求灿烂的阳光;
什么样童贞的欣悦,
在你馥郁的纯洁里深藏!

初春的第一缕阳光多么鲜丽!
什么样的美梦将随之降临!
你是多么令人心醉神迷,
你,燃起遐思的春之礼品!

仿佛少女平生的第一次叹息,
为了她自己也说不清的事情,
羞怯的叹息芳香四溢,
抒发青春那过剩的生命。③

诗人把铃兰拟人化,让她像少女一样祈求阳光,深藏欣悦,进而引发春的遐思,

---

① Briggs, Anthony D. "Annularity as a Melodic Principle in Fet's Verse." *Slavic Review*, Vol. 28, No. 4.
② Н. Сухова. Мастера русской лирика, М., 1982, с. 87.
③ 曾思艺译自 А. А. Фет. Полное собрание стихотворений, Л., 1959, с. 138. 或见《费特抒情诗选》,曾思艺译,载香港《大公报》1998年4月8日第7版。

最后一段,是写铃兰还是写少女,已浑然不可区分。又如《蜜蜂》:

> 忧郁和懒惰使我迷失了自己,
> 孤独的生活丝毫也不招人喜欢,
> 心儿疼痛不已,膝儿酸软无力,
> 芳香四溢的丁香树的每一细枝,
> 都有蜜蜂在嗡嗡歌唱,缓缓攀缘。
>
> 让我信步去到空旷的田野间,
> 或者彻底迷失在森林中……
> 在荒郊野外尽管处处举步维艰,
> 但胸中却似乎有一团熊熊火焰,
> 把整个心灵燃烧得炽热通红。
>
> 不,请等一等! 就在此时此地,
> 我与我的忧郁分手。稠李睡意酣畅,
> 啊,蜜蜂又成群地在它上方飞集,
> 我怎么也无法弄清这个谜:
> 它们究竟嗡嗡在花丛,还是在我耳旁?①

全诗先写自己总是让自身陷入孤独,在忧郁和懒惰中迷失了自己,然后写自己去到大自然中,看到辛勤劳作的蜜蜂,深受鼓舞,愿意抛开忧郁和孤独。大自然使诗人抛弃了忧郁和懒惰,人与物的情景交融、息息相通更为明显。

在此基础上,诗人大胆推进一步,化景为情,让大自然的一切都化作自己的情感,成为描写自己感受的手段,从而达到类似于中国诗圣杜甫那"感时花溅泪,恨别鸟惊心"的艺术境界。如《又是一个五月之夜》:

> 多美的夜景! 四周如此静谧又安逸!
> 谢谢你呀,午夜的故乡!
> 从严冰的世界中,从暴风雪的王国里,
> 清新、纯洁的五月展翅飞翔!
>
> 多美的夜景! 漫天的繁星,
> 又在温柔而深情地窥探我的心灵,
> 夜空中到处荡漾着夜莺的歌声,
> 也到处回荡着焦虑和爱情。
>
> 白桦等待着。它那半透明的叶儿,

---

① 曾思艺译自 А. А. Фет. Полное собрание стихотворений, Л., 1959, с. 136—137. 或见《自然・爱情・人生・艺术——费特抒情诗选》,曾思艺译,中国友谊出版公司,2013年,第41页。

羞涩地撩逗、抚慰我的目光。
白桦颤抖着,仿如新婚的少女
对自己的盛装又是欣喜又觉异样。

夜啊,你那温柔又飘渺的容姿,
从来也不曾让我如此的着魔!
我不由得又一次唱起歌儿走向你,
这情不自禁的,也许是最后的歌。①

  在这里,天上的星星、地上的白桦都已具有人的灵性,充满诗人爱的柔情,景已化为情。列夫·托尔斯泰在1857年7月9日致鲍特金的信中对此诗评论道:"费特的诗写得很好。……'夜空中到处荡漾着夜莺的歌声,/也到处回荡着焦虑和爱情。'妙极了!这位好心肠的胖军官从哪里获得了这种大胆而奇妙的抒情笔法,从哪里获得了这种大诗人的特性?"②

  第二,意象并置,画面组接。中国古典诗歌中,有一种以意象并置和画面组接所构成的诗。所谓意象并置,是指纯以单个单词构成意象,并让一个个意象别出心裁地并列出现,而省略其间的动词或连接词,如"枇杷桔栗桃李梅"(汉武帝君臣《柏梁诗》)、"鸦鸱雕鹰雉鹄鹧"(韩愈《陆浑山火和皇甫湜用其韵》)、"朱张侯宛李黄刘"(柳亚子《赠姜张林老友》)。所谓画面组接,系借用电影术语,指以实体性的名词组成名词性词组构成画面,并让一个个画面巧妙地组接,产生新颖别致的艺术功效,如"妖童宝马铁连钱,娼妇盘龙金屈膝"(卢照邻《长安古意》)、"云里帝城双凤阙,雨中春树万人家"(王维《奉和圣制从蓬莱向兴庆阁》)、"浮云游子意,落日故人情"(李白《送友人》)、"日月笼中鸟,乾坤水上萍"(杜甫《衡州送李大夫七丈勉赴广州》)、"雨中黄叶树,灯下白头人"(司空曙《喜卢纶见宿》)、"凫雁野塘水,牛羊春草烟"(温庭筠《渚宫晚春寄秦地友人》)、"楼船夜雪瓜洲渡,铁马秋风大散关"(陆游《书愤》)、"烟柳画桥,风帘翠幕"(柳永《望海潮》)、"杏花春雨江南"(虞集《风入松·寄柯敬仲》)。但在实际运用中,往往让意象并置、画面组接混合出现,而以画面组接为主。

  这种手法的关键在于"语不接而意接"(清·方东树《昭昧詹言》),即在一系列表面上似乎全然无关的并置意象与组接画面间,以情意作为线索,一以贯之,使意象与意象、画面与画面之间似断而实连。如"鸡声茅店月,人迹板桥霜"(温庭筠《商山早行》),以代表10种景物的10个名词:鸡、声、茅、店、月、人、迹、板、桥、霜,构成6个实体性的名词组合:鸡声、茅店、月,人迹、板桥、霜,而以"道路辛苦,羁愁旅思"(宋·欧阳修《六一诗话》)这种情意贯穿始终,使它既"不用一二闲字,止提缀出紧关物色字样,而音韵铿锵,意象俱足"(明·李东阳《怀麓堂诗话》),具有名词的具体感,意象的鲜明性,又简洁紧凑,密度很大,具有内涵的暗示性,审美的启发性——"状难写之景如在目前,含不尽之意见于言外"(《六一诗话》),引发读者强烈的美感

---

 ① 曾思艺译自 А. А. Фет. Полное собрание стихотворений, Л., 1959, с. 138. 或见《费特诗九首》,曾思艺译,载台湾《葡萄园》诗刊2000年春季号(总第145期)。

 ② 《托尔斯泰文学书简》,章其译,湖南人民出版社,1984年,第237页,引诗和个别语句有修改。

与不尽的遐思。进而,中国诗人以意象并置于画面组接构成整首作品,不过,这在中国诗史上为数不多。较早的有王维的《田园乐七首》其五:"山下孤烟远村,天边独树高原。一瓢颜回陋巷,五柳先生对门。"最著名的当推马致远的《天净沙·秋思》:"枯藤老树昏鸦,小桥流水人家,古道西风瘦马。夕阳西下,断肠人在天涯。"他们主要采用两种组合方式。一种是异时空意象跳跃组合,构成大跳跃强对照,突显主题与情意,如元好问《杂著》:"昨日东周今日秦,咸阳烟火洛阳尘。百年蚁穴蜂衙里,笑煞昆仑顶上人。"一种是同时空意象并置,反复渲染,强化感情,如白朴的《天净沙·春》:"春山暖日和风,阑干楼阁帘栊,杨柳秋千院中。啼莺舞燕,小桥流水飞红。"这种手法在20世纪初期远渡重洋,对英美意象派产生了较大影响。他们对此大加运用,并称之为"意象叠加",如庞德的名作《地铁车站》:

  人群中这张张幽灵般的脸孔;
  湿漉漉黑树干上的朵朵花瓣。①

  但在中国新诗创作中,却殊少继承和发展,迄今为止,似还只见到贺敬之《放声歌唱》中有片断的表现:"……春风。/秋雨。/晨雾。/夕阳。……/……轰轰的/车轮声。/踏踏的/脚步响。……/……/五月——/麦浪。/八月——/海浪。/桃花——/南方。/雪花——/北方。"

  这种方法,超越了语言的演绎性和分析性,省略了有关的关联词语(如介词、连词之类),语言表现形态上往往打破常态的逻辑严密,有时甚至完全不合一般的语法习惯与规范,而仅以情意贯穿典型的意象与画面,充分体现了意象的鲜明性、暗示性与内涵的含蓄性,因而更符合诗歌的审美本质,但写作难度极大。超脱于呆板分析性的文法、语法而获得更完全、更自由表达的中国语言如此写作已属十分不易,由前可知,令人称道的名句佳作寥寥无几,而且以句为主,整首作品极少,甚至这极少的作品中还有些出现了动词,如马致远《天净沙》中有动词"下""在",元好问《杂著》中则有"笑煞"。向以逻辑严密著称的西方语言要用此法难度更大。

  英美意象派是在20世纪初受中国古典诗歌影响而采用此法,但在俄国,19世纪中后期就已有两位著名诗人——丘特切夫、费特,在完全无所师法的情况下,根据表达的需要,立意创新,向语言规范与传统习惯大胆挑战,独具匠心地创作无动词诗,并且达到了颇为纯熟的境地,大获成功。

  1851年,丘特切夫创作了名诗《海浪和思想》:

  绵绵紧随的思想,滚滚追逐的波浪,
  ——同一自然元素的两种不同花样:
  一个,小小的心胸,一个,浩浩的海面,
  一个,狭窄的天地,一个,无垠的空间,
  同样永恒反复的潮汐声声,

---

① 庞德这首名作,国内有多种译文,但大多出现动词,此处特根据英文原作,由曾思艺译出,以显示其"意象叠加"的神韵。

同样使人忧虑的空洞的幻影。①

　　全诗无一动词,主要以名词性词组构成意象,让"绵绵紧随的思想,滚滚追逐的波浪"两个主导意象动荡变幻——时而翻滚在小小的心胸里,时而奔腾在浩瀚的海面上,时而是涨潮、落潮,时而又变为空洞的幻象。丘特切夫的诗,往往使人感到,他仿佛把事物之间的界限消除了,他常常极潇洒自由地从一个意象或对象跳转到另一意象或对象,似乎它们之间已全无区别。在本诗中,由于完全取消动词,而让"思想"和"海浪"两个意象既并列出现,平行对照,又相互交错,自由过渡,更突出了这一特点。在普希金的诗歌中,写某一意象或某一事物仅仅就是这一意象或事物本身,当他写出"海浪"这个意象时,他指的只是自然间的海水。但在丘特切夫笔下,"海浪"这一意象就不仅是自然现象,同时也是人的心灵,人的思想和感情——这与谢林的"同一哲学"关系极大。丘特切夫深受德国哲学家谢林的影响。谢林的"同一哲学"认为,自然是可见的精神,精神是不可见的自然,自然与人的心灵是一回事。这样,丘特切夫在本诗中就让自然与心灵既对立又结合——"海浪"与"思想"这两个意象的二重对立,造成诗歌形式上的双重结构,二者的结合则使"海浪"与"思想"仿佛都被解剖,被还原,成为彼此互相沟通的物质,从而含蓄地表达了诗人对人的思想既强大又无力的哲学反思:像海浪一样,人的思想绵绵紧随,滚滚追逐,潮起潮落,变幻万端,表面上似乎自由无羁,声势浩大,威力无比,实际上不过是令人忧虑的空洞幻影。为了与意象组合的跳跃相适应,这首短短6行的诗竟然3次换韵——每两句一韵,构成一重跳跃起伏。第一重开门见山,写出"海浪"与"思想"两者的对立与沟通,第二重则分写其不同,第三重绾合前两重,指出其共通之处,从而使这首小诗尽变幻腾挪之能事,极为生动深刻。

　　如果说丘特切夫创作无动词诗还只是偶一为之的话,那么,比他稍晚的费特则在创作中一再探索运用这种手法。这主要是因为两方面的原因。一是费特属于那种极富创新意识的诗人,终生都在进行新的艺术探索。二是费特的诗主要捕捉瞬间印象,传达朦胧感受。在普希金、莱蒙托夫、丘特切夫之后,费特另辟蹊径,力求表现非理性的内心感受,善于用细腻的笔触描写那难以言传的感觉,善于表现感情极其细微甚至不可捉摸的变化,因此,同时代诗人葛里高利耶夫称他为"模糊、朦胧感情的诗人"。的确,费特从来不想把一件东西、一个感受表现得过于清晰,而竭力追求一种瞬间的印象,一种朦胧的感受。因此,科罗文指出"力求借助瞬间的抒情迸发来表达'无法表述的'东西,让读者领会笼罩着诗人的情绪,这是费特诗歌的根本特性之一。"②而要传神地表现这种瞬间印象、朦胧感受,必须有高超的艺术技巧和大胆的艺术创新。费特大胆地舍弃动词(苏霍娃指出:"费特常常不只是避免行为的动词表达,直至进行了完全无动词的'实验'。"③),而以一个个跳动的意象或画面,组接成一个完整的大画面,让时间、空间高度浓缩,把思想、情绪隐藏在画面之中,以便读者自己去捉摸、去回味,然后甜至心上,拍案叫绝!这种大胆的艺术创

---

① 曾思艺译自 Тютчев Ф. И. избранное, Ростов-на-Дону,1996,с. 140.

② Коровин. В. И. Русская поэзия XIX века, М.,1997,с. 184.

③ Н. Сухова. Мастера русской лирика, М.,1982,с. 87.

新,从费特创作伊始即已出现,并且保持终生。

1842年,费特创作了两首这样的诗,其中一首是《这奇美的画面》:

> 这奇美的画面,
> 对于我多么亲切:
> 白茫茫的平原,
> 圆溜溜的皓月,
>
> 高天莹莹的辉耀,
> 闪闪发光的积雪,
> 远处那一辆雪橇,
> 孤零零的奔跃。①

这是一般俄国诗歌选均入选的名作。全诗由"白茫茫的平原""圆溜溜的皓月""高天莹莹的辉耀""银光闪闪的积雪"等趋于静态的意象构成优美清新的画面,然后再在其中置入一个跳动的意象——远处奔跃的雪橇,化静为动,让整个画面活了起来,收到了画龙点睛的艺术功效。这可能是费特最初的大胆探索,虽然全诗基本上未出现动词,全由名词构成("奔跃"的俄文"бег"属动名词,兼有名词与动词双重功效,但以形容词"孤零零的(одинокий)"修饰,则完全名词化了),但还是出现了"对于我多么亲切"这样的句子。同年的另一首诗《夜空中的风暴》则成熟些:

> 夜空中的风暴,
> 愤怒大海的咆哮——
> 大海的喧嚣和思考,
> 绵绵无尽的忧思——
> 大海的喧嚣和思考,
> 一浪更比一浪高的思考——
> 层层紧随的乌云……
> 愤怒大海的咆哮。②

这是为俄国形式主义理论家津津乐道的一首名作。全诗以"风暴""大海""乌云"等意象组成一个跳动的画面,无一动词。诗人通过取消动词,而让人的思考与夜幕下暴风雨中大海的奔腾喧嚣并列出现又相互过渡,融为一体,强调、突出了人的思考气势之盛、力量之大,与丘特切夫的《海浪和思想》方法相似,思想相反。

到1850年,这种艺术手法在费特手里已运用得得心应手,自由潇洒,并臻炉火纯青之境,如其名作《呢喃的细语,羞怯的呼吸》:

> 呢喃的细语,羞怯的呼吸,

---

① 曾思艺译自 А. А. Фет. Полное собрание стихотворений, Л., 1959, с. 157. 或见《费特自然诗选》,曾思艺译,载《诗歌月刊》2008年第8期下半月刊(总第93期)。

② 曾思艺译自 А. А. Фет. Полное собрание стихотворений, Л., 1959, с. 168. 或见《俄罗斯抒情诗选》,曾思艺译,山西教育音像出版社,2006年,第27—28页。

夜莺的鸣唱,
朦胧如梦的小溪
轻漾的银光。

夜的柔光,绵绵无尽的
夜的幽暗,
魔法般变幻不定的
可爱的容颜。

弥漫的烟云,紫红的玫瑰,
琥珀的光华,
频频的亲吻,盈盈的热泪,
啊,朝霞,朝霞……①

俄国学者苏霍娃认为这首诗体现了这个时候诗歌创作的新特点:抒情情绪的强烈主观色彩、善于让词语充满鲜活的具体性同时捕捉新的泛音与意义上若隐若现的有细微差别的色彩或音调、敏锐地感受音乐的作用、情感发展的结构。她以此为据,进而对这首诗进行了相当详细的分析。②

但我们认为,费特这首诗的突出的艺术特色是意象并置、画面组接。全诗俄文共有 36 个词,其中名词 23 个,形容词 7 个,前置词 2 个,连接词"和"重复了 4 次(译时省略)。最引人注目的是一个动词也没有,有 15 个主语,却无一个谓语!一个短语构成一个画面,一个个跳动的画面构成全诗和谐优美的意境!这是一首怎样的杰作呀!列夫·托尔斯泰称之为"大师之作",是"技艺高超的诗作","诗中没有用一个动词(谓语)。每一个词语——都是一幅画"。③ 俄国文学史家布拉果依曾写专论《诗歌的语法》特别论述这首诗。他认为本诗是俄国抒情诗的珍品,全诗未用一个动词,却写出了动的画面。全诗是一个大主格句,用一系列名词写出了内容丰富的画面:诗人未写月色,但用"轻漾的银光""夜的柔光""阴影"让读者体会到这是静谧的月夜。进而指出,费特写爱情也像写月光,不特别点明,但读来自然明白。全诗意境朦胧,但一切又十分具体。小小一首诗,从时间角度看,仿佛只是瞬间,而实际上却从月明之夜一直写到晨曦初露,包括入夜到黎明整个夜晚,这正流露恋人的心情:热恋的人沉醉于爱河,不觉得时光的流逝。他论定费特的技巧高超在于:他"什么也没有说,又一切都已说出,一切都能感觉到"④。苏联著名评论家列夫·奥泽罗夫则认为费特此诗及此类诗的技巧"实际上向我们的文学提供了用文字表现的写生画的新方法"——赋予作品以更多动感的点彩法,并具体指出,费

---

① 曾思艺译自 А. А. Фет. Полное собрание стихотворений, Л., 1959, с. 211. 或见《俄罗斯抒情诗选》,曾思艺译,山西教育音像出版社,2006 年,第 35—36 页。
② Н. Сухова. Мастера русской лирика, М., 1982, с. 102—107.
③ 转引自徐稚芳:《俄罗斯诗歌史》,北京大学出版社,1989 年,第 294 页
④ [俄] 布拉果依:《从康捷米尔到我们今天》,转引自徐稚芳:《俄罗斯诗歌史》,北京大学出版社,1989 年,第 294—295 页,文字稍有改动。

特对个别的现象一笔带过(呢喃的细语、羞怯的呼吸、夜莺的鸣唱),但这些现象却汇合在一个统一的画面中,并使诗句比费特以前其他大师作品中的诗句有更多的动感。他还指出:"费特的语言使整个句子具有深刻的内涵,就像点彩画家的色点和色块一样……费特像画家一样工作。他绞尽脑汁,要让'每一个短语'都是'一幅图画'。诗人力求以最凝练的手法达到最为生动的表现。"①这从另一角度——绘画的角度充分肯定了费特大胆、独特的艺术创新。但我们认为,费特的这种艺术创新以意象并置、画面组接来概括更符合诗歌规律,也更大众化一些。

而1881年晚期所写的《这清晨,这欣喜》一诗更被誉为"印象主义最光辉的杰作",它举重若轻,技巧圆熟,恰似庖丁解牛,游刃有余,郢匠斫垩,运斤成风,不愧为大师的扛鼎之作:

这清晨,这欣喜,
这白昼与光明的伟力,
这湛蓝的天穹,
这鸣声,这列阵,
这鸟群,这飞禽。
这流水的喧鸣,

这垂柳,这桦树,
这泪水般的露珠,
这并非嫩叶的绒毛,
这幽谷,这山峰,
这蚊蚋,这蜜蜂,
这嗡鸣,这尖叫,

这明丽的霞幂,
这夜村的呼吸,
这不眠的夜晚,
这幽暗,这床笫的高温,
这娇喘,这颤音,
这一切——就是春天。②

在这里,各种意象纷至沓来,并置成一个个跳动的画面,时间、空间融为一体,无一动词,而读者的感觉却是如行山阴道中,目不暇接。那急管繁弦的节奏,一贯到底的气势,充分展示了春天丰繁多姿、新鲜活泼的种种印象对人的强烈刺激以及诗人在此刺激下所产生的类似"意识流"的鲜活心理感受。"这……"一气从头串联

---

① [俄]列夫·奥泽罗夫:《诗和画的语言——评论阿·阿·费特的诗〈呢喃的细语,羞怯的呼吸〉》,周如心译,载《俄苏文学》(山东)1990年第2期与1991年第1期合刊,副标题及文字稍有改动。
② 曾思艺译自 А. А. Фет. Полное собрание стихотворений, Л., 1959, с. 493. 或见《俄罗斯抒情诗选》,曾思艺译,山西教育音像出版社,2006年,第68页。

至尾,既形成大度的、频繁的跳跃,又使全诗的意象以排比的方式互相连成一体,既是内在旋律的自然表现,又是从外部对它的加强。本诗的押韵也极有特色(译诗韵脚悉依原作):每一诗节变韵三次(第一、二句,第三、六句,第四、五句各押一种韵),体现了全诗急促多变的节奏,而第三、六句的韵又把第四、五两句环抱其中,则又在急促之中力破单调,相互衔接,使多变显得有序(试换成一二、三四、五六各押一韵,则过于单调多变)。全诗三节,每节如此押韵,就更是既适应了急管繁弦的节奏,又使诗歌音韵在整体上多变而有规律,形成和谐多变的整体动人韵律,并对应于充满生机与活力、似多变而和谐的大自然的天然韵律,使音韵、形式、内容有机地融合成完美的整体。这首诗充满了光明与欢乐,充分表现了自然万物在春天苏醒时欣欣向荣的生机与活力,格调高昂,意境绚丽,意象繁多而鲜活,画面跳跃又优美,韵律多变却和谐,是俄国乃至世界诗歌中的瑰宝。

与前述中国无动词诗相比,丘特切夫与费特尤其是费特的无动词诗具有更显著的特点:一是篇幅更长,跳跃度更大,更加复杂多变;二是技巧纯熟,意境优美,哲理深刻,具有颇高的艺术水平;三是大胆挑战传统语法,立意创新,有意为之。因此,他们这类作品对俄国象征派产生了较大影响,引出了不少同类精品。

第三,词性活用,通感手法。费特登上诗坛之时,普希金、莱蒙托夫、巴拉丁斯基、丘特切夫等几位大师已达俄国乃至世界诗歌的高峰,在抒情与哲理、自然与人生乃至诗歌技巧方面取得了令人瞩目的艺术成就。而在文学艺术的王国里,低能儿和循规守旧者是毫无立足之地的。要想在文学史上留下一席之地,必须大胆创新。费特从创作伊始,即已有较为明确的创新意识。是他,把情景交融推进一步——化景为情,在自然界人化这一点上比丘特切夫更大胆;是他,独具匠心地运用意象并置、画面组接构成优美的意境,凝炼而含蓄地传达自己的瞬间印象和朦胧感受以及难以捉摸的情思。也是他,在语言上勇于创新,大量运用词语活用、通感手法。俄国学者科罗文指出:"费特特别重视听觉、视觉和嗅觉,以便使之变成人的情感和富于激情的能力("看……""听……"),并最大限度地使之活跃起来。"[①]

费特在诗中多处活用词性,或故意把词的本义和转义弄得模糊不清,让人猜测,以增加诗歌的韵味,如"那细柔的小手暖烘烘,那眼睛的星星也暖烘烘"(《是否很久了,我和她满大厅转动如风》),"她的睡枕热烘烘,慵倦的梦也热烘烘"(《熠熠霞光中你不要把她惊醒》),或大胆采用一些人所不敢用的词语修饰另一些词语(如形容词、名词、动词),从而达到出人意料的目的,如"童贞的欣悦""馥郁的纯洁""羞怯的哀伤""郁郁的倦意""响亮的花园""如此华丽地萧飒凄凉"。费特也常常采用通感手法,把外部世界与内心世界融为一体,把各种感觉融合起来,如"温馨的语言",化听觉为感觉;"消融的提琴",化听觉为视觉;"脸颊红润的纯朴",化无形为有形。

费特还往往把词性活用与通感手法结合在一起,如《致一位女歌唱家》的第一段:"把我的心带到银铃般的悠远,/那里忧伤如林后的月亮高悬;/这歌声中恍惚有爱的微笑,/在你的盈盈热泪上柔光闪耀。"整个这一段通感手法与词性活用交错糅

---

① *Коровин. В. И.* Русская поэзия XIX века, М.,1997,с.184.

合,达到水乳不分的境地。"忧伤如林后的月亮高悬",既是通感(化无形为有形,心觉变视觉),又是词性活用("忧伤高悬"),而第一句中此手法应用得更是出神入化:"银铃般的悠远",既属词性活用(以"银铃般的"修饰"悠远")与通感手法(把"悠远"化为"银铃般的",变无形为有形),又非常生动地把主客体融为一体——歌唱家的歌声是如此优美动人,听者沉醉其中,只觉茫茫时空、人与宇宙均已融合为一种"悠远"("悠远"既可指时间长,也可指空间广),当然这"悠远"因歌唱家歌声之圆润优美而是"银铃般的"。于是听者摆脱了滚滚红尘中千种烦恼、万般苦闷,进入了艺术与美的殿堂,进入了人与宇宙合一的境界。在那里,忧伤也美得好似月亮一般,忧伤与微笑、热泪与柔光和谐地统一在一处。又如:"但有些日子也这样:/秋天在金叶盛装的血里,/寻觅着灼灼燃烧的目光,/和炽热的爱的游戏。"(《秋天》)在这里,利用词性活用与通感手法,把"金叶盛装的林"说成"金叶盛装的血",把秋天还有的夏日余温说成秋天在"血"里寻觅"炽热的爱的游戏",寻觅"灼灼燃烧的目光",从而使主客观完全契合,并深入非理性的世界,直探进秋之生命的深处,也触动了人的灵魂深处。

综上所述,费特作为纯艺术派(即俄国唯美派)的代表人物,创造了不少美的艺术精品,并且在艺术形式方面多有创新,影响了俄国象征派、叶赛宁、普罗科菲耶夫以及"静派"等大批诗人。费特不愧为俄国乃至世界诗坛的一位诗歌大师,对他的译介和研究应更进一步深入。

三、迈科夫

阿波罗·尼古拉耶维奇·迈科夫(Аполлон Николаевич Майков,1821—1897),俄国19世纪著名诗人、画家,俄国"纯艺术派"诗歌的代表人物之一,与费特、波隆斯基并称为"友好的三人同盟"。出生于莫斯科一个贵族家庭,父亲是著名画家,科学院院士。因此,他从小就得到良好的教育,表露出诗歌和绘画方面的天赋。1837年进入彼得堡大学学习法学。大学毕业后,曾出国游历。40年代,曾接近别林斯基,并一度参与彼得拉舍夫斯基小组的活动。50年代接近《莫斯科人》编辑部,转向斯拉夫派立场。1852年迈科夫进入外国书刊审查部门工作,近45年里他从基层职员一直做到外国书刊审查委员会主席。一生创作颇丰,在文学和绘画方面都有不少成果。文学方面的成果主要有:几百首抒情诗,《两种命运》(1845)、《玛申卡》(1846)、《萨瓦纳罗拉》(1851)、《克莱蒙会议》(1853)、《审判》(1860)、《公爵小姐》(1874—1876)、《布林吉利达》(1893)等十余首长诗,抒情悲剧《三死》(1852—1863)、抒情正剧《两个世界》(1880)。1882年,他因《两个世界》而获得俄国科学院授予的俄国普希金奖。此外,迈科夫还是一位成果辉煌的诗歌翻译家,翻译了大量外国诗歌和民歌以及古俄罗斯诗歌,如歌德、海涅、密茨凯维奇等著名诗人的诗歌,白俄罗斯、塞尔维亚、捷克的民间歌谣,中世纪四大英雄史诗之一的古俄罗斯史诗《伊戈尔远征记》。

迈科夫的唯美主义,主要在其抒情诗中体现出来。其抒情诗按其内容和题材,大约可以分为三大类:古希腊罗马风格诗、自然诗、爱情诗。

(一) 古希腊罗马风格诗。迈科夫很早就对古希腊罗马文学十分痴迷,我国有学者认为"他热爱古希腊罗马文学"①,有学者指出"他崇拜古希腊罗马文学"②,俄国学者斯捷潘诺夫更具体地谈道:"1837 年迈科夫进入彼得堡大学法律系学习。在这里他曾兴致勃勃地在古希腊和古罗马历史上狠下过一番功夫,并且钻研了拉丁语和一些古典诗人的作品(贺拉斯、奥维德、普罗佩提乌斯等)。"③苏霍娃也认为:"在大学迈科夫勤奋学习历史,但他更深深地被古希腊罗马的艺术迷住。"④因此,1842 年,他出版的第一部诗集《阿波罗·迈科夫诗集》,就主要是一部古希腊罗马风格的诗歌,别林斯基为它专门写了一篇评论,称之为"俄国的巨大成就,俄罗斯诗歌发展史上的一个重要现象",并认为"马伊科夫(即迈科夫——引者)君充分掌握着艺术武器——那就是诗句,他的诗句令人想起俄国诗坛上第一流诗人们的作品;这便是伟大的、带来最美好希望的征兆!诗歌中的诗句,正犹如散文中的文体一样,有文体,这本身就说明了有才华,并且是不平凡的才华",在这里有"许多首诗都显示出真正的、卓越的才禀,预示着有发展前途的某种东西"。他还更具体地指出,这本诗集中的诗歌"自然而然地分成了两类,这两类之间没有任何共通之处,唯一共通之处只是好的诗句……按照古代精神写成的古希腊罗马体裁的诗应该被列入第一类。这是马伊科夫君诗歌的精华,他的才能的胜利,发展前途寄予希望的理由。属于第二类的是这样一些诗,作者在这些诗里想成为现代诗人,这些诗的最好的一面只是好的诗句而已"⑤。在 1844 年的《弗·费·奥陀耶夫斯基公爵的作品》一文中,别林斯基再次谈道:"我们时代最杰出的诗人之一的马伊科夫君的优秀的诗是属于古典抒情诗这一类的,因此他比我们所有老一派诗人都更伟大,他有资格被称为古典派诗人。"⑥

1842—1844 年,迈科夫游历了意大利、法国。留下丰富古罗马文化遗迹的意大利的游历对其诗歌和艺术意义重大。"1842 年底迈科夫第一次来到意大利做短期旅行。意大利的一切早已深深吸引着他:作为诗人,他热爱古希腊罗马文化;作为艺术家,他梦想看到它那壮美的风景。迈科夫把自己对意大利的印象记录在了自己的《罗马随笔》(于 1847 年出版)中。"⑦这些诗歌虽然带有速记意大利的风光人情的特点,但仍然属于古希腊罗马风格的诗歌(一译"古希腊罗马风诗歌"或"古希腊罗马风情诗歌")。因此,本文说的古希腊罗马风格的诗歌,主要包括迈科夫在 19 世纪 30 和 40 年代的此类诗歌。

综观迈科夫的古希腊罗马风格诗歌,大略有如下几个颇为突出的特点。

第一,异域性。这种异域性表现为:具有古希腊式的世界观,"用希腊人的眼睛看生活",并且主要写古希腊、罗马题材,在诗歌中大量运用古希腊罗马神话典故。

---

① 徐稚芳:《俄罗斯诗歌史》,北京大学出版社,1989 年,第 277 页。
② 朱宪生:《俄罗斯抒情诗史》,陕西人民教育出版社,1993 年,第 294 页。
③ Н. Степанов. А. Н. Майкова. // А. Н. Майков. Избранные произведения, Л., 1957, с. 7.
④ Н. Сухова. Дары жизни, М., 1987, с. 93.
⑤ 《别林斯基选集》,第三卷,满涛译,上海译文出版社,1982 年,第 351、328、331 页。
⑥ 《别林斯基选集》,第五卷,辛未艾译,上海译文出版社,2005 年,第 458 页。
⑦ Н. Степанов. А. Н. Майкова. // А. Н. Майков. Избранные произведения, Л., 1957, с. 15.

在 30 至 40 年代,迈科夫相当难得地具有一种古希腊式的世界观,能够"用希腊人的眼睛看生活",对此,别林斯基早有论述:"请看,在他的诗里有着多少古希腊的东西,古希腊罗马风的东西;可以把他的任何一首诗都当作希腊诗的卓越译文看待;可以把任何一首诗,都当作希腊诗,从俄文译成外国文字,只要译文是优雅的,富有艺术性的,任何人就都不会争论这首诗的希腊起源问题……古希腊的观照构成着马伊科夫君的才能的基本因素;他用希腊人的眼睛来看待生活,并且……他不可能再用别的眼光来看待生活。"① 俄国当代学者斯捷潘诺夫对此阐发道:"别林斯基在论述迈科夫诗歌的文章中首先指出,'古希腊罗马式的直观'是其诗歌创作和世界观的基本要素,因为诗人是在'用希腊人的眼睛看生活'。'与古希腊罗马缪斯相似,'别林斯基写道,'迈科夫的缪斯汲取了来自大自然的温柔、宁静、童真的灵感。'与之相似的是在兴奋和激情中依旧是那一颗婴儿般纯净的心,迈科夫的缪斯用自己的心灵直接感受自然的氛围,为自己芳香、和谐、自然、优雅的歌找到了取之不尽的内容。评论家在年轻的诗人诗中看到了对古典精神的热忱,这种热忱也同样表现在普希金的古希腊罗马抒情诗风格的诗中和歌德的《罗马哀歌》中。"②

正因为如此,迈科夫此时期在诗歌中用希腊人的眼睛看生活,大量以古希腊、罗马的文化或生活为创作题材,其《赫西俄德》《巴克斯》《奥维德》《奥林波斯山的女神缪斯》《酒神女祭司》《萨福》《贺拉斯》《阿那克瑞翁》《古罗马》等诗歌直接以古希腊人名、地名等为标题并且表现了古希腊罗马的生活或情状,颇为出色地再现了希腊人的思想与生活观念,如《赫西俄德》:

  在那些逝去的日子,那些怡然自得的快乐日子,
  牛奶和蜜从神山潺潺流淌,
  流到神圣的奥尼亚柔滑的谷底,
  这神赐的玉液以神奇的力量,
  哺育了幼儿时期的众神;
  于是一群年青的女神,
  轻捷地离开金色的群星闪耀的赫利孔山,
  手臂交叉,放在宁静的摇篮前,
  环绕它歌舞,用玫瑰花冠加冕,
  在瀑布轰鸣的繁茂橡树林中,
  孩子们把神赐的美味佳肴尽情享用,
  他们的幼年时光其乐融融……
  歌手早早弹起了竖琴:
  树林和瀑布听得停止了歌吟,
  泉水女神浮出水面,羞怯地凝神细听,

---

① 《别林斯基选集》,第三卷,满涛译,上海译文出版社,1982 年,第 339 页。
② Н. Степанов. А. Н. Майкова. // А. Н. Майков. Избранные произведения, Л., 1957, с. 10—11.

金色的雄狮也在歌手的脚下垂头静聆。①

全诗描写了希腊众神孩提时代的生活,再现了希腊人在自然中自由自在的精神,展示了一种古希腊式的"静穆的伟大"。《古罗马》则描写了古罗马昔日的丰功伟绩与壮丽辉煌以及而今的破败不堪、满目凄凉。而《芦笛》《回声与寂静》《浅浮雕》《啊,多么奇妙的天空》等则借古希腊罗马的神话题材表现希腊人的生活、思想或描写希腊罗马的风光之美。如《芦笛》描写了森林之神潘制造芦笛的故事以及芦笛音乐的美妙,具有一种"高贵的单纯":

这是干燥但声音响亮的芦苇……
善良的潘!小心翼翼
用细线重新编配
把它制成一支芦笛!
手指依次缓缓移动,
让我分享悠扬的乐声,
他们的思想和感觉霞飞云腾,
不断下降又上升,
在炎热的金色午时,
为了我,让树林和山岭入睡,
水泉女神也离开林间小溪
被接入岩洞内。②

《啊,多么奇妙的天空》则描写了罗马风光的美妙及其中所蕴含的古希腊罗马文化:

啊,多么奇美的天空,在这真正古典的罗马上方!
　　置身这样的天空下,人都会情不自禁地变成艺术家。
自然和人在这里完全是另一番模样
　　仿佛古埃拉多斯诗选中卓越诗歌的图画。
啊,请看:白色的石头上仿如悬挂的斗篷或帷幔,
　　漫长的常春藤枝繁叶茂就像篱笆,
在两行柏树中间,是蓝中透黑的壁龛,
　　从那里可以看见特里同丑陋无比的脸颊,
冰凉的口水从嘴里哗哗流下,跌落地面。
　　靠近雪白的喷泉(啊,阴影遮蔽了它的部分光华!
一如红色紧身衣衬出那美好的体态!)
　　放着带把的高水罐,一动不动地等待,

---

① 曾思艺译自 А. Н. Майков. Избранные произведения,Л.,1957,с. 66. 或见《迈科夫抒情诗选》,曾思艺译,中国友谊出版公司,2014年,第5—6页。

② 曾思艺译自 А. Н. Майков. Избранные произведения,Л.,1957,с. 66. 或见《迈科夫抒情诗选》,曾思艺译,中国友谊出版公司,2014年,第10页。

>
> 水会很快注满它,
> 　　用手抱起带把高水罐
> 它全身洒满了熠熠晚霞……
> 　　艺术家(应该是德国人)
> 赶紧对它们进行赏心悦目的描画,
> 　　以便由此给绘画提供意外的情节,
> 他完全不假思索,而我此时只画下
> 　　这一片奇妙的天空,绿油油的常春藤,
> 雪白的喷泉,和特里同凶狠丑陋的脸颊,
> 　　甚至整个的他本人,从头顶到脚下!①

　　罗马风光之所以迷人首先是因为它本身很美(天空奇美、自然风景也美),其次在某种程度上因为它是真正古典的罗马,保留着诸多古罗马时期的建筑与雕塑,使人如置身古希腊罗马时代卓越诗歌所展示美妙的图画中,情不自禁地变成诗人。

　　迈科夫还在诗歌中大量运用古希腊罗马神话典故,如古希腊神话中的复仇女神厄默尼德,翠鸟哈尔库俄涅,夜莺菲罗墨拉,酒神狄俄尼索斯的老师西勒诺斯,最早的太阳神赫利俄斯,海洋女神忒提斯,古罗马森林之神西尔瓦努斯,森林和田野之神、畜群和牧人的庇护者浮努斯,森林和田野女神浮娜,果树女神波摩娜,科学和艺术之神嘉米娜,酒神巴克斯,古意大利的女农神赛里斯,等等。如短短几行的《在约定的时刻》就用了翠鸟哈尔库俄涅、晨光女神厄俄斯的情人——俊美猎人刻法罗斯等两个典故:

>
> 在约定的时间,我在山洞等你。
> 直到天色渐渐黯淡;头睡意沉沉地摇晃,
> 白杨沉沉入睡,哈尔库俄涅也不再发出声响——
> 徒劳无益!……月亮升起,银光闪闪,又消逝;
> 夜色渐淡;刻法罗斯的情人
> 把臂肘支在新的一天
> 鲜红的大门上,从自己的发辫里
> 纷纷掉落一颗颗珍珠般的金粒,
> 散落在蓝闪闪的森林和谷地——
> 而你,仍然没有出现……②

　　第二,自然性。主要指诗人喜爱和平宁静的大自然尤其是希腊式的田园风格,往往静观自然,并生动地描写自然。对此,别林斯基已有初步论述:"大自然不仅对于个别的人是诗歌的摇篮:通过古代希腊人作为代表,大自然也是整个人类的诗歌的高尚感动力。就这一点来说,马伊科夫君的诗才在其起源上是跟古希腊的诗才

---

① 曾思艺译自 А. Н. Майков. Избранные произведения,Л.,1957,c.110—111. 或见《迈科夫抒情诗选》,曾思艺译,中国友谊出版公司,2014 年,第 32—33 页。

② 曾思艺译自 А. Н. Майков. Избранные произведения,Л.,1957,c.68. 或见《迈科夫抒情诗选》,曾思艺译,中国友谊出版公司,2014 年,第 17 页。

相接近的;它像古希腊的诗才一样,从大自然中汲取其柔和的、安谧的、贞洁的、深刻的灵感;它像古希腊的诗才一样,在还是幼稚而明朗的灵魂里,还在大自然怀抱中直接地感觉到自己的一颗心灵里,找到永无穷竭的内容,来编写芬芳而又谐婉、朴实而又优雅的歌谣。"①斯捷潘诺夫也进而谈道:"诗人梦想'逝去的日子,欢乐怡然的日子',那时流淌着源自神山的乳和蜜(《赫西俄德》)。迈科夫把这种关于古希腊生活的田园风格的想象带入现实生活。甚至俄罗斯风景和北方的大自然也被他以古希腊的艺术形式呈现出来:堆满草垛的金黄色的庄稼地,湖面上稠密的芦苇,飘渺的白色雾气——一如古代埃拉多斯的风景一样,获得了透明、宁静和雕塑般的表现力。"②如《梦》不仅描写了美丽、宁静的大自然,更出现了希腊神话中安详和蔼的女神,带来了和谐的宁静:

> 当阴影像一团团透明的云烟
> 在堆满干草垛的金灿灿田地里漫延,
> 在蓝幽幽的森林里,在湿漉漉的草地上漫延;
> 当水汽柱在湖面上白光闪闪,
> 天鹅在稀疏的芦苇丛中慢悠悠地摇晃,
> 披着轻睡的衣裳,倒映在水面上——
> 这时,我走进自己心爱的草房,
> 金合欢和橡树在四周围成高墙;
> 就在那里,在约定的时刻,安详的女神,
> 和蔼的微笑溢满双唇,
> 头戴闪烁的星星和暗色虞美人草编成的花冠,
> 从神秘高空,沿着空中道路翩翩降临到我面前,
> 她把淡黄的光辉洒满我头顶,
> 又用手轻轻蒙住我的眼睛,
> 撩起头发,头朝我下倾,
> 轻轻地吻我的嘴唇和眼睛。③

别林斯基对这首诗赞不绝口:"富有奇妙诗意和华美艺术性的短品《梦》。""这恰好是这样的一首艺术作品,它那种温柔的、纯洁的、锁闭在自身内的美,俗众对之完全是无动于衷的,觉察不到的,而在懂得艺术创作秘密的人看来,它却显得格外明白,耀眼地突出,多么柔和、温存的画笔,多么技艺高超的、显示出坚强力量和艺术方面富有经验的手腕的雕刻刀!多么富有诗意的内容,多么婀娜多姿的、芬芳馥郁的、谐婉优美的形象! 只要写出一首这样的诗,就已经足够证明作者拥有着卓越的、超乎寻常的才禀。就连普希金写出这样的诗来,也将是他的最好的古希腊罗马风短品之一。在这首诗里,艺术显得是真正的艺术,婀娜多姿的形式非常明晰地充

---

① 《别林斯基选集》,第三卷,满涛译,上海译文出版社,1982年,第338页。
② Н. Степанов. А. Н. Майкова. // А. Н. Майков. Избранные произведения, Л., 1957, с. 11—12.
③ 曾思艺译自 А. Н. Майков. Сочинения в двух томах. Том 1, М., 1984, с. 44. 或见《迈科夫抒情诗选》,曾思艺译,中国友谊出版公司,2014年,第3—4页。

满着生动的概念。"①多年后,他在《罗马哀歌》一文中再次谈道:"一个不著名、但却卓有才思的诗人写过一首古希腊罗马风味诗,描写在五月瑰丽黄昏散步之后的梦幻,或者宁可说是昏睡的魅力:你读一读它,你自己就会比任何解释都更加清楚地懂得,诗歌是不可言喻的思想的表现,隐秘的事物的披露——是表达静默而且迷茫的感觉的鲜明的、明确的语言!"②《啊,黎明的清新气息》也清新而生动、和谐而宁静:

> 啊,黎明的清新气息
> 飘进窗来,令我心神顿爽。
> 于一片玄谧的宁静中,
> 眺望着朝霞辉映的万千景象;
> 远处那一片松林,
> 头戴桂冠,送来阵阵树脂香,
> 东方的天际像一块朱红的壁毯,
> 羞怯的司晨女神,点燃了漫天霞光,
> 她那殷红的倩影倒映在水面上,
> 那一排排黑云杉林中,
> 海湾静卧在海岸的怀里,无限安详。③

宁静的黎明,朝霞辉映,松林茂密,树脂香阵阵飘传,水面平静如镜,倒映着漫天霞辉,景色美丽动人。司晨女神即希腊神话中的黎明女神 Аврора,汉译"奥罗拉"或"阿芙罗拉",她的出现,则使全诗带有希腊风味。《冬日的清晨》则让俄国的大自然也披上了古希腊色彩:

> 天气寒冷。雪吱吱地响。田野上空白雾弥漫。
> 茅屋上升起了一团团清晨的炊烟,
> 在天空似火红霞的琥珀色余辉里氤氲。
> 我沉思地看着光秃秃的树林,
> 初雪像毯子覆盖了所有屋顶,
> 凝固的河面平滑如镜,
> 冉冉升起了红艳艳的太阳。
> 雪的白银闪射出紫红的光;
> 结晶的霜花,就像雪白的绒毛,
> 缀满死灰色的枝梢。
> 我喜欢凝视玻璃上奇美的花纹,
> 用每一幅新的图画爽目怡神;
> 我喜欢静静地欣赏,乡村

---

① 《别林斯基选集》,第三卷,满涛译,上海译文出版社,1982年,第332页和第333页。
② 《别林斯基选集》,第五卷,辛未艾译,上海译文出版社,2005年,第49页。
③ [俄]什克洛夫斯基等著《俄国形式主义文论选》,方珊等译,三联书店,1989年,第96页。

怎样快乐地迎接冬天的清晨：
在平坦的冰层和光滑的河面，
冰刀尖声吱吱作响，闪耀出金星点点；
猎人们滑雪急急奔向茂密的森林；
茅屋里干树枝噼啪燃烧，满屋如春，
渔夫坐在火边修补撕破的渔网，
他望着坑坑洼洼密布的玻璃窗，
忆起了甜蜜的往日情景——
伴着朝霞初升，天鹅发出阵阵叫声，
伴着雨暴风横，水面波翻浪卷，
伴着夜深人静，在庄稼地保护下的海湾，
收获了鱼儿满舱，令人欣幸，
一直到月亮露出她沉思的眼睛，
给沉睡的无底海面镀上一片金光，
照亮了渔夫正在升起的大渔网。①

美丽多姿的冬日清晨，人们的生活、劳动都自然而平静，俄罗斯的大自然、农村，一切的一切，都充满了美，充满着生机，但又像古希腊一样和平、和谐而宁静。

正因为上述作品和特色，梅列日科夫斯基认为："迈科夫的生活是平静的艺术家的生活，就好像他不属于我们这个时代。命运让迈科夫的生活道路平坦而光明，没有战争、没有痛苦、没有敌人、没有压迫。"②

第三，现实性。古希腊罗马文学突出的特点是重视人，热爱现实生活，追求现世享受。受古希腊罗马文学影响，迈科夫的古希腊罗马风格诗歌的现实性表现为：关心人，热爱现实生活，追求现实生活的欢乐，有一定的享乐主义倾向。

"古希腊罗马艺术的人道主义，它关注和谐与出色的人。"③古希腊人更是有一种德国著名学者温克尔曼说的"高贵的单纯，静穆的伟大"④。由此，迈科夫认为古希腊罗马人是智慧、高雅、大气同时又单纯、感性、稳重的。因此，其抒情诗中的人物往往是憨厚的渔夫、艺术家、快乐的姑娘等，他们任何时候都不会对自己的多舛命运像怨妇般抱怨、喋喋不休，也不会违背自然的培育和教导，而是从自然中汲取灵魂所需的勇气，而自然也在挫折和劳动中帮扶他们。如《在这个用可怜的苔草加冕的荒僻海岬》：

在这个用可怜的苔草加冕的荒僻海岬，
覆盖着衰朽的灌木林和翠绿的松林，

---

① 曾思艺译自 А. Н. Майков. Сочинения в двух томах, Том 1, М., 1984, с. 54—55. 或见《迈科夫诗选》，曾思艺译，《中国诗歌》2014 年第 2 卷；亦可见《迈科夫抒情诗选》，曾思艺译，中国友谊出版公司，2014 年，第 9—10 页。

② Д. Мережковский. Вечные спутники. Достоевский. Гончаров. Майков. СПБ., 1908, с. 66.

③ Н. Степанов. А. Н. Майкова. // А. Н. Майков. Избранные произведения, Л., 1957, с. 8.

④ 温克尔曼认为："希腊杰作有一种普遍和主要的特点，这便是高贵的单纯和静穆的伟大。"详见［德］温克尔曼：《希腊人的艺术》，邵大箴译，广西师范大学出版社，2001 年，第 17 页。

> 悲伤的梅尼斯克,年迈的老渔夫安葬了死于非命的儿子。
> 大海吞噬了他的生命,
> 把他纳入自己宽阔的怀抱,
> 僵硬的尸身被小心翼翼地冲回水湄。
> 在枝繁叶茂的柳树下,痛哭亡儿的父亲,
> 为儿子挖好了坟墓,还用石头砌好四围,
> 柳条编制的鱼篓挂在柳树上——
> 这就是令人伤心的贫寒简陋的纪念碑!①

年迈的渔夫的儿子死于非命,但大海一方面吞噬了他的生命,另一方面也"小心翼翼地"把尸身冲回岸边,送交给父亲。年迈的父亲尽管悲痛欲绝,但只是"痛哭亡儿",并未埋天怨地,更没有喋喋不休,而是为儿子挖好坟墓,并用石头砌好四周,用鱼篓当作纪念碑。

更重要的是,"迈科夫的诗歌不仅仅体现在对古希腊罗马风情的诗歌的形式种类的转向,而且还有内容,即转向神话,转向古希腊罗马多神教的、伊壁鸠鲁的世界观。他力图冲破缠绕生命的重重矛盾而沉浸于快乐和谐的美,从而获得真正的清醒,人与自然生命的理想的平衡,在希腊罗马艺术均衡、单纯的形式中找到自己的表达形式。"②而"伊壁鸠鲁式的享乐主义生活哲学是迈科夫'古希腊罗马风抒情诗'的基础,它追求美的享受,远离现实问题和时代风波。享受艺术、大自然、爱情和美酒——这就是诗人心目中'生活的智慧'。"③如《巴克斯》就表现了陶醉现世、纵情美酒和人生欢乐的享乐主义生活态度:

> 在那个葡萄覆盖的昏暗山洞里,
> 宙斯的儿子被托付给倪萨的山岳女神们抚育。
> 他从人间消失,也瞒过了众神,
> 在溪水的潺湲和芦苇的沙沙中长大成人。
> 只有温和的森林之神用神奇的芦笛
> 愉悦摇篮里安静的婴儿……
> 在森林女神们甜蜜的关怀下他多么快乐!
> 僻静的岩洞突然变得生气勃勃。
> 在那里,他身着雪豹皮,就像穿着帝王的紫袍,
> 带上提姆班,拿着手杖,尽显神的风貌。
> 时而,滑稽地用啤酒花和常春藤缠住牺角,
> 逗得森林女神和萨提尔哈哈大笑,
> 时而,从弯曲的藤蔓上摘下一嘟噜葡萄串,
> 把它们编成花冠戴在头上为自己加冕,

---

① 曾思艺译自 А. Н. Майков. Избранные произведения, Л., 1957, с. 69. 或见《迈科夫诗选》,曾思艺译,《中国诗歌》2014 年第 2 卷;亦可见《迈科夫抒情诗选》,曾思艺译,中国友谊出版公司,2014 年,第 14 页。
② Н. Степанов. А. Н. Майкова. // А. Н. Майков. Избранные произведения, Л., 1957, с. 9—10.
③ Там же, с. 13—14.

> 或者笑着亲手挤榨琼浆玉液,
> 从金色的嘟噜中滴进响声银白的杯爵,
> 当四溅的野果汁射进
> 他的眼睛,他感到十分开心。①

汉密尔顿指出:"快乐地生活,认识到世界的美好和生于其中的无限乐趣,是希腊迥然不同于以前所有的社会的一个特点。这个特点至关重要……生活永远是奇妙的、令人欣喜的,世界永远是美好的,而他们,永远为生于其中而欢歌。……甚至日常生活中的点点滴滴的乐趣,在希腊人看来也是真切的享受。荷马这样写道:'盛筵、琴音、舞蹈、更衣、沐浴、爱和酣睡,这些对我们来说永远弥足珍贵。'"②迈科夫这首诗突出地体现了希腊人的这种人生观,生活充满欢乐,满足于日常生活的点滴欢乐。《阿那克瑞翁》既肯定了古希腊人外出征讨、建功立业的人生目标,也写出了希腊人在家里安享人生,沉醉于美酒的另一种人生态度:

> 就让年老的爷爷
> 为敏捷的孙子们自豪吧,
> 这些勇士,带了大群俘虏回家,
> 还有战利品,证明大捷;
> 大海波涛起伏的美——
> 如飞向前的帆船;
> 民族的荣誉——是长老的智慧圈
> 闪耀着权力的光辉;
> 我的朋友,可对于我来说,
> 更可爱的是,在暴风雨和阴雨天,
> 在茅屋的温暖火炉边,
> 把橡树的大块树墩塞进炉里,
> 手拿沉重的大高脚酒杯,
> 一杯杯喝醉,话语也带着醉意。③

不过,"古希腊是一个崇尚英雄主义和社会活动的时代……在古希腊人的观念中,行动和事业重于一切"④,"希腊人迫切地渴望拥有荣誉和应得的赞美。他过去、现在都必定争强好胜、雄心勃勃,热切地为一己之事而行动"⑤。神话与史诗中的希腊英雄宁肯马革裹尸地追求战场上的声名,也不愿长命百岁无声无息地活下去(如阿喀琉斯)。希腊悲剧中的主人公大多是敢于行动,极力完成自己事业的英

---

① 曾思艺译自 А. Н. Майков. Избранные произведения, Л.,1957,c.79. 或见《迈科夫抒情诗选》,曾思艺译,中国友谊出版公司,2014年,第11页。
② [美]汉密尔顿:《希腊精神——西方文明的源泉》,葛海滨译,辽宁教育出版社,2003年,第13—15页。
③ 曾思艺译自 А. Н. Майков. Избранные произведения, Л.,1957,c.95. 或见《迈科夫抒情诗选》,曾思艺译,中国友谊出版公司,2014年,第31页。
④ 蒋培坤、丁子霖:《古希腊罗马美学与诗学》,山西人民出版社,1987年,第164页。
⑤ [英]基托:《希腊人》,徐卫翔、黄韬译,上海人民出版社,1998年,第321—322页。

雄。《被缚的普罗米修斯》中，普罗米修斯盗火给人类，并且为了人类敢于做一个伟大的殉道者，忍受非凡的苦难。《俄狄浦斯王》中，俄狄浦斯为了替城邦消灾、给人民造福，排除一切阻拦，追查杀死老王的凶手。《美狄亚》中的美狄亚为了报复忘恩负义地遗弃自己的伊阿宋，接二连三地采取了报仇的行动。"用希腊人的眼睛看生活"的迈科夫，有不少的诗歌表现了这类希腊式的生活态度和人生追求。

《沉思》表现了与安享人生相反的人生态度——不愿过平静富足的生活而愿"在不安分的斗争中变得坚强"，享受搏击人生风波的进取之乐：

> 家神庇佑下的人快乐无忧，
> 他引领着时代潮流！
> 众神赐予他丰富的礼物：
> 他的牧场处处腾绿，赛里斯使他的田地富足；
> 围抱着房屋的是枝繁叶茂的金合欢和橄榄，
> 池塘上方竖立着金字塔型的花环，
> 浓密的白杨冒出茸茸嫩芽，闪着银光，
> 葡萄藤每年临近秋天都会被多汁的果穗压弯身膀：
> 巴克斯赐福它们……
> 对他来说，厄默尼德毫不阴森：
> 他毫无惧意地等待厄瑞玻斯的恐怖；
> 而现在他的手毫不踌躇
> 把祭天神坛上的鲜果、琥珀色的蜂蜜推翻，
> 环绕它们的，是玫瑰花串和桃金娘枝叶编成的花冠……
> 但我不愿过这种平静无波的生活：
> 它那节奏均匀的水流使我深感难过。
> 我隐痛在心，并时常渴求
> 既有暴风雨，也有惊慌和珍贵的自由，
> 让我的精神在不安分的斗争中变得坚强，
> 张开像鹰一样宽阔的翅膀，
> 面对普遍的恐怖，飞临山顶的冰雪上空，
> 坠入深渊，并隐没在天蓝之中。①

另一首《沉思》进而明确表示要远离和平宁静的生活，而希望雷雨交加，惊恐不安，以此享受"春天大雷雨的全部华丽"，体会真正生活应有的苦涩而甜蜜的眼泪：

> 和平宁静的生活——是灿烂美好的光阴；
> 惊恐不安的生活——是初春的大雷雨。
> 那边——阳光闪耀在炎热的橄榄树荫，
> 而这边——雷声隆隆，电光闪闪，泪珠滴滴……

---

① 曾思艺译自 А. Н. Майков. Избранные произведения, Л., 1957, с. 62. 或见《迈科夫抒情诗选》，曾思艺译，中国友谊出版公司，2014年，第15—16页。

啊！给我春天大雷雨的全部华丽，
还有那绵绵的眼泪，既苦涩又甜蜜！①

第四，艺术性。这里的艺术性指的是热爱美热爱艺术，思考艺术问题，大量描写艺术和美。

古希腊文化和文学的突出特点之一是重视和谐，热爱美热爱艺术，有人甚至认为，当帕里斯面对雅典娜许诺的世界上最伟大的战士（荣誉）、赫拉许诺的亚洲最伟大的君王（权势）、阿佛洛狄忒许诺的天下第一美人（美），毅然选择了美而舍弃了荣誉与权势，这就是希腊人的选择。正因为如此，古希腊才给后世留下了具有永恒艺术魅力的美的作品——神话、史诗、抒情诗、戏剧以及各种绘画尤其是雕塑。

"对于迈科夫来说，大自然和人的生命是一个融成一片的和谐统一体。……在他的诗歌中，古希腊人的形象、浮雕、古希腊雕塑般的精神和谐的神和女神，作为真正美的形象出现了。刻着普里阿普雕像的枝繁叶茂的山毛榉遍布的花园，黑暗岩洞旁裸体的酒神女祭司，身着柔软的天鹅绒的苍蝇，姑娘把喻喻响的水罐浸入其中的山泉——这些就是迈科夫诗中一目了然的形象。"②

更重要的是，迈科夫在诗歌中较多地思考艺术问题，大量描写艺术和美。如《八行诗》：

诗歌的和谐中有天神的秘密，
智者的书籍也无法猜破这个谜：
在静谧的河岸边独自徘徊，
心灵突然听见芦苇的低语，
橡树的交谈；感觉并捕获
它们那特殊的音响……于是
音调优美、节奏和谐的八行诗句
就自然流出，一如森林的欢歌。③

有学者对此阐述道："迈科夫非常推崇和热爱古希腊罗马文学，他仿照其体裁和内容进行创作的古风诗被认为是他创作中的精华部分。诗人走向古典，走向原始的追求带有明显的浪漫主义色彩。驱使他本人去寻觅古希腊罗马时代的自然与和谐之美。迈科夫的艺术观倾向于'纯艺术派'，他力图在静观自然与陶醉于艺术中回避矛盾重重的社会现实的冲突与斗争。名篇《八行诗》较充分地反映出他的美学观。在他的心目中，理智是软弱无力的，他倡导从大自然中获取灵感，以心灵去贴近和捕捉大自然的形象、色彩和音响，谛听芦苇的低吟，橡树的絮语，由此获得和美流畅的诗句。"④的确，这首诗表现了诗人那种只要沅离理性，到大自然中去用心

---

① 曾思艺译自 А. Н. Майков. Избранные произведения, Л., 1957, с. 82. 或见《迈科夫抒情诗选》，曾思艺译，中国友谊出版公司，2014 年，第 19 页。

② Н. Степанов. А. Н. Майкова. // А. Н. Майков. Избранные произведения, Л., 1957, с. 11.

③ 曾思艺译自 А. Н. Майков. Избранные произведения, Л., 1957, с. 61. 或见《迈科夫诗选》，曾思艺译，《中国诗歌》2014 年第 2 卷；亦可见《迈科夫抒情诗选》，曾思艺译，中国友谊出版公司，2014 年，第 15 页。

④ 飞白主编《世界诗库》第 5 卷，花城出版社，1994 年，第 199 页。

感受、捕捉、体会,自然而然就会创作出好的诗歌的美学观念。《E. П. M》也写到只要沉浸在大自然中,潜心感受,细心体会,哪怕当时没有艺术创作,但这种体会已深入心灵,只要时机一到,它就会自动变形为诗歌:

> 我喜欢整日在山岭和岩石间度过……
> 不要以为此时我会思索
> 上天的仁慈,自然的庄严,
> 在这一种和谐中,我开始构思诗歌。
> 我漫不经心地观看
> 林中湖水静寂的水面和松林茂密的枝柯,
> 黄色的峭壁沉浸在忧郁的沉默里,
> 我漫无目的,懒洋洋地看着
> 大雁,仙鹤和野鸭列队从田野飞过,
> 欢叫着潜入水底,
> 我下意识地望着水流对钓鱼竿轻抚慢拨,
> 忘记了散文和诗歌……
>
> 然而,远离这可爱的场景,
> 在深夜,我感到,这些可爱的幻影
> 浮现在我眼前,五光十色,云飞烟腾,
> 我向这些幻影致敬,
> 于是我了解了森林、梯形的远山茫茫,
> 湖泊……这时,我听到了
> 血液如何燃烧,神圣的喜悦如何在心中沸腾,
> 诗歌怎样定型,思想如何生长……①

《艺术》进而写到只要具备艺术条件、艺术修养,时机一到,自然就会产生优美的艺术:

> 我在喧嚣的海滨为自己砍下一根芦苇。
> 被遗忘的它沉默地躺在我简陋的茅舍里,
> 一次一个过路老人顺便借宿住在茅舍,
> 看见了这根芦苇。(他深感惊异,
> 在我们这种偏远地方竟有如此奇异的东西。)
> 他截下一段,凿出几个小孔,让它紧贴唇边,
> 生气勃勃的芦苇突然歌声飞起,
> 有时,海边活跃起来是多么神奇,
> 只要微风在水面轻轻荡起涟漪,

---

① 曾思艺译自 А. Н. Майков. Избранные произведения, Л., 1957, с. 92. 或见《迈科夫诗选》,曾思艺译,《中国诗歌》2014 年第 2 卷;亦可见《迈科夫抒情诗选》,曾思艺译,中国友谊出版公司,2014 年,第 29—30 页。

苇秆就会摇晃,乐声在海滨四溢。①

关于《八行诗》《艺术》这两首诗,别林斯基有颇为精彩的论述:"在这两首诗里,美丽的内容表现在以技艺高超的修饰见长的美丽形式里。至于讲到内容,那么,它在这里是作者的这样一种美学的基本命题、基本原则,即:大自然是诗人的导师和鼓舞者;他首先开始向大自然学习在艺术方面编写甜美诗歌;在嘹亮的八行诗、谐婉的六音步诗和芦苇的低叹、槲木林的絮语之间,有着相互关系、血缘关系……这是一种富有深刻生命力的、诗情的真实的原则!"②斯捷潘诺夫更具体地指出:迈科夫的第一部诗集沉浸在自己的世界里,其中尽是古希腊的形象、雕塑、相对的美与和谐的大自然、诗人平静地沉思的美。在这些诗中艺术和诗的主题占重要地位。这一主题也正反映了诗人对生活的理解。在《艺术》一诗中迈科夫谈论了音乐和旋律的产生。"过路的老翁"用剪断的芦苇秆做成的长笛吹奏出响彻四周的乐声,充满人的激情的芦苇传达出大自然单纯而美好的心灵。艺术对迈科夫来说,是对大自然忠诚的表达,是亘古不变的美,艺术是远离尘嚣的,是消极的、旁观的。艺术是独立于人而自发产生的,人无法猜测它的秘密。艺术家只能捕捉生活中短暂的瞬间,找到表达"天神的秘密"的和声的诗歌形式,把它们变成艺术的创造。在《八行诗》中,迈科夫充分表达了自己的美学观点。诗歌对于他来说是不可思议的理性的开始,是大自然亲自对诗人悄悄提醒的神秘和声:"诗句的和谐中有天神的秘密,/智者的书籍也无法猜破这个谜",只有"橡树林的交谈""芦苇的低语"才能暗示出诗歌的谐音和它们"音调优美、节奏和谐的八行诗句"。③

在《诗人的思想》一诗中,迈科夫更是明确认为,诗人的思想自由无羁,冲决一切束缚,它自己为自己制定法则,但又是那么和谐匀美:

> 哦,诗人的思想!你自由无羁,
> 仿若哈尔库俄涅的自由之歌,
> 你自己为自己制定法则,
> 你本身就和谐匀美如一!
> 是谁要告诉闪电:
> 不要把夜幕撕成片片飘萍,
> 是谁要告诉山鹰:
> 不要在空中展翅盘旋,
> 不要自豪地仰望太阳,
> 也不要沐浴着玫瑰色的霞光,
> 抖开自己黑色的翅膀

---

① 曾思艺译自 А. Н. Майков. Избранные произведения, Л., 1957, с. 73. 或见《迈科夫抒情诗选》,曾思艺译,中国友谊出版公司,2014 年,第 18 页。
② 《别林斯基选集》,第三卷,满涛译,上海译文出版社,1982 年,第 336—337 页。
③ Н. Степанов. А. Н. Майкова. //А. Н. Майков. Избранные произведения, Л., 1957, с. 12—13.

在海面哗哗击浪？①

《诗》则强调艺术女神嘉米娜这一艺术的象征，使生活变得丰富多彩，让人们变得异常可爱，让这个世界到处都充满了诗意：

> 热爱吧，热爱嘉米娜，为她把神香点起来！
> 因为她，生活变得丰富多彩；因为她，我们才变得异常可爱；
> 天空的景象，异教色彩的忒提斯，
> 法利诺硕果累累的葡萄园，
> 派斯同的玫瑰，在赤日炎炎的日子，
> 布兰杜济的水晶，那个世界十分凉爽，
> 还有古罗马神圣的庞大殿堂，
> 以及萨宾人村庄清晨的袅袅炊烟。②

《怀疑》驳斥了世人的谬见——"诗歌是梦想""诗歌的世界空幻而虚假""美——就是模糊的空中楼房"，以一种过于唯物、过于实用的眼光看待大自然，没有诗意，没有奇思异想，然而，大自然的一切——包括树叶的沙沙、小溪的潺潺、大海的絮语，乃至太阳、月亮等等，都是大自然的神秘语言，能使领悟者感受到生活之美：

> 就让人们去说——诗歌是梦想，
> 热病中的心灵说出的毫无意义的梦话，
> 诗歌的世界空幻而虚假，
> 美——就是模糊的空中楼房；
> 就让航海家的远航中
> 没有危险的女妖塞壬；
> 茂密的森林中
> 没有护林女神；
> 清澈透明的小河中
> 没有金发的女河神；
> 就让宙斯掌中没有
> 战无不胜的闪电，
> 赫利俄斯也没有
> 夜间去往忒提斯的紫红宫殿；
> 但愿如此！然而，正午时分，
> 树叶的沙沙声是如此满蕴神秘，
> 小溪的潺潺声是如此优美动人，

---

① 曾思艺译自 А. Н. Майков. Избранные произведения, Л., 1957, с. 78. 或见《迈科夫抒情诗选》，曾思艺译，中国友谊出版公司，2014年，第6页。

② 曾思艺译自 А. Н. Майков. Избранные произведения, Л., 1957, с. 90. 或见《迈科夫抒情诗选》，曾思艺译，中国友谊出版公司，2014年，第7页。

大海的絮语声是如此富含深意，
白天的太阳满怀爱意
亲抚着大海的深渊，
月亮的面影却如此神秘，
心灵凝神细参
这所有的神秘语言；
你会情不自禁地把这些见闻
点化为生活之美，
你是否还不相信
这些可爱的谬悖！①

被别林斯基称为"古代诗才的谐婉、淳朴的范本"②的《奥林波斯山的女神缪斯》一诗，则通过希腊神话中福玻斯和潘吹奏长笛的故事，表现了艺术需要天赋和技巧的观念：

奥林波斯山的女神缪斯，
把两只嘹亮的长笛
交给了森林的保护神潘和光明之神福玻斯。
福玻斯吹响神笛，
无生命的苇秆中
神奇的声音飞溢。
四周温顺的河水凝神细听，
不敢用淙淙水声惊扰乐声。
风儿在古老橡树的叶子间沉沉入梦，
绿草鲜花树木被乐声感动，
纷纷泪流满面；
害羞的森林女神听到这乐声，
怯生生地藏到西尔瓦努斯和浮努斯中间。
歌者结束了演奏，驾起火红的马儿驰骋，
披着红紫紫的霞光，坐在金灿灿的马车上面。
可怜的森林保护神极力回想这神奇的乐声，
并让它们在自己的长笛中重现，但只枉然：
他吹奏出一个颤音，但却是浊世的颤音！
他愁闷满胸……
伤心的狂人啊！你可是打算
让天堂复活在这凡间？
请看：森林女神和浮努斯笑盈盈，

---

① 曾思艺译自 А. Н. Майков. Избранные произведения, Л., 1957, с. 83. 或见《迈科夫抒情诗选》，曾思艺译，中国友谊出版公司，2014年，第7—8页。

② 《别林斯基选集》，第三卷，满涛译，上海译文出版社，1982年，第342页。

带着嘲弄的目光在倾听。①

福玻斯具有真正的音乐天赋,是艺术天才,用自己的心灵自己的风格在演奏,而且懂得吹奏的艺术技巧,所以他能把芦笛吹得美妙无比,让绿草鲜花树木感动得泪流满面;而潘在这里是缺乏艺术天赋的人的象征,他不仅缺乏艺术天赋,而且没有自己的东西,只是一味地模仿别人,因而吹奏出的只是浊世的颤音,只能受到听众的嘲弄。

值得一提的是,迈科夫的古希腊罗马风格诗歌在当时具有某种矫正时弊的作用。"从最初的诗歌作品来看,迈科夫是以古希腊罗马抒情诗传统继承者的身份进入文坛的。这种诗歌的代表作家曾经有:普希金、杰尔维格、巴丘什科夫、格涅季奇。转向古希腊罗马抒情诗是 19 世纪初俄罗斯诗歌史上意义重大又极富个性的现象。俄罗斯诗人复活了古希腊罗马文化中的人道主义,并且坚决主张与保守反动的沙皇专制政策悖逆的人道主义和仁爱。此时转向古希腊罗马的文化与艺术,充实了俄罗斯诗歌的艺术表现力,增强其古希腊罗马艺术的雕塑式的明晰。……迈科夫开始从事创作时文学界正刮起一阵摒弃普希金创作方法和传统之风。普希金及其同时代诗人的诗歌作品的鲜明性和雕塑式的深长意味被以霍米亚科夫、舍维廖夫为代表的形而上学的、抽象的哲学抒情诗,以及宣扬诗人精神的圣彼得堡大臣别涅季克托夫创作的索然无味的抒情诗所替代。在这种情况下转向古希腊罗马的传统具有原则性的意义,即延续普希金的原则。"②而这,也为诗人自己的相关论述所充分证明。1850 年,迈科夫为诗人谢尔宾纳的诗集《希腊诗歌》写了一篇评论。在评论中,他充分肯定了谢尔宾纳的古希腊罗马风格诗歌的价值和意义:"近来欧洲和俄罗斯文学中的古希腊风情诗歌,在我们看来,起到了不断提醒我们摒弃诗人那朦胧的幻想和空洞的希望的作用,这种诗歌不断提醒我们那些经常被诗人们忽略的大自然之美,这种美贯通了古代世界,但常常被我们的诗人们遗忘,要么被私人化的我吞没,要么经常被变成让人着迷又令人失望的浪漫主义时代召唤的表达。"③而这在某种程度上,也说出了诗人自己此类诗歌在当时的重要价值和意义。

(二)自然诗。苏霍娃指出:"迈科夫、阿·康·托尔斯泰、费特有十足的理由可以称之为大自然的歌手。在他们的自然抒情诗中,他们三人全都达到了非常卓越的艺术家的高度,真正现实主义的深度。"④的确,自然诗是迈科夫诗歌中的一种重要类型,也是其颇具特色的诗歌类型。它大约包括以下内容。

一是比较纯粹的自然风景。这类诗只是通篇描写纯粹的自然景象或自然风景,其主要特点是对自然现象观察细致,描写生动,如《雷雨》:

  到处洋溢着生机和欢乐,
  风儿从漫漫黑麦田里,

---

① 曾思艺译自 А. Н. Майков. Избранные произведения, Л., 1957, с. 74—75. 或见《迈科夫抒情诗选》,曾思艺译,中国友谊出版公司,2014 年,第 22—23 页。
② Н. Степанов. А. Н. Майкова. // А. Н. Майков. Избранные произведения, Л., 1957, с. 8—9.
③ А. Н. Майков. Избранные произведения, Л., 1957, с. 9.
④ Н. Сухова. Мастера русской лирика, М., 1982, с. 61.

带来波浪般轻柔的
一阵阵芬芳和甜蜜。

可影子却像受了惊吓,
在金灿灿的麦田里东窜西蹦——
旋风疾驰而过——就一刹那——
于是与阳光劈面相逢,

阳光穿过半个天空的大门口,
袅袅升起,从那银晃晃的屋檐,
那里,从瓦灰色的帷幔后,
透射出光明与黑暗。

突然,仿佛有谁急忙
从田野上扯下绸缎桌布,
黑暗紧随其后,咬住不放,
越来越凶猛,越来越迅速。

圆柱早已向四处扩散,
银晃晃屋檐早已漫灭,
轰隆声无休止地震撼,
夹杂着闪电的大雨漫天倾泻……

哪里是太阳和晴空?
哪里是田野的金光、山谷的宁静?
但暴风雨的喧嚣中也有其美境,
一粒粒冰雹舞兴正浓!

要抓到冰雹——需要勇敢!
要成为孩子们尊敬的勇士!
它们像成群的孩子尖声叫喊,
从台阶上飞速滚跳下去!①

全诗细致生动地描写了夏日雷雨从酝酿到产生的过程:先是阳光灿烂,惠风和畅,接着乌云弥漫,旋风疾走,紧跟着夹杂着闪电的大雨漫天倾泻,并且伴有冰雹……又如《长浪》:

---

① 曾思艺译自 A. H. Майков. Избранные произведения, Л., 1957, c. 261—262. 或见《迈科夫抒情诗选》,曾思艺译,中国友谊出版公司,2014年,第103—104页。

> 风暴疾驰而去,但铁灰色的大海还在可怕地喧嚣。
> 波浪如同从战场上凯旋的军队,无法平静,
> 混乱地奔跑着,相互追赶与超越,
> 互相炫耀着会战中的战利品:
> 　　一块块蔚蓝的天空,
> 后退的金灿灿银闪闪的浮云,
> 　　一片片红艳艳的霞影。①

长浪是海上暴风后出现的一种海涌。这首小诗较为生动地描写了暴风过后海涌的动态美丽画面:喧嚣的铁灰色大海,混乱地相互追赶的波浪,海中倒映的蓝天,和或金灿灿或银闪闪的浮云,以及红艳艳的霞影……再如《在大理石般的海边》:

> 1
> 一切——仿若甜美的梦境……
> 山岭,岛屿,全都罩上轻纱,披上晨雾,
> 一如银晃晃、亮晶晶的酒杯斟满了宁静,
> ——这是他梦寐以求的幸福……
> 大海与天空融合成同一种光辉,
> 沉重的波浪哗哗拍击出一片珍珠——
> 迫不及待的小舟陶醉于这种幻想,
> 忧郁地在广阔空间把你招呼。
>
> 2
> 红艳艳的船帆静静竖立,
> 海鸥嬉戏着懒洋洋的波浪,
> 在蔚蓝的种种颜色闪变里,
> 玫瑰红的光斑不断翻出新花样。②

这是清晨和平宁静的大海:晨雾蒙蒙,和平静谧,海天同色,波浪拍击出一片片银色的珍珠,红色的船帆静立,银白的海鸥戏浪,大海的蔚蓝在不停地闪变,玫瑰红的光斑也在不断翻出新的花样……全诗观察相当细致,色彩鲜明,描写生动,充分写出了清晨大海的宁静美丽。有时,迈科夫也借翻译外国诗人的诗歌来表现纯粹的自然风景,译自波兰诗人密茨凯维奇的三首诗《阿克尔曼的草原》《拜达尔山谷》《阿卢什塔的白昼》就是如此,如《阿卢什塔的白昼》:

> 阳光灿烂,山脊摘下了自己的面纱。
> 金灿灿的麦田正在加快完成自己的祈祷,

---

① 曾思艺译自 А. Н. Майков. Избранные произведения,Л.,1957,с.259. 或见《迈科夫抒情诗选》,曾思艺译,中国友谊出版公司,2014年,第101—102页。
② 曾思艺译自 А. Н. Майков. Избранные произведения,Л.,1957,с.265. 或见《迈科夫抒情诗选》,曾思艺译,中国友谊出版公司,2014年,第104—105页。

森林轻轻颤动,把多余的卷发抖掉,
仿若汗的念珠散落,宝石雨和珍珠雨飞洒;

山谷是鲜花的海洋。每朵鲜花上
都有成群的彩蝶——飞舞的花朵也成群聚集——
林冠像钻石的波浪绿光熠熠;
而更高处——蝗虫正展翅飞翔。

光秃秃的岩石耸立在无底的大海旁。
泡沫翻滚的波浪在它脚下飞驰,碎裂,歌唱,
仿若老虎的眼睛,闪闪发亮,

带着骤然降临的思想同时飞向远方,
平静的蓝色大海——海鸥飞翔,
天鹅漫游,船舶泛着白光。①

　　阿卢什塔是乌克兰克里米亚的旅游胜地,位于克里米亚半岛南岸,海拔高度50米,面积6.98平方公里,属亚热带气候,每年平均降雨量430毫米,有优良的海滩和凉爽的夏季,风光秀丽,景色宜人。这首诗是密茨凯维奇的克里米亚组诗之一,密茨凯维奇的原诗是:"大山摔掉了它的朦胧的肩巾,/金黄的麦田在早晨的祈祷中低语;/森林低着头,从它的头发里撒下/红玉、榴石,像哈里发的宝石的念珠。//花朵开放着,遮满了整个草原,/还有像是飞翔的花朵的蝴蝶,/使金刚石的镰刀像虹彩一样鲜明;/远远的,蚱蜢张开了翼翅的衣褶。//这不毛的岬角向大海凝视着,/那里,奔腾的海水来回地颠簸,/那预报着灾难的呜呜的咆哮/像燃烧着的老虎的眼睛一样闪烁,/远远的那方,波浪却静静地波动,/悠然地浴着一群群、一队队的白鹄。"②密诗较为细致地描绘了阿卢什塔的自然美景,迈科夫在基本忠实于原诗的情况下,描写更为细腻,结尾更是把原诗平静的大海上只有天鹅悠游改为不仅有天鹅悠游,而且有海鸥飞翔,船舶泛着白光,从而使画面更广阔,更有立体感,也更为生动。
　　二是田园诗。这类诗主要描写山林、田园风光,往往在山林、田园风光中引进农村的劳动者,从而使诗歌既表现田园风光,又写出了生活其中的农村百姓。而这在纯艺术派诗歌中是不多见的,贫寒的波隆斯基主要生活在城市,其诗歌不涉及农村劳作;阿·康·托尔斯泰是贵族,家境很好,不理农事,更不写农事题材;费特虽然长期经营农庄并且善于经营农庄,但由于其唯美主义主张的影响,只写纯美的东西,因此不触及农事劳作;只有迈科夫较多地把田园风景与劳动者、以及农事结合起来描写。如《风景》:

---

① 曾思艺译自 А. Н. Майков. Избранные произведения, Л., 1957, с. 239. 或见《迈科夫抒情诗选》,曾思艺译,中国友谊出版公司,2014年,第92页。
② 《密茨凯维支诗选》,孙用、景行译,人民文学出版社,1958年,第124—125页。

> 我爱徜徉于林间小道,
> 信步而行,随兴所之;
> 循着深深的车辙两条
> 前路无尽,漫漫逶迤……
> 绿林四周五彩缤纷;
> 枫树早已被秋天染成火云,
> 而云杉林依旧绿树荫浓;
> 金黄的杨树惊惶地抖颤,
> 白桦树叶飘落随风,
> 像地毯铺满了路面……
> 你走在上面仿若走在水里——
> 脚下哗哗直响……而耳中
> 传来丛林细碎的觱声,那是
> 轻软的凤尾草正沉沉入梦,
> 而那一排排红艳艳的毒蝇蕈
> 就像童话里那些沉睡的小矮人……
> 太阳渐渐西沉……
> 远处的河水已金波荡漾……
> 磨坊里的水轮
> 早已在远方震响……
> 突然驶来一辆大车,
> 一会儿在夕阳下闪烁,
> 一会儿在绿荫中隐没……
> 一个老头催马前行,一路吆喝,
> 就在车上,坐着一个小孩子,
> 爷爷讲着恐怖的故事逗吓孙子;
> 一条看家狗毛茸茸的尾巴垂得低低,
> 吠叫着在大车前后跑来跑去,
> 到处飘传着一片欢乐的狺狺,
> 响亮了林中的黄昏。①

首先描写了秋天树林的多彩多姿的美和夕阳西下时的情景,然后再写赶车回家的爷爷和孙子,还有那条欢乐地吠叫的可爱的看家狗,从而使单纯的自然田园风景增加了最有活力的农民,景中有人,诗歌的内涵更为丰厚。黎皓智指出:"这首诗清新、恬淡,洋溢着田园诗般的浓郁情趣,读后余韵不尽……诗人把悠然自得的牧歌情调表现得如此活泼鲜灵、意趣盎然,使人产生通体清凉之感。迈科夫把大自然

---

① 曾思艺译自 А. Н. Майков. Избранные произведения, Л., 1957, с. 183—184. 或见《迈科夫抒情诗选》,曾思艺译,中国友谊出版公司,2014 年,第 41—42 页。

描绘得这般有声有色、充满灵性,文字读来如行云流水,令人叹服。"①诗人更多的时候,是让田园风景与农村劳作结合起来,描写了农村的劳动景象,如《刈草场》:

　　草地上弥漫着干草的芳香……
　　歌声令人心花怒放,
　　农妇们手拿草耙列队来回奔忙,
　　干草随风阵阵摇荡。

　　那边——在收集干草:
　　农夫们用干草叉把周围的干草
　　——向身旁的大车上抛……
　　大车像房子,越长越高……

　　一匹瘦棱棱的公马等在旁边,
　　它一动不动地站着……
　　两耳竖着,腿儿微弯,
　　仿佛站着在小睡片刻……

　　只有那条活泼的看家狗,
　　在羊毛般松软的干草中,
　　时而钻入其中,时而朝上疾走,
　　又滚下去,发出气喘吁吁的吠声。②

全诗细致地描写了农村收割干草时的劳动景象:漫漫草地上弥漫着干草的芳香,劳动者的歌声令人心花怒放,农妇们手拿草耙来回奔忙,农夫们用干草叉把干草叉上身旁的大车,公马静静地等在旁边,闲不住的看家狗则在草丛里钻来钻去,兴奋地发出气喘吁吁的吠声……有时,诗人描写劳动后的田园景象,如《收割期的夜晚》:

　　暮色越来越浓,
　　从田野里走回一群割麦女……
　　远方已变得一片寂静,
　　没有了孩子们的哭笑、狗叫、妇女们的闲言闲语。

　　劳动的队伍已经离开……
　　田野又归于宁静!……
　　仿若无边无际的军事营寨,

---

① 许自强主编《世界名诗鉴赏金库》,中国妇女出版社,1991年,第647页。
② 曾思艺译自 А. Н. Майков. Избранные произведения, Л., 1957, с. 217. 或见《迈科夫诗选》,曾思艺译,《中国诗歌》2014年第2卷;亦可见《迈科夫抒情诗选》,曾思艺译,中国友谊出版公司,2014年,第47—48页。

干草垛四周矗立着一个个麦捆!

漫漫无尽的金黄庄稼地里,
就连露珠都被熏黑,
夜色已弥漫到天际,
繁星静静地闪耀着清辉。

瞧,一钩新月升起……
但一团透明的云彩
在蓝湛湛的天空里
像烟一样散开;

仿佛有一位天使
身穿白色袈裟,头戴花冠,
手里的大镰刀银光熠熠,
站在劳动的庄稼地上面。

启明星在天边不停地闪烁,
那是在为田野默默祝福,
奖励割麦女的艰苦劳作,
她们用汗水灌溉了这片热土。①

全诗描写了割麦女在黄昏回家后田野的宁静,只有干草垛四周的一个个麦捆,见证了白天的劳动,新月升起,云彩散开,启明星在不停闪烁——正在为田野默默祝福,奖励割麦女用艰苦的劳作获得了丰收,正是她们用汗水浇灌了这片热土。

即便是夏天的骤雨,诗人也能使之和劳动、收获联系起来,如《夏雨》:

"金子,金子从天上往下掉!"
孩子们叫喊着,飞跑着追雨……
"别追了,孩子们,我们来把它们收集,
只有收集好一颗颗金灿灿的谷粒,
粮仓里才会装满香喷喷的面包!"②

夏天的雨,来得突然,而且往往是太阳雨,诗中的这场雨就是一场太阳雨,诗人巧妙地通过大人与孩子的对话,先是把它变成一粒粒金子(孩子的眼光),然后再把它转换成金灿灿的谷粒(成人的眼光),在一幅生动可爱的孩子夏日追雨图中,让夏日的雨与人们的劳动联系起来,从而表达了尊敬劳动、勤于劳动、爱惜劳动果实的

---

① 曾思艺译自 А. Н. Майков. Избранные произведения, Л., 1957, с. 218—219. 或见《迈科夫抒情诗选》,曾思艺译,中国友谊出版公司,2014年,第 81—82 页。
② 曾思艺译自 А. Н. Майков. Избранные произведения, Л., 1957, с. 216. 或见《迈科夫抒情诗选》,曾思艺译,中国友谊出版公司,2014年,第 47 页。

观念。苏霍娃指出,迈科夫的诗中,正是太阳赋予早已失去新鲜颜色的旧东西以新的生命。在只有短短五行的《夏雨》中,"金色"在开头和结尾分别出现了两次。为什么会有金色的雨呢?这是因为阳光照透了它们。金灿灿的雨等于金灿灿的面包。自然和人的所有劳作等于收获。①

三是蕴含哲理的自然诗(主要表现人与永恒的关系)。俄国学者斯捷潘诺夫指出:"对于迈科夫来说,大自然和人的生命是一个融成一片的和谐统一体。"②正因为如此,迈科夫在自然诗中更多地让自然景象与人的心灵或精神相通,进而通过自然来表达自己对世界和人生的哲理思索,创作了不少蕴含哲理的自然诗。这类诗大体包括以下几类。

一是让自然景象与人的心灵或精神相通,以表达独特的思想感情。他或者描写自然景象引发心灵的改变,如《春天!探出第一扇窗——》:

春天!探出第一扇窗——
屋里突然闯进一片喧哗,
　　有附近教堂的钟声当当,
　　有人们的喁喁交谈,还有车轮轧轧。

我心里腾飞起生命和希望的彩蝶:
　　瞧——远方早已是清晰的一片澄碧……
　　我多想走进那辽阔的田野,
　　春天在那里一边庄严行进,一边把鲜花撒满大地。③

这是迈科夫的一首名诗,描写了活力四射的春天给人的心灵带来的活力、希望。陈松岩对此有较具体的分析:"俄国乡村的住房通常有两层窗扇,外层为封闭式的窗板,它从秋天一直挂到春暖花开时节才取下。诗人抓住这个富有诗趣的时刻,使人产生眼界顿开之感。关闭一冬的护窗刚一取下,首先触及诗人感官的是外界的万般声响。正所谓'人景未到,其声先闻',从寺庙齐鸣的钟声,从人们的欢声笑语以及街上车马隆隆作响声中,诗人听到了春天给大自然以及人们心灵带来的喜悦和欢欣,空寂的心为之一振。外界的盎然春意感染了诗人,使诗人心中'又充满生机和自由',不禁欣然临窗远眺。首先映入眼帘的是一望无边碧蓝澄清的晴空,它使诗人心胸开阔,激情震荡,恨不得立刻奔向广阔的田野,尽情宣泄心中的欢乐。"④《鹤群》也是如此:

从忧伤的思绪中清醒,
我从大地抬起眼睛:

---

① Н. Сухова. Дары жизни, М., 1987, c. 110.
② Н. Степанов. А. Н. Майков. // А. Н. Майков. Избранные произведения, Л., 1957, c. 11.
③ 曾思艺译自 А. Н. Майков. Сочинения в двух томах. Том 1, М., 1984, c. 143. 或见《迈科夫诗选》,曾思艺译,《中国诗歌》2014年第2卷;亦可见《迈科夫抒情诗选》,曾思艺译,中国友谊出版公司,2014年,第43页。
④ 张玉书主编《外国抒情诗赏析辞典》,北京师范学院出版社,1991年,第312页。

> 在蓝幽幽的天穹
> 仙鹤成群地飞行。
>
> 鹤唳声声漫传遥远的天庭,
> 仿佛祈祷前教堂的钟声——
> 问候古老的森林,
> 问候熟识的茫茫波光水影!……
>
> 在这里,这些湖水,早已
> 全部流进森林,灌溉鲜绿的麦苗……
> 还有什么?一切足矣,
> 爱情和思考也不再需要……①

全诗表现了鹤群及鹤唳声声使人与自然融为一体,甚至连爱情与思考都属多余,不再需要。《沼泽》则表现了诗人独自在自然中与自然相处相通,并试图参详自然的秘密:

> 我整小时在与沼泽周旋。
> 那里硬毛草丛立,像刷子般坚硬;
> 那里池塘盈盈碧水溢出塘岸;
> 青蛙费力地爬上突出水面的树墩,
> 就像登上了舞台的一角,
> 舒服地晒着太阳,打着瞌睡……
> 瘦弱的花儿披着雪白的绒毛,
> 在它上面整群的小蚊虫嗡嗡翻飞;
> 只有鲜嫩多汁的勿忘我草以绿松石的眼睛
> 从四面八方温柔地望着我的眼睛;
> 环绕瘦弱干枯的苇茎
> 忙忙碌碌的蜻蜓,
> 和偶然闯入的白蝴蝶飞来飞去,
> 使这个荒凉的沼泽世界充满生气。
> 啊,这荒芜之地真是美好梦乡!……
> 而曾有些日子,我的想象
> 只是迷恋那云朵般的群山,
> 深邃蓝天节日般的空间。
> 修道院和白色别墅的篱笆
> 在绿色的常春藤和葡萄下……

---

① 曾思艺译自 А. Н. Майков. Сочинения в двух томах. Том 1, М., 1984, с. 148—149. 或见《迈科夫抒情诗选》,曾思艺译,中国友谊出版公司,2014年,第43—44页。

在哑默废墟的圆柱中间
月亮壮丽地冉冉东升,
照得山上飞泻的瀑布如银练……
我觉得这抑扬婉转的奇妙和声
包括滚滚波浪的吟啸;
它进入一个无边无际的世界,
在那里我对陌生的灵魂倍觉胆怯,
我突然喜不自禁地感到
人们在场。透过接连不断的喧嚣,
驮载的马儿铃声叮当,
慢慢走下山间小道……
瞧——现在这个幻想
已占据心灵,一如过去的时光,
就在这里,如醉如狂
同我把自然的秘密参详。①

《春》一诗,则由初春的到来引发心灵深沉的哲理感慨:

淡蓝的,纯洁的
　　雪莲花!
紧靠着疏松的
　　最后一片雪花……

是最后一滴泪珠
　　告别昔日的忧伤,
是对另一种幸福
　　崭新的幻想……②

寒冬将去,初春已到,绽放的雪莲花就是春天的使节,尽管它的身旁还有最后一片雪花! 由此,诗人心潮激荡,浮想联翩:这既是最后一滴泪珠,告别了昔日的忧伤;又是对另一种幸福的崭新的幻想。

进而,诗人不仅写自然与人的心灵的相通,更由此思考生命和人生,从而使诗歌富有颇为深厚的哲理意蕴。如《秋天》由自然界的秋天写到心灵的秋天,并在其中表达了关于生死的哲思:

林中湿漉漉的地面盖了一床

---

① 曾思艺译自 А. Н. Майков. Избранные произведения, Л., 1957, c.181. 或见《迈科夫抒情诗选》,曾思艺译,中国友谊出版公司,2014年,第52—54页。

② 曾思艺译自 А. Н. Майков. Сочинения в двух томах. Том 1, М., 1984, c.143. 或见《迈科夫诗选》,曾思艺译,《中国诗歌》2014年第2卷;亦可见《迈科夫抒情诗选》,曾思艺译,中国友谊出版公司,2014年,第55—56页。

　　　　金灿灿的落叶被，
我鲁莽地用双脚踩脏
　　　　森林那春天的美。

我的两腮冻得通红：
　　　　在森林中奔跑真畅美，
听着树枝的劈啪声声，
　　　　用脚把树叶扒成一堆。

昔日的欢乐在这里已荡然无存，
森林已全然敞露自己的秘密，
最后一颗核桃也被摘净，
　　　　最后一朵鲜花也已零落成泥。

青苔不再往上攀爬，
　　　　毛茸茸的乳蘑不再成堆地钻出，
树墩四周也不再悬挂
　　　　越橘那紫红的流苏。

夜间的严寒藏身树叶中
　　　　久久不散，
纯净透明的天空
　　　　透过森林冷冷观看。

树叶在脚下沙沙直响；
　　　　死神铺开了自己的俘获……
只有我心花怒放——
　　　　欢天喜地唱起了歌！

我知道，我在青苔间
　　　　摘下早春的雪莲花定有因果；
我和每一朵花都有缘，
直到晚秋最后的花朵；

心灵向鲜花讲述了什么秘密，
　　　　鲜花又把什么诉说给心灵，
在冬天的每日每夜我都将回忆，
　　　　满怀幸福的深情。

>　　树叶在脚下沙沙直响；
>　　　　死神铺开了自己的俘获……
>　　只有我心花怒放——
>　　　　欢天喜地唱起了歌！①

　　黎皓智对此诗有较具体的分析："诗篇从大自然之秋写到诗人的心灵之秋。大自然的秋天是一幅现实主义图画：青苔消失，严寒凝聚，落叶铺陈在大地，森林脱下了神秘的外衣。秋天是严峻的，带走了人们'往日的慰藉'，秋天也是可怕的，'死神把自己的祭品铺砌'。然而，诗人在着力渲染了这个纯净的秋天世界之后，并没有抒泄孤独和苦闷的情绪；他笔锋一转，流露出自己内心的欢愉，他在'如痴如狂地唱着歌曲！'诗人心灵上的秋天是欣欣向荣的。""迈科夫不仅用诗人的心灵去感受秋天，而且用哲学家深邃的思想去理解秋天。在冬季那漫长的日日夜夜之中，他透过秋天的落英，可以怀着幸福的心情回忆起春天的明媚。这，就是'心灵向鲜花'诉说的悄悄话语，也是'鲜花向心灵'捎来的信息。心灵上的感应和思想上的顿悟相契合。""诗人把景、情、理结合在一起，情景交融，以情达理。写景，浓淡交错，动静相宜；写情，热烈明丽，真挚感人；写理，言此及彼，余味无穷，秋色美、心灵美与情操美交融在一起。"②《夜声》更是从夜晚的各种声音和天空中的繁星感受到永恒：

>　　啊，无月的夜晚！……被你迷住的我，
>　　站着并倾听，像一个热恋者……
>　　你的法衣里包裹着多么美妙的音乐！
>　　周围——玻璃般清脆的声音像泉水流泻；
>　　那边——一片叶子在钻石般的水滴下颤栗；
>　　那边——田野上的鸟儿在千篇一律地啾啾唧唧；
>　　蜻蜓，像钟表，在灌木丛中敲击；
>　　从河面，从多沼泽的小岛，从芦苇里，
>　　传来蟾蜍汹涌澎湃的大合唱，
>　　就像沉闷的低音，发自遥远的地方，
>　　遥远磨坊沉闷的隆隆
>　　主宰着这夜间的一切和声，
>　　在风中时而震天动地，时而一声不张，
>　　而繁星……不，就在那边，在蓝天上，
>　　金属般的繁星熠熠发光跳动不停，
>　　让我感觉到永恒之流的轰鸣。③

　　《阿尔卑斯冰川》一诗则更加明确地表达了心灵对永恒的向往：

---

①　曾思艺译自 А. Н. Майков. Сочинения в двух томах. Том 1, М., 1984, с.154—155. 或见《迈科夫抒情诗选》，曾思艺译，中国友谊出版公司，2014年，第48—50页。
②　许自强主编《世界名诗鉴赏金库》，中国妇女出版社，1991年，第650页。
③　曾思艺译自 А. Н. Майков. Избранные произведения, Л., 1957, с.175. 或见《迈科夫抒情诗选》，曾思艺译，中国友谊出版公司，2014年，第51页。

> 湿漉漉的烟雾在峡谷里弥漫,
> 而那边——就像轻飘飘的幻影,
> 在紫红色的早晨闪现出冰川,
> 沉醉在羞怯、童贞的欢乐中!
>
> 从这个戴雪的山顶,
> 为我吹来多么清新的生气,
> 它放射出绿松石般纯美的绿光莹莹,
> 在整个天空盈溢!
>
> 我知道,那边居住着神灵,
> 那里没有人的痕迹,——
> 然而,心灵像是在回应
> 某种召唤:"去那里! 去那里!"①

除了正面描写大自然对人心灵和精神的触动和相通,诗人也常通过大自然的描写,从反面表现自然对人心灵或精神的触动,如《我周围的一切一如从前》:

> 我周围的一切一如从前,
> 山谷里五彩缤纷,熠熠闪光……
> 森林又绿荫如盖,绿意盎然,
> 阵阵林涛在林梢喧响……
>
> 心儿为何总如此疼痛,
> 既极力追求,又忧心忡忡,
> 渴求未曾经历过的憧憬,
> 又懊悔生活过的行踪?
>
> 可不要从头开始生活——
> 那是白白地不断丧失力量,
> 甚至白白地彻底耗磨
> 仅存的那点希望……
>
> 而我的周围,一如从前,
> 山谷里五彩缤纷,熠熠闪光……
> 森林又绿荫如盖,绿意盎然,

---

① 曾思艺译自 А. Н. Майков. Избранные произведения, Л., 1957, с. 201. 或见《迈科夫诗选》,曾思艺译,《中国诗歌》2014 年第 2 卷;亦可见《迈科夫抒情诗选》,曾思艺译,中国友谊出版公司,2014 年,第 70 页。

阵阵林涛在林梢喧响……①

周围的一切一如从前,山谷里五彩缤纷,森林绿荫如盖,大自然的生机与活力不仅没有使心灵活力四射,反而刺激心灵,使它感到疼痛,并且忧心忡忡。《燕子》一诗更为复杂:

> 我的花园正在逐日凋零;
> 它在憔悴、断折和空旷,
> 虽然在如火的灌木丛中
> 金莲花还在华丽地怒放……
>
> 我愁绪满怀!这秋阳的辉耀,
> 这飘坠的白桦树叶,
> 这迟到的螽斯的唧唧鸣叫,
> 使我倍感凄切!
>
> 习惯性地朝屋顶下看了一眼——
> 窗户上方只有一个空巢;
> 已听不到燕语呢喃;
> 只有巢里北风吹动的干草……
>
> 我还记得,两只燕子,
> 为建造它,曾多么辛劳!
> 怎样用黏土固结住细树枝,
> 并往巢内拖入一根根羽毛!
>
> 它们的劳动是多么欢乐,又多么灵巧!
> 而当五个敏捷的小小脑袋,
> 露出巢外张望着寻找,
> 它们又是多么慈爱!
>
> 整天不停地呢喃细语,
> 就像孩子们在细诉热忱……
> 然后振翅飞起,飘然远去!
> 从那时起我很少见到它们!
>
> 瞧——它们的巢空荡荡的!

---

① 曾思艺译自 А. Н. Майков. Избранные произведения, Л., 1957, с. 179. 或见《迈科夫抒情诗选》,曾思艺译,中国友谊出版公司,2014年,第65—66页。

> 它们已经身在另一个地方——
> 远远的,远远的,远远的……
> 啊,要是我也有一对翅膀!①

花园逐渐憔悴、凋零,首先引发诗人心灵的满怀愁绪,然而勤劳燕子能够飞到绿意盎然的远方,又使诗人感到自愧不如,只能面对大自然的凋零而承受痛苦,不能展翅飞走。

值得一提的是,诗人有时也敏锐地感觉到,人与自然不见得时时刻刻都能和谐如意,有时候人的出现反而破坏了大自然本身的和谐,如《在森林中》:

> 林中的小溪水声叮咚,
> 像玻璃晶明透亮,
> 在干枯的松树四周流动,
> 仿若泽间小径置身其上。
> 周围的森林发黑空气潮湿;
> 我行走着,心里稍感恐惧……
> 不!这里有它自己的天地,生气勃勃的天地,
> 我破坏了它的生气……
> 正在完成的一切因为我
> 在那里突然刹车,
> 所有人都在关注我,等待着,
> 寂静中人们将罪恶思索;
> 仿佛好奇的目光交汇
> 从四面八方集中到我身上,
> 我听到无言的责备,
> 我的灵魂感到羞愧难当。②

大自然有自己的天地、自己的规律、自己的生活,人的进入反而破坏了它的生气,正在完成的一切因为人的出现而突然刹车,因此人感到一种无言的责备,感到羞愧难当。

迈科夫还往往通过单独描写大自然来表现某种哲理,如《秋天的落叶随风旋舞》:

> 秋天的落叶随风旋舞,
> 秋天的落叶惊恐地哀号:
> "全完了,全完了!你变得黑丛丛光秃秃,
> 啊,我亲亲的森林,你的末日已到!"

---

① 曾思艺译自 А. Н. Майков. Сочинения в двух томах. Том 1, М., 1984, с. 153—154. 或见《迈科夫抒情诗选》,曾思艺译,中国友谊出版公司,2014 年,第 54—55 页。

② 曾思艺译自 А. Н. Майков. Избранные произведения, Л., 1957, с. 176. 或见《迈科夫抒情诗选》,曾思艺译,中国友谊出版公司,2014 年,第 64—65 页。

> 威严的森林全然漠视这份惊恐,
> 一任酷寒的天空愈加蓝沉沉,
> 雄劲的寒梦把它紧笼,
> 它仍在暗暗蓄积力量迎接新春。①

深秋季节,落叶飘飞,生命短暂的落叶惊恐万状,觉得整个森林的末日到了;而威严的森林全然漠视这份惊恐,只是暗暗蓄积力量准备迎接新春。局部或表面的惊恐与悲观绝望,和整体或内在的镇定与满怀希望,构成鲜明的对比,表现了某种较为深刻的哲理。

斯捷潘诺夫指出:"描写大自然的诗在迈科夫的作品中占据重要的地位。这些诗显示了这位真正艺术家的敏锐性。这类诗歌如《春天!探出第一扇窗》《刈草场》("草地上弥漫着干草的芳香")、《雨中》《秋天》《燕子》及许多其他作品,都是他杰出的诗歌代表作。在作品中诗人找到了准确的表现手段和敏锐细腻的细微差别,这赋予其诗歌一种亲切的温柔和抒情色彩,恰似画家笔下真实明朗的大自然。如祖母绿般闪耀的绿草地,银丝带般蜿蜒曲折的小河,浓密翠绿的森林,春天的风景,最后一场雪,破雪而出的淡蓝色的雪莲花,清晨花园里溅满冰凉露水的丁香花,鲜花摇漾的田野——迈科夫诗中的这些风景,是俄罗斯中部地区朴素而纯正的景色。"②这一观点无疑是正确的,但是除此之外,诗人还在自然诗中蕴含了一定的哲理内涵,这使其自然诗在某种程度上不再是纯粹的风景描写,而像丘特切夫以及后期费特的自然诗一样,具有较为深邃的哲理。

(三)爱情诗。迈科夫的爱情诗在其诗歌创作中为数不是太多,但是很有特色。它包括以下内容。

一是既写纯洁的初恋和纯洁的热恋,也写较为现代的爱情之梦。

表现纯洁的初恋,是迈科夫爱情诗的一个显著的特点,如《林中的声音》:

> 少女在林中唱出的歌声,
> 老是在我心头萦绕,
> 时而在远处渐渐寂静,
> 时而在林中声震云霄。
>
> 顽皮的幻想搅得我心神不安,
> 我望着密林,蒙蒙烟雾中,
> 绿叶,青草,红红的松树干,
> 迎着太阳,晶光闪动。
>
> 是跑去追求年轻的姑娘?
> 抑或把这由于美妙的歌声

---

① 曾思艺译自 А. Н. Майков. Избранные произведения,Л.,1957,с.187. 或见《迈科夫抒情诗选》,曾思艺译,中国友谊出版公司,2014年,第86页。

② Н. Степанов. А. Н. Майков. // А. Н. Майков. Избранные произведения,Л.,1957,с.48.

而用幻想创造的这个可爱形象
　　永远深藏于我的心灵？①

　　这首诗写的是朦胧的初恋,抒情主人公被年轻姑娘的美妙歌声所打动,在心里用幻想创造了她的可爱形象,爱上了她,但他心里颇费踌躇:是勇敢地跑过去追求这位姑娘,还是把这一用幻想创造的可爱形象深藏于心底呢？从而生动写出了这位小伙子既容易钟情又颇为胆怯的纯洁的初恋心理。又如《夜的静谧中我神秘地幻想什么》:

　　夜的静谧中我神秘地幻想什么,
　　昼的亮丽里我总是在思量什么？
　　这对一切都是秘密,甚至你,我的诗!
　　你,我轻浮的朋友,我日常的乐趣,
　　我不会告诉你心灵中翩舞的幻想,
　　否则你就会到处嚷嚷:
　　夜深人静时我听见了谁的声音,
　　我在满世界把谁的面孔找寻,
　　谁的眼睛让我春风满面,
　　谁的名字被我常挂在嘴边。②

　　这也是初恋时相当纯洁的一种感情。抒情主人公爱上了一位姑娘,可能甚至还是单相思,他日思夜想,寝食不安,但他不敢有半点泄露,甚至对自己的诗,因为怕它也不能保守秘密:夜深人静时我凝神细听姑娘声音,不停地在满世界把对方的面孔找寻,只要一见到她,自己就春风满面,而且总是把她的名字挂在嘴边。《遇雨》更是以故事性的情节写出初恋的纯洁:

　　还记得吗,没料到会有雷雨,
　　远离家门,我们骤遭暴雨袭击,
　　赶忙躲进一片繁茂的云杉树荫,
　　经历了无穷惊恐,无限欢欣!
　　雨点和着阳光淅淅沥沥,云杉上苔藓茸茸,
　　我们躲在树下,仿佛置身于金丝笼,
　　周围的地面滚跳着一粒粒珍珠,
　　串串雨滴晶莹闪亮,颗颗相逐,
　　滑下云杉的针叶,落到你头上,
　　又从你的肩头向腰间流淌……
　　还记得吗,我们的笑声渐渐轻微……

---

　　① 曾思艺译自 А. Н. Майков. Сочинения в двух томах. Том 1, М., 1984, с.147. 或见《迈科夫抒情诗选》,曾思艺译,中国友谊出版公司,2014年,第52页。
　　② 曾思艺译自 А. Н. Майков. Избранные произведения, Л., 1957, с.76. 或见《迈科夫诗选》,曾思艺译,《中国诗歌》2014年第2卷;亦可见《迈科夫抒情诗选》,曾思艺译,中国友谊出版公司,2014年,第28—29页。

> 猛然间我们头顶掠过一阵惊雷——
> 你吓得紧闭双眼,扑进我怀里……
> 啊,天赐的甘霖,美妙的黄金雨!①

　　一对恋人可能刚从初恋进入正式相恋,他们相约一起出去漫步,没想到突然遭到了暴雨的袭击,赶紧跑进繁茂的云杉树荫中躲雨,下的是太阳雨,在恋爱者的眼中更富诗意:阳光中的雨丝和繁茂的云杉仿佛就是金丝笼,地面滚跳的雨滴仿若晶莹的珍珠……雨水从树梢滴落,落到头上,又从肩头向腰间流淌……两人发出了阵阵笑声,然而,笑声还没停息,突然就在头顶掠过一阵惊雷。由于还处于初恋阶段,姑娘一直比较矜持,这时却害怕得忘了矜持与羞涩,不顾一切地扑入抒情主人公的怀里,使得他不由得放声高呼:天赐的甘霖,美妙的黄金雨! 诗歌采用回忆的调子,首先写到没料到会有雷雨,写到躲进云杉树荫,写到经历了"无穷惊恐,无限欢欣",然后再具体抒写如何欢欣,如何惊恐,尤其是瞬间的惊恐对爱情的决定性的推进:女方扑入男方怀抱,两人陶醉在爱的激情里。与当前快速恋爱快速同居相比,这只是相当纯洁的初恋,连拥抱都要靠外力(惊雷)的推动。苏霍娃指出,迈科夫不像费特那样转达模糊的、难以捕捉的心灵运动和精致的印象,而是仅仅把回忆建筑在清晰的图画上,但他同样也写出了纯洁的恋爱感受,人的心灵与周围的世界在瞬间欢乐里融合成整体的细腻感受。② 她还结合阳光、珍珠般的闪光及风景的细节等意象,对这首诗进行了较为具体的分析③。

　　迈科夫也善于描写纯洁的热恋,或者写纯洁的两情相知相悦,如《我爱,当你满怀爱意地发现》:

> 我爱,当你把脑袋轻轻靠在我肩上,
> 垂下目光,满怀爱意地望着我,
> 试图猜出我的心思。我情不自禁地紧偎你,
> 并把目光转向你,与你的目光汇合;
> 我们默默无言相视微笑,似乎在这甜蜜的静默中,
> 我们的思想融成一体,用微笑和目光诉说了许多。④

　　一对恋人在热恋中紧紧依偎,久久互相凝视,爱意融融,默默相视微笑,在这甜蜜的静默中,心有灵犀,"此时无声胜有声",用微笑和目光诉说了许多,两人的思想融成了一体;或者写在美丽动人的大自然中,纯洁的爱情更加深厚,如《在我那遥远的北方》:

> 在我那遥远的北方,

---

① 曾思艺译自 А. Н. Майков. Сочинения в двух томах. Том 1, М. ,1984, c. 145. 或见《迈科夫诗选》,曾思艺译,《中国诗歌》2014 年第 2 卷;亦可见《迈科夫抒情诗选》,曾思艺译,中国友谊出版公司,2014 年,第 50—51 页。
② Н. Сухова. Дары жизни, М. ,1987, c. 111. Н. Сухова. Мастера русской лирики, М. ,1982, c. 95.
③ Н. Сухова. Мастера русской лирики, М. ,1982, c. 95—97.
④ 曾思艺译自 А. Н. Майков. Избранные произведения, Л. ,1957, c. 193. 或见《迈科夫诗选》,曾思艺译,《中国诗歌》2014 年第 2 卷;亦可见《迈科夫抒情诗选》,曾思艺译,中国友谊出版公司,2014 年,第 38 页。

> 那个夜晚,我永生难忘。
> 我们两人默默观望
> 婀娜的柳枝轻拂池塘;
> 远处的月桂树林青翠欲滴,
> 夹竹桃花开得灿烂耀眼,
> 桃金娘叶茂枝繁
> 在我们头顶像密不透风的墙壁;
> 高高的山峰绿意盎然,
> 金灿灿的尘埃中腾起一片轻雾,
> 桥渠渡槽和古代遗址的废墟,
> 仿佛漂浮在远方的水面……
> 面对飞瀑轰鸣,
> 面对夕阳似火,
> 你陶醉地对我说:
> "我们真该在此共度一生……"①

  一对恋人在北方美丽迷人的夜晚,面对婀娜的柳枝轻拂池塘,远处的月桂树林青翠欲滴,夹竹桃花开得灿烂耀眼,桃金娘枝繁叶茂,飞瀑轰鸣,夕阳似火,深深陶醉,热恋之情进一步升华,女方不禁柔情似水地说,"我们真该在此共度一生"。

  除了以较为冷静、客观的描写或以具有淡淡情节的故事来表达纯洁的爱情外,迈科夫有时也采用直抒胸臆的方式,表达这种感情,如《幸福的人儿》:

> 哎,爱我吧,无须思虑,
> 无须忧烦,无须致命的臆测,
> 无须责备,也无须捕风捉影的猜疑!
> 还有什么可想?我属于你,你属于我!
>
> 忘掉一切,抛开一切,全身心投入我怀里!……
> 请不要这样忧伤地望着我!
> 更不必费神去捉摸我的心思!
> 整个儿投入我心中——就行了!
>
> 爱无法计算,也无法测量;
> 不,我的爱就是我整个心灵。
> 我爱着——我欢笑,我发誓,我景仰……
> 哎,我亲爱的,生活真是乐融融!

---

① 曾思艺译自 А. Н. Майков. Избранные произведения, Л., 1957, с. 114. 或见《迈科夫诗选》,曾思艺译,《中国诗歌》2014年第2卷;亦可见《迈科夫抒情诗选》,曾思艺译,中国友谊出版公司,2014年,第32页。

> 相信爱情吧,幸福不会一闪即逝,
> 像我一样相信吧,哦你这高傲的人,
> 我和你永生永世决不分离,
> 我们的亲吻也永生永世无穷无尽……①

抒情主人公面对高傲的恋人,情不自禁地大声向她呼吁:忘掉一切,抛开一切,无须思虑,无须忧烦,无须责备,也无须捕风捉影的猜疑,因为爱是无法计算,也无法测量的,因此,应该相信爱情,全身心地投入爱情,这样生活就会其乐融融,幸福也会永永远远……

即使是热恋中的矛盾,诗人也写得十分纯洁,如《被忧伤弄得难受,哭成泪人儿》:

> 被忧伤弄得难受,哭成泪人儿,
>   你睡在我怀里,像个小孩子:
> 在你温顺的脸庞,最后的思绪
>   随着未拭去的一滴眼泪在颤栗。
> 你睡着了,带着对我的无声责备,
>   因为我对你的眼泪置之不理……
> 眼下不知为何你正在梦中微笑,
>   似乎发觉我正忧伤地望着你,
> 静静地把你抱在怀里,像个小孩子,
>   像你一样痛苦,也想哭泣?②

热恋中的两人,可能因为什么事情发生了争吵,女方十分忧伤,哭成了泪人儿,然后像个小孩子一样在恋人的怀里睡着了。但男方感到女方虽然睡着了,却依旧带着对自己的无声责备,因而深感懊悔,深感愧疚,也忧伤地望着熟睡的恋人,痛苦得直想哭泣。

诗人不仅写纯洁的初恋和热恋,也写热烈的爱之梦,如《夏夜之梦——致格里戈里耶夫》:

> 夜深了我还久久无法入睡,
>   我干脆起床,打开窗户……
> 静默的夜使我苦恼,让我伤悲,
>   鲜花的芳香令我心醉神舒……
>
> 窗下的灌木丛突然沙沙响了一声,
>   窗帘飘敞,哗哗直响——

---

① 曾思艺译自 А. Н. Майков. Избранные произведения, Л., 1957, с. 118. 或见《迈科夫诗选》,曾思艺译,《中国诗歌》2014 年第 2 卷;亦可见《迈科夫抒情诗选》,曾思艺译,中国友谊出版公司,2014 年,第 34 页。
② 曾思艺译自 А. Н. Майков. Избранные произведения, Л., 1957, с. 194. 或见《迈科夫抒情诗选》,曾思艺译,中国友谊出版公司,2014 年,第 38 页。

一个少年朝我奔来——脸庞光亮晶莹,
　　　仿佛整个儿就是凝结的月亮。

我正房的墙壁震动,
　　　它后面的柱廊豁然敞开;
雪花石膏的花瓶中
　　　那一束玫瑰绽蕾吐放如火的光彩。

这位奇妙的客人径直走到我床前,
　　　他带着温和的微笑对我开口:
"你为何在我面前
像受惊的鱼飞快躲进枕头!

"看看吧——我是上帝,梦境和幻想的上帝
我是羞怯少女隐秘的朋友……
为我的女王,为你
首次带来了上天的极乐悠悠……"

他一边说着——一边用手轻轻
　　　让我的脸儿离开睡枕……
他在我脸颊热吻频频
　　　还用嘴唇寻找我的嘴唇……

他的呼吸使我全身绵软无力……
　　　他用手解开我胸前的衣襟……
他在我耳边吟唱:"你是我的,你是我的!"
　　　仿若远处竖琴的乐音……

时光飞逝……我睁开双眼……
我的卧室早已到处是红霞弄晴……
我独自一人……浑身颤抖……发辫披散……
　　　我不知道,发生了什么事情……①

　　这首诗在当时具有一定的超前意识。一般的诗人,描写爱情,都是写生活中的两情相悦,爱的孤独与失恋的痛苦等等,即使写爱的梦幻,也往往像普希金的《醒》那样,写得相当含蓄:"美梦啊,美梦,/哪里是你的甜蜜?/夜间的欢乐,/你在哪里?/你在哪里?/欢乐的梦/已失去影踪。/我孤零零/在黑暗中/苏醒。/床周围/是沉

---

① 曾思艺译自 А. Н. Майков. Избранные произведения,Л.,1957,c.152. 或见《迈科夫抒情诗选》,曾思艺译,中国友谊出版公司,2014年,第61—62页。

默的夜。/爱情的幻想/忽而冷却,/忽而离去,/成群地飞跃。/我的心灵/仍充满愿望,/它在捕捉/对梦境的回想,/爱情啊,爱情,/请听我的恳请:/请再把我/送入梦境,/再让我心醉,/到了清晨,/我宁可死去,/也不愿梦醒。"①而迈科夫则写出了一个少女夜间的性梦:她在白天乃至入睡前是孤独的,苦恼的,甚至满怀伤悲,她充满了对爱情对异性的渴望,然后"日有所思,夜有所梦",她在梦中果然迎来了她渴望的异性,他向她诉说绵绵情话,频频地热吻她,并用手解开她胸前的衣襟……这种描写,在讲究高雅、含蓄的19世纪,可谓颇为大胆、超前,较有现代性。

二是把爱情与社会问题结合起来,写社会问题的爱情诗。受当时革命民主主义者思想的影响,迈科夫在爱情诗中有时也反映社会问题,把爱情与社会问题结合起来。如《吻》:

> 在大理石的碎片中间,
> 一个独臂的希腊解放战士,
> 爱抚着细腻的大理石,
> 就像抚摸雪白的浪花,
> 一位少女经过他身旁,
> 金灿灿的卷发好似金色阳光,
> 她说:"你为何
> 用一只手工作?
> 另一只藏到哪里去啰?"
>
> "我爱上了一位少女,
> 伊斯坦布尔的第一玫瑰花!
> 仅仅一个热吻,
> 我的一只手便被砍下!
> 那少女还活在世上,
> 金灿灿的卷发好似金色阳光……
> 假如再来一个热吻,
> 另一只手也将离开臂膀!"②

一位希腊解放战士爱上了一位土耳其少女,由于宗教信仰不同,由于希腊反抗土耳其民族的统治,他们的爱情夭折了,希腊青年为此还付出了一只手臂的代价!全诗只是客观地描写和平静的讲述,但是它却在不动声色中反映了民族压迫、民族解放的社会问题。又如《年轻少妇》:

> 年轻的叶莲娜盛装打扮,
> 为了出席弥撒的盛典。

---

① 汤毓强、陈浣萍译,见钱仲联、范伯群主编《中外爱情诗鉴赏辞典》,江苏教育出版社,1989年,第915—916页。
② 曾思艺译自 А. Н. Майков. Избранные произведения, Л., 1957, с.295. 或见《迈科夫抒情诗选》,曾思艺译,中国友谊出版公司,2014年,第73—74页。

头戴镶满珍珠的漂亮帽子,
　　金饰品挂满了黑色的发辫。
　　她容光焕发,像一轮太阳,
　　白色的胸部——银色的月亮一般。
　　她登上山路,走向教堂,
　　开口问狂跳的心脏:
　　"心脏啊,你为何狂跳不已,吁吁气喘?
　　仿佛背着巨石在上山?"
　　"我从老丈夫那里承受的痛苦,
　　远甚于背着巨石上山。
　　我要逃离这种奴隶般的生活,
　　去投奔一个青年!
　　我对他百看不厌,
　　就像观赏花园里高高的柏树;
　　他爱我,总是让我开心,
　　把我当娇弱的苹果花呵护;
　　我亲自给他打扮,
　　像我长辈打扮我那样;
　　我关心他的一切,
　　就像我的长辈把我放在心上;
　　他容忍我的絮絮叨叨,
　　容忍我的任性和孩子般爱哭泣,
　　他称我为快乐的小鸟,
　　他叫我为亲爱的小鸽子!"①

　　这是一首叙事性的抒情诗,年轻美丽的叶莲娜,因为没有婚姻自主权,被迫嫁给一个老丈夫,过着奴隶般的生活,十分痛苦。她爱上了一个真正爱她的青年,准备逃离老丈夫,而投奔这个青年,两人一起过恩爱美满的日子。在短短的篇幅里,写出了重大的社会问题——不合理的婚姻制度,也写出了叶莲娜的痛苦与反抗,塑造了一个美丽而富于反抗的年轻妇女形象。我国陕北民歌《兰花花》与此类似:"青线线(那个)蓝线线,蓝格英英(的)彩,生下一个兰花花,实实的爱死人。五谷里(那个)田苗子,数上高粱高,一十三省的女儿(呦),就数(那个)兰花花好。正月里(那个)说媒,二月里订,三月里交大钱,四月里迎。三班子(那个)吹来,两班子打,撇下我的情哥哥,抬进了周家。兰花花我下轿来,东望西照,照见周家的猴老子,好像一座坟。你要死来你早早的死,前响你死来后响我兰花花走。手提上(那个)羊肉怀里揣上糕,拼上性命我往哥哥家里跑。我见到我的情哥哥有说不完的话,咱们俩死活呦长在一搭。"这首诗与《兰花花》有异曲同工之妙,都塑造了一个反抗封建包办

---

① 曾思艺译自 А. Н. Майков. Избранные произведения, Л., 1957, с. 296—297. 或见《迈科夫抒情诗选》,曾思艺译,中国友谊出版公司,2014年,第74—75页。

婚姻、离开年老的丈夫、勇敢追求个人幸福的年轻女性形象，只是迈科夫的女性更温柔细腻一些，而兰花花更刚烈粗犷一些。这在某种程度上也许是文人创作与民间创作的区别吧。

《他从污秽中把她拯救》是迈科夫爱情诗中最具悲剧色彩的好诗：

> 他从污秽中把她拯救；
> 为了得到她的芳心——他开始盗偷；
> 她沉湎于生活的富裕，
> 并且哈哈大笑，笑这疯子。
>
> 天天宴席……时光飞跑……
> 那个早晨，很快就来到：
> 他被关进了监牢……
> 她站在窗前，哈哈大笑。
>
> 他在监狱里恳求她：
> "没有你，我心如针扎，
> 快来我这里吧！"她只摇摇
> 自己的头——又哈哈大笑。
>
> 他早晨六点被绞死，
> 七点钟被埋进土里，——
> 而她不到八点就快乐舞蹈，
> 喝着酒，并哈哈大笑。①

男子对女子十分痴爱，不计其出身，把她从污秽中拯救出来，并且尽可能地满足她的一切愿望，甚至不惜偷盗，让她过上富裕的生活。终于，他为之付出了惨重的代价：不仅被捕入狱，而且被绞死。而他所爱的女人，只是享受他所带来的一切富足，而对他没有丝毫感情，甚至哈哈大笑，笑这爱情的疯子！一个深情得痴情，为爱情牺牲了一切甚至生命；一个毫无感情，甚至嘲笑这份真挚的感情。真是落花有意，流水无情，人生长恨水长东！

三是写民歌风格的爱情诗。迈科夫首先翻译了一定的数量的外国民歌，从中学习表达技巧，如《马》就译自"塞尔维亚歌曲"：

> 白白的脸，黑黑的眉，
> 比白天还欢畅，
> 能干的姑娘驮在背，

---

① 曾思艺译自 А. Н. Майков. Избранные произведения, Л., 1957, с. 243. 或见《迈科夫诗选》，曾思艺译，《中国诗歌》2014 年第 2 卷；亦可见《迈科夫抒情诗选》，曾思艺译，中国友谊出版公司，2014 年，第 57—58 页。

马儿脚下腾起细浪;

抚摸乌黑的马鬃,
望着他的眼睛,说:
"马儿这样好,
我还从来未见过,

哎,骑士骑在马上……
只是他没能充分
爱抚你,细心调养,
而他——是独身还是已婚?"

马儿摇摇头儿,
踢一踢脚,回答:
"独身——只是在他心底
藏着一个牢固的想法。

他向我,向别人,
说过不止一次,
为何不派个出色的媒人
在良辰吉日去你家里。"

而她满脸红霞地答道:
"我为了好马儿,
可以毫不心疼任何花销,
我把大麦填满马槽,

在马儿乌黑的鬃毛上,
我系上粉红的丝带,
在马衣的边上,
绣上带流苏的金银绦带;

永远精心照料,我和你将
毫无忧伤地生活在一起……
只是你们要尽量
早点派媒人到我家里。"①

---

① 曾思艺译自 А. Н. Майков. Сочинения в двух томах. Том 1, М., 1984, с. 342. 或见《迈科夫抒情诗选》,曾思艺译,中国友谊出版公司,2014 年,第 78—80 页。

这是典型的民歌,采用的也是典型的民歌的手法:借骑马、与马对话,以及姑娘讲述怎样好好养马,来巧妙地表达爱情,语言也是民歌般的简洁干净。

在此基础上,迈科夫开始尝试创作民歌型的爱情诗。如《我真想吻一吻你》:

> 我真想吻一吻你,
> 又担心被月亮看见,
> 被亮晶晶的星星发现;
> 万一星星从天上滑落,
> 会告诉蓝靛靛的海洋,
> 蓝靛靛的海洋又会告诉船桨,
> 船桨再把它向渔夫杨尼诉说,
> 杨尼的爱人却是玛拉;
> 而这事一旦被玛拉知晓,
> 那左邻右舍就会全都知道:
> 在一个月夜我把你,
> 带进一个香喷喷的花园里,
> 我和你爱抚,亲吻,
> 银灿灿的苹果花,
> 洒满了我们一身。①

全诗采用民歌中最常用的顶针手法,层层递进地写出了一个农家姑娘聪明而大胆的爱情:她虽然爱极了自己的恋人,但毕竟是个女性,而且人言可畏,因此不无犹豫和疑虑,但她终于战胜了自己的胆怯,在一个美丽的月夜,把恋人带进香喷喷的花园里,尽情爱恋。《小鸟燕子啊,快飞吧》也是民歌式的:

> 小鸟燕子啊,快飞吧
> 飞到我从前的爱人那里:
> 她不会等到啊,
> 从客人变成有深情厚谊。
>
> 在异域他乡,
> 凶恶的女巫把我戕害,
> 她用巫术使我为之发狂,
> 也把骏马整个儿变坏。
>
> 我骑上骏马——
> 它把我甩下马鞍;

---

① 曾思艺译自 А. Н. Майков. Избранные произведения, Л., 1957, с. 294. 或见《迈科夫诗选》,曾思艺译,《中国诗歌》2014 年第 2 卷;亦可见《迈科夫抒情诗选》,曾思艺译,中国友谊出版公司,2014 年,第 71—72 页。

>我曾不用鞍鞯骑着它——
>一起搏击风雨,笑傲雷电!
>
>她曾这样说过:
>除非河水不再流动!
>金色的星星像苹果坠落,
>从那高高的天空!
>
>望着她的眼睛——仿佛光明
>从她脸上漫溢进心扉;
>她微微一笑——仿若好小伙子中
>盛开的一朵红红的玫瑰!①

全诗表现的是男方对从前爱人的担心,因为自己远在异乡,而且时运不济,因此像民歌中常见的那样,托付小鸟燕子去家乡向爱人传达自己的一片深情,请她耐心等待自己归来。诗中还出现了民歌中常见的女巫,以及把女方比作红红的玫瑰。《我的美人,我的妻子》更是深得民歌神韵的一首优秀的诗作:

>我的美人,我的妻子,
>快登上这小船,
>坐下来,手牵手,
>跟我划向岸边。
>
>我们头儿紧挨,
>什么都不害怕!
>你如此信赖大海——
>我又怎会怕它!
>
>啊,心——就是大海!
>一样的潮涨潮落,澎湃鼎沸,
>就连深藏的珍珠
>也同样的无比珍贵!②

诗一开始就是民歌式的称呼:"我的美人,我的妻子",然后,用民歌式简洁的语言,表达了双方的相亲相爱,以及抒情主人公的深情:进入大海,登上小船,划向岸边——既然你如此信赖大海,"我"怎么会害怕大海呢?我们的心就是大海,我们的爱情就是海里的珍珠!

---

① 曾思艺译自 А. Н. Майков. Избранные произведения,Л.,1957,с.298. 或见《迈科夫抒情诗选》,曾思艺译,中国友谊出版公司,2014年,第72—73页。

② 曾思艺译自 А. Н. Майков. Избранные произведения,Л.,1957,с.244. 或见《迈科夫抒情诗选》,曾思艺译,中国友谊出版公司,2014年,第87—88页。

四是人与自然和谐的爱情诗。这类诗往往在美丽的大自然中表现爱情,往往情景交融地表现人与自然的和谐。如《我的上帝!昨天——阴雨绵绵》:

> 我的上帝!昨天——阴雨绵绵,
> 而今天——却万里晴空!
> 阳光灿烂,鸟雀欢鸣!幸福金光闪闪!
> 草地露珠晶莹,丁香花开香浓!
>
> 可你还在懒洋洋地酣睡!
> 哦,小宝贝!……你请稍等!
> 我这就去采摘一束丁香花蕾,
> 花枝上露水清凉晶莹。
>
> 我突然把露珠洒向沉睡的你……
> 看到你嗔怪的神情
> 变成对新春的欣喜,
> 我感到甜透心胸!①

在阳光灿烂、鸟雀欢鸣、草地露珠晶莹、丁香花开香浓的新春早晨,抒情主人公满怀激情、满怀爱意地去看望自己的恋人。可她还在沉睡,于是他便采摘了一束丁香花,把花上的露水洒到她沉睡的脸上。看着她的嗔怪变成对新春的欣喜,他感到幸福无比,甜透心胸——因为这里既有爱的甜蜜,也有新春的喜悦。融融的爱意与对春天的喜悦之情就这样有机地结合起来了。《民歌》则表现了要在美丽和谐的大自然中建立爱巢,使爱情更加幸福、完美:

> 在远方的海边,
> 　　我要建造一栋房屋,
> 用五彩斑斓的孔雀羽毛
> 　　四周群星丛簇。
>
> 周围镶满蓝宝石,
> 　　珍珠和绿宝石,
> 我悄悄带着尼娜,
> 　　永远生活在这里。
>
> 尼娜从阳台
> 　　环视四周——
> "太阳已升起来!太阳已升起来!"

---

① 曾思艺译自 А. Н. Майков. Сочинения в двух томах. Том 1, М., 1984, с.144. 或见《迈科夫抒情诗选》,曾思艺译,中国友谊出版公司,2014年,第43—44页。

一切都争相唱酬!①

全诗意象丰富,斑斓多彩,但都是民歌中常见的,如孔雀羽毛、群星、蓝宝石、珍珠、绿宝石等等,这一切构成了美丽、纯洁、灿烂的爱情的基础和氛围,突出了爱情的纯美。

值得一提的是,迈科夫还常常把爱情中的喜怒哀乐与自然的情景紧密相连,仿佛两者是相通的,如《仿若灿丽春天里的鸽子》:

　　仿若灿丽春天里的鸽子,
　　你胸中温柔的快乐在飞腾,
　　也许整个心灵首次
　　久久充满了紧缩的激情……

　　然而,我却只想在这一刻享受
　　在寂静中沉醉于音乐的幸福,
　　一如阴雨天把阳光化为己有,
　　音乐也把我的心灵整个儿吞入。

　　我屏息敛气,以便不遗漏一个乐音,
　　我和你心灵都在颤动——
　　我突然发现——你心里痛苦,不再吭声,
　　眼泪一滴一滴往外直涌。

　　你对我说出的哀求,
　　潜入你心胸,惊扰你心灵,
　　你说:幸福你无福消受,
　　它是否有完美的结局? 你深感惊恐。

　　这又有什么? 让暴风雨再次猛扑!
　　暴风雨过去,太阳又紧跟着跃出;
　　那时我们又衷心祝福
　　曾经的痛苦,和洒下的泪珠。②

"你"胸中温柔的欢乐在飞腾,就像灿丽春天里的鸽子;我们生活和爱情中的波折、痛苦和不幸,就像自然中的暴风雨,然而,暴风雨终将过去,金灿灿的太阳又将紧跟着跃出,幸福和快乐就像太阳一样,又会朗照天地。

综观迈科夫的抒情诗,大约有以下三个较为突出的特点。

---

① 曾思艺译自 А. Н. Майков. Избранные произведения, Л., 1957, с. 204. 或见《迈科夫抒情诗选》,曾思艺译,中国友谊出版公司,2014年,第69页。

② 曾思艺译自 А. Н. Майков. Избранные произведения, Л., 1957, с. 196. 或见《迈科夫抒情诗选》,曾思艺译,中国友谊出版公司,2014年,第46—47页。

第一，古风色彩。如前所述，诗人在其创作前期尤其是三四十年代，曾大量创作古希腊罗马风格的诗歌，而且成就颇高，影响很大，并且具有某种矫正时弊的作用，这是其抒情诗古风色彩的最典型体现。尽管后来他转向描写现实生活的诗歌和叙事诗、历史长诗的创作，但古希腊罗马风格的影响依旧存在，因此其后期创作也还具有相当浓厚的古风色彩。他晚年不仅在诗中使用古希腊罗马典故，写古希腊题材的诗，而且其诗歌依旧富有古希腊罗马精神。如《这些年高望重、枝繁干粗的橡树》：

  这些年高望重、枝繁干粗的橡树，
    若有所思地低着头，
  一如古代市民会议站在人群前的智叟
    在决定他们的命运和前途。
    我枉自细听它们的喧嚣：
    我丝毫未捕获它们交谈的秘密——
  唉，可惜，它们身边没有那条欢快的小溪：
    要不，它早就告诉我它们的思考……①

全诗充满古希腊式纯真的孩子般的好奇，希望从古老高大的树木的交谈中获知自然的秘密，并且使用了古希腊的典故——市民会议、智叟。又如《奥林匹克竞技会》：

  一切都准备停当。音乐震响，
  发出信号……心儿颤动……
  在奥林匹克竞技场
  一列列大马车狂奔急冲……
  人和神都在观看，
  激动不已，拼命静默……
  行走如飞的马，再快一点！
  再快一点！……近了……可怕的时刻！
  格劳科斯……欧墨尔波斯……已经超过……
  别管那些落后者！
  这些人……近了……已调整好了……
  瞧——那是他们中的哪一个？
  "格劳科斯！"——人们齐声叫喊……
  正是他，大步流星，自豪地去领奖，
  扬起的尘土里依稀可见
  骏马脸上的盛怒模样。②

---

 ① 曾思艺译自 А. Н. Майков. Избранные произведения, Л. ,1957,с.177. 或见《迈科夫抒情诗选》，曾思艺译，中国友谊出版公司，2014年，第95页。
 ② 曾思艺译自 А. Н. Майков. Избранные произведения, Л. ,1957,с.260. 或见《迈科夫抒情诗选》，曾思艺译，中国友谊出版公司，2014年，第102页。

整首诗就以古希腊的奥林匹克竞技会为题材,生动地描写其体育竞赛的场景。而《春天——献给科利亚·特列斯金》则依旧有古希腊式单纯的欢乐:

> 银发的冬天,快快走开!
> 春天这美人儿
> 已从山顶疾驰而来,
> 驾着金灿灿的马车!
>
> 你年老体衰怎能与她相抗?
> 她——是百花之王,
> 随身带着大量武装,
> 芬芳的微风中飞舞着整个空中军团!
>
> 时而一片沙沙,时而一阵嗡嗡,
> 时而暖雨如注,时而阳光温暖,
> 时而吱吱啾啾,时而声声欢鸣,
> 你还是赶快走得远远!
>
> 她没有弓,她没有箭,
> 她的武器只是满面笑容,
> 而你只会把雪白的尸布紧攥,
> 用它盖住峡谷,蒙住灌木丛。
>
> 但春已沿着峡谷步步进逼!
> 蜜蜂已经开始嗡嗡忙碌,
> 那飞动的一面面旗帜,
> 是一队队蝴蝶在翩翩起舞!①

这首诗写于1881年,其时诗人已经60岁,但他像青年一样洋溢着对春天的激情,并且极其生动优美形象地表现了春天温柔而无敌的力量,洋溢着古希腊式单纯的欢乐。

与此同时,他依旧像早期那样热爱美热爱艺术,继续思考艺术问题,大量描写艺术和美,如1882年的《致艺术家》:

> 灵感降临到你身上——
> 　马上让它全部发光,
> 当创作的激情还燃烧正旺,
> 　你果敢大胆,充满力量!

---

① 曾思艺译自 А. Н. Майков. Избранные произведения, Л., 1957, с. 215. 或见《迈科夫抒情诗选》,曾思艺译,中国友谊出版公司,2014年,第97—98页。

它从高空暂时照亮
　　事物的意义，灵魂的慧光，
　　你的迷狂只是瞬间！
　　它疾驰而去——黑夜立刻在你面前
　　用冰凉的双手
　　为日常生活拉上黑沉沉的窗帘。①

　　这首诗呼吁艺术家重视灵感紧抓住灵感，赶忙创作，因为灵感能够从高空暂时照亮事物的意义，让灵魂闪现慧光，而且这种迷狂只是短暂的瞬间。整首诗似乎受到柏拉图"灵感说"和"迷狂说"的影响："凡是高明的诗人，无论在史诗或抒情诗方面，都不是凭技艺来做成他们的优美的诗歌，而是因为他们得到灵感，有神力凭附着。科里班特巫师们在舞蹈时，心理都受一种迷狂支配；抒情诗人们在作诗时也是如此。他们一旦受到音乐和韵节力量的支配，就感到酒神的狂欢，由于这种灵感的影响，他们正如酒神的女信徒们受酒神凭附，可以从河水中汲取乳蜜，这是她们在神志清醒时所不能做的事。抒情诗人的心灵也正像这样，他们自己也说他们像酿蜜，飞到诗神的园里，从流蜜的泉源吸取精英，来酿成他们的诗歌。他们的话是不错的，因为诗人是一种轻飘的长着羽翼的神明的东西，不得到灵感，不失去平常理智而陷入迷狂，就没有力量创造，就不能作诗或代神说话。"②1887年的《最具诗意的思想在灵魂中闪现》表达了相近的思想：

　　最具诗意的思想在灵魂中闪现，
　　不！它一直未曾熄灭！
　　年复一年等待的灵感
　　突然勃发，像是回应高处的呼唤，
　　复活了美妙的一切……

　　应该任时光静静流淌，
　　或许，这必不可少，
　　心灵有不止一处创伤，
　　为了让这一思想变成形象，
　　就得从原初的浓雾中撷取珍宝。③

　　这首诗进一步写出灵感也并非突然闪现的，而是多年的心灵创伤、生活感受乃至朦胧思索，经过长久的隐藏、酝酿，才在一定的机缘下突然勃发的。《昨天——就在离别的那一刻》与此呼应，说明创作的力量来自心灵的痛苦，诗就是心灵深处的

---

① 曾思艺译自 А. Н. Майков. Избранные произведения，Л. ，1957，c. 251. 或见《迈科夫诗选》，曾思艺译，《中国诗歌》2014年第2卷；亦可见《迈科夫抒情诗选》，曾思艺译，中国友谊出版公司，2014年，第99页。
② 《柏拉图文艺对话集》，朱光潜译，人民文学出版社，1988年，第8页。
③ 曾思艺译自 А. Н. Майков. Избранные произведения，Л. ，1957，c. 90. 或见《迈科夫诗选》，曾思艺译，《中国诗歌》2014年第2卷；亦可见《迈科夫抒情诗选》，曾思艺译，中国友谊出版公司，2014年，第100—101页。

悲苦,一如大海里的珍珠:

  昨天——就在离别的那一刻
  我突然无意中说到诗——
  眼泪消失,痛苦隐没,
  仿佛阳光熠熠
  为远近的一切镀金一层……
  可别责怪我,我的朋友!
  创作的力量只是从心灵的痛苦中
  锻造自己的冕旒!
  他从心灵深处的珍藏里
  挖出深深的悲苦——这就是诗!一如呼啸的暴风雨
  在大海里抛出的珍珠!①

  在《重读普希金》一诗中,他进而认为美和艺术可以把尘世的一切——欢乐、苦难、激情都转化成诗中的天堂,纯美的艺术是永恒而不朽的:

  重读他的诗——我仿佛再次感受
  那一个美妙的瞬间——
  似乎有一股出人意料的气流,
  突然把天庭的和谐带到我身边……

  这些旋律似乎是天外之音:
  就这样注入他那不朽的诗行,
  尘世的一切——欢乐,苦难,激情,
  在诗中全都变成天堂!②

  《哦,永恒的青春王国》更是像古希腊人那样迷醉于青春、永恒的美和不朽的艺术之中,并且认为古希腊的雕塑、普希金的作品、拉斐尔的绘画、莫扎特的音乐,这些使人快乐无比的不朽艺术,都是天国的启示,都展示了永恒的青春王国和永恒的美:

  哦,永恒的青春王国
    和永恒的美!
  在光荣的天才的作品里
    我们为你迷醉!

  闪闪发光的大理石,
    里热普和伯拉克西特列斯!……

---

① 曾思艺译自 А. Н. Майков. Стихотворения, Л., 1978, с. 168. 或见《迈科夫抒情诗选》,曾思艺译,中国友谊出版公司,2014年,第106页。

② 曾思艺译自 А. Н. Майков. Избранные произведения, Л., 1957, с. 255. 或见《迈科夫抒情诗选》,曾思艺译,中国友谊出版公司,2014年,第101页。

永恒的圣母
　　幸福的拉斐尔！……

普希金神圣的天才，
　　他那水晶的诗句，
莫扎特的曲调，
　　所有这一切都使人快乐无比——

所有这一切，
　　不是来自天国的启示，
不是永恒的青春王国，
　　和永恒的美？①

　　第二，雕塑特性。周宪指出："当古典画家们刻意在二维平面上追求三维效果时，却是在不自觉地向雕塑求教，或者说，竭力与雕塑竞争。美国著名批评家格林伯格一针见血地指出：'西方绘画就其努力达到逼真幻象而言，很大程度上应归功于雕塑。正是雕塑从一开始就教会了绘画如何通过阴影和立体感来造成浮雕似的幻象，甚至将这种幻象置于一种深度空间互为衬托的幻象之中。'这就是古典绘画几百年来一直追求的'雕塑性'。"②因此，此处不用绘画性而用雕塑性来概括，这种雕塑性包括绘画美或雕塑美、客观性、明晰性与和谐性。

　　关于迈科夫诗歌的雕塑特性，斯捷潘诺夫有颇为具体的论述。他指出，迈科夫是诗歌"雕塑般的形式"的代表之一，别林斯基就曾这样称赞他的诗歌。他不像费特或波隆斯基把"抒情的我"推到首位，而是偏重于视觉描写。他总是渴求避免主观而激情地认识世界。迈科夫把诗歌语言当作材料，当作一种技术，他把语言比作油画中的颜料。他说："最重要的，是找到色调，找到尺寸……然后一边写作一边感受，这一切是否合适：是不是最需要的尺寸，在绘画中也是这样：不是那种色调，不是那种颜色，那么一切就都彻底落空了！"别林斯基已经注意到迈科夫在诗歌方面"绘画性"的独特才能，他在评论《罗马随笔》中写道："由于美丽如画的突出特点，迈科夫的诗歌总是展现一幅有着线条的真实性和自然的色彩的画面。"迈科夫诗歌的雕塑性，其形象的视觉上的浮雕性，语言的清晰性与准确性，给人留下印象：其诗歌具有完整性、静态的和谐性和客观性。在这里，对于艺术家迈科夫来说，最特别重要的是色彩画家的视觉知识，固定的线条，对象的形式和颜色。1858年德鲁日宁曾谈到迈科夫诗歌的"形式完美"和"客观性"，并谈到他"在诗歌方面平静客观的方式"，还把他的"雕塑般的宁静"与丘特切夫和费特诗歌的"主观诗意情绪"相对照："对自然的外部现象全神贯注的精细观察力对色彩和线条的美十分敏锐的色彩画

---

①　曾思艺译自 А. Н. Майков. Избранные произведения, Л., 1957, с. 247. 或见《迈科夫诗选》，曾思艺译，《中国诗歌》2014年第2卷；亦可见《迈科夫抒情诗选》，曾思艺译，中国友谊出版公司，2014年，第99—100页。

②　周宪：《审美现代性批判》，商务印书馆，2005年，第317页。

家的精细观察力,在他身上明显地超出了那种用语言重建我们生活中的诗意瞬间的本能快乐愿望——这种愿望此时早已让丘特切夫先生和费特先生在我们的文学中功成名就。上述两位诗人在抒情性上要优于迈科夫,正因为如此,迈科夫在诗的艺术性方面,在作品的完整性和形象性方面则比他们要略胜一筹。"[1]苏霍娃更概括地指出,迈科夫古希腊罗马风格诗歌的特点是"轮廓清晰,美丽如画,线条分明,具有雕塑般丰富的表现力"[2]。

迈科夫既是诗人又是画家,他把绘画的手法引入诗歌,"绘画在诗人迈科夫的作品中留下了明显的痕迹:这主要表现在他对事物描写的准确性以及绘画的生动性"[3]。这使得其诗歌独具绘画美或雕塑美,如《浅浮雕》不仅描写的是雕刻画,而且自然和人物也构成了动人的画面,有荒僻的花园,浓绿的藤蔓,青翠的葡萄枝叶,金黄的葡萄和葡萄汁,还有围坐在酒桶旁的规矩的孩子,以及略显醉意的浮娜,和醉得踉踉跄跄的巴克斯、西勒诺斯:

> 这无生命的银块
> 把它熔炼锻锤
> 就能为我做出来
> 一只大容量的精致高脚杯。
> 无论塞浦里斯的白鸽,
> 无论大母熊,也无论一代大贤,
> 都不要雕刻在杯身两侧。
> 请雕刻:在荒僻的花园,
> 在藤蔓丛中,一群酒神的女祭司,
> 正在起劲榨取
> 成熟的葡萄汁,
> 枝叶翠绿,
> 金黄多汁。
> 聪明的孩子,
> 围坐在酒桶旁,规规矩矩;
> 浮娜前额显出醉意;
> 巴克斯身穿虎皮
> 与满脸通红的西勒诺斯
> 骑着趔趔趄趄的驴子。[4]

《酒神女祭司》更是富于光影声色的绘画感或雕塑感:

---

[1] Н. Степанов. А. Н. Майкова. // А. Н. Майков. Избранные произведения, Л., 1957, с. 42—45.

[2] Н. П. Сухова. Мастера русской лирики, М., 1982, с20.

[3] Ф. Я. Прийма. Поэзия А. Н. Майкова. // А. Н. Майков. Сочинения в двух томах. Том 1, М., 1984, с. 12.

[4] 曾思艺译自 А. Н. Майков. Избранные произведения, Л., 1957, с. 73. 或见《迈科夫抒情诗选》,曾思艺译,中国友谊出版公司,2014年,第26页。

> 羯鼓和长笛的乐声,还有酒神节的喧闹声,
> 打破了绵绵群山和树林的沉沉梦境。
> 我运动得筋疲力尽,躲进树林的黑暗中;
> 而那里,铺满了苔藓的柔软天鹅绒,
> 黑暗的岩洞前,年青的酒神女祭司,
> 身体半裸,垂手俯身,在休憩。
> 阳光照耀着火热的脸庞和大理石般的胸膛,
> 树叶的影子也不时滑过,轻轻晃漾,
> 她那戴着奇异草和常春藤的秀发
> 像顽皮的溪流在虎色皮肤上飘挂;
> 还有弯曲的酒神手杖,和金色的酒杯……
> 葡萄在她胸口呼吸得多么香美,
> 多么红艳的嘴唇,多么顽皮的微笑,
> 喃喃细语着,满怀苦闷,情火高烧!
> 周围的一切是多么宁静!
> 只听见远处羯鼓和长笛的乐声,
> 还有酒神节的喧闹声……①

这里,有羯鼓和长笛的乐声,酒神节的喧闹声,有翠绿的树林,幽绿的天鹅绒般的苔藓,金灿灿的阳光,酒神女祭司火红的青春脸颊和红艳的嘴唇,白色大理石般的胸脯,戴着翠藤绿草的金发,虎色皮肤金色酒杯,还有树叶的阴影、黑暗的山洞,这一切构成了美妙生动的画面。因此,斯捷潘诺夫指出:"甚至当迈科夫在古典风情诗歌中讲述激情诉说爱情时,他也运用雕塑艺术中造型优美的象征,力求通过姿态、色调、行为的描写来显形情感。赤裸的酒神女祭司(诗歌《酒神女祭司》)躺在黑暗山洞的背景里,诗人的注意力集中在叶子的阴影与滑过她那大理石般的胸脯的太阳光的游戏上。大自然本身就是古希腊罗马的布景,是使这些雕像更加清晰的美丽如画的背景。"②他还进而谈道:迈科夫"似乎试图将雕塑与写生画的完美而和谐的比例与线条转化成文字。其诗歌中甚至有'年迈的渔夫'安葬在大海中葬身的儿子这一情节,诗人把这一情节转化成古希腊用大理石雕刻出来的浅浮雕"③。

当然,迈科夫的雕塑特性还包括对色彩的出色运用,这不仅体现在其抒情诗中,甚至在其叙事诗中都有大量运用。斯捷潘诺夫对此有颇为细致的论述。他指出,迈科夫以艺术家敏锐的洞察力观察大自然,力求在诗中刻画出他以艺术家的眼光敏锐地发现的大自然的五彩斑斓及细微差别,在这里他重拾诗歌的力量和大师的自信。在描绘自然风景画时,迈科夫画了许多草稿,慷慨地使用了丰富的颜色和生动的细节,在《雷雨》《秋天》《庄稼地》等一系列诗中,五彩缤纷的风景描绘是与视

---

① 曾思艺译自 А. Н. Майков. Избранные произведения,Л.,1957,с. 76. 或见《迈科夫抒情诗选》,曾思艺译,中国友谊出版公司,2014 年,第 23 页。
② Н. Степанов. А. Н. Майкова. //А. Н. Майков. Избранные произведения,Л.,1957,с. 13.
③ Там же,с. 11.

觉的准确性、色彩的突出性和对大自然的真正感情紧密联系在一起的。在历史长诗和叙事诗中，迈科夫力求重塑能把人带入过去的大型风景画，注重色彩华丽的观赏性。这种华丽的观赏性，预定以视觉、色彩的效果为大众舞台的艺术结构，在《克莱蒙会议》或《判决》中表现得尤为明显。这种通过光线效果来突出描写的观赏性及色彩明显的华丽性的手法是迈科夫诗歌的固有特色之一。迈科夫最常用的修饰词绝大部分是颜色词：深蓝的远方，乌黑的蔚蓝，深红的篝火，粉红的光线，银白的海洋，蓝色的闪电，碧绿的深处，灰蓝的帷幕。①

以上这些，在其后期的诗歌中也是一以贯之的，相当注意采用鲜活的画面来表达自己的思想和情感。斯捷潘诺夫指出："迈科夫较晚期的诗歌在相当大的程度上一直保留着形象的雕塑性和色彩性，尽管他早已放弃了古希腊罗马题材。"②如《女儿》：

> 她才刚刚学会嘟嘟囔囔地说话，
> 勉强会走路，但已变成一个小调皮，
> 从她的狡计中已显现出女性的娇媚，
> 我招呼她来我身边，想吻吻她表示爱意，
> 我花费了全部亲昵称呼的储备——
> 她笑着，身子向后仰，紧贴着保姆的脖子，
> 双手热烈地拥抱着老太太，
> 在她的两颊频频亲吻，毫不吝惜，
> 从她的肩后顽皮地望着我，
> 对我嫉妒的苦恼感到开心不已。③

这首诗通过小女孩的紧抱着保姆的脖子，身子向后仰，哈哈笑着，在她的两颊频频亲吻，构成一幅鲜活动人的图画，生动形象地写出了小女孩的顽皮、娇柔与可爱。

上述的雕塑性、画面感也赋予迈科夫诗歌以客观性、明晰性、和谐性等特点，一切都只是客观、冷静地描写出来，而尽量避免过多的主观色彩，一切都写得清晰、明朗，斯捷潘诺夫指出："迈科夫诗歌中的一切都是准确而轮廓分明的，其中没有暗语或者朦胧不清，展现在我们面前的事物都完全置身于晴天白日中。"④而且，更重要的是，其诗中的一切都追求一种整体的和谐。即便是上述《在这个用可怜的苔草加冕的荒僻海岬》这样写年迈的渔夫老来丧子的诗歌，也是不露声色，客观描述，而且结构完整，层次清晰。即使是《我的孩子，美妙的日子已远逝》这样充满感情色彩的诗，也主要是客观、冷静的描述：

> 我的孩子，美妙的日子已远逝，

---

① Н. Степанов. А. Н. Майкова. // А. Н. Майков. Избранные произведения, Л., 1957, с. 49—56.

② Там же, с. 44.

③ 曾思艺译自 А. Н. Майков. Избранные произведения, Л., 1957, с. 197. 或见《迈科夫抒情诗选》，曾思艺译，中国友谊出版公司，2014年，第66页。

④ Н. Степанов. А. Н. Майкова. // А. Н. Майков. Избранные произведения, Л., 1957, с. 54.

椴树、丁香、百合芬芳袭人的季节早离去；
夜莺不再欢唱,也听不到黄鹂的歌声……
算了！给你编织华美的花串已无可能,
也无法再把勿忘草做成花冠戴在头上；
黎明时早不再有朝露闪闪发亮,
夜色深沉也无法看到它的踪影,
多么轻柔的雾气在湖上飘萦,
点点繁星把湖面当作照影的明镜。
山岩上的帚石南和花儿不再五彩缤纷,
岩缝间的苔藓上毛茸茸着一片初雪。
而你,我的朋友,一如既往:活泼机灵,可爱亲切……
当你一路飞跑,满脸通红,略带倦意,
闯进我偏僻的小屋,带进一股寒气,
哈哈大笑着抖落卷发上的雪花,
响亮而温柔地吻我,我不由笑满双颊。①

别林斯基认为,这首诗显示出"我们的诗人是怎样善于变化多端,而又不脱出古希腊罗马风诗歌的调了……这里已经是另外一幅画面,另外一个天空,另外一种气候;可是,构成画面背景的那种诗歌基调,那种观照,还是同一个东西,充满着希腊明朗天空的甜蜜和柔美！"②而且,别林斯基早就"从理论上赞扬了迈科夫诗歌明晰和具有雕塑性的优点"③,认为"迈科夫的诗具有古希腊罗马抒情诗的冷静和清晰"④。迈科夫自己也极力追求诗歌的和谐和整体的完美:"谈到古希腊罗马诗歌,迈科夫写道:'这些诗歌最重要的美在于诗歌的和谐和整体的完美。在最新的诗人那里生活或艺术的深刻思想常常体现在具有古希腊罗马风格的小短篇中;还体现在那些完整的剧本,完整的中篇小说,完整的心理学论文中。'对迈科夫而言,古希腊罗马世界充满了现代无法企及的和谐与美,在这个世界里,艺术和自然在统一的快乐和透明的和谐感情中融为一体。"⑤如《致米哈伊洛夫》:

浑浊的乌拉尔河草原河岸,
森林,被郁金香覆盖的草地,
瓦灰色斑岩构成的群山梯形讲堂,
淳朴的部族,你在他们中搜集
已消失世界的传说和故事,
遥远的爱情,蛮荒的幻想,

---

① 曾思艺译自 А. Н. Майков. Избранные произведения,Л.,1957,с. 88. 或见《迈科夫抒情诗选》,曾思艺译,中国友谊出版公司,2014 年,第 20—21 页。
② 《别林斯基选集》,第三卷,满涛译,上海译文出版社,1982 年,第 343—344 页。
③ Н. Степанов. А. Н. Майкова. // А. Н. Майков. Избранные произведения,Л.,1957,с. 8.
④ Там же,с. 9.
⑤ А. Н. Майков. Избранные произведения,Л.,1957,с. 10.

> 提升你的精神;你又一次
> 走进分手的或热恋的他们中间——
> 我清清楚楚地听见
> 在你的诗中,在石头间淙淙奔流的小溪,
> 早已潺潺流淌在诗行里。①

米哈伊洛夫是迈科夫的好友,他深入乌拉尔一带比较原始的部落中去采风,收集了大量的民间传说和民间文学资料,诗人对此十分赞赏,但他只是相当客观、冷静地描写了乌拉尔一带的地形特征(草原河岸、森林、被郁金香覆盖的草地、瓦灰色斑岩构成的群山梯形讲堂),其淳朴的部族,然后写到他收集了他们已消失世界的传说和故事、遥远的爱情、蛮荒的幻想,并指出这提升了他的精神,最后含蓄地指出,在好友的诗中有那里淙淙奔流的小溪在流淌(亦即:乌拉尔一带纯美生动的大自然对好友的创作产生了明显的影响)。

《天穹已经变白》一诗更是极其客观:

> 天穹已经变白……
> 顽皮的风迅飞疾行……
> 大自然破晓前的情态
> 显得敏感而轻盈。
> 太阳忽然熠熠闪现:
> 驱逐了黑夜及其最后的昏睡潮——
> 她打了个哆嗦,睁开双眼,
> 朝着他嫣然一笑。②

诗歌相当简洁而生动地描写了大自然破晓前的情态:天穹变白,顽皮的风迅飞疾行,太阳忽然熠熠闪现,而她打了个哆嗦,睁开双眼,朝着他嫣然一笑。由于太过于客观、简洁,以致"她"反而显得模糊:是黑夜? 受到太阳的突然光照而打了个哆嗦,睁开双眼,醒了过来,变成了白天? 还是恋人,在黎明时分,因为太阳的光照而醒了过来,对望着自己的恋人嫣然一笑? 但和其他诗歌一样,这首诗在整体上是和谐而完整的。

第三,雅俗结合。在19世纪俄国唯美主义诗人中,没有一个诗人像迈科夫这样鲜明突出——其诗歌中既有极其高雅的古风、高雅的美的追求和深沉的哲理或严肃的人生追求,又有世俗的社会问题以及现实生活、粗俗的民间文学和被当时人们认为是"低俗"的口语,从而使雅俗较好地结合起来。

迈诗浓郁的古风色彩已如上述,此处不赘。其高雅的美的追求,包括两个方面。一是描写日常生活中的纯美,如《游泳的女人(恒河岸边的旋律)》:

---

① 曾思艺译自 А. Н. Майков. Избранные произведения, Л.,1957,с.168. 或见《迈科夫抒情诗选》,曾思艺译,中国友谊出版公司,2014年,第63页。
② 曾思艺译自 А. Н. Майков. Стихотворения, Л.,1978,с.167. 或见《迈科夫抒情诗选》,曾思艺译,中国友谊出版公司,2014年,第105页。

月亮啊，我爱你，
你升上天宇，
照亮了夜泳归家的调皮美女！

空气啊，你是如此美妙，
从远处送来华美花冠的芬芳之潮，
向我们宣告她们的来到。

大海啊，你是如此动人，我听见
你的清爽沁入她们的酥胸和玉颜，
　　也沁入了她们黑色或棕色的发辫。①

　　这首诗描写了印度美女在恒河边的洗浴，并且主要写的是她们夜泳归家，写得十分含蓄，体现了诗人不仅写大自然之美，而且写日常生活中的人体美，不愧是画家。二是表现艺术方面的一些问题。如《心灵深处有隐秘的思想》：

心灵深处有隐秘的思想；
在它们诞生的最初时分，
诗人已闻到未来创作种子的清芬。
它们似乎安睡并成熟在宁静的梦乡，
等待一个时刻，等待某个信号，
闪电轰击，它们就能钻出黑暗长芽舒苞……
有时又偷偷地、秘密地与之同行，
站起来欣赏它们那神秘的梦境，
就像母亲满怀爱意，默默无言，
站在充满秘密的正屋里熟睡的孩子前……②

　　全诗表现了创作需要酝酿与等待灵感的过程，从而揭示了创作的某些奥秘。又如《致冈察洛夫》：

异国的海洋和土地，
　　故乡中人们的面影——
在你美妙的故事里
　　这一切都在我眼前栩栩如生。

我们的北方平淡而可爱，
　　可爱，并且可亲，

---

① 曾思艺译自 А. Н. Майков. Избранные произведения, Л., 1957, c.236. 或见《迈科夫抒情诗选》，曾思艺译，中国友谊出版公司，2014年，第80页。
② 曾思艺译自 А. Н. Майков. Избранные произведения, Л., 1957, c.252. 或见《迈科夫抒情诗选》，曾思艺译，中国友谊出版公司，2014年，第89—90页。

而今又使我深感悲哀，
　　它突然好似监狱阴森，

命运的侮辱对心灵的重创
　　远甚于发烧的伤口，
金灿灿的梦想
　　在蓝晶晶的远方招手……

张开宽阔的翅膀在河上悠游，
　　飞进满是尘土和花岗岩的城市，
一只雪白的海鸥
　　逍遥在阳光灿烂的日子。

我们的双眼热切地留心
　　这意外客人的飞行——
仿佛此刻为我们
　　从海上吹来一阵清风。①

冈察洛夫(Иван Александрович Гончаров, 1812—1891)，俄国著名小说家，主要作品有长篇小说《平凡的故事》(1847)、《奥勃洛摩夫》(1859)、《悬崖》(1869)和长篇游记《战舰巴拉达号》(1858)。这首诗指出，冈察洛夫的长篇游记描写了异国的海洋和土地，而其小说则描写了俄国的人和事，但都美妙生动，栩栩如生，让人神游远方，从而生动形象地表现了艺术的魅力。再如《致艾瓦佐夫斯基》：

我的诗歌不被珍视，
甚至不值四分之一金币！
而你竟为它赠给我
一小块真正的太阳，
一小块你自己的太阳！
于是我的诗便把一种光
注入人们的心田，
一如你——在这无边的远方，
突现扬起风帆的大船，
船帆仿若燃烧的火焰，
闪耀在涟漪频荡的如镜水面，
广袤无垠的漫漫空间，
空气如此灼热，

---

① 曾思艺译自 А. Н. Майков. Избранные произведения, Л., 1957, с. 169. 或见《迈科夫抒情诗选》，曾思艺译，中国友谊出版公司，2014年，第44—45页。

  又如此轻盈,——
  我得到的评价如此之高,
  认为自己的诗是最好的礼物,
  我为它感到自豪,
  于是,我想歌唱,永远歌唱,
  用自己的太阳使心灵温暖,
  就像你现在以太阳把我温暖!①

  这首诗是献给好友艾瓦佐夫斯基的,从侧面反映了当时唯美主义者在文坛生存的相当艰难。艾瓦佐夫斯基(Иван Константинович Айвазовский,1817—1900),俄罗斯著名的海景画家,代表作有《黑海上的暴风雨》《九级浪》等。全诗表现了诗人得到好友肯定和鼓励后的激动、自豪之情。因为当时占整个文坛主流地位的是革命民主主义、民粹派等现实主义倾向的文学,迈科夫的诗歌因为其唯美特色遭到否定甚至批评,根本不被珍视,同为艺术家的艾瓦佐夫斯基的肯定,极其宝贵,十分感激,宣称他用太阳把自己温暖,而自己受此影响,也要用太阳去温暖别的心灵。

  受丘特切夫、晚年费特的影响,迈科夫晚年的诗歌也常常表现深沉的哲理,如《崇高的思想需要名符其实的铠甲》:

  崇高的思想需要名符其实的铠甲;
  庄重的女神像——需要坚实的台座,
  神殿,祭坛,七弦琴,铙钹;
  还有甜美的歌,和阵阵芳华……

  她的每个细节都被仔细斟酌,
  以使外表的混乱保持和谐,
  以便从每个细部都透现出她的圣洁,
  于是整个神像闪耀着——你灵魂的圣火!……

  充满欢乐,或是愤怒,或是惆怅,
  让它突然从你面前的黑暗中走出——
  驱散这黑暗——在他身后的远处
  是一个无限美好的自我。②

  诗歌用一个几乎蔓延全诗的比喻来形象而详细地说明,就像庄重的女神像需要坚实的台座、神殿、祭坛、七弦琴、铙钹、歌曲、芳香等等,并且每个细节都要仔细斟酌以便透现出其圣洁一样,崇高的思想也需要名符其实的铠甲,这是为了更好地突出它的崇高,以便驱散黑暗,展现自我。又如《陈腐的尸骨》:

---

  ① 曾思艺译自 А. Н. Майков. Избранные произведения,Л.,1957,с.258. 或见《迈科夫抒情诗选》,曾思艺译,中国友谊出版公司,2014 年,第 96—97 页。
  ② 曾思艺译自 А. Н. Майков. Избранные произведения,Л.,1957,с.253. 或见《迈科夫抒情诗选》,曾思艺译,中国友谊出版公司,2014 年,第 94 页。

> 我颤栗着细认
> 这另一个世纪的尸骨……
> 等待我们的是这样一种命运：
> 出现又一群人的部族……
>
> 我们喧嚣的光荣已经寂灭；
> 人和传说都已死去；
> 我们的智慧使之强大以之自豪的一切，——
> 不会进入另一些创作里。
>
> 是僵硬冰冷的星斗，
> 或者精疲力竭的狼，
> 像一艘空船，地球
> 在天海里如飞急航。
>
> 满世界地漂来浮去，
> 迅飞疾驰的灵魂庄严
> 莅临我们城市的岛屿，
> 就像坐在无声无息的花岗岩……
>
> 理性就这样让我们
> 猜透生活的秘密……
> 然而心儿狂跳，胆怯的希望渐渐消隐——
> 或许，高傲的理性只是自以为是！①

诗人面对地球运转，时光流逝，世纪更替，而人生短暂，总要被新的一代取代，一方面深感高兴——是理性让我们猜透了生活的秘密；另一方面又深感悲哀——我们的智慧使之强大以之自豪的喧嚣的光荣早已寂灭，也许不会留下任何痕迹，也许高傲的理性只是自以为是罢了。这首诗表达了与丘特切夫类似的人既强大又无力、人生短暂、建立了功业的前辈很可能被后代遗忘等哲理主题。

《我们在严厉的学校长大成人》则表现了相当严肃的人生追求：

> 我们在严厉的学校长大成人，
> 在骑士时代的种种传说里
> 历经劳动，熬受贫困，
> 成熟了智慧和意志。
> 在这所学校里淬炼成才，

---

① 曾思艺译自 А. Н. Майков. Избранные произведения, Л., 1957, c. 148. 或见《迈科夫抒情诗选》，曾思艺译，中国友谊出版公司，2014年，第60—61页。

让诗人拥有全副武装，
在这阿斯塔尔达和巴尔的时代
这有时或许显得可笑……正是这样！
他的坐骑——是一匹劣马，
堪与驽骀难得齐名，
他本人也和堂吉诃德分毫不差，
毫不动摇地完成神圣的使命！
天空的光明对所有人都已熄灭，
大家都在黑暗中寻找逍遥的原野，
为了淫欲，为了饕餮，
他们肆意侵犯神圣的一切，——
他孤身一人——带着捡来的盔甲，
在广场上，面对人流滔滔——
向巴尔和阿斯塔尔达
掷出挑战的手套。①

  这首诗表现的是诗人的人生哲理及人生追求。从小受过严厉的人生教育，同时又在骑士的种种传说中浸泡长大，历经劳动，熬受贫困，百炼成才，有美好的理想、严肃的人生追求。然而，时代不同了，这是一个只追求情欲和金钱的时代（阿斯塔尔达是古腓尼基和其他闪族的土地及爱情女神，巴尔是古代腓尼基、叙利亚及巴勒斯坦管钱财的神名，此处用两个异教神代指情欲和金钱），这使得诗人就和堂吉诃德一样可笑而孤独，但他毫不动摇，孤身一人，面对人流滔滔，勇敢地走到广场上，向巴尔和阿斯塔尔达扔出挑战的手套。

  与此同时，迈科夫又较多描写世俗的社会问题以及现实生活，如前述爱情诗中的《年轻少妇》尤其是《他从污秽中把她拯救》就非常突出，又如《杰斯波》：

苏里睡了，基亚法也睡了，
土耳其的旗帜到处飘扬，
只有杰斯波在黑色的塔楼里
锁上了门，拒绝投降。

"放下武器，杰斯波，
愚蠢的女人，你同谁争辩？
你应像奴隶一样向巴夏投降，
恭恭敬敬地走到他面前！"

"杰斯波从来不当奴隶，

---

① 曾思艺译自 А. Н. Майков. Избранные произведения, Л., 1957, с. 256. 或见《迈科夫抒情诗选》，曾思艺译，中国友谊出版公司，2014年，第106—107页。

更不会成为你们的奴隶!
他高举熊熊的火炬:
孩子们,跟我一起怒斥!"

火炬被扔进黑暗的地窖……
山谷震颤,四方展开攻击——
在黑暗的塔楼里,
腾腾烟柱摇曳不已。①

全诗用相当写实的手法,塑造了一位现实生活中的希腊英雄形象——宁为玉碎不为瓦全,誓死抗击土耳其异族侵略者决不投降当奴隶的杰斯波。

进而,他翻译并学习粗俗的民间文学,描写最最琐碎、世俗的日常生活,如《白俄罗斯民歌》:

"啊呀,我的儿子们,我的雄鹰,
　　我的鸽子,我的女儿们!
我的大限到了,我就要死了,
　　快到我身边来哦!"

走进小屋,儿子们轻声商量,
　　怎样把母亲安葬;
走进小屋,女婿们细声交谈,
　　怎样妥善地划分家产;

哎,可是女儿,这些母鸽们,
　　在四周守护着母亲!
而儿媳们走进家门,
　　边嘲笑她们。②

这是当时最世俗的日常生活,母亲即将去世,子女们守在家里,准备送终并安排后事,但诗歌细致地写出了晚辈各不相同的态度:儿子轻声商量怎样安葬母亲;女婿们细声谈着怎样妥善地划分家产;女儿们最关心母亲,都围在母亲身边;儿媳们则感情淡薄一些,一走进家门,就嘲笑她们。好一幅世俗众生相!

当然,诗人也学习民间文学中运用口语来表达富有想象力和诗意的内容,《摇篮曲》就是如此:

睡吧,我的小宝贝,快快睡着!

---

① 曾思艺译自 A. H. Майков. Избранные произведения,Л.,1957,c.299. 或见《迈科夫抒情诗选》,曾思艺译,中国友谊出版公司,2014年,第73—74页。
② 曾思艺译自 A. H. Майков. Сочинения в двух томах. Том 1,M.,1984,c.213. 或见《迈科夫抒情诗选》,曾思艺译,中国友谊出版公司,2014年,第94—95页。

快快进入甜蜜的梦境,
我给你请来三个保姆:
风儿,太阳和老鹰。

老鹰已飞回家来,
太阳已落入大海,
风儿刮了整整三夜,
正飞到妈妈那里去安歇。

妈妈问风儿:
"你可躲到哪里去了?
莫非你去和星星开战?
莫非你去把波浪追赶?"

"我没有追赶海浪,
也没有招惹金色的星光,
我守护一个小宝贝,
把他的摇篮轻晃轻吹!"①

全诗运用口语,极有想象力也极富诗意地为儿童创作了一首绝妙的摇篮曲,让风儿、太阳和老鹰当了小宝贝的保姆,而风儿和妈妈的问答更是诗意盎然。

在此基础上,迈科夫使用被当时人们认为是"低俗"的日常口语来创作抒情诗,如《不可能!不可能!》:

不可能!不可能!
她还活着!……马上就要醒来……
你瞧:她想说给你听,
她睁开双眼,喜笑颜开,
她凝望着我,紧抱着我——
她恍然大悟,我为何哭泣,
她爱意融融地对我说:
"多么可笑!为何痛哭流涕!……"

然而,不!……她躺着……安详寂静,
无声无息,一动不动……②

---

① 曾思艺译自 А. Н. Майков. избранные произведения, Л.,1957,с. 292. 或见《迈科夫诗选》,曾思艺译,《中国诗歌》2014 年第 2 卷;亦可见《迈科夫抒情诗选》,曾思艺译,中国友谊出版公司,2014 年,第 66—67 页。

② 曾思艺译自 А. Н. Майков. избранные произведения, Л.,1957,с. 198. 或见《迈科夫抒情诗选》,曾思艺译,中国友谊出版公司,2014 年,第 87 页。

这首诗是写给童年夭折的小女儿 A. H. 迈科娃的。她非常活泼可爱,诗人为她写了不少诗,前述之《女儿》中那个顽皮、娇柔、可爱的小女孩就是她。她的早夭,使诗人肝肠寸断,伤心欲裂,此时无暇顾及斟词酌句,而是一口气用日常口语表达了自己那种决不相信又迫于事实不得不信的悲痛心理。又如《遗嘱》:

  战友们,团结起来!
  大尉牺牲了!
  因为忠贞不渝,他牺牲了,
  因为土耳其人给他的神圣伤口牺牲了!
  "朋友们,死亡并不可怕,
  但我害怕坟墓……
  黑暗,狭窄……独自一人
  躺在那里,连梦都没有!
  终日啃着泥土和各种垃圾,
  宝剑,因远离血液而生锈,
  还有我的胡子和眉毛,
  我那黑黑的眉毛!……

  不,兄弟们!不要
  把我就地土葬!
  请把我竖着放进棺材,
  葬在山上,面向东方。
  在棺材上劈开一个小窗,
  以便我闻到春天的芳香,
  以便燕子在我上方,
  来回盘旋,啾啾歌唱,
  以便我从棺材里远远
  发现土耳其人的侵犯,
  以便我前后左右
  都能落满射向他们的子弹。"[①]

这首诗和上述《杰斯波》一样,也是以现实生活中希腊人反抗土耳其人的斗争为题材。《杰斯波》用写实的手法塑造了血战到底的英雄杰斯波形象,本诗则借用大尉的口气,表达了希腊英雄为民族独立、自由而不怕牺牲、奋战到底的英勇气概,即使死了,也要葬在山上面向东方,以便看到春天到来,发现土耳其人的侵犯,看到战友们狠狠地打击敌人("前后左右都落满射向他们的子弹")。在艺术上与我国歌剧《洪湖赤卫队》中韩英《看天下劳苦人民都解放》的唱词异曲同工:"娘啊,儿死

---

 ① 曾思艺译自 А. Н. Майков. Избранные произведения,Л.,1957,с. 300. 或见《迈科夫抒情诗选》,曾思艺译,中国友谊出版公司,2014 年,第 76—77 页。

后,/你要把儿埋在那洪湖旁,/将儿的坟墓向东方,/让儿常听那洪湖的浪,/常见家乡红太阳。/娘啊,儿死后,/你要把儿埋在那大路旁,/将儿的坟墓向东方,/让儿看红军凯旋归,/听那乡亲在歌唱。/娘啊,儿死后,/你要把儿埋在那高坡上,/将儿的坟墓向东方,/儿要看白匪消灭光,/儿要看,天下的劳苦人民都解放!"可见,中西的确有着共同的文心。

综上所述,迈科夫的诗歌的确有自己的特色,也有较高的艺术成就,尽管他创作了一定数量反映社会现实的诗歌,但其主流尤其是主导思想观念是唯美主义的,他的确是与费特、波隆斯基并驾齐驱的颇为正宗的唯美主义诗歌的重要代表。

四、波隆斯基

雅科夫·彼得洛维奇·波隆斯基(Яков Петрович Полонский,1819—1898),出生于梁赞省一个官吏家庭,但家境困难。1838年进入莫斯科大学法律系学习,结识了格里戈里耶夫、费特。1844年大学毕业后去到俄罗斯南方的敖德萨,1846—1852年在梯弗里斯的高加索总督办事处工作,并兼任《外高加索通报》的副主编。1853年,迁居彼得堡,生活窘困,只得到斯米尔诺夫家当家庭教师。1857年随斯米尔诺夫一家出国,游历了德国、瑞士、意大利、法国。1858年回国,在《俄罗斯言语》当编辑。1860年开始担任外国书刊审查委员会秘书,后为出版事业总管理处成员,直到晚年。波隆斯基一生创作了几百首抒情诗、十来首叙事长诗,以及较多的小说和散文,如诗体回忆小说《新传奇》(1861)、中篇小说《阿杜耶夫娶妻》(1869)、长篇小说《谢尔盖·恰雷金的自传》(1867)、回忆录《我的出生地和童年》(1890—1891)、《我的大学回忆》(1898)等,还翻译了不少外国诗歌。

波隆斯基早年与唯美倾向突出的格里戈里耶夫和费特是好友,并且这种友谊持续了几十年,深受他们的影响,所以很自然地成了"唯美主义"诗人。但他因在早期曾受到别林斯基、涅克拉索夫的赞赏,再加上青年时代饱尝生活的艰辛,一度倾向于革命民主主义的现实主义。不过,两种不同的倾向使得他很是矛盾,痛苦不堪,而"所有的这一切都在波隆斯基——一个摇摆于内心的焦虑和公民的忧患之间的诗人的抒情诗中得到体现(根据他自己的表述)"[①]。不过,到19世纪八九十年代,他完全脱离公民题材,而转到唯美主义方面。

波隆斯基的唯美主义主要体现在其抒情诗中,其抒情诗大约包括以下几种类型。

(一)自然诗。在俄国"纯艺术派"诗歌中,波隆斯基的自然诗相对来说是为数最少的。波隆斯基很少像费特、丘特切夫、迈科夫等那样,长时期细致观察自然,描写自然。这并非他对大自然不感兴趣,也不是缺少观察和描写自然的能力,更多的可能还是因为他从童年到青年,很长时间处于贫困的生活中,得花大量的时间为基本的生存条件而打拼,而且长时间主要生活在城市里,因而没有心思和条件去观察自然。其实,波隆斯基也能像费特等人一样,细致观察自然并生动描写自然,如《傍

[①] Б. Эйхенбаум. Я. П. Полонский. // Я. П. Полонский. Стихотворения, Л. ,1954,c. 21.

晚》：

> 晚霞熊熊燃烧的火焰，
> 使天空洒满点点星光，
> 让灿烂的大海晶莹透亮；
> 靠近海岸的小路
> 杂乱的铃铛声已经沉寂，
> 赶牲口的人那嘹亮的歌声
> 消失在茂密的森林里，
> 透明的云雾中
> 鸣叫的海鸥时隐时现。
> 灰色的石岩
> 被白莹莹的泡沫来回摇晃，
> 就像孩子安睡在摇篮。
> 清凉的露珠
> 仿若一颗颗珍珠，
> 悬挂在一片片栗树叶上，
> 晚霞熊熊燃烧的火焰，
> 在每一颗露珠里闪亮。①

全诗生动优美地描写了傍晚的海边景象：红霞满天，星光点点，大海灿烂晶莹，海鸥在透明的云雾中时隐时现，灰色的石岩在安静地享受着白莹莹的泡沫的晃拍，树叶上悬挂着一颗颗珍珠般的露珠，辉映着红艳艳的晚霞……观察细致，描写生动，说明诗人完全具有出色地观察和描写大自然的能力。又如《红霞在乌云下升起，红光熠熠》：

> 红霞在乌云下升起，红光熠熠，
> 透过灌木丛望着路面……
> 　　你请看，
> 背阴处的花儿多么萎靡暗淡，
> 泥泞也穿上了闪闪发光的紫红衣……②

写的是暴风雨后灿烂的红霞从乌云后升起，红光洒满灌木丛，也洒满了路面，甚至连泥泞也穿上了一件闪闪发光的紫红衣，但背阴处的花儿接触不到红光，显得萎靡暗淡……其观察相当的细致，独具诗人的慧眼，描写也极其简洁、生动、有力。

不过，波隆斯基更喜欢描写的不是自然美景，而是比较寒冷、昏暗、动乱甚至阴沉的自然景象，给人一种迷蒙乃至迷茫之感，如《极地的冰》：

---

① 曾思艺译自 *Я. П. Полонский*. Сочинения в двух томах. Том 1, М., 1986, с. 34—35.
② 曾思艺、王淑凤译自 *Я. П. Полонский*. Стихотворения, Л., 1954, с. 291.

我们这里是春天,而那里——就像被击碎的浪花,
巨大的冰块在浮动——游进云雾重重,
又游入亮丽的阳光中并在阳光中融化,
　　　　滴滴泪珠洒入海洋之中。

时而,暴风雨卷起飞沫侵袭、打击它们,
时而,当红霞满天时,又一片波平浪静,
它们病人般的红晕
　　　　整夜地反映在冰冷海洋的柱形镜。

它们留恋这极地巨冰的国度,
但它们被强拉向南方,强拉到这海岸,
强拉向这些石头,在这里我们仿佛
　　　　看到松树间故乡的炉灶冒出袅袅炊烟。

它们再也不能回到故乡的土地,
它们也无法游到我们的岸边,
只有它们的叹息随风飘到我们这里,
　　　　它们不让我们呼吸春天的空气……

即便绿意盈盈,白桦吐出新芽,
但老天总是阴沉着脸,并且细雪飘舞。
我们昨天还沉醉于温暖的幻想之花,
　　　　今天却顿感寒冷刺骨。①

　　描写的是极地的巨大冰块远离极地,漂流到远方。冰山的漂游本是十分壮观的景象,可诗人对此兴趣不大,他感受最深的是它们带来了巨大的寒冷:昨天还沉醉于温暖的幻想之花,因为大地已绿意盈盈,白桦也吐出了嫩芽,但冰山却带来了刺骨的寒冷和飘舞的细雪,"不让我们呼吸春天的空气",从而使全诗透出一股寒冷。又如《看吧——多么浓密的烟雾》:

看吧——多么浓密的烟雾
布满了山谷深处!
在它上空是透明的轻烟,
透过爆竹柳沉寂的昏暗,
黯淡的湖面微波闪闪。
苍白的月亮隐身不见,
藏入满天密集的灰色云朵,

---

① 曾思艺、王淑凤译自 Я. П. Полонский. Стихотворения, Л., 1954, с. 300.

> 天空中没有月亮的栖留所,
> 只有磷光闪闪,
> 显形一切的轮廓。①

描写的就是夜晚灰色的云朵漫天密集,浓密的烟雾布满了山谷,黯淡的湖面隐现微波,昏暗的天空中磷光闪闪,昏暗的自然景色隐喻着诗人心灵的昏暗、迷茫。《有这样的一段时光》则描写了动乱的自然景象:

> 有这样的一段时光,
> 闷热和寂静笼罩入梦的海洋,
> 无垠的海面烟霭茫茫,
> 波浪几乎一声不响。
>
> 不久深渊上空突然刮起风,
> 既恐怖又强大,
> 巨浪澎湃汹涌,
> 比翻滚的乌云更可怕……
>
> 如同被马刺催得狂奔的战马,
> 迅飞疾驰,加入大战,
> 闪电那火焰般耀眼的光华,
> 飞扑进那飞溅的泡沫圈。
>
> 山岩四散洒飞,
> 堆在岸边疲惫不堪,
> 喧哗的芦苇
> 羽翼沙沙摇颤……②

海面由沉默突然变得动乱:狂风大作,乌云滚滚,巨浪汹涌,泡沫飞溅,电光霍霍,山岩被吹得碎片四起,到处乱洒乱飞,芦苇随风摇摆,发出一片沙沙的喧哗,在某种程度上这首诗也隐喻了诗人心灵的狂乱。《路途上》则描写了颇为阴沉的自然景象:

> 赶上了阴沉的黑夜,
>   路途上遍地杂草……
> 呼吸着从河面吹来的凉爽,
>   在蒙蒙雾中水珠滴自枝梢。
> 似乎在那边——远处
>   在这些乌云下方,

---

① 曾思艺译自 *Я. П. Полонский*. Сочинения в двух томах. Том 1, М., 1986, с. 38.
② 同上书,第 204 页。

>   在河对岸——有颗火星
>   在忽闪忽亮……
>   似乎在那边某个地方
>   有声音在灌木丛震响……
>   传入我耳中的,
>   究竟是歌声还是铃声叮当?
>   我奔向河边——透过云雾
>   我向灌木丛飞跑——
>   前面是温暖和光明,
>   路途上——遍地杂草……①

在阴沉的黑夜赶路,乌云密布,遍地杂草丛生,整个氛围相当阴沉。不过,这首诗与前面两首不同的是,在阴沉和黑暗中还有着光明和希望:远处乌云下方河对岸有颗火星在忽闪忽亮,尽管路途上遍地杂草,但前面是温暖和光明,这使得全诗具有了一定的象征意义。

正因为如此,诗人往往从自然风景转向哲理,即表面描写自然景象,实际上蕴含着较为深邃的人生哲理,如《阴影》:

>   云彩在蓝澄澄的天空飘游,
>   阴影在草地上飞快地奔走,
>   成群的云影一团团朝我撒网,
>   远山却沐浴着阳光熠熠闪光,
>   阳光突然把我照亮——
>   阴影像飘带沿山岭逃亡。
>   有时,思想就像这阴影
>   在人的心里成群地飞涌;
>   鲜活的思想有时会神秘莫测
>   温暖、明亮地照亮前额。②

以天空中的云彩飘游、草地上阴影奔走的自然现象,比喻思想在心灵中有时像阴影成群飞涌,有时会神秘莫测而温暖、明亮地照亮人的前额。

(二)爱情诗。爱情诗是波隆斯基抒情诗中颇为重要且很有特色的诗歌类型,其内容也颇为丰富,并有较大的发展变化。早年,由于受浪漫主义诗歌的影响,比较喜欢写较为轻快的单相思,如《鲜花》:

>   徘徊花园,她停步在花坛前,
>   睁着漫不经心的双眼,
>   匆匆寻找喜爱的鲜花,
>   终于找到了喜爱的那枝春光,

---

① 曾思艺、王淑凤译自 *Я. П.* Полонский. Стихотворения, Л. ,1954,с. 398.
② 曾思艺译自 *Я. П.* Полонский. Сочинения в двух томах. Том 1, М. ,1986,с. 44.

>   它还散发着五月的芳香。
>   半眯着眼睛,慢悠悠地闻着鲜花,
>   久久地,久久地沉醉在花香里,
>   然后,玩弄着折断的花枝,
>   扯下一些花瓣,
>   就把它扔到小路边。
>
>   一个脸色绯红的男孩,
>   一个头发卷曲的男孩,
>   暗中热恋着这淘气的女神,
>   拾起鲜花,像圣物一样捧在手心。
>   他用温柔的目光久久地捕捉
>   她那轻盈如风的顽皮身姿,
>   轻轻柔柔地吻着
>   这出人意料、珍贵无比的花枝。
>   初次唤醒的这份温柔的感觉,
>   战战兢兢地追踪着美丽的女王,
>   就连她无意中轻轻触及的一切,
>   都在翩翩翻飞,一如那温顺的幻想。①

女孩找到了喜爱的鲜花,折下它玩够了后丢下了,暗中热恋她的男孩悄悄捡起鲜花,"像圣物一样捧在手心",她是他心目中美丽的女王,她的一切都令他深深陶醉。

或者,写一些轻快的甚至应酬式的爱情诗,如《肯·斯·阿·柯-诺依》:

>   就像茨冈女演员,
>   她的目光闪电般灼灼放光;
>   就像一个机灵的波兰小姑娘,
>   她的声音温柔地波漾;
>   就像一个受伤的青年,
>   她的神情懒懒洋洋。
>
>   有可能不钟情
>   她双眸的美丽,
>   有可能不信从
>   她亲切的话语,
>   但有她在,不可能

---

① 曾思艺、王淑凤译自 Я. П. Полонский. Стихотворения, Л., 1954, с. 58.

下决心再对别人痴迷！①

全诗比较巧妙地赞美了肯·斯·阿·柯-诺依的魅力：她双眸美丽，目光灼热明亮，声音温柔，话语亲切，更有一种慵懒之美，这些足以使她压倒群芳，让人痴迷。

但此时，波隆斯基更喜欢结合自然景色来表现爱情，如《割麦女》：

> 吹吧，吹吧，芦笛！……晨星早已匿迹……
> 瞧，在朦胧的山谷里，走来一群割麦女，
> 她们的镰刀和大钐刀在月色中闪闪发光；
> 细细的尘埃在脚下袅袅浮升，
> 一捆捆沉甸甸的新割麦穗在背篓里窸窣作声，
> 她们那清脆的声音响彻远方……
> 她们走来……她们消失……她们的声音依稀听见……上帝保佑她们！
> 我嘴边带着问候，专等她来到，
> 头上戴着野花编成的花环，手里拿着镰刀，
> 身上背着沉甸甸金灿灿的麦捆……
> 吹吧，吹吧，芦笛！……②

这是一首田园牧歌式的爱情诗，抒情主人公爱上了一群割麦女中的一个，大清早就在她过往的路边等候。晨星匿迹，月光闪亮，山谷朦胧，芦笛声声，在此清晨美丽、宁静的大自然中，抒情主人公满怀爱意，等待恋人。又如《啊，站在我们的阳台多么美妙……》：

> 啊，站在我们的阳台多么美妙，我亲爱的！看——
> 下面的湖水波光粼粼，辉映着红霞一片片；
> 白天鹅悠然自得，栖身在这自由如意的乐园里，
> 白天鹅离不开乐园，就像你与我不能分离……
> 尽管你多次向我解释，你的自由如意的天堂，
> 只是现实世界，而非火热的心，也非我年轻的胸膛！③

湖水波光粼粼，红霞片片，倒映在湖中，白天鹅在湖中悠然自得，而诗中恋人所住的房子紧挨湖边，在这美丽宜人的自然环境中，抒情主人公深感：自己和恋人不能分离，就像白天鹅离不开这湖的乐园一样。《克里米亚之夜》更突出地表现这一点：

> 你还记得吗，月亮银光闪闪，
> 海水在礁石下哗哗拍浪，
> 昏睡的树叶轻轻晃颤，
> 花园的栅栏后面

---

① 曾思艺译自 Я. П. Полонский. Сочинения в двух томах. Том 1, М., 1986, с. 83.
② 曾思艺、王淑凤译自 Я. П. Полонский. Стихотворения, Л., 1954, с. 43.
③ 同上书，第 85 页。

蝉在连续不断地鸣唱。

我们漫步在半明半暗的山间花园里,
月桂树散发着芳香;
葡萄架后的山洞黑黢黢,
瀑布下的蓄水池
满溢的水潺潺流淌。

你还记得吗,清新的呼吸,
玫瑰的芬芳,水流的清音,
整个大自然的迷人魅力,
使两双嘴唇不由自主地互吸,
于是就有了出人意料的亲吻。

这是大自然的音乐,
这是心灵的交响,
经受了暴风雨和恶劣天气的肆虐,
在那悲惨的岁月,
这音乐寂静中清晰地在我耳边回荡。

我发现——从南方吹拂来的温暖
让心灵变得暖暖洋洋,
心灵充满信任,歌兴更酣……
我发现——我多么喜欢
一切之中都有这一乐章……①

美丽宁静的克里米亚之夜,月华遍地,海水哗哗拍击礁石,花园里月桂树和玫瑰散发出一片芬芳,瀑布下的蓄水池水声潺潺,整个大自然迷人的魅力,使在花园漫步的一对恋人情不自禁地亲吻起来,大自然的乐章引发了心灵的交响。

然而,这类诗在波隆斯基的爱情诗中为数不多,从青年开始到整个创作晚期,他的爱情诗更多地描写的是忧郁、不幸、痛苦的爱情。其原因大约有二。

一是青年和中年时期生活颇为贫寒,俄国有学者谈道:"1844年春,波隆斯基大学毕业,他面临着对未来生活的选择。艰难的经济状况使他不得不考虑工作。在多方考虑之后,他决定去奥德萨,那儿有朋友答应帮忙给他安排工作,于是波隆斯基动身前往南方。当年秋天,他到达奥德萨,但不幸的是,工作进行得不顺利。"②50年代他在首都的生活也很艰难:"波隆斯基在彼得堡的生活十分窘迫。有

---

① 曾思艺、王淑凤译自 *Я. П. Полонский*. Стихотворения, Л. ,1954, с. 105—106.

② *И. Мушина*. Поэзия и проза Полонского. // *Я. П. Полонский*. Сочинения в двух томах. Том 1, М. , 1986, с. 6.

好几年的时间他都是靠在杂志社打零工为生。"①1887 年诗人写信给费特谈到此事:"50 年代,我住在彼得堡,过着贫穷的生活,我靠着每月在《彼得堡公报》发表 4 篇杂文从克拉耶夫斯基那里拿到五十卢布生活费——这还要感谢命运。"②这使得他忙于生计,没有更多的时间和心思去恋爱,同时也使他往往自惭形秽,颇为自卑。《春天》就写到尽管春天来了,大地的力量苏醒了,自己却睡意昏昏浑身疲倦,因为"贫穷使我为生存奔忙",无法陶醉于大好春光,而只能坐着埋头工作,爱情更是无法与劳动和睦友好,"含着眼泪跟我分手",却对别人嫣然微笑:

> 春天回来了,回来了!
> 我站在窗下迎接春天。
> 大地的力量苏醒了,
> 人却睡意昏昏浑身疲倦。
>
> 夜间的微风枉自
> 吹来稠李的芬芳;
> 我坐着埋头工作;心灵在哭泣,
> 贫穷使我为生存奔忙。
>
> 你,爱情——无聊生活的女友——
> 无法与劳动和睦友好……
> 你含着眼泪跟我分手——
> 却悄悄地对别人嫣然一笑……③

他还写到,即使恋爱,对恋人忠贞不渝,矢志不移,也往往难以心无旁骛、一心一意,而往往是"为日常的忧虑或愤恨困扰",是一种"冰冷的爱情",对恋人火热的吻无法以同样火热的吻回报,因为"我的爱情早已与快乐的梦想毫不相挨",如《冰冷的爱情》:

> 每当为日常的忧虑或愤恨困扰,
> 　　对你火热的吻,
> 我就无法以同样火热的吻回报——
> 　　请不要责怪,也不要疑心。
>
> 我的爱情早已与快乐的梦想毫不相挨,
> 　　没有憧憬,但也没有沉沉睡着;
> 它就像惨遭打击的坚固盾牌,
> 　　保护你远离贫穷与邪恶。

---

① Я. П. Полонский. Сочинения в двух томах. Том 1, М. ,1986,с. 13.
② Там же,с. 10.
③ 曾思艺、王淑凤译自 Я. П. Полонский. Стихотворения,Л. ,1954,с. 157.

>一如老骑士胸前古老的锁甲,
>　　我对你矢志不移;
>在连续不断的战斗中它比朋友更忠贞可嘉,
>　　但请不要从它那里期待一丝暖意!
>
>我对你矢志不移;但如果你变心,
>　　那诽谤就会重新飞临——
>要明白,生活多么艰难,请你回忆,请你估评,
>　　我这冰冷的爱情。①

二是妻子早死。"波隆斯基从罗马回到了巴黎,在巴黎他很快和十八岁的叶莲娜·瓦西里耶夫娜·乌斯秋斯戈娃(Елена Васильевна Устюжсква),俄罗斯教堂供职的诵经士的女儿结婚了。1860年6月,这位年轻的妻子去世了。短暂幸福的经历和丧妻的痛苦在波隆斯基献给妻子的诗歌中有所体现,如《海鸥》《我最好离开》《让人疯狂的痛苦》《当我爱你时》等。И. С. 屠格涅夫曾写道:'我不知道还有哪首俄语诗歌能像《海鸥》一样,把温暖的感觉和忧郁的情绪运用得如此协调一致。'"②一说他和妻子的结合本身就是不幸:"离开罗马,波隆斯基去了巴黎,他在一个俄罗斯的教堂里同诵经士的女儿结了婚——就是叶琳娜·瓦西里耶夫娜·乌斯秋斯戈娃。'和她命中注定是不幸的结合,总之,一切都从这里开始。'他给舍尔古诺夫的信中写道。"③这种经历,使诗人对爱情的感受更多的是不幸和痛苦。

正因为如此,诗人的爱情诗即使写爱情的幸福,也往往夹杂着忧郁或痛苦,也就是说他的爱情诗往往在幸福中回想到曾经的折磨和痛苦,如《吻》:

>既有理智,也有心灵,更有唇的记忆,
>让我情不自禁地热烈吻你——
>我吻你为的是,在你面前
>我曾隐藏我的激情,小心翼翼,默默无言,
>也为的是,没有火花,你却使我熊熊燃烧,
>久久折磨着我,并在那里大笑,
>更为的是,那曾经是我盾牌的爱情,
>已被扼杀,正在十字架下的坟墓里入梦,
>在我心中为这些燃起的一切火花,
>亲爱的,就让它们在你的拥抱中熄灭吧。④

恋爱已经进入高潮,男女双方热吻起来,这个时候,双方都应该相当幸福相当陶醉,然而,抒情主人公却在幸福的时候想起了恋爱的艰辛和痛苦——对方的久久

---

① 曾思艺、王淑凤译自 Я. П. Полонский. Стихотворения, Л. ,1954,с. 368.
② И. Мушина. Поэзия и проза Полонского. //Я. П. Полонский. Сочинения в двух томах. Том 1, М. ,1986,с. 10. 或见 Н. Сухова. Дары жизни, М. ,1987,с. 76.
③ Б. Эйхенбаум. Я. П. Полонский. //Я. П. Полонский. Стихотворения, Л. ,1954,с. 28.
④ 曾思艺、王淑凤译自 Я. П. Полонский. Стихотворения, Л. ,1954,с. 246.

折磨,自己的隐藏激情,以致愿意在拥抱中熄灭心中燃起的一切火花。又如《透过云杉林多刺的梢端》:

> 透过云杉林多刺的梢端
> 傍晚的云彩闪耀着金光,
> 我用船桨扯断
> 沼泽草与水生花织成的水上密网。
>
> 芦苇干枯的叶子沙沙作响,
> 时而包围我们,时而又让开阻隔,
> 我们的独木舟向前划行,微微摇荡,
> 泥泞的两岸间是一条蜿蜒的小河。
>
> 在这个晚上,我们终于远远驶离
> 世俗的无聊诽谤与仇恨——
> 你尽可大胆、自由、轻松地讲述自己,
> 满怀儿童般纯真的信任。
>
> 你那先知般的声音蜜样香甜,
> 其中颤动着一颗颗隐秘的珠泪,
> 你凌乱的丧服与淡褐色发辫,
> 向我展示了你的另一种妩媚。
>
> 我的心由于痛苦不禁紧闭,
> 我望向水底,沼泽草的草根
> 在水中千万条纠缠在一起,
> 就像千万条绿蛇交互缠身。
>
> 于是另一个世界闪现在我眼梢——
> 并非你生活过的那个美丽世界;
> 而生活向我展示一种严峻的深奥,
> 但表面却是阳光烨烨。①

一对恋人终于远离了世俗的无聊诽谤与仇恨,在傍晚时分驾着小船来到了荒僻的小河上,这本该是十分难得的甜蜜时刻,也是两人尽情倾诉绵绵情意的大好时机,然而,"我"却虽有短短的幸福感,希望你"尽可大胆、自由、轻松地讲述自己",最终却感到十分痛苦,连心儿都因此紧闭:因为你的凌乱的丧服,因为现实生活的严峻的深奥。

---

① 曾思艺、王淑凤译自 *Я. П. Полонский*. Стихотворения, Л., 1954, с. 70.

更重要的是,与其他同时代诗人(如普希金、丘特切夫、费特、迈科夫等)不同的是,波隆斯基在爱情诗中更多地表现的是爱情的忧郁、不幸和痛苦的一面,如《道路》:

> 荒凉的草原——道路伸向远方,
> 田野的旋风使我心潮激荡,
> 雾蒙蒙的远方——是我莫名的忧伤,
> 隐秘的痛苦油然升起在我心上。
>
> 无论马儿怎样飞奔——我都觉得它们动作迟缓,
> 纵目远望,到处都是同样单调的景象——
> 庄稼后边依旧是庄稼,除了草原还是草原。
> "马车夫,为什么你不放声歌唱?"
>
> 满脸胡须的马车夫对我回答:
> "我们只在忧郁的日子才歌唱。"
> "那你又有什么高兴事?""不远处就是我家,
> 熟悉的竿子在山岗后面轻轻摇晃。"
>
> 我看见:迎面而来的是一个小村庄,
> 农舍的屋顶覆盖着干草,
> 一个个草垛挺立着。——熟悉的草房,
> 她如今还活着吗?是否安好?
>
> 瞧这干草覆盖的院子。在自己家里
> 马车夫找到了安逸、问候和晚餐。
> 而我疲惫不堪——我早就需要休息,
> 然而没有……马儿已被更换。
>
> "好啦,好啦,马车夫!我的路还漫长——"
> 潮湿的夜——没有农舍,没有灯光,
> 马车夫歌唱起来——我的心又充满惆怅,
> 忧郁的日子,我没有什么歌唱。①

抒情主人公看到马车夫回到家里,找到了安逸、问候和晚餐,深感孤独,尤其是见到熟悉的草房,不禁睹物生情,想起了过去的恋人:"她如今还活着吗?是否安好?"不仅充满惆怅,愁绪满怀。

波隆斯基特别喜欢在诗中大量描写恋人告别和爱情快要消失的时候,如《最后

---

① 曾思艺、王淑凤译自 Я. П. Полонский. Стихотворения, Л., 1954, с. 48.

的叹息》：

  "吻我吧……
  我的心燃起了火焰……
  我还在爱……
  快偎靠我身边……"
  在这告别时刻，
  你温顺的话语
  就这样喃喃着并且消失，
  就像在熊熊燃烧的
  深深心底
  渐渐消失。
  我屏住呼吸——
  我望着你的面容，
  像看一个死者——
  我俯身细听……
  然而，哎呀！我的朋友，
  你最后的叹息，
  是没能讲完的
  你对我的爱意。
  我并不知道
  我的这种生活
  怎样才能不受束缚！
  而你对我的爱情，
  讲完它，会在何处！[①]

  在告别时分，尽管对方心灵已经燃起了火焰，要求恋人紧靠自己，热吻自己，但恋人觉得望着对方的面容，"像看一个死者"，认为这是最后的叹息，很快就会消失……

  或者描写恋人被迫分手后的痛苦，如《失去》：

  当预感到即将分手，
  你的声音充满悲愁，
  我笑着用自己的双手，
  紧紧地温暖你的手，
  当道路从偏僻的地方，
  以明丽的远方把我引诱，
  你那隐秘的忧伤，
  是我心灵深处骄傲的理由。

[①] 曾思艺、王淑凤译自 *Я. П. Полонский.* Стихотворения，Л.，1954，с. 256.

面对未曾表白的爱情,
临别时我不禁喜上眉头,
但我的上帝!——我又痛彻心灵,
当我一觉醒来,不见你的明眸!
你未充分表达的那一片深情,
我因此而无福亲耳聆听,
就像一个个令人痛苦的梦,
折磨我,惊扰我内心的宁静。

你温存的声音,像遥远的铃声飘忽,
徒劳地浮响在我的耳畔,
仿佛出自深渊,一条隐秘的路
挡住我,不让我去到你跟前,
心啊,你就忘了吧,那惨白的面容,
它在你的记忆中偶尔闪现,
请你在感情贫乏的生活中
重新寻找从前一样的时光!①

这首诗写一对恋人虽然相爱但没来得及表白就被迫因故分手,抒情主人公因此深感痛苦,写得缠绵悱恻,荡气回肠。但诗人更喜爱一再描写恋人分手的时刻,如《奇维塔-韦基亚》:

在营房般寂寞的大海上,
　　一座比冷酷的大海更阴森的要塞拔地而起……
分别前,我在可爱的脸庞
　　寻找是否为心灵出现了某种新东西。

我久久观看,小船在海面颠簸——
　　你从容离去——我留在甲板,
而我,却没有留下什么,
　　除了情不自禁的徒劳抱怨。

我重又飞奔向喧嚣的大海,
　　新的码头在把我这漂泊者等候;
只是为了你,我满心悲哀,
　　就像流亡者失去了家乡的码头。②

---

① 曾思艺译自 Я. П. Полонский. Сочинения в двух томах. Том 1, М., 1986, с. 124—125.
② 曾思艺、王淑凤译自 Я. П. Полонский. Стихотворения, Л., 1954, с. 209.

一对恋人在大海边分手,对方上岸从容离去,抒情主人公留在甲板,随着海船奔向喧嚣的大海,为了恋人,为了分别,满心悲哀。《再见!……哦,是的,再见!我心如刀割……》所写分手时刻的悲愁和痛苦更加深重:

> 再见!……哦,是的,再见! 我心如刀割……
> 我满腔的痛苦悲凄
> 无法向你言说,
> 我也无法像奴隶一样缄口不语。
>
> 我们不会言不由衷——
> 我们对什么都不信任,
> 就是自己那患病的心灵
> 我们也不盲目相信。
>
> 在这告别的时刻,
> 燃起了神圣的火焰,
> 我们不会轻信地
> 彼此互赠永恒的誓言。
>
> 也许——还有忧伤的希望!——
> 还有漠然相逢的时刻,
> 在漫长的生活道路上,
> 我们会记起这忧伤的告别。
>
> 那时,我俩将互相问候一声,
> 相视微微一笑,
> 然后重新告别,以便幸福的梦
> 至死都不会把我们打扰。①

恋人最后分手了,抒情主人公心如刀割,但由于双方对什么都不信任,甚至连自己患病的心灵都不信任,因此我们不会彼此互赠永恒的誓言,而"我"更是难受:满腔的痛苦悲凄,既无法向你倾诉,也不能缄口不语,只能饱受折磨!

除了以文人的方式写恋人的分手,诗人还喜欢以民歌的方式表现恋人的分手,《茨冈女郎之歌》就是如此:

> 我的篝火在夜雾中闪亮,
> 火星四散飞入黑暗……
> 深夜避开所有人的目光,
> 我们在桥上互道再见。

---

① 曾思艺、王淑凤译自 *Я. П. Полонский. Стихотворения*, Л., 1954, с. 78.

夜就要过去——一清早
我就要远迁草原，亲爱的，
跟着茨冈同胞，
随着游动篷车。

在这告别时刻，请你把披巾
替我打结系紧：
我俩这些天的相爱相亲，
就像这打结的两端难解难分。

有谁能预言我的命运？
我的雄鹰，除你之外，
明天有谁能从我的颈根
把你系紧的结扣解开？

假如有另一位姑娘，
爱上我亲爱的情哥，
在你身边放声歌唱，
在你膝上嬉戏，请想想我！

我的篝火在浓雾中闪亮，
火星四散飞入黑暗……
深夜避开所有人的目光，
我们在桥上互道再见。①

茨冈女郎爱得真挚爱得深沉，她清早就要跟随茨冈同胞跟着游动篷车远走了，只得和恋人依依不舍地告别。在这分手时刻，她情深意长地表达了自己对爱情的忠贞：从此后对方打结系好的披巾，不再解开；并且以宽容的方式进而表达了自己的深情：如果异日有另一位姑娘爱上了你，在你身边放声歌唱，在你膝上嬉戏，那么，请你想想我吧……但由于环境气氛的渲染，因此极富悲剧性：浓雾茫茫，一片迷蒙，篝火虽在浓雾中闪亮，但很快就火星四散飞入黑暗，而且两人是偷偷相会，避开所有人的目光，凄然告别，从此天各一方……

《车铃》更是写分手后的痛苦的一首著名作品：

暴风雪平息了……道路被月光照得通明……
夜以千万只昏暗的眼睛凝望……
车铃声声，催我沉沉入梦！

---

① 曾思艺、王淑凤译自 *Я. П. Полонский*. Сочинения в двух томах. Том 1, М., 1986, с. 99.

三套马车的疲惫马儿啊,带我奔向远方!

昏蒙蒙的云烟和冷凄凄的远方
开始发亮;月亮这白晃晃的幽灵
照亮了我的心灵——过去的忧伤
  晕染上淡忘的梦境。

突然我听见——激情盈溢的歌唱,
  和谐地伴着丁零的铃声:
"啊,什么时候啊,我的爱人才能来到我身旁,
  静静休息,依偎在我怀中!

"我没有生活!……当朝霞
映照玻璃窗,照得霜花红光闪亮,
橡木桌上我的茶炊在沸腾喧哗,
我的炉火噼啪作响,照亮了每一旮旯,
  和彩色帐子后那张空床!……

"我没有生活!……深夜打开护窗板,
金色的月光在墙上慢慢游荡,
暴风雪大作——油灯光闪闪,
我已昏昏欲睡,心儿却入梦难,
  为了他,时时刻刻痛苦忧伤。"

突然我听见,那个声音又在歌唱,
  哀伤地伴着丁零的铃声:
"我旧日的朋友在哪里?……我盼望
  他快回来,温柔地把我抱在怀中!

"我过的是什么生活!我的房间狭小,
黑暗,寂寞;风儿吹进了窗户。
只有小窗下生长着一棵樱桃,
可还无法透过玻璃上的霜花看到,
  也许,它早已一命呜呼!……

"这是什么生活啊!……五彩帐子已经褪色,
我病歪歪地行走,无法去见亲人,
没有心上人——无人怜爱无人斥责,
男邻居刚来,老太婆就一个劲数落,

因为同他在一起我实在开心！……"①

陀思妥耶夫斯基在长篇小说《被侮辱与被损害的》中，通过娜塔莎的口对这首诗给予了高度评价和颇为精辟的分析："'我一直在等你，万尼亚，'她笑了笑开始说，'你知道我刚才做什么了吗？我在这儿走来走去背一首诗。你还记得吧——《车铃》："橡木桌上我的茶炊在沸腾喧哗……"想当初我们两人还一起朗诵过："暴风雪平息了……道路被月光照得通明……/夜以千万只昏暗的眼睛凝望……"接下去是："突然我听见——激情盈溢的歌唱/……/我的炉火噼啪作响，照亮了每一旮旯，/和彩色帐子后那张空床！"写得多好哇！这些诗句多么令人伤感，万尼亚！这幅图画多么富于想象力，意境又多么深远！一幅十字布，刚绣个开头——你想怎么绣就怎么绣。这里面有两种感情：往日的情怀和近来的感受。这茶炊，这布幔，让人感到多么亲切……在我们那个县城里，几乎所有的小市民家里都有这些东西；现在我好像都能看见这样的人家：一栋新房子，原木搭的，还没有钉上木板……接下去是另一幅图画："突然我听见，那个声音又在歌唱，哀伤地伴着叮呤的铃声/……/我病歪歪地行走，无法去见亲人，/没有心上人——无人怜爱无人斥责，/男邻居刚来，老太婆就一个劲数落，/因为同他在一起我实在开心！""我病歪歪地行走"，这"病歪歪"几个字放在这里多么贴切！"无人怜爱无人斥责"——这行诗里包含着多少温情，愉悦，回忆带来的痛苦，还有那些自己寻来又自我欣赏的烦恼……我的上帝，这诗写得多好哇！写得多么真实！'"②

然而，关于这诗中的女主人公究竟是被抛弃因而悲观绝望还是因故分手而对恋人满怀爱意充满希望，俄国学者有不同看法。穆希娜认为："诗歌《车铃》中的情节就是以一个悲苦女子被对其不忠的爱人抛弃的悲剧故事为基础的：'啊，什么时候啊，我的爱人才能来到我身旁……'从简陋的木屋旁跑过的'三匹疲惫的马'就是与女子擦肩而过的命运的化身。也难怪陀思妥耶夫斯基会在《被侮辱与被损害的》中对波隆斯基的这首诗予以格外的关注。"③而科罗文则认为："波隆斯基善于描绘穷人简朴的生活境况、天真的思想、精神上的痛苦、注定的死亡以及对于美好命运永恒的期盼。在《车铃》这首诗中，黑夜中的所有事物构成了一幅有关希望与绝望的完整画卷：黎明的曙光夹杂着丝丝寒气映射在破宅的窗户之上（橡木桌上的茶炊、炉子、照亮着花布帘幔下床铺的火光）。女主角置身于这广博辽阔的世界之外（寒冷的窗外看不见樱桃树，只有站在一旁絮絮叨叨的老太婆），她自己的生活拮据、黑暗，但在她的灵魂深处：对于爱人，对于自己冰冷房间四壁上曙光的期望却从未逝去。"④笔者认为，这首诗写的是恋人长久分手后的情景，女方在绝望中还怀有一丝希望：其绝望表现在她已开始与男邻居亲近，渴望被爱；其希望表现在渴盼旧日朋友早日归来，把自己抱在怀中。

---

① 曾思艺、王淑凤译自 *Я. П. Полонский. Стихотворения*, Л., 1954, с. 165—166.

② 陈燊主编《陀思妥耶夫斯基全集》第4卷，艾鹏译，河北教育出版社，2010年，第108—110页，引文中诗歌作了修改，由于上文已有全诗，为节省篇幅，对引文中的诗歌做了大量删减。

③ *И. Мушина. Поэзия и проза Полонского. //Я. П. Полонский. Сочинения в двух томах.* Том 1, М., 1986, с. 9—10.

④ *В. И. Коровин. Русская поэзия* XIX *века*, М., 1997, с. 193.

（三）社会诗。受时代大潮和革命民主主义理论家车尔尼雪夫斯基、杜勃罗留波夫等的影响，再加上中青年时期生活艰难，了解民生疾苦，因此，波隆斯基也曾写过一些社会诗，反映社会存在的一些问题。对此，俄国学者已有相当充分的论述。穆希娜指出："19世纪60年代初，思想斗争的急剧激化唤醒了波隆斯基，促使其对过去的经历进行总结并确定自己在文学中的位置。波隆斯基开始对历史和俄罗斯社会思潮产生兴趣，开始关注19世纪30年代到40年代这20年间的事。"她还深入分析了波隆斯基的一些小说、诗体小说和部分抒情诗对社会问题的反映。[①] 艾亨巴乌姆更具体地指出："到了60和70年代，波隆斯基越来越经常、也越来越有力地对社会政治事件和问题做出回应，但是他的公民抒情诗停留在'文明的忧虑'上，而没有变成'愤怒'的抒情作品。痛苦的思考、惋惜、疑惑、忧愁、苦恼、对人类未来的恐惧——这些成了他抒情作品的主色调。'回答我！你在哪？幸福，你在哪？'他毫无希望得到回答地问道。在'恶的当代'，他看不见任何一条通往善的道路（请参阅诗歌《在混沌中》），因此他带着一种'超越时间——逃向预言的梦中'的渴望（《缪斯》，1866年）生活着。比如说，诗歌《不知道》（1865年）就紧扣着近几年可怕的大事件而创作（其中包括——车尔尼雪夫斯基的逮捕和死刑、波兰起义，以及奥地利、普鲁士和丹麦的镇压）。这已经不属于讽刺或者心理的题材，而是由一系列问题构成的政治独白，是对现实和未来的思考，这种思考包括对未来社会悲剧和变革的预感。"[②]

波隆斯基的社会诗既关心具体的社会问题，也关心社会普遍存在的问题；既关心国内的社会问题，也关心外国的事件。因此，俄国有学者认为他的作品充满了真正的人道主义精神，善于采用平民知识分子界流行的诗歌形式："杰出而敏锐的抒情诗人雅科夫·彼得洛维奇·波隆斯基的创作充满了真正的人道主义精神。诗人同情贫苦人民，关注他们的内心感受，能够通过偶然的印象和零散的回忆再现他们的日常生活和情感。他喜欢简洁的言语方式和平民知识分子的谈话语气，他大量使用在平民知识分子界流行的诗歌形式——城市民谣、茨冈浪漫曲。"并进而谈到其成因和一些具体表现："无论是从自己的社会地位、经济状况还是心理状态，波隆斯基都清楚意识到自己与社会阶层环境的关系。这也是俄罗斯劳动人民凭借自己的生活状态吸引他的原因。这在波隆斯基的抒情作品中也有所体现，比如：作品《收割人》中的村妇们；作品《大路》中草原上一望无际的大路；残疾，一贫如洗，却仍喜爱唱歌的吉普赛人；逃亡的苦役犯；平凡却稳重矜持的女孩；与贵族地主阶级格格不入的人等。他们本身平凡无奇，甚至没有什么可取之处，然而这一切都被作者准确而清晰、没有任何修饰、没有精雕细琢地表现出来。波隆斯基发现人类如此渴望美好的结局和真挚的爱情；他们的情感那么的丰富与深不可测；他们的理想虽然缺乏激情，却是如此纯净。作者用令人折服的新颖思想、自然淳朴的语言和抒情优美的语调将自己的情感表达在这些他塑造和创作的主人公以及故事身上。"[③]

---

① И. Мушина. Поэзия и проза Полонского. //Я. П. Полонский. Сочинения в двух томах. Том 1, М., 1986, с. 16—18.

② Б. Эйхенбаум. Я. П. Полонский. //Я. П. Полонский. Стихотворения, Л., 1954, с. 332.

③ В. И. Коровин. Русская поэзия XIX века, М., 1997, с. 191—192.

关心具体的社会问题的诗歌较多,其中有不少特别关心女性的不幸,如《女囚徒》:

> 她是我的什么人?——不是妻子,不是恋人,
> 也不是我亲生的女儿!
> 可为什么她那该诅咒的命运
> 让我整夜合不上眼儿!
>
> 整夜合不上眼儿,因此我冥想
> 那囚禁于窒闷牢狱中的青春,
> 我看见——拱形的牢门……铁窗,
> 潮湿昏暗中的一张单人囚床……
>
> 兴奋炽热的双眸从床边凝望,
> 没有眼泪,也没有期盼,
> 一绺绺蓬乱的头发长长,
> 从床边几乎垂到黑湿湿的地面。
>
> 双唇一动不动,
>   苍白的双手放在苍白的胸膛,
> 轻轻地按着心房,没有颤动,
> 也没有对未来的希望……
>
> 她是我的什么人?——不是妻子,不是恋人,
> 也不是我亲生的女儿!
> 可为什么她那饱受苦难的形象
> 让我整夜合不上眼儿![1]

一位妙龄女郎被囚禁在监狱中,每天陪伴她的是"铁窗"和"潮湿昏暗中的一张单人囚床",没有眼泪,也没有期盼,没有对未来的希望,虽然她不是抒情主人公的妻子、恋人、亲生女儿,没有亲情、恋情,但她正值青春妙龄,不应该被囚禁于牢狱之中(由于当时的政治高压,诗人不敢写出这是女政治犯),因此,抒情主人公认为这是一个"饱受苦难的形象",让自己"整夜合不上眼儿",以此呼吁社会关注这一问题,减少女囚犯。苏霍娃称诗人是以公民的愤怒在写此诗[2]。

《女隐士》则从另一角度反映了女性的不幸:

> 在一条熟稔的街道上——
>   我记得一栋老房子,
> 它有着高高的、昏暗的楼梯,

---

[1] 曾思艺、王淑凤译自 Я. П. Полонский. Стихотворения, Л., 1954, с. 353.
[2] Н. Сухова. Дары жизни, М., 1987, с. 85.

　　　　还有窗帘紧遮的窗子。
　　那里的灯光就像小星星，
　　　　一直亮到半夜才熄，
　　微风轻轻吹过，
　　　　窗帘漾起涟漪。
　　没有谁知道，那里
　　　　住着一个女隐士，
　　一股神秘的力量，
　　　　把我牵引到那里，
　　于是，这个奇怪的姑娘，
　　　　在一个难忘的夜里，
　　脸色苍白，披散着头发，
　　　　与我相遇。
　　她向我反复讲述
　　　　一些孩子气十足的话语：
　　关于未经历过的生活，
　　　　关于遥远的他邦异域。
　　她亲吻着我的双唇，
　　　　像成人一样，激情火炽，
　　她浑身颤抖地对我耳语：
　　　　"我俩一块逃出去！
　　我们将像自由的鸟儿——
　　　　忘掉这高傲的人世……
　　我们无须向人告别，
　　　　我们将永远留在那里……"
　　她和我热吻频频，
　　　　泪珠儿静静地流溢，
　　微风慌乱地吹过，
　　　　窗帘不安地飘起。①

　　诗中的女性可能是受到了社会的伤害，因此离群索居，成了女隐士，即使白天也窗帘密闭，沉迷于自己的幻想之中。但她也有自己的欲望和爱，抒情主人公被神秘的力量牵引到那里后，她如获至宝，激情像火山一样爆发，狂热地亲吻他，并且浑身颤抖地约他一同逃出去，逃到遥远的他邦异域，像自由的鸟儿一样，忘掉这高傲的人世……对此，俄国有学者指出："波隆斯基笔下的主人公梦想着纯洁的爱情、简单的生活，他们拥有追求纯净生活的热情，但是他们却被现实条件和周围环境所束缚，因此他们很难抛开世俗的压迫，安静自在地沉醉于自己的感受中。在诗歌《呼唤》中，被锁在四道高墙中的那个女孩，被一个假仁假义的祈祷者看守着，她只有靠

---

① 曾思艺译自 Я. П. Полонский. Сочинения в двух томах. Том 1, М., 1986, с. 56—57.

'伎俩'和谎言才得到与情人相见的机会。黑色的楼梯高高地通向一个屋子,屋子很是破旧,窗门紧闭,光线昏暗,另一个'怪女孩'忧郁地坐在房中,完全与世隔绝,她想像奥斯特洛夫斯基笔下《大雷雨》中的卡捷琳娜那样成为一个自由的鸟儿,但是她却无法掌握自己的命运。"① 苏霍娃则认为这是一首在革命民主主义氛围中产生的通过城市日常生活细节来揭示人的心理的诗歌,它预示了70年代具有现实形象的《女囚徒》②。她还具体分析道,在这首诗里注重运用很有特征的日常细节来揭示、象征主人公的心理,如窗帘在开头和结尾两次出现,有着隐秘而引人入胜的涵义,有助于描写女主人公心理,与陀思妥耶夫斯基《穷人》中女主人公第一封信中写到的窗帘有异曲同工之妙③。

《相遇》更是含蓄、间接地反映了女性的堕落:

> 昨天我们重相遇——她停下脚步——
> 我也停步——我们凝望着对方的眼睛;
> 啊,上帝,她竟变得迥异当初;
> 双颊惨白,眼中的火花再无一星。
> 我久久凝视着她,默默无语——
> 可怜的人儿微微一笑,向我伸出手;
> 我想开言——但她竟以上帝的名义
> 吩咐我不要开口,并且扭过头去,
> 皱起眉头,缩回那只手,
> 说道:"别了,再见吧。"
> 可我却很想说:"永别了,
> 枯萎的,但可爱的女人啊。"④

台湾著名诗人余光中的《珍妮的辫子》也写男女别后相遇:"当初我认识珍妮的时候,/她还是一个很小的姑娘,/长长的辫子飘在背后,/像一对梦幻的翅膀。//但那是很久,很久的事了,/我很久,很久没见过她。/人家说珍妮已长大了,/长长辫子变成卷发。//昨天在路上我遇见珍妮,/她抛我一朵鲜红的微笑,/但是我差一点哭出声来/珍妮的辫子哪儿去了?"⑤表面看来,写的只不过是女方"长长的辫子"变成"卷发"这样一件微不足道的平凡小事,实际上,那"长长的辫子"乃是民族文化自然朴实的古典美的象征,而"卷发"则是现代文明人工味十足的象征,因而,珍妮丢掉的不仅仅是"辫子",还有民族文化传统。因此,余光中借这别后相遇表现了深厚的民族意识及对中华民族文化传统和民族精神的珍爱。一百年前的波隆斯基则借这别后相遇,表现了女性的堕落:多年不见的一对男女,男方发现女方迥异往昔——双颊惨白,眼中的火花再无一星,本想叙叙旧,但她缩回了那只手,也不让男

---

① *В. И. Коровин*. Русская поэзия XIX века, М.,1997,с.192.
② *Н. Сухова*. Дары жизни, М.,1987,с.83—84.
③ *Н. Сухова*. Мастера русской лирика, М.,1982,с.34—35.
④ 曾思艺、王淑凤译自 *Я. П. Полонский*. Стихотворения, Л.,1954,с.62.
⑤ 《余光中诗歌选集》,第1辑,时代文艺出版社,1997年,第75页。

方说话,并且皱起眉头说:"别了,再见吧。"男方很想说:"永别了,枯萎的,但可爱的女人啊。"但终于没有说出口来。只因"枯萎的,但可爱的女人"俄文原文为 погибшее,но милое созданье,一语双关,因为它在俄语俗语中意为"妓女"。所以,诗人在诗歌结尾点明这是一个堕落风尘的女子。

波隆斯基也关心社会普遍存在的问题,如《无所事事时痛苦,劳动也痛苦》:

> 无所事事时痛苦,劳动也痛苦……
> 　　幸福,满意,健旺,你们在何处?
> 　　　　请回答我,你们在何处?
> 谁能爱着而没有痛苦,谁能思索而没有隐忧?
> 责备和哭泣不会把谁触怒?
> 刽子手害怕评判与羞辱——
> 　　断头台仿佛看到了自由……
> 请你帮我解决这些难题中
> 哪怕最微不足道的部分,混乱无序的生活,
> 　　软弱的生活对我们并不适合,
> 　　不适合的还有严厉的,
> 盲目的,——　放荡的、不安分的生活!……①

无所事事时痛苦,劳动也痛苦,谁能爱着而没有痛苦,谁能思索而没有隐忧,连责备和哭泣都会把人触怒,断头台仿佛看到了自由,幸福、满意、健旺不知在何处,人们整天陷在混乱无序且软弱的生活中,陷在严厉、盲目而放荡、不安分的生活中!而这是专制独裁统治下人们的普遍生活,是社会普遍存在的问题。前述艾亨巴乌姆说波隆斯基在六七十年代,关心的是"文明的忧虑",更能说明他关心的是社会普遍存在的问题,而且具有世界意义或人类意义,如《我的智慧被苦闷压伤》:

> 　我的智慧被苦闷压伤,
> 　我两眼发红,没有泪滴;
> 　云杉在湖上抱在一起,
> 　芦苇黑压压一片,——水上的道道缝隙
> 　闪着忽明忽暗的光。
>
> 　　那么多,那么多的繁星在闪亮,
> 　可带着冷飕飕的震颤,
> 　夜的黑暗渗入我的心田,
> 　仇恨的深渊上,我看见
> 　如此少,如此少的爱情之光!②

诗人发现在这个世界上,到处都是仇恨的深渊,而爱情之光(这是广义的爱情)

---

① 曾思艺、王淑凤译自 Я. П. Полонский. Стихотворения, Л. ,1954, с. 263.
② 曾思艺译自 Я. П. Полонский. Сочинения в двух томах. Том 1, М. ,1986, с. 194.

却是那么少,因而深感智慧被苦闷压伤,不禁两眼发红,但痛苦得流不出眼泪,只觉得夜的黑暗带着冷飕飕的震颤渗入心田,心底里一片冰凉……

波隆斯基不仅关心本国问题,关心社会普遍存在的问题,还关心外国的问题,如《意大利海岸》:

> 我孤独地走在红色的碎石路面,
> 　　　走向沉睡的海洋,
> 远处的山顶浓云团团,
> 　　　淡淡烟雾镶嵌在边上。
>
> 啊!远处疲惫的海湾,还有高山,
> 　　　全都懒懒洋洋!
> 这是多美的画面:
> 　　　橄榄林荫中一群黑山羊!
>
> 远处的牧羊人,手拿放羊杆,
> 　　　肩背背囊,
> 倚靠着山岩边缘——
> 　　　站在断崖上。
>
> 海滨那边,矗立着一座宫殿,
> 　　　有着相连的柱廊,
> 河水女神拍击着它的门坎,
> 　　　拱廊下一片喧响。
>
> 不久前我在那里做了一个华丽的梦——
> 　　　然而……我是否总是
> 为了这些梦忘记了你痛苦的哼声,
> 　　　啊,意大利!
>
> 被你的哭泣震撼
> 　　　我走向沉睡的海洋,
> 远处的山顶浓云团团,
> 　　　淡淡烟雾镶嵌在边上。
>
> 那边,在浅蓝色的云雾里,
> 　　　淡白的影子成群地升高,
> 那不是影子在升高——随海浪奔驰,
> 　　　而是铜炮。

>船舶上的旗帜在远处藏藏躲躲,
>
>　　　好像一片薄雾,
>
>那里,你的命运伴着导火索,
>
>　　让人看不清楚……①

此诗写于1858年,此时意大利还处于奥地利的统治之下。在爱国者马志尼和加里波第的努力下,意大利复兴运动(也称"统一运动")蓬勃开展,1861年,意大利王国宣布成立。因此,此诗反映了意大利的现实问题:尽管山川秀美,海洋壮丽,但在异族统治下,异族用铜炮等强有力的武装镇压人民的反抗和民族独立运动,意大利的前途渺茫,命运模糊不清……从而表现了诗人对意大利命运的担忧。这种情绪,在其信中也表现出来:"波隆斯基在1858年3月写信给舍尔古诺夫……信的末尾用趣味横生的语言写了对国外的所有感受……欧洲正死一般地沉睡在火山口上——向外散发着从太古流传至今的理论和老套的习俗:法国忙于恢复贵族政治、意大利丧失了对未来的希望成了一个没有知识的国度……"②

(四)哲理诗。19世纪的俄国文学,深受德国古典哲学的影响。19世纪30、40年代,学习西方哲学特别是德国哲学,成为当时俄国知识界的一种时髦风尚。在这种时代风尚的影响下,俄国出现了一批哲理诗人,最出色的代表是丘特切夫,受此影响,费特到晚年也致力于哲理诗的创作。波隆斯基也受到了较大的影响,创作了不少哲理诗,俄国学者一再谈到这种情况。艾亨巴乌姆指出:"波隆斯基晚年的诗中社会主题基本上消失了——他又回归个性化的抒情诗,他的大部分主题都围绕着老年与死亡。作为对费特晚年的诗集《黄昏之火》的回应,他出版了自己的诗集《夜晚的钟声》,其中有一些诗歌和题材直接回到了早期的诗歌及思路。"③穆希娜则概括地谈到,在此时"波隆斯基的日常生活经验和历史历练成为其抒情作品取得成功的因素。其作品吸取了许多富含哲理的思想、有关生命的意义、有关人类与自然的关系,有关未经探索的人类的内心世界,也有关于悲惨的历史进程的紧张性,还有关于人类命运的作品《新生儿泰坦》"④。

波隆斯基的哲理诗大体可分为前期和后期,两个时期有所不同。前期的哲理意味比较浅淡,而且主要表现现实与梦境的对立,现实的严酷与梦境的美丽,如《冬天的道路》:

>寒冷的夜昏蒙蒙地凝望,
>
>田野在我带篷马车的蒲席下,
>
>在马车的滑木下吱吱作响,
>
>车铃在车轭下叮叮当当,
>
>而马车夫只管向前赶马。

---

① 曾思艺、王淑凤译自 *Я. П. Полонский*. Стихотворения, Л., 1954, с. 205—206.

② *Б. Эйхенбаум*. Я. П. Полонский. // *Я. П. Полонский*. Стихотворения, Л., 1954, с. 27—28.

③ Там же, с. 38.

④ *И. Мушина*. Поэзия и проза Полонского. // *Я. П. Полонский*. Сочинения в двух томах. Том 1, М., 1986, с. 21.

在山岭和森林那边,在云雾之中
　　闪耀出忧郁的月影。
　　在一片浓密如雾的森林中
传来饿狼拖长的嚎叫声。
　　我似乎置身于一个奇异的梦境。

我总是觉得:仿佛有长凳一方,
　　一个老婆婆坐在长凳上,
　　半夜前,她一边把纱纺,
一边把我心爱的童话讲,
　　还把摇篮曲哼唱。

于是,我梦见,我骑着一匹狼,
　　行走在林间小径上,
　　奋起神勇大战魔王,
在那个国家,公主被囚禁在城堡中央,
　　面对坚固的城墙万般忧伤。

那里,花园环绕着玻璃的宫室,
　　夜间会有发光的神鸟歌唱,
　　并且啄食金灿灿的果实,
那里,活泉和死泉汩汩流溢——
　　你似乎不信又好像相信自己的目光。

然而,依旧是寒冷的夜昏蒙蒙地凝望,
　　田野在我带篷马车的蒲席下,
　　在马车的滑木下吱吱作响,
车铃在车辕下叮叮当当,
　　而马车夫只管向前赶马。①

　　在寒冷的夜晚,抒情主人公乘车经过空旷的田野,云雾缭绕,月色忧郁,浓密如雾的森林中传来饿狼拖长的嚎叫声,在这严酷、荒凉的环境中,诗人情不自禁地仿佛回到了童年,进入了奇异的梦境:老婆婆坐在长凳上,一边纺纱,一边讲着心爱的童话,哼唱着摇篮曲;还梦见自己骑着一匹狼,在林中大战魔王,试图救出被囚禁在城堡中的美丽公主,那是一个神奇的国家,花园环绕着玻璃的宫室,活泉和死泉在汩汩流淌,夜间有发光的神鸟歌唱,啄食金灿灿的果实,然而,很快就梦醒了,面对的依旧是寒冷的夜,荒凉的田野的严酷现实。梦境越是美丽动人,现实的严酷就越

---

①　曾思艺译自 Я. П. Полонский. Сочинения в двух томах. Том 1, М. ,1986,с. 36.

是可怕。通过这一带叙事性的情景,诗人表达了这样的人生哲理:人总喜欢生活在动人的梦境里,然而现实是极其严酷可怕的。也许,正因为现实太严酷可怕了,人才本能地需要虚幻美丽的梦境来适当安慰自己?或许,美梦醒后,现实的严酷更加难以忍受?诗人只是相当客观、含蓄地写出梦境的美丽和现实的严酷,让读者自己去感悟和领会蕴藏其后的人生哲理。

又如《鸟儿》:

> 清新的空气散发着田野的气息……
> 安恬的寂静中
> 空中响起
> 鸟儿响亮动听的歌声。
>
> 它有自己的伴侣,
> 它有自己栖息的夜宫,
> 在没有刈割过的草地
> 那露水盈盈的青草丛。
>
> 飞向天空,但并非为了天空,
> 置身大地,也不是为了食粮,
> 只因生命的关爱充满心胸,
> 鸟儿快乐地纵情高唱。
>
> 面对它,高傲的心灵
> 情不自禁地忧心如焚,
> 并且羞愧,有时竟
> 嫉妒这野生鸟儿的命运!①

在田野清新的空气中,在安恬的寂静里,响起了鸟儿动听的歌声,它们有自己的伴侣,有自己的栖息地,就在没有刈割过的草地那露水盈盈的青草丛;更为可贵的是,它们飞向天空并非为了天空,置身大地也不是为了食粮,它们只是因为心里充满了爱,才快乐地纵情高唱。这份对生命的爱,这份自由自在的生活,使抒情主人公高傲的心灵感到羞愧,并且忧心如焚,甚至嫉妒这野生鸟儿的命运!诗歌通过这一系列情景,充分表达了颇为深刻的哲理:向往野生鸟儿那种自由自在、满怀爱心的生活;只有自由自在地歌唱,充满爱意地歌唱,歌声才能动人心魂。从而,隐隐表达了对人无往而不在枷锁中的文明生活的不满,也表达了对为赋新诗强说愁、无病呻吟的文学创作尤其是诗歌创作的不满。

由于早期创作不够成熟,有些哲理诗的转折颇为突兀,不够自然,如《早晨》:

> 沿着拔地而起的山峰

---

① 曾思艺、王淑凤译自 *Я. П. Полонский. Сочинения в двух томах*. Том 1, М., 1986, с. 49.

>   那高耸入云的峭壁,
>   从鲜花烂漫的山谷,
>   云雾漫漫向上升起;
>
>   一如轻烟那般,
>   飘向亲爱的天空,
>   飘向金光灿灿的云间,
>   时而卷成一团,
>   时而缓缓消散。
>
>   碧空中的霞光
>   如波浪翻腾;
>   太阳熊熊燃烧着,
>   在东方冉冉上升。
>
>   早晨容光焕发,
>   青春亮丽的早晨……
>   天空啊,你为什么
>   愁眉苦脸,昏昏沉沉?
>
>   漫漫碧空中,
>   没有一朵乌云!
>   关于维持生命的食物
>   丝毫不曾留心。
>
>   啊,人类苦难的天才!
>   从开天辟地以来,
>   就注定了失败的命运,
>   却回报大自然以笑逐颜开!
>
>   对自然笑逐颜开!
>   请相信意义的追求!
>   追求永无止境!
>   痛苦终有尽头!①

诗歌首先尽力抒写了早晨的美景:山峰拔地而起,峭壁高耸入云,山谷鲜花浪漫,云雾漫漫升起,碧空中霞光腾腾,太阳熊熊燃烧着在东方冉冉升起,青春亮丽的早晨容光焕发。这一切,都写得细致生动,美丽动人,然而,却就此突然转到天空愁眉苦脸、昏昏

---

① 曾思艺、王淑凤译自 Я. П. Полонский. Стихотворения, Л., 1954, c. 83—84.

沉沉上,并进而转到维持生命的食物上,并由此引发哲理感悟:人类苦难的天才,从开天辟地以来,就注定了失败的命运,但他无怨无悔,总是回报大自然以笑逐颜开;由此更进一步强调:要对自然笑逐颜开,相信生活总有意义,追求永无止境,痛苦终有尽头。从前面的描述来看,这应该是个晴朗亮丽的早晨,虽然有些云雾,但不至于是个阴沉沉的天空(后面也下道:"漫漫碧空中没有一朵乌云"),因此,转到天空愁眉苦脸就与前后的描写脱节,后面的哲理感悟也因此更加脱节,几乎不知诗人是从何而产生的。

到了晚年,受丘特切夫尤其是费特的影响,波隆斯基大量创作哲理诗,虽因晚年身体和社会各方面的原因,调子有点低沉,但却颇为成熟,堪称其哲理诗创作的代表作品。

这类诗中,有承续早期的从自然现象中的含蓄感悟,如《我爱麦穗轻柔的沙沙声》:

> 我爱麦穗轻柔的沙沙声,
> 　亮晶晶的浅蓝天宇……
> 我欣赏茫茫庄稼地,
> 　但不喜欢黑压压的乌云,还有暴风雨……
> 可挟带冰雹的乌云突然袭来,
> 　雷声隆隆昏天黑地;
> 我如同一株麦穗,并且和麦穗一起
> 　被砸得倒向湿漉漉的大地……
> 倒向湿漉漉的大地——变得僵硬,
> 　浑身冰冷,无声无息,
> 一切对我来说都已无所谓——
> 　管他头上是乌云滚滚还是阳光熠熠?!①

诗歌首先写人都是热爱美丽和光明而厌恶黑暗与狂暴的:喜爱麦穗轻柔的沙沙声和亮晶晶的浅蓝天宇,欣赏绿油油或金灿灿的庄稼地,而讨厌黑压压的乌云和雷声隆隆,以及狂暴的暴风雨;然而,世界并不以人的意志为转移,挟带冰雹的乌云突然之间就袭了过来,雷声隆隆,昏天黑地,人就像一株麦穗,并且和麦穗一起被砸得倒向湿漉漉的大地……因此,诗人最后悲观地感悟到:在这样一种一切全部由人,一切操纵在偶然和黑暗之手的时代,一切都是无所谓的,管他乌云滚滚抑或阳光熠熠,反正人都会像麦穗那样随时被砸得倒向大地!

也有通过人世和自然与自己的对比,而深深感悟到的哲理,如《夜间沉思》:

> 你是不眠的,灯火辉煌的首都。
> 睡梦中,我听到墙外
> 雷声隆隆驰过不平的马路,
> 那是马蹄嗒嗒,马车飞快。
>
> 像一个病人,我睁开眼睛,
> 四周是黑沉沉大海一般的夜。

---

① 曾思艺、王淑凤译自 Я. П. Полонский. Стихотворения, Л., 1954, с. 363.

我独自躺在秋夜的底层,
如同一条蠕虫在海底停歇。

在这午夜时分,也许某个地方
传来节日跳霍拉舞的喧声。
眼泪流淌——淫欲哼唱——
带刀的饥饿小偷一溜如风……

然而,对于那些跳舞或哭泣的人,
还有对于那些带刀的人,他们一溜如风,
在这深夜难道我不是海底
听不清也看不见的一条蠕虫?

如果夜里没有恶的灵魂,
谁会是我隐秘思想的见证人?
这样的夜藏匿起它们,
不会早于我的坟墓藏匿它们!

有了这种渴望,便不再乞求于水,
让它不要像葡萄酒般流涌,
对于自己——我是一个充满向往的灵魂,
对于他人——我是海底的一条蠕虫。

黑暗中,谁能
听见灵魂的深深哀号?
光明中,谁又能
知晓心胸呼吸为何如此难熬!

在我和整个宇宙之间
只有黑沉沉大海一般的夜。
如果我的声音上帝也无法听见——
在这样的深夜我就是一条蠕虫在海底安歇。①

  诗歌首先引俄国诗人杰尔查文的"我是蠕虫——我是上帝!"作为诗前题记,定下全诗的某种基调,然后通过与外部的多重对比,表现了自己的哲理感悟。第一,首都是不眠的,灯火辉煌,深更半夜了,街道上依旧马蹄踏踏,马车飞驰,而"我"独自一人,被从睡梦中吵醒;第二,四周是大海一般黑沉沉的夜,而"我"像一个病人,独自躺在秋夜的底层;第三,在这节日的午夜时分,外面,那些跳舞、哭泣甚至带小

---

① 曾思艺、王淑凤译自 Я. П. Полонский. Стихотворения, Л.,1954,с. 322—323.

刀的小偷,都在活动着,而"我"却孤零零地留在家里;第四,我的声音连上帝也无法听见,而恶一如既往在大地上横行,并且在我和整个宇宙之间,只有黑沉沉大海一般的夜。有了此四重对照,诗人深感:"对于自己——我是一个充满向往的灵魂,对于他人——我是海底的一条蠕虫","在这样的深夜我就是一条蠕虫在海底安歇"。这种哲理感悟,具有严酷的真实性:首先,他一反杰尔查文认为人既渺小又伟大的传统观念,而认为在现代社会里,人除了像蠕虫一样渺小,别无其他,从而与现代派的某些艺术观念一脉相通,如卡夫卡的《变形记》人变成虫,尤奈斯库的《犀牛》人变成犀牛,只是这些后来者有更大的发展,推进的程度更高;其次,诗歌也充分写出了现代人的孤独——不仅无法与他人沟通,也无法与大自然(宇宙)沟通(因为黑沉沉大海一般的夜阻隔了通途),就连上帝也无法庇佑他了,因为上帝已不再能听见他的祈求。

到了晚年,几十年的生活阅历、人生奋斗和感悟,以及艺术探索,波隆斯基变得更加睿智,因此其晚期的哲理诗更喜欢把人生经验用简短的警句式的诗歌来加以表达,如《夜以千万只眼睛观看》:

夜以千万只眼睛观看,
　　而昼只用一只眼睛;
然而没有太阳——地球上面
　　黑暗笼罩,仿若烟雾蒙蒙。

智慧以千万只眼睛观看,
　　爱情只用一只眼睛;
然而没有爱情——生命就会渐渐暗淡,
　　于是,日子飞逝,仿若烟雾腾空。①

诗歌先引英文"夜以千万只眼睛观看"作为题记,然后再展开全诗。全诗两节,每节都通过少与多的对比,来表达诗人所感悟的人生哲理。第一节写的是夜与昼的对比,夜以千万只眼睛观看,而昼只用一只眼睛即太阳观看,然而,如果没有太阳,地球上就会一片黑暗,就像被蒙蒙烟雾笼罩,这就突出了太阳虽只一个,但具有无比的重要性。第二节写智慧与爱情的对比,智慧用一千万只眼睛观看,爱情只用一只眼睛,然而,没有爱情,生命就会失去活力和意义,渐渐暗淡无光,日子也会轻飘飘地飞逝,在空中散若云烟。全诗以警句的方式,首先用太阳和黑夜作比,继而又用智慧来反衬,相当有力而充分地表达了爱情对生命的重要意义。又如《从摇篮时起就既有爱又有恨》:

从摇篮时起就既有爱又有恨,
生活中有许多眼泪流淌;
可它们在哪里——那些热泪滚滚?
飞走了,飞回到生活的阳光。

---

① 曾思艺、王淑凤译自 Я. П. Полонский. Стихотворения, Л., 1954, c. 316.

> 如果我一旦发觉,
> 生活的阳光在何方,
> 为了找到我为之痛苦的一切,
> 我会跟在痛苦的眼泪后边飞翔?①

痛苦,在一般人看来,最好远远避开,最好人生只有幸福和甜蜜,然而,在晚年,当人经过一切,回首往事的时候,才发现:痛苦也是一笔宝贵的财富,它使我们的生活更有意义,甚至,我们今天的幸福恰恰是因为以前所承受或经历的痛苦。诗人通过这首短短的哲理诗,表达了自己独特的人生感悟。他十分睿智地指出,从摇篮时期就既有爱又有恨,正因为如此,人就会承受许多痛苦,生活中就会有许多滚滚热泪,而且这些热泪都飞回了生活的阳光。然而,一旦发现置身于生活的阳光,便会感受痛苦的意义,甚至愿意跟在痛苦的眼泪后飞翔,去找回那曾为之痛苦的一切。诗歌相当含蓄、生动地表达了颇为丰富的人生哲理。

值得一提的是,波隆斯基在抒情诗中较早探讨同貌人问题,写了《同貌人》一诗:

> 我行走着,没有听到夜莺歌唱,
> 也没有看见星星闪烁,
> 我只听到脚步声响——却不知是谁的脚步声响,
> 在我身后的密林深处一再模糊地起落。
> 我想这是回声,野兽的脚步声,芦苇的沙沙声;
> 我哆嗦着停下脚步,不愿相信,
> 不是人,不是野兽,而是我的同貌人,
> 在循着我的足迹一步不落地前行。
> 我时而胆怯地东张西望,试图逃之大吉,
> 时而羞愧于自己像个孩子……
> 突然恼恨抓住了我——于是剧烈地急喘吁吁,
> 我迎面走近他,并且开口问其:
> "你是要向我预言什么还是你害怕什么?
> 你是幻影还是病态想象的幻觉?"
> "啊,"同貌人回答,"你妨碍我
> 观看,并且不让我倾听夜的和谐;
> 你想用自己的怀疑毒害我,
> 而我——是你诗歌的鲜活源泉!……"
> 我的同貌人狼狈不堪,
> 惊慌失措地注视着我,
> 似乎对他来说我正身处夜之黑暗——
> 对我来说,变成幻影的,并非他,而是我。②

---

① 曾思艺、王淑凤译自 Я. П. Полонский. Стихотворения, Л., 1954, с. 417.
② 同上书,第 242 页。

"同貌人"一称"双重人格",是19世纪西方文学的一个重要主题。最早描写这一主题的应该是德国浪漫派,霍夫曼(Hoffmann,1776—1822)是其突出代表。他的中篇小说《斯居戴里小姐》写金银首饰匠卡迪亚克白天是文质彬彬、才华横溢的艺术家,晚上则是杀人越货的强盗①;长篇小说《魔鬼的迷魂汤》更是通篇描写了莱昂纳德修道士("我")在双重人格中的激烈挣扎。②陀思妥耶夫斯基较早在小说中把这一主题引入俄国,创作了中篇小说《双重人格》(一译《化身》)③。1879年,屠格涅夫在散文诗《当我孤身独处的时候》中也写了同貌人问题④。但在抒情诗中,这还是其他诗人没有做过的,丘特切夫虽然在"杰尼西耶娃组诗"中进行自我解剖自我忏悔,似乎有两个自我,但并未明确提出"同貌人"概念,因此这可算是波隆斯基对哲理诗的一大创新或开拓。对于此诗,俄国有学者认为其主题是关于诗的:"关于诗的复杂观点在诗歌《同貌人》中得到体现。波隆斯基的抒情主人公'我'环绕的是戴着面具、妄图寻求摆脱自身的人而展开;而诗集中的同貌人在森林深处被追赶,追逐他的人恐慌地宣称:'你妨碍我/观看,并且不让我倾听夜的和谐;/你想用自己的怀疑毒害我,/而我——是你诗歌的鲜活源泉!'同貌人——是波隆斯基个性的诗意体现;其几次的修整或多或少深刻反映了诗的变化,诗人一再思索自身的目的,以及精心考虑编选途径的正确性。其艰难历程的象征意义在转向丘特切夫风格的忧郁的诗中得到体现,在此基础上产生了典型的'贫穷的徒步者',和渴望保护'沉思的诗人'的火焰。丘特切夫诗歌的火焰就像黑夜中的篝火,提醒孤单的行人在茫茫孤寂的黑夜里别忘了鲜活的生活。"⑤但如果把它看作同貌人主题,也很有意义,因为它探索了同貌人的作用及其对诗歌的意义:是"诗歌鲜活的源泉"。

总体来看,波隆斯基的诗歌大约具有以下几个颇为鲜明的艺术特点。

第一,异域题材。这是波隆斯基创作一个较为明显的特点,他的诗歌和小说有不少描写的是异域题材,有南国特色的敖德萨,也有异域风情的高加索,更有西欧。

波隆斯基大学毕业后,1844年曾在富有异国情调的敖德萨呆过,敖德萨对其诗歌创作有较大的影响:"带着强烈的好奇心,作者去了忙碌又杂乱的敖德萨。在《骑马闲游》这首诗中,作者描绘了一个嘈杂的南方城市:所有的窗户大开,街道上到处是半醉半醒的人。郊外也是这样的景象:一群虔诚祈祷的老妇、放风筝的孩子、年迈的残疾人。诗中的小人物展现了人们的人性、思想、情感最真实的一面。《骑马闲游》这首诗也描绘了城市美丽的风景:绿色的草地、蓝色的山顶。'感受不到强烈的目光,只有我敏锐的耳朵在听,有如呼吸,有如滴露……'艺术家波隆斯基非常热爱自由与光明,无垠的、耀眼的地平线,令人陶醉的、南方的傍晚,这种景象美不胜收。'我的心境如此广阔!'诗人的这声呼喊表达了其对自由与无拘无束的

---

① 详见[德]霍夫曼:《斯居戴里小姐》,韩世钟等译,译林出版社,1998年,第88—149页。
② 详见[德]霍夫曼:《魔鬼的迷魂汤》,张荣昌译,上海译文出版社,1999年。
③ 详见《陀思妥耶夫斯基全集》,第1卷,河北教育出版社,2010年,第151—350页;或见陀思妥耶夫斯基:《双重人格 地下室手记》,臧仲伦译,译林出版社,2004年。
④ 详见《屠格涅夫散文精选》,曾思艺译,长江文艺出版社,2010年,第281—282页。
⑤ И. Мушина. Поэзия и проза Полонского. //Я. П. Полонский. Сочинения в двух томах. Том 1, М., 1986, с. 21—22.

向往。可以说,这座南方城市给予了他创造力。自《骑马闲游》这首诗后,波隆斯基的创作发生了转变。"①

1845—1851 年,波隆斯基在高加索地区工作多年,结识了一些格鲁吉亚和阿塞拜疆的诗人、学者,熟悉了不少异民族民间文学,创作的题材更丰富了:"波隆斯基在此期间也熟识了一些格鲁吉亚和阿塞拜疆的诗人、学者。一来到梯弗里斯,波隆斯基马上进入到了一个新的社交圈子,在这里他的诗歌热情被焕发……他也熟识格里鲍耶陀夫和屈谢尔贝克尔的朋友阿赫威尔多娃。波隆斯基的文献中的很多材料都可以见证他对阿塞拜疆民间文学的浓厚兴趣,如民谣、谚语、地方语言。《扎哈尔女士之歌》的翻译是在阿塞拜疆诗人、学者巴基汉诺夫的帮助下完成的,也是在他的详细说明下,波隆斯基完成了《鞑靼歌谣》的创作。在此期间,波隆斯基也结识了阿塞拜疆著名的诗人和学者米尔扎·法达利·安宏多夫,他当时也在梯弗里斯居住,而且也在行政长官的办事处工作。这样,波隆斯基与格鲁吉亚和阿塞拜疆文学领域的杰出人物结下了深厚的友谊,他也仔细研究了高加索地区人民的文学创作。在此基础上,他才出版了一系列的作品,如《在伊灭列特》《达玛拉和她的歌唱家绍塔·路斯达威尔》,他还创作了一部诗体史诗《伊麦列京②女皇,达丽让娜》。"③尤其是他因为工作需要,几乎走遍梯弗里斯各地,这为他全面、深入地了解当地的风景和风俗民情提供了充足的条件:"在行政长官办公室工作期间,他曾被委派统计梯弗里斯所有城市和县城的数量,这就要求他必须出行收集资料,虽然这项工作比较麻烦,但还蛮有意思:'1848 年,从 4 月 11 号到 9 月 16 号,我似乎就没有从马背上下来过(如果我没记错的话)。'"④这样,"高加索令人心旷神怡的空气、惊险陡峭的山路、充满神秘色彩的东方习俗,这些与波隆斯基之前遇到的一切都那么的不同,还有格鲁吉亚悠久的文化气息——所有的这一切都让诗人的诗歌创作灵感飞向顶峰。几年之后,1849 年,波隆斯基发行了一部关于高加索的诗歌集,其中记载了高加索的历史与文化现象,也描绘了这个热爱自由的民族的风土人情。……后来,波隆斯基离开了梯弗里斯。1851—1853 年他满怀着对高加索不可磨灭的感受,继续写着能够引起对格鲁吉亚历史与文化追思的诗歌:《萨达尔》《萨亚特—诺瓦》《塔玛拉与她的歌手寿塔—卢斯达维里》《双唇的选择》《在伊麦列京人中》《老萨赞达利乐师》,等等。"⑤

在波隆斯基的高加索题材创作中,颇为出色的是抒情诗,如《格鲁吉亚女郎》:

昨天,在铺着地毯的屋里,
你第一次见到了格鲁吉亚女郎,
她穿着丝绸服装,绣满金银边饰,

---

① И. Мушина. Поэзия и проза Полонского.//Я. П. Полонский. Сочинения в двух томах. Том 1, М., 1986, с. 7—8.

② 这是居住在格鲁吉亚西部的一个部族,也是当地的地名。

③ Б. Эйхенбаум. Я. П. Полонский.//Я. П. Полонский. Стихотворения, Л., 1954, с. 15—16.

④ Там же, с. 14.

⑤ И. Мушина. Поэзия и проза Полонского.//Я. П. Полонский. Сочинения в двух томах. Том 1, М., 1986, с. 8—9.

　　　　透明的薄纱在后背轻扬。
　　今天,头戴雪白的披纱,可怜的女子,
　　　　沿着山间小路轻盈如风地向前,
　　穿过墙上的豁口,走向小溪,
　　　　头上顶着带花纹的高水罐。
　　但请勿急着紧随她,我疲惫的同伴——
　　　　切莫迷恋不切实际的幻影!
　　海市蜃楼无法消除酷热中折磨人的渴盼,
　　　　也不能带来水声潺潺的美梦![1]

　　诗人描写了第一次见到格鲁吉亚女郎的新鲜感:她住在铺着地毯的屋里,穿着绣满金银边饰的丝绸服装,还有透明的薄纱在后背轻扬。她们头戴雪白的披纱,辛勤劳动:头上顶着带花纹的高水罐,沿着山间小路轻盈如风地向前,穿过墙上的豁口,走向小溪,去打水。这在俄罗斯内地是很难见到的,颇具异域情调,所以特别新鲜动人。又如《格鲁吉亚之夜》:

　　格鲁吉亚之夜——我沉醉在你的芬芳里!
　　在凉沁沁的屋檐下我心花怒放,
　　我躺在软柔柔的地毯上盖着毛茸茸的斗篷,
　　听不到狗的吠叫,也听不到驴的嘶鸣,
　　在弦乐忧伤的哀诉中没有任何野性的歌声。
　　我的主人睡熟了——高挂的铁长柄勺里灯芯熄灭了。
　　瞧那月亮!　——我多么高兴
　　我们乡村的油灯已烧尽了芝麻油。
　　其他的灯燃起来了,我听到另一种和谐之声。
　　啊,上帝!多么和谐的共鸣!听!多好的一种鸟——
　　沼泽地的夜鸟在远处啼鸣——
　　它的啼声就像长笛,断断续续,清澈纯净,
　　带着哭腔的啼声——总是一次又一次
　　重复同一个音调——令人沮丧地轻轻哼哼,
　　难道它不让我安睡!难道它
　　要唱得我满心伤悲!我闭上眼睛,
　　万千思绪纷纷涌现绵绵不断,
　　仿如从山上奔向狭谷的浪波层层,
　　但层层浪波随后沿着狭谷奔流
　　以便奔到尽头融入无垠的沧溟!
　　不!到达大海以前
　　它们在山谷奔流,灌溉葡萄藤

---

[1] 曾思艺、王淑凤译自 Я. П. Полонский. Стихотворения, Л., 1954, c.98.

和庄稼——这溪边古老民族的希望。
可你们,我的思绪!——你们飞向永恒,
在飞行中穿透了无数重世界!——你们
请告诉我,在这异乡的土地,
在这被太阳热爱并且被太阳烧毁的土地,
难道你们要枉自捕风捉影?①

诗歌描写了芬芳凉爽的格鲁吉亚之夜,那里屋里虽然铺着软柔柔的地毯,却盖着毛茸茸的斗篷,在高挂的铁长柄勺里点着灯芯,夜空中飘荡着忧伤的弦乐和沼泽地夜鸟像长笛那样但又带着哭腔的啼声,断断续续而又清澈纯净。这确是很有异域情调的夜间景象。

波隆斯基高加索异域风情的诗歌在当时的文学史上很有意义:"波隆斯基高加索时期的诗歌创作具有独特的诗风,与他以前的诗歌作品风格迥异。对高加索地区人民生活的深入研究,使他能够密切地接触该地区的历史和政治生活,他诗歌的题材也因此更加广泛了。在普希金和莱蒙托夫之后,高加索文学似乎被冰冻,特别是50年代的俄国文学。20年代的文学发展和新时代的要求之间的差距正在疾呼文学重新回归到过去的风格和题材。对于高加索来说,这种需求不仅是生活本身决定的,更是历史要求的。几乎和波隆斯基同时,列夫·托尔斯泰也开始创作有关高加索的题材——希望能出现一种崭新的、更贴近现实的而非诗意的新形式来替代传统旧俗。"②

1857年春天,波隆斯基出国,先后去过德国、瑞士、意大利、法国,1858年8月回国。一年多的异国生活,使波隆斯基对外国有了一定的了解,并且在自己的创作中引入异国题材,较好地表现异国生活。如前述之《意大利海岸》就是如此,又如《索伦托之夜》:

迷人的仙境!索伦托进入梦乡——
思绪漫飘——心儿摇荡——
塔索的灵魂开始歌唱。
月亮银光闪闪,大海声声召唤,
夜把自己银光灿灿的网
随着海浪拉向远方。

海浪慢慢滑游,拱门下水声潺潺,
渔夫把自己的火把点燃,
沿着海岸边向前航行。
女主角,那不是你的歌声
从高高的阳台飘飞到大海上空,

---

① 曾思艺、王淑凤译自 Я. П. Полонский. Стихотворения, Л., 1954, с. 105—106.
② Б. Эйхенбаум. Я. П. Полонский. //Я. П. Полонский. Стихотворения, Л., 1954, с. 16—17.

悠扬婉转,敲击着午夜,慢慢散入海风?

出卖良心的闹钟,
冰冷铜件拖长的撞击声,
你不会唤醒任何人!
一个无知的人在这里拜谒,
他相信一切,倾听一切,
但什么都是一团混沌。

可女主角,为什么你的歌声
由于午夜当当的钟鸣
而突然中断顿时喑哑?
我的夫人,你在等候谁呢?
哦! 你不正是塔索歌唱的
埃列奥诺娃!

是谁吸着雪茄穿过黑暗,
走到弹奏吉他的你身边?
为什么你挥挥手,又唱
——靠着栏杆,
低下头,垂着发卷——
"啊,我的偶像!"

激动与热情拥抱着我,
我感到,意大利热情似火,
的确是言之有理。
月亮银光闪闪——大海进入梦乡——
思绪漫飘——心儿摇荡——
塔索的灵魂在为爱情哭泣。①

索伦托是意大利南部城镇,位于索伦托半岛北岸,濒临那不勒斯湾,城市建筑于海滨的峭壁上,四周环绕着橘子、柠檬、油橄榄与桑树,景色绮丽。索伦托是意大利文艺复兴时期著名诗人塔索(1544—1595)的故乡。这首诗描写了索伦托迷人的仙境般的夜景,月亮银光闪闪,大海声声召唤,更有塔索所歌唱的那种美女,热情似火,使诗人深感塔索的灵魂在这美丽的夜晚,面对可爱的美人,在为爱情哭泣和歌唱。这样,全诗就不仅写出了索伦托自然风景的美丽,更写出了其人文美的神韵,令人久久难忘。

第二,叙事色彩。波隆斯基抒情诗大多数都有一个显著的特点,那就是具有相

---

① 曾思艺、王淑凤译自 *Я. П. Полонский. Сочинения в двух томах*. Том 1, М. ,1986,с. 127.

当浓厚的叙事色彩,这在其他诗人那里,是颇为罕见的。在普希金、莱蒙托夫、丘特切夫、费特、迈科夫等诗人那里,偶尔也会有些诗有一定的叙事色彩,如普希金的《致凯恩》、莱蒙托夫的《美人鱼》、丘特切夫的《啊,我记得那黄金的时刻》、费特的《柳树》、迈科夫的《遇雨》等,但他们的大多数抒情诗还是以抒情为主的,而波隆斯基则恰恰相反,大多数抒情诗都具有浓厚的叙事色彩,这大约主要是因为:"波隆斯基诗歌的抒情来源是以特写的、天然的现实素材为背景而存在的。在抒情叙事的前提下,它可能来源于写生画、浪漫诗、戏剧或者'短篇悲剧'。"① 前述之《极地的冰》《鲜花》《道路》《最后的叹息》《奇维塔-韦基亚》《再见!……哦,是的,再见!我心如刀割……》《茨冈女郎之歌》《车铃》《冬天的道路》《相遇》《女隐士》《同貌人》等,每首诗中都有一个大致的故事情节,叙事色彩相当突出。再如《老太婆,到我这儿来吧》:

> 老太婆,到我这儿来吧,
> 我已等你很久。——
> 一个茨冈女人来到她面前,
> 衣衫褴褛,蓬发垢首。
> ——我告诉你全部真相;
> 只要让我看看你的手:
> 小心点,你那亲爱的人儿
> 已有欺骗你的图谋……
>
> 于是她在空旷的田野里
> 为自己摘下一朵鲜花,
> 边扯下每一片白色花瓣,
> 嘴里边嘟嘟囔囔咿咿呀呀:
> 爱——不爱——不爱——爱。
> 散落四周的花
> 用清晰又暧昧的语言说"是",
> 通过心灵告诉她。
>
> 她的嘴角——挂着微笑,
> 内心——却是眼泪和雷雨。
> 带着陶醉和忧伤,
> 他凝望着她的眸子。
> 她说:你的欺骗
> 我预料到了——而且我不骗你,
> 我试图对你满怀恨意,

---

① И. Мушина. Поэзия и проза Полонского. //Я. П. Полонский. Сочинения в двух томах. Том 1, М., 1986, с. 9.

可是却无能为力。

他就这样一直忧伤地凝望,
但他的脸颊却在发红……
他用双唇吻着她的肩膀,
开口细诉深衷:
——躲开我!——我知道,
我会使你凋零,
因为我爱你,
疯狂而充满激情!①

这首诗发表在《现代人》1856年6月号上时,标题是《算命》,1859年收入诗集中,诗人亲自改为以第一句为题。这是一首爱情诗,女方极爱男方,但可能对对方的某些问题已有所察觉,因而对其爱情感到疑惑,于是就去找茨冈女人看手相,尽管茨冈女人提醒她亲爱的人已有欺骗的图谋,她还是不愿相信,又走到田野里摘下鲜花,开始占卜。终于,她和所爱的人见面了,她忍不住明确告诉他,自己已看透了他的欺骗,但就是无法对其满怀恨意。男方可能属于那种恋爱时像火山爆发,一旦激情冷却就移情别恋的类型,因此也告诉她躲开自己,因为自己的爱疯狂而充满激情,很容易毁了她。苏霍娃指出,"'爱会导致毁灭'——波隆斯基就这样简短而清晰地揭示了自己作品的心理症结",并把它与费特、丘特切夫揭示爱导致毁灭的相关诗行进行比较后,对此诗进行了较为详细的研究。②

波隆斯基还往往通过童话或寓言的方式,来构成其抒情诗的叙事色彩,如《太阳和月亮》:

深夜,月亮把自己的清光
投进幼儿的小床。
"月光为什么这样亮?"
他胆怯地向我细问端详。

太阳劳累了一整天,
于是上帝对他说:
"躺下,睡吧,紧随你做伴,
一切都将打盹,一切都要睡着。"

于是,太阳向兄弟求援:
"我的兄弟,金色的月亮,
请你点亮灯笼——夜间

---

① 曾思艺、王淑凤译自 Я. П. Полонский. Стихотворения, Л., 1954, с. 183—184.
② Н. Сухова. Мастера русской лирика, М., 1982, с. 98—102.

绕地球一周巡望。

"谁在那里祈祷,谁在啼哭,
谁在妨碍人们睡觉,
你要把一切探听清楚——
早晨回来向我报告。"

太阳入睡了,月亮起身了,
守卫着地球的宁静。
明天大清早
弟弟就会把哥哥叫醒。

笃——笃——笃!门被敲响。
"太阳,快起床——白嘴鸦已在飞绕,
公鸡早已在喔喔歌唱,
钟声正召唤人们去晨祷。"

太阳起床,开口问道:
"怎么啦,亲爱的,我的兄弟,
上帝是怎样把你指引?
你为何这样苍白?你出了什么事?"

于是,月亮开始叙说自己的情形,
谁在指引自己,又是如何指引。
如果夜晚和平宁静,
太阳就会乐呵呵地东升。

如果正相反——太阳就会陷入浓云密雾,
风儿吹刮,雨儿淅沥沙拉,
保姆不敢去花园散步,
孩子们也不能外出玩耍。①

全诗以讲童话的方式,把日落月出的自然现象,通过生动活泼的故事讲得有声有色:太阳是哥哥,劳累了一天,因此请弟弟月亮晚上代自己在天上巡视一周,月亮认真而负责,以致累得脸色苍白。因此,苏霍娃认为,"波隆斯基的抒情诗鲜明地体现出童话、幻想或者魔幻的成分"②他的"许多诗都充满童话、幻想或魔幻般的情

---

① 曾思艺、王淑凤译自 Я. П. Полонский. Стихотворения, Л., 1954, с. 44—45.
② Н. Сухова. Мастера русской лирика, М., 1982, с. 54.

调。真实的事件在其中往往同幻想、回忆、梦想、梦境紧紧纠结在一起"①。她还具体分析了《太阳和月亮》《冬天的道路》《车铃》等诗的魔幻特征。②

《夜莺的爱情》则采用了寓言的方式:

在我作为夜莺,在树枝间
飞来飞去的那些日子里,
我喜欢以锐利的目光不时观看,
　　窗内那只华丽的笼子。

在那小笼里,我记得
曾经住着一只美人儿
她的激情不由自主地吸引她观看什么,
　　习性强迫她不得不如此。

暗夜中,我泪水盈盈,
　　抱着一种怡然自得的幻想,
我在幽静的林荫道上歌唱爱情,——
　　声音颤抖着,如同泪珠流淌。

我甚至嫉妒月亮……
　　常常羡慕梦中的女隐修士,
在风中,伴着滚滚流动的芳香,
　　我发出深情的叹息。

朝霞常常凝神
　　细听我那告别的小夜曲,
在我的幼儿睡醒的时分,
　　她在水晶的浴盆里哗哗沐浴。

有一次一场雷雨疾驰而过……
　　突然,我看见——窗户敞开,
啊,多么高兴!笼子自己打开了,
　　以便把可怜的鸟儿放出来。

我开始呼唤美人儿,
　　在阳光下,在绿荫中——
唤她去那舒适的鸟巢里,

---

① *H. Сухова.* Дары жизни, М.,1987,с.77.
② *H. Сухова.* Мастера русской лирика, М.,1982,с.54—55.

那里湿润的阴影在四周聚拢。

"离开金色的囚牢!
请听上帝的声音!"——
我呼喊⋯⋯但只有天知道,
　　她竟放弃自由,冷漠地在笼中栖身。

我后来发现,这可怜的人儿
　　啄食着精选出来的米粒——
然后,唧唧鸣叫——我不知道她的心思——
　　那么忧伤,那么真挚!

她可是在悲戚
　　部分翅膀被绑上?
或是伤心,春天早早飞逝,
　　把我的歌声永远带向了远方?①

一只公夜莺爱上了一只母夜莺,那是一只美丽的夜莺,但也是一只被人关在笼中圈养的夜莺。尽管他一再歌唱爱情,向她表达一片深情,但也无法成功。好不容易有一天,暴风骤雨来了,雷雨过后,他发现鸟笼居然打开了,喜出望外,深情地呼唤美人儿赶快逃出来,一同去往自由的林中天地。然而,她却不为所动,甚至无动于衷,宁愿放弃自由,冷漠地在笼中栖身。后来,他才发现,她已经离不开笼中那精选出来的米粒。诗歌以寓言的方式讲述一个哲理:动物和人都难以挣脱习惯的环境,哪怕这是牢笼,自由之路极其艰难。

第三,印象主义特色。和丘特切夫、费特一样,波隆斯基的抒情诗也有颇为突出的印象主义特色。这一特色的形成,源于诗人对生活的理解,如《跨着无常的步伐,生活向前奔去》:

跨着无常的步伐,生活向前奔去,
你难道理解它的意图!
抓住某一个瞬间,生活表现自己;
难道这个瞬间会由你做主?
生活耐心十足,喜欢不断试验——
它不知道终点也不急于走向终极目标。
诗人! 不要相信它预想的忧烦,
只可勉强相信它那快乐的外貌。②

在诗人看来,生活是跨着无常的步伐向前飞奔的,而且总是抓住某一个瞬间来

---

① 曾思艺、王淑凤译自 Я. П. Полонский. Стихотворения, Л. ,1954,c. 190—191.
② 曾思艺、王淑凤译自 Я. П. Полонский. Сочинения в двух томах. Том 1, M. ,1986,c. 101.

表现自己，并喜欢不断试验，因此，人很难理解它的意图，最好的办法就是把握瞬间，通过瞬间去领悟生活的本质乃至奥秘。因此，波隆斯基抒情诗的印象主义特色就主要表现为把握瞬间并通过瞬间表达满腔情思。这样，他在诗中特别注意把握乃至表现瞬间的感悟，而这是印象主义的突出特点之一，如《当我听到你悦耳动听的声音》：

  当我听到你悦耳动听的语声，
  孩子，我感到，偶然飞来的微风
  给我带来了故乡山谷的回音，
  灌木林的沙沙，村庄熟悉的钟鸣，
  你的声音，为我唤醒
  和她最后离别时互道珍重的情景。①

  诗歌抓住听到一个孩子说话的乡音这一瞬间的独特感受，表达了自己对故乡和曾经的恋人的深情：孩子的乡音这偶然飞来的微风，让诗人瞬间神回故乡，听到了故乡山谷的回音，灌木林的沙沙声以及村庄熟悉的教堂钟鸣声，更让他想起了与她最后离别时互道珍重的情景。这瞬间的神游，却十分生动形象并入木三分地写出了诗人对故乡和恋人的深情，印象主义特色能让诗人简短、形象、生动、有力地表达自己的思想感情。又如《月光》：

  坐在长凳上，在轻轻呢喃的
  树叶的透明阴影中，
  我听见夜翩然降临，也听见
  公鸡在此呼彼应。
  繁星在远处闪闪烁烁，
  云朵被照耀得光彩熠熠，
  魔幻般迷人的月光
  颤动着悄悄泻满大地。

  生命中最美好的瞬间——
  心中充满火热的希望，
  恶、善与美
  这些宿命的印象；
  亲近的一切，遥远的一切，
  忧伤和可笑的一切，
  心灵里沉睡的一切，
  在这一瞬间光华烨烨。

  为何对逝去的幸福

---

① 曾思艺译自 *Я. П. Полонский. Сочинения в двух томах.* Том 1, М., 1986, с. 95.

> 现在我丝毫也不惆怅，
> 为何往昔的欢乐
> 仿若忧愁一般凄凉，
> 为何昔日的忧伤
> 还如此鲜活，如此明亮？——
> 这莫名其妙的幸福！
> 这莫名其妙的悲伤！①

在一个傍晚，抒情主人公坐在树荫下的长凳上，感觉到夜翩然降临，繁星在远处不停闪烁，魔幻般的月光颤动着悄悄泻满大地，云朵被照得光彩熠熠，他顿时感到这是生命中最美好的瞬间：所有的一切，包括心灵里沉睡的一切，都在这一瞬间光华烨烨，他对逝去的幸福丝毫不感到忧伤，深感往昔的欢乐像忧愁一样凄凉，昔日的忧伤却如此鲜活和明亮，一种莫名其妙的幸福和一种莫名其妙的忧伤，悄悄地袭上心头。短短一个瞬间，就把抒情主人公的人生感悟和复杂的情思生动地表现出来了。

第四，隐喻、对喻和象征。作为19世纪的诗人，波隆斯基也在一定程度上受到浪漫主义的影响，有些诗歌也采用直叙胸臆的艺术手法，如《夜》：

> 我为何爱你，明亮的夜——
> 我如此爱你，回肠九转地欣赏你！
> 我究竟为何爱你，静谧的夜，
> 你把安宁给了别人，而不是我自己！……
>
> 我何曾需要这星星、月亮、天空、云彩——
> 它们的光影滑过冰冷的花岗石，
> 使花朵上的露珠幻化成晶亮的金刚石，
> 并且就像一条金光大道，越过茫茫大海？
> 夜啊！——我多么爱你那银灿灿的光亮！
> 它能使隐藏着泪水的痛苦变得快乐，
> 它能允诺焦渴的心灵以希望，
> 解决对重大问题的疑惑。
>
> 我何曾需要这昏睡的山岗——梦中树叶的簌簌——
> 黑沉沉大海永远喧嚣的波浪——
> 花园幽暗处昆虫的唧唧咕咕——
> 泉水叮咚出一路和谐的轻歌低唱？
> 夜啊！——我却多么喜欢你那神秘的喧闹！
> 它能降低心灵极度的狂热，

---

① 曾思艺、王淑凤译自 Я. П. Полонский. Стихотворения, Л., 1954, с. 69.

它能平息狂乱思想的风暴——
那在黑暗中更炽烈,寂静中更喧闹的一切!

我不知道,我为什么爱你,夜——
如此爱你,回肠九转地欣赏你!
我不知道,我为什么爱你,夜——
也许,是因为我的宁静遥遥无期!①

全诗直抒对夜的深情热爱——极其爱它,甚至回肠九转地欣赏它,只是因为它表面上有神秘的喧闹,实际上却十分宁静,能够降低心灵极度的狂热,平息狂乱思想的风暴。

不过,波隆斯基更喜欢采用的艺术手法是隐喻、对喻和象征。

隐喻方面的出色作品很多,著名的如《我的心灵》:

我的心是一汪清泉,我的歌是浪花滚滚,
　　从远处降落——四散飞洒……
在雷雨下——我的歌,像乌云,黑沉沉,
　　黎明时分——我的歌中映着片片红霞。
假如出人意料的爱情火花突然燃起,
　　或者心中的痛苦越积越深——
我的眼泪就会与我的歌融为一体,
　　浪花就会赶忙带着它们向前飞奔。②

全诗通篇由隐喻"我的心是一汪清泉,我的歌是浪花滚滚"展开:当心灵雷雨交加时,歌便像黑沉沉的乌云;当心灵到了黎明时分,歌里便映着片片红霞;而当出人意料的爱情火花突然燃起或是心中的痛苦越积越深时,那么眼泪就会与歌融为一体。总之,歌来自心灵这一源泉,心灵的种种变化无不迅速、突出地在歌中表现出来,从而生动形象地说明了诗歌与心灵的密切关系。又如《题 K.Ш 的纪念册》:

作家,如果他是波浪,
　那么,俄罗斯就是海洋,
　当海洋骚动激荡,
　他也无法不骚动激荡。

作家,如果他是
　伟大民族的神经,
　当自由受伤害时,
　他也无法避免伤痛。③

---

① 曾思艺、王淑凤译自 Я. П. Полонский. Стихотворения, Л., 1954, c. 130.
② 同上书,第 182 页。
③ 同上书,第 292 页。

全诗由多重隐喻展开:作家如果是波浪,俄罗斯就是海洋,海洋骚动激荡,作家也会动荡不宁;作家如果是伟大民族的神经,那么当自由受到伤害,他也就无法避免伤痛。

受丘特切夫影响,波隆斯基也像丘特切夫一样,在抒情诗中也大量采用对喻手法。他或者让自然现象与人事和心灵形成对喻,如《蜜蜂》:

> 从最后的花瓣上死亡的蜜蜂,
> 在姐妹们的帮助下,你并非徒劳地用
> 纯琥珀色的蜂房精心装饰了蜂箱。
> 整个夏天保护你的那只臂膀,
> 你用最甜蜜的礼物进贡。
>
> 而我,从上帝的田地搜集带花的果实,
> 我早在黎明前就回到家乡的花园;
> 可我想找到自己的蜂箱却是枉然……
> 那里向日葵繁花盛开,荨麻遍地,
> 我们珍贵的东西没有地方放置……①

此诗创作于1855年。第一节写蜜蜂尽心尽力采蜂蜜,并和姐妹们一起用纯琥珀色的蜂房精心装饰了蜂箱,用最甜蜜的礼物进贡给整个夏天保护自己的那只臂膀;第二节则写抒情主人公从上帝的田地里收集带花的果实,辛辛苦苦,却找不到自己的蜂箱,珍贵的东西没有地方放置……蜜蜂和人形成对喻,蜜蜂的劳动终有成果反衬出人的劳动毫无结果,从而含蓄而深刻地表达了对当时专制黑暗高压社会的抗议("带花的果实"在这里具有象征意义,象征着文学艺术创作等精神成果),以艺术的方式表达了诗人1887年给费特的信中所表现的50年代的真实思想和情绪:"在尼古拉一世在位期间,写作根本就是不可能的,书刊检查机关彻底破坏了写作,我那毫无恶意的小说:《春天的雕像》和《格鲁尼娅》,以及其他的作品都被书刊检查机关禁止发表,诗也被删减了,本应该为每一个词和他们去抗争的。但我根本不可能在这种斗争中'收复失地'——因为作家是被列入监视范围之内的,人们建议谢尔宾纳在谈论中不要用到黑格尔和谢林的名字,否则人们将会对你表示不赞同,你什么也得不到。波戈金、霍米亚科夫、克拉耶夫斯基、萨马林,他们也都被怀疑过——语言上的怀疑,我在50年代就是过着这么可怕的、沉重的生活!"②又如《星星》:

> 在茫茫夜空
> 遥遥闪烁的繁星中间,
> 极地的云

---

① 曾思艺、王淑凤译自 Я. П. Polonsky. Сочинения в двух томах. Том 1,М.,1986,с.107—108.
② И. Мушина. Поэзия и проза Полонского. //Я. П. Polonsky. Сочинения в двух томах. Том 1,М.,1986,с.10—11.

像乳白的斑点
游移不定，
浮过天边，
几颗灿烂的新星，
悄然闪现。

你们，迷雾般的思想
就这样静静地疾行，
而无法表达的思想
暗暗请求着心灵，
你们就这样在我们
黑沉沉的坟墓上方，
没有机会闪闪发光，
一如那明亮的星星。①

茫茫夜空中，繁星闪闪，而在游移不定的极地的云中，又悄然闪现几颗灿烂的新星；然而，尽管迷雾般的思想也在心空中静静疾行，但无法表达的思想，却没有机会在黑沉沉的坟墓上方，像那几颗灿烂的新星一样闪闪发光。第一节星星与第二节的思想对喻，以星星能灿烂发光反衬出思想的无法表达，同样含蓄地揭露了专制社会的严酷和高压。

除了用自然现象作为思想感情的对喻外，波隆斯基也像丘特切夫一样，善于以心灵现象来比喻自然现象，如《莫非我的激情》：

莫非我的激情
掀起了一场风暴？
可同风暴抗争
哪能由我主导？

绿油油的花园上空，
风暴迅飞疾驰，
乌云滚滚追从，
撒下冰雹，撒下雨滴。

上帝啊！花儿凋落的玫瑰
那一片片绿叶上，
不正是我们的眼泪
像钻石一样闪闪发光？

---

① 曾思艺、王淑凤译自 *Я. П. Полонский. Стихотворения*, Л., 1954, с. 181.

> 或者，大自然
> 也像生活中的心灵，
> 有时春风满面，
> 有时痛苦潮涌。①

首先写心灵中有宁静的时候，更有被激情掀起风暴的时候，然后再写大自然中风暴迅飞疾驰过绿油油的花园，撒下冰雹，撒下雨滴，使花儿蒙受痛苦，最后指出：大自然或许也像生活中的心灵一样，有时春风满面，有时痛苦潮涌，从而使两者既对喻又沟通起来。

不过，波隆斯基在对喻上对丘特切夫有所推进，他不只是用自然现象作为心灵、思想、感情的对喻，而且擅长用事件、人等来构成思想感情的对喻，如《黑海东岸之夜》：

> 听！——枪声——快起来！也许，是袭击……
> 是否要把哥萨克叫醒？……
> 也许，是轮船驶进堡垒区里，
> 带来了对岸亲人的书信。
> 打开窗户！——伸手不见五指！在这样的晚上
> 谁能看见翘首等待的驶近的帆儿？
> 漫天的乌云遮蔽了月亮。——
> 也许是雷声？——不，不是雷声——想象的游戏……
> 我们为什么惊醒，唉，谁能告知周详！
> 没有回答，只有巨浪哀号着哗哗拍击……
>
> 而今，诗人宁静的心灵中，时常
> 涌现一些无形的形象，
> 不过，是渴望已久的形象——
> 一如那黎明前的船帆驶进海港。②

第一节写宁静的港湾突然喧闹起来，原来是黎明前的船帆驶进了海港；第二节写诗人宁静的心中，有时也突然涌现一些渴望已久的无形形象，搅翻了心灵的平静。第一节驶进海港的船帆打破港湾宁静这一事件对喻着第二节诗人宁静的心灵中涌现渴望已久的形象，从而颇为形象地揭示了诗歌创作过程中形象乃至整首诗歌酝酿、产生的奥秘。又如《乞丐》：

> 我熟知一位乞丐：影子一般
> 从早晨开始，老头整天
> 在窗户下来回奔波，
> 并乞求施舍……

---

① 曾思艺译自 *Я. П. Полонский. Сочинения в двух томах. Том 1*, М., 1986, с. 79.
② 曾思艺、王淑凤译自 *Я. П. Полонский. Стихотворения*, Л., 1954, с. 129.

然而，到深夜
他就把乞讨到的一切，
分送给病人、残废者和盲人——
这些像他一样的穷人。

当代有一类诗人正是这样，
他们丧失了少年时代的信仰，
像老乞丐一样疲惫不堪，
乞求着精神的食粮。
生活施舍给他的一切东西，
他都感激地加以珍惜，
于是他就可以共享灵魂
和另一个像他一样的可怜人。①

第一节写一位乞丐从早晨开始，整天在来回奔波，乞求施舍，然后到深夜把乞讨到的一切分送给病人、残废人和盲人；第二节写当代也有类似的诗人，他们丧失了少年时代的信仰，到处乞求精神的食粮，生活施舍给他的一切，他都感激地加以珍惜，以便和另一些像他一样的可怜人共享灵魂。这就使得第一节的乞丐成为第二节诗人的对喻。再如《别人的窗户》：

记得在某地一个深夜暴雨如注，
我在别人的窗下徘徊冷得浑身簌簌；
别人的窗内灯火熠熠，
火光呼唤我——敲击玻璃……
上帝啊！腾起一片嘈杂混乱！
我使这栋高贵的房子紧张不安！
"谁敲窗户！"有人叫喊，"滚开，小偷啊！
难道你不知道，旅店在哪吗！"
对我来说，你们的心——也是别人的房子，
即使有时里边灯火熠熠，
何况我是有涵养的人——不会拿走任何东西，
只是出于绝望而把你们的心扉敲击……②

诗歌首先写自己的某次经历：去到外地，又是深夜，碰上暴雨如注，冷得浑身簌簌发抖，看到别人房子的窗内灯火熠熠，不由得敲击窗户的玻璃，试图进去躲雨，然而，人们生怕他是小偷，紧张得愤怒起来，喝令他滚开；然后，诗歌突然一转：对我来说，你们的心也是别人的房子，尽管我很有涵养，不会拿走任何东西，只是处于绝望而敲击你们的心扉，但你们毫无同情之心，断然拒绝……以雨夜被陌生人拒绝进入

---

① 曾思艺、王淑凤译自 *Я. П. Полонский. Стихотворения*, Л., 1954, c. 101.
② 同上书，第253页。

房子来对喻因为绝望而敲击别人的心扉遭到严拒,从而生动、含蓄、深刻地写出了人的绝望和孤独无助,很有现代色彩。

波隆斯基在抒情诗中还颇为纯熟地较多采用象征手法。他或者采用自然景象作为象征,如《日暮》:

> 我看见,金灰色的云堆
> 布满了整个西天;霞光熠熠
> 闪耀在云缝间;晚霞的余晖
> 照亮了多石的峭壁,
>
> 悬崖的石棱,白桦林和云杉,
> 还有下面无际无垠的海洋。
> 黑色的巨浪不停地喧嚣、激荡,
> 迅飞疾驰,挟带着昏暗。
>
> 通往海滨的小路透过灌木丛依稀可见,
> "你好!海洋!"我走向大海,并且呼喊。
> 生活和人世已把我变得冷漠消极,
> 请让我以热情的问候欢迎你!……
>
> 但巨浪撞击着礁石,
> 重重地飞速跌落,沉入泡沫,
> 喧嚣着,翻滚着,退了下去:
> "请等新浪吧,我已败缩……"
>
> 新浪飞奔而来,一路喧嚣不断,
> 我从每一巨浪中听到的都是同一种咏唱……
> 心灵充满了无穷的渴望——
> 我等着——天色越来越黑,落日渐渐暗淡。①

"我"被生活和人世搞得冷漠消极,奔向大海,想投身海洋,献出自己的全部热情,然而,在红霞辉映中,黑色的巨浪迅飞疾驰,喧嚣激荡,奋力撞击礁石,尽管它又飞速跌落,沉入泡沫,但新浪飞奔而来,一路喧嚣不断。"我"从每一巨浪中听到的都是同一种不怕失败敢于挑战的咏唱,冷漠消极的心灵突然"充满了无穷的渴望",满怀生机地等待着……在这里,大海中一浪接一浪撞击礁石的巨浪是大自然生命力的象征,也是敢于搏击不怕失败越挫越勇的人生的象征,无怪乎抒情主人公被其深深打动,心灵充满了无穷的渴望。

或者,他直接采用自然中的某种动物作为象征,如《老鹰》:

---

① 曾思艺、王淑凤译自 Я. П. Полонский. Стихотворения, Л., 1954, с. 347.

我又眼睛一眨不眨地凝望太阳的光辉,
我看见了远处几只幼鹰正在嬉戏——
我用贪婪的目光伴送它们起飞,
　　并且很想知道——它们飞向哪里……
但我开始变得笨重——走向衰老——不无忧伤。
我独自坐在清流旁,
在被捣毁的鸟巢外,
偶然间忘记了时光,
它们的翅膀和自由的叫声汇成遥远的声响:
　　"到这儿来,到这儿来!老头,到这儿来!"
我张开颤抖的双翅,
试图使足劲飞翔,
　　唉!徒劳的努力!
我只是张开翅膀把石头上的尘土扫光——
于是,我疲倦地合拢双眼,睡意渐浓,
并等待,山上的红日慢慢昏冥,
在我后面出现了移动的黑影,
　　那是我心爱的雌鹰……①

　　这首诗表现的主题类似于中国古诗中的"烈士暮年,壮心不已",但更凄凉无奈。全诗细致地描写了一只苍老的雄鹰在风烛残年的短暂经历:它已经老得无法飞起,只能每天独自坐在清流旁,看太阳在天空挪移,看幼鹰嬉戏,想象它们飞向哪里,一度受到它们叫声的鼓舞,试图使足劲飞翔,然而,翅膀只是把石头上的尘土扫光而已,于是雄心顿消,疲倦地合拢双眼,睡意渐浓……这种描写,使这只老鹰成为一种象征:象征着那些到老雄心犹存然而自然规律终不可违背,所以,只能凄凉无奈地挨日子的英雄。

　　或者,把自然现象与人的活动结合起来构成颇为复杂的象征,如《在风暴中颠簸》:

雷声隆隆,狂风呼呼。船儿颠簸,
黑沉沉的大海在汹涌激荡,
狂风撕破了白帆,
　　在缆索间啪啪直响。

天穹一片阴沉,
我把自己交托给船儿,
在狭小的船舱里打盹……
　　船儿摇摇晃晃——我进入梦里。

---

① 曾思艺、王淑凤译自 Я. П. Полонский. Стихотворения, Л., 1954, c. 247.

我梦见：奶娘
把我的摇篮轻轻晃推，
还轻声歌唱——
　　"睡吧，宝贝！"

枕头边灯光熠熠，
窗帘上洒满月光……
各种各样的玩具
　　全都沉入金色梦乡。

我一觉睡醒……我能做什么？
怎么啦？出现了新的风暴？——
"糟透了——桅杆断折，
舵手也被砸倒。"

怎么办？我又哪能使劲？
我把自己交托给船儿，
重又躺下，重又打盹……
船儿摇摇晃晃——我又进入梦里。

我梦见：我风华正茂，激情盈溢，
我在热恋，梦想翩翩……
一片舒爽的寒气
　　从清晨起就弥漫了花园。

很快就是深夜——云杉一片青黛……
"亲爱的，我们一起去荡秋千！"
一个声音活泼可爱，
　　在我耳边轻轻呢喃。

我用一只手紧揽
她颇为轻盈的娇躯，
摇摆的秋千板
　　驯顺地荡来荡去……

我一觉睡醒……发生了什么？——
"船舵折断；波浪嗖嗖，
从船头滚滚扫过，
卷走了水手！"

怎么办？听其自然吧！
一切听天由命：
假如死亡唤醒了我啊，
　　我不会在这儿睡醒。①

　　这是勃洛克（Александр Александрович Блок，1880—1921）最喜欢的波诗之一，整首诗形成了颇为复杂的象征。首先，是现实与梦的对立所构成的大象征。整首诗颇有故事性，很有节奏感地写了两次入梦两次醒来。抒情主人公面对的是黑沉沉的大海，风暴袭来，狂风撕破了白帆，而他毫无办法，只能把命运托付给船儿，自己在狭小的船舱里打盹，并进入了梦中。第一次，他回到了童年时代，奶娘边唱着儿歌边摇着他的摇篮，沐浴着银白的月光，各种各样的玩具都进入了金色的梦中。然而，他很快就醒来，知道了自己所面对的可怕局面：桅杆断折，舵手也被砸倒。他万般无奈，只好又进入梦里。这回，他回到青年时代，正在热恋中，而且和恋人一起在清爽的花园里荡着秋千。但他又很快醒来，当前的情形更加严峻：船舵折断，波浪卷走了水手。面对严酷的情势，他依旧无法可想，只好听天由命，一切听其自然。在这里，大海、风暴象征着动荡不安、极其严酷的现实，而梦象征着人间温情（奶娘）、爱情（恋人）、想象以及艺术甚至逃离现实的欲望。整首诗表现了现实与梦的对立，面对严酷的现实，人总是试图逃到梦中躲避，然而现实总是紧追不舍，你越是逃避，现实的情形可能会越发严酷。俄国学者艾亨巴乌姆指出，在诗中"心灵活动已经渗入了梦境，变成了一种自然的现象存留在回忆之中：风暴摇晃着小舟——像'奶娘摇晃着我的摇篮'。梦——成为情节的心理依据（这在波隆斯基的作品中经常出现）"②。其次，还有一些小的象征，如奶娘象征人间温情、恋人荡秋千象征自由自在的爱情，梦的意义更是丰富——既可以象征温情，又可以象征爱情，还可以象征逃避的欲望和自由自在的艺术创作。

　　或者，用人的某种活动构成颇为出色的象征，如《生命的马车上》：

我习惯了我的马车，
我对坑坑洼洼毫不在乎……
我只是老人般哆嗦，
当夜间寒气刺骨……
时而默默地陷入思考，
时而绝望地高声大叫：
"出发！……全力拉车奔向前途。"

然而不管怎样叫喊，哭泣或者痛骂——
白发苍苍的马车夫总是执拗地一声不吭：

---

① 曾思艺译自 Я. П. Полонский. Сочинения в двух томах. Том 1, М. ,1986, с. 76—77.
② Б. Эйхенбаум. Я. П. Полонский. //Я. П. Полонский. Стихотворения, Л. ,1954, с. 22.

> 他用鞭子轻轻赶一下那匹驽马，
> 催促它们均速地慢跑徐行；
> 马蹄哒哒飞溅起泥浆，
> 全身上下微微轻晃，
> 它们奔入了夜色蒙蒙。①

诗歌首先引用普希金的"一大早我们坐上马车"作为题记，然后写"我"习惯了"我的马车"，希望它全力奔向前途，然而白发苍苍的马车夫却总是执拗地一声不吭，只是用鞭子轻轻地赶一下驽马，催促它均速地慢跑徐行。这种表面的写实后面，有着独特的象征，这从标题"生命的马车"可以看出。实际上，这里写的是生命的旅程——白发苍苍的时间这老马车夫是不以人的意志为转移的，他总是一声不吭，赶着生命的马车慢跑徐行。

诗人甚至可以用晚钟声声来构成象征，如《晚钟声声》：

> 晚钟声声……别等待黎明吧；
> 然而，就在十二月的浓雾里，
> 有时，冷冰冰的朝霞，
> 给我送来一丝夏日的笑意……
>
> 我灰色的日子，你悄然离去，
> 对一切召唤都不搭理。
> 一次不会没有问候的落日……
> 这个阴影——也不会没有意义。
>
> 晚钟声声……这是诗人的心灵，
> 你满心感激这钟声……
> 它不像光的呼声，
> 惊飞我最好的梦境。
>
> 晚钟声声……就在远方，
> 透过城市惊慌的喧鸣，
> 你向我预言灵感，
> 抑或坟墓和宁静。
>
> 但生与死的幻影，
> 向世界讲述着某种永恒，
> 不管你的歌唱得怎样喧腾，
> 比竖琴鸣得更响的是教堂的钟声。

---

① 曾思艺、王淑凤译自 *Я. П. Полонский. Стихотворения*, Л., 1954, с. 344.

也许，没有它们，甚至天才
也会像梦一样被人们忘记——
世界将会是另一番风采，
将会有另一种庆典和葬礼。①

西方人对晚钟有很深厚的感情，有不少画家以《晚钟》为题材，画出了传世名画，如米勒的名画《晚钟》②，俄国著名风景画家列维坦的名作《晚钟》③；也有不少诗人写到晚钟，爱尔兰诗人托马斯·穆尔(Thomas Moore,1779—1852)写有《晚钟》一诗，后来经过俄国诗人伊万·伊万诺维奇·柯兹洛夫(Иван Иванович Козлов,1779—1840)于1828年取意修改后变成了著名的俄罗斯民歌："晚钟嘭嘭,晚钟嘭嘭,/多少往事,来我心中。//回想当年,故乡庭院,/温馨愉快,梦萦魂牵。//背井离乡,远去他方,/唯闻晚钟,耳边回响。//童年伙伴,音讯已断,/能有几人,尚在人间！//晚钟嘭嘭,晚钟嘭嘭,/多少往事,来我心中。"④

波隆斯基这首《晚钟》不像柯兹洛夫的《晚钟》主要表达温馨的怀乡深情，而是成为比较复杂的象征：首先是宗教神圣和拯救的象征，人世因为它而有意义——它超越世俗和死亡，象征永恒和神圣；其次，它也像诗人的心灵发出的声音，是永恒的艺术的象征，它穿透城市（即世俗的象征）的惊慌的喧鸣，安抚人的灵魂。正因为有晚钟声声，有永恒的艺术和永恒的神恩，天才才能不会像梦那样很快被人忘记，这个世界才具有这诗意的风采，更有一种神圣关照下、神恩庇护下的庆典和葬礼。

波隆斯基诗歌内容的现代感（人的孤独）和艺术手法的现代性（如印象主义特色，隐喻、象征手法），使他成为俄国现代主义诗歌的先驱之一，对后世产生了较大的影响。

五、阿·康·托尔斯泰

阿列克谢·康斯坦丁诺维奇·托尔斯泰(Алексей Константинович Толстой,1817—1875)是19世纪俄国著名诗人、剧作家兼历史小说家，在小说、诗歌、戏剧等方面都卓有建树，写有历史长篇小说《谢列勃良内公爵》(1863)，历史剧三部曲《伊凡雷帝之死》(1866)、《沙皇费多尔·伊凡诺维奇》(1868)和《沙皇鲍里斯》(1870)，历史故事诗《瓦西里·希巴诺夫》《米哈伊尔·列普宁公爵》（均1840年代）等，以及100多首抒情诗。

阿·康·托尔斯泰于1817年8月24日出生在彼得堡的一个贵族家庭，母亲出身于乌克兰的名门。他6岁对文学产生兴趣并开始写诗，他的舅舅——著名散文家阿列克塞·佩罗夫斯基培养了他对艺术的热情，并对他最初的艺术创作给予肯定与鼓励。1826年托尔斯泰被选中为未来的沙皇继承人亚历山大二世的童年

---

① 曾思艺译自 Я. П. Полонский. Сочинения в двух томах. Том 1, М.,1986,с.256.
② 详见《爱与田园的画家——米勒》，河北教育出版社，1998年，第48页。
③ 详见《十九世纪俄罗斯风景画》，湖南美术出版社，1996年，第146—147页。
④ 《重访俄罗斯音乐故乡——俄罗斯名歌100首》，薛范编，中国国际广播出版社，2001年，第81页。

玩伴,1834年成为外交部莫斯科档案馆的工作人员,做一些整理、抄写古籍文献之类的工作。1837年初,他被派往俄国驻德国法兰克福使团服务。1840年被调到沙皇私人办公厅二处工作,处理立法问题。1843年获宫廷侍从头衔。

阿·康·托尔斯泰30年代末正式开始创作,40年代写过小说、抒情诗和歌谣。50年代初他结识了很多作家,如屠格涅夫、果戈理、涅克拉索夫以及《现代人》杂志圈内的作家和评论家。1854—1857年,阿·康·托尔斯泰同他的两个姓热姆丘日尼科夫的表兄弟阿列克塞和弗拉基米尔合作,以笔名科济马·普鲁特科夫为《现代人》杂志撰写幽默讽刺诗。50年代后期是其诗歌创作的丰产期,他一生三分之二的抒情诗是在这一时期完成的。此时期他在《俄国纵谈》《俄国导报》《欧洲通报》等刊物上大量发表自己的作品。1851年,阿·康·托尔斯泰与索菲亚·安德烈耶夫娜·米列尔(София Андреевна Миллер,1827—1892)在宫廷舞会上相遇,两人一见钟情。托尔斯泰的母亲反对他们交往,而且索菲亚当时已婚,婚姻遭到多方阻碍与反对,但二人对爱情忠贞不渝,直到1863年才正式举行婚礼。

作为侍从武官,阿·康·托尔斯泰经常出入宫廷。然而,令人羡慕的宫廷职务并没有给他带来欣慰,相反,他认为宫廷服役有悖于他的天性,使他感到厌倦。1859年获得长假,1861年退休。退休之后,阿·康·托尔斯泰隐居乡间,深居简出,仅与不多的几位作家来往与通信,对文学界的争斗漠然置之。60年代,发表了戏剧长诗《唐璜》(1862)、长篇小说《谢列勃良内公爵》、历史剧三部曲《伊凡雷帝之死》《沙皇费多尔·伊凡诺维奇》和《沙皇鲍里斯》,1867年出版了诗集,这是他20多年诗歌创作的结晶。70年代,他创作了一批讽刺叙事诗,如讽刺沙皇官僚的讽刺诗《波波夫的梦》(1873)等,另外还创作了许多抒情诗,并翻译了很多外国文学作品。晚年,阿·康·托尔斯泰经济破产,疾病缠身,生活孤独,颇为凄凉。1875年9月28日,他因注射了过量的吗啡心脏停止了跳动。

作为诗人,阿·康·托尔斯泰在19世纪中期也享有盛誉,属于"为艺术而艺术"的"纯艺术派"。诗人的世界观、美学观以及文学鉴赏力的形成是在19世纪30年代,那时尽管现实主义文学潮流非常强大,但浪漫主义影响(尤其是德国浪漫主义)依旧相当深入。对于艺术的本质与任务,阿·康·托尔斯泰遵循的是唯美主义观点。他认为艺术是人与另一个世界进行沟通的桥梁,而"永恒思想王国"是他创作的源泉。想要完整地认识世界,只借助科学这个工具是不足以办到的,科学只能研究那些独立分散的自然现象。他的观点可以说是非理性的,不受实用功利目的制约,如同费特以及一系列同时代作家一样,他认为这才是真正的艺术。他指出:"艺术不应该是手段……它本身已包含了自称诗人、小说家、画家或雕塑家的实利主义信徒们所徒劳追求的全部结果。"①

但在当时,他的文学观点不是主流。因为19世纪的俄罗斯在沉重的枷锁下痛苦挣扎,时代呼唤进步,人民渴望自由。在民主与专制、自由与禁锢较量的时代,直接观照社会生活的"自然派"应运兴起。如前所述,出于社会斗争的需要,别林斯基的文学批评强调文学艺术的社会功用,将其与俄罗斯的解放运动密切联系起来。

---

① А. К. Толстой. собрание сочинений, Том 1, М. , 1963, с. 15.

车尔尼雪夫斯基、杜勃罗留波夫,更是将别林斯基的这一观点片面夸大,把文学艺术仅仅看作达到某种社会和政治目的的工具,说成是生活的"教科书",而贬低了文学艺术的审美特性。阿·康·托尔斯泰与其他同道者认为,革命民主政治是对艺术的全部否定,对待艺术应该从追求真理出发,不应该把艺术当工具,并且希望文学艺术摆脱文化专制的桎梏,获得创作的自由。虽然当时的社会束缚了他的诗歌创作,可他却一直追求作为艺术家的独立性。他在1851年给妻子的信中写道:"总之我们所有的行政机构和一般制度都是一切凡为艺术的东西——从诗歌到街道布置——的公开敌人。"①阿·康·托尔斯泰反对把艺术创作作为达到任何社会目的的手段,也反对为统治阶级的政治服务,要求把文学只当做文学去进行创作,即由作家自由创作。他在与友人的通信中说道:"我只需要真的、永恒的、绝对的东西,这些东西不取决于时代、潮流、流派,我愿为此而献身。"②他和费特一样反对文学有倾向性,他说:"诗人的使命——不是给人们带来直接的好处或利益,而是为了提高他们的道德水平,培养他们对美的爱,爱美,不要做任何宣传,对人们会有用的。"③

因为他深受浪漫主义文学的影响,因此他的创作主题以及创作的基本任务就是让灵感在他的作品中经常表现出来,在阿·康·托尔斯泰的作品中我们经常看到这一点。他在诗中也表达了诗人创作的过程与实质:"艺术家,你以为自己是作品的创造者,这是枉然!……"④他认为,创作是艺术家对"心灵声音"与"灵魂的眼睛"的封神仪式。这时艺术家听到了别人"听不到的声音",看到了别人"看不到的事物",并在"稍纵即逝的灵光一闪"的印象下进行创作。阿·康·托尔斯泰认为灵感就像某种痴迷、狂喜或者半梦半醒,在这种时刻,艺术家会把自己与他人、与社会之间的关系全部抛却,这里也体现了诗人所追求的创作自由。由此可见,托尔斯泰的确是纯艺术派诗人,他的创作是唯美的,这种唯美主要体现在其抒情诗中。阿·康·托尔斯泰一生创作了近120首抒情诗,这些诗歌按其表述的内涵大体上可以分为如下几类:自然诗、爱情诗、哲理诗、社会诗等。

(一)自然诗。自然诗是托尔斯泰抒情诗中最有特色的一类,这种自然抒情诗,在描写俄罗斯草原与乡村的自然风光以及风土人情上,具有独特的色彩,而且常常通过对景物的描写,抒发诗人对祖国大地的热爱以及对人民痛苦的同情。综观其自然诗,大约有如下特点。

第一,富有俄罗斯地方特色,并在描写这些特色的同时抒发了诗人对家乡的热爱。诗人是在乌克兰南部切尔尼戈夫省风景如画的大自然中长大的。美丽的大自然以多姿多彩的光影声色丰富了他的感觉,培养了他童年的诗心。从早年到晚年,诗人整个一生都在不断地观察自然、描写自然景物、探索自然与生命的奥秘。阿·康·托尔斯泰热爱大自然,咏叹大自然,在他诗中描绘出一幅幅大海、高山、飞瀑、流泉、森林、草原等俄罗斯大自然的绮丽画卷,如组

---

① А. К. Толстой. собрание сочинений,Том 1,М. ,1963,с. 15.
② 转引自徐稚芳:《俄罗斯诗歌史》,北京大学出版社,2002年,第316页。
③ 转引自上书,第317页。
④ А. К. Толстой. собрание сочинений,Том 1,М. ,1963,с. 128.

诗《克里米亚速写》等作品，其美更是令人不忍释卷。浪漫主义对大自然的热爱进一步强化了他对大自然的诗情，他在《致阿克萨科夫》一诗中就抒发了对自然的无比热爱和深情依恋：

> 请相信，我也深爱大自然，
> 也爱我们亲爱人民的日常生活——
> 我分享着他们的渴愿，
> 我爱大地上所有的形形色色，
> 爱那日常所见的万般景象：
> 田野，村庄，辽阔的平原，
> 碧波澎湃的大森林的喧嚷，
> 露水盈盈的草地上镰刀沙沙响，
> ……
> 草原上盐粮贩子夜宿的地方，
> 还有河流那浩瀚无涯的潮汛，
> 草原上流动的大车的辚辚声，
> 庄稼地麦浪滚滚的壮丽风景；
> ……
> 我爱那个地方，那儿冬天很长，
> 但春天却是那样年轻娇嫩……①

其自然诗中的自然风景，无论是在早期创作还是在晚期创作中，都具有浓郁的俄罗斯地方特色，"白桦""夜莺""云雀""橡树""椴树""柞树""矢车菊"等具有俄罗斯地方特色的词语经常出现，尤其是"白桦"和"夜莺"出现频率最高。白桦是俄罗斯国土上最常见的一种树，它深受俄罗斯人的喜爱，已成为俄罗斯民族的象征。阿·康·托尔斯泰诗歌中经常写到白桦，如："白桦被锋利的斧头砍伤，/泪珠顺着银色的树皮流淌；/可怜的白桦呀，你不要哭泣，不要抱怨！"②（《白桦被锋利的斧头砍伤》）；又如："在小溪那多沼泽的缓坡岸，我进入/附近的树林。那里有开始变红的槭树，/仍旧绿油油的橡树和金灿灿的白桦树，/忧伤地向我抛洒下一滴滴晶莹的泪珠……"③（《当整个大自然飘摇浮动……》）。

夜莺是俄罗斯人非常喜爱的一种鸟，因歌声婉转动听而深受喜爱。夜莺的歌唱往往被俄罗斯人认为是在歌唱爱情、眼泪和欢笑，既有忧郁的相思之情，也有对美好生活的渴望。阿·康·托尔斯泰笔下有不少描写夜莺的诗行，如："在高大的槭树的翠枝绿叶间，/有一只夜莺在我头顶娓娓歌唱，/它唱得温柔且热情奔放。"④（《雨滴停止了噼噼啪啪的喧闹……》）；"夜莺在白桦林中歌声婉转，/青草的芳香随

---

① 王淑凤、曾思艺译自 A. K. Толстой. собрание сочинений, Том 1, M., 1963, с. 190—191.
② 曾思艺、王淑凤译自上书，第120页。或见《阿·康·托尔斯泰诗选》，曾思艺、王淑凤译，载《中国诗歌》2012年第7卷（总第31卷）。
③ 王淑凤、曾思艺译自 A. K. Толстой. собрание сочинений, Том 1, M., 1963, с. 157.
④ 王淑凤译自上书，第69—70页。

风飘送……/夜莺的歌声忧郁凄凉,/就像珠泪滚滚的怨诉。"①(《西天白里透红的晚霞渐渐暗淡……》)

阿·康·托尔斯泰的自然诗中也有不少诗抒发了诗人对家乡的思念与赞美之情,在这些诗中更是富有俄罗斯地方特色,诗人通过这些特色的描写充分表达自己对故乡的热爱,如《你是我的故乡,亲爱的故乡……》:

> 你是我的故乡,亲爱的故乡,
> 　　马儿在那里自由地奔跑,
> 天空中鹰群的叫声嘹亮,
> 　　田野里传来阵阵狼嗥!
>
> 哦,你,我的故乡!
> 　　哦,你,繁茂的松林!
> 那里有午夜夜莺的歌唱,
> 　　风儿,草原和乌云!②

奔跑的马儿、空中的鹰群、嗥叫在田野里的狼、繁茂的松林、午夜歌唱的夜莺……一幅幅俄罗斯大自然的景色不断出现在我们的视野中,没有对家乡的爱怎能描绘出如此美妙的风景。正因为诗人对自己的家乡有着深沉炽热的爱,因此诗人相当细腻地感受着家乡的美,他以极强的艺术感染力与艺术信心来描述这种美以表达自己对家乡的热爱之情。

阿·康·托尔斯泰依恋着故乡的土地,对于诗人来说,土地不是具体的物质的存在,而是某种"永恒思想"的反映。托尔斯泰向往大自然的和谐,向往风景的美丽,善于抓住俄罗斯大自然的形态与色彩,并用语言表达出来,而且诗人还经常用鲜明的,甚至过于艳丽的色彩来描述家乡的大自然和日常生活的图景,如《你可知道那片土地?……》:

> 你可知道那片土地,它的富足养育了万物,
> 那里河水奔流,比白银还纯净,
> 那里草原的针茅草随着微风轻轻起伏,
> 樱桃树林中村庄若现若隐,
> 花园中垂到地面的树枝
> 都挂满了沉甸甸的果实?
>
> 湖上的芦苇喧闹地沙沙作响,
> 枝繁叶茂的树林伫立在岸旁,
> 天空纯净,沉寂,明朗,

---

① 曾思艺、王淑凤译自 A. K. Толстой. собрание сочинений, Том 1, M., 1963, c. 146.
② 曾思艺、王淑凤译自上书,第97页。或见《阿·康·托尔斯泰诗选》,曾思艺、王淑凤译,载《中国诗歌》2012年第7卷(总第31卷)。

>   镰刀叮当响闪着银光,钐草人在歌唱,
>   水上升腾的雾气一团团,
>   像蓝色的细流飞向云端?
>
>   我要全力以赴奔向那个地方,
>   奔向那心灵曾如此愉悦的地方,
>   马露霞在那里编织花环,
>   盲目的格利茨科在唱着遥远的过往,
>   小伙子们在平整的草地上旋转,
>   欢快的舞步使尘土阵阵飘扬!
>
>   你可知道那片土地,天蓝的矢车菊
>   在金灿灿的庄稼间掩映,
>   拔都时代高大的古墓在草原中间矗立,
>   远处是放牧的牛群,
>   吱吱嘎嘎的车队,绿油油的荞麦地毯,
>   还有你们,长发——光荣的谢奇的遗残?
>
>   你可知道那片土地,周日的清晨
>   向日葵上的露珠闪闪发光,
>   云雀的歌声响亮动听,
>   羊群咩咩叫,钟声当当响,
>   盛装的哥萨克女郎
>   头戴花环走进教堂?……①

诗中的颜色有银白的月光、蔚蓝的天空、蓝色的水气、金色的庄稼、天蓝色的矢车菊、绿茵茵的荞麦田……呈现在我们眼前的是一幅五彩缤纷的俄罗斯大自然。诗中描述的生活场景有樱桃林中的村庄、草原上钐草的人们、编花环的马露霞、唱歌的盲人、跳舞的小伙子、放牧的牛群、咩咩叫的羊群、当当响的钟声、车队的吱嘎声、周日去教堂的哥萨克女子们……多么亲切,多么自然。朴素的描写中释放的是诗人对家乡的热爱。

在《致阿克萨科夫》一诗中也强烈表达了对自己家乡乃至祖国日常图景的爱与向往。诗中有家乡的田野、村庄、辽阔的草原、碧涛澎湃的大森林、闪着露珠镰声奏鸣的草原、醉醺醺庄稼汉的谈话、跺着脚打着唿哨的舞蹈、草原上盐粮贩子过夜的营地、浩淼无涯汛潮激溢的河流、草原上流徙的大车发出的辚辚声、麦浪滚滚庄稼地的壮丽、轻捷驰骋的三套车、迅疾飞奔的雪橇,这一切景色与日常生活场景的描述带给我们的是一种美的享受。而且诗人对自己的家乡饱含思念之情,他笔下的壮士萨特阔,被囚在水下王宫,心却一直向往自己的家乡诺夫哥罗德,他的心会因

---

① 曾思艺、王淑凤译自 А. К. Толстой. собрание сочинений, Том 1, М., 1963, с. 61—62.

为听到鹌鹑的叫声、马车的吱嘎声,闻到焦油的气息、谷物房冒出的烟味而变得温柔。诗人通过描述俄罗斯大自然的声音与气息生动地表达了对家乡的思念之情。即使远在外地,他也通过回忆来再现故乡自然的美以表达对故乡的浓浓思念和热爱之情,如《玛丽亚,你是否记得》:

> 玛丽亚,你是否记得
> 那栋孤零零的老屋?
> 以及睡意蒙眬的池塘边
> 那些古老高大的椴树?
>
> 还有那静寂寂的林荫道,
> 荒草丛生的古老花园,
> 长长的一排肖像画
> 在那长廊里挨个儿高悬?
>
> 玛丽亚,你是否记得
> 那绣满晚霞的天空,
> 平展展、远蒙蒙的田野,
> 从村庄传来的遥远的钟声?
>
> 还有花园后白亮亮的河岸,
> 河水悠悠闲闲的奔流,
> 金灿灿的庄稼地里
> 草原的矢车菊美不胜收?
>
> 还有那片小树林,初识时
> 我们双双在其中徜徉?
> 玛丽亚,你是否记得
> 那逝去的时光?①

睡意蒙眬的池塘、古老高大的椴树、荒草丛生的花园、绣满晚霞的天空、平展展远蒙蒙的田野、白亮亮的河岸、金灿灿的庄稼地、草原的矢车菊,再加上遥远的叮咚声,以及纯洁的爱情,这一切使故乡显得分外迷人。

第二,阿·康·托尔斯泰的自然诗还很富有哲理性。诗人不仅善于感受大自然的美妙,而且善于领悟其中蕴含的深奥哲理。对于诗人来说,大海的涌动、叶片的颤抖、花儿的芳香、夜莺的歌声都能让人对生命、对存在有所领悟。在那些歌咏大自然的诗篇中,诗人不仅放情于山水之间,而且反省于飞波流云之中。他凝望大

---

① 曾思艺、王淑凤译自 А. К. Толстой. собрание сочинений в четырех томах,Том 1,М.,1969,с.61. 或见《阿·康·托尔斯泰诗选》,曾思艺、王淑凤译,载《中国诗歌》2012 年第 7 卷(总第 31 卷)。

海,一个波浪紧追着另一个波浪,于是沉思:"我何必忧郁,/如果明天一个忧虑驱散另一个忧虑?"①(《我坐着观看一切……》);诗人观赏"大海轻轻摇摆;一浪追着一浪/急慌慌地奔跑,喧嚷……"于是想到思想的波动与爱情的波动:"我满怀希望,也不断绝望,/波动的思想时而拍岸时而退回,/爱情既有潮落也有潮涨。"②(《大海轻轻摇摆……》);当看到小扁桃树开满鲜花的枝条,诗人心中不由生出几分忧郁的思绪,慨叹生命的成长历程中青春要为成熟付出代价:"满树的鲜花将会凋落,/不请自来的果实将挂满枝头,/树身不堪痛苦的重荷,/青枝绿叶向地面深深倾偻。"③(《我的小扁桃树……》);看到白桦被锋利的斧头砍伤,泪珠流淌,于是慨叹:"伤口并不致命,到夏天就会复原,/……只有伤痛的心里的创伤无法痊愈!"(《白桦被锋利的斧头砍伤……》);葡萄架下,凝视疏影,揣测含义,于是他想到:"正在进行的,不久会知晓;/已经过去的,永远不复返!"④(《为什么你把头低低垂下……》);雨后,月亮从乌云后露出脸庞,坐在槭树下,听到杜鹃鸟在远处放声歌唱,诗人开始回想从前已逝的时光,最后夜莺娓娓歌唱:"开心点,莫要无谓地抱怨——/还会重返那美好的时光!"⑤(《雨滴停止了噼噼啪啪的喧闹……》)虽然逝去的时光令人忧伤,但夜莺的歌声让诗人对人生充满乐观的期望。与此同时,诗人还通过景观表达对民族精神传承的忧虑,如《空房》:

> 柳树低垂,入梦的池塘边,
> 　　矗立着一栋空房,
> 拉斯特列利建造的房子妙不可言,
> 　　上面还有古老盾牌上的徽章。
> 死一般沉寂的梦中周围无声无息,
> 只有月光在打碎的窗户上嬉戏。
>
> 在被遗忘的花园中,那栋房子的楼台
> 　　被灌木杂草隐没,孤独地静站,
> 带有王冠的古老盾牌
> 　　在鲜花环抱的池塘里忧伤地顾影自怜。
> 没有一个人来对它鞠躬、怀念——
> 后代们早已忘记了自己英勇的祖先!
>
> 他们中有些人生活在光荣的首都,
> 　　这些人只是其中的极少数,
> 另外一些人被时髦俘虏,

---

① 曾思艺、王淑凤译自 А. К. Толстой. собрание сочинений, Том 1, М., 1963, с. 184.
② 曾思艺、王淑凤译自上书,第 99 页。
③ 曾思艺、王淑凤译自上书,第 142 页。
④ 王淑凤译自上书,第 130 页。
⑤ 王淑凤译自上书,第 69—70 页。

从家乡被卷裹到异邦他处,
在那里俄罗斯人疏离了俄罗斯国土,
忘记了自己的语言,忘记了自己的信仰习俗!

农民雇工压榨贫穷的故园,
　　独自经管着这片土地;
孤儿的抱怨他视若不见……
　　他的主人是否听在耳里?
即使听到——也只是两手一摊……
后代们早已忘记了自己英勇的祖先!

只有老仆人,在苦恼、忧郁,
　　一心等待年轻的主人归乡,
每当车铃在远处叮当响起,
　　即便在深夜他也立即翻身起床……
枉然! 死一般沉寂的梦中一片静穆,
只有月亮照耀着打碎的窗户,

透过打碎的窗户宁静地观望,
　　看着那华丽房间里古老的高墙,
那里顺次悬挂着一排花纹相框,
　　里面是那些脸上扑粉的祖先画像,
苦恼噬咬着他们的心灵,灰尘遮盖了他们的脸面,
后代们早已忘记了自己英勇的祖先!①

拉斯特列利(Растрелли,1700—1771),是俄国18世纪的建筑师,巴洛克式建筑的代表人物。他所设计的建筑物,空间规模宏大,轮廓清晰,平面具有严整的直线形,整体造型优美,雕刻装饰丰富,色彩绚丽,图案精巧奇异,代表作有彼得堡的斯莫尔尼修道院(1748—1754)与冬宫(1754—1762)、彼德戈夫的大宫殿(1747—1752)、皇村的叶卡捷琳娜宫(1752—1757)。这首诗通过美妙的自然风景和人文风景——拉斯特雷利建造的富有民族特色并且里面有古老徽章和祖先英勇的画像的空房,表达了对民族精神乃至文化传承的忧虑,以及对当时过于推崇外国文化的时代潮流的不满。

正因为如此,关于阿·康·托尔斯泰富有哲学意蕴的自然诗,俄国学者科罗文指出:"除了描写蕴含民族意志的自然景物以外,托尔斯泰的作品中还有关于大自然的另一种风格的作品,在这类作品中体现出他的抒情哲学态度,诗句体现出自然和人们生活的真谛。关于自然景物的描写,托尔斯泰善于使用细腻的手法、敏锐的

---

① 曾思艺、王淑凤译自 А. К. Толстой. собрание сочинений в четырех томах,Том 1,М.,1969,с.72—73。

观察和超前的触感来揭示伟大深邃的奥秘。"①

第三，阿·康·托尔斯泰对大自然的描写观察敏锐、笔触细腻，并在描写景物的同时抒发内心情感，给人情景交融的美感。阿·康·托尔斯泰对大自然的观察非常细致，感觉很敏锐，他善于体察大自然的每一个细微的变化，而且笔触细腻，语言优美，所以能把大自然中的细小变化精确、细腻地描绘出来。如《雷声沉寂，雷雨疲倦了喧乱……》：

> 雷声沉寂，雷雨疲倦了喧乱，
> 　　天空一片晴朗；
> 乌云间一长溜晶蓝，
> 亲切地闪亮。
> 花儿还在抖颤，
> 　　满身水珠和黄尘，
> 啊，并非鄙视的脚
> 　　满怀新仇践踏它们。②

这首诗写的是暴雨过后的自然景象，雷声停后，先是"天空一片晴朗"，继而乌云瓦解，闪耀出一带蔚蓝色的晴空，而地面上，挂着雨珠和暴雨溅上去的泥土的花儿犹在震颤，有如余悸未尽。再如《残雪正在田野里融化……》：

> 残雪正在田野里融化，
> 地面上升腾起袅袅热气，
> 蓝色的睡莲绽蕾开花，
> 鹤群此呼彼应，传来声声鹤唳。
>
> 南方的森林，身穿绿盈盈的雾衣，
> 急不可耐地等待温暖雷雨的滋养，
> 春天的一切都散发着温暖的气息，
> 大自然中万物都在热恋和欢唱。
>
> 早晨天空晴朗亮丽，
> 夜晚星星明亮晶莹，
> 你的心情为何如此忧郁？
> 你的思绪为何如此沉重？
>
> 哦，朋友，我知道你活得痛苦凄惨，
> 也明白你满怀的忧伤：
> 你毫不顾惜这尘世的春天，

---

① *Коровин. В. И.* Русская поэзия XIX века, М., 1997, с. 197.
② 曾思艺译自 *А. К. Толстой.* собрание сочинений, Том 1, М., 1963, с. 160.

只是想飞回自己的故乡……①

这里,诗人准确地描绘出一幅散发着温暖气息的春天图画,先写田野里冰雪融化,因冰雪融化升腾起的热气,然后写睡莲绽蕾开放,再写天上鹤群从南方飞回,又回到地上写树木发芽,使树林如穿上绿莹莹的雾衣。总之,到处让我们感觉到大自然中万物都在春的气息中复苏、热恋和欢唱。又如《秋天,我们凄凉的花园一片凋萎……》:

> 秋天,我们凄凉的花园一片凋萎,
> 黄干干的叶子纷纷随风飘飞;
> 只有远处峡谷底鲜艳美丽,
> 那是花楸树上熟透的红艳艳果实。
> 我的心喜气洋洋,又暗自烦忧,
> 我默默握紧并焐暖你的一双纤手,
> 望着你的双眼,我悄然泪落如雨,
> 可我不敢表白,我是多么爱你。②

诗中几个景象依次呈现在我们面前:近处凄凉凋萎的花园,随风飘舞的黄色落叶,远处峡谷底叶子鲜艳的花楸树,枝头挂满红艳艳的果实。一远一近的两处风景就把秋天的景象准确地呈现在眼前。可以说诗人通过细腻观察,精确地把握了宏伟大自然的细微变化,从而撷取了最富表现力的、具有典型性的个别细节,鲜明、准确地描绘出自然景象的某种本质特征。这样的例子在他的抒情诗中俯拾即是,信手拈来,让人读来感觉甚美,没有故意雕琢的痕迹。

阿·康·托尔斯泰描写自然的诗,表面上看,只是优美的风景描绘,但这优美的"诗中风景画"却包含着丰富而深刻的人的内心情感的波动。为了表现心灵的波动,托尔斯泰在自然诗中最喜欢让自然与人心沟通,通过对自然的描绘展示心灵的运动过程。如《大海不再嘶嘶冒泡,波浪不再哗哗拍击……》:

> 大海不再嘶嘶冒泡,波浪不再哗哗拍击,
> 树叶儿也不再轻轻晃动,
> 碧莹莹的海面笼罩着漫漫静谧,
> 世界就像倒映于明镜。
>
> 我坐在岩石上,一片片白云
> 纹丝不动地悬挂在碧蓝的苍茫;
> 心儿安恬,心儿深沉,
> 一如这宁静的海洋。③

诗中描绘了一幅大自然静谧的景象:没有浪花的大海、不再晃动的树叶、天上

---

① 曾思艺、王淑凤译自 А. К. Толстой. собрание сочинений,Том 1,М. ,1963,с. 95.
② 曾思艺译自上书,第 152 页。
③ 曾思艺译自上书,第 171 页。

的白云纹丝不动,自然的静谧反映在心灵中就是心儿的安恬与深沉。再如《我坐着观看这一切,弟兄们,就在这地方……》:

> 我坐着观看这一切,弟兄们,就在这地方,
> 波浪翻滚,一个波浪紧追着另一个波浪。
> 波涛汹涌的海面,波浪追赶着波浪,
> 就像那个日子,忧伤后面又蜂拥来一堆忧伤。
> 我坐着沉思:我何必忧郁,
> 如果明天一个忧虑驱散另一个忧虑?
> 须知所有新而又新的忧伤都有一个地方,
> 如果能以毒攻毒,那又何必悲伤?①

诗中先描绘大海波浪翻滚,一浪紧追一浪,然后回到人的内心处境,人的内心烦恼就像大海的波浪,一个追赶一个地出现,明天的忧虑又会驱散今天的忧虑,因此,了悟了这一点的诗人劝慰自己不必悲伤。

自然诗的描写往往都会由景生情,阿·康·托尔斯泰很多自然诗也是如此,各种各样的情感通过对大自然的描绘表现出来。诗人把自然与人结合起来写,进而探索人与自然的关系。有的诗表现了诗人的忧伤之情,如《湖上的雾气……》:

> 湖上的雾气一块块一团团
> 白蒙蒙地升起;
> 善良的青年
> 内心充满痛苦与忧郁。
>
> 成块成团的雾
> 不总是白光闪动,
> 青年内心的痛苦
> 却从不消逝无踪!②

诗人形象地用湖上升起的成团成团的雾气来比喻和反衬青年内心的忧愁痛苦久久不能散去。

有的诗通过欣欣向荣的自然景物表现了诗人的欢快之情,如《比云雀的歌声更响亮动听……》:"比云雀的歌声更响亮动听,/比春天的花儿更色彩艳丽,/灵感挤满心胸,/天空中美在盈溢。"③听到云雀响亮动听的歌声,看到春天艳丽的鲜花,任何人的心情都会无比愉悦。不过,特别吸引诗人的是色彩鲜活艳丽的春天,春天美丽的景色可以使诗人摆脱内心的矛盾纠结与灵魂的痛苦,把愉快乐观的情绪传递到诗人的歌喉,如《湿漉漉的台阶上门重又大敞……》:

> 湿漉漉的台阶上门重又大敞,

---

① 曾思艺译自 A. K. Толстой. собрание сочинений, Том 1, М. , 1963, c. 184.
② 曾思艺译自上书,第98页。
③ 曾思艺译自上书,第151页。

中午的阳光下刚逝的严寒腾起雾气。
暖风轻轻吹拂着我们的脸庞，
田野里那些蓝幽幽的水洼荡起了涟漪。

壁炉还在噼啪作响，微弱的火光
使人想起已逝的冬天那狭小的世界，
但云雀在越冬农田的上空啾啾歌唱，
庄严地宣告：现在已是另一种生活的时节。

空气中回荡着不知是谁的话语，
讲述着幸福、爱情、青春与信任，
奔腾小溪的随声附和响彻天宇，
芦苇也晃动起金黄的叶子阵阵歌吟。

一如在泥土间、沙石上流淌的小溪，
淙淙向前，带走融化的雪水，
让复苏的大自然用那疗伤的威力，
不留痕迹地冲走你内心的伤悲！①

充满活力的春天，荡涤了冬日的严寒，也荡涤了内心的悲伤，为心灵疗治了伤痛。《寂静溜降到金灿灿的庄稼地……》则借景物抒发出对心上人的思念之情：

寂静溜降到金灿灿的庄稼地，
夜色渐浓的村庄清凉的空气中，
铃声颤抖着飘传。我的心底，
对你的离愁和痛苦的懊悔漫涌。

我又一次记起我的每一声责怪，
我一再重温每一句亲切的话语，
假如我敢于向你表白，我的爱，
但我却冷酷地在深心埋葬了自己！②

寂静的傍晚时分，光线柔丽，色彩柔和，人归家，鸟归巢，这时最容易怀念不在身边的亲人、恋人。这首诗写了傍晚的寂静给诗人带来的是无限的离愁与思念，让他不由自主地想起心中的恋人，后悔当初没有表白。

在以上所有这些诗中，诗人始终将人的内心情绪与大自然的潜在律动相协调，往往给我们一种情景交融、天人合一的感觉。自然诗写景也是写人，自然景物感染了人，人的内心感受、主观色彩又反过来濡染了自然环境，从而情与景达到统一，自

---

① 曾思艺、王淑凤译自 А. К. Толстой. собрание сочинений, Том 1, М., 1963, с. 201.
② 曾思艺译自上书，第 193 页。

然与人合为一体,托尔斯泰自然诗中的情景交融给我们一种浑然天成,毫无刀斧痕迹的感觉。

（二）爱情诗。爱情是阿·康·托尔斯泰创作的另一个主旋律,"爱"是文学艺术中永恒的主题。阿·康·托尔斯泰献给爱情的诗篇曲尽了爱情的情愫。在他15岁的时候就写下了"我相信纯洁的爱情"的诗篇。但其爱情诗大部分创作于1851年之后,这些诗表达了爱的甜蜜与欢乐,爱的忧伤与痛苦,爱的渴求与思念,爱的怀疑,爱的嫉妒……

第一,爱的甜蜜与欢乐。1851年,年满33岁的阿·康·托尔斯泰认为自己这些年的生活很空虚无聊,内心感到非常痛苦,但周围没有人能理解他。对于艺术家来说,也许这种无所事事的生活会被视为有益思想成熟的必经阶段。其实,托尔斯泰夸大了自己的烦恼,真正游手好闲的人不会发现时间正在溜走,对于有思想追求、有工作的人来说,无所事事的一天好像就是一种灾难。阿·康·托尔斯泰处于宫廷贵族圈内,这个圈子有它的复杂,他没有强大到摒弃与这个圈子交际的力量,甚至有时非常喜欢参加这样的上层交际活动。但他的艺术家的性格又与这个圈子不和谐,所以他才会感到空虚。可就在他认为无聊的宫廷化装舞会上,他认识了未来的妻子索菲亚·安德烈耶夫娜·米列尔,一位近卫军骑兵团长的妻子。从此阿·康·托尔斯泰的爱情诗就都全部献给这位女人。

索菲亚有着浑厚的女中音,蓬松的头发,优美的体型,举止投足间有一种吸引人的气质。从舞会回到家的阿·康·托尔斯泰,本想继续早就开始创作的长篇小说和进行中的诗歌,但无论如何不能集中精力。他在房间里踱来踱去,脑海里尽是索菲亚的影子。舞会上与索菲亚的相识与交流使他脱去了在上流社会交际圈子中的那种虚伪面具,让他对一个陌生的女人充满激情,这种被索菲亚唤醒的感觉使托尔斯泰感到深深激动。就是在那个深夜,阿·康·托尔斯泰找到了可以用来描绘这种感觉的语言,并且写成一首诗《在闹哄哄的舞会上……》：

> 在闹哄哄的舞会中,
> 在尘世纷扰的忧虑里,
> 我有幸与你萍水相逢,
> 可你的面影笼罩着神秘。
>
> 一双眼睛饱含着忧郁,
> 嗓音却那样美妙动人,
> 仿若远处传来的声声芦笛,
> 仿若嬉戏的海浪撼人心魂!
>
> 我爱你苗条纤秀的身姿,
> 也爱你若有所思的神态,
> 你的笑声,响铃铃又愁戚戚,
> 至今仍旧萦绕在我的心海。

在漫漫长夜的孤寂时刻，
疲惫的我喜欢卧床小憩——
我看见了你愁郁的眼波，
我听见了你快乐的笑语；

我就这样忧伤地渐渐睡熟，
沉入一个神秘奇幻的梦乡……
我是否爱你——我不清楚，
但我觉得，我正在品尝爱的佳酿！①

这首诗充满了爱的激情与激动的甜蜜。诗歌表达了那种一见钟情的激动，让我们感觉到爱情给诗人带来的甜蜜与欢乐。后来这首诗被作曲家谱成曲子，成为恋人之间表达情感的纽带。

第二，爱的渴求与思念。索菲亚虽然结婚，但与丈夫不和，两人一直分居。托尔斯泰喜欢索菲亚，珍视与她在一起的每分钟。托尔斯泰虽然外表很强壮，但内心深处对爱情一直不很自信，再加上索菲亚非常聪明，精通14门外语，知识渊博，歌声动听，气质迷人，诗人就更不自信了。诗人在不自信中充满着对索菲亚的渴求与思念。在一次索菲亚对他的拜访之后，他立刻写出《我的卧室空寂寂……》寄给索菲亚：

我的卧室空寂寂。我独自坐在壁炉旁，
烛光早已熄灭，但我无法入眠。
模糊的阴影游走在墙壁、地毯、画像上，
环顾四周，书和信到处堆满地板。
书和信啊！年轻的笔很久以前是否把你们探访？
灰色的眼睛是否好玩地把你们浏览？

夜仿若一块沉重的织物，在我上空慢慢浮荡，
孤零零的枯坐十分忧伤。我的卧室空寂寂！
看着枯萎的花儿，我暗自思量：
"清晨即将来临，黑夜的忧伤就要逝去！"
夜疾驰而去，欢乐的阳光嬉戏在窗户上，
清晨降临了，但夜的忧伤没有消逝！②

思念之情跃然纸上，但阿·康·托尔斯泰却告诉索菲亚，写这首爱情诗是为了让她忆起希腊风格，因为索菲亚喜欢这种风格。爱的思念中又有着腼腆与不自信，有着儿童般的天真与可爱。

---

① 曾思艺译自 А. К. Толстой. собрание сочинений, Том 1, М., 1963, с. 79. 或见《阿·康·托尔斯泰诗选》，曾思艺、王淑凤译，载《中国诗歌》2012年第7卷（总第31卷）。
② 曾思艺、王淑凤译自 А. К. Толстой. собрание сочинений, Том 1, М., 1963, с. 78.

第三,爱的怀疑与痛苦。与索菲亚的交往使阿·康·托尔斯泰的思想境界有了很快的提高,但他又很快滑落到常人的醋意中。阿·康·托尔斯泰见到索菲亚被一位穿警察服装的男舞伴从舞会上给带走,他给索菲亚的信中说出自己完全不认识对方了,很想飞到对方身边,想听一听爱人如何解释,但很快又再次写信表示自己对索菲亚的信任,信中充满爱的忏悔和坦诚。此时的阿·康·托尔斯泰饱受因怀疑带来的痛苦,这种痛苦使他感到不安,思想上出现断裂。不久,诗人随未来的沙皇亚历山大二世出游打猎。他心中一直思念着索菲亚,总觉得索菲亚与他交往遮遮掩掩,甚至有时是逃避他,他把这一切归罪于自己。所有这些思念与猜疑最后归于笔端,写下了《独自一人,肩背猎枪,身披月光……》:

独自一人,肩背猎枪,身披月光,
我骑着温驯的马儿行走在田野上。
扔开缰绳,我把她深深相思,
我的马儿啊,慢慢走吧,在这快乐的草地!
我的相思如此甜蜜,如此温和,
但一个不认识的路人紧随着我,
他衣着像我,也骑在一匹马上,
背上的猎枪在月光下闪闪发亮。
"你,同路人,你是谁?请告诉我,告诉我。
你的相貌我似乎感到熟悉不过。
请告诉我,在这样的时刻是什么在把你牵引?
你为什么笑得如此痛苦又如此凶狠?"
"朋友,我在笑你的幻想,
我在笑你正在自毁前程;
你真的爱她吗,你想想?
你自己的的确确对她一往情深?
我觉得可笑,可笑,你爱得如此火炽,
你并非爱她,而爱的是你自己。
冷静下来吧,你的激情已今非昔比!
她对于你已经不再神秘,
你们在尘世的奔忙中偶然相遇,
你与她也还会偶然分离。
我笑得痛苦,我笑得凶狠,
是因为你在如此沉重地叹息。"①

诗人肩背猎枪,独自一人在月光下,骑马走在田野上,慢慢走慢慢想着她。与他一起的爱嘲讽的"同路人"(另一个自我)好像猜到了他内心的秘密,嘲笑着他。他也似乎已经预测了这一爱情的平庸结果:偶然相遇又偶然分离,从而表达了诗人

---

① 曾思艺、王淑凤译自 А. К. Толстой. собрание сочинений, Том 1, М., 1963, с. 80—81.

对这一爱情的毫无自信。

第四,误解消除后爱的炽热表白。索菲亚写信告诉打猎中的阿·康·托尔斯泰,他对自己的情感只是一时的激情,激情逝去一切将归于平淡,他不会再对她有爱。阿·康·托尔斯泰感到索菲亚对他的态度暧昧,说话总是半吞半吐,这使他感到不安。他不知道到底是什么使她感到害怕,不理解她的所谓"忧虑、预感和烦扰"指的是什么。阿·康·托尔斯泰认为,爱情虽然会消逝,但会有高尚的友谊,人不能没有朋友,尤其当一个人已经成为另一个人的影子。其实索菲亚一直担心的是托尔斯泰这个人没有坚定的生活目标,没有理顺自己的生活秩序。他写信告诉索菲亚,自己当然有志向,那就是成为一名作家,只是因为没有人支持他,才让他不知所措,他知道自己懒惰,但现在不会了,他会做得更好,因为现在有索菲亚理解他,回应他。此时的阿·康·托尔斯泰感到与索菲亚的误解消除了。但没想到,更大的误解在等待着他。

阿·康·托尔斯泰的母亲对儿子与索菲亚的交往并没有放在心上,因为索菲亚是已婚妇女,所以认为他们的交往只是不严肃的短暂吸引。后来终于知道儿子对索菲亚的感情不是简单的男女之间的一时吸引,于是对儿子的意中人产生了兴趣。喜欢搬弄是非的女人告诉阿·康·托尔斯泰的母亲,说索菲亚是个粗俗的女人,有很多可怕的行为。她把这些话讲给阿·康·托尔斯泰,并一直询问儿子与索菲亚之间的感情如何,他是否爱她。阿·康·托尔斯泰明确表达了自己的态度,那就是爱,并且表明,如果索菲亚能与她的丈夫离婚,他愿意与她生活在一起。母亲很生气,就向儿子说起在剧院别人指给她看的索菲亚的轻浮行为,其实这个女人根本不是索菲亚。可以想象,笑容如何从托尔斯泰的脸上消失,他被震惊了,他想立刻见到索菲亚,想从她口中得知所有这一切都不是真的。

此时索菲亚正住在娘家。阿·康·托尔斯泰借拜访舅舅的理由顺道去了索菲亚的娘家。索菲亚对他的到来感到非常高兴,可托尔斯泰却与她开始了不愉快的交谈。当他开始责备她的秘密时,索菲亚哭了起来,并且向他倾诉,她爱他,并且因为爱他不想使他伤心,所以没有告诉他自己全部的过去,现在她要向他诉说,不管他信还是不信。

索菲亚向阿·康·托尔斯泰讲了自己的情感经历:她曾经被一位公爵诱惑,弟弟为了给姐姐报仇与这位公爵决斗而死,而公爵因为家族势力强大只判了两年监禁。从此索菲亚在家中的生活就变得难以忍受,家人都认为她是造成弟弟死亡的罪魁祸首。为了逃离人们的尖利的目光,她嫁给了热恋她的骑兵大尉米列尔,但他们的婚姻是不幸的,她憎恶自己的丈夫并很快离开了他……

1851年10月21日,阿·康·托尔斯泰写了一首诗《听了你的故事,我就爱上了你……》献给索菲亚,诗中充满了柔情蜜意,并对折磨他们的误解进行自己的示意与表白:

> 亲爱的,听了你的故事,我就爱上了你,我的欢乐!
> 我生活着你的生活,我眼泪汪汪着你的眼泪汪汪,
> 我在想象中和你一起痛苦着过去的时光,
> 和你一起感受一切,既有忧伤也有希望,

> 许多事情使我心痛，不少问题我要责怪你；
> 然而无论是你的错误还是苦难，我都不愿遗忘；
> 你的每一滴眼泪你的每一句话语我都珍藏心上！
> 在我眼里，你就像一个失去父亲无依无靠的孩子；
> 你过早懂得了人间的不幸、欺骗和诽谤，
> 灾难的重压下，你过早地失去了力量！
> 你是可怜的小树，深深低头，暗自神伤！
> 偎靠着我吧，小树，快把枝繁叶茂的榆树紧倚，
> 偎靠着我吧，我是如此满怀希望而坚实刚强！①

诗歌表达了诗人对索菲亚的理解、同情与安慰，更明确地表达了自己的深深爱意，并表明自己满怀希望而且坚实刚强，是枝繁叶茂的大榆树，完全可以让索菲亚这棵柔嫩的小树依靠。

阿·康·托尔斯泰另一种爱情主题是与浪漫主义哲学联系在一起的。爱情是浪漫主义文学最喜欢的主题，浪漫主义文学家们笔下的爱情往往带有宗教的神秘气氛。作为19世纪俄罗斯的文学家，阿·康·托尔斯泰深受德国浪漫主义文学思潮的影响，他描写的爱情就带有典型的神秘气息。他把爱情视为宗教的一种绝美境界的起源或开端，而且这种境界的开端是人的智力无法理解的，但人也许可以通过人间的爱情感受到它的存在，如《在黑暗中，在尘埃里》："在黑暗中，在尘埃里，/我拖着沉重的枷锁，/是爱情的双翼带我展翅/飞到那激情与语言的祖国。/我那黯淡的眼神开始发亮，/那看不见的世界我开始看清，/此刻，我的耳朵也能听见，/别人觉察不到的声音。"于是诗人就在这种神秘的爱情的力量下站到高高的山巅，以一双崭新的眼睛开始俯瞰波涛汹涌的谷底。诗人听到到处是谈话声，滔滔不绝，无休无止，那山的岩心与爱情一起在黑暗的深层激荡起伏；看到缓缓飘动的乌云和爱情一起在蔚蓝的天穹团团旋舞；感觉到在树皮下、在树叶中，在清新的、芬芳的春天，充满活力的汁液与爱情一起荡漾着和谐悦耳的流泉。爱情的神秘使诗人生出一种预感力，这种预感力让诗人明白：由圣言诞生的一切事物的四周都涌泻着爱的光芒，热烈地渴望着重返于它；而每一股生命之流，遵从爱的法则，渴求凭借现实中的力量急急投进上帝的怀抱。爱情带来的这种神秘感觉让诗人觉得："到处是声音，到处是光明，/整个世界源自一个开端，/大自然中所有的事物，/都与爱情息息相关。"②可以说诗人在爱情中寻找一种感觉，这种感觉可以帮助他进入一种神秘的存在规律体系和所有现象背后隐秘的开端与本源。这与宗教的非理性的神秘是密不可分的。俄罗斯文学因为托尔斯泰的这首充满宗教神秘的爱情诗，其思想在某种程度上显得更加深刻。

阿·康·托尔斯泰还有一些以爱情为主题的诗，这些诗有的写以自己的勇武和功业终于赢得爱情（《加拉尔德与雅罗斯拉夫娜之歌》），有的表达恋人的幽会

---

① 曾思艺、王淑凤译自 А. К. Толстой. собрание сочинений, Том 1, М., 1963, с. 82. 或见《阿·康·托尔斯泰诗选》，曾思艺、王淑凤译，载《中国诗歌》2012年第7卷（总第31卷）。

② 曾思艺、王淑凤译自 А. К. Толстой. собрание сочинений, Том 1, М., 1963, с. 86—87.

(《那是在早春时节……》《樱桃园近旁有一泓清泉……》),有的写单恋少女的期盼(《但愿我不晓得……》),有的写得不到爱情的青年的怨恨(《蛇,弯弯曲曲地在山岩上爬行……》)……所有这些爱情诗,忽喜忽悲,缠绵悱恻,幽怨哀婉,感人肺腑。

(三)哲理诗。托尔斯泰还有很多哲理诗,大部分蕴含纯洁的宗教情感。俄罗斯文学一直贯穿着宗教精神,舍弃了宗教特征,就无从准确完整地理解俄罗斯文学。作为俄罗斯 19 世纪一位著名的诗人、作家,阿·康·托尔斯泰的作品中渗透出很多东正教气息与东正教特点。比如他在诗歌中大量运用宗教的典故与意象,如"上帝""圣母""救主""圣徒""十字架""天堂"等等。另外,诗人还写了一些宗教题材的诗,如《拉斐尔的圣母像》:

> 俯身向少年基督,
> 玛利亚护佑着他;
> 神圣的爱遮盖住
> 她那尘世的美丽风华。
> 而他豁然醒悟,猛然觉察
> 业已投入世俗的战斗,
> 他纵目远眺——各各他
> 悄然映现于明亮的眼眸。①

但诗人的作品中更多地还是体现了俄罗斯东正教的一些文化特点,其哲理诗中具有颇为浓厚的宗教文化因素。

第一,神秘主义色彩中表现出对造物主虔诚的信仰。东正教作为国教,对俄罗斯的文化气质和民族精神有着巨大的影响。一位俄国当代神学家曾说:"俄罗斯民族文化是在教会里诞生的。"②从罗斯受洗到 19 世纪,近千年的时间里,俄罗斯东正教形成了自己的特点,其中之一就是具有神秘主义色彩。因东正教较多地保留了早期基督教的传统,不像天主教那样受到理性主义过多的冲刷,因而具有较多的神秘主义因素。东正教神学家布尔加科夫指出:"神秘主义是东正教的空气,是密度不同的但恒久在它周围运动着的空气。"③比起天主教和新教,东正教的神秘主义更加浓重。它的教会生活和它的神学家们都更加推崇冥想、灵修和神秘感受,而较少喜好理论思辨。

东正教的全部宗教生活都充满神赐异象,这是其本质的内容。信徒以虔诚之爱进行圣礼,呼唤主之名。进行祈祷,会使其产生内在的神秘体验,与神灵世界接触,共同参与基督、圣母和圣者的生活,从而成为不可见世界的参与者,甚至在圣光的异象中与基督照面。通过这种异象,照亮信徒的灵魂,为之指点生活之路,以便成为与基督一致的人。布尔加科夫甚至说:"东正教生活同异象密切相连,没有这种异象就没有东正教生活。"④从神学上说,东正教的这种浓重的神秘主义的根据

---

① 曾思艺译自 А. К. Толстой. собрание сочинений, Том 1, М., 1963, с. 169.
② 转引自任光宣:《俄国文学与宗教》,世界图书出版社公司,1995 年,第 6 页。
③ [俄]布尔加科夫:《东正教》,董友译,香港三联书店,1995 年,第 202 页。
④ 同上书,第 205 页。

就是上帝的内在性与超在性。东正教始终不渝地坚持基督教启示中的这一悖论：上帝是万物的创造者，因而他超然物外，但他又存在于造物之中，是造物中最核心的内容。同理，上帝是人的创造者，所以他超越于人，但他又是人的存在之核心。由于他超然物外，具有超在性，上帝是不可感的。但从其内在性来说，他又是可以由人的灵魂领悟、晤见的。上帝的这种超在性与内在性的统一，要求信徒以虔诚之爱沉入冥思灵修之中与神沟通，产生内在的神秘体验，与神灵世界接触，成为不可见世界的参与者。

另外，浪漫主义诗学也深受宗教神秘主义的影响，浪漫主义文学思潮中，文学家们经常使用基督教题材进行创作，宗教中的神秘气氛和象征意象则是浪漫主义文学在内容与形式上最喜欢采用的，浪漫主义文学中的非理性主义与宗教的非理性因素是契合的。可以说，基督教思想中的非理性主义思潮直接导致了浪漫主义文学中的神秘主义。浪漫主义诗学认为，"诗"是一位"神秘的造访者"，它来自"天国"，是"神圣的"和不可捉摸的，具有神秘主义倾向，只有那些带有宗教色彩的语言才能传达出诗歌创作过程中的某些特点。另外因为诗意的萌发，"灵感"的降临，确实是人们无法预料到的，确实具有某种神秘性，而把这种神秘性归于"天国"是顺理成章的。

阿·康·托尔斯泰既是东正教徒，又是浪漫主义诗学的追随者，他的很多哲理诗带有神秘主义色彩，其《诗人》宣称：

> 在无聊的世俗生活里，
> 你无法认出诗人！
> 冷漠的面具
> 遮盖了他神性的灵韵。
>
> 高傲的天才在他身上潜隐，
> 滚滚红尘遮蔽了他的心灵，
> 心灵的琴弦在休憩养神，
> 灵感的风暴睡意正浓。
>
> 生命的急流进入平静，
> 就像大河在平原流缓潭深，
> 人群中他是善良的军人
> 或者是温顺的公民。
>
> 可他有时常常独自一个
> 被离奇古怪的幻想折磨；
> 在这出乎意料的伟大时刻，
> 先知倏然觉醒了。
>
> 他的前额神光氤氲，

> 他的全身血液沸腾,
> 心灵灵敏地猝然一振,
> 以往的样子荡然无存。
>
> 上帝派遣的振奋人心的天使,
> 飞下尘寰,和他交谈,
> 他豪勇地奋飞疾驰,
> 超越了物质的界限……
>
> 哦,在旋风中疾飞飘移,
> 他忘记了此在的世界,
> 在云雾中隆隆的雷声里,
> 他酝酿好自己的赞美歌诀。
>
> 他敏锐的目光看见了
> 遥远的世界,无形的世界,
> 被司智天使的翅膀拨动的
> 强有力的心弦琴声和谐!①

这首诗描写出了诗人在灵感来临之时的内心感受,而且这种灵感来自天国,是"上帝派遣的振奋人心的天使"与诗人进行交谈,让诗人"忘记了此在的世界",让诗人可以看到"那遥远的世界、无形的世界",给人一种神秘的感受。又如《艺术家,你以为你是自己作品的创造者,这是枉然!》:

> 艺术家,你以为你是自己作品的创造者,这是枉然!
> 肉眼看不见的它们,早已永存于大地之上。
> 不,并非菲迪亚斯②雕塑了奥林匹斯的光荣的宙斯!
> 菲迪亚斯哪能想出这狮鬣般浓厚蓬松的头发,这面庞,
> 这浓黑而带雷电的眉毛下温柔而又威严的目光?
> 不,并非歌德创造了伟大的浮士德,
> 他穿着古日耳曼服装,却拥有普世的深刻的真理,
> 带着那亘古长存从头到尾一毫不差完全适合自己的形象。
> 或是贝多芬,当他完成了葬礼进行曲,
> 这一系列使心灵痛苦的和弦获得了自己的保证,
> 无法安慰的心灵的哀歌驾驭着毁坏的伟大思想,
> 在宇宙绝望的深渊光明的世界轰然瓦解分崩?
> 不,无垠的空间里总是有这些声音在痛哭,

---

① 曾思艺、王淑凤译自 A. K. Толстой. собрание сочинений, Том 1, M., 1963, c. 56—57.
② 菲狄亚斯(约前480年—前430年),雅典人,古希腊雕刻家、画家和建筑师,被公认为最伟大的古典雕刻家,其著名作品为世界七大奇迹之一的宙斯巨像和巴特农神殿的雅典娜巨像(均已毁)。

对人世耳聋的他却窃听到非人间的哭声，
空间里有许多看不见的形状、听不见的声音，
空间里有许多语言与光明的神奇结合呼应，
但只有那善于谛视和善于聆听的人才能转达它们，
他捕捉住的只是外貌的轮廓，只是词语，只是和声，
完整的创作硬把他拽进我们这奇异的世界中。
哦，让黑暗包围自己吧，诗人，让寂静包围自己吧，
就像荷马那样孤独而盲目，像贝多芬那样耳聋，
心灵的听觉和心灵的视觉注意力应更高度集中，
一如在秘密文字的火焰上没有颜色的诗行，
突然显现出来，一幅幅图画突然展现在你眼前，
从黑暗中走出的色彩越来越鲜艳，形式越来越分明，
和谐的词句组合以明晰的意义编织而成……
此刻，你注意谛听，仔细审视，敛息屏声，
然后创作吧，抓住这稍纵即逝的幻影！[①]

此诗讲的就是一个主旨，即创作来自灵感，灵感来自天国。真正的艺术家可以听到"听不见的声音"，看到"看不见的形状"，然后在"稍纵即逝的奇妙幻影"下进行创作。这时的灵感就像一种痴迷、狂喜或半梦半醒，只有在这种境遇下诗人才能把包围他的与一切尘世的联系全部抛下。再如《致阿克萨科夫》：

是的。心灵向往着无极无穷，
它感觉到一个看不见的宇宙，
也许，我不止一次在雷鸣中，
将我的神圣诗篇一篇篇谱就。
……
然而那纯洁和高贵的一切，
严整地显现在大地上的一切，
对于人类，难道就是
永恒宇宙的忧虑里，
崇高意向的最终边界
和最后的终极目的？
不，在植物的每一声沙沙低语中，
在叶片的每一次轻微震颤里，
听得到另外一种意义，
看得到另外一种美丽！
……
有什么在远处呼喊，召唤，

[①] 曾思艺、王淑凤译自 А. К. Толстой. собрание сочинений, Том 1, М., 1963, с. 128—129.

总是使它入迷而着魔——
　　用我们日常惯用的语言，
　　我无法将它讲说。①

　　能直接"听见"大自然发出的伟大启示、大自然的奥秘的就是心灵。"心灵的直觉"语言是难以表述的，一切的奥秘尽在不言之中。这其实就是一种神秘体验，人与神灵世界接触了，就可以成为不可见世界的参与者。另外通过心灵与神的沟通，可以表现出一种人与上天的亲密关系，它能使人形成一种本质上的神秘、着魔般的思维品质，可以让人的灵魂被神性真理绝对包围。

　　阿·康·托尔斯泰的很多抒情哲理诗都带有这种神秘色彩，可以说，他把大自然、把环绕自己的世界看成是一个神秘的宇宙，只有通过心灵的直觉才可以认识这个宇宙。诗人认为，对于世界的完整认识，只靠科学是办不到的，科学研究的都是独立的、分散的自然现象，而不是宇宙的全部，只有心灵才可以认识全部宇宙。作为浪漫主义诗人，阿·康·托尔斯泰认为艺术家的主要任务就是让灵感在创作的作品中经常表现出来，而他的作品就是他的观点的一个很好的证明。灵感本身就具有神秘色彩，用灵感进行创作，他的诗具有神秘主义的色彩就不足为奇了。

　　第二，怜爱中体现东正教人道主义思想。俄罗斯是一个宗教与人道主义极为深厚的民族，它的人道主义长期与宗教即东正教结合为一体，从传承来说，它是一种基督教的福音人道主义。这种人道主义在俄罗斯具有巨大的影响，它不同于西方的启蒙—理性人道主义（也叫世俗人道主义），虽然二者都倡导人的平等与博爱，但理性人道主义建立在人的理性的基础上，弘扬的是理性；而福音人道主义则建立在对上帝的信仰的基础上，弘扬的是信仰。基督教的福音人道主义将人与神联结在一起，信仰至善的上帝；以"爱上帝、爱邻人"为基本教义，这是一种博爱，不要求任何回报的爱。这种爱打破民族、地域和等级的限制，平等地对待世上所有的人，甚至包括恶人。可以说这种建立在"爱"的基础上的人道主义具有巨大的吸引力。

　　阿·康·托尔斯泰作为信徒，他的很多哲理诗不可避免地体现出东正教的这种仁爱精神，体现出对至仁至爱的崇尚和向往。如《对别人的痛苦你满怀忧伤》：

　　对别人的痛苦你满怀忧伤，
　　谁的不幸你都不会置之一旁；
　　可你对自己总是一个劲地铁石心肠，
　　总是残忍无情，永恒地冷若冰霜！

　　但假如你以爱恋的心灵
　　哪怕一次从另一角度看看自己的忧郁——
　　你将感到自己是多么可怜兮兮，
　　并将愁闷地为自己大放悲声！②

----

① 王淑凤、曾思艺译自 A. K. Толстой. собрание сочинений, Том 1, M., 1963, c. 190—191.
② 曾思艺译自上书，第 186 页。

这首诗让我们看出主人公是一个富有基督仁爱精神的博爱信徒,他爱所有的人,唯独忘记了自己。

不仅是爱人,诗人对大自然、对人间的世俗生活也表现出极大的关爱。如《致阿克萨科夫》一诗就抒发了对自然以及人间世俗生活场景的无比热爱和深情依恋。另外,从基督教的仁爱精神出发,诗人的爱超越了个别之爱,而胸怀着荫覆大地、包容宇宙的博大之爱、普遍之爱,如《你嫉妒的眼里闪着泪影》:

> 你嫉妒的眼里闪烁着泪影,
> 哦,不要悲伤,你仍旧是我亲爱的人,
> 可我只能无拘无束地爱,
> 我的爱情,像辽阔无垠的大海,
> 生活之岸怎能把它包容!
>
> 当语言的创造力
> 把星群从黑夜中唤起,
> 它们的爱情,像普照一切的阳光,
> 可只有少量的光芒,
> 稀疏地降临我们的大地。
>
> 于是我们分别贪婪地寻找这光芒,
> 我们捕捉住永恒之美的反光;
> 森林向我们悄声传递它的喜讯,
> 清凉的溪水发出淙淙的歌吟,
> 朵朵鲜花婆娑起舞,把它颂扬。
>
> 我们以零散的爱情去爱惜:
> 那溪边杨树的悄声细语,
> 那姑娘向我们投送的盈盈秋波,
> 那闪烁的星光,整个宇宙的美丽,
> 我们无法把它们同时包罗。
>
> 但你不要悲伤,尘世的痛苦就会过去,
> 请稍等,不自由不过转瞬即逝——
> 我们交融于同一种爱情,
> 这爱情像大海辽阔无垠,
> 尘世的海岸也无法围及!①

---

① 曾思艺译自 А. К. Толстой. собрание сочинений, Том 1, М., 1963, с. 165—166。或见《阿·康·托尔斯泰诗选》,曾思艺、王淑凤译,载《中国诗歌》2012 年第 7 卷(总第 31 卷)。

明确宣称自己的爱像辽阔无垠的大海,生活之岸无法包容,并且呼吁对方和自己一起交融于这同一种辽阔无垠的爱情。作为虔诚的教徒,诗人具有东正教的人道主义情怀,一生对人、对世界万物充满热爱,这不能不说获益于东正教。

第三,对上帝的真理的热忱追求。对于基督徒来说,上帝就代表正义与真理、信念与力量。《圣经》告诉世人,作为上帝的独生子,耶稣一直向世人传授真理、新生命和天国的道,心甘情愿为救赎所有世人所犯的罪钉死在十字架上,教一切信其道的人从罪中解脱从而获得新生和自由,教一切奉他的名祷告的人走义人的路,以此彰显神的大能和对世人无偏无私的爱。神就是真理。太初有道,道与神同在,道就是神。所以基督徒认为,一个人无论处于多么困苦危难的境地,只要心中怀有上帝的信念,那么人就可以战胜一切困难,走向光明与幸福。阿·康·托尔斯泰的很多哲理诗都带有这种信念与激情。如《我熟悉你们,神圣的信念》:

> 我熟悉你们,神圣的信念,
> 你们是我已逝日子里的旅伴,
> 当我停止对疾驶幻影的追赶,
> 思想更正确,感觉更真实,
> 年轻的心灵清楚地看见
> 爱过的一切和恨过的一切!
>
> 在谎言的世界中,在异己的世界里,
> 我的血液不会永远变冷;
> 时候到了,你们又重现生机,
> 我那往日的愤怒和昔时的爱情!
> 浓雾消散了,感谢上帝,
> 我重又在老路上奔驰!
>
> 真理像以往一样熠熠闪光,
> 重重疑惑不再遮掩它的光芒;
> 行星滑行出一个椭圆,
> 重又回归向太阳,
> 冬天过去了,大自然又绿意盎然,
> 草地繁花似锦,春天的芳香浮荡![1]

诗中明确指出,是神圣的信念支撑着诗人重又走向光明。如此信念在诗人的很多诗行中出现,如:"上帝把爱与怒放进我的心头,/准备让我奔赴征途;/并且以神圣的手/为我指明正确的道路;/他用有力的话语鼓舞我,/使我心里力量倍增……"[2](《上帝把爱与怒放进我的心头》)强调是上帝指引诗人走正确的道路。

---

[1] 曾思艺译自 A. K. Толстой. собрание сочинений, Том 1, M., 1963, c. 167.
[2] 曾思艺、王淑凤译自上书,第 133 页。

当诗人的生活陷入萎靡状态时,诗人心中呼唤的还是上帝给他以警醒的声音,让他重新振作起来,找寻生活的方向。如《低垂脑袋,我在打盹》:

> 低垂脑袋,我在打盹,
> 我早已忘记了从前的力量;
> 上帝啊,请将生气勃勃的暴风雨,
> 吹进我沉睡的心房!
>
> 请用呼唤的雷声作为谴责的声音,
> 从我头顶疾驰飞滚,
> 烧掉我那平静的痛苦,
> 拭去那无所事事的灰尘。
>
> 那样我会被你唤醒,一跃而起,
> 并且,听从你惩戒的命令,
> 一如石头受到铁锤的打击,
> 迸溅出隐藏的火星!①

别尔嘉耶夫认为,俄罗斯人的理念从来不是一种文明的理念、一种作为历史中公物的理念,它是关于最终的和普遍的拯救、关于世界与生存的形变的理念。生命的价值不是在末尾之中,而是在终极之中、在启示的末世之中。俄罗斯人或者与上帝同在,或者反对上帝,但是永远不能没有上帝。② 作为19世纪俄罗斯的文学家,阿·康·托尔斯泰的创作肯定不能脱离俄罗斯的这种宗教文化背景,我们在他的诗歌中感受到宗教的浓重气息就不足为奇了。

除了宗教情感,阿·康·托尔斯泰的哲理诗也表达了自己对待生活的乐观与坚强态度。面对生活中的不幸与非正义,他不甘示弱:"不,弟兄们,我不知道什么是美梦和安宁!/我必须同生活、同这个老妖婆进行斗争。/老妖婆紧紧地抓住我的两肋,/眼看着将年轻人的力量撕得粉碎。/即便偶尔沉默,可很快就又突然破口大骂不停,/搬弄是非者,用各种各样的废话使我身心交病,/哎呀,这些无谓的争吵和琐屑小事使我很不高兴,/老妖婆,等着瞧,世界上不只你一个人:/我需要力量和意志去进行别的斗争——/然后,好吧,再与你扭打、拼命!"③(《不!弟兄们,我不知道什么是美梦和安宁……》)。面对忧伤与痛苦,诗人能泰然面对:"我坐着观看这一切,兄弟们,就在这个地方,/波浪翻滚,一个波浪紧追着另一个波浪,/……/就像那个日子,忧伤后面又蜂拥来一堆忧伤。/我坐着沉思:我何必忧郁?/如果明天一个忧虑驱散另一个忧虑?/须知所有新而又新的忧伤都有一个地方,/如果能以毒攻毒,那又何必悲伤?"④(《我坐着观看这一切……》)。阿·康·托尔斯泰这种

---

① 曾思艺、王淑凤译自 А. К. Толстой. собрание сочинений, Том 1, М., 1963, с. 173.
② [俄]叶夫多基莫夫:《俄罗斯思想中的基督》,杨德友译,学林出版社,1999年,第131页。
③ 王淑凤译自 А. К. Толстой. собрание сочинений, Том 1, М., 1963, с. 183.
④ 曾思艺译自上书,第184页。

对待生活的乐观还体现在对生活、对大自然的热爱上,他的很多自然抒情诗中对大自然的热爱,也传达了他对待生活的乐观,而且是一种儿童般的天真的乐观。诗人不仅善于感受大自然的美妙,也善于领悟其中蕴含的深奥哲理,前面我们在自然抒情诗中已谈到这点。想要了解阿·康·托尔斯泰的生活哲学,这首《既然恋爱……》恐怕是最好的表达:

既然恋爱,那就爱个天昏地暗,
既然威吓,那就正气凛然,
既然斥骂,那就怒气冲天,
既然砍伐,那就放手大干!

既然争吵,那就迎头痛击,
既然惩罚,那就合情合理,
既然原谅,那就全心全意,
既然飨宴,那就丰盛无比!①

一个坦诚、直率、公正、善良、天真、乐观的托尔斯泰站在我们面前。

(四)社会诗。阿·康·托尔斯泰一直反对把艺术当作工具,希求文学艺术从专制桎梏下解放出来,获得创作的自由,要求把文学只当作文学去进行创作,即由作家自由创作。他的这种创作主张,在当时的时代背景下,是属于逆"时代潮流"的。但是,阿·康·托尔斯泰的创作中有很多作品证明他并非不关心社会,并非不干预生活,并非在艺术的象牙塔中顾影自怜。

阿·康·托尔斯泰诗歌的一个重要主题,就是:反对专制,渴望自由,有着对社会不公的抗议,对弱者与受欺凌、受侮辱者甚至罪人的同情与怜悯,与现实不调和,志在未来,毕生不满压抑人、异化人的黑暗现实而向往更好的、更加公道的生活。阿·康·托尔斯泰的风景诗,不是费特式的纯风景描写,或者只是抒发个人的感情,还往往表现出对社会问题的关心,以及对受欺凌者的同情。如在1844—1845年写的《哦,干草垛,干草垛》一诗中,他笔下的干草也像人一样受欺凌,也会为自己的命运悲叹。长诗《大马士革的约安》是一篇宗教题材的作品,但却明显地表现出反专制、渴望自由的思想。约安不为外来征服者的高官厚禄所动,一心追求自己作为歌手的向往,他想自由地歌唱,并愿意为之献出一切。但是,他摆脱旧的羁绊,却又被套上新的沉重枷锁。修道院里他的"导师"就是专制的象征,他用严酷的规章剥夺约安的自由,摧毁他的意志。诗人通过圣母对"导师"的谴责,谴责了一切践踏自由、残害生灵的专制统治:"难道上帝将生命的幸福与安宁/赐了自己的创造物,/是为了他们用枉然无意的折磨/将自己惩罚、诛戮?"在诗人看来,人的天性、人的才能,是上帝所赐。"上帝将富饶赐予大自然,/让奔腾的河水永远流淌,/将飘动赐予白云,鲜花赐予大地,/使小鸟生长自由的翅膀"②,就是要使万物各尽所能,自由发

---

① 曾思艺、王淑凤译自 А. К. Толстой. собрание сочинений,Том 1,М.,1963,с. 88.
② 王淑凤译自上书,第532页。

展,形成一个和谐、美好的大千世界。而专制却违天悖理,涂炭生命,破坏了上帝的创造,从而表达了诗人对上帝真理的渴望与追求。其出色的讽刺诗《波波夫的梦》更是尖刻地勾画了趋炎附势、削尖脑袋往上爬的势利心态,部长大人装腔作势的伪自由主义和恶毒心理,第三厅官员流着鳄鱼眼泪的假慈悲等一系列官场的丑恶嘴脸。

阿·康·托尔斯泰像很多唯美艺术家一样为得不到和谐的生活而苦恼。19世纪中期的俄国到处因循守旧,到处弥漫着庸俗气息,为了表达对现实的不满,他往往在自己的历史题材作品中借古喻今,他把古代基辅和诺夫哥罗德理想化,从而对当时俄国的种种弊端进行辛辣讽刺与嘲笑。他嘲笑装扮成自由主义者的官僚们的愚蠢,嘲笑独断专横的第三厅,嘲笑专制君主,嘲笑盘剥农民的管家。他在壮士歌和很多叙事诗中歌颂古代英雄,把古代勇士诗意化。如《瓦西里·希巴诺夫》就是以民间英雄歌谣的形式写的叙事诗,诗中托尔斯泰刻画了一个没有人身自由的奴隶的爱憎分明、坚强不屈的性格,同时也抨击了惨无人道、众叛亲离的暴君伊凡雷帝。

阿·康·托尔斯泰有高超的艺术技巧。他的抒情诗朴实又优美,具有独特的风格。与费特、迈科夫、波隆斯基、丘特切夫不同的是,他是独具特色的一个唯美主义者,他熟谙俄罗斯民歌,并把民歌的艺术手法引入诗歌创作中,使其诗歌独具民歌特色,也使他本人成为一个民歌风格的唯美主义者。因此,其诗歌尤其是抒情诗的突出艺术特点就是民歌特色。这不仅表现在他以民间英雄歌谣的形式创作了不少故事诗,更表现为以大量的民间格律、民间手法创作了许多抒情诗。

首先,像民歌那样不拘泥于诗歌格律与辞藻。阿·康·托尔斯泰学会了民间流行歌谣的自由风格,冲破人们习以为常的诗歌格律的限制,用韵不工,以自由的格式写诗。这种不拘泥格律的用韵不工,在当时遭到很多人的指责。面对这些指责,他为自己进行了辩护。1859年他在写给友人马尔凯维奇的信中说道:"在已知的界限内用韵不工,这一点对我来说没什么,我认为这样做可以与威尼斯画派的大胆涂抹相比,他们以自己的不准确,或者,准确地说,以随意性……获得了拉斐尔在其绘画中所使用的一切纯净精确所不能企及的艺术效果。"①他不愿意为韵脚而束缚情感,破坏诗意的内在美。除了韵律,阿·康·托尔斯泰在诗歌中,特别是抒情诗中的用词也特别朴实,能用朴实平凡的语言写出优美的抒情诗。他不喜欢雕琢辞藻,常常以普通的词汇、修辞乃至现成的套语入诗。他的那些优秀作品完全表达出自己内心的思想与感情,这些诗虽没有华丽、雕琢的外表,用词是那么朴实平凡,但是却与诗人内在情感的真挚,甚至是儿童般的天真浑然一体,相得益彰。托尔斯泰自己也说过,"庄严"不是他诗歌的整体风格。其诗歌外在的随意、朴实与内心的奔放相辅相成,创造出完美统一的艺术境界,给人以独特的魅力。如其《风铃草》,新颖活泼,完全是民歌自由奔放不拘一格的风格特点:

我的风铃草,
草原的鲜花!

---

① А. К. Толстой. собрание сочинений, Том 1, М., 1963, с. 24.

黑蓝的眼睛，
为何望着我？
在欢乐的五月
你丁零着什么？
在没有收割过的青草中
你为何频频点头？

马儿驮着我箭驰
在自由的原野上；
它的蹄声嗒嗒
把你踩在脚下。
我的风铃草，
草原的鲜花！
黑蓝的眼睛，
请你不要责怪……

没有睬着你，我多高兴，
　　从你身旁驰过我多快活。
然而缰绳无法止住
　　桀骜不驯的飞奔！
我像箭一样飞驰，飞驰，
　　只是腾起一片片烟尘；
剽悍的马儿驮着我飞奔，——
　　可去向何处？我不知道！

它没有被老练的骑手
　　在关爱中驯化，
它与暴风雪为伴，
　　在纯净的田野中长大；
你的有花纹的鞍褥
　　没有像火那样闪闪发光，
我的马儿，斯拉夫人的马儿，
　　野性的，倔强的马儿！……①

　　整首诗读起来朗朗上口，语言朴素，押韵相当随意，极具民歌特色。而《茨冈歌谣》等诗则直接借用了民间歌谣的形式：

　　　　从遥远的印度飞临罗斯，

---

① 曾思艺、王淑凤译自 А. К. Толстой. собрание сочинений, Том 1, М., 1963, с. 58—60.

茨冈人的歌谣
带着草原的忧郁，
这是他们惯有的曲调。

自由的歌声，如小溪
淙淙流淌，
倾诉着与亲爱的土地
分离的忧伤。

我不知道，歌中的欢乐激情
来自何方，
但俄罗斯的豪勇
却在歌声中跳荡！

歌声里有自然的音响，
歌声里有愤怒的语言，
歌声里有美好的童年，
歌声里有欢乐的叫喊。

歌声中我听出
炽热愿望的旋风，
歌声中也有
幸福之境的宁静。

孟加拉的玫瑰
南方光明的世界，
草原的车队，
飞翔的仙鹤行列，

还有电闪雷打，
淙淙流淌的小溪，
还有你啊，玛鲁霞，
你的轻言细语。①

　　阿·康·托尔斯泰继承了德米特里耶夫（Иван Иванович Дмитриев，1760—1837）、杰尔维格（Антон Антонович Дельвиг，1798—1831）等人写仿民歌体诗的传统。他深深懂得民歌既守一定的格律又颇为自由的精髓，为了表现民歌的特色，他

---

　　① 曾思艺、王淑凤译自 *А. К. Толстой*. собрание сочинений в четырех томах，Том 1，М.，1969，с. 59—60.

有时故意用韵不工,不严守格律,写成自由的格式,非常像民间流行的歌谣,但却自有内在的音乐美,激荡着迷人的情感律动。因此,他的很多富有民歌风格的抒情诗(70余首)被作曲家谱成歌曲,一些叙事诗和长诗也被摘取片段而入乐,有的作品甚至被多次谱曲,如柴可夫斯基、里姆斯基-柯萨科夫、穆索尔斯基、拉赫玛尼诺夫等都为阿·康·托尔斯泰的诗谱曲,在俄罗斯广为流传。柴可夫斯基曾说:"阿·康·托尔斯泰是谱曲歌词的永不枯竭的源泉;他是我最亲爱的诗人之一。"①

其次,更为重要的是,阿·康·托尔斯泰在抒情诗中大量运用了民歌的艺术手法。如《我的小扁桃树……》采用了民歌常用的象征手法:

我的小扁桃树,
绽放了满树的鲜花,
内心忧伤的思绪,
不由自主地萌发:

满树的鲜花将会凋落,
不请自来的果实将挂满枝头,
树身不堪痛苦的重荷,
青枝绿叶向地面深深佝偻。②

小扁桃树具有多重象征意蕴:既可象征人的思想的丰收,也可象征人的忧伤深重。《像农夫,惊恐于可怕战争的袭击……》运用了民歌中较长的比喻,突出歌手预言的隐匿性:

像农夫,惊恐于
可怕战争的袭击,
带着宝物走入密林里,
躲避侵犯和攻击。

暗蒙蒙的寂静中,
把宝物深埋进地里,
并在鳞状的松树上,
刻出带有咒语的标记。

在致命迫害的日子里,
歌手啊,你就是这样,
你以含混的话语,
隐匿了自己的预言。③

---

① А. К. Толстой. собрание сочинений, Том 1, М., 1963, с. 26.
② 曾思艺、王淑凤译自 А. К. Толстой. собрание сочинений в четырех томах, Том 1, М., 1969, с. 135.
③ 曾思艺、王淑凤译自上书,第 137 页。

《忧伤不是像上帝的雷霆骤然猛击……》运用了民歌的否定性比喻与肯定性比喻乃至暗喻,细腻生动地表现了忧伤对青年心灵的侵蚀:

> 忧伤不像上帝的雷霆骤然猛击,
> 不像沉重的山岩纷纷飞崩,
> 它像细小的浮云慢慢聚集,
> 漫漫乌云遮住了朗朗晴空,
> 忧伤像细雨霏霏飘洒,
> 就是那秋天的蒙蒙细雨。
> 而它很久很久以前就开始飘洒,
> 淅淅沥沥地不住飘萦,
> 淅淅沥沥不知疲倦地飘萦,
> 无休无歇绵绵无尽地飘萦,
> 浸透了善良青年的心灵,
> 让他全身冷凌凌地战栗,
> 疟疾发作,冷热交侵,
> 哈欠连天,睡意昏昏。
> 该满足了吧,忧伤,
> 橡树已揪掉树叶折断细枝!
> 幸福毕竟只属于别人!
> 忧伤像暴风狂卷猛袭,
> 把橡树连根拔起,吹倒在地!①

《比云雀的歌声更响亮动听》运用了民歌中活泼的连续比喻,突出新生活的大潮带来的灵感和美带来的朝气蓬勃、青春似火:

> 比云雀的歌声更响亮动听,
> 比春天的花儿更色彩艳丽,
> 灵感挤满心胸,
> 天空中美在盈溢。
>
> 砸碎庸俗的枷锁,
> 挣断苦闷的链条,
> 新生活的大潮
> 高歌猛进,势不可遏。
>
> 新生力量的雄壮鼓点,
> 朝气蓬勃,青春似火,
> 仿若一张巨大的琴弦

---

① 曾思艺译自 А.К. Толстой. собрание сочинений в четырех томах, Том 1, М., 1969, с. 128.

在天地之间强劲弹拨。①

《白桦被锋利的斧头砍伤……》则综合采用了民歌的象征和反衬手法：

> 白桦被锋利的斧头砍伤，
> 泪珠顺着银白的树皮流淌；
> 可怜的白桦呀，你不要哭泣，不要抱怨！
> 伤口并不致命，到夏天就会复原，
> 你会穿一身翠绿，仍旧美丽多姿……
> 只有伤痛的心里的创伤无法痊愈！②

白桦受伤，眼泪直淌，但伤口很快就会痊愈，而人心一旦受了伤害，却无法医治，诗中拟人化的白桦不仅成为生命力强盛的永恒大自然的象征，而且还成为人心的反衬，从而深刻地表达了人与人之间应互相敬爱而不要相互伤害的哲理，使全诗含蓄耐读。

前述之《田野上的残雪正在消融……》则运用了对比、反衬手法，有论者分析道："作者对初春的描写可谓细致入微，从大地蒸腾的水汽、初绽的蓝色睡莲到此起彼伏的鹤鸣，从初染绿意的森林、清晨的天空到夜晚的明星，春天如此美妙！但是作者并没有止笔于此，而是笔锋一转，利用对比反衬的手法，从旁观者的角度引出了自己的心绪与情感：'你的心情为何如此忧郁？你的思绪为何如此沉重？'是自问更是质问，最后一段给出了答案：只因远离家乡，因此生活才如此令人感伤，'你毫不顾惜这尘世的春天，只是想飞回自己的故乡……'一切皆因远离故土，一切皆因远离温暖的家乡，再美的春天也抚慰不了思乡的愁肠。这是一首能够唤起内心深处最丰富情感，引起所有天涯游子泪洒衣襟、梦回故土的情感诗篇！"③

而诗人运用得最多的是民歌中最常用的对比手法（当然，也往往结合其他民歌手法），如《并非高空飘来的清风》：

> 并非高空飘来的清风，
> 在月夜吹得树叶沙沙作响；
> 而是你搅动了我的心灵——
> 它，像树叶那样沙沙着惊慌，
> 它，像古斯里琴琴声悠扬。
> 生活的旋风狂啸怒鸣，
> 致命一击，使它早殇，
> 琴弦全都迸裂断崩，
> 冷森森的雪把它埋藏。

---

① 曾思艺译自 А. К. Толстой. собрание сочинений в четырех томах, Том 1, М., 1969, с. 143. 或见《阿·康·托尔斯泰诗选》，曾思艺、王淑凤译，载《中国诗歌》2012年第7卷（总第31卷）。
② 曾思艺、王淑凤译自 А. К. Толстой. собрание сочинений, Том 1, М., 1963, с. 120. 或见《阿·康·托尔斯泰诗选》，曾思艺、王淑凤译，载《中国诗歌》2012年第7卷（总第31卷）。
③ 周立新：《流淌的心声 哲思的殿堂——俄罗斯19—20世纪初浪漫主义抒情诗情感诠释与评论》，北京交通大学出版社，2012年，第142页，引用的诗句作了修改。

> 但你的话语是那么悦耳动听，
> 你的抚摸如此轻柔，令人怀想，
> 仿若花丛中的绒毛轻轻飘动，
> 仿若五月里的和风微微摇漾……①

全诗结合否定性和肯定性的比喻、象征手法，并运用对比来赞美爱情的神奇力量：生活用旋风使心弦崩断，还用冷森森的雪把它埋藏，可你的话语和抚摸，却使我回到五月的温暖和风中……苏霍娃认为，全诗采用了民间诗歌否定性比较（"并非高空飘来的清风"）和一个富有特征的细节——（民间常用的）古斯里琴就很好地体现了民间特色，她接着对这首诗进行了颇为详细的分析。②

又如《上帝把爱与愤怒放进我心头》：

> 上帝把爱与愤怒放进我心头，
> 让我准备奔赴征途；
> 并且以神圣的手
> 为我指明正确的道路；
> 他用有力的话语鼓舞我，
> 使我心里力量倍增，
> 但上帝没有赋予我
> 百折不挠和严酷无情。
> 我在愤怒中消耗自己的才干，
> 爱也没能坚持到底，
> 打击徒劳地连着打击，
> 我已疲于抗击。
> 敌意的暴风雪迎面扑吼，
> 我没有铠甲投入战斗，
> 身受重伤，黯然死去。③

上帝给了我爱和愤怒，让我奔赴征程，但却没有给我百折不挠的坚定意志和冷酷无情的性格，因此无法抗击打击，只能身受重伤，黯然死去。对比手法入木三分地揭示了诗人失败、消沉的心理。再如《心儿，年复一年地燃烧着激情》：

> 心儿，年复一年地燃烧着激情，
> 却被抛入冰水一般的世俗生活中。
> 仿若烧红的铁，心儿在冰水中沸腾：
> 生活啊，你给我制造了太多的不幸！
> 我怒发冲冠，满怀痛苦与忧伤，

---

① 曾思艺、王淑凤译自 А. К. Толстой. собрание сочинений в четырех томах, Том 1, М., 1969, с.81. 或见《阿·康·托尔斯泰诗选》，曾思艺、王淑凤译，载《中国诗歌》2012 年第 7 卷（总第 31 卷）。
② Н. Сухова. Мастера русской лирика, М., 1982, с.91—95.
③ 曾思艺、王淑凤译自 А. К. Толстой. собрание сочинений, Том 1, М., 1963, с.133.

总之,我不会变成只会闪着冷光的钢!①

一方面是心儿年复一年地燃烧着激情,另一方面是世俗生活像冰水一般浸泡着火热的心,两相对比,揭示了世俗生活对诗人的窒息。不过,诗人尽管满怀痛苦与忧伤,但决不屈服,他自豪地宣称:不会被世俗的冰水变成闪着冷光的钢。此外,科罗文还指出:"阿·康·托尔斯泰的几乎所有的自然抒情诗中都有关于过去和现在的对比。"②限于篇幅,此处不赘。

诗人还喜欢像民歌那样用自然作为人的思想感情的比拟,如《你是我的庄稼,可爱的庄稼》:

> 你是我的庄稼,可爱的庄稼,
> 不能轻率地把整体的你割光,
> 不能把你整个儿扎成一捆!
> 你是我的思想,可爱的思想,
> 不能一下子从肩上抖掉,
> 一句话也不对你讲!
> 庄稼啊,风儿在你那里快乐嬉戏,
> 让你的金穗低垂到大地的胸膛,
> 把成熟的谷粒到处抛掷!
> 思想啊,你四处散落,像庄稼一样……
> 无论什么样的思想散落在哪里,
> 那里忧郁草就会发芽生长,
> 火热的痛苦叶繁枝壮!③

自然现象中的庄稼不能轻率地整体割光,一如人的思想不能一下子彻底甩掉;庄稼成熟,谷粒四散洒落大地,思想成熟也一样四散洒落。又如《朋友,请不要相信我说的不爱你》:

> 朋友,请不要相信我说的不爱你,
> 那是我伤心欲绝时的胡言乱语,
> 退潮时请别相信大海是在背弃,
> 满怀深情,它还会重返大地。
>
> 我还在思恋,昔日的激情还在盈溢,
> 我愿把自己的自由再一次奉献给你,
> 海浪重新返回,一路欢歌笑语,

---

① 曾思艺译自 А. К. Толстой. собрание сочинений,Том 1,М.,1963,с. 124.
② Коровин. В. И. Русская поэзия XIXвека,М.,1997,с. 196.
③ 曾思艺、王淑凤译自 А. К. Толстой. собрание сочинений в четырех томах,Том 1,М.,1969,с. 90. 或见《阿·康·托尔斯泰诗选》,曾思艺、王淑凤译,载《中国诗歌》2012年第7卷(总第31卷)。

从遥远的地方向心爱的岸急急奔驰。①

伤心欲绝时的胡言乱语所说的不爱你,一如退潮时海浪的离开大地,我的激情还会像海浪一样重新返回,生动的比拟形象地把诗人矛盾的心理和深挚的感情表露无遗。前述《湖上的雾气一块块一团团》也是如此,并且形成反衬:像湖上的雾气成团成块地白蒙蒙升起一样,青年心里弥漫着痛苦和忧郁,但湖上的雾气并不总是白光闪动,而青年内心的痛苦却从不消逝无踪。

阿·康·托尔斯泰虽不属于俄罗斯最伟大的作家行列,但在古典文学方面他以自己民歌风格的作品的独特魅力占有不可或缺的一席之地,是俄罗斯优秀的抒情诗人之一,其诗歌在19世纪末20世纪初产生了很大的影响,青年时期的象征主义诗人勃留索夫、勃洛克,未来主义诗人赫列勃尼科夫都很迷醉阿·康·托尔斯泰的诗,马雅可夫斯基甚至把他的诗歌全部能背诵下来。

俄国著名作家屠格涅夫把阿·康·托尔斯泰的作品奉为"美的典范",并指出:"他遗留给自己同胞的剧本、小说和抒情诗均堪称美的典范。在今后久远的岁月里,任何一个有文化教养的俄罗斯人都以不了解他的作品为耻辱。"②阿·康·托尔斯泰那些最优秀的作品一直会作为文化遗产在俄罗斯乃至全世界继续保存下来。这些作品带给我们的是情感的真正触动:发自内心的快乐、淡淡的忧伤、感慨与愤怒、对恶的讽刺与嘲笑……

六、谢尔宾纳、麦伊

尼古拉·费多罗维奇·谢尔宾纳(Николай Федорович Щербина,1821—1869),1821年11月2日生于顿河乡村中一个小贵族家庭,是乌克兰哥萨克和希腊人的后代。父亲对他影响较小,而祖母和母亲则影响深远。祖母是希腊人,他从小在家中接受祖母的教育。母亲也经常给他讲古希腊神话传说故事,并在生活中极力营造希腊式的生活环境来影响和教育儿子。因此,他从小就喜爱希腊文学和艺术。八岁他进入塔干罗格的教会学校学习,最后上了中学,读了六年。谢尔宾纳童年的生活并不愉快:父母破产,迁居到城市,家里经常发生争吵。这些在某种程度上形成了小男孩敏感的性格。他后来回忆道:"我痛苦地感受着围绕在我周围的生活的丑陋,家庭的不幸和眼泪,这在很大程度上源于我敏感的天性,我独自默默痛苦着,并用内心深处经常的自我拷问来折磨自己。"③在少年时代,谢尔宾纳就尝试最初的文学创作。首先写的是散文,然后是诗,甚至还有戏剧和几部中篇小说。其中,有一部新希腊风格的悲剧《克桑福》。这部戏剧非常单薄,也毫无特点,语言更是具有一种孩子式的天真,但从中可以明显地感觉到,年轻的诗人迷恋祖先的家乡——希腊,而这是其后来整个创作的一条基本线索。他把几首诗投到报社,其中

---

① 曾思艺、王淑凤译自 А. К. Толстой. собрание сочинений в четырех томах,Том 1,М.,1969,с. 113. 或见《阿·康·托尔斯泰诗选》,曾思艺、王淑凤译,载《中国诗歌》2012年第7卷(总第31卷)。
② И. С. Тургенев. Полное собрание сочинений,М.-Л.,1935,том 14,с. 225.
③ И. Айзеншток. Н. Ф. Щербина. // Н. Ф. Щербина. Стихотворения,Л.,1937,с. 6.

一首发表了,这影响了诗人后来的命运:他决定去莫斯科继续求学以便更好地进行文学创作。于是十七岁那年,他从家乡来到莫斯科开始独立生活,但不小心偶然陷入肮脏的莫斯科生活,周围都是骗子和好色之徒,贫困、饥饿、寒冷、嘲笑、挖苦、欺骗、侮辱,所有这些都与他的天性格格不入,所有这些都使他敏感的内心受到伤害,并永远挥之不去。在此期间,他结识了俄国作家亚历山大·法米奇·韦利特曼(Александр Фомич Вельтман,1800—1870)和米哈伊尔·尼古拉耶维奇·扎戈斯金(Михаил Николаевич Загоскин,1789—1852),并受到他们的鼓励,继续坚持自己的希腊题材创作,同时也开始"俄罗斯题材"的创作,写出了一系列仿效俄罗斯民歌的诗,不过大多平淡无奇。

1841年谢尔宾纳进入哈尔科夫大学法律系,半年后由于经济相当困难交不起学费而辍学。但1841—1844年哈尔科夫的这段生活,对于其诗歌独特个性的形成具有非常重要的意义。他结识了一批热爱艺术和也热爱希腊的有文化教养的年轻人,以极大的热情阅读了别林斯基的大部分有关希腊艺术和生活的文章,后来又读了外国学者和作家有关这方面的论著。总之,凡是与希腊有关系的书籍文章他都涉猎,并收集了相当多的这方面的书刊,由此可见年轻诗人对希腊文化的热爱。难能可贵的是,诗人把这份在当时看来最不合时宜的热爱,艰难而顽强地坚持了一生。在这个时期,谢尔宾纳创作了很多作品,但发表极少且偶然,大部分都用笔名发表。①

1845—1849年,他主要在乌克兰地主家里做家庭教师,偶尔也返回哈尔科夫女子寄宿学校教课,并结识了一批朋友,主要有彼得·安德烈耶维奇·维亚泽姆斯基、列·斯·普希金、弗·尼·列宾等。1850年,他的第一本诗集《希腊风格诗集》(Греческие стихотворения)在敖德萨出版,获得极大的成功,引起强烈反响,虽然不全是肯定与赞许的声音,但大家几乎都一致肯定诗人具有独特的才华并在走向成熟。德鲁日宁更是在详细分析诗集后宣称:"我们完全可以把谢尔宾纳列入俄罗斯卓越诗人之列,并在当今还在创作的诗人中给予他最高的位置之一。"②各大报纸杂志纷纷向诗人约稿。1850年底,他迁居莫斯科,文学沙龙的大门向他敞开,他担任了《莫斯科公报》的助理编辑,在工作之余继续教一些课,并且进行了大量的创作。1855年,他迁居彼得堡,在教育部任职,后来又转到内务部当出版事业管理总局的官吏,直到1869年去世为止。

50年代后期,谢尔宾纳与涅克拉索夫和车尔尼雪夫斯基领导的《现代人》杂志合作,但他很快就放弃了革命民主主义思想。从60年代初开始,诗人加入到边缘化阵营,反对当时俄国所有的进步和民主现象。1857年出版了两卷本《尼古拉·谢尔宾纳诗集》,汇总了诗人15年的创作成果。尽管每首诗的描写对象不一致,但整个诗集给读者留下的印象就是:一个"古希腊囚徒"的形象。在这段时期,诗人试图在另一领域寻找创作动机——深入研究俄罗斯的人民性,想在人民的内在精神中找到没有被革命的病毒所触碰的"俄罗斯精神",他希望这种精神能赋予他长久

---

① И. Айзеншток. Н. Ф. Щербина. // Н. Ф. Щербина. Стихотворения,Л.,1937,с. 9.

② Там же,с. 12.

的新创作动力,但没有太多效果。此后,他的抒情作品越来越少,而且都是重复老的主题。到了60年代初期他几乎完全停止了抒情类诗歌的创作,1861年之后,在《俄罗斯歌曲》发表之后,已看不到他的任何一首抒情诗。也就是说,这段时期任何新的学说都没能影响诗人,没有任何东西能像古希腊诗歌那样影响他那么长的时间。①

不过,60年代诗人才华的另一面又显现出来,那就是讽刺。从60年代起,谢尔宾纳继续40年代就已开始的讽刺诗创作,大量写作讽刺诗。在自己生命的最后时期,诗人努力以讽刺诗来表达自己的思想观点。在他一生中,其讽刺诗可分为两大系列:1841—1860年是一个系列,只是这一部分在1863年才整理完成;1861—1869年是另一个系列。1865年出版的选集《蜜蜂》深受当时人们的喜爱。

谢尔宾纳的文学地位主要建立在其两类诗歌作品上:第一类是具有古希腊风格的抒情诗,诗人自己把这些诗与古代希腊联系在一起;第二类是讽刺诗和铭文式题诗,其铭文式题诗在他死后才被整理出来,而且只在有限的圈子里被人知晓,这些人几乎都是诗人的朋友和文学圈子里的人。② 因此,下面较为具体地谈谈这两类诗歌,希腊风格的诗歌更能体现其唯美主义特色,因而是论析的重点。

纵观谢尔宾纳的创作历程,由于其对古希腊的热爱,他的希腊风格诗歌贯穿始终(车尔尼雪夫斯基称"他始终都是用他写作《希腊诗集》的那种精神、那种风格写作"③),也代表了其诗歌的最高成就,这在当时就赢得了批评家和诗人同行的一致肯定。如前述德鲁日宁就因此称他为俄罗斯卓越的诗人之一,车尔尼雪夫斯基也早在1857年就认为:"谢尔宾纳君所出版的第一本篇幅很小的诗集,证明他是一个有卓越才能的诗人。"④不过,车尔尼雪夫斯基对谢尔宾纳开始是称赞,后来却转向批评,嘲讽他热爱古希腊不过是在莫斯科和彼得堡向往"穿雅典人的宽袍"。因为车尔尼雪夫斯基认为"再现生活"是艺术实质的一个总体特征,艺术应再现真实,再现那些能使人感兴趣的现实特征,艺术作品更要具有另一种意义,即讲述生活,要对生活中的种种现象进行评判。而谢尔宾纳等纯艺术派诗人则认为,艺术的目的是服务于自身,诗人只应追求永恒的真、善、美,并且要终生无私地献身于这一目标,其诗歌就是对自己的奖品,是目标,是意义……他生活在一种自我的、崇高的境界中,并朝着大地走去,就像俄林波斯山上的神走向大地,并牢牢记住在高高的俄林波斯山上有他自己的家。车尔尼雪夫斯基试图让诗人描写当代生活并反映现实问题:"谢尔宾纳君的才能的新的倾向要把他引向哪里——引向当代生活。希望他毫无顾虑地沉潜在这种生活里。希望他只在他的才能转向古代世界去的时候才写古体诗——在另一种时候,在另一种情绪主宰的时刻,希望他的笔也能够忘却古代,正像内心把古代忘却一样,希望他让他的思想自由地融合在这种思想的本质所

---

① И. Айзеншток. Н. Ф. Щербина. // Н. Ф. Щербина. Стихотворения, Л., 1937, с. 15—18.
② Там же, с. 23.
③ [俄]车尔尼雪夫斯基:《谢尔宾纳的诗》,见《车尔尼雪夫斯基论文学》下卷(二),辛未艾译,上海译文出版社,1983年,第36页。
④ 同上书,第34页。

诞生的形象里,而不把这种思想硬塞进与它不相容的框子中。"①进而试图引领诗人参与到革命的、民主的《现代人》和《星火》中来,让他与俄国舆论界的民主阵营接近。但谢尔宾纳没有走这条路,不过,过了几年后他对车尔尼雪夫斯基作出了适当的回应,开始创作反映现实的讽刺短诗。诗人丘特切夫则在1857年所写《致 А. Ф. 谢尔宾纳》一诗中充分肯定他对希腊的热爱与对美的追求:"我完全理解你的为之/心醉神迷的理想的意义,/完全理解你的奋斗和追求,/还有你面对着美的理想/所付出的呕心沥血的努力……//你这个古希腊人的囚徒,/常常在荒原中还做着美梦,/头顶着呼号的暴风雪,/还念念不忘金色的自由/和自己的希腊的天空。"②

在谢尔宾纳的希腊风格诗歌中,最具代表性的当属《希腊风格诗集》。俄国学者艾森施托克认为,《希腊风格诗集》不是对希腊诗文作品的翻译,因而不要从名称上去评判它。诗人认为任何翻译都不能完美转达希腊原来的美,这取决于诗歌的结构布局,也取决于语言本身。在《希腊风格诗集》中,有很少的一部分诗是纯粹的古希腊风味,如《浴》《难为情》《瞬间》《在农村》《乌云》《人与世界》《诗》等,剩下大部分不是古希腊风格的,但其实质还是希腊诗歌,因为作者通过自己对希腊生活、科学和艺术的了解,以及对整个希腊的内心感受写出了这些诗歌。在戏剧、哲学和历史著作中,在希腊人的生活方式、性格和观点中,时常闪现出希腊精神,它们都给作者带来创作的灵感。总之,古希腊世界能给当代人带来深刻的思想与启示,会以各种各样的方式给每个人留下或多或少的印象。③

诗人首先通过翻译来学习希腊诗歌,如《赠姑娘》就标明是阿那克里翁第34首颂歌的译诗:"当我与你相遇时,/你为何总是对我躲避,/我与你相遇时,/是因为你如花的青春年华,/害怕我睿智的苍苍白发?……/或者,你竟是不喜欢/老年的情火与活力?……/请你仔细看,芳香的花环/多么的美丽,/鲜艳的玫瑰旁边/洁白的百合,分外耀眼。"④而另一首诗也直接标明《译自阿那克里翁》:"我出生贫穷而平凡,/我注定要经历,/饱受挫折的生活小道。/我清楚地知道,这都已过去,/我不明白,我需要经历的/还剩下多少……/所有的忧虑快从这里远逃:/我们彼此格格不入!/我希望心情愉悦:/快乐地哈哈大笑,/同可爱的丽耶芙莎跳舞。"⑤在此基础上,他大量创作古希腊风格的诗歌。

纵观谢尔宾纳希腊风格的诗歌,其首先表现的是希腊题材。如《希腊》:

> 在辽阔的大海怀抱里,
> 在油橄榄的覆盖下静立,
> 坟墓遍地的废墟,
> 伟大的国家诞生于贫瘠的大地。

---

① [俄]车尔尼雪夫斯基:《谢尔宾纳的诗》,见《车尔尼雪夫斯基论文学》下卷(二),辛未艾译,上海译文出版社,1983年,第62页。
② [俄]丘特切夫:《丘特切夫诗全集》,朱宪生译,漓江出版社,1998年,第320页。
③ И. Айзеншток. Н. Ф. Щербина. // Н. Ф. Щербина. Стихотворения, Л. ,1937, с. 23—24.
④ 曾思艺、王淑凤译自 Н. Ф. Щербина. Стихотворения, Л. ,1937, с. 50.
⑤ 同上书,第51页。

夜光中我走下船舷，
周围是海浪的絮语轻唱……
胸中火焰熊熊，热泪盈满双眼，
我感到了天神的在场……

我看见到处是鲜花盛开，
到处是饰满了浮雕的棺椁：
浮雕上美惠三女神低垂着脑袋，
还刻有永远年轻的巴克斯和阿波罗；

而棺椁里躺着一位美女，
不朽，忧伤，但宁静……
她好像并未死去，
似乎是为了永生而生……

于是她的歌声在坟墓上飘飞，
尽管双唇早已紧闭；——
棺椁中已逝的美，
让周围的一切都充满生机。①

这首诗以古希腊为题材，并且写古希腊美的不朽与充满生命力。诗人首先描写了希腊地理方面的特征：被大海包围，被油橄榄覆盖，然后把古希腊和古希腊文化比作一个美女，虽然躺在棺材里，却似乎没有死去，好像为了永生而生，虽然忧伤，但不朽而宁静，这种已逝的美，让周围的一切都充满生机。又如《酒神的女祭司》则以古希腊的酒神女祭司为诗歌题材：

你把火热的激情深藏
在高傲、冷峻的外表下：
当你作为女酒神降生尘寰，
你希望成为狄安娜……
我不相信，在你的胸膛
没有刮起情欲的风暴：
我看见，在你的双唇上，
热吻的渴望在呼唤，在微笑。
两颊深深的红晕里，
燃烧的是痛苦的欣喜，
这欣喜变成一团团火热的气息，
从你的双眼散发和流溢。

---

① 曾思艺、王淑凤译自 Н. Ф. Щербина. Стихотворения, Л., 1937, с.59.

这欣喜颤动在你那断断续续的话语里,
颤动在你举手投足的动作里,你的姿态里。
宽阔、黝黑的膀臂
改变了你,酒神的女祭司……
网已被春夜的欢娱
调配,用于伪装……
我们双眸早已明示:
我和你早已远离儿童时光!……
我勇敢地用衣服拥抱你,
并且知道,你渴望接受它们……
我多么希望百看不厌地望着你,
久久地把你亲吻!①

全诗表现了自己对古希腊酒神女祭司的热爱,同时也写出了献身于酒神的希腊女祭司其实也是活生生的人,她们也充满了人的欲望,渴望爱情。而《致索福克勒斯的安提戈涅》更是以希腊神话和戏剧中的安提戈涅为题材:

厄运注定让你坚强地
在生活的暴风雨中绽放芳华,
并注定让你将芬芳的爱情玫瑰
带到冥府的拱门下……

因此这些华美的玫瑰,
不再在我们这里绽放:
它们灼热的泪恰似细雨霏霏,
我们的爱情也不再有热量。

为何你要把它们带到远方!
但是我们不配得到爱的光辉:
我们把大地上的肮脏抛向
你那纯洁的玫瑰,

我们这贪婪的一伙,
渴望一亲美人酥胸的芳泽,
它洒满了大海的泡沫,
那是帕福斯女神的花儿朵朵。②

安提戈涅是忒拜国王俄狄浦斯与王后伊俄卡斯忒所生的女儿,当俄狄浦斯因

---

① 曾思艺、王淑凤译自 Н. Ф. Щербина. Стихотворения, Л., 1937, с. 124.
② 同上书,第62页。

犯下杀父娶母之罪而被流放时,她一直陪伴着他,直到他在科罗诺斯死去。后来,她的哥哥波吕尼刻斯借外国兵七将攻忒拜,与兄弟厄忒俄克勒斯争夺王位,自相残杀而死,克瑞翁以舅父的资格继承了王位,宣布波吕尼刻斯为叛徒,不许埋葬他的尸体。安提戈涅不顾禁令,安葬了哥哥,结果被克瑞翁下令逮捕,她自杀身亡。她的未婚夫——克瑞翁的儿子海蒙闻讯也自杀殉情。谢尔宾纳这首诗首先赞美安提戈涅敢于抗击厄运,在生活的暴风雨中绽放芳华,为了亲情甚至牺牲了爱情(把芬芳的爱情玫瑰带入冥府),接着指出,跟她相比,我们现代人简直不配去爱,我们只是贪婪、世俗的一群人,只会用大地的肮脏亵渎那纯洁的玫瑰。

　　采用希腊的题材,运用希腊诗歌中的形象乃至艺术手法进行创作其实在谢尔宾纳之前早就有过,例如拜伦不仅在《恰尔德·哈罗尔德游记》中描写希腊辉煌的历史与屈辱的现状(如著名的《哀希腊》),而且在抒情诗中一再以希腊为题材(如《雅典的少女》)。俄国文学中,也有不少诗人热爱古希腊,如巴丘什科夫、普希金,在纯艺术诗歌中,更有古希腊的女性与艺术的崇拜者迈科夫。谢尔宾纳此类诗的独特之处表现在哪些方面呢?艾森施托克指出:关键不是他较之其他诗人或浅或深地感受到了古希腊世界,并在自己的诗歌中表现并重建这个世界,也不是其作品中的形象有着希腊的匀称和谐之美,因为我们在迈科夫、安德烈·谢尼埃、普希金、杰尔维格那里也能找到这方面的深度和极高的艺术性,这些诗人在自己的创作中也有自己的古希腊诗歌体系,留下了一系列反映"古希腊精神"的高水平的创作,并以此丰富了自己的诗歌体系。谢尔宾纳区别于他们的是,他运用古希腊风格是把它作为确立自己世界观、自己哲学观的工具,他想运用古希腊风格将自己的心理感受表达得更细致、更机智。但是,诗人在自己的诗中力求重建的古希腊远不是历史上真正的古希腊,这是一个相对的古希腊,这个被诗人创造出来的"平静的"诗歌中的希腊是一种对古希腊的表象的认识,是在一种超越历史的立场中建立起来的认识,对古希腊历史与文化进行了艺术的美化,是作为"纯艺术"派诗人的一种美化。谢尔宾纳描绘出的是一种不存在的、被美化的古希腊风景,比如诗歌《盛宴》《影子》《古希腊》《酒神的女祭司》等等。画面中出现了被林荫遮蔽的拱门,门扉中隐约可见古希腊艺术大师的绘画作品,柱子旁是美惠三女神和缪斯女神的塑像,空气中充满着芳香,远处可见蓝蓝的天空,这是古希腊的天空,群山呈现出雪青色,爱琴海静静地吟唱着自己的歌,双耳罐里装满了纯净的罗德岛和帕罗斯岛盛产的葡萄酒,这些美酒能使人思绪万千,精力充沛,让人充满和谐的喜悦。

　　诗人的很多诗采用散文体的叙述,描绘出了一幅幅古希腊的风景色调,诗中聚集了诗人的感受和情感,后来的许多诗人也有不少古希腊历史细节的描写,总体上描绘出一幅重建的、共同的画面。但对于谢尔宾纳来说,这些细节只起着辅助的、次要的作用,不像后来的诗人带有如此的热爱和细心。对于谢尔宾纳来说,重要的是古希腊人的世界观,古希腊人的心理,这些都被他的理解与感受给现代化了。而对于古希腊诗歌的特殊形式以及节拍,诗人却没有过多关注。对此,诗人本人不仅没有解释,而且还郑重宣布、着重强调,在自己的诗歌中他没有模仿古希腊,而是重建它,这个重建就像我们已经说过的,诗人特别关注的是心理世界,而不是外在形式。诗人有意使自己的所有诗歌被古希腊人的世界观所贯穿,并且从中发现了它们的独特性和优点。正因为如此,他遭到了车尔尼雪夫斯基的批评,车尔尼雪夫斯基认为诗人的创作中有一种矫揉造作和片面性,他建议诗人收起那些随意的东西,语言更简洁一些,让他忘记那些束缚自由的、自以为是的傲慢,希望他不要以作为一个普通的凡人而感到难为情,也就是希望谢尔宾纳不要总幻想成为俄林波斯山上的神,而要成为现实中的一个普通人。①

的确,诗人在现实生活中极力追求古希腊的一切,即便是最私密化的恋爱,也极力古希腊化,如《约会》:

> 我极力请求奥林匹斯永生的神灵,
> 给我一分钟,仅仅一分钟,
> 让我与美丽的凡间姑娘约会。这个时刻
> 降临了。见到了姑娘,我开始向永生的神灵
> 祈求,让他们将这梦寐以求的约会瞬间
> 延长至永恒。我仔细地欣赏
> 我那可爱姑娘的美,越来越强烈地渴盼,渴盼,
> 望着她的双眸,亲吻,痛苦并哭泣,
> 只能望着她的双眸,亲吻,痛苦并哭泣。②

本来是对人间美女充满热爱,却偏偏要借古希腊的文化来表达自己的感情:首先让自己完全置身于古希腊,请求奥林匹斯山的神灵给自己短暂的机会与凡间美女约会,继而又请求神灵把这短暂的见面时间延长成永恒,以便自己像希腊神话中永远在渴求着水的坦塔罗斯一样,能仔细欣赏恋人的美,并与她狂热亲吻。《普罗米修斯之歌》更是借用了希腊神话中造人并为人类谋福利甚至牺牲自己的普罗米修斯这一在西方颇为永恒甚至成为文学母题的题材:

> 我是大自然宠爱的孩子,
> 我是神的危险的对手——
> 我准备同神进行争辩,
> 为了取得美好的自由。
>
> 据说,宇宙是广大无边的,
> 而人却多么卑微,渺小;
> 但人能思想,爱,痛苦,
> 你应该为人的名称而骄傲……
> 没有你,世界就会显得
> 多么寂寞,多么荒凉,
> 光明灿烂的太空也会
> 徒然射出无用的亮光,

---

① И. Айзеншток. Н. Ф. Щербина. // Н. Ф. Щербина. Стихотворения, Л., 1937, с. 25—28.
② 曾思艺、王淑凤译自 Н. Ф. Щербина. Стихотворения, Л., 1937, с. 49.

>　　地球在光亮的星空飘浮，
>　　只是颗毫无意义的顽石，
>　　那时候它不再是宙斯的安慰，
>　　反而会成为宙斯的羞耻……
>
>　　据说，你在世界上默默地
>　　被广大的土地和力量所掩盖，
>　　据说，你为坟墓所囚禁，
>　　又像婴孩，受饥寒的迫害……
>　　但黄金时代一定会到来：
>　　你在思想中把它召唤，
>　　并且用自己的大量鲜血，
>　　把宝贵的善的种子浇灌，
>　　使精神和大自然的一切力量
>　　都服从自己，新的宙斯，
>　　创造出新的自由的太阳——
>　　两个太阳在太空对峙。①

诗歌借普罗米修斯表达自己对美好自由的追求（希望宙斯变成新的宙斯，并且创造出新的自由的太阳），尤其是对人的赞美与满怀信心：人能思想、爱、痛苦，有了人，整个宇宙才有意义。

有些诗虽然没有直接运用希腊题材，但却充满希腊式的对美尤其是裸体美的欣赏，并且运用了古希腊神话的典故，深得希腊文化和思想的神韵，如《浴》：

>　　清丽的夜晚我的她站在水边，
>　　细腻的双腿浸在珍珠般的水里；
>　　细细的水流爱抚地围着她的腿旋转，
>　　溅起泡沫样的水花，并悄声细语……
>　　这时谁要是看到这位美人，
>　　像荷花一般亭亭俯身水面，
>　　雪白的双脚在黑色的礁岩站稳，
>　　蛇样的腰身弯成弧形在洗盥，
>　　酥胸倒映在泛起涟漪的如镜水面上；
>　　谁要是看见她身披月光，
>　　或者看见成群结队的波浪
>　　畅快、自由地拍打她的胸膛，
>　　就像拍打大理石，迸碎成水沫——
>　　我敢发誓，此刻他一定希冀

---

① 《俄罗斯抒情诗选》，下，张草纫译，上海译文出版社，1992年，第621—622页。

她变成大理石,一如母亲尼俄柏,
　　永远永远沉浸在这喜悦里。①

　　全诗描写了恋人月夜在水边裸身洗浴的美景,充分展示了恋人像荷花一般的清雅之美,并且希望这种美能够永恒——像尼俄柏一样变成大理石,永远供人观赏。尼俄柏是希腊神话中忒拜国王安菲翁的妻子,坦塔罗斯的女儿,以子女众多而自豪(一说六子六女,一说七子七女,一说九子九女,一说十子十女),并嘲笑女神勒托只生了阿波罗和阿尔忒弥斯一子一女。受了侮辱的女神便命阿波罗射死尼俄柏的所有儿子,而阿尔忒弥斯则杀死其所有女儿,尼俄柏悲痛过度化成山岩。此处借用这一典故,只是突出其因子女众多而极感喜悦。《艺术家的请求》一诗更是明确表达了希腊式的对裸体美的热爱:

　　哦,不要害羞,不要害怕,不要脸红,
　　为自己那破烂不堪和简陋寒酸的服装:
　　紫衣和亚麻不会让你显得可爱尊荣,
　　褐色皮肤的珀尔修斯无需百合扮靓……

　　你是否担心,我不会爱上你
　　这件宽大斗篷下的美?……
　　哦,不,孩子!……但我恳求你
　　以艺术家热情洋溢的感喟:

　　请你纯洁无瑕地出现在我面前,
　　你的美不再被任何东西遮盖,
　　就像女神阿佛洛狄特很久以前
　　以闪光的裸体从大海的浪花中走来。②

　　抒情主人公奉劝自己的恋人不要在意自己的贫寒的服装,因为她本身的美丽尤其是裸体的美更可爱,一如当年从浪花中诞生的阿佛洛狄特。又如《舞蹈》:

　　清爽的暮色中你们的舞蹈如此迷人,
　　柠檬含苞怒放,酸橙树散发着芳芬,
　　到处洒满了银灿灿的月光,
　　红红的篝火映红你们的脸庞。

　　音乐就像科萨夫的清泉萦响在你们的耳边……
　　自由地旋转吧:这里没有老鼠勤的花儿灿烂,
　　百年的松柏亲切地向你们致意,
　　年轻的玫瑰——就是风华正茂的阿多尼斯……

---

① 曾思艺译自 Н. Ф. Щербина. Стихотворения, Л., 1937, с. 77.
② 曾思艺、王淑凤译自上书,第81页。

> 藏在树枝下,我从远处观看,
> 你们在空旷的圆形场地飞旋,
> 你们把抓住金色双耳罐的雪白臂膀
> 高举到勇敢的头上……
>
> 忘我的陶醉中有异乎寻常的乐趣,
> 极度的疯狂中有着非人间的安谧,
> 连我这老人都感到甜蜜,因为你们而陷入沉思,
> 并满含泪水回忆起年轻时的往事。①

这首诗带有古希腊诗人阿那克瑞翁的风格:青春年少的女子们的欢乐迷人的舞蹈,以及其所带来的那种非人间的安谧,不仅激发了渐入老境的抒情主人公的强烈美感,而且使他陷入沉思,回忆起充满活力的欢乐青春时期……

更重要的是,谢尔宾纳的不少诗确实表现了类似古希腊人的思想观念,其中,几首专门以诗和诗人为题的诗歌尤为突出,如1845年的《诗》:

> 让他的诗崇高而晓畅,
> 让所有的光在其中神奇交汇光芒万丈,
> 让一切尘世的事物在其中融合于上苍,
> 而他就像公认的先知,为我们划定疆场。
>
> 让他用强大的思想,像宙斯的手爪,
> 为自己把无边无际的整个世界牢牢掌控,
> 让我们在这音韵中成长,透明得就像太空,
> 又像菲迪亚斯的大理石,阿佩莱斯的色调。②

他明确指出,诗歌应具有一种希腊式的明晰与崇高,让尘世的一切变成永恒(与上苍融合),并且具有先知的功效,更重要的是,诗歌应该美得像仙境像古希腊雕塑家菲迪亚斯的大理石、古希腊画家阿佩莱斯的色调。1852年的《诗人》更是相当明确地提出了自己的文学(诗歌)主张:

> 我生来就是为崇高的思想奔忙,
> 我生来就是为真理而苦战:
> 但它的宝剑深深隐藏
> 在桃金娘与玫瑰花的枝叶之间……
>
> 于是手中握着这芬芳的树枝,

---

① 曾思艺、王淑凤译自 Н. Ф. Щербина. Стихотворения. Л. ,1937,с. 43.
② 曾思艺、王淑凤译自上书,第53页。

> 我走向世界，一如赫尔莫奇①——
> 我用它那宁静与纯洁的美丽，
> 去使虚伪和邪恶惊慌不已。
>
> 这是一场并不流血也无愤怒的大战——
> 它是一种美好的享受：
> 老人，婴儿，还有姑娘，
> 以及丈夫与妻子，都纷纷参加战斗。
>
> 公民诗人啊，在同胞中，
> 你肩负着伟大的使命，
> 你有能力独自一人
> 毫无困难播下自己的教诲谆谆！
>
> 你的每一事业，每种情感，
> 都注定是善和理性的特产……
> 艺术的创造是你的枝干，
> 真实的思想是你的宝剑。②

诗歌通过对比的方式，相当明确地指出，作为诗人自己生来是为崇高的思想和真理服务的，诗歌之剑隐藏在桃金娘和玫瑰枝叶之间，而桃金娘是爱神与美神阿佛洛狄特的植物，象征着爱与不朽，也象征着和平，玫瑰更是爱的象征，因此也就是说自己的诗歌要歌颂的就是爱、和平与不朽。进而，诗人宣称自己要像公元前514年密谋与友人一起谋杀雅典暴君的古希腊人赫尔莫奇一样，要以诗歌那宁静和纯洁的美去消灭人世间的虚伪和邪恶，这是一场没有流血也没有愤怒的大战。与此同时，他也对公民诗人表示了尊敬，指出他们使命伟大，而且有能力独自一人播下教诲的种子，他们的一切都是为了善和理性，他们更注重真实的思想，而非艺术和美。

而他的另一些诗则在精神实质上源自古希腊思想，如《在存在的最高的时刻……》：

> 在存在的最高的时刻，
> 智慧以内心的信念在倾听，
> 我向万事万物都敞开心窝，
> 激情洋溢的洞察力挤满心胸——
> 于是我看见世界像活鲜鲜的生命体
> 在我面前呈现自己，
> 许多东西融合为一，

---

① 古希腊青年，曾在公元前514年与友人密谋暗杀雅典暴君奇巴尔赫。
② 曾思艺、王淑凤译自 *Н. Ф. Щербина. Стихотворения*, Л., 1937, с. 130.

> 以共同的心灵呼吸；
> 于是像我一样生活的冷酷心肠，
> 似乎最不情愿任何东西都没有地活着，
> 世界在自己的春天里永恒地成长，
> 时间也不能使它有任何损折……①

全诗像古希腊那样崇敬智慧和内心信念，并且向万事万物敞开心扉，和万物融合为一，感觉到世界在自己的春天中永生地生长，化成了永恒，时间对它没有任何伤损。又如《生活》：

> 我相信，我定会永生！
> 在宇宙的原子中，
> 我呱呱降生，
> 追随神那永恒的生命，
> 我活在神的思想里……
> 生命之水，
> 创世纪时
> 神造的尘埃肉体，
> 结合在这具躯体里……
> 难道我不能
> 以永生的方式，
> 带着永不被摧毁的思想，
> 与这个永恒的世界一起
> 在世上活得遥遥无期？
> 为何太阳的金光
> 虽然无益地洒向大地
> 却让人铭记在心底？
> 抑或他并不露面，
> 却变个样子，
> 化为芬芳的花朵，
> 碧绿的叶子？
> 抑或，面对酷热的暑气，
> 为何繁花并未从花冠
> 掉落到大地，
> 成为五彩缤纷的落英，
> 并且没有与大地
> 融合在永恒的转化中？②

---

① 曾思艺、王淑凤译自 Н. Ф. Щербина. Стихотворения, Л., 1937, с. 88.
② 同上书，第 84 页。

开始就用古希腊人创造的原子论,说明自己虽是原子,但因活在神的思想中,因而也就是永生的了。进而,诗人像希腊人那样,思考生与死的问题,如《这里,那边,甚至更远处都是墓穴》:

> 这里,那边,甚至更远处都是墓穴:
> 一排排坟墓满布,留下一代代人的痕迹,
> 这是从神秘的书本中脱落的一页,
> 展示给我们,他们曾在这世界生息,
> 足够了!我们几乎猜到了一切:
> 我们熟知,世界早已经历
> 我们一个个世纪创造的一切,
> 既包括我们飞奔的思想,也包括我们自己……
> 然而,人啊,不要伤感,
> 蚯蚓啃光了遗骸和渺小的吾曹,
> 有过一次,就会一再出现,
> 永远创造的,还会一再创造。①

这首诗有一种希腊式的达观:尽管世界坟墓遍布,蚯蚓啃光了人的遗骸,但是人的创造是不会消失的:有过一次就会一再出现,永远创造的还会一再创造。

希腊诗歌的一大特点是歌咏爱情,谢尔宾纳的诗也较多地描写爱情,如《当我的爱情搅扰了你的幸福》:

> 当我的爱情搅扰了你的幸福,
> 你就忘掉它吧……为什么要爱我!
> 我感谢您,因为过去的幸福,
> 我将为您的幸福而生活。
>
> 是上路的时候了……请告诉我,
> 您不是在我面前守卫爱情之家,
> 请收容我的心——这漂泊者,
> 不然,我的心将在何处客居和休扎?
>
> 我们的爱情和冷淡都不由自主:
> 我任何时候都不会指责您背叛……
> 不!感情像思想一样,总是在运动中成熟,
> 感情也有自己的年龄和发展……
>
> 但我多么害怕,您不会因为我
> 用泪珠把自己最美的眼睛变浑浊……

---

① 曾思艺译自 *Н. Ф. Щербина. Стихотворения*, Л., 1937, c. 73.

> 我将会多么幸福,当您忘记了我,
> 我将会多么幸福,把您铭记在心窝!①

一对恋人因为某种原因分手了,男方尽管深爱女方,但觉得感情像思想一样总是在运动中成熟,因而即便对方变心了也表示理解,希望对方从此忘记自己,而自己将永远把她铭记在心窝。又如《欲望》:

> 哦,请原谅我的漫不经心!
> 你热烈地吻我——
> 我没有回应你的热忱,
> 只是伏在你的肩窝……
> 不要用责备使我不好意思,
> 不要用嫉妒的猜疑让我痛苦,
> 请相信,我深深爱你,
> 我崇尚情感且全力以赴,
> 但当你占据了我的心魂,
> 爱就贪得无厌并且如醉如狂,
> 我枉自费力地撑挨
> 一个念头和一种欲望!……
> 而且这个欲望是多么疯狂!……
> 充分欣赏了你的美丽,
> 尝尽了热吻的全部琼浆,
> 我对自己的命运很不满意:
> 我只希望那时的青春永恒,
> 我只希望那时的世界永存……
> 哦,快吻我,无休无尽:
> 请永远狂吻我的愁闷!……
> 我在可笑的谴责中倾诉情感,
> 你用生命的赞歌消解了它们……
> 哦,请扼制住我的欲望,
> 并用激情的拥抱把我抱紧!②

这是相当纯洁的爱情:男主人公在热吻中产生了欲望,为了驱除这种欲望,他显得有点漫不经心,引起了女方的嫉妒的猜疑和责备,于是他向她解释了一切,并且请求她扼制住自己的欲望,用激情的拥抱把自己抱紧。

希腊风格的诗歌还有亲情方面的内容,如《泥土》:

> 亲人啊,你是否还记得
> 我还是幼儿时的那件风波?

---

① 曾思艺译自 Н. Ф. Щербина. Стихотворения, Л., 1937, с. 6.
② 同上书,第123页。

一只蜜蜂从花丛飞过，
　　在花园里蜇伤了我。

　　我的手指立刻钻心地痛楚，
　　眼泪像溪水哗哗地流淌，
　　你把一撮冰冷的泥土，
　　敷在我的手指上……

　　痛楚立即消失，
　　你兴高采烈，
　　望着我蹦跳着奔跑、嬉戏，
　　在花丛中追赶彩蝶……

　　另一个时候降临，
　　疼痛又开始缠身，
　　亲人啊，我害怕承认，
　　爱情正在蜇伤我的心。

　　然而就在此时此处，
　　你仍能治好我的病痛：
　　你用坟墓上冰冷的泥土，
　　永远封藏住我的心灵。①

　　诗歌采用对照的手法来表达深挚的亲情和怀念：幼儿时在花园里被蜜蜂蜇伤，是亲人用泥土消除了自己的痛苦；而现在心灵被爱情蜇伤，又是亲人坟墓上冰冷的泥土永远封藏了自己的心灵。
　　由上可见，谢尔宾纳独特的古希腊风格诗歌除了具有高超的诗歌技巧，还有真挚的情感。选择古希腊题材，远离现代性，这是"纯诗歌"的理论对他的培养，他一直追求的是"为艺术而艺术"，虽然在当时的时代脱离了现实，但他创造出了一个对于他自己来说独立的、闲逸的、充满美好和谐的艺术世界，让自己的心灵有所安顿，因而德鲁日宁称赞他是"纯艺术派"的传教士，对他的第一本诗集大加赞赏。
　　谢尔宾纳的第二类诗是讽刺短诗和铭文式题诗。他用这类诗探索人性问题，思考俄国症结，揭露社会弊端，甚至用讽刺短诗与革命民主派进行论战，由此也可以看出作为俄国"纯艺术派"的诗人，他又是一位具有独特个性的代表。如《阅读历史之后》：

　　研究世界和人的生命，
　　也研究作为人类一员的自己，

---

① 曾思艺译自 Н. Ф. Щербина. Стихотворения, Л., 1937, с. 185—186.

> 我看见了自己心中的野性，
> 它存在于开天辟地以来的社会进程里。
>
> 天上的一切都充满了和谐，
> 而这涵义对我们却难于测定，
> 行星智珠在捱地更迭，
> 而人们却在愚不可及地骚动！①

这首诗通过阅读历史总结经验来探索人性问题，指出：从开天辟地以来，人类由于心中的野性，总在愚不可及地骚动不已，破坏了宇宙的和谐，也打破了人类之间的和谐。又如《我们满脑子别人的思想》：

> 我们满脑子别人的思想，
> 心灵的信仰是那么脆弱……
> 我们——说的是欧洲的语言，
> 犯的却是亚洲的过错。②

这首诗思考了俄国当时存在的普遍社会问题：丧失了自己的根基，缺乏自己的思想，满脑子都是别人（欧洲）的思想，心灵的信仰极其脆弱。然而，尽管我们极力说着欧洲的语言（意即一切都盲目追随欧洲），但实际上我们犯的却是亚洲式的过错。《两种叶克千尼亚》则讽刺了那些自以为先进的知识分子：

> 我们曾以热烈的祷告
> 请求上帝，
> 让我们摆脱陈腐的旧料，
> 摆脱愚钝的保守分子。
>
> 现在早已是另一种祷词，
> 叶克千尼亚是如此意义重大：
> 上帝啊，就让俄罗斯
> 摆脱那些先进的傻瓜！③

叶克千尼亚是东正教的一种祷告，此处借祷告来反映俄国社会问题，并进而讽刺自以为先进的知识分子（主要是西欧派和革命民主主义者，这也是诗人试图与他们论战）：曾经，俄罗斯人祈祷上帝要摆脱愚钝的保守分子，他们顽固不化，不愿改革；而今，却是那些自以为先进的知识分子，急于求成，把好事变成了坏事，因而他们只是"先进的傻瓜"！

农奴制改革后，谢尔宾纳对社会上普遍存在的问题深感不满，写了不少讽刺短诗或铭文式题诗来加以揭露和讽刺。如《顽固反动的悲观主义者标志》：

---

① 曾思艺译自 Н. Ф. Щербина. Стихотворения, Л., 1937, с. 190.
② 同上书, 第189页。
③ 同上书, 第192页。

>改革的瘟疫枉自
>像喧嚣的时尚把我们触及，
>带着愚钝的自由主义，
>带着失去理智的人道主义。①

这首诗讽刺顽固反动的悲观主义者，他们反对改革，对一切都抱悲观态度，认为农奴制改革是瘟疫，它所体现的只是愚钝的自由主义和失去理智的人道主义。诗歌采用让顽固反动的悲观主义者登台表演的方法，以他们特有的语言展示其顽固、反动与悲观。《出路》则在揭露社会问题的同时，对人民寄予希望：

>我们这到处都是巧舌如簧之辈，
>或者不学无术的自由主义者或填满理论的白痴，
>对你来说只有一个希望，
>即便周围全都是酒鬼，我们的人民也聪明无比！②

诗歌指出，俄国社会到处都是巧舌如簧之辈，或者是不学无术的自由主义者，或者是填满理论的白痴，作为深受斯拉夫派影响的诗人，谢尔宾纳虽然看到俄国人民普遍存在酗酒问题，但还是认为唯一的希望在于人民，因为他们聪明无比。《短章》则颇为真实地揭示了农奴制改革后存在的现实问题：

>我们让农奴得到了解放，
>但由于对契约的迷恋，
>使他们急急忙忙
>粘在了各地都有的酒馆。③

1861年2月19日，沙皇亚历山大二世签署了关于废除农奴制的宣言，这就是著名的2月19日法令，该法令共17个文件，其中比较重要的有：《1861年2月19日宣言》《关于脱离农奴依附关系的农民的一般法令》《关于脱离农奴依附关系的农民赎买其宅园地及政府协助这些农民把耕地购为私有的法令》《关于省和县处理农民事务的机构的法令》《关于安顿脱离农奴依附关系的家奴的法令》等。《1861年2月19日宣言》虽然承认改革的必要性，但又强调农民由于使用土地，因而完全必要继续对地主履行自己的义务。《关于脱离农奴依附关系的农民的一般法令》虽然通过规定让农民在人身权利方面获得了"人"的权利，不再像牲畜那样可以任人买卖、典押或赠予，但在财产权利方面，又规定地主在保留耕地及其他土地(牧场、森林等)所有权的情况下，作为份地分给农民使用。农民可将份地赎买为私产，但须向地主缴纳大大超过土地价格的赎金。同时，农民赎买份地之前，还必须承担一定的义务，交纳货币代役租和工役租。农民虽然人身得到了解放，但在经济上仍然处于对贵族地主的依附地位。这首诗正是针对这种情况而创作，它指出俄国虽然解放了农奴，但由于仍然迷恋契约和义务，使得农民深感失望，纷纷到各地的酒馆去酗

---

① 曾思艺译自 Н. Ф. Щербина. Стихотворения, Л., 1937, с. 196.
② 同上书，第232页。
③ 同上书，第212页。

酒。另一首《短章》进而写道：

> 我们的本性竟然变得如此！
> 任何自由都使我们厌恶：
> 我们一心想成为奴隶，
> 让人民或酒吧得到满足。①

上一首短章主要揭露政府改革的不彻底导致的社会问题，这首短章则从民族性和奴性的角度揭露俄罗斯人的普遍问题：俄国人奴性十足，对任何自由都十分厌恶，而一心想成为奴隶，成天沉溺在酒吧中，用酒麻醉自己。

列夫·亚历山大洛维奇·麦伊（一译迈依，Лев Александрович Мей，1822—1862），1822年2月13日出生于莫斯科一个贫寒的贵族家庭。父亲是退役军官，鲍罗金诺战役的参加者，但很年轻就去世了，麦伊的童年是在外祖母А. С. 施雷科娃家度过的。由于外祖母等人的影响，诗人从小就"热爱消逝的古代生活，对民歌有浓厚的兴趣"②。

1831年麦伊进入莫斯科贵族学校学习，5年后以优异成绩毕业，并考入彼得堡的皇村高等法政学校，1841年顺利毕业。在读书期间，诗人就开始了诗歌创作。1840年，他在《灯塔》杂志上首次发表两首诗——《梦游病患者》和《格瓦纳加宁》，已初具自己的特色。此后，时常有作品发表。

从皇村高等法政学校毕业后，麦伊回到莫斯科，在总督办公厅当了一名小官吏，然而这却开始了其文学创作的一个重要时期——莫斯科时期。1841年，俄国的斯拉夫派和西欧派开始出现。麦伊尽管天性不喜欢派系，但还是站在了斯拉夫派一边，并且与波戈金、波隆斯基、奥斯特洛夫斯基、格里戈里耶夫等密切交往。在1849年前，麦伊创作较少，发表作品也不多，主要成就是献给1850年春成为其妻的女作家索菲亚·格里戈里耶芙娜·麦伊（Софья Григорьевна Мей，1820—1889）——娘家姓波利扬斯卡娅（Полянская）——的一些诗歌。不过，这段时间"他大量钻研历史、俄国编年史、古代文学和民间口头创作"，并且掌握了希腊语、拉丁语、法语、德语、英语、意大利语、波兰语等外语③。

1849年麦伊退职，不久担任莫斯科第二中学学监。1849年，他创作了著名的诗体悲剧《沙皇的未婚妻》。1853年他与妻子迁居彼得堡，被政府委派到敖德萨任职，但他竟穷得无钱去那里，接着因为一场大病，从此便永居彼得堡，并且一直生活在贫困之中。在彼得堡这十几年里，正是社会动荡时期，革命民主主义阵营与"纯艺术派"阵营的斗争也颇为激烈，他曾一度接近车尔尼雪夫斯基、涅克拉索夫等革命民主主义者，并经常在《祖国纪事》上发表作品。与此同时，他又与倾向西欧派的屠格涅夫、"纯艺术派"诗人迈科夫、谢尔宾纳十分亲近。1857年，《麦伊诗选》出版。1861年，《麦伊创作和翻译集》出版。1862年5月16日诗人因病去世。据同

---

① 曾思艺译自 Н. Ф. Щербина. Стихотворения, Л., 1937, с. 208.
② К. бухмейер. Лев Александрович Мей. // Л. А. Мей. Стихотворения. М., 1985, с. 6.
③ Там же, с. 7.

时代人回忆,麦伊十分善良,有一种女性般的温柔,但没有条理,而且十分嗜酒。①1862—1863 年,《麦伊创作集》三卷本出版。但他的作品总是受到冷遇,因此俄国当代学者布赫梅耶尔认为,麦伊的文学命运是不幸的,他的成就不仅在生前没有得到足够的评价,死后更是被人遗忘②。除了文学创作外,"他的翻译尤其著名,曾得到杜勃罗留波夫的赞赏。他译过歌德、席勒、海涅、弥尔顿、拜伦、雨果、谢甫琴科、密茨凯维奇等许多著名诗人的作品"③。

布赫梅耶尔认为,麦伊的诗歌创作可分为两类,第一类是客观的、节日般昂扬的、华美地染上各种颜色的诗歌,主要歌颂自由歌者的美;第二类是主观的、抒情的,展示了一个颇为倒霉、十分孤独又不知所措的善良者毫无虚饰的内心世界。④张草纫指出:"他在创作方面承认自己是'纯艺术'派的拥护者,然而实际上他的作品却对现实生活和民主主义运动有生动的反映。"⑤

其实,综观麦伊的全部诗歌尤其是抒情诗,他的诗歌确实大体上可以分为两类,只是一类是纯艺术性的,一类是反映现实生活的。

纯艺术性的诗歌充分体现了其作为"纯艺术派"诗人的特点,但这类诗也可分为两个阶段:莫斯科时期和彼得堡时期。

在莫斯科时期,麦伊主要创作古希腊罗马风格的诗歌。布赫梅耶尔指出,1840—1850 年间,麦伊沉醉于古希腊罗马抒情诗风味的诗歌,部分是别林斯基的影响,部分则是由于浪漫主义的影响。他感兴趣的是古希腊和罗马帝国的道德和生活,也乐意在希腊罗马风格的诗歌中描写艺术方面的东西。古希腊的美的和谐、宁静的世界、纯净的喜悦,成为他远离丑陋现实的某种避难所,表现了其"纯艺术"的根本立场。不过,这类作品在诗人的整个诗歌中为数是不太多的。⑥ 在莫斯科时期古希腊罗马风格的诗歌中,最有特色的是其爱情诗。如《当你俯身坐到钢琴旁》:

> 当你俯身坐到钢琴旁,
> 用温柔的双手随便
> 触动叮叮咚咚的琴键,
> 你的两眼流溢着忧伤,
>
> 于是,轻轻、轻轻的琴音,
> 潜入我心底,盈盈泪水,
> 少女的幻想般魔魅,
> 离别的话语般悲沉,——
>
> 我不怜惜你常有的那些

---

① К. бухмейер. Лев Александрович Мей. // Л. А. Мей. Стихотворения. М. ,1985,с. 8.
② Там же,с. 5.
③ 《俄罗斯抒情诗选》,下册,张草纫译,上海译文出版社,1992 年,第 647 页。
④ К. бухмейер. Лев Александрович Мей. // Л. А. Мей. Стихотворения. М. ,1985,с. 9.
⑤ 《俄罗斯抒情诗选》,下册,张草纫译,上海译文出版社,1992 年,第 647 页。
⑥ К. бухмейер. Лев Александрович Мей. // Л. А. Мей. Стихотворения. М. ,1985,с. 14—16.

转瞬即逝的忧郁和悲伤：
　　而今你正不知不觉地忧伤——
　　莫非将永远如此，没有停歇？

　　当青春的火焰
　　在你的双颊燃出两朵红霞，
　　你的胸部，起伏波动如浪花，
　　你的眼睛，亮丽如星灿，

　　双手迅速重敲轻扣，
　　欢乐之音的波浪流溢，
　　完美的旋律流溢，
　　我怜惜如此欢乐之音，

　　我怜惜你如此沉溺于
　　欢乐，忘记了悲伤：
　　我觉得未必像你这样
　　会又一次露出盈盈笑意……①

这是一首独特的爱情诗，既有两情相悦、息息相通的知音之情，更有把少女外在的美、情绪复杂且变幻的美与音乐所体现的艺术美融为一体的丰富诗意美。又如《我不知道，我一想到她为何就如此忧伤？》：

　　我不知道，我一想到她为何就如此忧伤？
　　我并未爱上她：谁爱着，谁就满怀凄楚，
　　他会痛苦，因为自己的爱情而痛苦不堪。
　　他日日夜夜都如火烧——他会哭泣和嫉妒……
　　我没有爱上……我只是一想到她就满怀忧伤……
　　这是为何——我不知道。所以，
　　思想也就请求有她那样一种意志，
　　心灵也渴望沉醉在有她的梦乡？
　　或者因为预感以往总是全然不灵，
　　而我已热烈地爱她在心头？
　　天知道！可我不希望有激情盈溢的爱情：
　　我最喜欢——按自己的方式忧愁。
　　你看，这就是她：卷发自然地卷曲，
　　胸脯平静地呼吸，双眸如蓝空般灿亮——
　　她是这样美好，笑起来欢乐无比……

---

① 曾思艺译自 Л. А. Мей. Стихотворения. М., 1985, с. 25.

我不知道,我一想到她为何就这样忧伤?①

这是一首单恋诗,抒情主人公可能还是处于朦胧的初恋阶段,他爱上了一位很美的姑娘,但又不愿承认,只是深感一想到她就满怀忧伤,但她一点不知,笑起来欢乐无比,这情景真有点类似苏东坡《蝶恋花·春景》中的"多情却被无情恼"。而《哦,你,谁的名字总粘在簌簌颤抖的双唇》则略有进展:

> 哦,你呀,谁的名字总粘在簌簌颤抖的双唇,
> 谁的带电的、胡桃色的发辫,
> 黑暗中从手中滑下,沙沙直响,火星直喷,
> 你请回答我的一个问题,我的心肝,
>
> 也不是问题,不,而只是一个小提问:
> 请告诉我,为什么我用心灵
> 听到的我的心灵不像是自己的心灵?②

这同样是一首单相思的诗歌,但它至少进了一步,抒情主人公敢于面对女方,告诉她,她的名字总粘在自己簌簌发抖的嘴唇上,并且大胆地问她,为什么我的心灵已经不像是自己的心灵?《184…年除夕》则从另一角度表达了自己的爱情:

> 户外已经是午夜……还有两三个瞬息——
> 过去的一切就将永远成为过去
> 并变成往事——沉入那没有运动的永恒里……
> 我是多么忧伤,新年降临而没有见到你……
> 但,我的遥远的朋友,你早已知道,
> 我永远不变的幻想就是和你月圆花好,
> 会面像甜蜜的幻想使我们激动不已,
> 被她那强大的魅力所吸引,
> 我把听到的一阵阵钟鸣和它的每一声敲击,
> 都听成了你转赠给我的热吻。③

新年将临,而恋人却远在他乡,多情的诗人幻想着能和恋人月圆花好,深情所致,竟然把听到的一阵阵钟鸣乃至钟的每一声敲击都听成了恋人转赠的热吻。

彼得堡时期(晚期)不多的一些纯艺术诗歌,或表达对美的欣赏,如《蒲公英——献给所有小姐》:

> 你慷慨而豪放,
> 你大把大把地挥洒,
> 在春季的地面上,

---

① 曾思艺译自 Л. А. Мей. Стихотворения. М.,1985,c.26.
② 同上书,第33页。
③ 同上书,第32页。

> 你把种子四处挥洒:
> 即便那地方只有巴掌大——
> 你也能实实在在地生根开花。
> 你的叶子是这样露水盈盈,
> 你的花朵是这样金光闪动!
> 哪怕稍稍把你损坏,
> 你都会突然冒出牛奶……
> 你像轻轻掠过的蝴蝶
> 总是快乐地一群群飘飞,
> 你在开花时节——
> 满身花瓣闪耀银辉。
> 你美丽得如同新婚,
> 然而……微风吹送,
> 只留下忧郁、
> 裸露的长茎……
> 当然,它也是花儿,
> 可以制成干菊苣根!①

全诗一方面赞美蒲公英顽强的生命力(在巴掌大的地方也能生根开花)和慷慨而豪放,另一方面也赞美了它的美:开花时节满身花瓣闪耀银辉,美丽得如同新婚;成熟后如蝴蝶轻轻掠过,快乐地成群飘飞。或表现和思考艺术的多方面问题,而且往往与东正教联系起来,如1857年的《我不相信,主啊,你已把我忘记》:

> 我不相信,主啊,你已把我忘记,
> 我不相信,主啊,你已拒绝了我:
> 我不曾顽皮地把你赐予的才华埋没在心底,
> 凶猛的强盗也无法从我的深心把它抢夺。
>
> 不!在你的怀抱里,艺术家创造者,
> 都崇敬美,从开天辟地到此刻,
> 于是你宽恕了奴隶和人的罪过,
> 为了那自由歌者的美之歌。②

诗人认为,上帝赐予诗人、艺术家以才华,就是为了让他们崇敬美,成为艺术家、创造者,尤其是成为自由的歌者,并且用自己的才华为世人唱出"美之歌"。因此,尽管晚期作品备受冷落,生活十分贫困,但诗人依旧坚信上帝并未忘记自己,也没有拒绝自己,因为自己一直虔信上帝,潜心创作,为世人唱出了不少自由的"美之歌"。又如1861年的《三套马车》:

---

① 曾思艺译自 Л. А. Мей. Стихотворения. М.,1985,c. 48.
② 同上书,第39页。

寒霜和白雪覆盖了万里山河，
山下的斜坡上，马车在外面飞奔干活，
放下边套，使木杆弯折成轭，
　　车夫把粗硬的缰绳紧勒，
就停住了疯狂的三套马车……
马儿的体型多好！……多好的三套马车……
唔！……要知道，车夫的双手经验多多，
一团团涎沫把嚼环染成银色……
而在另一边，庄稼汉画着十字，哆哆嗦嗦，
恐惧地把大车上的干草卷裹，
又带着吠叫的狗儿扑过去把小狼捕捉。

艺术家！你掌控三套马车就在瞬间：
允许再延长这喜悦和快感，
把悲伤忧郁弃置在非常遥远的地方，
我与你飞驰向心向往之的远方……①

全诗以车夫很好地驾驭三套马车作为比喻，颇为生动形象地写出了艺术家也应该具有车夫掌控三套马车的力量，以便延长艺术感受的喜悦和快感，这倒在某种程度上提前几十年提出了类似什克洛夫斯基的"陌生化"的设想，因为所谓陌生化就是通过设法增加对艺术形式感受的难度，延长审美时间以增强审美效果。《他快乐，他歌唱，歌儿自由奔放》则强调要在艺术中透过表象看实质：

他快乐，他歌唱，歌儿自由奔放，
歌声飞溅，一如春天的波浪，
歌中热情洋溢的快乐越来越高涨，
任何用心灵倾听歌曲的人都会激赏。

但只有妇女和未来的母亲
有本领用奇美的心灵猜中，
在自己伟大的痛苦的神圣时辰，
有时歌者的快乐歌声多么沉重。②

歌者的歌声自由奔放，热情洋溢，欢乐无比，然而，只有妇女和未来的母亲这些或饱经沧桑或特别敏感但都有着深厚的爱和奇美的心灵的人才能发现，在快乐歌声背后隐藏着歌者多么沉重的心情。《含羞草》则强调艺术要朴实：

山茶和玫瑰含苞怒放，
但小蝴蝶看它们不到：

---

① 曾思艺译自 *Л. А. Мей. Стихотворения.* М.，1985，с.77.
② 同上书，第50页。

> 你出生他就死亡，你——是幻想，
> 歌者的鲜花，我的含羞草，
> 我的纯洁的花儿，
> 因为面对夏天响亮的音调，
> 诗人没有也不会有
> 更响亮更灿烂的更多日子，
> 就像这首朴实的歌曲形成那样：
> "含羞草。"①

含羞草是歌者的鲜花，十分纯洁，而且极其朴实，因此歌曲的形成也应一样。《庞贝》则进而思考了艺术与自由的问题：

> 我问他："您曾在庞贝生活过？"
> "曾经，"他说，"你为何这样问？""什么叫为何？——
> 欧洲所有的博物馆我们都有，全都网罗，
> 庞贝的艺术家无论是绘画无论是雕塑
> 都以绝美的女子为自豪……"
> "大概，我对庞贝的艺术不知所妙，
> 因为我在庞贝什么也没看到，
> 我看见孤零零的沙土围墙一道，
> 还有一大堆灰烬，还有一些坑窖，
> 也许，那里曾有神像座座，
> 和著名祭司的宝座，
> 也许还有创造之手建成的神殿，——
> 只是布尔勃诺夫博物馆展示的它们，
> 一切都挖掘到大理石根。"
> "可究竟为何说起这个流浪汉？"
> "住嘴……人们在岸边等着最早撒下的第一网，
> 生了锈的刀子在沙子里蚀穿……"
>
> 于是我想了想你现在对我的所言，
> 帝王般的艺术家，我年高望重的维脱鲁维，
> 你为什么在火山熔岩上建造庞贝，
> 似乎你既不明白也不知原委，
> 在你心中的是意大利——维苏威？
> 但是，不，你是对的：自由的国家，
> 只有棺材是敌人，并且得进贡给它……②

---

① 曾思艺译自 Л. А. Мей. Стихотворения. М.，1985, с. 53.
② 同上书，第 76 页。

庞贝(Pompeii)古罗马第二大繁华富裕的城市,是亚平宁半岛西南角坎佩尼亚地区一座历史悠久的古城,始建于公元前6世纪,公元79年维苏威火山大爆发,一夜之间将整个庞贝城活埋于火山灰下。由于被火山灰掩埋,庞贝的街道房屋保存比较完整,也真实地保留了灾难来临前庞贝人生活的形态——竞技场能容纳两万观众;30家面包烘房,100多家酒吧,3座公共浴场,用于交易的步行街,可容纳5000人的剧院;而在街道边的小酒馆里,墙上画的酒神浑身挂满葡萄,每一颗果实都饱满得仿佛就要胀破。羊毛作坊、商店、印染店、客栈的墙壁上,到处都留有庞贝人放纵情感的印记:"啊,杰斯,愿你的脓包再次裂开,比上次疼得还要厉害。""无疑,我心爱的人曾在此与她的情人幽会。"麦伊的《庞贝》一诗则借庞贝古城来表达自己的思想。首先,"他"缺乏历史感,对庞贝的艺术不知所妙,而只欣赏绝美的女子;"我"则深深欣赏庞贝那独特的美,并且觉得这是公元前1世纪后半期古罗马的建筑师和工程师维脱鲁维这位年高望重的帝王般的艺术家所建,那时罗马还是一个自由的国家,因此才有如此超凡的艺术,只有死亡才能战胜这样的国家。《金丝雀》也是借用异国题材和异国情调来表现艺术与自由的主题:

> 苏丹王后对金丝雀说:
> "小鸟儿!最好住在高大的楼房,
> 为久列伊卡啾啾鸣叫和唱歌,
> 远胜过在遥远的西方东游西荡!
> 就给我唱大洋彼岸,又可爱又会叫的小鸟,
> 就给我唱那西方,总是坐不住的宝贝儿!
> 那里是否有这样的天空,小鸟?
> 那里是否有这样的后宫和笼子?
> 谁在那边有如此多的玫瑰花?
> 哪一位沙赫拥有久列伊卡——
> 高抬她又如此隐藏她?"
> 金丝雀啾啾鸣叫回答她:
> "别求我唱大洋彼岸的歌曲,
> 没有必要唤起我的愁闷:
> 你的后宫在我们的歌里十分窄挤,
> 他们的语言,你不知所云……
> 你在慵懒的昏睡中艳若花朵,
> 就像整个大自然全都环绕在你四周,
> 可你不知道——甚至从未听见过,
> 歌也有自己的姐妹——自由。"①

全诗通过苏丹王后久列伊卡与金丝雀的对话,来表现艺术与自由的主题。久列伊卡夸耀自己深受沙赫(即波斯的国王)的宠爱,住在高大的宫殿里,有巨大的后

---

① 曾思艺译自 Л. А. Мей. Стихотворения. М. ,1985,с. 49.

宫和相当多的玫瑰花,并要求来自大洋彼岸的金丝雀为自己唱大洋彼岸的歌曲,但金丝雀告诉她,没必要唱这种歌,因为它只会唤起自己思乡的愁闷,而且,"你不知道","甚至从未听见过"——"歌也有自己的姐妹——自由"。也就是说,尽管久列伊卡对这种金屋藏娇式的失去自由的生活感到满足,但真正的歌(也即艺术)只能在自由的天地里才能尽情发挥,震撼人心。

甚至麦伊因去世未完成的最后一首诗《严寒》也与艺术有关:

> 我亲爱的,你请俯身下望,
> 你看看窗户:那玻璃上
> 到处是我们的严寒爷爷彩画的图案,
> 全是百合,雪白的玫瑰和铃兰,
> 你看看,他是如何秘密或公开地运笔,
> 说是稀奇,也许并不稀奇,
> 比方说,即便如此,这还是玻璃?
> 你看:在你眼前的是熟悉的村庄,
> 它矗立着,瞧啊,在那山岗上……①

俄罗斯天寒地冻,到了冬天极其寒冷,严寒在窗户玻璃上描绘出种种奇异的冰花图案。诗人由此想到艺术表现也应该如此:既要稀奇,又要熟悉的东西。

布赫梅耶尔指出,1840年代麦伊属于纯艺术派,1850年代其诗歌中开始渗入现代生活。1850—1860年,他对历史、编年史和艺术中刻画出来的民族性格和各族人民的道德很感兴趣。伴随着《沙皇的未婚妻》,还创作了一系列民间信仰主题(主要是爱的主题)的诗,如《主人》《美人鱼》《旋风》等。50年代后期更是创作了一系列民歌精神的抒情歌曲,多描写妇女形象。此时,现实主义艺术原则占据主导地位。② 的确,综观麦伊的抒情诗,从50年代开始他更多地转向对俄国生活和民族精神发现与探索,并且这类诗歌在其诗歌中占了大多数。

麦伊首先在诗歌中思考俄国和俄国人民的出路问题,如《白浪》:

> 涅瓦河上白浪翻滚,
> 小船剧烈地上下颠簸……
> 啊你们,可怜的穷人,
> 你来自哪里,又为了什么?
>
> 风正从西方……从异国
> 强迫驱赶着你们……
> 然而一如家乡的湖泊
> 它不能使你们俯首听命。

---

① 曾思艺译自 *Л. А. Мей*. Стихотворения. М. ,1985,с. 83.
② *К. Бухмейер*. Лев Александрович Мей. // *Л. А. Мей*. Стихотворения. М. ,1985,с. 10,14,19.

它在夏天没有使你们意气风发，
没有用红霞熠熠照耀，
就连一些干椴树花，
都没能从海面给你们吹到。

你们怎么啦，愚蠢的一帮，
就白白地担惊受怕？
那边也不属于西方，
那里有东方的朝霞。

那里苦难——已不是天灾，
那里人民已经从梦中睡醒，
那边就连湖，还有海，
都驱赶着你们："前进，前进！"①

全诗用象征的手法，表面上描绘的是白浪滔天时一群可怜的穷人为了生活在剧烈地上下颠簸的小船上的窘境，实际上象征着面对欧洲资本主义的强势"西风"吹刮，俄国及俄国人民何去何从的问题，因为诗歌的将近结尾时不仅谈到西方和东方，更明确指出人民已经从梦中睡醒。而1861年6月的《该睡觉了！》则是对农奴制改革的反响：

从午夜到早晨时刻，
从午夜混乱的梦中，
我听见临近花园中的叫声：
　　"该睡觉了！该睡觉了！"

从午夜到早晨时刻，
这个刺耳的声音
像反复敲击的鼓点阵阵：
　　"该睡觉了！该睡觉了！"

"不！"我心想。哦嗬！
我们睡觉的时候已到，
可没必要那样大喊大叫：
　　"该睡觉了！该睡觉了！"

不，你，小鸟姐妹哦，
请为你自己把鼓敲敲，

---

① 曾思艺译自 Л. А. Мей. Стихотворения. М.，1985，с. 69.

而且不要用这话投其所好:
　　"该睡觉了！该睡觉了！"

你清早从鸟笼里的窗格
往外看看这神的世界,
如果旭日东升,也不用咧咧:
　　"该睡觉了！该睡觉了！"①

全诗采用象征的手法,表面是写一些人像小鸟一样唠唠叨叨,反复高喊"该睡觉了",实际上是象征一些守旧势力不愿改革,一再呼吁停止行动,安睡在床。《哦,主啊,快给我坚忍!》则从人性的高度反映了普遍存在的社会问题:

哦,主啊,快给我坚忍！
我整整坐了一个夜晚,
思想为迎合检查奴隶般温驯,
精神也沦为奴隶——枉然！
你神圣的灵感并未离开我心。

不,日常的需要
给谁戴上沉重的锁链,
那他——就会变成永恒的奴隶,按日计劳,
生气勃勃地创造能源
命中注定他永远不会得到。

可是,主啊,你把人创造为
自然的头生子,而非奴隶,
你在他们不朽的心扉
刻上爱情、友爱、自由的训示,
而你的训示却被人一代代地违背。

谁一去不返地毁灭人的思想,
审判他的就将是全能公正的法庭,
谁亵渎心灵和智慧之光——
朋友、亲人、兄弟就都会认清
他那无理性的奴隶本相！②

诗歌指出,不仅日常需要给人戴上了沉重的锁链,使人丧失了生气勃勃的创造

---

① 曾思艺译自 Л. А. Мей. Стихотворения. М.,1985,с.73.
② 同上书,第 37 页。

能源,变成永恒的奴隶,更可怕的是"思想为迎合检查奴隶般温驯,精神也沦为奴隶",上帝那爱情、友爱、自由的训示也一代代被违背,因此,诗人高喊:谁一去不返地毁灭人的思想,审判他的就将是全能公正的法庭;谁亵渎心灵和智慧之光,朋友、亲人、兄弟就都会认清他那无理性的奴隶本相!《船夫歌》则反映了当时社会的婚姻问题:

> 狂欢节的众声喧哗已经停歇,
> 露水盈盈洒满了田野;
> 明月银白了整个大地,
> 一切都宁静了,大海也沉入梦里。
> 波浪轻抚着带舱的小游艇……
> "女士,来一首船夫曲,亮起你的歌声!
> 快摘下黑色的面具,
> 拥抱我,并唱上一曲!……"
> "不,先生,我无心摘下面具,
> 我无心唱歌,也无心表示爱意:
> 我做了一个不祥的噩梦,
> 它紧压着我的心有千斤重。"
> "做了什么梦,竟这样厉害?
> 你别相信梦,那全都是瞎掰;
> 这是吉他,请别烦心,
> 唱吧,弹吧,再来接吻!……"
> "不,先生,我无心弹吉他!
> 我梦见,我那老丈夫啊,
> 深更半夜悄悄起床,
> 悄悄动身来到运河旁,
> 他把三棱匕首包裹在衣裾里,
> 并且走进了封闭的带舱游艇里——
> 瞧,就像这样,在远处的那头,
> 已经躺倒整整六个无声无息的桨手……"①

一个女子,嫁了一个她并不爱的老丈夫,而且他十分嫉妒,尽管她试图寻找自己的欢乐和爱情,但凶恶的丈夫就连在梦中都在压迫着她,使她胆战心惊。诗歌接受了民间文学的影响,描写了嫉妒的老丈夫与红杏出墙的年轻少妇的矛盾。

在现实生活中找不到太多自由的希望,诗人便寄希望于梦,如《幻想》:

> 我艰难地睡下,仿佛身戴镣铐,但在预言性的梦中
> 　我梦见繁星点点的深蓝天空;
> 　夜的旅伴,一颗颗明亮的星星,

---

① 曾思艺译自 Л. А. Мей. Стихотворения. М.,1985,с. 34.

它们那沉重的目光透过眼睑把我灼痛；
但我此时颇有耐性，而且有力而强壮……
突然，在午夜，一颗星在北方坠若雨点，
于是我听见：
"用心聆听上帝的声音：为了人民，神让
自由像星星庄严地从天空降临人间！"①

现实生活太沉重、太黑暗，以致诗人深感仿佛身戴镣铐，于是潜入梦中，在预言性的梦中，他果然听到让人激动的美好希望，为了人民，上帝让自由像星星庄严地从天空降临人间。

在这个阶段，麦伊由于极其贫困，再加上身体多病，心情相当忧郁，情绪很是低沉，他也深感自己全身心的慵懒，希望能振作起来，如《六行诗》：

熟悉的声音又一次，又一次
在我沮丧的心里响起，仿若明亮的白天，
少女的倩影也又一次从过去的黑暗中升起，
带着无法抵抗的力量站在我面前；
可亲爱的幻影，你枉自召唤出我的记忆！
我已老迈：无论生活也无论感觉——我都太慵懒！

我的心对这慵懒早已习以为常，
一如风习惯那忧郁、沮丧的秋魂，
一如神秘的影子习惯那古老的森林，
一如热恋的目光习惯那亲切可爱的目光；
这慵懒重压着我，并且以新而又新的力量，
每天都把我的一切操控在手心。

有时心灵突然劲跳，充满往昔的力量，
有时从心中纷纷落下死去的梦和慵懒；
明亮的白昼一度透过永恒的黑夜显现：
我瞬间复活，并把忧郁的歌儿高唱，
把令人讨厌的阴影极力驱散，
但这瞬间太短，可爱而出乎料想……

你究竟藏在哪里，我可爱的青春美景，
当生活以桀骜不驯的力量沸腾，
当忧郁和悲伤滑过青春的心灵，阴影一般，
当那使人痛心的慵懒

---

① 曾思艺译自 Л. А. Мей. Стихотворения. М.，1985，с. 61.

还没有筑巢在我沮丧的心灵,
新的火红的日子把火红的日子替换?

唉!……那永志不忘的日子,它已显形,
那与我可爱的过去生活告别的时光……
我在生活的海洋里游泳,疲惫又沮丧……
波浪推送着我,以奇妙的力量——
天知道推向哪里,可只有我的慵懒在游动,
一切环绕着我——浓厚的黑暗和阴影。

究竟为什么,明亮的白昼驱散
我习惯的阴影,透过永恒的黑夜呈现?
为什么当我对无论生活也无论感觉都十分慵懒,
又在我面前出现了那个可爱的幻影,
并且带着令人倾倒的语声,
又一次,又一次响起在我沮丧的心灵?①

  诗人深感慵懒已经每天都以新的力量把自己操控在手心,使自己无论生活也无论感觉都变得极其慵懒了,尽管偶尔心灵也突然恢复了往日的力量,但不过是瞬间的事情,他还是觉得自己在生活的海洋里已经游得疲惫而沮丧,环绕他的只有阴影和黑暗,然而过去那少女的倩影却一再在他眼前闪现,激动他沮丧的心灵,但他觉得,这也只是枉然,因为自己已经太老迈,再也没有力量……与此诗相近的是《你可知道,尤列妮卡》:

你可知道,尤列妮卡,不久前我梦见了什么?……
我似乎重又回到少年时代,浑身生气勃勃,
我心里又洋溢着昔日的青春:
林间通道,别墅,雪莲花,忧郁的松林,
湿润的红霞,柳莺,涅夫卡,白桦,
我们童年的……不!——童年的幻想早已蒸发!
不!……有什么在胸中惊慌地挣扎……
你可知道,尤列妮卡?……真糊涂!这只不过是一场梦啊……②

  诗人在梦中回到了少年时代,浑身生气勃勃,然而,童年的幻想早已蒸发,这一切只不过是一场梦!梦醒后,现实生活和实际情景显得更加严酷!《唉—唉!》一诗因此只能突然悲叹青春的一逝不复返:

唉—唉!你,我的青春!
响尾蛇,你在哪里藏身?

---

① 曾思艺译自 Л. А. Мей. Стихотворения. М. ,1985,c. 35.
② 同上书,第59页。

说吧,我该怎样意外、无心地偶然遇及
　　你那可恶地拭去的狡猾行迹?
　　我到哪里找你,既深爱又妒忌,
　　把你紧紧抱在我的怀抱里,
　　于是,有毒的、火热的亲吻
　　把整个一生都变成了临终的苦闷?①

激愤的诗人甚至把逝去的青春称为响尾蛇,并觉得它把自己的一生都变成了临终的苦闷。因此,唯有一线希望能使人活下去,如《新月》:

　　灿丽的月亮,夜间的魔法师!……
　　紧随紫红的晚霞簇簇,
　　你登上了蔚蓝的路途,
　　又很快为我披一身银衣……
　　心儿像大锤敲击着胸膛,
　　心儿知道:一切都一去不复返,
　　它因此深感茫然——
　　现在一切都很遥远……可我也
　　熬过了长长的星夜——
　　追随希望……否则——一切都是黑暗。②

这首诗有点类似中国古诗,借新月起兴,然后指出,心灵已经知悉,一切都已经一去不复返,因而深感茫然,幸亏还有一线希望,否则,一切就都是黑暗。《黄昏》更是明确寄希望于运气:

　　解冻天气……田野发黑;
　　教堂的屋顶整个儿透湿;
　　就这样吹啊吹,吹啊吹——
　　透过玻璃闻到了春天的气息。
　　从每个新的凹地里,
　　春汛越涨越快,
　　春天的星星渐渐消失,
　　就像那磨出棱角的小冰块。
　　阴影在角落里晃颤,
　　黑黑的、沉寂的阴影,
　　沿着墙壁慢慢伸延,
　　懒懒地在地板上躺定……
　　梦也这样使我想要躺倒……
　　阴影紧随阴影——变成幻想……

---

① 曾思艺译自 Л. А. Мей. Стихотворения. М.,1985,с. 67.
② 同上书,第78页。

> 思绪沉入一片神秘玄妙……
> 一滴滴硕大的泪珠在心里流淌。
> 唉哟,如果翅膀再加上翅膀,
> 如果运气再加上运气,
> 没有"软弱"这一意想,
> 没有"奴役"这一词语。①

在解冻天气里,然而,希望十分渺茫,贫病交加却愈演愈烈,因此,诗人在《四行诗》中高喊:

> 贪婪的渴求没有止境……
> 无益的劳动没有寸功……
> 凄凉的路途无尽无穷……
> 上帝啊,请宽恕我的罪行。②

诗人指出,尽管贪婪的渴求没有止境,然而无益的劳动没有寸功,凄凉的路途无尽无穷。诗人已经满怀怨愤,所以,他只好请上帝宽恕自己的怨愤之罪。

麦伊在晚期特别注意吸收民间文学尤其是民歌的内容和手法来进行诗歌创作。不过,纯艺术的影响在此时依旧存在,诗人的不少诗歌依旧表现的是永恒的题材。其中,比较突出的是爱情题材——在麦伊后期诗歌创作中,爱情诗占有较大的比例,如《我没有欺骗你》:

> 我没有欺骗你,
> 我曾多么疯狂地爱你,
> 我曾提出过许多问题在自己的深心,
> 也没有说,我害怕拷问。
>
> 即便现在我也没有欺骗你,
> 当我说,斗争使我想沉入梦里,
> 对我来说,仅离斗争
> 一步之遥,是永恒的宁静。
>
> 但你是否对我充满爱情,
> 即便我躺在棺材里,也不憎恨
> 我易朽的尸体,而是爱恋地
> 看看那棺材盖?……是吗?……你欺骗我!③

痴情的抒情主人公疯狂地爱着女方,但对方却不怎么爱他,反而找借口说他欺骗自己,因此,他一再辩白,表明真心,但最后发现对方一直在欺骗自己。

---

① 曾思艺译自 Л. А. Мей. Стихотворения. М.,1985,с.45.
② 同上书,第79页。
③ 同上书,第68页。

由于体弱多病,生活贫困,诗人心情郁闷,很多爱情诗颇为低沉,很少有爱的欢乐,如《我善良的朋友》:

> 我善良的朋友!我们一起去到阳台上面,
> 看看那秋天灰白的天边——
> 天空中一颗星星都看不见,
> 只有白桦把一叶叶濒死的梦沙沙抖落,
> 大概,白桦已知道这些梦早已预示了——
> 　　　　严寒。
>
> 大概,白桦已知道……放开它们吧!可我们知悉
> 会等到什么,很快,冬天将攫住你,
> 秋天早已纷纷撒满春天的幻想,
> 就像从白桦上掉落的一片片黄叶,而且沉默不语,
> 星星从天空透过黑暗滴入我们心里,
> 　　　　仿若点点泪光。
> 可是,不,你不相信我,你竟不相信我:
> 我很痛苦,我在热病的梦中不断梦呓,
> 我感到雷声隆隆,我听到了昔日的暴风雨……
> 但只要你微笑,我相信就是春天……
> 于是又有树叶在火中熊熊燃起,
> 　　　　在玫瑰旁边。
>
> 想起了一切……究竟为什么——自己拿定主意——
> 你没有从我的心里
> 　　　　拔出那些刺?①

尽管只要你微笑,我相信就是春天,但毕竟不仅自然界的深秋即将来临,爱情的深秋也到来了,因为对方都不愿意从"我的心里拔出那些刺",这使得抒情主人公深感:即便星星从天空透过黑暗滴入我们心里,仿若点点泪光,自己的爱情仍很渺茫。《为什么?》一诗更加悲观:

> 为什么我梦见了你,
> 远方的美人儿,
> 于是孤独的枕头,
> 也突然火焰熊熊燃起?
>
> 哎呀,你都腐烂了,彻夜不眠的人!
> 你那懒洋洋的眼睛,

---

① 曾思艺译自 Л. А. Мей. Стихотворения. М.,1985,с. 60.

还有酥脆的发辫灰尘,
还有那高傲的双唇——

我真的梦见了一切,
一切啊,春天的幻想,
疾驰而去,只有一团漆黑
还留在心上……

究竟为什么梦见了你,
远方的美人儿,
假如孤独的枕头也变冷,
与那幻想一起?①

往昔的爱情一去不复返,甚至所爱的姑娘都已死去腐烂了,抒情主人公深感春天的幻想已经远远离自己而去,只有一团漆黑还留在心上。

值得一提的是,麦伊晚期的爱情诗往往与民间文学相联系,也往往借用民歌的内容和手法。如《你悲伤不已,你万般苦恼》:

你悲伤不已,你万般苦恼,
我的美人儿,你满眼珠泪!
你可听到古老的歌曲说道:
"姑娘的眼泪——就是露水?"

露水一清早就盈盈洒在田野内,
可将近正午就没了踪迹,
你年轻的眼泪
也将永远飞逝,
一如田野上的露水,
只有上帝知道——它去了哪里。

爱情的红红太阳,
青春狂乱的龙卷
在血管中刮起的熊熊火焰,
会吹散它并把它晒干。②

这首诗不仅根据古老民间歌曲中的"姑娘的眼泪——就是露水"这句歌词铺展开去,而且整首诗的旋律、节奏和风格都像民歌一样干脆、简洁。《你在哪里?》一诗更是完全通过民间故事、民间习俗来表现爱情:

---

① 曾思艺译自 Л. А. Мей. Стихотворения. М., 1985, с. 71.
② 同上书,第40页。

他遇见了你,美人儿鹤立在环舞圈,
遇见了并明白——什么是姑娘的发辫,
明白——什么是姑娘的笑语欢颜,
以及薄纱衬衫下发面似的双肩。
他明白这一切并且深深地爱着你,
忘记了无论城里还是城郊的美女……

但究竟为何,娜塔莎,就连你也忘记,
三一节鲜花怎样环绕着你,
三一节美丽姑娘成群结队簇拥着你,
带着编织的花环去水边占卜解疑,
她们悄声细语:"啊,花环快沉入水底,
啊,亲爱的情人已经把姑娘忘记!"

花环没有沉下——鲜花漂向某处,
于是娜塔莎也紧随鲜花漂去……
连他也忘了……他甚至都不知道——他没说——
你在哪里?……也没人把你的坟墓指给我,
但鲜花没有睡醒,于是她们细语轻言:
"睡吧,我可怜的!……总有睡醒的一天……"①

一个城里小伙子爱上了一位美丽、健康的乡下姑娘,然而,也许是姑娘太不自信,也许是她已经感觉到恋人在热恋之后已开始变心,便在三一节用鲜花占卜的民俗活动中试图用花环占卜来解疑,却看见花环沉入水底,因而认为亲爱的情人已经把自己忘记,于是十分绝望,也紧随鲜花沉入水底飘向远方。

---

① 曾思艺译自 *Л. А. Мей. Стихотворения*. М.,1985,c. 72.

第四章
俄国唯美主义文学的特点及影响

俄国唯美主义文学产生于法国唯美主义文学之后,其兴旺发展大约与英国唯美主义文学同时(主要指早中期兴盛期,19世纪80年代俄国唯美主义走向衰落,而英国唯美主义文学此时正是高峰),它们都受到古希腊尤其是德国哲学和美学的影响,都以"为艺术而艺术"为核心口号,都极力追求形式美,但由于所处国度不同,社会文化背景有异,因而又各具特点。因此,下面拟通过法、英、俄三国唯美主义文学的比较来确立俄国唯美主义文学的特点,并进而探讨其在文学理论和诗歌创作方面对当时尤其是后世的影响。

一、俄国唯美主义文学的特点

而今,我国学界已经公认唯美主义的发源地是法国。如前所述,斯达尔夫人首先把德国古典哲学和美学的一些观念传入法国。接着,贡斯当提出了"为艺术而艺术"(一译"艺术至上")的观点。据韦勒克考证,"在1804年的贡斯当日记中便发现'为艺术而艺术,不抱目的'的提法"。此后,法国哲学家库赞(Victor Cousin,一译库辛,1792—1867)于1818年在《美学和宗教问题》里首次使用这一主张,原文是:"宗教至上的宗教,伦理至上的伦理,艺术至上的艺术(一译'应该为宗教而宗教,为道德而道德,为艺术而艺术')。"[①]此后,这个口号便逐渐流行起来。"为艺术而艺术"(艺术至上)最初也最基本的内涵是艺术独立,即艺术必须脱离劝世训诫的道德说教,脱离金钱实利的功利追求,脱离认识世界获取科学知识,而仅仅以自身为目的,为自身而存在。经过法国诗人和理论家的阐发,这一口号丰富成唯美主义理论,并具有独特的系统,从而在法国形成了一场声势颇大的唯美主义运动,以戈蒂耶、波德莱尔和巴那斯派为代表。

戈蒂耶首先充实了"为艺术而艺术"这一理论的内容并使之系统化,还以自己的创作实践了自己的理论,成为唯美主义理论的奠基人。

如前所述,1832年戈蒂耶在《〈阿贝杜斯〉序言》中率先提出了艺术至上的思想,主张唯有艺术才能给人生带来安慰。1834年他进而在长篇小说《〈莫班小姐〉序言》中,对"为艺术而艺术"进行了较为系统的理论阐述。此后,他在一系列文章及文学创作(包括1835年的长篇小说《莫班小姐》、1852年的诗集《珐琅与雕玉》)中,进一步明确、完善并实践了自己的理论主张。其中,1835年长篇小说《莫班小姐》的出版轰动一时,并迅速成为法国文艺界的热门话题,标志着法国唯美主义运

---

① 韦勒克:《近代文学批评史》,第3卷,杨自伍译,上海译文出版社,1991年,第35页。

动的开始,其序言也因此被视为第一篇完全成熟的"为艺术而艺术"信条的声明文字①,并被公认为"唯美主义的宣言书"。关于这一序言,艾珉指出:"在戈蒂耶看来,艺术不同于科学和道德,艺术的目的只能是艺术本身——即对美的追求,美的天敌是实用观念,艺术一旦以功利或道德为目的,艺术就会衰亡。他把对美,对精神享受的追求,视为人与兽的最大区别……总之,《〈莫班小姐〉序》不仅对种种扼杀艺术个性的政治、宗教或道德说教提出了强烈抗议,还鲜明地表达了'为艺术而艺术'的思想。"②

综而观之,戈蒂耶的"为艺术而艺术"理论要点如下:第一,强调艺术应以自身为目的和对象,反对文学有任何功利目的。戈蒂耶认为,艺术必须脱离政治、道德、社会而"自治",应以自身为目的与对象。艺术不是一种方法,而是一种目的,它与政治和道德没有任何关系,它不应以现实为对象,以诲人为目的。也就是说,艺术本身就是目的,除此之外不应为任何外在目的服务;正因为如此,艺术不应具有任何实用功利性,否则它就不美,也就不成其为艺术。在这些观念的烛照下,"为艺术而艺术"便顺理成章地成了"纯艺术"论拥护者追求的至境。第二,把创造形式美放到首位,把美看作是对不成形物质的一种征服,宣扬艺术永恒的观念。戈蒂耶十分重视创作的质量,把创造形式美放到首位,把美看作是对不成形物质的一种征服,并且认为这种征服或搏斗越是艰难,作品就越是能持久。他在1856年2月14日的《艺术报》上撰文说:"我们相信艺术的自主;对我们来说,艺术不是方法,而是目的;凡是不把创造美作为己任的艺术家,在我们看来都不是艺术家;我们从来都不理解将思想和形式相分离……一种美好的形式就是一种美好的思想,因为什么也没有表达的形式会是什么呢?"③他把作品——形式——美当作同一种东西。《诗艺》一诗更是反映了他追求完美技巧、完美形式与艺术永恒的观点:"一切都将流逝——唯有/强有力的艺术万古流芳;/雕像/比城市生存得更久长。……//诸神都将死去,/永存的是至高无上的/诗句,/比大炮威力更巨。"④

由上可见,是戈蒂耶第一个明确地将艺术从道德附属品和社会工具的地位中分离出来,使之成为一门独立的学科,获得了自己独立的品格。他把创造形式美放在首位,反对文学有任何功利和实用目的。他不仅是唯美主义理论的奠基者,更是自己理论的实践者,创作了唯美主义长篇小说《莫班小姐》⑤和诗歌集《珐琅与雕玉》。他的理论和创作影响了法国和其他国家的唯美主义者。

波德莱尔(Charles Pierre Baudelaire,1821—1867)是戈蒂耶的弟子,深受其影响,其代表作《恶之花》(1857)即是献给戈蒂耶的,所以,在其文学活动的前期,也属唯美主义,而且是一位重要的唯美主义者。其主要唯美主义美学观念推进了戈蒂

---

① [美]贝维拉达:《唯美主义二百年——为艺术而艺术与文学生命》,陈大道译,台湾Portico Publishing Ltd.出版社,2006年,第59页。
② [法]戈蒂耶:《莫班小姐》,艾珉译,人民文学出版社,2008年,译本序,第7页。
③ [法]阿尔贝·卡拉涅《法国为艺术而艺术的理论》,日内瓦重印版,1979年,第137页,转引自郑克鲁:《法国诗歌史》,上海外语教育出版社,1996年,第171页。
④ 赵澧、徐京安主编《唯美主义》,中国人民大学出版社,1988年,第205页。
⑤ 详见[法]戈蒂耶:《莫班小姐》,艾珉译,人民文学出版社,2008年。

耶的理论,对后世影响深远。其要点是:第一,强调诗歌的纯粹性,主张诗与道德、科学等分离。他指出:"诗除了自身之外并无其他目的,它不可能有其他目的,除了纯粹为写诗的快乐而写诗外,没有任何诗是伟大、高贵、真正无愧于诗这名称的。"①并且一再强调:"我一贯认为文学和艺术追求一种与道德无涉的目的,构思和风格的美于我足矣。""如果诗人追求一种道德目的,他就减弱了诗的力量;说他的作品拙劣,亦不冒昧。诗不能等于科学和道德,否则诗就会衰退和死亡。"②第二,强调善与美分开,挖掘恶中之美。他提出:"什么叫诗?什么是诗的目的?就是把善跟美区别开来,发掘恶中之美。"③第三,提出应和论,主张运用人与自然的应和、人各种感觉的沟通、象征的手法,来表达思想感情。他在《应和》等诗和一系列论文中,提出了用应和、通感乃至象征手法,以联想的方式,烘托、暗示所要表达的思想感情。对此,郑克鲁先生已有较详细的论述④,兹不赘述。波德莱尔还以自己影响力极大的诗歌创作《恶之花》实践了自己的理论:艺术至上,发掘恶中之美,运用应和、通感、象征等手法。

因此,有学者指出,波德莱尔不仅非常重视诗歌的格律、节奏和音韵等形式,而且还主张通过暗示、烘托、联想、象征等手段加强诗歌的艺术效果。因此,从内在精神来看,他是传统诗歌和现代诗歌之间的分水岭。可以大胆地说,从他开始,西方诗歌的织体发生了质的变化。而他对恶之美的挖掘和对纤弱之美的拒绝,他用艺术去担当现实之丑陋和精神之困惑的努力,极大地扩大了唯美主义观念的阈限。自波德莱尔开始,唯美主义艺术精神逐渐弥漫了整个欧洲,成为与现实主义、自然主义相抗衡的文艺流派。⑤

巴那斯派(一译"高蹈派"或"帕尔那斯派")是法国19世纪60年代至70年代十分兴旺的一个诗歌派别,因19世纪60—70年代出版了三集《现代巴那斯》诗选而得名,当时勒贡特·李勒(一译"德利尔")针对拉马丁提出的诗歌应走下希腊众神所在地巴那斯山,而宣称诗歌应登上巴那斯山。巴那斯山是古代希腊神话中阿波罗和诗神缪斯的居住地。"走下"即深入世俗生活,"登上"则以艺术为本体,追求超脱人世的唯美。该派以此为名,还体现了宇宙与人类、远古与当代之间的巧妙联系。巴那斯派进一步实践了戈蒂耶的"为艺术而艺术"思想,并使之与科学结合起来,主张客观、冷静、理智地表达诗情,反对浪漫主义的宣泄感情,主张诗歌同政治、社会问题分隔开来,将大千世界的壮观与人类集体命运的悲惨作为主题,强调艺术与科学的结合,认为艺术可以从科学借取方法和理想,竭力推崇诗美创造,注重艺术探索,以造型美或雕塑美作为首要追求目标。该派诗歌与法国自然主义小说堪称孪生姐妹。

在巴那斯的旗帜下,团结了一批重要的诗人。1866年,出版了《现代巴那斯》诗歌选集,收有7位诗人的作品,1871、1876年又相继出版了两本续集,分别收入

---

① 《波德莱尔美学论文选》,郭宏安译,人民文学出版社,1987年,第205页。
② 同上书,第10、205页。
③ [法]波德莱尔:《恶之花·巴黎的忧郁》,钱春绮译,人民文学出版社,1991年,第8页。
④ 详见郑克鲁:《法国诗歌史》,上海外语教育出版社,1996年,第193—201页。
⑤ 王洪琛:《波德莱尔与唯美主义艺术精神》,《南京林业大学学报》(人文社会科学版),2004年第1期。

56位和67位诗人的作品。他们一直在寻找一位领袖,起先物色的是戈蒂耶,接着是邦维尔、波德莱尔,最后找到李勒。他们每周在李勒家聚会,谈诗论文,或在支持该派的出版商阿尔封斯·勒梅尔家,每天下午从4点至6点,举行"巴那斯派会议"。

该派成员除戈蒂耶、波德莱尔外,重要诗人还有邦维尔(Théodole de Banville,1823—1891)、普吕多姆(Sully Prudhomme,1839—1907)、柯佩(François Coppée,1842—1908)、埃雷迪亚(José-Maria Heredia,1842—1905)、李勒(Leconte de Lisle,1818—1894)。该派的重要作品有:邦维尔的《钟乳石集》(1846)、《女像柱集》(1841),普吕多姆的《音韵和诗》《孤独》《正义》(1878)、《幸福》(1888),柯佩的《平凡的人》(1872),埃雷迪亚的《锦幡集》(1893),李勒的《古歌集》(一译《古诗集》,1852)、《蛮族诗集》(1862—1878)、《悲歌集》。

该派的诗歌主张集中表现在李勒的《〈古诗集〉序》中,具体如下:

第一,主张客观、冷漠,反对毫无节制的感情抒发。这是针对浪漫主义而提出的一种诗歌主张,反对表达内心的激动、烦恼和快乐,因为"个人题材及其重复得太滥的各种变化,已经使人索然寡味了",而且,"在心灵烦恼和同样带有苦味的愉悦的披露中,有着廉价的虚荣心和亵渎",强调在诗歌创作中,让"个人的激动只能留下很少的痕迹",让"冷漠名正言顺地随之而来",即强调诗歌创作要客观、冷漠。

第二,主张诗歌同政治、社会问题分隔开来,不必反映社会现实。李勒认为:"不管当代的政治激情多么活跃,这是属于行动者的事;思辨的劳动与此格格不入","诗歌成为艺术以后,便不再孕育英雄行为;它不再产生社会功效";诗人"既同实际生活也同理想生活的基本概念格格不入;他本能地蔑视民众,就像对最聪明的人无动于衷一样",诗人不遵循共同的道德原则,没有信奉的哲学,"乐于对人和世界彻底的无知"。

第三,强调艺术与科学相结合。李勒强调艺术必须同科学结合起来,认为艺术可以从科学那里借助方法和理想:"由于智力探索的不一致,艺术和科学长期以来被分割开来,现在应该趋向于紧密地结合",因为艺术显现的是蕴含在外界自然中的理想,而科学则是对自然的理性研究和显豁的阐述。但是艺术已经失去了推理的自发性,或者说已经用尽了这种自发性,科学则使艺术重新想起被遗忘的传统,并使之复活。

第四,极力推崇诗美的创造,注重形式的探索。李勒认为"艺术家的职责在于几乎是不懈地、认真地追求最能表现他的感情、思想或者看法的形式、风格、描绘方法",他的新研究在于考虑"被忽视或者很少为人所知的形式"。他所指的是诗歌要写得凝练简洁,词汇要用得准确,意象要鲜明突出,诗句要和谐动听。他在《当代诗人研究·序》中指出:"美不是真的仆人,因为它包含着神圣的和人的真理。它是各种精神渠道殊途同归的顶峰。"他在诗中写道:"唯有美存在下去,不变,永恒。/死亡能使颤抖的世界消失,/但美光华四射,一切在它身上再生,/世界在它雪白的脚下匍匐在地。"(《古诗集》)因此,他只想知道他所研究的诗人是否善于"实现美"。由此出发,他抨击贝朗瑞的作品,认为后代将不会理解"这些颂歌——歌曲所激起的好奇而感动的热情,这些诗歌既不是颂歌也不是歌曲"。他同样严厉批评拉马丁,认为拉马丁"缺乏对艺术的爱和虔诚的尊敬",他只不过是"19世纪诗歌爱好者之中,作品最多、最雄辩滔滔、最有抒情性、最不同寻常的一个"。李勒赞赏维尼,认为他忠实于"美的宗教",也赞赏波德莱尔,认为他真正热爱美。

由上可见,李勒受到戈蒂耶"为艺术而艺术"主张的深刻影响,其唯美主义观念相比于戈蒂耶有过之而无不及。①

英国唯美主义②的发展分为三个时期:萌芽时期、结合发展时期、高潮时期。

萌芽时期,即拉斐尔前派时期(19世纪40年代至60年代末),英国唯美主义文学开始萌芽。

拉斐尔前派(一译"先拉斐尔派")运动原是绘画上的一种革新运动,它崇尚1508年拉斐尔离开佛罗伦萨以前的作品所具有的真挚率直的画风,推崇文艺复兴早期及中世纪的艺术精神,尤其推崇但丁的好友乔托及15世纪的波提切利(正是由于他们的推崇,波提切利才名震遐迩),反对当时流行的学院派形式主义艺术。1848年,"拉斐尔前派兄弟会"成立,揭开了英国唯美主义运动的序幕,"这个运动也并非仅仅局限于绘画。它从一开始就与文学密切相关。华兹华斯、济慈、雪莱和布莱克就是这个运动的诗意灵感之源。罗塞蒂或许更像真正的诗人而不是画家。因此,拉斐尔前派兄弟会既是画家的圈子,又是文人的圈子,而它所在国家的天才人物中,文学天才更多,也更著名。但具体地说,这个运动之所以能够发展,是因为它为维多利亚时代的丑恶现实提供了一个幻想、一条出路。它对知识界产生了十分重大的影响。工业城市之所以欢迎拉斐尔前派的理念,则是因为它使它们觉得自己能够通过这个理念领悟一种美,那种美是建筑、服装和习俗当中所没有的。拉斐尔前派的怀古之情,驱使他们用绘画去表现但丁的作品和马罗礼的《亚瑟王之死》里的场景;同样的怀古之情也使工商界的有钱人从这些画家的作品中获得了快乐"③。因此,该派迅速发展成一个文艺流派。1850年,"拉斐尔前派兄弟会"出版了专门刊物《萌芽》,以宣传自己的美学主张。该派艺术以描绘自然、感情真挚为特征,但带有象征主义和神秘主义的宗教色彩。此后,他们又将其艺术主张移植于文学领域,形成了灵肉合致的思想,及诗、画、理想主义三者结合的特色。该派的主要成员有:但丁·迦百列·罗塞蒂(Dante Gabriel Rossetti,1828—1882),其妹克里斯蒂娜·罗塞蒂(Christina Georgina Rossetti,1830—1894),诗人斯温伯恩(Algernon Charles Swinburne,一译斯温本、史文朋,1837—1909)④,文艺理论家约翰·罗斯金(John Ruskin,1819—1900),诗人、理论家威廉·莫里斯(William Morris,1834—1896),等等。

---

① 以上关于李勒的唯美主义观点,简摘自郑克鲁:《法国诗歌史》,上海外语教育出版社,1996年,第172—174页。

② 关于英国唯美主义在文学尤其是艺术方面的一些发展情况,可参看[英]威廉·冈特:《拉斐尔前派的梦》《美的历险》,肖聿译,江苏教育出版社,2005年。

③ [英]威廉·冈特:《美的历险》,肖聿译,江苏教育出版社,2005年,第13—14页。

④ 有学者认为:"第一位英国抒情诗人,公开地以唯美主义信条为自己定位者,是有些麻烦的史文朋。"详见[美]贝维拉达:《唯美主义二百年——为艺术而艺术与文学生命》,陈大道译,台湾Portico Publishing Ltd.出版社,2006年,第91页。

其中罗斯金的理论对"拉斐尔前派"有重要影响,他也因此被尊为英国唯美主义运动的先驱。罗斯金的主要理论著作有:《现代画家》五卷(1843—1860)、《建筑的七盏明灯》(1849)、《威尼斯的宝石》三卷(1850—1853)和大量的论文(其中包括为"拉斐尔前派"辩护的论文)。早在1842年,罗斯金就撰文探讨艺术与美的问题。他把美看作创造世界的伟大力量,没有美,生活就会变得无聊和缺乏意义。他宣称"所有真正美好的艺术都具有使人快乐的功能"①,因此,他认为:"不能给人们带来快乐的艺术,不是好的艺术。"②他强调:"没有财富,只有生命——生命,包含它所有爱的能力,快乐的能力,仰慕的能力。培养了最大数目的高尚而幸福的人的国家是最富有的国家。"③他分析了当时的社会现实,指出惟利是图、崇尚实用的资本主义社会是反人道、反诗意、没有艺术也没有"美"的。所以,他主张回到前资本主义时代,推崇文艺复兴早期和中世纪的艺术。在《现代画家》里,他列举了伟大的艺术家应具有的四项品质:选择崇高的题材;对于美的热爱;诚恳;创造性。他认为,自然以一种象征的语言向人讲话,而艺术家翻译这种语言。他明确宣称传道者和画家有相同的责任,并且说:"自然每时每刻都在制造一幅幅场景,一张张画面,一件件荣耀,并且按照最完善的美学原则对它们进行加工。这一切都是为了我们的缘故,是为了让我们获得永恒的快乐。"自然界存在着美,而人必须不仅把它看作是属于感官的,而且是神圣的。人有想象的能力,这使人能渗透、综合、观照和认识艺术品中不同的理想——纯粹的、奇特的、自然的。但这三种理想最终都变为一种关系:人与自然以及自然中神性的关系。艺术的功能是以不同的风格表现这个自然及其包含的神性,只是必须遵循一个准则:艺术必须是有机的、有活力的、饱含爱心的。罗斯金认为,我们只有在经过适当的准备和训练之后才能够欣赏美。④ 罗斯金热爱美,一生为"美"而战斗,被称为"美的使者"达50年之久。由于他对艺术价值的推崇和对艺术美的追求,他成为"拉斐尔前派"的重要理论家。不过,他的美学思想带有一定的功利主义因素,他强调美的道德含义,这与以后王尔德等人强调艺术就是自身的彻底的唯美主义有所不同。

在罗斯金的影响下,"拉斐尔前派"深感迅猛发达的资本主义扼杀了艺术和美,资本主义文明换来了美和理想的衰败;烟囱和煤堆代替了优美的自然,乞丐和妓女点缀着丑陋的城市,而整个英国已经变成了财神的庙堂。于是,他们对现实进行了唯美主义的批判。为了反对这充满铜臭和市侩气的现实,他们追求唯美的艺术和带中古色彩的理想主义,强调灵肉合致。威廉·冈特认为:"拉斐尔前派诗人们认识到了潜伏在当时的时代精神中的某种东西。"并指出:"对正在上升的中产阶级的粗俗福乐,对当时毫无品位可言的'艺术题材',最重要的是,对漠视人的心灵的工商业制度(那些题材就来自它们),拉斐尔前派奇特的理想主义情结似乎成了一剂必不可少的解毒药。"⑤他进而谈道:"拉斐尔前派的悲剧是19世纪的悲剧。在拉斐

---

① 转引自刘须明:《约翰·罗斯金艺术美学思想研究》,东南大学出版社,2010年,第16页。
② [英]约翰·罗斯金:《艺术十讲》,张翔等译,中国人民大学出版社,2008年,第9页。
③ 转引自高继海《约翰·罗斯金的艺术批评》,《河南大学学报》(社会科学版),1998年第1期。
④ 同上。
⑤ [英]威廉·冈特:《美的历险》,肖聿译,江苏教育出版社,2005年,第11、13页。

尔前派艺术家眼里,一个本质上是实利主义的时代,一个由机器主宰的时代,既是不能接受的,也是无法改进的。因此,他们毕生都生活在梦想里,他们用取自周围的实利主义之外的营养去滋养他们的梦想。"①"拉斐尔前派"把诗歌、绘画、理想主义、宗教情感结合起来,对以烟囱和煤堆为标志的工业社会进行非伦理的纯美学反叛,对充满铜臭味和市侩气的现实生活展开唯美主义的批判,追求唯美的艺术和带中古色彩的理想主义,其诗歌往往从自然摄取题材,精妙优美,富于形象和色彩,诗情画意相互交融,感情真挚,语言清新,而又富有神秘的宗教感。具体而言,其诗歌有以下特点:

第一,对艺术美与艺术价值的极端推崇与追求,诗与画的有机结合。由于该派诗人不少人身兼画家、诗人二职,因而大胆地把绘画的手法引进诗中,如其领袖但丁·罗塞蒂的许多诗歌就是如此。

第二,中古色彩的理想主义。主要表现为"灵肉合致"思想,即把天上的灵的爱与地上的肉的爱融合在一起,达到肉的灵化与灵的肉化的交融合致的境界。如罗塞蒂的名诗《神女》即通过天国神女对人间情人的恋情,把人性和感觉的自然色彩与神性和幻觉的神秘色彩融为一体,完美地体现了天上与地上之爱的融合。对此,英国学者多有论述。威廉·冈特指出:"迦百列常在信里说:他对《新生》很感兴趣,并且一直在努力表现青春、艺术、友谊和爱情对青年但丁的重要影响。迦百列的绘画全都取材于但丁的作品,而那些画上的贝阿特丽丝全都以他那位'泡泡糖'为原型。这样一来,他便以中世纪为理想,作出了一部象征性的自传。"②安德鲁·桑德斯认为:"罗塞蒂的诗歌本质上是装饰性的和描述性的。在他的某些风景诗如《途中驻足》《秋日消闲》《戟树林》当中,他能够丰富多彩地表明转瞬即逝的体验和强烈的梦幻,可是他的大多数诗体现了他对女性的容貌和体态的迷恋。在他最有名的诗歌《神女》中,罗塞蒂描绘了一个肉感而又神圣的可爱女性的幻象,这个女性幻象是由但丁笔下的贝亚特丽采发展而来的。这是一个不断萦绕他的绘画创意的人物。他在灵与肉方面都将女人理想化,与她们保持距离,将她们作为渴望,甚至崇拜的对象。"③哈里·布拉迈尔斯进一步谈道:"《神女》是文学中的中世纪精神的一幅富丽堂皇的织锦画。在这幅画中,超脱人间的秋水伊人'从天堂的金栅'里探出身来,希望望见留在尘世的郎君。如果说她手里的三朵百合花和她头发里的七颗星带有理想化的但丁式象征主义的特征,那么其他形象的感官性却把我们带回到现实世界的色彩和温暖中。《新娘的序曲》是对浪漫的中世纪精神的更复杂的尝试。"④

第三,较强的抒情色彩。由于追求带中古色彩的理想主义,必然带来浪漫主义诗歌的幻想性、传奇性的回潮,具有较为突出的抒情色彩(他们因此有"新浪漫派"之称)。与注重客观冷静,深受自然主义、古典主义影响的法国唯美主义文学比较,

---

① [英]威廉·冈特:《美的历险》,肖聿译,江苏教育出版社,2005年,第346页。
② 同上书,第72页。
③ [英]安德鲁·桑德斯:《牛津简明英国文学史》,下,谷启楠等译,人民文学出版社,2000年,第632页。
④ [英]布拉迈尔斯:《英国文学简史》,濮阳翔、王义国等译,四川人民出版社,1987年,第407页。

巴那斯派是"硬"的（注重雕塑美）、古典色彩的唯美主义，而拉斐尔前派是"软"的（注重梦幻性的画面色彩）、抒情的唯美主义，且更富象征性与梦幻性。这在其绘画中体现出来："他们的绘画作品却常常极具美感，色彩富于奇妙的情感表现力，其细节的精确令人迷醉，但这并不是由于那些细节完全忠实地再现了自然，而是由于它们揭示了自然中某种陌生的东西，是由于它们将注意力集中在了梦中见到的那些突兀的对象上。他们描绘的人物肖像的表情都严肃而惆怅，仿佛象征着未获得满足的渴望。"①在诗中也有突出表现："它们表达了一种渴望，一种怀旧情绪，仿佛在聆听往昔的某种已经消逝了的声音。它们用虔诚和神秘的词句表现爱情这个主题。"②

到了19世纪60年代，唯美主义的核心观念"为艺术而艺术"已经在英国家喻户晓，并连接了许多文学家和艺术家："'为艺术而艺术'成为19世纪60年代美学运动的中心信条，不需要参考任何辩论、议题、甚至外部世界的现象。唯美主义几乎不是一个连贯的运动，更不是拉斐尔前派那样有着固定成员的兄弟会，而只能被认为是一种共享的思想感情，把众多有创造精神的艺术家包括诗人、画家、装饰画家和雕刻家联系在一起。"③

结合发展时期（70至80年代初）。这一时期，主要是佩特结合法国的唯美主义理论与"拉斐尔前派"的文艺实践，发展英国的唯美主义理论。威廉·冈特指出："正是在19世纪70年代末期，惠斯特、史文朋和佩特作出种种努力，解释'为艺术而艺术'的口号，才开始给英国社会造成印象，并且把它和拉斐尔前派的影响结合起来，其形式既与这个纷乱的时代对应，又同混乱的时风结合，形成了一个包罗万象的整体，称之为'唯美主义'。"④但在理论上做出重要探索与推进的是佩特。

佩特（Walter Pater, 1839—1894），英国作家、文艺理论家、唯美主义思潮的重要代表。其唯美理论主要见于著作《审美的诗》（1868）、《文艺复兴史研究》（1873）等理论著作中，代表作是《文艺复兴史研究》。在该书中他提出以下观点：

第一，艺术美是脱离社会的独立的纯美或形式美。佩特认为，社会现实充满了庸俗和丑陋，迫使我们脱离自己，到一个与现实社会无涉的世界中去寻找心灵的安宁，这个世界也就是艺术美的王国。因此，艺术美是脱离社会现实的、孤立的、独特的，是无关现实的形式美或纯美，因为美只与具体的形式有关，只有形式才具有美，艺术应当从形式开始。

第二，审美的感觉主义、快乐主义。佩特宣称，艺术的目的在于培养人的美感，寻求美的享受。在《文艺复兴史研究》一书的结论中，他写道："我们的生命像火焰一样，它只是多种力的组合，那些力量虽不断离去，其组合则时时更新。"由此，"我们眼前的境界，已非由语言赋予其坚实性的种种事物所构成，剩下的只是由印象组成的世界，它有时像火一般燃烧，有时又像火一样熄灭，它闪烁不定，纷繁复杂"，而"每个心灵如同孤独的囚徒，守护着自己对世界的梦幻似的感觉"，但"由我们的经

---

① [英]威廉·冈特：《美的历险》，肖聿译，江苏教育出版社，2005年，第18页。
② 同上书，第21页。
③ [英]提姆·巴杰林：《拉斐尔前派艺术》，梁莹译，中国建筑工业出版社，2007年，第151页。
④ [英]威廉·冈特：《美的历险》，肖聿译，江苏教育出版社，2005年，第71页。

验凝缩而成的每个心灵的这些印象在不断飞逝,每一印象均受到时间的制约,由于时间可以无限分割,因而每一印象也都可以无限分割,因此,这种印象的真实性仅仅存在于刹那之间"。"既然感觉到了人生经验的异彩纷呈与倏忽无常,我们就要拼尽全力进行观察和接触","我们必须做的,是永远好奇地检验新的意见,博取新的印象"。① 这样,就由审美的感觉主义而上升为审美的快乐主义。

第三,艺术至上主义。他把艺术生产看作始于感觉印象,而人生的意义就在于充实每一刹那的美感享受。他从快乐主义中酿出了艺术至上的美酒。他声称,生命是短暂的,生命是由无数瞬间组成的。怎样才能保持"强烈的、宝石般的"、令人"心醉神迷"的状态?他将人生成功的筹码放在艺术身上。他认为艺术为人生提供了最好的也是唯一的途径。当一个人从事艺术活动时,他的"片刻时间"就获得了"最高的质量"。

由上可见,佩特一方面继续宣扬艺术脱离伦理道德,另一方面独特地提出艺术的目的在于培养人的美感,寻求美的感受,甚至宣称"人生的意义就在于充实刹那间的美感享受"。他对唯美主义进行了较为深入、系统的归纳和总结,推进了英国唯美主义运动的发展。他那从快乐主义、感觉主义产生的艺术至上理论是英国唯美主义的实质所在,对王尔德等影响很大,王尔德在1897年出版的《狱中论》中,特别谈到佩特给予他的重要影响。《文艺复兴史研究》给佩特带来了声誉,其结论部分,更是被公认为唯美主义的重要理论宣言之一。佩特还创作了著名长篇小说《马利乌斯——一个享乐主义者》(1885)②,实践自己的理论。

高潮时期(80至90年代)。19世纪80—90年代,英国唯美主义运动在理论和创作方面都有重大收获,形成了唯美主义运动的高潮,达到了唯美主义的顶峰。主要代表人物有王尔德(Oscar Wilde,1854—1900)、西蒙斯(Arthur Symons,1865—1945)、道生(Ernest Dowson,1867—1900)及早期的叶芝(William Butler Yeats,1865—1939),领袖是王尔德③。

王尔德在理论与创作上都成就斐然,不愧为英国唯美主义文学的领袖。他博采此前唯美主义各家之长,融会前人成果,形成了独特的唯美主义艺术理论体系。他在这一时期发表的一系列论文和作品中,全面阐释了自己的艺术观念和社会理想。这些文章主要有:《英国的文艺复兴》(1882)、《谎言的衰落》(1889)、《作为艺术家的批评家》(1890)、《〈道连·格雷的画像〉自序》(1891)等。王尔德认为,美高于一切,艺术高于生活,不是艺术反映生活,而是生活模仿艺术。生活是镜子,艺术却是现实。艺术的美与价值不存在于生活和自然之中,艺术应该超越人生。艺术的宗旨是展示艺术本身。一切艺术都是毫无用处的。艺术不受任何道德束缚,艺术本身就是目的。文学作品无所谓道德与不道德,只有写得好与不好之分。真正的艺术家超越于善恶之外。他强调美的超功利性、主观性和享乐性,奉艺术形式为至尊,宣称"形式就是一切",宣扬艺术先于生活,鼓吹"生活艺术化"。佛里曼甚至认

---

① [英]佩特:《文艺复兴》,张岩冰译,广西师范大学出版社,2000年,第225—226页。
② 详见[英]佩特:《马利乌斯——一个享乐主义者》,陆笑炎等译,哈尔滨出版社,1994年。
③ 王尔德生平与创作的详情,可参见[爱尔兰]弗兰克·哈里斯:《奥斯卡·王尔德传》,蔡新乐、张宁译,河南人民出版社,1996年。

为王尔德的这些文章是"他最伟大的成就,而且,也许是唯美主义运动唯一可被称为毫无疑问的成功作品"①。具体而言,王尔德自称为"新美学的原理"的唯美理论包括如下内容:

(一) 艺术先于生活,艺术高于生活,生活模仿艺术。

王尔德认为文学总是先于生活,生活模仿艺术远甚于艺术模仿生活。他宣称:"文学总是先于生活,它不是模仿它,而是按照自己的目的去塑造它。"而"杰出的艺术家创造出新的典型,生活试着去模仿它。"②正是从这种理论出发,王尔德把19世纪归结为巴尔扎克的时代,因为正是有了吕西安、拉斯蒂涅这些在《人间喜剧》舞台上出现的角色,才有了现实生活中的青年野心家们。正因为有了哈姆雷特的悲观主义,现代人才有悲观思想;年轻人自杀,也是模仿《少年维特之烦恼》中的主人公,他们死于自己手下是因为维特死于自己手下;而《名利场》发表后,其原型,一位家庭女教师,突然也使用蓓基·夏泼的方式与她所陪伴的那位老妇人的侄子私奔了;甚至伦敦的雾也只是诗人和画家表现后才被人们发现。

(二) 艺术必须远离生活,艺术应超越人生,艺术应"讲述美而不真实的故事"。

王尔德认为艺术应该超越人生,艺术只有超越人生,才能实现自身的美。他说:"唯一美丽的事物就是与我们无关的事物。只要事物对我们有用,是我们所需,或以任何方式对我们有所影响,无论是带来痛苦还是欢悦,还是强烈地呼吁我们同情,或是我们所居环境的一个重要组成,它都不属于艺术的适当范畴。"因此,"所有坏的艺术都是由于重返了生活和自然,并把它们抬升到理想的结果"③。因此,任何事物如果对人有用或必要,或在某种程度上影响人,使人产生痛苦、快乐、同情等种种强烈感情,或组成人生活环境中某个极其重要的部分,那么,它就在真正的艺术范围之外。艺术的题材"或多或少"应是人们不感兴趣的。王尔德把生活看作"破坏艺术的溶化剂"与蹂躏艺术家园的"敌人"。他反对唯物论,也反对自然主义和现实主义的创作原则,而认为艺术的真正目的是"讲述美而不真实的故事",即"撒谎的作品",也就是说,在艺术中,要求的只是"珍奇、魅力、美和想象力",艺术家的职责不在于描绘"雾",而在于创造"美的雾"。他的唯美作品中的主人公,无论是道连·格雷还是莎乐美,都是非现实的、神奇的,这些人物活动的背景,也弥漫着想象的、虚幻的色彩。

(三) 艺术以自身为目的,"美的作品仅仅意味着美"。

王尔德坚信艺术有独立生命和自身价值。他反对艺术的功利性,主张艺术不受道德约束,艺术家是绝对自由的;艺术以自身为目的。他强调:"艺术在自身中而

---

① [美]贝维拉达:《唯美主义二百年——为艺术而艺术与文学生命》,陈大道译,台湾 Portico Publishing Ltd. 出版社,2006年,第101页。
② 《谎言的衰落——王尔德艺术批评文选》,萧易译,江苏教育出版社,2004年,第31、27页。
③ 同上书,第15、51页。

不是自身之外发现了她自己的完美。"①"艺术除了自己以外从不表达任何东西。它过着一种独立的生活，正如思想那样，纯正地沿着自己的谱系延续。"②"艺术的宗旨是展示艺术本身，同时把艺术家隐藏起来。"③艺术家作为"美的作品的创造者"，他可以表现一切，但却并不企求证明任何事情。艺术家没有伦理上的好恶，一个艺术家"如果在伦理上有所臧否，那是不可原谅的矫揉造作"④。艺术的目的只是创造美。艺术的美，是具有独特气质而又不受任何约束的艺术家，为了享受创作快乐的单纯目的，凭想象创造出来的。美的目的只是自身，"美的作品仅仅意味着美"。一本书只有写得好与写得糟的区别，而没有道德的或不道德的区别。在《作为艺术家的批评家》一文中，王尔德甚至宣称"所有的艺术都是不道德的"。他提出："为行为而动感情是生活的目的"，而艺术的目的仅仅是"为感情而感情"，"仅仅是创造一种情绪"。它在人们心中激起"无害的情感"，激起"梦想"与"沉思"，而根据社会的观点，这种生活方式是"不实际的"，是"生产性劳动"和"艰辛的日常工作"的敌人。正因为如此，有西方学者认为："王尔德可能是普天下第一位文学理论家，将美学推进到道德之前，去声称美比道德更为紧要。"⑤

王尔德强调作为艺术目的的美的超功利性、主观性和享乐性。他所说的美感，既是官能上感觉上的享乐，也是游离人生的超越的、神秘的、空灵的快乐。这是对佩特的继承与发展。在此基础上，他强调对于艺术形式美的追求，认为形式是"万物的起点"，"形式就是一切"，艺术家应当"纯粹从形式中得到灵感"，形式"创造了审美的直觉"，也创造了艺术创作和艺术批评的气质，崇拜形式，艺术家可以发现"艺术的奥秘"。⑥

作为19世纪唯美主义思潮的重要代表，王尔德的功绩首先在于对唯美主义理论进行系统的总结与阐发。戈蒂耶、佩特、王尔德是唯美主义最重要的三位理论家。戈蒂耶首先高举起"为艺术而艺术"的大旗，他为唯美主义思潮提供了基本的思维模式和基本的理论。佩特将感觉主义与快乐主义的养料注入唯美主义的肌体，为唯美主义与政治道德、逻辑理性的分离提供了有力的武器。王尔德则全面地总结阐发了唯美主义的思想理论，形成了自己系统的唯美主义艺术观。他既是唯美主义思潮的集大成者，又是唯美主义创新与谬误的典型代表。⑦

王尔德也以创作实践了自己的理论，其长篇小说《道连·格雷的画像》(1891)、戏剧《莎乐美》(1893)是唯美主义的名作和重要代表作，表现了一种官能感觉上的快乐主义，宣扬一种游离人生、沉浸于美的王国的快乐哲学。

---

① 《谎言的衰落——王尔德艺术批评文选》，萧易译，江苏教育出版社，2004年，第26页。
② 同上书，第50页。
③ 赵澧、徐京安主编《唯美主义》，中国人民大学出版社，1988年，第179页。
④ 同上书，第180页。
⑤ [美]贝维拉达：《唯美主义二百年——为艺术而艺术与文学生命》，陈大道译，台湾Portico Publishing Ltd.出版社，2006年，第99—100页。
⑥ 详见赵澧、徐京安主编《唯美主义》，中国人民大学出版社，1988年，第145—180页。
⑦ 以上关于佩特和王尔德的唯美主义文学观点，综合了《欧美现代主义文艺思潮新论》和《西方美学通史》第五卷的见解，详见：丁子春主编《欧美现代主义文艺思潮新论》，杭州大学出版社，1992年，第86—100页；蒋孔阳、朱立元主编《西方美学通史》，第五卷"十九世纪美学"，上海文艺出版社，1999年，第626—647页。

有论者概要地指出俄国与西方唯美主义文学的特点与区别表现在四个方面：1. 西欧唯美主义上承浪漫主义，下启象征主义和印象派，使诗歌沿着"纯诗"的方向发展。俄罗斯"纯艺术派"本质上是浪漫主义的，它是浪漫主义在被现实主义狂潮"淹没"过程中一种微弱的对抗和发展。它坚持了茹可夫斯基确立的抒情性质和方向，为俄罗斯诗歌"白银时代"的到来做了必要的铺垫和探索。茹可夫斯基、费特、勃洛克是俄罗斯抒情诗史上的三座丰碑。2. 西欧唯美主义是在西方向垄断资本主义过渡的历史阶段中产生和发展的，是对艺术商品化的一种反驳，企图用"艺术的美"与"丑恶的现实"对抗，使艺术成为拯救人的宗教。俄罗斯"纯艺术派"产生于俄罗斯农奴制向现代资本社会转型的过程中，艺术主张直接与涅克拉索夫派对立。3. 西欧唯美主义从德意志哲学中获得美学启示，发源于法国，繁荣于英国，各国家、民族间文化文学的相互渗透十分强烈。"纯艺术派"尽管和西欧唯美主义基本处在同一时期，但由于俄罗斯相对独立封闭，二者基本上没有直接的联系。"纯艺术派"创作外来影响不明显，基本上都是纯净的俄罗斯式的诗歌。4. 西欧唯美主义是一股全欧性的思潮，有杰出的理论家和创作实践者，其中以戈蒂耶和王尔德为代表。他们的文学活动在较为宽松的环境中往往大张旗鼓地进行，有自己的理论阵地。以费特为核心的"纯艺术派"则受到革命民主主义批评的压制，限制在比较小的范围里，在俄罗斯未成大的气候，而且长期受到不公正的待遇。[①] 这种概括有一定道理，但它并非真正在细致考察法国、英国、俄国唯美主义文学发展的基础上做出的结论，而只是根据一些资料来加以概括，因而既不够全面，也不具体、到位。

笔者认为，与法国、英国的唯美主义文学相比，俄国唯美主义文学当然也有一些共同之处，如都以"为艺术而艺术"作为核心口号，都极力追求形式美，试图用"艺术的美"来对抗或逃避"丑恶的现实"，也几乎都是在论战中产生的，而且，都有点注重古代题材与异域题材，但它们更有一些明显的区别。

首先，法国唯美主义文学通过戈蒂耶、波德莱尔、巴那斯派的阐发和发展，已初具理论体系；英国唯美主义文学通过佩特和王尔德的发展，更是形成了相当完备的理论体系，不仅"为艺术而艺术"，而且，使艺术进而发展成一种人生态度和人生追求；而俄国唯美主义文学理论由于如前所述是在论战中产生的，文学理论的系统性不十分鲜明，而且很少创新。

其次，法国唯美主义诗歌受自然科学的影响颇大，强调以客观冷静为创作原则；英国唯美主义诗歌由于重视梦幻、梦想，具有强烈的抒情色彩；俄国唯美主义诗歌既注意客观，也不排斥抒情，介于英法唯美主义者之间。

法国唯美主义文学尤其是巴那斯派的诗歌受实证主义、自然主义影响颇大，这是它区别于其他国家唯美主义的一点，而近似于自然主义，其他国家则反自然主义。这也是国内外学者一再指出的。法国学者谈道："针对诗歌创作容易的形象，帕尔纳斯派代之以一种刻苦的劳动，甚至对困难的追求。选择冷漠的形式并不排斥诗人的敏感性，只是将廉耻定为首要的规则。就总体而言，帕尔纳斯派艺术趋向于一种客观的特性。这种客观性要么通过细致的描写，要么通过诗歌与科学的结

[①] 戴可可：《俄罗斯"纯艺术派"与西欧唯美主义》，《山花》2010 年第 6 期。

合(由勒孔特·德·李勒首先倡导,并得到了苏利·普吕多姆的特别阐述),要么通过以科佩为最杰出的代表的通俗现实主义而实现。"① 我国学者也认为:"科学精神、实证主义对文学的影响是如此巨大,远远不限于自然主义小说,甚至诗歌这一特殊领域亦未能例外,帕尔纳斯派的诗歌就是科学精神与实证主义思潮所引起的结果。从勒孔特·德·李勒,到科佩、苏利·普吕多姆、埃雷迪亚,这个诗派的诗人把诗歌引出主观世界,把对客观世界中形形色色的现象与事物的精细描绘作为诗歌的主要内容,将宗教、神话、历史,甚至自然科学等等丰富渊博的学识带进诗歌,是对浪漫主义诗歌的一次否定,正像自然主义小说是对浪漫主义小说的一次否定一样,同样都打着深刻的实证主义的印记。"② 其典型范例是 1901 年首位诺贝尔文学奖获得者普吕多姆,其诗歌关注科学的发现、自然史的种种假设和物理学,如《绝对》(1876)叙述了三位气球驾驶员乘"绝顶号"气球从巴黎起飞,进行科学观察,气球升至 8600 米,几小时后坠毁,只有一个幸存者。诗人认为这次科学试验是忠于科学的象征,代表"上升的人类"的史诗:"死在世代的眼光仰望的地方,/那里,思索、梦想的头颅在瞻仰!"18 世纪末,诗人安德烈·谢尼埃已开始涉及科学题材,随着 19 世纪自然科学的迅速发展,科学题材受到诗人的重视,普吕多姆是一个代表。然而,19 世纪以科学题材入诗的作品毕竟不多,巴那斯派在这方面颇有贡献。③ 他的诗歌更是通过细致的描写体现出客观冷静性,如《碎瓶》:

> 扇子　击把花瓶击出条缝,
> 瓶里的花草如今已枯死发黄;
> 那一击实在不能说重,
> 它没有发出一丁点儿声响。
>
> 可那条浅浅的裂痕,
> 日复一日地蚕食花瓶,
> 它慢慢地绕了花瓶一圈,
> 看不见的步伐顽强而坚定。
>
> 花瓶中的清水一滴滴流尽,
> 花液干了,花儿憔悴;
> 但谁都没有产生疑心。
> 别碰它,瓶已破碎。
>
> 爱人的手也往往如此,
> 擦伤了心,带来了痛苦,

---

① [法]皮埃尔·布吕奈尔等著《19 世纪法国文学史》,郑克鲁等译,上海人民出版社,1997 年,第 231 页。
② 柳鸣九主编《法国文学史》,第三卷,人民文学出版社,2007 年,第 31 页。
③ 见郑克鲁:《法国诗歌史》,上海外语教育出版社,1996 年,第 179—180 页。

不久,心自行破裂,
爱之花就这样渐渐萎枯。

在世人看来总是完好无事,
他却感到小而深的伤口在慢慢扩大,
他低声地为此悲哀哭泣,
心已破碎,别去碰它。①

诗人先细致地描写扇子轻轻一击,把花瓶击出了一条细缝,日复一日,那条浅浅裂痕以看不见的步伐顽强而坚定地蚕食花瓶,使瓶里的水悄无声息地流逝干净,瓶里的花草枯死发黄。接着,诗人把爱情比作易碎的花瓶,轻轻一击,也会导致心灵受伤甚至破裂,让爱之花渐渐枯萎。全诗实际上是提醒人们要珍惜爱情保护爱情,不要无意中损害爱情,但写得相当客观冷静,细腻形象。又如《眼睛》:

蓝的,黑的,都可爱,都很美,
无数的眼睛看见过黎明的曙光;
如今,它们却在坟墓深处沉睡,
而太阳,照常升起在东方。

黑夜比白昼更温柔美妙,
它迷住了数不清的眼睛;
星星还在天空中闪耀,
眼睛却布满了阴影。

啊!难道它们失去了视力?
不!这不是真的!
它们转向了某个地方,
转向了肉眼看不见的地方。

西斜的星辰虽然离开了我们,
但仍然高高地挂在天上,
瞳仁也一样,需要休息、睡眠,
但它不可能真的灭亡。

蓝的,黑的,都可爱,都很美,
它们在坟墓的另一方,
对某个宏伟的黎明张开,

---

① [法]普吕多姆:《孤独与沉思》,胡小跃译,漓江出版社,1991年,第223—224页。

闭上的眼睛还在看,还在望。①

　　这首诗将写实与写虚交织起来,一方面较客观、细致地描写了各种眼睛和天上的星星,另一方面又上升到哲理高度,把眼睛与星星的闪光联系起来,以传达一种神秘的感情:诗人认为,宇宙中的一切都是生命体,只要给予它们灵性,就能得出新的含义。朗松认为"这些精美的诗歌陈述了难以形容的、细腻的、微笑的印象,显示出难以描述的精神力量"②。

　　英国唯美主义诗歌则有强烈的抒情色彩,如克里斯蒂娜·罗塞蒂的《爱已死亡》:

　　　　爱已死亡,尽管它坚强如死亡,
　　　　来吧,在凋谢的花丛中,
　　　　让我们给它布置安息的地方。
　　　　青草种在它头旁,
　　　　再来块石头脚边安放,
　　　　在黄昏寂静的时光,
　　　　我们可以稳坐其上。
　　　　爱诞生于春天,
　　　　却夭折在收割之前,
　　　　在最后一个温暖的夏日里,
　　　　它毅然离我们而去,
　　　　不忍目睹秋日黄昏的灰暗与凄凉。
　　　　我们坐在它的墓旁,
　　　　哀叹它的死亡。
　　　　琴弦低沉而悲凉,
　　　　我们和着来吟唱:
　　　　"凝视着青草,我们的目光,
　　　　岁月流逝,青草也披上忧伤;
　　　　那一切,历经久远的时光,
　　　　依然令我们联翩浮想!"③

　　全诗几乎像浪漫主义一样,满怀忧伤地表达了对爱已死亡的悲悼。又如道生的《我一直按自己的方式对你忠诚,西纳拉!》(赵澧译):

　　　　昨天晚上,哎昨晚,西纳拉!你的阴影
　　　　落到她和我的嘴唇之间,你的呼吸

---

① [法]普吕多姆:《孤独与沉思》,胡小跃译,漓江出版社,1991年,第225—226页。
② [法]朗松:《法国文学史》,第1046页,转引自郑克鲁:《法国诗歌史》,上海外语教育出版社,1996年,第179页。
③ 朱立华译自 Rossetti, Christina. *Goblin Market and Other Poems*. New York: Dover Publications, 1994, p. 23.

在亲吻和醇酒中间渗进了我的灵魂；
我凄凉无伴，为旧日的恋情而心烦，
是的，我凄凉无伴，低头无语：
我一直按自己的方式对你忠诚，西纳拉！

一整晚我感到她温暖的心在我心上跳动，
她躺在我的臂弯里热情地熟睡直到天明；
我花钱买的她的红唇之吻的确是甜蜜无穷；
可是我凄凉无伴，为旧日的恋情而心烦，
我醒来时发觉那灰色的拂晓已来临：
我一直按自己的方式对你忠诚，西纳拉！

我忘却了许多，西纳拉，都已随风飘逝，
抛散的玫瑰，人群中乱抛的玫瑰，
狂舞，为了把你苍白、失落的百合忘记；
可是我凄凉无伴，为旧日的恋情而心烦，
是的，无时无刻不是漫长的跳舞：
我一直按自己的方式对你忠诚，西纳拉！

我呼唤更疯狂的音乐，更强烈的醇酒，
可是等到筵席星散，华灯灭尽，
你的阴影便降落，西纳拉，黑夜归你所有；
而我也凄凉无伴，为旧日的恋情而心烦，
是的，我切盼着心愿的嘴唇：
我一直按自己的方式对你忠诚，西纳拉！①

这首诗一唱三叹地表现了刻骨铭心的爱对自己人生的重大影响，带有英国唯美主义特有的颓废精神，被西蒙斯誉为"当代最伟大的抒情诗篇之一"，说"在它里面他一举说尽了一切，并为它配上了令人陶醉的、也许是不朽的音乐"。②

俄国的唯美主义诗歌则介于英法唯美主义者之间，既注意客观，也不排斥抒情，无论是丘特切夫、费特、迈科夫，还是波隆斯基、阿·康·托尔斯泰，他们都对世界尤其是大自然有相当细致的观察，同时也在其诗歌中颇为客观细致地描写了大自然的光影声色以及种种运动变化，同时又根据需要，尽情抒发自己的感情（这在他们的爱情诗中更为突出，尽管他们也往往结合自然情景交融地表现爱情）。对此，前面已有相当详细的论析，此处不赘。

再次，法国唯美主义诗歌独具雕塑美；英国唯美主义诗歌具有梦幻美，并且更具感觉主义与快乐主义因素；俄国唯美主义诗歌则多具印象主义色彩。

---

① 赵澧、徐京安主编《唯美主义》，中国人民大学出版社，1988年，第262—263页。
② 同上书，第261页。

法国唯美主义诗歌注重形式美的创造,具体表现为重视诗歌的色彩美、音乐美,尤其重视的是诗歌的雕塑美。郑克鲁指出:"巴那斯派诗人具有敏锐而精细的目光,语言的运用精确简练,善于描画静物,已经开始注意诗歌的色彩、音乐性和雕塑美。"①因此,他们的诗歌独具雕塑美,这在李勒的诗歌、埃雷迪亚的《锦幡集》及邦维尔的诗中表现明显,而在李勒的诗中尤为突出。李勒刻意追求造型艺术的美,他的诗格律严谨,语言精确,色彩鲜明,线条突出,像大理石雕像一样,给人以坚固、结实、静穆的感觉,同时也闪烁着大理石雕像一般的冷静的光辉。如《午》(一译《正午》):

> 中午,这盛夏之王,笼罩着整个平原,
> 它似银色的浪潮从蓝天高处下降。
> 一切沉默着,空气屏息着,烧起烈焰,
> 大地在昏昏欲睡,裹着它火的衣裳。
>
> 旷野是一望无边,田间无一点阴影,
> 牧群惯喝的泉水也干到点滴无遗;
> 那边缘黑压压的一带辽远的森林
> 静静地睡在那边,好个沉重的休息!
>
> 唯有高大的麦棵像一片黄金之海,
> 一直展延到天际,偏偏不屑于睡眠,
> 神圣大地滋生的这群和平的幼孩
> 带着无畏的精神尽吸太阳的酒盏。
>
> 有时从那沉重的咻咻的麦穗当中,
> 像它们炽热灵魂发出的一声长叹,
> 掀起了一阵浪条;既缓慢而又汹涌,
> 滚过去消失在那灰尘仆仆的天边。
>
> 在附近的深草里斜躺着几条白牛,
> 口涎慢慢地对着丰厚的肉胡下滴,
> 圆睁着一双大眼,懒洋洋视而无睹,
> 凝望着内心梦景,一幕幕没有穷期。②

诗歌非常客观、冷静、细致地描写了盛夏正午的情景,空气屏息燃起烈焰,大地昏昏欲睡裹着火的衣裳,泉水干到点滴无遗,金灿灿的麦棵则饱吸太阳的金光,时而微微荡起麦浪,躺在深草里白牛,口涎沿着丰厚的胡子下滴……极富雕塑感地从

---

① 郑克鲁:《法国诗歌史》,上海外语教育出版社,1996年,第176页。
② 《法国近代名家诗选》,范希衡译,外国文学出版社,1987年,215—217页。

多个角度展现了夏日正午的情景。又如《美洲豹的梦》(飞白译):

> 暗黑的桃花心木和开花的藤蔓丛中
> 闷热凝滞的空气充满了飞虫,
> 那羽毛华贵、唧唧呱呱的鹦鹉,
> 野生的猴群,还有黄背的蜘蛛,
> 都缠卷在树根之间,倒悬着荡秋千。
> 就在这儿,那杀牛宰马的凶手
> 踏着均匀的步伐回来,阴森而疲劳,
> 它沿着老死而长满青苔的树干走,
> 摩擦着筋肉发达的弯弓似的腰;
> 从因阵阵焦渴而张开的口里
> 吐出短促的气息,嘶哑而粗暴,
> 吓慌了被中午的火烤暖的巨蜥,
> 它们像道道火光般逃进了焦黄的草。
> 它回到不见天日的密林间的洞中,
> 颓然倒地,在平坦的岩石上伸展肢体,
> 伸出巨舌舔光了爪子,睡意蒙眬,
> 把目光呆滞的金色的眼睛眯起;
> 在它丧失了活动性的力的幻觉中,
> 它尾巴在摇摆,两胁微微颤动,
> 它梦见:在一片葱绿的林莽里,
> 它一跃而起,把湿淋淋的爪子
> 扎进惊恐而狂吼的牛群肉中。①

全诗更加客观、细致地描写了美洲豹及其生活的环境:暗黑的桃花心木和开花的藤蔓丛,有羽毛华贵唧唧呱呱的鹦鹉,野生的猴群,黄背的蜘蛛,然后是美洲豹出现了,尽管很疲劳,但它依旧踏着均匀的步伐,阴森地走回来了,吓得被中午的阳光烤暖的巨蜥像道道火光逃进焦黄的草中,然后躲进密林间的洞中。美洲虎摩擦着筋肉发达的弯弓似的腰,躺在平坦的岩石上,恍恍惚惚,进入了梦乡。

英国唯美主义诗歌则具有梦幻美,并且更具感觉主义与快乐主义因素。如罗塞蒂的《白日梦(题画诗)》:

> 荫凉的槭树啊枝叶扶疏,
> 仲夏时节还在萌发新的叶片;
> 当初知更鸟栖在蔚蓝的背景前,
> 如今画眉却隐没在绿叶深处,
> 从浓荫中发出森林之歌的音符,
> 升向夏日的静寂。新叶还在出现,

---

① 飞白主编《世界诗库》,第3卷,花城出版社,1994年,第266—267页。

但再不像那春芽的嫩尖
螺旋式地从淡红的芽梢中绽出。

在梦幻之树四面伸展的阴影中，
梦直到深秋还会萌生，但没有一个梦
能像女性的白日梦那样从心灵升华。
看哪！天空的深邃比不上她的眼光，
她梦着，梦着，直到在她忘了的书上
落下了她手中忘了的一朵小花。①

这首诗是诗人根据自己的一幅画《白日梦》创作的。该画极其成功，是罗塞蒂的代表作之一，被称为具有一种"罗塞蒂式的美"：一位身穿绿色衣服的美丽少妇坐在茂密的大树下，卷发浓密，脖子修长，嘴唇饱满而性感，面容憔悴，神情感伤，右手无力地挽住树枝，左手搭在放于膝间的书本上，掌心有一枝花瓣开始垂下的鲜花，整个画面弥漫着一股淡淡的忧伤。她那木然发呆的表情，全然忘了那似乎随时都可能滑到地上的膝间的书本和掌心的花朵，说明她正深陷于某种白日梦中（从周围的环境看，这应该是一个午后的花园），画面上浓厚的绿色调、周边缥缈的云雾进一步加强了画面的感染力。诗歌细致地展现了绘画的情景：仲夏时节，荫凉的槭树，画眉欢唱，树林像梦幻一样，画中的女性正独坐着，在做白日梦，在她忘了的书上落下了一朵她忘了的小花，王佐良指出：该诗特别吸引人之处，在于诗中"有一种梦的神秘同女性的吸引力的混合"②。罗塞蒂的《爱情的甜蜜》则带有比较强烈的感觉主义与快乐主义因素：

她蓬松的秀发飘落一片甜甜的朦胧
遮了你的脸；她可爱的双手搂着你的头
像优雅的花环丝丝入扣；
她怯怯的微笑；她的眼神勾起
甜甜的爱意；她浅浅的叹息长留于记忆；
她的香唇采集了你甜蜜的吻，那些
留在她面颊、脖颈和眼睑上的吻，而后
回到她能代表所有这些吻的香唇。

有什么事情比这些更加甜美呢？
如果缺少了亲吻，所有这些将不再甜美：
充满自信的心儿仍然炽热，迅疾伸展
又轻柔收起的心灵翅膀，
在那云锁雾罩的旅行中它可曾感知到

---

① 《诗海——世界诗歌史纲》，传统卷，飞白著译，漓江出版社，1990年，第653页。
② 王佐良：《英国诗史》，译林出版社，1997年，第381页。

利爪下那羽毛相同的伴侣的气息?①

全诗致力于反复描写恋爱中的亲吻,感觉细腻,充满了一种甜美的快乐,充分体现了英国唯美主义诗歌的感觉主义和快乐主义特色。

俄国唯美主义诗歌则由于大多数诗人往往通过捕捉自然和社会中某个瞬间来表现思想情感,因而多具印象主义色彩。如丘特切夫的《是幽深的夜》:

> 是幽深的夜。凄雨飘零……
> 听。是不是云雀在唱歌?……
> 啊,你美丽的黎明的客人,
> 怎么在这死沉沉的一刻,
> 发出轻柔而活泼的声音?
> 清晰,响亮,打破夜的寂寥,
> 它震撼了我整个的心,
> 好像疯人的可怕的笑!……②

全诗抓住黎明时分听到云雀歌声深受感动的瞬间印象,但并未从正面按照传统方法赞美云雀歌声的动听,而是反面着笔,说它"好像疯人的可怕的笑",特别突出了这幽夜死沉沉的气氛,真实新颖、入木三分地写出了在这一气氛中云雀的歌声给自己的心灵所带来的极其强烈的瞬间震撼。这种通过捕捉瞬间来表现思想情感的方法,在俄国唯美主义诗歌中屡见不鲜,使其诗歌极具印象主义特色,最典型的是费特,他的《呢喃的细语,羞怯的呼吸》一诗未用一个动词,而把沉醉于恋爱中一个晚上的时间的流逝,化成一个个主观感受印象的镜头或画面,以跳跃的方式串接起来,就像印象派的点彩画,而其《这早晨,这欢乐》更是被称为"印象主义的杰作"。丘特切夫的不少诗被称为印象主义的艺术描写,他"在使用形容词和动词时,可以把各种不同类型的感觉杂糅在一起",如"诗人对'幽暗'曾使用过各种形容词,说它'恬静''沉睡''悄悄''悒郁''芬芳',可以看出,这里是杂糅许多种感觉的"③。

最后,尤其值得一提的是,尽管法国、英国、俄国的唯美主义都是既有理论又有创作,而且差不多理论与创作都有双向作用——理论从创作实践中归纳出来,进而指导、推动创作,而创作也在提供新的内容丰富、发展理论的同时,既遵从理论又根据实际需要在某些地方突破了理论,但俄国唯美主义文学创作与理论的双向作用更为突出。法国和英国唯美主义的理论更多的是作家兼理论家提出的,他们的理论更多地指向自身创作;往往是先提出理论,然后再在创作中实践并丰富它,戈蒂耶、波德莱尔、佩特、王尔德等莫不如此。巴那斯派只接受了戈蒂耶的"为艺术而艺术"、追求形式美的主张,而自己根据时代思潮,补充、丰富了实证主义、自然主义的科学精神和客观、冷静。罗斯金稍有例外,他的唯美理论来自于"拉斐尔前派"的创作实践,又在某种程度对其有一定的影响,但其主要功绩是为遭到舆论围攻的"拉

---

① 朱立华译自 Rossetti, Dante Gabriel. *Ballads & Sonnets*. Portland: T. B. Mosher, 1903, p.128.
② 《丘特切夫诗选》,查良铮译,外国文学出版社,1985年,第49页。
③ 同上书,第199—200页。

斐尔前派"进行辩护,实际上正如英国学者劳伦斯·宾扬指出的那样:"我们不需要关注罗斯金与前拉斐尔派成员的个人关系,只要记住这个运动的起源是完全独立的就足够了。《现代画家》的著名作者所获得的公众效应,在年轻画家早期对抗恶意批评的过程中帮助了他们,就好像是他的个人友谊秘密帮助了他们。但是每一位年轻画家都沿着自己的轨迹前进,很少受到罗斯金评论的影响。"[①]而俄国唯美主义文学理论三巨头的理论一方面维护艺术至上,保护并指导纯艺术诗歌创作,如德鲁日宁的《普希金及其文集的最新版本》和《俄国文学果戈理时期的批评以及我们对它的态度》;另一方面又来自众多纯艺术诗歌,是对众多唯美主义诗人纯艺术诗歌的概括、升华,如鲍特金的《论费特的诗歌》,进而支持、鼓励和指导纯艺术诗歌创作;纯艺术诗歌创作则在为纯艺术理论提供了丰富的材料和肥沃的土壤的同时,又以自己的种种艺术创新,进一步推动纯艺术理论的发展。

此外,法国和英国唯美主义文学都有出色的长篇小说,如戈蒂耶的《莫班小姐》、佩特的《马利乌斯——一个享乐主义者》、王尔德的《道连·格雷的画像》,英国更有王尔德的《莎乐美》等唯美主义戏剧,而俄国则只有抒情诗(他们也创作有长篇小说乃至叙事诗、诗剧,但恰恰与唯美主义思想相悖,而体现了现实主义甚至革命民主主义者的影响)。在19世纪后期,法国唯美主义文学尤其是英国唯美主义文学还具有相当突出的颓废主义色彩[②],而这是俄国唯美主义文学所没有的。

二、纯艺术派诗歌对同时代诗歌的影响

俄国唯美主义诗歌在当时就对同时代人产生了巨大的影响,如丘特切夫的诗歌对屠格涅夫和列夫·托尔斯泰的小说创作乃至画家列维坦的创作尤其是对涅克拉索夫的诗歌创作有较大影响[③],而其中最为突出、也最有代表性的是丘特切夫和费特的诗歌对尼基京诗歌创作的影响,因此,限于篇幅,此处仅以尼基京为例,详细论析纯艺术派诗歌对他产生了哪些影响,他又是如何在唯美与现实之间徘徊,并如何融合两者的影响的。

伊万·萨甫维奇·尼基京(Иван Саввич Никитин,1824—1861),是俄国19世纪一位杰出的诗人,出生于沃隆涅什一个商人家庭,在神学院受过教育,但父亲破产后被迫辍学,帮父亲经营小客栈,工作之余偷空读书、写作,全靠自学成才。在当时,他的诗尽管得到车尔尼雪夫斯基、杜勃罗留波夫等人的高度评价,但影响不是太大,以致列夫·托尔斯泰在19世纪末宣称:"我们现时还没有足够地评价尼基京,他只有将来才会被更多的评价,而且越来越多。尼基京与他的作品,比其他的诗人,生命更长久。"[④]20世纪以来,尼基京的影响逐渐广泛。十月革命后,列宁代

---

① [英]约翰·罗斯金:《前拉斐尔主义》,张翔译,上海人民出版社,2008年,前言,第1页。
② 详见薛雯:《颓废主义文学研究》,上海人民出版社,2012年,第37—44页(戈蒂叶)、第87—89页(佩特)和第90—93页(王尔德)。
③ 详见曾思艺:《丘特切夫诗歌研究》,人民出版社2012年版,第347—375、319—325页。
④ 转引自马家骏:《俄罗斯诗人尼基京的诗歌》,载《域外文丛》第二辑,江西人民出版社,1984年,第245页。

表苏维埃政府,下令在城市为他建造纪念像。高尔基称他为"卓越的、颇有影响的社会诗人"①。《喀秋莎》《红莓花儿开》的作者——著名诗人伊萨柯夫斯基声称:"尼基京是我最热爱的诗人之一,还在乡村小学读书时,我就喜爱他的作品。我永远感谢尼基京这座诗的宝库,在遥远的年代,他给我揭示了生活,使我懂得了诗。"②诗人雷连科夫、特瓦尔多夫斯基也从尼基京的诗中获益匪浅。

尼基京的作品还被翻译成各种斯拉夫语及其他民族的语言,并对一些诗人产生了影响,保加利亚文艺学家、索菲亚大学教授鲁萨基耶夫在其所著《斯拉威柯夫与俄罗斯文学》一书中,就曾指出尼基京对这位保加利亚诗人的良好作用:"尼基京以其鲜明的民主精神、现实主义、创造性的思想和朴素的艺术形式影响了斯拉威柯夫。"③尼基京的不少诗被谱成歌曲,成为俄罗斯民歌或名歌,流传世界各地。

但是,国内外关于尼基京的研究文章,至今仍然为数不多。在我国,尽管早在1921—1922年,瞿秋白在《俄国文学史》中就提到他:"尼吉金从小穷乏,——他的诗里便有穷愁的叹声;他自然成为人生派的诗人,——歌吟农民生活的苦痛,正是他自己所身受的,所以尤其显得亲切:'你,这运命的恶力,/穷愁的琐屑,可怕!/你好像雷声,不一下/便打死人;你进来呢——/地板且先微颤,/渐渐的渐渐的震颤,/那牺牲宛转咨嗟……'尼吉金是农家诗人,和自然常相陶冶,可是他处处'人化'那景物,而且死于痨瘵的成衣匠,苦于重利的农家,也老不容他专心咏叹那自然的美,逍遥自在。"④1924年,郑振铎在其《俄罗斯文学史略》再次介绍他:"尼吉丁生于南俄的一个穷苦的家庭里。他的父亲沉醉于酒。他的生活因此非常悲惨。他也死得很早,但他所留下的诗却有许多至可宝贵的东西。他描写民间的生活,而染以他自己所感受的不幸生活的深忧的色彩。他的风格朴质而真挚,与后来的民众作家很相似。"⑤1933年出版的译著——英国学者贝灵的《俄罗斯文学》也提到他——不过当时译名为"里克廷":"这时期还有一个民众诗人可以承继科尔嗟夫(即柯里佐夫——引者)的就是里克廷(Nikitin);他的题材都是直接取自人生,在克里米亚战争的时候,曾以他的爱国诗得名;但是他描写自然,旷野的落日,东方的黎明,和一些筑在磨轮的雀巢是最成功的。"⑥但很长一段时间里,他似乎被中国翻译界、学界和读者遗忘了。直到20世纪80年代后期,他才重新进入人们的视野,并为中国广大读者熟悉。徐稚芳在其《俄罗斯诗歌史》中率先列专节介绍了尼基京,此后郑体武的《俄罗斯文学简史》、任光宣主编的《俄罗斯文学简史》、曹靖华主编的《俄国文学史》上卷都分别提到这位诗人,并且也出现了关于其诗歌创作的三篇论文:马家骏的《俄罗斯诗人尼基丁的诗歌》⑦、曾思艺的《在唯美与现实之间——试论尼基丁

---

① 转引自 Е. Беляская. И. С. Никитин. //И. С. Никитин. Избранные произведения,Київ.,1956,с. 4.
② 转引自马家骏:《俄罗斯诗人尼基京的诗歌》,载《域外文丛》第二辑,江西人民出版社,1984年,第249页。
③ 转引自上书,第250页。
④ 《瞿秋白文集》,二,人民文学出版社,1953年,第530—531页。
⑤ 郑振铎:《俄国文学史略》,商务印书馆,1933年,第64页;或见该书岳麓书社,2010年,第61—62页。
⑥ [英]贝灵:《俄罗斯文学》,梁镇译,商务印书馆,1933年,第190页。
⑦ 详见《域外文丛》第二辑,江西人民出版社1984年版,第245—250页。

的诗歌创作》①《唯美诗人、社会诗人——尼基京及其诗歌》②。但翻译界对尼诗仅有零星译介,至今仍未见其诗歌单行译本问世,对其深入、系统的研究也没有摆上议事日程,这不能不令人感到遗憾。

尼基京一向被视为涅克拉索夫为代表的"人生派"或现实主义文学的重要诗人之一,以致人们认为他似乎只是反映农民生活苦难的诗人,郑振铎的介绍就是突出代表。其实,尼基京虽然生活苦难,但从小生活在农村,对大自然的美有真切的感受和细致的观察,再加上青春年华渴望爱人也渴望被人爱,因此喜欢爱情也喜爱爱情诗歌,所以早年曾经十分喜爱丘特切夫、费特等人的唯美主义诗歌,并在创作上深受其影响,而且这一影响贯彻始终。

只活到37岁的尼基京,虽然创作时间不长,创作数量也不算丰富,但他正好处于俄罗斯社会的新旧交替时期和俄罗斯文化的真正形成期。一方面,是落后的封建农奴制,另一方面,是西方资本主义的侵入;一方面,是沙皇的专制与高压,另一方面是思想的解放,改革乃至革命的呼声;一方面,是俄罗斯的文化传统,另一方面,是西欧文化的冲击;一方面,是革命民主主义者对苦难人民的爱与同情,号召人民起来革命,另一方面,是纯艺术派唯美主义徜徉于自然与爱情之中,追求人生、艺术与美的完满和谐。这样,尼基京的诗歌就不能不带有强烈的时代特征,具有一定程度上的典型意义。

尼基京创作伊始,就深受两方面的影响。一是以丘特切夫、费特等为代表的纯艺术派唯美主义者,他们以大自然与爱情为主题,以精致的语言、新颖的技巧、完美的形式,细腻地表现自然的美、爱情的诗意、人生的哲理。一是以普希金、莱蒙托夫、涅克拉索夫、谢甫琴科(Тарас Григорович Шевченко,1814—1861)以及尼基京的同乡、著名农民诗人柯尔卓夫(Кольцов Алексей Васильевич,1809—1842)等为代表的公民诗人,他们注重现实,反映社会问题,表现出强烈的公民责任感,为不幸的下层人民大声疾呼,甚至鼓动人民起来斗争。前者更多地受西欧文化的影响,超脱于现实之上,在艺术形式方面追求更多;后者主要维护俄罗斯的公民文化传统,更注重内容的现实性。在早期,尼基京更多地受费特、丘特切夫等人的影响,在其1856年出版的诗集中,唯美主义的气息更浓一些。1856年,尼基京得到车尔尼雪夫斯基的指导后,更多地倾向于涅克拉索夫等人的诗。他把当时的禁诗——雷列耶夫(Рылеев Кондратий Федорович,1795—1826)的诗歌和涅克拉索夫的《大门前的沉思》抄录下来,精心学习,公民精神得到发展,更关注现实。柯尔卓夫、谢甫琴科等对农民生活的反映更是引发了这位生活于下层的青年的深深共鸣,他们对民间口语与词汇的鲜活运用,无疑给诗坛带来了强劲的活力,这也使尼基京激动不已,在自己的诗歌创作中一再加以仿效。但唯美的一面并未消失,他不时地或者写一些纯粹歌颂自然与爱情的诗,或者把大自然与农民的生活结合起来,既展示大自然的诗意与美,又描绘充满活力与情趣的农民生活。这样,对大自然和爱情进行诗

---

① 详见《国外文学》2000年第1期,但编辑却把"曾思艺"误写成"曾思凡",幸亏还写有作者当时单位"湘潭大学中文系"为证。

② 详见《诗歌月刊》,2009年第2期下半月刊(总第99期)。

意描写的唯美倾向与具有公民精神、大胆反映现实问题的社会倾向,二者在尼基京诗中引人注目,它们或交互出现,或泾渭分明,或水乳交融,在其诗的内容、语言、风格等方面均有明显的表现。

在内容方面,尼基京的诗可分为自然诗、爱情诗、社会诗三类。自然诗、爱情诗主流是唯美的,社会诗则体现了公民精神。

尼基京被称为"俄罗斯大自然的歌手,风景画大师"[①],他的自然诗观察细致,描摹逼真,颇有意境。"在他所描绘的自然风光中,渗透着人民对于祖国的山川河流的热爱与喜悦。尼基丁善于把握大自然的美和大自然中的诗意,他的描写细致而生动,连光线的温暖、丛林的岑寂,在画面中都惟妙惟肖地显现出来。不论是辽阔的顿河草原,还是幽绿的静静回流,在尼基丁笔下,都诗意盎然。诗人故乡沃隆涅什的风景,他几乎全描绘到了,写出了这个欧俄中部地区的极富地方特色的风景。"[②]其早期地方特色不浓,自然只是得到普遍性的描写(这似与丘特切夫有关,丘氏早中期的诗描写的是普遍的、抽象的自然,尼基京曾读丘诗,受到其影响[③]),往往抒写大自然普遍的诗意与美,以及它对诗人心灵的抚慰,给他的鼓舞与力量,也与早中期的费特如出一辙。如《田野》:

> 仿若波状绸缎,田野尽情地四处伸展,
> 与天空融合成一片深蓝色的地平线,
> 在它的上空,好似透明的金色盾牌,
> 辉煌的太阳放射出熠熠的光彩;
> 风儿漫步田垄,就像在海面徜徉,
> 它给山冈穿上濛濛白雾的衣裳,
> 同小草偷偷地嘀咕着什么,
> 又在金灿灿的黑麦中放声高歌。
> 我孤独……我的心灵和思想却无比自由……
> 这里,大自然是我的母亲、老师和朋友。
> 当她允许我像婴儿一样
> 靠近她那强健、宽阔的胸膛,
> 并把一股力量注入我的心灵,
> 我深信未来的生活会更光明。[④]

抒写诗人在优美、宁静的田野中,感到心灵和思想无比自由,深感大自然是自己的"母亲、老师和朋友",给他力量,使他对未来充满信心。《森林》的主题也与此类似:

---

① Е. Беляская. И. С. Никитин. //И. С. Никитин. Избранные произведения,Київ.,1956,с. 4.
② 马家骏:《俄罗斯诗人尼基京的诗歌》,载《域外文丛》第二辑,江西人民出版社,1984年,第249页。
③ 关于丘诗对尼基京的影响,详见曾思艺:《丘特切夫诗歌研究》,人民出版社,2012年,第325—331页。
④ 曾思艺译自 И. С. Никитин. Избранные произведения,Київ.,1956,с. 18. 或见《俄罗斯抒情诗选》,曾思艺译,山西教育音像出版社,2006年,第99页。

呼啸吧,呼啸吧,绿色的森林!
对于我,你的呼啸是雄壮的标志!
在你蓊蓊郁郁的头顶,
是你的宁静和天空的瑰丽。
从童年起我就学会了领悟
你那无言的沉寂
你那神秘的音符
所透露的某种合意的亲密东西!

在那可怕的恶劣天气里,
大自然展露一片忧郁的美景,
那时,我是多么的爱你——
你挺身与狂烈的暴风雨抗争,
当你那些高大的橡树,
一齐摇动绿油油的树顶,
千百种各异的号呼
在你的密林深处彼此呼应。

或者,当白昼的太阳
在遥远的西方闪闪发亮,
以鲜红耀眼的火光,
照耀着你的衣裳,
此时,在你那深浓的树阴间,
早已是黑夜,而在你头上,
五彩缤纷的云朵的珠链,
像五光十色的田畦缓缓伸张。

瞧,我又来到了你的身边,
带着自己那徒然的忧伤,
我又看到你的朦胧昏暗,
听到你那自由的声响。
也许,在你的密林浓荫中,
我像个自愿的活跃囚徒,
将会忘记心灵的悲痛,
和生活中寻常的苦楚。①

在森林的浓荫中,在森林的喧响里,诗人忘记了心灵的悲痛、生活的苦楚,获得

---

① 曾思艺译自 И. С. Никитин. Избранные произведения, Київ., 1956, c. 19—20. 或见《俄罗斯抒情诗选》,曾思艺译,山西教育音像出版社,2006年,第100—101页。

了慰藉。到中后期,尼基京的诗则极具地方特色,使人如亲眼看见其故乡沃隆涅什一带俄罗斯中部的风景,如《别再酣睡了,我的草原》《亮丽的星光》等。如《别再酣睡了,我的草原》:

> 别再酣睡了,我的草原:
> 冬天的王国已经无踪无影,
> 平地上空寂的小路也已风干,
> 积雪消失——又温暖,又光明。
>
> 醒来吧,快用露水把脸颊洗靓,
> 展露你那百看不厌的丽质,
> 用茸茸嫩草装饰胸膛,
> 像新娘打扮得娇媚入时。
>
> 看吧,到处春光融融,
> 仙鹤飞来了,成队成行,
> 白昼沉浸在亮丽的金光中,
> 溪流在峡谷里一片喧嚷。
>
> 在广袤碧澈的天穹,
> 白雪般的云彩朵朵漂游,
> 在你胸上,一片片阴影,
> 依次变幻,就像闪烁的彩绸。
>
> 不久,客人们齐集这里,
> 看啊,建立了多少个家庭!
> 众声鼎沸,歌儿呖呖,
> 成天成天地从黎明到又一黎明!
>
> 夏天降临……针茅草一片银白,
> 割草人枕着镰刀熟睡,多么酣畅!
> 一个个草垛高高垒起来,
> 割草人整夜不眠,歌声嘹亮!
>
> 秋凉时节,艳丽的朝霞,
> 闪耀着一片玫瑰红,
> 我的草原,歇息吧,

安稳地酣睡,盖着白雾蒙蒙。①

受丘特切夫、费特的影响,尼基京的自然诗也具有很强的色彩感,善于用色彩来展示大自然的美,如其名诗《田野上蓝莹莹的天空》:

　　田野上蓝莹莹的天空,
　　镶着金边的云彩浮动;
　　森林上盈盈薄雾轻笼,
　　温煦的黄昏水晶般红。

　　轻轻吹来一阵阵夜的凉爽,
　　窄窄的田垄上麦穗进入梦乡;
　　月亮像一个火球冉冉东升,
　　树林辉映着一片片艳红。

　　繁星的金光柔和地闪耀,
　　纯净的田野静谧而寂寥;
　　这寂静使我仿佛置身教堂,
　　满怀狂喜地虔诚祷告上苍。②

天空的蓝色、云彩的金边、薄雾的洁白、黄昏的晶红组成一幅和谐、优美、动人的风景画。这种色彩有时甚至表现得细致入微,如《乡村的冬夜》:"明月快乐地高照/在村庄的上空:/皑皑白雪的幽光闪耀,/好似蓝色的火星。"银色的月光与皑皑的白雪交相辉映,正是在这月光与雪色的辉映中,诗人发现了人所不易察觉的色彩——皑皑白雪折射出的像蓝色的火星一样闪烁不定,乃至随着脚步的移动一闪即逝的幽光。

受丘特切夫、费特的影响,尼基京也喜欢描写运动变化的大自然,其自然诗也具有极强的动感,当然,这与当时的社会环境和诗人自身的经历也有一定的关系。诗人所处的时代新旧交替,动荡不已,俄罗斯传统文化与西欧文化冲突正烈,而诗人的生活颇为贫困,也需时常奔波劳碌以挣钱糊口,再加上丘特切夫、费特的影响,使他喜爱运动,放声歌唱生命的活力,在《生机》一诗中他写道:

　　生机像自由的草原一样蔓延……
　　走吧,请细看——别疏忽大意!
　　山丘那边绿盈盈的长练
　　是你不愿寻找的静谧。

　　最好是到处风狂雪暴,

---

① 曾思艺译自 *И. С. Никитин*. Избранные произведения, Київ., 1956, с. 208—209. 或见《尼基京诗选》,曾思艺译,载《诗歌月刊》2009 年第 2 期下半月刊(总第 99 期)。

② 曾思艺译自 *И. С. Никитин*. Избранные произведения, Київ., 1956, с. 362. 或见上刊。

最好是漫天大雨倾盆，
驾着箭似的三套车满草原迅跑，
那该是多么的快人心魂！

喂，车把式！快拉紧缰绳，
干吗紧皱双眉？请纵目远方：
天地多么宽广！自编的歌声
最能诉说心里的痛苦忧伤。

让那被强压心底的可恶眼泪，
哗哗地尽情流淌，
我和你，顶着淫淫雨威，
向着天边，不停地纵马飞缰！①

诗中明确表示不愿寻找静谧，并且衷心希望："最好是到处风狂雪暴，/最好是漫天大雨倾盆，/驾着箭似的三套车满草原迅跑，/那该是多么的快人心魂！"进而，他在诗中大量描写具有动感的事物特别是自然运动的过程。如著名的风景诗《早晨》：

星光闪烁着渐渐熄灭。云霞似火。
　　白蒙蒙的烟雾在草地上飘萦。
红彤彤的朝霞盈盈洒落
　　在波平如镜的湖面和繁枝茂叶的柳丛。
敏感的芦苇睡眼惺忪。四野寂无人声。
　　露水晶莹的小径隐约可见。
你的肩头稍一触动灌木枝
　　银亮的露珠便滴滴洒上你的脸。
轻风徐吹，揉皱了水面，涟漪频荡。
　　野鸭们呷呷飞过，消失了踪影。
远远地，远远地隐隐传来一阵钟响。
　　窝棚里的渔夫们已经睡醒，
取下渔网，扛起木桨，走向小船……
　　东方燃烧着，火海般一片通红；
鸟儿们歌声悠悠，等待着旭日露面。
　　森林静静伫立，满脸笑容。
一轮朝阳离别了昨夜投宿的大海，
　　跃出地面，喷薄着耀眼的光芒，

---

① 曾思艺译自 И. С. Никитин. Избранные произведения, Київ., 1956, с. 441. 或见《俄罗斯抒情诗选》，曾思艺译，山西教育音像出版社，2006年，第 135—136 页。

万道金灿灿的光流,哗哗倾泻在
　　爆竹柳的梢头,田野和牧场。
农夫骑着马儿,拖着木犁,一路欢歌,
　　沉重的负担,落在年轻人的双肩……
心儿呀,莫难过! 快从尘世的忧烦中超脱!
　　向太阳,向快乐的早晨道一声早安!①

从星光渐暗,朝雾濛濛,云霞似火一直写到旭日东升,万物醒来,人们工作。名诗《暴风雨》更是细致地表现了一场暴风雨从酝酿、始发、狂烈到平息的整个过程:

一队队的云彩五色斑斓地在蓝天飘萦,
空气透明而纯净。夕阳红霞辉映,
河那边的针叶林好似燃起一片金焰。
苍穹和河岸在波平如镜的水面照影,
柔软、细长的芦苇和爆竹柳绿莹莹。
这儿,层层涟漪和夕阳的余辉熠熠波动,
那儿,远离陡峭河岸的阴影,河水好似烧蓝的钢铁。
远处的平地像一条宽阔的彩绫,
草地绵延,群山气势飞动,蒙蒙白雾中,
小镇、村庄、森林时隐时现,天空幽蓝。
四野静谧。只有坝里的水一片喧哗,不肯安静,
好像在乞求自由,抱怨为磨坊主效力,
有时微风像隐身人悄悄掠过青草丛,
嘴里咕哝着什么,自由自在地向远方疾行。
现在,太阳已经落山。而一片绯红,
依然鲜艳在天空。这亮丽的红光,
溢满河流、两岸和森林,渐渐暗淡,溶入昏冥……
看,它再一次在昏昏欲睡的河面朦胧显形,
岸边的山杨飘落的那片枯黄的树叶,
仿如一只红蚬蝶,光彩熠熠,渐渐失去踪影。
阴影渐浓。远处的树林开始变幻成
各种怪异的形象。柳树们俯身水面,
若有所思地倾听。针叶林不知为何满面愁容,
山丘般的重重乌云,以一种无形的力量升向天空,
可怕地漂浮着汇聚,幻化出稀奇古怪的种种
坍毁城堡的塔楼和石壁层层堆叠的废墟。
呼! 起风了! 毛茸茸的芦苇摇头晃脑,唧唧哝哝,

---

① 曾思艺译自 И. С. Никитин. Избранные произведения, Київ.,1956, с. 190. 或见《尼基京诗选》,曾思艺译,载《诗歌月刊》2009 年第 2 期下半月刊(总第 99 期)。

野鸭们赶忙游进水草丛,不知从哪里飞来
一只惊叫的凤头麦鸡。爆竹柳的枯叶随风飘送。
多沙的道路上一股股尘土黑压压地团团飞卷,
弯弯曲曲的闪电箭一般迅速地划破云层,
灰尘越来越浓厚地漫天飞腾,
敲打绿叶的雨点好似急促激烈的鼓点齐鸣;
眨眼间,雨点变成漫天暴雨,针叶林
在狂风暴雨中猛烈哆嗦,东倒西倾;
一个巨人开始摇动自己那乱发蓬松的头颅,
一会儿嗡嗡啸叫,一会儿呜呜悲鸣,
仿佛巨型磨坊突然工作,转动轮子,翻飞石头。
刹那间一切都被震耳欲聋的呼啸罩笼,
又传来一阵古怪的轰鸣,仿佛瀑布的轰隆。
满身雪白泡沫的波浪一会滚滚扑向河岸,
一会跑离它,逍遥地在远处轻荡徐行。
一道闪电,明亮耀眼,突然照亮了天空和大地,
转眼间一切又在重重黑暗中隐身匿形,
霹雳声声轰响,好似骇人的大炮阵阵发射,
树木慢腾腾地弯身,枝梢在浑浊的水面挥动。
又一次滚过一声炸雷,岸边的一棵白桦
喀嚓倒下,熊熊燃烧,亮似红灯。
观赏暴风雨真叫人开心! 此时此刻
不知为什么,血管里的血液循环奔流如风,
你双目尽赤,精力充沛,只想尽情自由酣畅!
茂密针叶林的惊恐中有某种可亲的东西,
听得见歌声,叫声,可怕话语的回声……
似乎,俄罗斯母亲那古老的勇士复活了,
在战斗中与仇敌劈面相逢,正大显神通……
……
藏青色的云彩渐渐稀薄。稀疏的雨滴
偶尔洒落湿漉漉的大地。有几角天空
星星闪烁,好像烛光。阵风渐轻,
针叶林的喧嚣渐渐平息。月亮东升,
柔和如水的银光洒满针叶林梢,
暴风雨后,到处弥漫着深沉的寂静,
天空依旧满怀爱恋地凝望雨后的人境。①

---

① 曾思艺译自 И. С. Никитин. Избранные произведения, Київ. ,1956, с. 174—177. 或见《尼基京诗选》,曾思艺译,载《诗歌月刊》2009年第2期下半月刊(总第99期)。

喜欢表现事物浓烈的色彩,喜欢选择自然最具运动感的过程,这也是丘特切夫和费特诗的一个突出特征,尼基京似受益于他们。但尼诗往往是以动写静。这位自学成才、在贫困生活中苦苦挣扎、努力奋斗的诗人,在经受社会大环境的动荡和个人小环境的劳碌之余,心灵深处真正渴望的,还是那一份难得的宁静。在《田野上蓝莹莹的天空》一诗的结尾,他情不自禁地流露了心灵深处的秘密:"这寂静使我仿佛置身教堂,/满怀狂喜地虔诚祷告上苍。"

因此,他的自然诗多喜写黄昏、夜晚、清晨,并以各种具有动感的形象衬托出自然的宁静,从而收到"蝉噪林逾静,鸟鸣山更幽"的艺术功效。这样,尼诗中有不少直接以"黄昏""夜晚""深夜""早晨"为题,还有不少虽未以此为题,但以此为背景以构成静谧的境界。

尼基京的爱情诗数量不是太多,以致在人们的印象中,他只是一位社会诗人和风景大师。其实,尼基京的爱情诗虽然为数不多,但也独具特色,它们所表现的主要是初恋时那种羞怯、纯洁的感情,细腻真诚,精致动人。这里有《日日夜夜渴盼着与你会面》一类直接展示初恋时羞怯矛盾心理的诗:

> 日日夜夜渴盼着与你会面,
> 一旦会面——却惊惶失措;
> 我说着话,但这些语言
> 我又用整个心灵诅咒着。
>
> 很想让感情自由地奔放
> 以便赢得你爱的润泽,
> 但说出来的却是天气怎样,
> 或是在品评你的衣着。
>
> 请别生气,别听我痛苦的咕哝:
> 我自己也不相信这种胡言乱语。
> 我不喜欢自己的言不由衷,
> 我讨厌自己的心口不一。①

我国当代诗人公刘的《羞涩的希望》也写到初恋时的胆怯:"羞涩的希望,/像苔原上胆小的鹿群,/竟因爱抚而惊走逃遁,/远了,更远了,/终于不见踪影。//只有一片隐痛,宛如暴君,/蹂躏着我的心。/莫要拷问我,我已经招认:/怯懦,这便是全部的过错和不幸。"但比较含蓄,富有韵味。尼基京这首更为细致、生动,也更为清新、晓畅,尤其是抒情主人公的矛盾心理:一方面很爱对方,急于表白,一方面却又胆怯——"说出来的却是天气怎样,或是在品评你的衣着",写初恋时的心理如此细致入微,而又颇具典型意义,以致此后的小说戏剧、当今的影视中表现这类场面,总给熟悉这首诗的读者一种似曾相识之感。

---

① 曾思艺译自 *И. С. Никитин*. Избранные произведения, Київ. ,1956, с. 279. 或见上刊。

但尼基京更多的是把人置于大自然之中,在美丽动人、和谐宁静的大自然里,表达初恋的纯洁、幸福,物我和谐,情景交融,如《幽暗的密林里夜莺停止了歌唱》:

> 幽暗的密林里夜莺停止了歌唱,
> 一颗星星滑过莹莹的蓝空;
> 月亮透过树枝交织的绿网,
> 把青草上的露珠点得颗颗晶莹。
>
> 玫瑰沉睡。凉爽随风飘传。
> 有人吹起口哨,哨声戛然停息。
> 耳中清晰地听见
> 一片虫蛀的树叶轻轻落地。
>
> 盈盈月色下,你可爱的容颜
> 多么温柔,又多么恬静!
> 这个充满金色幻想的夜晚,
> 我真想让它漫漫延长,永无止境!①

《长虹在天空中七彩闪耀》:

> 长虹在天空中七彩闪耀,
> 雨后的玫瑰姿容清丽,
> 阳光在层层绿荫中嬉闹,
> 墨绿的花园香气如潮,
> 繁枝茂叶笼罩在一片金黄里。
>
> 丛丛树干下,光明和阴影
> 像人一样不断地交替转换;
> 到处缀满星星点点的苔藓茸茸;
> 在芬芳醉人的花朵上空
> 一只只金色蜜蜂嗡嗡飞旋。
>
> 密林中歌声和各种吱吱啾啾,
> 汇合成一曲交响的乐音,
> 你就在身边,我羞涩的朋友……
> 感谢上帝!在离别的时候
> 我捕捉住了幸福的一瞬!②

---

① 曾思艺译自 И. С. Никитин. Избранные произведения, Київ., 1956, c. 367. 或见《尼基京诗选》,曾思艺译,载《诗歌月刊》2009 年第 2 期下半月刊(总第 99 期)。

② 曾思艺译自 И. С. Никитин. Избранные произведения, Київ., 1956, c. 348. 或见上刊。

这些诗既有费特、丘特切夫等把人与自然结合起来,以构成爱情诗优美、和谐的意境的唯美传统,又独具尼基京那种近乎圣洁的初恋的纯洁与羞怯。

尼基京的社会诗,包含了深广的社会现实内容。这主要体现了涅克拉索夫等的影响。俄国文学中有一种优良的"公民诗"的传统。这一传统到"十二月党人"诗人(如雷列耶夫)和涅克拉索夫手中达到顶峰。尼基京深受影响,但也有自己的特色。他的社会诗包括以下几方面的内容。一是反映下层人民生活的贫困、不幸与苦难,对他们的遭遇表示了深深的同情,如《村中夜宿》:

> 浊闷的空气,松明的浓烟,
> 脚下,是遍地垃圾,
> 长凳布满灰尘,墙角边
> 蛛网的花纹层层结集;
>
> 熏得黑黝黝的高板床,
> 硬邦邦的面包就着凉水吞,
> 纺织女的咳喘,孩子们的哭嚷……
> 啊,穷困,穷困!
>
> 受苦受穷,终生劳累,
> 却像乞丐般死去……
> 在这儿就应当学会
> 信教,并善于耐穷受屈!①

这类诗为数甚多,除此诗外,著名的还有《织布女》《耕夫》《马车夫的妻子》《乞丐》《老爷爷》《铁锹掘好了深深的墓坑》等。二是揭露、讽刺俄国的封建残余和新兴的资产阶级。如长诗《富商》塑造了一个精于盘剥、粗暴野蛮的商贩路基契的形象,对代表封建残余和新兴资产者的商人、资本家进行揭露,而在其总结性诗篇《主人》一诗中更是明确指出商人、资本家是新的掠夺者,是荒淫无耻之徒。这表明尼基京既反对封建农奴制,也反对西方资本主义文明。三是在俄国诗人中极为罕见,从而也最具创见地对俄国人民身上所保留的奴性进行了毫不留情的深刻揭露。在这方面,最有代表性的是《我们的时代可耻地消亡》一诗:

> 我们的时代可耻地消亡……
> 继承祖祖辈辈的衣钵——
> 我们这代人多么驯良,
> 竟安恬于奴隶的沉重枷锁。
>
> 我们只配卑贱的命运!

---

① 曾思艺译自 *И. С. Никитин*. Избранные произведения, Київ., 1956, с. 441. 或见《尼基京诗选》,曾思艺译,载《诗歌月刊》2009 年第 2 期下半月刊(总第 99 期)。

> 我们甘愿忍受邪恶：
> 我们毫无胆量，一味安分……
> 任谁都可以把我们羞辱折磨！
>
> 我们吃奶时就已饱吸奴性，
> 我们甚至有嗜好创痛的痼疾。
> 不！父辈们从未有过初衷，
> 让我们做个公民像条汉子。
>
> 母亲也没教会我们仇恨，
> 情愿忍受暴虐者的桎梏——
> 唉！她还糊涂地领着我们
> 到教堂为刽子手祝福！
>
> 姐妹们为我们唱的歌，
> 从来不涉及生活的自由……
> 从未！她们深受残暴的压迫，
> 从摇篮里就压根没有自由的念头！
>
> 我们只好哑默。时代消亡……
> 耻辱也不曾使我们砸碎镣铐——
> 我们这一代锁链锒铛
> 还在为刽子手祈祷……①

诗中指出，由于继承祖祖辈辈的衣钵，由于父辈们、姐妹们从未想到要把"我们这代人"培养成公民，唤起我们自由的向往，我们显得"多么驯良"，竟然"安于奴隶的沉重枷锁"："我们毫无胆量，一味安分……/任谁都可以把我们折磨！"而尤为深刻的是："我们吃奶时就已饱吸奴性，/我们甚至有嗜好创痛的痼疾。"车尔尼雪夫斯基曾痛心地感叹俄罗斯民族的奴性："可怜的民族，奴隶的民族，上上下下都是奴隶。"②但尼诗比车尔尼雪夫斯基的论述更为深刻，它从心理分析角度进行深刻的透视，并且，几乎已达到现代精神分析学派心理分析的深度。奴性十足的人，逆来顺受，一味安分，苦中寻乐，创伤、疼痛过多反倒麻木不仁，甚至喜爱起创伤、疼痛来，这真有点受虐狂的味道了！诗人的独特、深刻之处还不止此，更在于揭穿这一点后，在诗歌的结尾进一步对此加以深化："耻辱也不曾使我们砸碎镣铐——/我们这一代锁链锒铛/还在为刽子手祈祷……"真是"哀其不幸，怒其不争"！四是带有强烈革命倾向的诗。这些诗诅咒黑暗暴政和专制统治，表现人民处于无权地位的

---

① 曾思艺译自 *И.С.Никитин*. Избранные произведения, Київ.，1956, с. 433—434. 或见《俄罗斯抒情诗选》，曾思艺译，山西教育音像出版社，2006年，第133—134页。
② 转引自许苏民：《比较文化研究史》，云南人民出版社，1992年，第533页。

忧伤和愤怒,甚至号召人民奋起反抗,拿起斧头进行斗争,如《弟兄们,我们背着沉重的十字架》:

> 弟兄们,我们背着沉重的十字架,
> 思想被禁锢,言论遭封锁,
> 诅咒,深深埋藏心底下,
> 眼泪,在胸膛翻腾如浪波。
>
> 罗斯被桎梏,罗斯在呻吟,
> 你的公民却只能无言地忧伤——
> 儿子忧思着患病的母亲,
> 偷偷哭泣,不敢哭出声响!
>
> 你没有幸福,也没有安乐,
> 你是苦难和奴役的王国,
> 你是贿赂和官僚的王国,
> 你是棍棒和鞭子的王国!①

这类诗还有《贫农之歌》《可鄙的暴政会覆亡》等。

自然诗、爱情诗的唯美倾向与社会诗的公民精神,在当时的俄国社会里似有水火不相容之势。车尔尼雪夫斯基、杜勃罗留波夫等人对费特等人的唯美主义不仅颇有微辞,甚至大加指责。而费特等人对革命民主派的社会诗也颇不以为然。但在尼基京的诗里,这两种似乎对立的倾向却得到了较为出色的结合,而且从早期直到中后期。如早期的名诗《恬静的黄昏》:

> 恬静的黄昏,
> 笼罩着山顶,
> 如镜的湖心
> 新月在照影。
>
> 朵朵浮云缦缦
> 在荒凉的草原上空,
> 好像绵延无尽的山峦,
> 飘向未知的旅程;
>
> 宽阔的河面上空
> 暮霭在飘飞,
> 深深的寂静中

---

① 曾思艺译自 И. С. Никитин. Избранные произведения, Київ., 1956, с. 435. 或见《俄罗斯抒情诗选》,曾思艺译,山西教育音像出版社,2006年,第135页。

密林已沉醉；

清澈的河湾
在苇丛里闪烁，
静谧的田原
在旷野中安卧；

蔚蓝的星河
快乐地张望，
巨大的村落
无忧地进入梦乡。

夜的黑暗中，
只有淫乱和忧伤
未曾合眼入梦，
寂静里四处晃荡。①

前面大量描写黄昏大自然的美景，构成恬美动人的意境，结尾却出人意料地转到社会问题上："夜的黑暗中/只有忧伤和淫乱/未曾合眼入梦，/寂静里四处晃荡。"但由于前面主要写的是乡村的自然美景，因此结尾虽显突兀，但很真实，并因此使全诗的内涵得以大大深化。尼基京似乎由此找到了把唯美倾向与社会倾向结合起来的方法。此后，他或者在寂静、优美的自然背景里展现人们的贫苦与不幸，如《乡村的冬夜》，或者更多地在美丽、恬静的大自然里描绘农民们的劳动生活，如《早晨》《亮丽的星光》等。尼基京的这类诗最富特色，也最挥洒自如，既优美生动，又富于现实生活气息，拥有独特的艺术魅力。

唯美倾向、社会倾向在尼诗的语言、风格上也有鲜明的体现。

唯美倾向的诗，语言比较优美、精致、文雅，风格清新、柔美、细腻，前述之《田野上蓝莹莹的天空》《幽暗的密林里夜莺停止了歌唱》《长虹在天空中七彩闪耀》等即为显例。社会倾向的诗，尤其是深受柯尔卓夫和谢甫琴科影响的诗，往往采用民间的词汇和语言，比较口语化，风格颇为粗犷、豪放乃至悲壮沉郁，最典型的例子是《遗产》一诗，完全是民歌风格，放在柯尔卓夫诗集中几乎可以乱真。其他社会倾向的诗，尤其是反映下层人民的不幸、贫困、苦难与反抗的诗，虽不如《遗产》那么完全民歌化，但口语色彩，粗犷、豪放、悲壮、沉郁，则很是突出。

在唯美与社会倾向结合的诗里，上述两种语言、两种风格得到了较完美的统一，既具有口语的生动、灵活，又不乏诗语的优美、清新，既柔丽细腻，又粗犷豪放，如《亮丽的星光》：

---

① 曾思艺译自 И. С. Никитин. Избранные произведения, Київ., 1956, с. 15—16. 或见《俄罗斯抒情诗选》，曾思艺译，山西教育音像出版社，2006年，第98—99页。

亮丽的星光，
闪烁在蓝天上；
如水的月光
流泻在树枝上。

湖湾水平如镜，
映着沉睡的树林；
静寂的密林中
到处黑沉沉。

欢声笑语
从树丛远播；
割草人燃起
熊熊篝火。

一匹白马夜色中
脚上的锁链哗啷，
在深深的草丛
孤独地游荡。

剽悍的歌手
唱起了歌曲。
人群里走出
一个小伙子。

把帽子往上一抛，
不用瞧随手接住，
蹲着身子舞蹈，
口哨声好似莺雏。

草地里的长脚秧鸡
随歌鸣声喈喈，
歌声远远消逝
在茫茫四野……

金黄的田坂，
莹洁的湖面，
明丽的河湾，
无边的草原……

田野上的星星，
幽僻的芦苇荡……
发自肺腑的歌声
情不自禁地飞出胸膛！①

唯美与社会倾向的有机结合，使尼基京创作出了这样一些好诗：描写的是自然景物、现实生活中的人或事物，表面上极其自然、平凡、朴实，实际上却隽永、深刻，极富象征意味，耐人寻味，发人深思。如《橡树》：

在干旱的不毛之地，
远离黑压压的森林，
一棵老橡树孤独地挺立，
仿佛这幽僻荒漠的守卫人。

他挺立着忧郁地遥望，
向着那苍穹下的绿荫，
他深深地思想
那早已熟悉的森林。

那里，每到深夜他的兄弟
便同流云软语轻言，
女歌手们一群群飞集，
环绕簇簇鲜花舞姿翩翩；

那里，凉风阵阵送爽，
美妙的歌声到处流溢，
片片新叶嫩绿鹅黄，
鸟儿们在枝柯上栖息。

而他，在这茫茫沙漠，
满身遮蒙沙尘和苔藓，
就像忧伤的流放者，
愁苦地把亲爱的故乡思念。

他从不知有新鲜的凉爽，
也从没见过天降的露滴，

---

① 曾思艺译自 И. С. Никитин. Избранные произведения, Київ. ,1956, с. 363—364. 或见《尼基京诗选》，曾思艺译，载《诗歌月刊》2009 年第 2 期下半月刊（总第 99 期）。

他只有——最后的欢畅：
在毁灭性的暴风雨里死去。①

又如名诗《犁》：

你，犁啊，我们的母亲，
熬度痛苦贫穷的帮手，
始终如一的养育者，
永恒持久的工友。

由于你，犁，恩惠
使打谷场的粮堆更加丰满，
饱生恶，饱生善，
就漫布于大地的花毯？

向谁来回忆你……
你总是那么淡泊，默默无声，
你劳动不是为了荣誉，
惟命是从的尽职不应尊敬？

啊，健壮的，不知疲倦的
铁一般的庄稼汉的臂膀，
让犁——母亲享受安宁，
得在那没有星光的晚上。

田塍上绿草如茵，
野蒿在摇青晃翠——
莫非你悲惨的命运，
完全是野蒿汁的苦味？

谁让你老是想到，
做事永远一心一意？
养活了老老小小一大群，
自己却像孤儿被抛弃……②

表面上歌咏的是俄罗斯农村生活中最为常见的劳动工具——犁，但诗中着力描绘的是犁的默默无声，淡泊自持，一心一意地尽职工作，最后那"养活了老老小小

---

① 曾思艺译自 И.С.Никитин. Избранные произведения, Київ., 1956, с. 32—33. 或见《尼基京诗选》，曾思艺译，载《诗歌月刊》2009 年第 2 期下半月刊（总第 99 期）。
② 曾思艺译自 И.С.Никитин. Избранные произведения, Київ., 1956, с. 322—323. 或见上刊。

一大群,自己却像孤儿被抛弃"的悲惨命运,却使犁这一形象大大提纯,升华成广大俄罗斯农民的象征。这类诗以小见大,由近及远,从日常生活的平凡朴实中发掘出浓郁的诗意、深刻的内涵,而且在艺术上自然生动,优美隽永,达到了相当的纯度与高度,最能体现尼基京诗歌独具的特色。当然,它得力于唯美倾向与社会倾向二者的有机结合。

综上所述,从尼基京的诗歌创作中,既可看到费特、丘特切夫等唯美主义的影响,也可看到涅克拉索夫等现实主义的影响,还可看到他在这二者之间的徘徊——在同一段时间,既写唯美诗,也写社会诗,以及他致力于二者的融合,由此可见,唯美主义对他的影响之大及时间之长。在尼基京的诗里,还可看到他对俄罗斯文化传统的坚持,对西欧资本主义文化的抵制。总之,从尼基京身上,可看到俄国19世纪中期社会的复杂性、文学的冲突性、交融性。因此,对尼基京的研究,不是可有可无,而是具有独特的文化意义。

三、纯艺术理论与俄国现代主义和形式主义文艺思想

无论是在西欧还是在俄国,现代主义文艺思潮在很大程度上意味着不同国家的文学艺术家对于本国文化传统的颠覆与创新,它既是与传统文化范式的一次断裂,又是对其进行复兴和再造。在俄国文化语境中,现代主义集中产生在19世纪末到20世纪初的大约二三十年间,文学史上一般将这段时间称为俄国文化的白银时代。这一时期是俄国文化的现代主义阶段,这是一个真正意义上的"文艺复兴"时期。它既是俄国精神文化的一次"集体爆发",又是俄国传统贵族文化在行将覆灭前的"回光返照"。

这一时期俄国资本主义经济获得了长足的发展,社会生活方式急剧变化。伴随着这一进程,俄国文学艺术也发生着剧烈的转型。众所周知,具有世界影响力的俄国文学是在普希金之后逐步发展起来的,其后的"果戈理派"(即现实主义)主张文学应表现现实精神,"于是强调作品之社会意义及教化目的乃成为全国之趋向"[①]。由于现实主义在很长时期内雄霸文坛,在19世纪的俄国文学领域,尤其是在七八十年代之前,即便是具有艺术独立倾向的作家,也基本上不否认文学应具有教化作用。这一格局直至俄国文学发展到现代主义阶段才告打破。白银时代的主要文学流派,如颓废派、象征派和阿克梅派等,虽然文学纲领各不相同,但在反对现实主义传统,追求唯美主义、个人主义和风雅趣味等方面却具有相似的价值取向。他们在文学与艺术方面同情欧洲世纪末之主要倾向,具体表现为尊重形式之讲究与美之至上,维护为艺术而艺术之理论,而且抨击在各种艺术创作里采取现实风格与表达社会意识[②]。

其实,作为"文艺复兴"与社会精神"总爆发"的一个重要方面,上述文学转型更

[①] [美]马克·斯洛宁:《现代俄国文学史》,汤新楣译,人民文学出版社,2001年,第84页。
[②] 见上书,第85—86页。

多地体现为一种转型后的结果,因为在此之前,促成此次文学转型的力量在文学艺术领域早已有所酝酿,尽管其尚未形成较大的潮流。美国学者马克·斯洛宁将这一转型的起始点定位在了19世纪中叶的纯艺术诗人费特身上,他认为:"以历史的眼光看,费特不但代表普希金伟大传统的终止,而且也是一个新趋向的开始。……他的诗是感触之变幻,神秘的喻示和音调之美丽所组成的;他的诗表示19世纪20年代开始的俄国诗的伟大运动已经发展到顶点,已成为强弩之末。"[①]笔者认为,马克·斯洛宁将费特的纯艺术诗作视为俄国文学向现代主义阶段的转折点,并认为他的诗歌"预示着革新之来临"这一观点是正确的,因为费特的纯艺术诗歌以其"感触之变幻,神秘的喻示和音调之美丽"宣告了一种新的审美理想的诞生,它在本质上与"果戈理派"和革命民主主义所推崇的现实主义文学截然不同。不过笔者认为仍有重要一点尚需补充说明:费特虽是文学转型的标志,但在当时的俄国文坛纯艺术绝非其个人行为,在费特现象背后的是一个反对实用主义、功利主义艺术观,积极主张艺术自律的纯艺术派。这一流派除费特外,在创作领域还包括诗人谢尔宾纳、迈科夫、波隆斯基、丘特切夫、阿·康·托尔斯泰、麦伊等人,在理论与批评领域里带头与车尔尼雪夫斯基、杜勃罗留波夫等革命民主派论战的则是被托尔斯泰称作"纯艺术论三巨头"的德鲁日宁、安年科夫和鲍特金。"三巨头"的纯艺术论在当时的俄国文坛颇具影响,费特、屠格涅夫和托尔斯泰等著名作家都不同程度地受过其影响,其中论战锋芒最为突出的就是德鲁日宁。因此,俄国文艺向现代主义转型的转折时期应是纯艺术派开始进行理论和创作活动的19世纪中叶,当时的纯艺术诗歌预示了未来现代主义文学的发展趋势。同样,我们也有理由相信,纯艺术理论即是俄国现代主义文艺创作原则的早期形态之一。由于纯艺术诗歌与现代主义诗歌之间的关系并非本书讨论重点,故在此不做赘述。下面我们将主要对比、探讨以德鲁日宁为代表的纯艺术论与现代主义——主要是以瓦·勃留索夫(В. Брюсов,1873—1924)、康·巴尔蒙特(К. Бальмонт,1867—1942)等人为代表的"老象征派"——创作原则在反对现实主义传统、主张文艺自律、自足以及探索创作的非理性等方面的理论契合点。

首先,俄国纯艺术论者和象征主义者都从同一角度出发,反对俄国现实主义文学传统。传统的现实主义文学创作要求作家高度关注"此在"的现实生活,积极反映当下的迫切社会问题,为本国同胞的利益而斗争。这种"为人生"和"为社会"的文学观念遭到了纯艺术论者与象征主义者的一致反对。纯艺术论者与象征主义者都认为现实问题不过是短暂易逝现象和昙花一现的乱流,"具体的生活像激浪一样,把现实主义者卷住,他们在这种生活之外什么也看不见"[②](象征主义者康·巴尔蒙特语),现实主义文学只是对现实缺乏创造性的模仿。而真正的文学艺术应能透过短暂易逝的"现象界"洞悉到永恒的"彼岸世界"。在此之前,纯艺术论的代表德鲁日宁同样认为,人类社会沧桑巨变,一个个时期和一代代的人转瞬即逝,今天

---

① [美]马克·斯洛宁:《现代俄国文学史》,汤新楣译,人民文学出版社,2001年,第54页。
② [俄]巴尔蒙特:《象征主义诗歌浅谈》,见《现代主义文学研究》,上,中国社会科学出版社,1989年,第356页。

还是新鲜的社会趣味明天就会变得陈旧无用,不再为社会所需要,而不变的只有永恒的真、善、美的理念。因此纯艺术作品只需要表现"真、善、美"的永恒理念,而可以完全无视社会需求。白银时代的象征主义者们也表达了类似的观点,在他们看来"日常生活不过是人类的生命力与命运搏斗的苍白的反映罢了",象征主义文学就是要透过现象,去洞悉那永恒的"彼岸世界",显现"永恒理念",它力求从总体上,而不是从外部,不是从局部现象来反映生活,而是通过象征这一手段表现本质,这本质隐藏在偶然的、分散的现象后面,与永恒、宇宙、世界进程建立起联系[1](费·索洛古勃语)。而瓦·勃留索夫也认为"艺术作品是通向'永恒'世界略微开着的大门"。在他看来,时间的种种现象时时刻刻都"在空间中绵延,在时间中流失",理性的科学知识只能提供一些近似的知识,通过感性认识到的又往往都是错觉,要洞悉那个永恒的神秘世界,只有采用纯艺术诗人费特的方法,只有这样才不至于被绝望地禁闭在"蓝色的监狱"之中,也只有这样才能"透过这些世界现象的外表更加深入地到达各种现象的中心部分"[2]。这里所谓"费特的方法"就是前面提到的俄国纯艺术论者的表现永恒理念的理论主张,因为俄国的纯艺术论就是在总结费特等纯艺术诗人创作的基础上提出的,反过来它又为后者的创作提供了理论依据。如果说,"丘特切夫、费特等人的美学追求,在白银时代俄国象征主义身上得到继续和发扬"[3],那么,得到继续和发扬的又何尝不是俄国纯艺术论的美学追求和理论主张。

其次,纯艺术论者和象征主义者都宣扬"艺术自律"和唯美主义反对功利主义文艺观。如前所述,俄国纯艺术论是在同革命民主主义者车尔尼雪夫斯基等人的论战中形成的,以其为代表的纯艺术论者在俄国语境中首倡"为艺术而艺术",积极主张艺术独立自足,从而与提倡公民主题和"文以载道"的现实主义文学传统"断裂"。无论是从反对文学功利主义的态度还是方式上来看,很难断言上述象征主义者不是纯艺术论者的继承人。象征主义运动的参加者"不满于美学思想理论中那种要艺术为社会政治为伦理说教服务的功利主义原则,不满于艺术创作实践中那种把依照生活本身的样子写实为标准的现实主义原则"[4],他们坚信"诗歌写出来不是为了使人们去关注日常生活中的问题而激动不安,不是为了唤起人们去斗争",因此"象征派极力把文学从'载道'的'工具'状态下解放出来,从作为'生活的教科书'的状态下解放出来,使文学进入独立自主、自足自律的状态"[5]。可以说,俄国象征派文学从其问世起,就与美学思想中的功利主义与艺术实践中的现实主义水火不容,虽然他们从未自称为"纯艺术论者"或"唯美主义者",但实际上纯艺术论者"为艺术而艺术"的唯美主张却在他们手中被推向极致,形成了一种"审美至上"的唯美观念。"审美至上"使他们将对"美"的关照扩展到整个生活世界,形成一种以审美为价值取向的世界观:维亚切·伊万诺夫认为"生活乃是一种审美现象",

---

[1] 见[俄]阿格诺索夫主编《白银时代俄国文学》,石国雄、王加兴译,译林出版社,2001年,第7页。
[2] [俄]勃留索夫:《打开神秘之门的钥匙》,见《象征主义·意象派》,中国人民大学出版社,1989年,第172页。
[3] 详见张冰:《白银时代俄国文学思潮与流派》,人民文学出版社,2006年,第97页。
[4] 周启超:《俄国象征派文学研究》,社会科学文献出版社,1993年,第20页。
[5] 同上书,第43页。

梅列日科夫斯基宣扬"在美中生活,义无反顾地沉潜于美的欣赏与创造",在索洛古勃看来,美的神话是唯一可与混沌浑噩的庸俗与毁灭一切的恶魔相抗衡的力量,吉皮乌斯要把第一部小说集《新人》献给"拥有新型美质风采的人们",勃留索夫"一向始终不渝地祈祷那超尘脱俗的美神",巴尔蒙特在《美的弥撒》中高呼"亲爱的兄弟,你我本只是那美神的幻象"①……

由此可见,在象征主义者身上纯艺术论者为艺术而艺术的观念被上升为"审美至上"的世界观,他们对美的关照不再局限于文学艺术作品,而是扩展到整个宇宙和生活世界。在他们眼中,整个世界都是"唯美化"和"理想化"的超现实,在他们的艺术世界中,"艺术是生活的教科书""是生活的替代品"等实用主义艺术观遭到了彻底的否定,功利主义没有任何容身之地。由此观之,象征主义者确是继承了纯艺术论的"精神衣钵",并将其"唯美主义"艺术观发展、扩大到了极致。

最后,纯艺术论者和象征主义者都意识到文学创作中的非理性因素。如前所述,德鲁日宁坚决反对为现实利益服务的观点是同他关于诗歌创作是非理性行为的认识紧密联系的,在他看来,"称诗歌为非理性的产物并非空穴来风,如果鉴赏者以枯燥、平庸的肉眼看待它,那么它的确是非理性的。……从广义上说,世间每一位伟大的诗人都是崇高的非理性者,因为在对社会施加巨大影响和服务于众多的社会理性目标方面,他们总是与同时代人全然理性的需求背道而驰。"②鲍特金同样将无意识和非理性视为艺术创作活动中的最重要因素、最高境界的体现。而对象征主义者勃留索夫而言,解决关于艺术的一系列问题的唯一途径就是"直觉和充满灵感的猜测",这虽是哲学家叔本华的回答,但同样可以用于解释艺术问题:如果我们从他禁锢的思想中取出他的解决方法,使他的艺术学说从他的"思想"学说,即实体世界和现象学说间的媒介学说中解放出来,那么我们一定能获得一条简单而又明确的真理:艺术是认识世界的非理性途径,艺术是我们在其他领域叫作天神启示那样的东西③。纯艺术论者和象征主义者分别视文学艺术为"非理性的产物"和"认识世界的非理性途径",虽然在表述上有所区别,但二者都将文艺的特性和非理性因素联系起来,这既是对理性地认识和描绘外在世界的传统现实主义认识论的反拨,同时又体现了其现代主义特质,毕竟现代主义艺术"反对传统艺术的一个重要的内容就是反对'古典'范式用理性知识主义的逻辑来要求艺术"④。

以上,我们从反对现实主义传统、主张文艺自律、自足以及彰显创作的非理性等三个方面探讨了俄国纯艺术论和现代象征主义理论之间的理论契合,虽然我们尚不敢断言二者之间存在着绝对对应的直接影响的关系,但笔者坚持认为二者在理论的"破"与"立"两个方面所采取的立场倾向和理论主张的高度一致绝非偶然。这里援引一条史料来证明此说:象征派诗人勃留索夫于1897年偶然获得"纯艺术论三巨头"之一安年科夫出版于1855年的《亚·谢·普希金传记材料》的影印本。

---

① 转引自周启超:《俄国象征派文学理论建树》,安徽教育出版社,1998年,第160—161页。
② А.В. Дружинин. Прекрасное и вечное, М. 1988, с. 305—306.
③ 见[俄]勃留索夫:《打开神秘之门的钥匙》,《象征主义·意象派》,中国人民大学出版社,1989年,第172页。
④ 寇鹏程:《古典、浪漫与现代:西方审美范式的演变》,上海三联书店,2005年,第271页。

此时勃留索夫的新审美观尚未形成,继续自己过去所选择的使命他又犹豫彷徨。"在这关键时刻,安年科夫这本普希金研究著作对他所产生的影响,几乎相当于一次宗教洗礼。"他接受了安年科夫对普希金关于艺术和艺术家之理念的解释,因为这正是他当时一直在冥思苦想的问题①。象征主义代表人物勃留索夫接受了安年科夫对普希金的解释,而这种解释也是俄国纯艺术论者对于普希金和纯艺术诗人认识的一个缩影,因为当初纯艺术论者正是借《亚·谢·普希金传记材料》出版的机会发表自己对于文学艺术的观点。按照纯艺术论者"对普希金关于艺术和艺术家之理念的解释",普希金成了"纯艺术的偶像"和证明纯艺术优于现实主义的论据,而文学创作中的"普希金倾向"则是对抗现实主义的力量来源。

除此之外,俄国纯艺术论还具有一种理论先声意义。众所周知,20世纪上半叶西方文艺理论的一个主要趋势就是"向内转",从先前长期受到青睐的"外部研究"转向以文本为核心的"内部研究"。这种研究范式的转变首先是由世纪初的俄国形式主义学派发起的,其理论建树为西方文本中心论奠定了基石。作为一个以研究文学文本"自律"为主要任务的文艺学派,俄国形式主义并不只是"西欧各国倾向与之相近的同类文艺学现象的简单移植",它的产生乃是19世纪俄国"审美主义"文艺思潮发展的必然产物。因为从文化发展逻辑来看,早在19世纪中叶,就有一股极力反对俄国批判现实主义传统,高举"唯美主义"旗帜的文艺思潮悄然而兴,它虽不十分强大,有时甚至显得孤掌难鸣,但却又绵延不绝,这就是上面提到的俄国纯艺术诗派和纯艺术论者。也正是从19世纪中叶"纯艺术"论与革命民主主义文论之间爆发了那场"旷日持久的争论"起,俄国文论中的"审美之维"开始沿着一条与批判现实主义传统迥然不同的道路走进现代主义阶段。如果说,"纯艺术"论者在俄国语境中首次将文学批评的视角从"外部"拉回到文学本身,那么随后的象征主义者则将前辈"为艺术而艺术"的文艺观扩展为"审美至上"主义。在此阶段,象征主义者们史无前例地表现出了对于诗歌语言之魅力的迷恋,他们将语言作为神秘力量的载体和艺术活动的中心,并在诗歌创作中身体力行,试图赋予语言以"魔力"。在这种观念之下,"诗与语言、诗学和语言学,以一种前所未有的速度汇合"②。而稍后的未来派在延续这一趋势的同时,又将其推向极端,他们认为诗人应享有创造语言的特权,在诗歌创作中可以随意搭配"能指"与"所指",自由创造超越日常理性思维的诗语。

当然,我们并不能将上述这些俄国现代主义文艺流派的理论与实践统统归结为俄国纯艺术论影响的结果,但是从纯艺术论到现代主义,再到形式主义的文本中心论,这一俄国19世纪下半叶到20世纪初期的文化发展轨迹,却又的确和西方文化的进程相符合,毕竟后者同样是经历了从唯美主义到现代主义诸流派,再到后来的结构主义和符号学的发展脉络。如果从这一线索来回溯俄国纯艺术论的理论意义,至少我们有理由将其"嵌入"到这一文化逻辑的整体潮流之中,而且,从时间上看,俄国纯艺术论还是居于这一潮流的"上游地带"。

---

① 详见林精华主编《西方视野中的白银时代》,下,东方出版社,2001年,第469—470页。
② 张冰:《陌生化诗学——俄国形式主义研究》,北京师范大学出版社,2000年,第38页。

另外,俄国纯艺术论与形式主义至少在两个问题上具有共同的理论趋向。其一,是文学独立性问题。无论是德鲁日宁、鲍特金还是安年科夫,无不认为文学艺术有其自身规律,并将诗歌世界视作一个独立于日常生活的领域。而什克洛夫斯基(Виктор Борисович Шкловский,1893—1984)的名言则是:"艺术永远是独立于生活的,它的颜色从不反应飘扬在城堡上空的旗帜的颜色。"[1]这句充满颠覆性的话语既反映了俄国形式主义的审美主张,同时也是其理论的出发点。如果说,形式主义者将研究的视角转入文本内部是在"螺壳里面做道场"的话,那么率先想要斩断螺壳与外部世界之间联系的,无疑是俄国纯艺术论者。其二,纯艺术论者和俄国形式主义者都认为文艺作品应该诉诸人的感受,而非教诲意义。什克洛夫斯基倡导的"陌生化"理论,源自其对于文学语言自动化趋势的反思,它旨在通过使文学语言陌生来实现形象的变形,以此来增强文学语言的生动可感性,进而借助于语言的翻新使那些约定俗成的"套语"和日渐平淡的形象重新散发艺术魅力。对此,什克洛夫斯基解释道:"那种被称为艺术的东西的存在,是为了唤回人们对生活的感受,使人感受到事物,使石头更成其为石头。艺术的目的是使你对事物的感觉如同你所见的视像那样,而不是如同你所认知的那样。"[2]这里,什克洛夫斯基反对文学的认知功能,而注重其感受性。前面提到,俄国纯艺术论者同样注重文学作品能够唤起人们的诗感或某种"甜蜜的感觉",而反对其应该承担"生活的教科书""为生活下判断"等功能等等。仅从以上这两点来看,我们至少可以认识到二者的理论观点具有某些内在的一致性。

根据上述史实和分析,我们不难看出,纯艺术论在当时虽未能撼动现实主义传统,但他们的部分思想、理念却完全有可能曲折地体现在俄国"老象征派"文学创作与理论建树之中,同时,与后来的形式主义在几点主要理论主张上具有同样的内在取向。应该说,在俄国文化语境下,这些契合并不单单是用偶然性因素所能解释的。因此,作为俄国现代主义文艺思想的理论先行,俄国纯艺术论先于象征主义反对现实主义传统、主张文艺自律、自足,并且探索创作的非理性方面,其理论建树既为白银时代正式登场的文艺思潮拉开了通向现代主义阶段的序幕,也预示了未来时代"向内转"的文艺理论趋向。因此我们有理由认为,以德鲁日宁、鲍特金、安年科夫等人的理论为代表的俄国纯艺术论乃是俄国现代主义文艺思想的早期形态之一。

四、纯艺术诗歌对俄国
现代主义及当代诗歌的影响

19世纪俄国唯美主义诗歌的影响,俄国和西方学者已有一定的论述,但不够系统、深入,往往点到为止。

---

[1] 什克洛夫斯基等:《俄国形式主义文论选》前言,方珊等译,三联书店,1989年,第11页。
[2] [爱沙尼亚]扎娜·明茨、伊·切尔诺夫编《俄国形式主义文论选》,王薇生译,郑州大学出版社,2005年,第212页。

穆希娜指出,勃洛克后来在写给波隆斯基的信中提到了《在风暴中颠簸》这首诗,"从很小的时候开始,我的脑海中就经常涌现与某个名字有关的抒情情感。留在我的脑海中的是波隆斯基的名字和对他这些诗行的第一印象:'我梦见:我风华正茂,激情盈溢,/我在热恋,梦想翩翩……/一片舒爽的寒气/从清晨起就弥漫了花园。'这首诗对勃洛克的诗《我风华正茂,激情盈溢,沉醉爱河……》有着直接影响。"①而"在长诗《报应》中,《新传奇》主题思想的丰富性被勃洛克进行了创造性的革新。勃洛克创造的贯穿着最精致的辩证法主人公父亲形象的浪漫主义方法,在许多方面发源于波隆斯基《新传奇》中的诗歌手法。在波隆斯基的诗体小说和勃洛克的长诗中,散发着历史的气息;吸引波隆斯基和勃洛克主人公的问题,是挣扎在时代矛盾中的人文文化的人。卡姆柯夫是勃洛克著作的根基——一个带着病态心灵的'怪'人。无论这个,也无论另一个,都没有力量战胜束缚头脑和心灵的环境之力:无论是40年代的主人公,还是80年代的主人公,在'黑铁时代'的条件下都无法释放在他们身上昏昏欲睡的巨大能量。勃洛克无疑在《报应》的第一章《新传奇》中继续了波隆斯基的传统,通过实际历史事件和人物的环境来建构情节,展示思想发展,使得《新传奇》成为《报应》的第一章。……波隆斯基创作的该时代文学编年史,就这样传送到了现代勃洛克的诗歌中。"②

埃亨巴乌姆也指出:"正是在90年代,亚历山大·勃洛克记起了诗歌《在风暴中颠簸》和它的作者(见《自传》)。在勃洛克早期的诗中不止一次地看到对波隆斯基的引文,而在1920年的日记中记载了出现在《创作》(1918)中的波隆斯基50年代的诗。最后,在长诗《报应》中有简单的却富有表现力的波隆斯基的肖像,描写波隆斯基正在安娜·弗列夫斯基的晚会上朗读诗歌。'波隆斯基在这里,朗读着诗歌,/他伸出手掌,富有激情。'"③

英国学者艾威尔·帕尔曼则指出:"《晚钟声声》,雅科夫·波隆斯基这首诗中艺术和永恒/来世的简单并置是勃洛克诗歌的基本潜台词。事实上,这首诗如此经常地被引用或被回应,以致人们形成这种印象:它终生回响在年青诗人的思想深处。"④

科洛索娃更是写有专文《勃洛克和阿·康·托尔斯泰》,论述阿·康·托尔斯泰对勃洛克创作的影响。⑤

在19世纪俄国唯美主义诗人中,丘特切夫和费特对俄苏文学的影响是广泛而深刻的。19世纪后期以来的俄苏现当代文学尤其是诗歌,受到其诗歌强有力的影响。高尔基曾回忆过丘诗及其他俄国作品对自己的良好影响:"我已读了阿克萨科夫的《家庭纪事》,书名叫《林中》的出色的俄国诗集,以及极著名的《猎人笔记》,此外还读了几卷格列比翁卡、索罗古勃的作品和韦涅维季诺夫、奥陀耶夫斯基、丘特

---

① И. Мушина. Поэзия и проза Полонского. //Я. П. Полонский. Сочинения в двух томах. Том 1, М., 1986, с. 11.
② Там же, с. 17—18.
③ Б. Эйхенбаум. Я. П. Полонский. //Я. П. Полонский. Стихотворения, Л., 1954, с. 38—39.
④ Pyman, Avril. *A History of Russian Symbolism*. Cambridge University Press, 1994, p. 14.
⑤ Колосова Н. П. Блок и А. К. Толстой. // Лит. наследство. М., 1987. Т. 92. Кн. 4.

切夫的诗集。这些书洗涤了我的身心,像剥皮一般给我剥去了穷苦艰辛的现实的印象。我知道了什么叫好书,我感到自己对于好书的需要。"①而列米佐夫的小说《表》所涉及的超越时间、反抗时间的主题,《十字架的姐妹》所表现的深层主题——"命运,就像时间一样,对人拥有强大的支配力。在命运面前,人的挣扎和抗议是苍白无力的,人的苦难带有宿命的色彩"②,也明显可以看出丘诗影响的痕迹。中国的俄罗斯侨民诗人瓦列里·别列列申(1913—1992)"曾说他的老师是丘特切夫、莱蒙托夫和他同时代的拉丁斯基"③。而费特的作品不仅直接影响了俄国象征主义的不少诗人,而且影响到现当代的诗歌创作。限于篇幅,此处仅拟分两个阶段,以丘特切夫为主适当结合费特,谈谈唯美主义对俄苏现当代诗歌的影响。

第一阶段是19世纪后期至20世纪初期的俄苏现代诗歌(包括现代主义和现实主义诗歌)。这是丘特切夫和费特影响特别大的一个时期,其中对俄国象征派诗歌的影响尤为突出,如俄国学者谢列兹尼奥夫的《19世纪后期—20世纪初期俄国思想中的丘特切夫诗歌》颇为全面而详细地论析了丘特切夫的思想和诗歌艺术对19世纪后期—20世纪初期俄国思想和诗歌多方面的影响,特别强调了丘特切夫的抒情诗与审美直觉对索洛维约夫创作的影响④;李辉凡、张捷指出,俄国象征派,"从横向上看,他们直接师承了西欧特别是法国的唯美主义、象征主义的诗学;从纵向上看,他们又接受了俄国19世纪丘特切夫、费特等诗人的艺术观点。这是他们的'纯艺术'、艺术至上等审美理想的渊源"⑤。费特的诗歌也直接影响了俄罗斯象征主义诗人勃留索夫、勃洛克、安德烈·别雷、巴尔蒙特等人的创作,他们纷纷学习其写作技巧和创作手法。

丘特切夫和费特的诗歌地位,在某种程度上可以说是俄国象征派树立的。正是俄国象征派,发现了丘诗和费诗对俄国诗歌的重要意义与价值。"他们认为,自己的根子在以普希金为先导的19世纪俄国诗歌中,在丘特切夫、费特、福方诺夫等诗人的作品中。……丘特切夫和费特对'彼岸'世界之神秘关系的叩问,对理智、信仰、记忆、直觉和艺术之间的复杂联系的探测,以及他们试图触及的'一切秘密的秘密''至高无上的事物'的努力,更使得象征派的美学原则明朗化"⑥。经过索洛维约夫、梅列日科夫斯基、勃留索夫等著名学者型诗人的一再阐发,丘特切夫和费特的现代意义与独特贡献彰显在人们面前,使他们引起了献身文学、立志创新者的无比信仰。于是,俄国象征主义诗人不约而同地奉他们为先驱,从其诗中汲取必要的艺术营养——周启超指出,丘特切夫和费特的诗,成了俄国象征派,尤其是"第一代象征派最看中的丰富养料"⑦,日尔蒙斯基更是明确指出:"俄国象征主义根源于茹

---

① [俄]高尔基:《在人间》,楼适夷译,人民文学出版社,1995年,第199页。
② 李明滨主编《俄罗斯二十世纪非主潮文学》,北岳文艺出版社,1998年,第43页。
③ 王亚民:《别列列申的中国情结和诗意表达》,《中国俄语教学》,2008年第5期。
④ А. И. Селезнев. Лирика Ф. И. Тютчева в русской мысли второй половины XIX—начала XX вв. СПБ., 2002.
⑤ 李辉凡、张捷:《20世纪俄罗斯文学史》,青岛出版社,1998年,第42页。
⑥ 汪介之:《现代俄罗斯文学史纲》,南京出版社,1995年,第19页。
⑦ 周启超:《俄国象征派文学研究》,社会科学文献出版社,1993年,第27页。

科夫斯基所开创的浪漫主义抒情诗派中。从茹科夫斯基经丘特切夫、费特及其继承者,这一诗歌传统最后由象征主义者延续下来……"①他进而谈道:"19 世纪的世人皆非普希金的信徒;普希金死后,浪漫主义传统得到复兴,而这一传统要归宗于茹科夫斯基,其中也有德国的影响作用。19 世纪中叶,浪漫主义诗歌在费特及其流派那里发扬光大;进入 20 世纪时,它在俄国象征主义的创作中寿终正寝:巴尔蒙特踵随费特……"②并且强调:"普希金是主要受法国抒情诗熏陶的 18 世纪古典主义艺术的完成者,而从茹科夫斯基开始,则发展起了受德国影响至深的新的、浪漫主义的、如歌的抒情诗。这种诗 19 世纪中叶由费特及其某些同流(A. 托尔斯泰,В. Л. 索洛维耶夫)的作品推至繁荣之巅。象征主义作家继承并且发展了浪漫主义传统。"③

维罗妮卡·宪欣娜在其《费特-宪欣的诗学观》一书中列专章"费特和象征主义者",较为详细地论析了费特对象征主义诗人弗·索洛维约夫、巴尔蒙特、勃留索夫、勃洛克诗歌创作的多方面影响。④

卡申娜在其论文《也论俄国象征主义诗歌中费特的同感反响的表现》中谈到费特的诗歌对弗·索洛维约夫、安年斯基尤其是勃洛克的影响。⑤

英国学者艾威尔·帕尔曼则在其《俄国象征主义史》一书中一再谈道:

"伊万诺夫在他 1910—1912 年的致力于研究俄国象征主义起源的文章中,强调了其俄国文学根源的重要性:陀思妥耶夫斯基和果戈理的散文;索洛维约夫、费特,尤其是丘特切夫的诗歌。丘特切夫,被伊万诺夫认定为第一位苦心经营一种坚实的、可适用的、建基于暗示而非交流的方法的诗人。"

"1910 年,勃留索夫写道:'丘特切夫作为暗示诗歌的大宗师和发起人,站在与普希金——我们真正的经典诗歌的创造者——同等的地位……仅在 19 世纪末丘特切夫就发现了真正的继承者,他们接受了他的规训,并尽力接近他意象的完美。'使丘特切夫精神上的继承者——勃留索夫的同代人——着迷的,首先是他对交流之困难的意识:'你如何表述自己的心声?/别人又怎能理解你的心灵?/他怎能知道你深心的企盼?/说出来的思想已经是谎言。'这最后一行:'说出来的思想已经是谎言'变成了象征主义的一个口号。"

"但是,使丘特切夫真正的继承者感兴趣的首先是他的诗歌技巧,他变不可能为可能的能力,他表达不可表达者的才能,和超出理解力的痛苦怎样用一种诉诸心灵的语言来表达的能力。"

"费特的感受力和 1890 年代的俄罗斯作家是如此贴近,他指出了和他们来自

---

① Жирмунский В. Теория литературы. Поэтика. Стилистика. Л.,1977,с. 202.
② [俄]日尔蒙斯基:《诗学的任务》,见什克洛夫斯基等著《俄国形式主义文论选》,方珊等译,三联书店,1989 年,第 252 页。
③ [俄]日尔蒙斯基:《诗的旋律构造》,见上书,第 303 页。
④ Вероника Шеншина. А. А. Фет-Шеншин Поэтическое миросозерцание. М.,1998,с. 133—168.
⑤ Н. К. Кашина. Еще раз о фетовских реминисценциях в поэзии русских символистов. //А. А. Фет. Поэт и мыслитель. М.,1998,с. 91—100.

西欧的榜样一样的道路：朝向音乐和精细，悖论和矛盾修辞，梦和象征。"①

"勃留索夫的第一批榜样是莱蒙托夫、涅克拉索夫，当然还有纳德松——稍晚些时候但更持久的则是普希金、丘特切夫和费特。"②

"相比于吉皮乌斯或索洛古勃、巴尔蒙特的诗歌，富有更多的管弦乐特性和更少的个人痛苦，很快赢得了更广泛的读者。诗集《在无穷之中》(1895)充满了对费特和波隆斯基、雪莱和布莱克——他称之为象征主义者的先祖——的联想之物。"③

"从普希金到波隆斯基，从莱蒙托夫到丘特切夫和涅克拉索夫的整个19世纪诗歌的交响曲，所有这些都回响在勃洛克的诗歌中，在他创造性的熔炉里，通过并置和与当代世界的熔合而产生新意。"④

其他如阿克梅派的阿赫玛托娃、曼德尔施坦姆，未来主义的帕斯捷尔纳克，意象派的领袖叶赛宁，非现代主义诗人蒲宁，等等，也纷纷学习并钻研丘特切夫和费特，从他们的创作中吸收了不少有益的东西。

这样，丘特切夫和费特便对俄苏现代诗歌产生了广泛而深远的影响。这些影响，总结起来，主要表现在以下几个方面。

第一，描写两重世界，表现生活的辩证哲理。

如前所述，丘特切夫以独特的个性气质融合外国哲学与文学的影响，形成了独特的诗风，发现了现代人骚乱不宁的内心世界。这使他终生处于双重生活的门槛，善于表达此岸与彼岸、理想与现实、梦幻与生活、自然与文明、山顶与山谷、夜与昼等的两极对立，深刻揭示心灵深处的矛盾对立因素的种种冲突。受丘诗的影响，"白银时代"的诗歌，尤其是俄国象征派的诗歌，大都喜欢描写诗人所面临的两重世界。或如福法诺夫的《每个诗人都有两个王国》：

> 每个诗人都有两个王国：一个
> 是从光明中来的王国，明亮，蔚蓝；
> 而另一个要比没有月亮的夜晚还要漆黑，
> 如同严密的监狱一般森严。
> 在黑暗王国中是一连串阴雨绵绵的岁月，
> 而在蔚蓝王国里只是——美丽的瞬间。

表现了光明与黑暗两重世界的对立。他还写有《两重世界》一诗，表现理想与现实、美与生活等等的矛盾⑤。或如索罗古勃的《我被沉重的牵累禁锢在……》，表现大地(现实生活)与梦幻(艺术)的矛盾⑥，勃留索夫的《每一瞬间》也是如此⑦。

进而，"白银时代"诗歌以此为基础，表达生活的辩证哲理。如梅列日科夫斯基的《双重的深渊》，在较全面展示人所面对的双重矛盾（如生与死、善与恶、自由与锁

---

① Pyman, Avril. *A History of Russian Symbolism*. Cambridge University Press, 1994, p.10.
② Ibid., p.67.
③ Ibid., p.61.
④ Ibid., p.218.
⑤ 均见《订婚的玫瑰——俄国象征派诗选》，汪剑钊译，中国文联出版公司，1992年，第8页和第9页。
⑥ 《俄国现代派诗选》，郑体武译，上海译文出版社，1996年，第114—115页。
⑦ 参见《俄罗斯白银时代诗选》，汪剑钊译，云南人民出版社，1998年，第90—91页。

链、苦难与喜悦、开端与结尾)的同时,总结了生活的辩证哲理——以上一切既矛盾对立,又相互依存,互相沟通,"自由,存在于锁链中","有苦难,才有喜悦的冲动"①。吉皮乌斯的《干杯》在这方面更为出色:

>欢迎你呀,我的失败,
>我爱你,正如我爱胜利;
>谦卑藏在我高傲的杯底,
>欢乐与痛苦从来就是一体。
>
>晴朗的傍晚一片安闲,
>青雾荡漾在风浪已静的水面;
>最后一滴严酷含有无底温柔,
>上帝的真理含有上帝的欺骗。
>
>我爱我一无保留的绝望,
>最后一滴总许诺给人陶醉。
>我在世上只懂一点真髓:
>不论喝的是什么,都要——干杯。②

尽管生活充满缺陷,人生只是受苦,上帝的安慰与许诺也不过是上帝的欺骗,但诗人仍然爱这生活,因为她已洞悉了生活的辩证法——胜利与失败相连,欢乐与痛苦一体,上帝的真理中有上帝的欺骗,因此,人生应该不计一切,而把失败、痛苦、绝望等等,以强者的热情,化为一杯烈酒,彻底喝干,直到最后的一滴。

未来主义诗人谢维里亚宁则从另一个角度,创作了诗歌《奇怪的人生》:

>人们相逢只为了分离,
>人们相爱只为了离异。
>我既想狂笑又想痛哭,
>我不愿意再生活下去!
>
>人们发誓只为背弃诺言,
>人们幻想只为诅咒心愿。
>啊,谁若懂得享乐的虚幻,
>就让他活活去忍受熬煎!
>
>身在乡村却向往着都市,
>身在都市却向往着乡村。
>到处都碰得到人的脸孔,

---

① 周启超主编《俄罗斯"白银时代"精品文集·诗歌卷》,中国文联出版公司,1998年,第25—26页。
② 《诗海》,现代卷,飞白著译,漓江出版社,1990年,第997页。

可就是找不到一颗人心!

犹如美经常包含着丑,
丑之中时有美的因素;
犹如卑贱有时很高尚,
无辜唇舌有时也恶毒。

如此怎能不狂笑、痛哭,
如此怎能再生活下去,
当人们随时可能分离?
当人们随时可能离异?①

　　诗歌在领悟美丑既对立又相互包含的辩证哲理的基础上,进而通过生活中两极对立的种种现象,揭示了现代社会的荒诞与人性的失落、人的孤独及无所适从。这是对辩证哲理的一种现代发展,颇有现代的荒诞色彩。

　　第二,赞美孤独,宣扬遁入内心。

　　丘特切夫深感社会的专制、高压,深感人与人之间关系的异化及人们的难以沟通,因而赞美孤独,宣扬遁入内心(如《沉默吧》《我的心是灵魂的乐土》),费特也较多地描写孤独。受其影响,"白银时代"的诗歌极力描写孤独,如梅列日科夫斯基的《孤独》②,它不仅描写了孤独,而且把丘特切夫那种人与人间已无法沟通的观念进一步具体化、深刻化了,指出无论是在爱情中或友谊中,还是在一切方面,人只能永恒地孤独! 在强烈的孤独中,他们深感自己是被人世遗弃的"逐客",在人世不仅找不到知音,而且遭到"无情的指责","冷酷的讥笑,恶毒的谩骂",只有置身大自然中,"饱经忧患的心灵"才能得到"片刻的爱抚"③。"伊万诺夫后来从丘特切夫来追溯他所理解的俄国象征主义的根源……在丘特切夫的诗中,在他对孤独的积极接纳中,伊万诺夫听到了灵魂/心灵难以言喻的音乐的最初拨动。一旦认识到说出的思想就变成了谎言,便能清醒地意识任何词语不过是符号,不过是暗示,不过是象征。"④

　　这样,"白银时代"的诗人们便一致向丘特切夫看齐,纷纷宣扬脱离人世,遁入内心,如梅列日科夫斯基宣称"我憎恨人类,/我急急忙忙地逃避他们。/我的唯一的归宿——/是我空虚的灵魂"⑤(《我憎恨人类》),或者希望沉入梦境或梦幻——"我们念念不忘、热衷于在梦境中狂想"(勃留索夫),命中注定"生活在梦幻世界里"(巴尔蒙特)。

　　第二,对爱情中两性关系的哲理深化与对异化主题的发展。

---

① 《俄国现代派诗选》,郑体武译,上海译文出版社,1996年,第449—450页。
② 见《俄国象征派诗选》,黎皓智译,浙江文艺出版社,1996年,第128—129页。
③ [俄]别雷诗,见《俄罗斯抒情诗选》,下册,张草纫译,上海译文出版社,1992年,第985—986页。
④ Pyman, Avril. *A History of Russian Symbolism*. Cambridge University Press, 1994, p. 186—187.
⑤ 《俄国象征派诗选》,黎皓智译,浙江文艺出版社,1996年,第197页。

丘特切夫在"杰尼西耶娃组诗"中首先发现男女之间的爱情,既有如胶似漆生死相许的一面,在其深处更隐藏着两性原始而永恒的斗争:"两颗心的双双比翼,就和……致命的决斗差不多。"这一主题在"白银时代"的诗歌中得到了深化。

梅列日科夫斯基在《爱情——怨恨》一诗中写道,相爱的双方,"每人都想凶猛如虎,没有谁愿听从使唤",在与对方的纷争中"筋疲力尽","又总是痛苦地相爱",就这样在争吵与相爱中度过整整一生。①

霍达谢维奇也宣称:"最为致命的痛苦是绝望,最为残酷的故事——是爱情。"②(《未完成剧本的序言》)古米廖夫对此主题更为热心。在《对战》一诗中,他创造了一个传奇式的故事,男女双方既深深相爱,又不得不以刀剑对战,最终是:"因为我把你杀死,我将永远属于你。"③他的《壁炉前》则从另一个角度写了两性的敌对:男子讲述自己昔日在外东征西闯、建功立业的冒险史,并感叹而今病魔缠身,心怀恐怖,女性不仅不感到难受,安慰男子,反而眼里"藏着一种幸灾乐祸的狠毒"④。

帕甫洛夫斯基指出:"阿赫玛托娃的爱情抒情诗不可避免地令所有人想到了丘特切夫。情感的激烈冲突,丘特切夫式的'命中注定'的决斗——所有这些如今恰恰在阿赫玛托娃笔下再次展现出来。如果提及她也像丘特切夫一样,无论在其感情方面,还是在其诗的创作方面的即兴特点,那么相似之处还要多","在她的爱情诗中,突如其来的哀求掺杂着诅咒,一切都誓不两立和没有解决的办法,战胜了心灵但又被空虚感所代替,而柔情又与盛怒相比邻,在这里,静悄悄的默认私语又被最后通牒和命令式粗鲁的语言所破坏——在这些火热的呐喊和预言中令人感到了潜在的、不可言说的并且同样是丘特切夫的思想,这就是他关于阴暗激情的游戏场的说法,他认为,这激情随意就把人的命运提高到其湍急而又阴暗的波涛之上,再有就是他关于在我们脚下颤动着的原始混沌的说法"。⑤

丘特切夫在俄国诗歌中最早发现人的异化,这一主题在"白银时代"诗歌中得到了发展,在索洛古勃的诗歌中尤为突出。

在索洛古勃看来,现代社会的种种严酷高压,使人丧失了主体性、个性,变成千人一面、万腔一调的平凡动物,循规蹈矩,恬然安于环境的污臭龌龊,完全放弃了对自由的追求:

> 我们是被囚的动物,
> 会用各腔各调叫唤,
> 凡是门,都不供出入,
> 打开门吗?我们岂敢。

---

① 《俄国象征派诗选》,黎皓智译,浙江文艺出版社,1996年,第132—133页。
② 《俄罗斯白银时代诗选》,汪剑钊译,云南人民出版社,1998年,第162页。
③ 《心灵的园圃——古米廖夫诗选》,黎华译,上海译文出版社,1996年,第65—67页。
④ 《当今世界——古米廖夫诗选》,李海译,外国文学出版社,1991年,第90—91页。
⑤ [俄]帕甫洛夫斯基:《安娜·阿赫玛托娃传》,守魁、辛冰译,四川人民出版社,2000年,第125、127—128页。

若是说心还忠于传说,
我们就吠,以吠叫自慰。
若是说动物园污臭龌龊,
我们久已不闻其臭味。

只要长期反复,心就能习惯,
我们一齐无聊地唱着"咕咕"。
动物园里没有个性,只有平凡,
我们早已不把自由思慕。

我们是被囚的动物,
会用各腔各调叫唤。
凡是门,都不供出入,
打开门吗?我们岂敢。①

进而,他深刻地认识到在这日趋大工业化、机器化、一统化的时代里,人只不过是运转的大机器上一个小小的螺丝钉,完全零件化了,完全与幸福、自由、主体性、个性绝缘,所能拥有的只是沉重的疲惫:

我的命运会怎样?
幸福抑或不幸?
共同劳作的机器
正在运转不停。

我在那个机器上
是颗小小螺丝钉。
傍晚我赤足而坐,
已经是筋疲力尽……②

在这样的社会里,诗人产生了一种强烈的生存荒诞感。如其当年曾轰动一时、广为流传的名诗《鬼的秋千》:

在浓密的枞树荫里,
在喧闹的溪流之上,
鬼用毛茸茸的大手,
推送着我荡的秋千。

他一边推送,一边笑,
向前,向后,

---

① 《诗海》,现代卷,飞白著译,漓江出版社,1990年,第1001—1002页。
② 《俄国现代派诗选》,郑体武译,上海译文出版社,1996年,第101页。

向前，向后。
秋千板嘎嘎地作响，
秋千绳磨着粗树枝。

秋千板在上下悠荡，
吱吱嘎嘎不断地响，
鬼沙哑着嗓子大笑，
笑得捧着肚子喊叫。

我拼命把绳索抓牢，
向前，向后，
向前，向后，
我精神紧张地荡着，
竭力将疲惫的目光，
从那鬼的脸上移开。

在苍劲的枞树上方，
林神也在哈哈大笑，
"你可落在秋千上了，
你荡吧，和鬼荡下去。"

在浓密的枞树荫中，
树怪们转着圈尖叫，
"你可落在秋千上了，
你荡吧，和鬼荡下去！"

我知道，鬼不会扔掉
疾速飞舞的秋千板，
只要他那可怕的手
还没有将本人打倒。

只要秋千绳悠荡着，
还没有磨断成两截，
只要我肩上的脑袋，
还没撞上我的大地。

我会荡得比枞树还高，
最后会啪的一声跌下。
鬼呀，请把这秋千荡得

更高,更高……哎呀!①

全诗极其形象地把人的荒诞的生存,隐喻为是和爱捉弄人的命运这魔鬼荡秋千——只要你一上了秋千,就会身不由己地被恶魔不停地向前、向后推送。诗歌把人的荒诞生存以及人在这一荒诞生存中万般无奈的心态揭示得淋漓尽致,入木三分,道出了现代人窘困于荒诞生存的共同心声,达到了很高的艺术境界。②

第四,对语言与思想之关系的思考。

如前所述,丘特切夫提出"说出来的思想已经是谎言"后,费特对此又加以发挥,深感"语言苍白无力"(《我的朋友,语言苍白无力》)、"我们的语言多么贫乏!所思所想难以言传!"(《我们的语言多么贫乏!……》)。这样,语言与思想的关系,引起了"白银时代"许多诗人的关注。纳德松在《亲爱的朋友,我知道……》一诗中高喊"世界上没有一种痛苦更甚于文字的痛苦"③(一译"世上最大的痛苦莫过于语言的痛苦")。吉皮乌斯在《书籍题签》一诗中写道:"欲表白绝无仅有的辞令,人间的话语竟难以寻觅"④,在《无力》中,她也认为:"我仿佛已经领悟到了真理——却找不到词语将它说出。"⑤梅列日科夫斯基在《风》一诗中也深感"有口难言"。为此,他们进行了进一步的思考与探索,力求解决语言与思想的问题。在这方面,曼德尔施塔姆的《沉默》值得一提。这首诗不仅仿照丘氏的《沉默吧》,以拉丁文为题,而且大大推进了丘氏的思想——力求把语言还原为乐音,与生命的本原融合,以传达生命最原初的感受,这是对言意关系的一种更为现代的思索⑥。

第五,对死亡、黑夜的热爱。

如前所述,丘特切夫和费特都具有强烈的死亡意识,对生与死的问题进行了颇为深入的思考,夜也是丘诗和费诗最常见的题材。受此影响,"白银时代"的诗歌表现出对死亡和夜的空前热爱。

有时,他们单独歌颂死亡,如吉皮乌斯的《暂时》认为死亡即永恒,宣称:"我只接纳你一位,死亡。"⑦巴尔蒙特认为死尽管阴森可怕,但也为自己所渴望,因为死"给万物带来无忧无虑的礼品",是"忘却的精灵"⑧。索洛古勃更是高喊:"哦,死亡!我属于你。"⑨

有时,他们单独歌颂夜,如索洛古勃通过午夜的寂静寻找精神的沟通——因为在午夜,"使你心灵苦闷的一切","都会在你面前点燃"⑩。而勃洛克则通过黑夜写

---

① 余一中译,见周启超主编《俄罗斯"白银时代"精品文集·诗歌卷》,中国文联出版公司,1998年,第54—56页,或见《俄罗斯文艺》1996年第4期。
② 详见曾思艺:《在荒诞的生存中创造神话——试论索洛古勃的诗歌主题》,载《邵阳师专学报》2000年第4期。
③ 《俄罗斯抒情诗选》,下册,张草纫译,上海译文出版社,1992年,第910页。
④ 《俄国象征派诗选》,黎皓智译,浙江文艺出版社,1996年,第32页。
⑤ 《俄罗斯白银时代诗选》,汪剑钊译,云南人民出版社,1998年,第57页。
⑥ 《贝壳——曼德尔施塔姆诗选》,智量译,外国文学出版社,1991年,第11—12页。
⑦ 《订婚的玫瑰——俄国象征派诗选》,汪剑钊译,中国文联出版公司,1992年,第65页。
⑧ 《俄罗斯白银时代诗选》,汪剑钊译,云南人民出版社,1998年,第41页。
⑨ 《俄国象征派诗选》,黎皓智译,浙江文艺出版社,1996年,第67页。
⑩ 同上书,第106页。

出了世界的循环,表达了一种颇为悲观的宿命的循环观念:

> 黑夜,大街,路灯,药店,
> 死气沉沉的昏暗人间。
> 哪怕你再活二十五年,
> 也没有出路,一切依然不变。
>
> 即使你死去——再活一次,
> 一切循环往复,仍如从前:
> 黑夜,阴沟里冻结的涟漪,
> 药店,大街,路灯点点。①

有时,他们把夜与死亡结合起来描写,表现对生命的哲理感悟,如吉皮乌斯的《夜的花朵》,诗中写道:夜"充满着残酷的美",此时,"人们最靠近死亡",同时人也最能感悟生命的神秘②。

丘特切夫和费特的象征与暗示手法,通过瞬间直觉把握整体的方法,对潜意识、非理性与梦幻的挖掘,对"白银时代"诗歌影响更大,以至它们成为俄国象征派乃至所有现代主义诗歌的突出特征。这早已是众所周知,兹不赘述。

此外,丘诗在其他一些方面对19世纪后期至20世纪初期的俄国诗人有明显的影响。

冯玉律指出:"在1905年革命时期以及随后的年代里,布宁在诗作中便渐渐注意哲理性的主题,而向丘特切夫靠拢了。"③"在20世纪初的诗作中,蒲宁(即布宁——引者)十分倾心于表达对生命统一整体的感受,对无数看得见和看不见的生物新陈代谢的永恒过程的赞叹。这种对宇宙的观照也正是继承和发展了丘特切夫的传统。"④布宁的某些诗明显学习、借鉴了丘诗,如《迟早有一天》⑤就是丘诗《灵柩已经放进墓茔》《春》等诗的变奏。

"1910年,叶甫盖尼·伊万诺夫对勃洛克提起丘特切夫的一首诗《两个声音》……这首诗给勃洛克留下了深刻的印象,使他久久不能忘怀"⑥,并促使他克服一切障碍,努力去奋斗。他还引丘诗"我认识她还是在神话的时代"作为《一年年过去……》一诗的题词,并在诗中对丘诗的诗意进行了灵活运用⑦。而马克·斯洛宁指出:"曼德尔施坦姆继承了杰尔查文和丘特切夫善于雄辩的传统。"⑧

---

① 曾思艺译自 От Символистов до Обэриутов — Поэзия Русского Модернизма,том1,М.,2001,с.162—163.
② 《订婚的玫瑰——俄国象征派诗选》,汪剑钊译,中国文联出版公司,1992年,第46—47页。
③ 冯玉律:《布宁和他的诗歌》,载《俄罗斯文艺》1996年第5期。
④ 冯玉律:《跨越与回归——论伊凡·蒲宁》,上海外语教育出版社,1998年,第49页。
⑤ [俄]布宁:《米佳的爱》,王庚年等译,漓江出版社,1991年,第148页。
⑥ [俄]图尔科夫:《光与善的骄子——勃洛克传》,郑体武译,知识出版社,1993年,第288—289页。
⑦ 《俄国诗选》,魏荒弩译,湖南人民出版社,1988年,第411页。
⑧ [美]马克·斯洛宁:《苏维埃俄罗斯文学(1917—1977)》,浦立民、刘峰译,上海译文出版社,1983年,第260页。

勃留索夫的《我记得那个夏天》①模仿了丘诗《啊,我记得那黄金的时刻》,索洛古勃的《花园充满了醉人的凉爽》②则借鉴了丘诗《请看那在夏日流火的天空下》,巴尔蒙特的《白色火焰》③则是丘诗《海驹》的发展,阿普赫京则在《苍蝇》一诗④中采用丘式二重对位手法。

第二阶段是20世纪50年代至当今的俄苏当代诗歌。丘特切夫和费特对这一阶段俄苏诗歌的影响,主要表现在内容方面,尤其是苏联"解冻"以后,丘诗和费诗对一批诗人产生了相当大的影响。一时之间,苏联诗坛掀起了哲理抒情诗的热潮,"传统哲理诗派""悄声细语派"都受到丘诗和费诗的影响,如刘文飞指出,"静派"的诗是"费特、丘特切夫式的小夜曲"⑤。

一些著名诗人也十分喜欢丘诗或费诗,受到丘特切夫与费特的影响。

诺贝尔文学奖获得者帕斯捷尔纳克早年即已十分熟悉丘诗,写过论述丘特切夫的文章,1910年夏天,在莫洛吉别墅居住时,"他每天爬到一棵半倒在水面上的老桦树杈上,一边吟咏老一辈抒情诗人丘特切夫的作品,一边创作自己的诗"⑥。他的诗继承了丘特切夫的优秀传统,锐意创新⑦,表现"理性与非理性的对抗","富有哲理","抒发对生与死、爱与恨以及大自然的感受"。⑧ 米沃什指出,美籍俄裔作家布罗茨基(另一位诺贝尔文学奖获得者)的"诗歌主题就是'爱与死'"⑨,而我们早已从梅列日科夫斯基的《俄罗斯诗歌的两个奥秘》一文中知道,这是丘特切夫遗留给俄国诗歌的珍贵秘诀,布罗茨基受其影响自然是不言而喻的了。

马尔蒂诺夫也深受丘诗的影响,"他被认为是俄国诗人丘特切夫和勃留索夫的出色继承者"⑩,"他在继承俄罗斯诗人巴拉丁斯基、丘特切夫等人哲理诗的基础上,围绕着人与自然、生与死、自然界与文明等主题,努力探索人生的意义、社会的道德风尚和科学发展的作用等问题,寓哲理于抒情,情理并茂"⑪。维诺库罗夫,则"与马尔蒂诺夫具有相近的风格,努力继承俄罗斯诗人巴拉丁斯基、丘特切夫和费特等人的哲理抒情诗遗产"⑫。鲁勃佐夫更是明确宣称自己继承、发展了丘特切夫与费特的传统:"我不会去重写/丘特切夫和费特的诗句。/……/但是我会去验证/丘特切夫和费特的真挚话语,/可以把丘特切夫和费特的书继续!"⑬(《无题》)俄国

---

① 《订婚的玫瑰——俄国象征派诗选》,汪剑钊译,中国文联出版公司,1992年,第82页。
② 《俄国象征派诗选》,黎皓智译,浙江文艺出版社,1996年,第81页。
③ 周启超主编《俄罗斯"白银时代"精品文集·诗歌卷》,中国文联出版公司,1998年,第67—68页。
④ 《俄罗斯抒情诗选》,下册,张草纫译,上海译文出版社,1992年,第880页。
⑤ 刘文飞:《二十世纪俄语诗史》,社会科学文献出版社,1996年,第237页。
⑥ 高莽:《帕斯捷尔纳克——历尽沧桑的诗人》,长春出版社,1999年,第29页。
⑦ 李明滨主编《俄罗斯二十世纪非主潮文学》,北岳文艺出版社,1998年,第305页。
⑧ 《含泪的圆舞曲——获诺贝尔文学奖诗人帕斯捷尔纳克诗选》,译序,力冈、吴笛译,浙江文艺出版社,1988年,第2、9页。
⑨ 转引自刘文飞:《墙里墙外——俄语文学论集》,中央编译出版社,1997年,第95页。
⑩ 陈建华、倪蕊琴编著《当代苏俄文学史纲》,辽宁教育出版社,1997年,第258页。
⑪ 乌兰汗编选《苏联当代诗选》,外国文学出版社,1984年,第226页。
⑫ 同上书,第408页。
⑬ 王守仁:《苏联诗坛探幽》,社会科学文献出版社,1990年,第129页。

学者爱泼斯坦指出,丘特切夫对扎鲍洛茨基也产生了较大的影响①。

一些次要的诗人也受到丘诗的影响,如长期居住在乌克兰的俄罗斯诗人列昂尼德·尼古拉耶维奇·维舍斯拉夫斯基,他"主要写哲理诗,继承了罗蒙诺索夫、巴拉丁斯基、丘特切夫的俄国哲理诗传统"②。

在丘特切夫、费特及其他诗人影响下,当代苏联诗坛形成了引人注目的"传统哲理诗派",主要诗人有加姆扎托夫、卡里姆、维诺库罗夫、索洛乌欣、伊萨耶夫、莫里茨、马尔蒂诺夫、库利耶夫、普列洛夫斯基、费奥多罗夫等等,此外还有从其他诗派转向哲理诗派的叶甫图申科、罗日杰斯特文斯基等。他们一般都能以较为开阔的视野、大小兼容的题材和富有哲理的思考去阐发自己对生活、对时代的认识,他们在艺术上则注重将哲理性、抒情性或戏剧性熔为一炉,在浓郁的诗情中给人以启迪③。

总体说来,苏联当代诗歌对丘诗和费诗的继承与发展,主要包括以下几个方面。

一是自然诗的继承与开拓。

苏联当代诗歌,尤其是"悄声细语派"和"传统哲理诗派"的诗歌,像丘特切夫和费特一样,热爱自然,描写自然,以至"写大自然,写农村景色"④,成为其诗歌的重要主题。如鲁勃佐夫的《田野上的星星》写道:"田野上一颗不灭的星星,/为地球上所有惊恐的居民放射着光芒,/星星把温柔可亲的光线,/洒遍遥远地区所有的城乡。"因此,诗人觉得"只要田野上的星星/在人世间发光",就会"感到内心充满幸福";在《我宁静的故乡》中他明确指出:"我跟每一座农舍和每一片乌云,/跟每一阵就要落地的雷响,/都感到有一种生死与共的关系,/我对它们的感情是多么火热深长。"⑤日古林被称为俄罗斯中部平原的歌手,"他善于从自然中撷取意象,擅长描写变幻多姿的大自然,突出人与大自然的密切联系,并使这种联系成为作品的内在主题"⑥。

在此基础上,诗人们对人与自然的关系进行了富有新时代特征的描写。随着人类科技的飞速发展,生态失衡、环境污染日趋严重,西方一些有识之士发出"救救地球"的呼声。苏联诗人目睹现代工业文明对大自然的侵毁,出于对大自然的热爱,从内心深处也发出了保护大自然的呼声。

在他们笔下,大自然母亲虽然还能像丘特切夫的时代一样给人以慰藉,但更可悲也更可怕的是,她如今已处于被伤害的境地,人类的活动空间一天天扩大,大自然母亲的天地却一天天在缩小。维诺库罗夫在《大自然母亲》一诗中写道:大自然

---

① М. Н. Эпштейн. Природа, Мир, Тайник Вселенной—— Система пейзажный образов в Русской поэзии, М. ,1990,с. 259.
② 许贤绪:《20世纪俄罗斯诗歌史》,上海外语教育出版社,1997年,第453—454页。
③ 陈建华、倪蕊琴:《当代苏俄文学史纲》,辽宁教育出版社,1997年,第254页。
④ 李明滨、李毓榛主编《苏联当代文学概观》,北京大学出版社,1988年,第256页。
⑤ 《苏联当代诗选》,上海外国语学院俄罗斯苏联文学教研组译,上海译文出版社,1981年,第240—241页和第238—239页。
⑥ 叶水夫主编《苏联文学史》,第二卷,中国社会科学出版社,1994年,第232页。

母亲"在期待我们慈悲为怀。/遗憾的是,她不能/从我们这里得到慈爱"①。其长诗《她决不会说》中,人们一向常见的富于生命力与诗意的自然美景,已变成"河流梦见的奇迹"②。在舍夫涅夫的《奇怪的梦》中,人类不仅成了上帝,而且成了医生,前来就诊的,竟是"病恹恹的江河""残废的小溪""失明的水潭"、百合、郁金香、"烧焦了的小林木"③。马尔蒂诺夫的《普通的药》,以深沉的忧患写到,由于人类的活动空间过度扩展,自然生态被破坏过分,最普通的自然现象——雷雨后的清新空气,森林中小鸟的歌唱,虫儿的鸣叫,已变得比天鹅的羽毛还要贵重④。

诗人们进而把保护自然与人类自身的生存联系起来,他们在描绘上述种种令人遗憾的情景之后指出,"大自然的悲剧也是人类的悲剧,因为'你(指人类——引者)不可能在我(指大自然——引者)之上,/正如你不能/在我之外'(维诺库罗夫《大自然的独白》)。伤害大自然,也就是伤害人的心灵;保护大自然,也就是保护人类的未来,这样的主题在许多诗歌中回响。伊萨耶夫的《猎人射杀了一只仙鹤》中的主人公误杀仙鹤后的良心审判,普列洛夫斯基的《世纪的路》中抒情主人公从现实的'保护西伯利亚'的急迫呼吁到'将地球变成宇宙的自然保护区'的大胆设想,都具有现实的警策意味,都包含着诗人改变人与自然的紧张关系的渴望"⑤。

二是爱情诗与其他诗的承续与发展。

丘特切夫在爱情诗中对爱情进行了独到深入的探索。如他在"杰尼西耶娃组诗"中指出,越是真心爱的人越容易被毁掉,这在苏联当代诗歌中有了现代的变奏,如塔季扬尼契娃的《秋夜……》:

> 秋夜,小伙子们
> 点起篝火光耀炽人。
> 小白桦戴着鲜艳的头巾,
> 火苗儿烧亮了
> 那双美丽的眼神。
> 她站立着,还活着,
> 紧闭起苍白的嘴唇……
> 我们对谁爱得最深,
> 也最经常使她伤心。⑥

而丘氏在爱情诗中,面对深爱的人付出的牺牲,所做的自我反省,在叶甫图申科的《在噙着眼泪的柳树下》一诗中,得到了承续:面对妻子深沉的爱,诗人反省自己:"献给妻子的不是鲜花,而是皱纹,/把家务一股脑儿压在她们的双肩,/男人们却偷偷地干着负心的勾当,/而妻子们却只能忍受着凌辱难堪",深感"怎样使妻了

---

① 陈建华、倪蕊琴编著《当代苏俄文学史纲》,辽宁教育出版社,1997年,第260页。
② 同上。
③ 《苏联抒情诗选》,王守仁译,湖南人民出版社,1984年,第104页。
④ 《苏联当代诗选》,上海外国语学院俄罗斯苏联文学教研组译,上海译文出版社,1981年,第24页。
⑤ 陈建华、倪蕊琴编著《当代苏俄文学史纲》,辽宁教育出版社,1997年,第261页。
⑥ 乌兰汗编选《苏联当代诗选》,外国文学出版社,1984年,第342页。

不幸——人人知晓。/怎样使妻子幸福——无人熟谙。"①

丘特切夫和费特对语言局限性的思考,在苏联当代诗歌中也得到了回响,如罗日杰斯特文斯基的《我想》,面对"奇异世界",一直想寻找一个恰如其分而又新颖有力的词儿,但难以如愿②。维诺库罗夫的《语言》,则是对同乡前辈丘特切夫的乐观发展——"语言推动着一切",一经开掘,它就"闪出光焰","开始遨游人间"③。

丘特切夫和费特挖掘内心,思考生命的哲理,也在苏联当代诗歌中,获得了更富现代性的特色,如索科洛夫的《我曾在海滨度夜……》：

> 我曾在海滨度夜,睡在篝火旁。
> 我梦见一只小鸽,没有翅膀。
> 见到鸟儿的苦楚,虽说是在梦乡,
> 我也心头沉重,痛苦难当。
>
> 在那个漆黑的夜里我还梦见：
> 我那高悬的帆落入火中,
> 小舟无法离岸乘风,
> 就像那无翅的鸽儿欲飞不能。
>
> 大海严峻,乌云沉沉,
> 可我听见你的声音来自远方。
> 我快乐地向你游去,
> 你是我的帆,你是我的翅膀。④

全诗把人生的焦虑痛苦、心灵困惑及执着追求等等生命的体验与思考,以梦境的方式,形象化地展现出来。而梅热拉伊蒂斯的哲理抒情诗集《人》,更是通过"科技革命时代纵横的感情与理智的'无形的坐标'","深入挖掘当代人的内心世界"⑤。

值得一提的是,丘特切夫对俄罗斯当代诗歌依然产生强有力的影响,他的地位在人们心中也越来越高。一些诗人不仅学习、借鉴丘诗的艺术技巧,而且深化、发展丘诗的某些观念,如现任俄罗斯作协(民主派)书记阿巴耶娃的诗《创造中没有创造者》,引丘特切夫的诗句作为标题,并在诗中进行了颇为现代的发挥。⑥

---

① 《婚礼——叶甫图申科诗选》,苏杭译,外国文学出版社,1991年,第140—141页。
② 《苏联抒情诗选》,王守仁译,湖南人民出版社,1984年,第266—267页。
③ 乌兰汗编选《苏联当代诗选》,外国文学出版社,1984年,第414—415页。
④ 《苏联抒情诗选》,王守仁译,湖南人民出版社,1984年,第254页。
⑤ 李明滨、李毓榛主编《苏联当代文学概观》,北京大学出版社,1988年,第298页。
⑥ 见《俄罗斯五诗人佳作选译》,郑体武译,载《外国文艺》1999年第6期。

结　语
俄国唯美主义在文学史上的地位

　　唯美主义虽然有其片面、偏颇之处(威廉·冈特谈道:"19世纪90年代的马克思主义观察家会注意到'为艺术而艺术'的含义十分狭窄——艺术家迷恋于自己的感觉,对人道缺乏兴趣,创作主题的构思精巧而做作。还会注意到:艺术家的华丽警句和怪异想象的铺陈后面,现实却异常匮乏。"①),但影响深远,为现代西方文学艺术基本特点的形成与发展做出了全新的重大开拓。

　　对此,有学者认为:"唯美主义把美当作最高价值,必然是对等级观念、实利原则的超越;其审美主义精神折射出社会的病态和反人道;唯美主义能够触动人们的神经,使人不至于彻底异化。"②有学者指出:唯美主义艺术精神包含有三点内容:(1)对形式的纯粹性的强调;(2)对精神的至高无上性的诉求;(3)以美反抗社会。唯美,是指对纯艺术的追求,它在哲学层面上反对唯物论,在艺术观念上反对自然主义和现实主义的创作原则,要求切断艺术与真理、道德的联系。这种切断,从现实角度看,是艺术家试图摆脱束缚自我的现实生活的努力,反映了当时社会"艺术至上"的诉求;从历史发展角度看,是现代精神在艺术中的初次显现,也是20世纪审美现代性问题的昭示。唯美主义者通过向内和向外两个维度的审美实践,表达了构筑艺术的独立王国和生活艺术化的双重理想:向内,沉醉于虚拟的童话般的想象世界,构成对现实的消极对抗;向外,以特立独行的"肢体语言"表达着对世俗的蔑视,并流露出以唯美原则再造现实的强烈野心。而这种蔑视姿态和再造野心的失败恰恰暗示了一个凡俗时代的到来。这里的"凡俗"不是指某种平庸的生活样态,而是显示一种生活的知性品质,这种知性品质以"此岸性的超常高涨"为特征,它暗示我们:宗教性的世界图景已经在欧洲崩塌,生存感觉的快适与否成为现代人精神活动的重要依据。因此,如果说古典时代的艺术是宗教、政治的婢女的话,那么,唯美主义第一次确立了完整的文学艺术世界;如果说康德从哲学高度划清了美同真、善的界限的话,那么,唯美主义的创作则真正实现了这种分离。③ 笔者赞同这一观点,但对唯美主义的开拓从艺术方面进一步加以补充。

　　首先,宣扬"为艺术而艺术",强调艺术的独立与自足,并以大量的创作实践,使艺术获得了非实用性和无功利性的纯粹独立的本质。唯美主义反对文学有任何功利、实用目的,认为艺术不是一种方法,而是一种目的,与政治和道德没有任何关系,从而第一次明确地将文艺从道德的附属品和社会工具的地位上拉出来,使之具有自己独立的品格,成为独立的人文科学门类。从此,文艺由一种"文以载道"的工

---

① [英]威廉·冈特:《美的历险》,肖聿译,江苏教育出版社,2005年,第221页。
② 李晓林:《审美主义:从尼采到福柯》,社会科学文献出版社,2005年,第22—23页。
③ 王洪琛:《波德莱尔与唯美主义艺术精神》,《南京林业大学学报》(人文社会科学版),2004年第1期。

具或社会、政治的武器转变为真正的艺术品,出现了现代文艺与传统文艺的根本分界,文艺获得了自身的纯粹性与独立性,这对于现代西方文学乃至整个世界文学意义尤其重大。由于强调文艺不再是一种载道的工具,唯美主义与传统文学所高举的真善美统一的标准分道扬镳,突破了只能歌颂善这一在不同时代与不同阶级中界说可以全然不同的道德标准,而可以描写生活的一切现象,"这样一来问题就滞留在美学的水平上了——丑也是美,即便是兽性和邪恶也会在迷惑人的审美辉光中发出诱人的光芒"①,从丑与恶中也可以发掘出美来,这就大大拓展了美的领域,扩大了艺术表现的范围和能力,并对自然主义、象征主义以及现实主义作家福楼拜等产生了较大影响,为现代文学尤其是现代派文学的发展展示了广阔的前景。同时,这种强调艺术自足、独立的观念,也为20世纪西方文学及美学转向文学本体作了理论准备。

"为艺术而艺术"抓住了艺术成其为艺术的本质,它不仅仅是唯美主义者的理想,更是所有献身艺术的艺术家的理想。强调艺术以自身为目的,艺术无涉政治、道德甚至真和善,这种提法尽管的确有点极端,而且也缺乏实际的可操作性,然而,就当时的时代、社会背景而言,这样的观点就存在其合理性和积极意义。唯美主义的产生,有着深刻的社会文化根源。19世纪中后期,资本主义迅速发展,工业化、都市化日益扩大,现实生活中的拜金主义、物质主义、庸人主义气息浓得令人窒息,文艺作品也越来越商品化,唯物论、科学、自然主义、现实主义过于强调客观、重视物质,也开始使人厌烦。而科学的发展,达尔文进化论的出现,向人们展示了上帝所代表的神性价值的虚幻,以致后来尼采终于喊出了"上帝死了"的口号,神恩已不能安慰孤独、苦难的心灵,人的存在已无所依恃,人于是试图通过极力追求形式来固定确立某种可以为生命所把握的审美价值,并表达自己无所依恃的存在的不安定思绪。王尔德宣称:"在这动荡和纷乱的时代,在这纷争和绝望的可怕时刻,只有美的无忧的殿堂,可以使人忘却,使人欢乐。我们不去往美的殿堂,还能去何方呢?……在那里一个人至少可以暂时摆脱尘世的纷扰与恐怖,也可以暂时逃避世俗的选择。"②(《英国的文艺复兴》)这样,在一种现实的幻灭感和价值的危机感中,唯美主义便应运而生,它以唯美的艺术来反抗和自卫,试图在反人道、反诗意、没有艺术也没有美、价值虚无的丑陋现实社会里,维护人道和个体的存在、保存诗意、创造新的艺术和美、确立新的价值、捍卫艺术的纯洁性,不愿让文学成为政治的附庸、伪道德的代言,不愿让文学屈从于报纸上的低级论战和庸俗批评,这在当时是有着极其积极的意义的,应充分肯定。同时,唯美主义者不仅要求为文艺的发展辟出一片净土,还反对批评的唯古代论调,鼓励当代作家作品,为文学批评的净化也做出了一定的贡献。

其次,特别重视形式美的创造,把思想、形式、美当作同一种东西。唯美主义认为,作品的美不仅仅在于其意义,更在于其形式和美的本身。虽然,美的本质因获

---

① [瑞士]荣格:《日神精神与酒神精神》,见荣格:《心理学与文学》,冯川、苏克译,三联书店,1987年,第237页。

② 赵澧、徐京安主编《唯美主义》,中国人民大学出版社,1988年,第100页。

得意义的支持而更强烈,但意义并非美的本质根源。戈蒂耶声称:"我们相信艺术的自主;对我们来说,艺术不是方法,而是目的;凡是不把创造美作为己任的艺术家,在我们看来都不是艺术家;我们从来都不理解将思想和形式相分离……一种美好的形式就是一种美好的思想,因为什么也没有表达的形式会是什么呢?"①他把创造形式美放在首位,特别重视创作的质量,在名诗《艺术》中提出"形式愈难驾驭,作品就愈加优美",把美看作是对不成形物质的一种征服,这种征服越是困难,作品的美就越发突出,作品也就越能持久。这就大大提高了创作的难度,增强了艺术家创作的责任感,进而确立了作家"客观而无动于衷"的创作原则。从此,创作不再是"斗酒诗百篇"式才华横溢的即兴挥洒,而是"意匠惨淡经营中"的呕心沥血,阅读的难度也开始增加,最终引出 20 世纪那阅读是读者参与再创造的智力活动的理论。

再次,重视艺术活动中感官与知觉的因素。在他们看来:"世界既然是个感觉的世界,那么,形式、色彩、感觉就全是使它们为之存在的人获得完美细腻的快乐的手段。艺术家必须把它们变为艺术,不必有丝毫畏葸踌躇,也不必考虑它们是能让政治家心满意足,还是能取悦宗教教士,或是叫店老板开心解颐。"②因此,他们特别注意艺术活动中的感官与知觉的因素,尤其是佩特和王尔德在这方面更是功勋卓著。这也为 20 世纪艾略特等人提出"思想知觉化"("像闻到玫瑰花的香味一样感知思想")及现代派文学重视各种感官与知觉的东西(如通感手法等)开了先河。

唯美主义上述开拓与非理性精神、重自我主观的观念等等,深深地影响了法国象征派,并通过法国象征派进而影响到 20 世纪现代主义诸流派,乃至东西方现当代文学的创作。作为 19 世纪唯美主义大潮中的一条支流,俄国唯美主义理所当然地也在某种程度上具有上述三方面的开拓,但除此之外,它还有一些对后来的俄国文学意义深远的具体的新开拓或新贡献,从而进一步奠定了其在俄国文学史上的重要地位。

俄国唯美主义文论充分捍卫了艺术的独立性,有力地纠正了车尔尼雪夫斯基、杜勃罗留波夫等革命民主主义者把文学变成政治宣传的工具的偏颇,并且把文学对社会现实问题的过分关注转移到对永恒题材和永恒问题的关注上,意义重大,因为正如威廉·冈特指出的那样:"最理想的诗歌总是关注永恒。"③在特定的时代特定的时期,人们确实也需要关注社会现实问题,并且想方设法尽可能地解决人民的苦难,但在更多的和平时期,人们更需要能提升心灵和精神的永恒题材:自然、爱情、人生、艺术,而这更符合时代的长远发展和人性的真实。

俄国唯美主义诗歌则还做出了另外几方面的贡献。

第一,使大自然在俄国诗歌乃至文学中占据独特地位。纯艺术派诗人在俄国诗歌史,同时也在俄国文学史上,最早使自然作为独特的形象,在文学中占据主要的地位,并使之与哲学结合起来。

在此之前,俄国文学中还没有谁如此亲近自然,理解自然,让自然蕴涵着深刻

---

① 转引自郑克鲁:《法国诗歌史》,上海外语教育出版社,1996 年,第 171 页。
② [英]威廉·冈特:《美的历险》,肖聿译,江苏教育出版社,2005 年,第 9—10 页。
③ 同上书,第 21 页。

的思想与丰富的情感。杰尔查文、卡拉姆津还只是发现俄罗斯自然的美,开始在诗歌中较多地描写。普希金还主要把自然当作纯风景来欣赏,其《冬天的早晨》《风景》《雪崩》《高加索》《冬晚》等描写自然的名诗莫不如此。茹科夫斯基虽在自然中作朦胧的幻想与哲理思考,但往往只是触景生情,更未想到过让自然与哲学结合起来。莱蒙托夫的自然与普希金、茹科夫斯基近似。只有在纯艺术派诗人尤其是丘特切夫、费特、迈科夫等人这里,自然才拥有自己独特的地位。"他的生活同大自然息息相通:/他理解潺潺不绝的溪流,/懂得树上叶子的窃窃私语,/感觉到小草在瑟瑟发抖。/他能看懂星罗棋布的天书,/海上的浪涛也向他倾诉衷曲。"①皮加列夫指出:"丘特切夫首先是作为自然的歌手为读者所认识的。这种看法说明,他是让自然形象在创作中占有独特地位的第一个俄国诗人。"②马尔夏克宣称:"费特能够聪颖、直接、敏锐地领悟自然界的奥妙","费特的抒情诗已进入了俄国的大自然,成为它不可分割的一部分"。③

第二,多角度、全方位地描写了爱情,有些还有相当的现代感。如前所述,纯艺术派诗人由于每人独特的爱情经历,都大量地创作爱情诗,这些爱情诗多角度、全方位地描写了爱情,如费特的爱情诗几乎描写了爱之旅的各个环节,而丘特切夫的爱情诗更是具有相当的现代感,他突破了一般关于爱情的心理表现。而挖掘到某种独特的、深层的、较为现代的感情——从爱情的快乐、幸福中看到不幸、痛苦,从两颗心灵的亲近中看到彼此的敌对:"两颗心注定的双双比翼,就和……致命的决斗差不多"(《命数》),并发现在爱情中"有两种力量——两种宿命的力量",一种是死,一种是人的法庭(《两种力量》);一种是自杀,另一种是爱情(《孪生子》);一种是幸福,另一种是绝望(《最后的爱情》)。在这方面,丘特切夫超过了同时代或稍后些所有歌颂、表现爱情的诗人、作家,对人性中的爱情心理层次、爱的奥秘、生命的悲剧作了更新、更深、更现代、更富哲理的开拓。半个世纪后,英国的劳伦斯才深入这一领域,做出了类似于诗人的探索(主要体现于其著名长篇小说《彩虹》《恋爱中的妇女》等中)。

第三,在俄国诗歌中完善、深化了哲理抒情诗,并较早在俄国文学中探讨了异化问题。纯艺术派诗人把俄国的哲理诗发展为哲理抒情诗,并把独特的形象(自然)、丰富的情感、瞬间的境界乃至深邃的哲理等完美地结合起来,使之达到炉火纯青的艺术境界,奠定了俄国文学中哲理抒情诗的坚实基础。

在此之前,波洛茨基、罗蒙诺索夫等创作的是诗味不浓的哲理诗,杰尔查文则创作了不少哲理诗,别林斯基对之评价颇高:"在杰尔查文的讽刺的颂诗中,显露出了一个俄罗斯智慧人物的有实际意义的哲理,因此,这些颂诗的主要特质就是人民性。"④但杰尔查文或重在理趣:"人们捉住了一只歌声嘹亮的小鸟,/并且用手紧紧地按住它的胸膛,/可怜的小鸟无法歌唱,只能吱吱哀叫,/而他们却喋喋不休地对

---

① [俄]巴拉丁斯基:《悼念歌德》,见《俄罗斯抒情诗选》,上册,张草纫译,上海译文出版社,1992年,第314页。
② Пигарев К. Жизнь и творчество Тютчева, М., 1962, с. 203.
③ 转引自徐稚芳:《俄罗斯诗歌史》,北京大学出版社,1989年,第289—290页。
④ 转引自易漱泉、王远泽、张铁夫等著《俄国文学史》,湖南文艺出版社,1986年,第58页。

它说:/'唱吧,小鸟儿,快快歌唱。'"①或与讽刺性结合,具有强烈的政治性,已成政治讽刺诗。当然,前述杰尔查文的《午宴邀请》等诗已初步具备哲理抒情诗的特点,但毕竟为数甚少。此后,茹科夫斯基、普希金、莱蒙托夫等也写过一些哲理诗,或触景生情,如茹氏之《乡村墓地》《黄昏》,或对某物直表哲理,如普希金的《诗人与群众》《先知》,莱蒙托夫的《沉思》《惶恐地瞻望着未来的一切》。如前所述,迈科夫、波隆斯基、阿·康·托尔斯泰都创作了一些颇为成熟的哲理抒情诗,费特晚年在翻译了叔本华的《作为意志与表象的世界》之后,更是写作了大量的哲理抒情诗,其中不少达到了炉火纯青的境界。而丘特切夫更是把抒情、哲学、自然完美地结合起来,并以瞬间的境界、短小精炼的形式,巧妙地表达出来,对人、自然、心灵、生命等本质问题作长期、系统的哲学探索,从而形成一种独特的哲理抒情诗,并且对费特及不少诗人影响很大。因此,陀思妥耶夫斯基称丘特切夫为"俄国第一个哲理诗人,除普希金而外,没有人能和他并列"。

值得一提的是,丘特切夫还率先从异化的高度,深刻、全面地探讨了个性与社会的矛盾,并最早对人类命运之谜进行了颇为现代的探索,既看到社会对个性的压抑、限制、异化甚至扼杀,又看到脱离群众的个人主义的自由、个性的极端解放是虚幻的自由。从而,既富有哲学的深度,又颇具现代色彩②。别尔科夫斯基指出,在这方面,他比托尔斯泰和陀思妥耶夫斯基早了四分之一世纪③。

第四,一些独特的艺术手法。纯艺术派诗人一些独创的艺术手法,如对喻、象征、多层次结构及通感手法,意象并置、画面组接手法等等,都是对俄国诗歌的新的贡献,并且对俄国诗歌和俄国文学的发展产生了颇大的影响,由于前面已有较详细的论述,此处不赘。

综上所述,俄国唯美主义文学不仅在理论上有重大纠偏与推进作用,而且在诗歌创作上更有丰硕成果和诸多创新,产生了深远的影响,因此,它以自己的文学实绩和开拓在俄国文学史上占据了一席不可替代不容忽视的重要地位。

---

① 转引自易漱泉、王远泽、张铁夫等著《俄国文学史》,湖南文艺出版社,1986年,第53页。
② 详见曾思艺:《丘特切夫诗歌研究》,人民出版社,2012年,第48—52页。
③ Берковский Н. Я. Ф. И. Тютчев. //Тютчев Ф. И. стихотворения, М.—Л.,1962,с.42—44.

参考文献

(以下基本上是本书所涉及或引用的文献,其他背景性文献暂未列)

一、俄文文献

Академия Наук СССР Институт мировой литературы. История русской литературы,Т. 3. , Л. ,1982.

Академия наук СССР институт русской литературы. История русской поэзии. Том1、2,Л. , 1968,1969.

Анненков. П. В. Материалы для биографии А. С. Пушктн, М. ,1984.

Белинский В. Г. Полное собрание сочинений,М. ,1907,том 8.

Берковский Н. Я. Ф. И. Тютчев. //*Тютчев Ф. И.* стихотворения,М. —Л. ,1962.

Благой Д. Д. Лителатура и действительность,М,1959.

Благой Д. Мир как красота. (О "Вечерних огнях" А. фета.),М. ,1981.

Боткин В. П. Литературная критика,публицистика,письма,М. ,1984.

Бухштаб Б. Я. А. А. Фет. Очерк жизни и творчества,Л. ,1990.

Бухштаб Б. Я. Фет и другие,СПБ. ,2000.

ВРоссию можно только верить. . . —Ф. И. Тютчев и его время(сборник статей),Тула,1981.

Григоьева А. Д. Слово в поэзии Тютчева,М. ,1980.

Григорьева А. Д、Иванова. Н. Н. Язык поэзии XIX—XXвв. Фет • Современная лирика,М. ,1985.

Гродецкий Б. П. История русской критики,Том 1,М. —Л. ,1955.

Дружинин А . В. Прекрасное и вечное,М. ,1988

Н. А. Добролюбов. Полное собрание сочинений,М. ,1935,том 2.

Егоров Б. Ф. 、Жданов . В. А А. В. Дружинин:Повесть. Дневник,М. ,1986.

Жуков Дмитрий. Алексей Константинович Толстой,М. ,1982.

Кожинов В . В. Тютчев,М. ,1988.

Колосова Н. П. А. К. Толстой,М. ,1984.

Колосова Н. П. Блок и А. К. Толстой. // Лит. наследство,М. ,1987. Т. 92. Кн. 4.

Коровин В. И. Русская поэзия XIXвека,М. ,1997

Кулешов В. И. История Русской литературы XIXвека,М. ,2005.

Майков А . Н. Избранные произведения,Л. ,1957.

Майков А . Н. Сочинения в двух томах,Том 1—2,М. ,1984.

Маймин Е. А . Русская философская поэзия,М. ,1976.

Мей. Л. А. Стихотворения,М. ,1985.

Мережковский. Д. Вечные спутники. Достоевский . Гончаров. Майков. ,СПБ. ,1908.

Мушина И. Поэзия и проза Полонского. //*Я. П. Полонский.* Сочинения в двух томах,Том 1, М. ,1986.

Некрасов Н. А. Полное собрание сочинений и писем,М. ,1948—1953,том 9.

Никитин И. С. Избранные произведения, Київ. ,1956.

Озеров Л. Поэзия Тютчева, М. ,1975.

Озеров Л. Галактика Федора Тютчева. // *Тютчев Ф. И.* Стихотворения, М. ,1985.

Осповат Ал. Короткий день русского "эстетизма" (В. П. Боткин и А. В. Дружинин)》; Лит, Учёба, 1981, №3.

От Символистов до Обэриутов— Поэзия Русского Модернизма, том 1—2, М. ,2001.

Петров А. Личность и судьба Федора Тютчева, М. ,1992.

Пигарев К. Жизнь и творчество Тютчева, М. ,1962.

Полонский Я. П. Стихотворения ,Совстский писатель, Л. , 1954.

Полонский Я. П. Сочинения в двух томах, Художественная литература, М. ,1986.

Поспелдв Г. Н. История русской литературы : эпоха расцвета критичуского реализма(40—60гг. XIXв.),М. ,1958.

Прийма Ф. Я. Поэзия А. Н. Майкова. //*А. Н. Майков.* Сочинения в двух томах, Том 1, М. ,1984.

Розенблюм Л. А. Фет и эстетика "чистого искусства". Вопросы литературы, М. ,2003, № 2.

русские критии о А. С. Пушкине, М. ,2005.

Русские поэты, Т. 1—2, М. ,1966.

Русские поэты, Детская литература. , М. ,1996.

Салтыков-Щедрин М. Е. Избранные произведения, М. , 1965—1977.

Селезнёв А. И. Лирика Ф. И. Тютчева в русской мысли второй половины XIX—начала XXвв, СПБ, 2002.

Современники о Ф. И. Тютчеве, Тула ,1984.

Степанов Н. А. Н. Майкова. //*А. Н. Майков.* Избранные произведения, Л. ,1957.

Сухова Н. П. Мастера русской лирики, М. ,1982

Сухова Н. П. Дары жизни, М. ,1987.

Толстой. А. К. собрание сочинений, Том 1—4, М. , 1963.

Толстой А. К. О литературе и искусстве, М. ,1986.

Толстой Л. Н. Полное собрание сочинений, М. ,1949, том 60.

Тынянов Ю. История литературы. Критика, СПБ. ,2001.

Тютчев Ф. И. Полное собрание стихотворений, Л. ,1954.

Тютчев Ф. И. избранное, Ростов-на-Дону, 1996.

Фет А. А. Поэт и мыслитель, М. ,1999.

Фет А. А. и русская литература, Курск. ,2003.

Фет А. А. Полное собрание стихотворений, Л. ,1959.

Фет Афанасий. Лирика, М. ,2003.

Фет А. А. Сочинения в 2-х томах, М. ,1982.

Филологический факультет МГУ. Русская литература XIX—XXвеков, том 1, М. ,2001.

Чернышевский Н. Г. Полное собрание сочинений, М. ,1949, том 12.

Шапир М. И. Исторический анекдот у А. К. Толстого и Н. А. Добролюбова. //Даугава. 1990. № 6.

Шеншина Вероника. А. А. Фет-Шеншин Поэтическое миросозерцание, М. ,1998.

Щербина. Н. Стихотворения, Л. ,1937.

Эйхенбаум Б. Я. П. Полонский. //*Я. П. Полонский.* Стихотворения, Л. , 1954.

Эпштейн М. Н. Природа, Мир, Тайник Вселенной— Система пейзажный образов в Русской поэзии, М. ,1990.

Эткинд Е. Г. "Против течения": О патриотизме А. К. Толстого. // Звезда . 1991. № 4.

Ямпольский И. Г. Из архива А. Н. Майкова ("Три смерти", "Машенька", "Очерки Рима"), Л. ,1977.

二、英文文献

Briggs, Anthony D. "Annularity as a Melodic Principle in Fet's Verse." *Slavic Review*, Vol. 28, No. 4 (Dec. , 1969).

Lane, R. C. "Tyutchev's Place in the History of Russian Literature." *The Modern Language Review*, Vol. 71, No. 2 (Apr. , 1976).

Offord, Derek. *Portraits of Early Russian Liberals*. Cambridge University Press, 1985.

Pyman, Avril. *A History of Russian Symbolism*. Cambridge University Press, 1994.

Rossetti, Christina. *Goblin Market and Other Poems*. New York: Dover Publications, 1994.

Rossetti, Dante Gabriel. *Ballads & Sonnets*. Portland: T. B. Mosher, 1903.

三、中文文献

阿格诺索夫主编《白银时代俄国文学》,石国雄、王加兴译,译林出版社,2001年。

阿格诺索夫主编《20世纪俄罗斯文学》,凌建侯等译,中国人民大学出版社,2001年。

艾恺《世界范围内的反现代化思潮——论文化守成主义》,贵州人民出版社,1999年。

《爱与田园的画家——米勒》,河北教育出版社,1998年。

奥夫相尼科夫:《俄罗斯美学思想史》,张凡琪、陆齐华译,中国人民大学出版社,1990年。

安年科夫:《文学回忆录》,甘雨泽译,黑龙江人民出版社,1999年。

巴杰林:《拉斐尔前派艺术》,梁莹译,中国建筑工业出版社,2007年。

波德莱尔:《恶之花·巴黎的忧郁》,钱春绮译,人民文学出版社,1991年。

《波德莱尔美学论文选》,郭宏安译,人民文学出版社,1987年。

《贝壳——曼德尔施塔姆诗选》,智量译,外国文学出版社,1991年。

贝灵:《俄罗斯文学》,梁镇译,商务印书馆,1933年。

贝维拉达:《唯美主义二百年——为艺术而艺术与文学生命》,陈大道译,台湾Portico Publishing Ltd. 出版社,2006年。

《别林斯基选集》,第1—6卷,满涛、辛未艾译,上海译文出版社,1982—2006年。

别尔嘉耶夫:《俄罗斯思想》,雷永生、邱守娟译,三联书店,2004年。

伯恩斯、拉尔夫:《世界文明史》,第1—4卷,罗经国等译,商务印书馆,1995年。

《柏拉图文艺对话集》,朱光潜译,人民文学出版社,1988年。

伯林:《俄国思想家》,彭淮栋译,译林出版社,2003年。

伯林:《现实感》,潘荣荣、林贸译,译林出版社,2004年。

伯曼:《一切坚固的东西都烟消云散了——现代性体验》,周宪、许均译,商务印书馆,2003年。

波斯彼洛夫:《文学原理》,王忠琪、徐京安、张秉真译,三联书店,1985年。

布拉迈尔斯:《英国文学简史》,濮阳翔、王义国等译,四川人民出版社,1987年。

布罗茨基主编《俄国文学史》,上、中、下卷,蒋路、孙玮译,高等教育出版社,1957年。

布吕奈尔等著《19世纪法国文学史》,郑克鲁等译,上海人民出版社,1997年。
布尔加科夫:《东正教》,董友译,香港三联书店,1995年。
布尔加科夫:《东正教——教会学说概要》,徐凤林译,商务印书馆,2001年。
布尔索夫:《俄国革命民主主义者美学中的现实主义问题》,刘宁、刘保端译,中国社会科学出版
　　社,1980年。
曹靖华主编《俄国文学史》,上卷(修订版),北京大学出版社,2007年。
《车尔尼雪夫斯基论文学》,上中下卷,辛未艾译,上海译文出版社,1978—1983年。
《车尔尼雪夫斯基文学论文选》,辛未艾译,上海译文出版社,1998年。
《车尔尼雪夫斯基选集》,上下,周扬、缪灵珠、辛未艾译,三联书店,1958年。
陈建华、倪蕊琴编著《当代苏俄文学史纲》,辽宁教育出版社,1997年。
陈晓菁:《论费特抒情诗的主题和艺术特色》,上海外国语大学,2006年硕士论文。
《重访俄罗斯音乐故乡——俄罗斯名歌100首》,薛范编,中国国际广播出版社,2001年。
《当今世界——古米廖夫诗选》,李海译,外国文学出版社,1991年。
《戴望舒译诗集》,湖南人民出版社,1983年。
丁子春主编《欧美现代主义文艺思潮新论》,杭州大学出版社,1992年。
《订婚的玫瑰——俄国象征派诗选》,汪剑钊译,中国文联出版公司,1992年。
《杜勃罗留波夫选集》,第1、2卷,辛未艾译,上海译文出版社,1983年。
杜吉刚:《世俗化与文学乌托邦——西方唯美主义诗学研究》,中国社会科学出版社,2009年。
《俄国民粹派文选》,中共中央马克思恩格斯列宁斯大林著作编译局国际共运史研究室编译,人
　　民出版社,1983年。
《俄国诗选》,魏荒弩译,湖南人民出版社,1988年。
《俄国现代派诗选》,郑体武译,上海译文出版社,1996年。
《俄国象征派诗选》,黎皓智译,浙江文艺出版社,1996年。
《俄国形式主义文论选》,扎娜·明茨、伊·切尔诺夫编,王薇生译,郑州大学出版社,2005年。
《俄罗斯白银时代诗选》,汪剑钊译,云南人民出版社,1998年。
《俄罗斯名诗300首》,谷羽译,漓江出版社,1999年。
《俄罗斯抒情诗选》,上下,张草纫译,上海译文出版社,1992年。
《俄罗斯抒情诗选》,曾思艺译,山西教育音像出版社,2006年。
《俄诗精粹》,李家午、林彬译,安徽文艺出版社,1987年。
《法国近代名家诗选》,范希衡译,外国文学出版社,1987年。
飞白主编《世界诗库》,第3、5卷,花城出版社,1994年。
飞白著译《诗海——世界诗歌史纲》,传统卷、现代卷,漓江出版社,1990年。
费特:《诗和艺术——论丘特切夫的诗》,张耳译,载钱善行主编《词与文化——诗歌创作论述》,
　　中国电影出版社,1997年。
《费特诗选》,张草纫译,上海译文出版社,1997年。
冯春选编《普希金评论集》,上海译文出版社,1993年。
冯玉律:《跨越与回归——论伊凡·蒲宁》,上海外语教育出版社,1998年。
弗兰克:《俄国知识人与精神偶像》,徐凤林译,学林出版社,1999年。
冈特:《拉斐尔前派的梦》,肖聿译,江苏教育出版社,2005年。
冈特:《美的历险》,肖聿译,江苏教育出版社,2005年。
高莽:《帕斯捷尔纳克——历尽沧桑的诗人》,长春出版社,1999年。
高尔基:《俄国文学史》,缪灵珠译,上海译文出版社,1979年。
高尔基:《论文学》,续集,冰夷、满涛等译,人民文学出版社,1983年。

高尔基:《文学写照》,巴金译,人民文学出版社,1978年。
格奥尔基耶娃:《俄罗斯文化史——历史与现代》,焦东建、董茉莉译,商务印书馆,2006年。
戈蒂耶:《莫班小姐》,艾珉译,人民文学出版社,2008年。
古留加:《谢林传》,贾泽林、周国平等译,商务印书馆,1990年。
《古希腊罗马哲学》,北京大学哲学系外国哲学史教研室编译,三联书店,1957年。
哈里斯:《奥斯卡·王尔德传》,蔡新乐、张宁译,河南人民出版社,1996年。
汉密尔顿:《希腊精神——西方文明的源泉》,葛海滨译,辽宁教育出版社,2003年。
《含泪的圆舞曲——获诺贝尔文学奖诗人帕斯捷尔纳克诗选》,译序,力冈、吴笛译,浙江文艺出版社,1988年。
何怀宏主编《生态伦理学——精神资源和哲学基础》,河北大学出版社,2002年。
赫拉普钦科:《尼古拉·果戈理》,刘逢祺、张捷译,上海译文出版社,2001年。
黑格尔:《美学》,第1—3卷,朱光潜译,商务印书馆,1979—1981年。
《赫尔岑论文学》,辛未艾译,上海文艺出版社,1962年。
《谎言的衰朽——王尔德艺术批评文选》,萧易译,江苏教育出版社,2004年。
《婚礼——叶甫图申科诗选》,苏杭译,外国文学出版社,1991年。
霍夫曼:《斯居戴里小姐》,韩世钟等译,译林出版社,1998年。
霍斯金:《俄罗斯史》,第1—3卷,李国庆等译,南方日报出版社,2013年。
季明举:《艺术生命与根基——格里戈里耶夫"有机批评"理论研究》,中国文联出版社,2005年。
季莫菲耶夫主编《俄罗斯苏维埃文学史》,殷涵译,上海文艺出版社,1962年。
基托:《希腊人》,徐卫翔、黄韬译,上海人民出版社,1998年。
蒋孔阳、朱立元主编:《西方美学通史》第1—7卷,上海文艺出版社,1999年。
蒋培坤、丁子霖:《古希腊罗马美学与诗学》,山西人民出版社,1987年。
卡普斯金:《十九世纪俄罗斯文学史》,上下,北京大学俄语系文学教研室译,高等教育出版社,1958年。
克冰:《俄罗斯十九世纪文学》,内蒙古教育出版社,1993年。
克柳切夫斯基:《俄国史教程》,第五卷,刘祖熙等译,商务印书馆,2009年。
寇鹏程:《古典、浪漫与现代:西方审美范式的演变》,上海三联书店,2005年。
拉伊夫:《独裁下的嬗变与危机——俄罗斯帝国二百年剖析》,蒋学祯、王端译,学林出版社,1996年。
《莱蒙托夫诗选》,余振译,上海译文出版社,1980年。
《李大钊文集》,上,人民出版社,1984年。
李赋宁总主编《欧洲文学史》,第二卷,商务印书馆,2001年。
利哈乔夫:《俄罗斯思考》,上、下卷,杨晖、王大伟总译审,军事谊文出版社,2002年。
利哈乔夫:《解读俄罗斯》,吴晓都等译,北京大学出版社,2003年。
李辉凡、张捷:《20世纪俄罗斯文学史》,青岛出版社,1998年。
李明滨、李毓榛主编《苏联当代文学概观》,北京大学出版社,1988年。
李明滨主编《俄罗斯二十世纪非主潮文学》,北岳文艺出版社,1998年。
李晓林:《审美主义:从尼采到福柯》,社会科学文献出版社,2005年。
李兆林、徐玉琴编著《简明俄国文学史》,北京师范大学出版社,1993年。
林红:《民粹主义——概念、理论与实证》,中央编译出版社,2007年。
林精华主编《西方视野中的白银时代》,上、下,东方出版社,2001年。
梁赞诺夫斯基、斯坦伯格:《俄罗斯史》(第七版),杨烨、卿文辉主译,上海人民出版社,2007年。
雷毅:《生态伦理学》,陕西人民教育出版社,2000年。

柳鸣九主编《法国文学史》,第1—3卷,人民文学出版社,2007年。
刘宁主编《俄国文学批评史》,上海译文出版社,1999年。
刘若端编《十九世纪英国诗人论诗》,人民文学出版社,1985年。
刘文飞:《二十世纪俄语诗史》,社会科学文献出版社,1996年。
刘文飞:《墙里墙外——俄语文学论集》,中央编译出版社,1997年。
刘须明:《约翰·罗斯金艺术美学思想研究》,东南大学出版社,2010年。
刘祖熙:《改革和革命——俄国现代化研究(1861—1917)》,北京大学出版社,2001年。
卢那察尔斯基:《论俄罗斯古典作家》,蒋路译,人民文学出版社,1958年。
鲁枢元:《生态文艺学》,陕西人民教育出版社,2000年。
罗斯金:《前拉斐尔主义》,张翔译,上海人民出版社,2008年。
罗斯金:《艺术十讲》,张翔等译,中国人民大学出版社,2008年。
马家骏:《十九世纪俄罗斯文学》,陕西师范大学出版社,1992年。
马世骏主编《现代生态学透视》,科学出版社,1990年。
马莹伯:《别、车、杜文艺思想论稿》,文化艺术出版社,1986年。
《迈科夫抒情诗选》,曾思艺译,中国友谊出版公司,2014年。
《密茨凯维支诗选》,孙用、景行译,人民文学出版社,1958年。
米川正夫:《俄国文学思潮》,任钧译,正中书局,1941年。
米尔斯基:《俄国文学史》,上下卷,刘文飞译,人民出版社,2013年。
米罗诺夫:《俄国社会史——个性、民主家庭、公民社会及法制国家的形成(帝俄时期:十八世纪至二十世纪初)》,上、下卷,张广翔等译,山东大学出版社,2006年。
苗力田:《十九世纪俄国革命民主主义者的哲学和社会政治观点》,中国青年出版社,1959年。
莫斯:《俄国史》,张冰译,海南出版社,2008年。
倪蕊琴选编《俄国作家批评家论列夫·托尔斯泰》,中国社会科学出版社,1982年。
欧茵西:《新编俄国文学史》,书林出版有限公司,1993年。
欧茵西:《俄罗斯文学风貌》,书林出版有限公司,2007年。
佩特:《马利乌斯——一个享乐主义者》,陆笑炎等译,哈尔滨出版社,1994年。
佩特:《文艺复兴》,张岩冰译,广西师范大学出版社,2000年。
普列汉诺夫:《普列汉诺夫美学论文集》,第一、二卷,曹葆华译,人民出版社,1983年。
普吕多姆:《孤独与沉思》,胡小跃译,漓江出版社,1991年。
《普希金论文学》,张铁夫、黄弗同译,漓江出版社,1983年。
《丘特切夫诗选》,查良铮译,外国文学出版社,1985年。
《丘特切夫抒情诗选》,陈先元、朱宪生译,漓江出版社,1986年。
《丘特切夫诗全集》,朱宪生译,漓江出版社,1998年。
《瞿秋白文集》,二,人民文学出版社,1953年。
任光宣:《俄国文学与宗教》,世界图书出版社公司,1995年。
任光宣主编《俄罗斯文学简史》,北京大学出版社,2006年。
日丹诺夫:《论文学与艺术》,戈宝权等译,人民文学出版社,1959年。
荣格:《心理学与文学》,冯川、苏克译,三联书店,1987年。
《十八世纪末—十九世纪初德国哲学》,商务印书馆,1975年。
什克洛夫斯基等著《俄国形式主义文论选》,方珊等译,三联书店,1989年。
《十九世纪俄罗斯风景画》,湖南美术出版社,1996年。
《十二个睡美人——茹科夫斯基诗选》,黄成来、金留春译,上海译文出版社,1990年。
斯洛宁:《苏维埃俄罗斯文学(1917—1977)》,浦立民、刘峰译,上海译文出版社,1983年。

斯洛宁:《现代俄国文学史》,汤新楣译,人民文学出版社,2001年。
桑德斯:《牛津简明英国文学史》,上、下,谷启楠等译,人民文学出版社,2000年。
孙志文:《现代人的焦虑和希望》,陈永禹译,三联书店,1994年。
《苏联当代诗选》,上海外国语学院俄罗斯苏联文学教研组译,上海译文出版社,1981年。
《苏联抒情诗选》,王守仁译,湖南人民出版社,1984年。
钱仲联、范伯群主编《中外爱情诗鉴赏辞典》,江苏教育出版社,1989年。
梯利:《西方哲学史》,上、下,葛力译,商务印书馆,1979年。
《屠格涅夫散文精选》,曾思艺译,长江文艺出版社,2010年。
图尔科夫:《光与善的骄子——勃洛克传》,郑体武译,知识出版社,1993年。
托多罗夫编选《俄苏形式主义文论选》,蔡鸿滨译,中国社会科学出版社,1989年。
《托尔斯泰文学书简》,章其译,湖南人民出版社,1984年。
《陀思妥耶夫斯基全集》第1、4卷,艾鹏译,河北教育出版社,2010年。
瓦西列夫:《情爱论》,赵永穆译,三联书店,1987年。
《外国文学名家论名家》,王智量主编,华东师范大学出版社,1985年。
汪倜然:《俄国文学》,世界书局,1935年。
王福祥、吴君编《俄罗斯诗歌掇英》,外语教学与研究出版社,1999年。
汪介之:《现代俄罗斯文学史纲》,南京出版社,1995年。
汪介之:《回望与沉思:俄苏文论在20世纪中国文坛》,北京大学出版社,2005年。
王诺:《欧美生态文学》,北京大学出版社,2003年。
王守仁:《苏联诗坛探幽》,社会科学文献出版社,1990年。
王佐良:《英国诗史》,译林出版社,1997年。
韦勒克:《近代文学批评史》,第1—8卷,杨自伍译,上海译文出版社,1991—2006年。
韦勒克、沃伦:《文学理论》,江苏教育出版社,2005年。
温克尔曼:《希腊人的艺术》,邵大箴译,广西师范大学出版社,2001年。
吴刚:《王尔德文艺理论研究》,上海外语教育出版社,2009年。
乌兰汗编选《苏联当代诗选》,外国文学出版社,1984年。
伍蠡甫主编:《西方文论选》,上下,上海译文出版社,1979年。
《象征主义·意象派》,中国人民大学出版社,1989年。
夏银平:《俄国民粹主义再认识》,中山大学出版社,2005年。
谢林:《先验唯心论体系》,梁志学、石泉译,商务印书馆,1976年。
谢林:《艺术哲学》,魏庆征译,中国社会出版社,2005年。
《心灵的园圃——古米廖夫诗选》,黎华译,上海译文出版社,1996年。
许苏民:《比较文化研究史》,云南人民出版社,1992年。
许贤绪:《20世纪俄罗斯诗歌史》,上海外语教育出版社,1997年。
徐稚芳:《俄罗斯诗歌史》,北京大学出版社,1989年。
许自强主编《世界名诗鉴赏金库》,中国妇女出版社,1991年。
薛家宝:《唯美主义研究》,天津社会科学出版社,1999年。
薛雯:《颓废主义文学研究》,上海人民出版社,2012年。
杨文生编著《王维诗集笺注》,四川人民出版社,2003年。
易漱泉等著《俄国文学史》,湖南文艺出版社,1986年。
叶夫多基莫夫:《俄罗斯思想中的基督》,杨德友译,学林出版社,1999年。
《叶赛宁诗选》,顾蕴璞译,译林出版社,1999年。
叶水夫主编《苏联文学史》,第1—3卷,中国社会科学出版社,1994年。

《余光中诗歌选集》,第1辑,时代文艺出版社,1997年。
余谋昌:《生态哲学》,陕西人民教育出版社,2000年。
《在星空之间——费特诗选》,谷羽译,台湾人间出版社,2011年。
张冰:《陌生化诗学——俄国形式主义研究》,北京师范大学出版社,2000年。
张冰:《白银时代俄国文学思潮与流派》,人民文学出版社,2006年。
张冰:《俄罗斯文化解读——费人猜详的斯芬克斯之谜》,济南出版社,2006年。
张建华:《俄国史》,人民出版社,2004年。
张铁夫:《普希金学术史研究》,译林出版社,2014年。
张玉书主编《外国抒情诗赏析辞典》,北京师范学院出版社,1991年。
朱光潜:《西方美学史》,人民文学出版社,1979年。
朱宪生《俄罗斯抒情诗史》,陕西人民教育出版社,1993年。
曾思艺:《丘特切夫诗歌美学》,人民出版社,2009年。
曾思艺:《丘特切夫诗歌研究》,人民出版社,2012年。
曾思艺:《文化土壤里的情感之花——中西诗歌研究》,东方出版社,2002年。
赵澧、徐京安主编《唯美主义》,中国人民大学出版社,1988年。
赵毅衡编选《"新批评"文集》,中国社会科学出版社,1988年。
郑克鲁:《法国诗歌史》,上海外语教育出版社,1996年。
郑体武:《俄罗斯文学简史》,上海外语教育出版社,2006年。
郑振铎:《俄国文学史略》,商务印书馆1933年版;岳麓书社,2010年。
钟敬文、启功主编《二十世纪外国文论经典》,北京师范大学出版社,2004年。
周立新:《流淌的心声 哲思的殿堂——俄罗斯19—20世纪初浪漫主义抒情诗情感诠释与评论》,北京交通大学出版社,2012年。
周靓:《俄国"纯艺术"派研究》,上海外国语大学2013年博士论文。
周启超:《俄国象征派文学研究》,社会科学文献出版,1993年。
周启超:《俄国象征派文学理论建树》,安徽教育出版社,1998年。
周启超主编《俄罗斯"白银时代"精品文集·诗歌卷》,中国文联出版公司,1998年。
周宪:《审美现代性批判》,商务印书馆,2005年。
周小仪:《唯美主义与消费文化》,北京大学出版社,2002年。
《致大海——俄国五大诗人诗选》,人民文学出版社,1989年。
《自然·爱情·人生·艺术——费特抒情诗选》,曾思艺译,中国友谊出版公司,2013年。

后 记

终于到了写后记的时候了,我不禁长长地吁了一口气。

《19世纪俄国唯美主义文学研究——理论与创作》这项研究工作,已经持续了近十年(从2005年准备申报国家社会科学基金课题至今)。2006年,《19世纪俄国唯美主义文学研究——理论与创作》成功申报了国家社会科学基金课题之后,本以为在三四年内能够顺利完成,没想到却持续了将近八年。其原因大约有三。一是这项工作难度极大。19世纪俄国唯美主义文学包括理论与创作两个部分,而对这两个部分,俄国、西方和中国至今似还未见有专著进行全面研究,把两者联系起来进行整体研究的更是缺乏,因此完全没有可以参考、借鉴的研究成果,一切都得自己从大量第一手资料来阅读、搜集,工作量极大;更重要的是,俄国"纯艺术论"的理论文章迄今没有中文译介,"纯艺术派"七位诗人的诗歌也仅丘特切夫有比较全面的译介,费特只有八分之一的诗歌被翻译成中文,其他五位诗人更是只有寥寥几首或十几首诗歌与中国读者见面,翻译工作十分繁重。二是因为教学工作量繁重。虽然这些年较之以往课程大大减少,但每年两个学期从本科、硕士到博士,仍然还有十来门课,而我一向认为教好书是一个教师的根本职责和立身之道,因此花费了不少心血。三是由于我的完美主义者性格。在课题进行的过程中,有三项工作耗费了不少时间。第一,一定要全面搜集、阅读俄文资料,尽可能地"竭泽而渔",以便眼光更全面、公正,立论更有根有据;第二,19世纪俄国唯美主义文学的最主要成就是诗歌,作为一个自己也写诗的学者,我坚持在研究著作中一定尽最大努力多翻译每一位诗人的代表性作品,并且尽量译成唯美主义诗歌,突出其形式方面的优美、探索和创新。这两项自找苦吃的工作耗费了不少时间,熬干了不少心血,但也获得了不少收获,除了本研究成果外,还有好些副产品。已经出版的有:《费特抒情诗选》183首(中国友谊出版公司,2013年)、《迈科夫抒情诗选》120来首(中国友谊出版公司,2014年);有待出版的则有:《阿·康·托尔斯泰抒情诗选》120来首、《波隆斯基抒情诗选》120来首、《丘特切夫抒情诗选》170余首,以及谢尔宾纳、麦伊、尼基京的抒情诗选120余首。第三,2013年结项后,由于此前俄国唯美主义七位诗人还有谢尔宾纳、麦伊两位诗人的俄文诗集一直没有找到,而好朋友黄晓敏(原在天津外国语大学工作,现调入中国人民大学)经过长时间的想方设法,终于帮我从俄国买到了1937年俄文版《谢尔宾纳诗选》,天津师范大学的同事马琳则给我买到了1985年俄文版《麦伊诗选》,于是结项后又萌发了把"纯艺术派"诗歌七位诗人一网打尽的想法,耗费了不少时间来阅读、挑选、翻译这两位诗人的作品,并在唯美主义诗歌研究中为这两位诗人专门补写了一节。

现在呈现给读者的这本《19世纪俄国唯美主义文学研究——理论与创作》就是2006年国家社会科学基金资助项目(项目批准号:06BWW013)的终期成果,当然也包括结项至今的补充和修改。这项成果虽是多人合作的结晶,但全书很大部

分为课题主持人曾思艺撰写,只有部分内容是合作者所写。合作者的撰写情况如下:

刘胤逵:第一章第二节异域渊源部分、第三节本国渊源的纯艺术论三大理论家、普希金、斯坦凯维奇、别林斯基部分;第二章唯美主义文学理论全部四节;第四章第三节纯艺术理论与俄国现代主义和形式主义文艺思想部分;

姜小艳:第四章俄国唯美主义文学的特点之俄法比较部分;

朱立华:翻译英国拉斐尔前派的诗歌,参与第四章俄国唯美主义文学的特点之英俄比较之拉斐尔前派的部分工作;

王淑凤:第三章阿·康·托尔斯泰生平及诗歌分类研究部分(不包括其诗歌艺术特点);

马琳:主要翻译迈科夫、波隆斯基、阿·康·托尔斯泰等多种俄文诗集的前言。

值得一提的是,这项工作持续了将近八年,在这长达将近一个抗日战争的过程中,通过这项课题的研究工作,培养了好几位青年教师。其中进步最大的是刘胤逵先生,从硕士变成了博士、博士后,并且留在首都师范大学任教。王淑凤、马琳则从讲师晋升为副教授。

这本书能够较好地完成并出版,首先,得感谢所有合作者,是他们的通力合作、辛勤劳动,才使这项繁大的工作得以顺利完成。其中应该特别感谢刘胤逵先生。他在天津师范大学读文艺学硕士时,因为投缘就跟我做这项课题,后来在北京师范大学攻读博士学位和在首都师范大学做博士后的时候,又从百忙中抽出时间认认真真地根据学术视野的拓展,对以前所写内容进行补充、修改,保证了他所写俄国"纯艺术论"的所有部分的高质量。其次,感谢吴元迈先生、陈众议所长,他们在研究过程中高屋建瓴的指点,使本书质量大大提高。最后,感谢天津师范大学社科处处长杜勇教授、北京大学出版社的张冰主任,他们高远、敏锐的学术眼光和对学术著作出版的大力支持,使本书能够顺利地与读者见面。

本书是在前期颇为扎实的基础上进行的研究,因此,有一些内容早已发表或出版过,尤其是丘特切夫研究部分,主要取自主持人曾思艺所著《丘特切夫诗歌研究》(人民出版社,2012年)、《丘特切夫诗歌美学》(人民出版社,2009年),特此说明。

曾思艺

2015 年 4 月 16 日

天津华苑新城揽旭轩